U0129056

全国教育科学规划"十五"国家重点课题子课题
新课程高中思想政治课教学评价研究成果

普通高中课程标准试验教科书

课堂教学全程设计与评价

思想政治4·生活与哲学

李松华　主编

上海教育出版社

课题组成员

课题组总顾问:扈文华　黄启贤

课题组负责人:李松华

课题组主要成员:（按姓氏笔画）

马景荣	王实玲	王定铜	王定国	付淑娟
刘　平	刘慧军	孙仲钦	李凤萍	吴熙龙
劳　强	陈志毅	陈培成	汪盛祥	张寿波
张树锋	林　峰	郑　潇	郑学明	赵文正
赵　艳	徐　伟	黄举泮	黄秀银	梁志群
梁柏健	谢基海			

序 言

·扈文华·

高中思想政治课新课程在我国试验省（区）实施一年多来，广大的教育工作者付出了艰苦的探索并积累了一定的经验，也遇到了很多问题和困惑，提出了很多质疑，归结起来主要是教学与评价问题。其实，无论是教学问题，还是教学评价问题，最后都要落实到课堂教学之中。新课程的实施要从课堂抓起。

课堂教学是新课程实施的关键环节，课堂教学设计是课堂教学实施的前提，一个符合新课程理念与要求的课堂教学设计就为新课程的课堂教学实施奠定了良好的基础。因此，提高新课程课堂教育教学质量必须从教学设计抓起。

教学设计的过程是教师对课标、教材和学生认识特征及其身边的生活资源再认识和再创造的过程，是教师对新课标、新教材及其理念的理解不断深化和创新的过程。为此，国家"十五"教育规划重点课题子课题《新初中思想品德高中思想政治课教学评价研究》（AHA010018.AHA010019-008.AHA010018-008-009）课题组经过一年多的理论与实践的反复探索和研究，推出了《课堂教学全程设计与评价》系列丛书。它是我国高中思想政治课新课程实施的一项系统的巨大工程，该丛书的出版将对我国新课程高中思想政治课的具体实施和即将进入新课程实验的省区提供有价值的参考，为我国广大的高中思想政治课教师提供系统的操作性较强的课堂教学模式（即"高中思想政治课课堂教学七步教学法"），它是我国第一套依据一定的教学模式对高中思想政治课教学内容进行全程设计的系列丛书。

本丛书设计包括：《课堂教学全程设计与评价思想政治1·经济生活》、《课堂教学全程设计与评价思想政治2·政治生活》、《课堂教学全程设计与评价思想政治3·文化生活》和《课堂教学全程设计与评价思想政治4·生活与哲学》共四个必修模块，对四个模块中每一模块的每一框题进行了全新的课堂教学设计。每一框设计包括教学目标、案例导入、问题探究、思维点拨、知识构建、资源开发和三维评价共七个部分,简称"七步教学法",这是李松华老师探索与研究的一项成果,是课堂教学模式的创新。

"七步教学法"力求使新课程理念、要求及其具体内容变为一种课堂教学中具体的基本的可操作的教学行为,使广大的一线教师知道教什么,怎么教,为什么要这样教,引领老师们一起探索和共同构建全面落实新课程理念、整合三维目标的教学和评价模式。

"七步教学法"为您提供一个教学探究与评判的平台。任何教学方法的创新,都是对原有方法的批判、继承和拓展,融入时代的气息。"七步教学法"吸取了传统教学法的精华,但在课堂教学的主体环节上有较大的创新。您在教学过程中,可以借鉴、修改、完善和补充,甚至可以另起炉灶。您在这个平台上可以说三道四、评头品足。如果您真做到这样,您的课堂教学将会在潜移默化中迈向较高的境界。如果您真的如此,您才算是追求课堂教学真知的痴迷者。

"七步教学法"为您提供一个易于修改的教学框架。人们常说教学有法,但教无定法。这就是教学的辩证法。假如您把以上的"七步教学法"当作您平时教学的一个框架,那么在这个框架中应该添加什么,而不应该添加什么,应该增、删、改多少等,能达到恰如其分,使学生学得快乐,深受其益,这就是您的教学艺术和才能。在本丛书的四个模块中,每一框的教学设计都有相同点,也有不同点。但七步框架是相对不变的。诚然,在您的教学环节中,您可以从教学问题的探究中单刀直入,也可以从生活的故事中,娓娓道来,引生入神,无论运用何种教学形式与方法,能使学生乐学、爱学、善学,学有所悟、学而明理才是好方法,才是教学所追求的目标。

"七步教学法"是您迈向课堂教学艺术殿堂的津梁。"七步教学法"是依据新课程的理念及其基本要求,紧密联系学生实际,对教学内容与方法进行全新设计的教学模式,为您深入理解新课程理念和要求铺路设桥。

"七步教学法"是我国新课程课堂教学整体模式的创新,是新课程实施以来我国新课程实施的一项重要成果,为全面推进我国新课程的课堂教学改革起了先导性、示范性的作用。

本系列丛书为您提供丰富翔实的课堂教学资源。本丛书对现行高中思想政治课四个必修模块中,每一框题的每一个重要观点,选取了古今中外的经典材料,论据结合,事例交融、层层剖析,从生活的逻辑中理解知识的逻辑,使学生明白生活中的道理。本书中很多框题的设计为广大的政治教师提供了丰富翔实的教学资源,在教学的具体环节上具有很大的创新,同时也为您的教学提供可甄选的教学资源,节约您查找资料的时间,或提供您寻求资源的捷径。

从课标、教材到教案设计,从教案设计到课堂教学的具体实施,从课堂教学实施到学生的感悟,这是教学的"三级跳",也是教学必经的三步跨越,每一步跨越都需要您辛勤耕耘的付出、知识和经验的积累。当您教得轻松和快乐,学生也学得轻松和快乐时,您才领悟到新课程理念的真谛,您才真正明白新课程实施的价值。

高中思想政治新课程七步教学法的创立与完善

李松华

一、形成背景

全国试验省区实施新课程一年多来，如何在高中思想政治课教学中，落实新课程的理念及其要求，广大的高中政治教师为此进行了理论方面的深入探讨和教学实践的艰苦摸索，各种实验课、示范课、活动课、实践课和研究课等，各种教学设计、教学课件、教学论文和课题成果等可谓争相斗艳、百家争鸣，使高中思想政治课课堂教学的百花园中呈现出千姿百态，不拘一格的教学特色。师生在这场如火如荼的课程改革的探索中，新的观念、新的方法、新的模式在孕育、在孵化、在衍生，在潜移默化地改变着多少年多少代教师们沿袭的教学观念和教学行为。但是，课堂教学的方式方法各行其是，褒贬不一，很难形成同行公认的有效教学模式。无可否认的是，在新课程的实施过程中，也有不少的教师在等待和观望、徘徊和迷茫、忧虑和质疑，也有不少的教师尚在沿袭着传统的教学方式与方法，我行我素。孰是孰非，都等待着新课程高考评价模式的产生，学生的可持续发展和时代发展的要求是课堂教学与评价的最终的圭泉。师生在期待，家长在期待，社会在期待。

无可置疑的是，新课程理念及其要求是我国多年来基础教育教学改革与探索的结晶。它反映了我国多年来基础教育教学改革发展的要求和方向，反映了我国社会发展和现代化建设的必然要求，也符合社会各界同仁的愿望和要求，有利于学生的全面发展和终身发展。然而，从理念到观念，从观念到行为，从行为到实效，是一个漫长的过程。师生们在这个过程中，必须重新对过去的教学行为进行再认识和再评价，不断地进行着新的质疑与选择，作出新的价值判断，从而形成新的多数公认、相对稳定的教学方式和方法。这是课堂教学改革都必须追求和实现的终极目标。

新课程实施的关键在课堂教学的改革，课堂教学改革也不能无休止地在变幻莫测之中探索。近一年来，《新初中思想品德高中思想政治课教学评价研究》课题组在深入学习、理论研究、实践探索的基础上，形成了初步的"七步教学法"课堂教育教学模式。课题组教师还在对此进行着反复的试验探索、修改、充实和完善。

二、设计依据

一是政策依据。政策和法规是教育教学改革的基本依据。1999 年《中共中央、国务院关于深化教育改革全面推进素质教育的决定》，2001 年《国务院关于基础教育改革与发展的决定》，2001 年教育部关于《基础教育课程改革纲要（试行）》通知，2002 年《教育部关于积极推进中小学评价和考试制度改革的通知》，2003 年《教育部关于开展普通高中新课程试验工作的通知》，广东等省市的一系列文件，我国有关教育教学法规，这些文件和法规不同程度上反映了国际国内基础教育教学改革与发展的方向，反映了我国经济和社会发展的总体要求和趋势，反映了师生和家长的共同愿望和要求。为此，课题组对这些教育政策和法规进行了深入的学习、探讨和研究，初步形成共识。这为本课题的深入研究和"新课程高中思想政治课课堂教学的'七步教学法'"的确立提供了依据，指明了方向。

二是理论依据。教育理论是师生的观念和行为的先导。高中新课程理念和要求是"新课程高中思想政治课课堂教学的七步教学法"的直接理论依据,国际国内的最新教育教学理论研究成果为"七步教学法"的形成提供了重要的理论和实施参考。

三是实践依据。首先是问题立意。立足解决课堂教学实践中不断出现的新问题,从问题中立意,从问题的研究中建构,抓住解决问题的关键,寻求解决问题的最佳途径与方法,这是本课题及其"七步教学法"构建的根基和基本的实践依据。随着课堂教学改革的深入发展,教学实践中出现了众多的问题亟须跟踪研究,寻求不同问题的内在联系和共性,再把这些问题放在一定的有机联系的教学系统中、一个教学模式中去探究,不断营造这种模式的教学环境和研究氛围。如怎样在教学中处理好课标、教材和学生能力培养的关系? 如何在课堂教学中整合三维目标,实现情感、态度和价值观目标? 如何培养学生的积极主动、持续探究问题的态度和精神? 如何以生活为基础建构学生的知识和能力结构? 如何开发学生身边生活的课程资源? 如何把对学生的过程性评价与终结性评价和谐、科学地结合起来? 等等,这些问题不是孤立的,而是有着密切的联系,这些联系形成了"七步教学法"不可分割的内在结构。其次是经验积累。本课题组主要由分布在不同省份、不同层次和不同级别学校的现任高一和高二教师、教研人员,他们在新课程实施,特别是课堂教学中所碰到的共性问题与困惑、成功与失误、经验与教训等为"七步教学法"的建构提供了经验的积累、研究的条件。我国新课程试验省、区的课堂教学改革的实践探索和成功经验为"七步教学法"的形成拓展了视野。因此,"七步教学法"可以说是新课程实施一年多来,我国实验区新课程课堂教育教学经验的总结和升华,是集体智慧的结晶。

三、建构思路

理念是理性的范畴,观念是感性的范畴,行为是理念和观念转化为现实的操作过程。如果说前两者是属于意识或认识的范畴,后者则是实践的范畴。认识与实践的反复交互、相互推进、相互纠偏、相互完善的过程都是在实践的过程中去实现的。因此,课堂教学行为在实现教学目标中具有至关重要的作用。

一种教学理念与要求可以转化为多种具体的教学行为模式,关键是要找到其中的最佳模式。

最佳教学模式必须是新课程理念和要求与学生获取的知识和方法之间的最佳链接与整合,这个就是我们所探求的课堂教学模式。学生大部分宝贵时光是在课堂教学环境中度过的,新课程实施的关键在课堂,提高新课程的实效性和教学质量也在课堂。新课程理念与要求的贯彻,新课程教学的实施,三维目标的落实,都离不开课堂。课堂教学是提高中学思想政治课课堂教学实施的主要途径,是实现高中思想政治课德育功能的基本环节。因此,要提高高中思想政治课新课程的教育教学质量必须从课堂教学抓起。抓住了课堂,就抓住了育人的基点,就抓住了提高教学质量的缰绳。我们要深入研究课堂教学问题,还必须从课堂教学流程开始,从教学流程中的环节开始,把教学的目标、具体内容、方法、评价等与教学环节紧密地结合起来,与学生的认知特点、个性发展、思维特征结合起来,以学生的终身发展和可持续发展为轴心,寻觅其中最佳交融点,这就是我们高中思想政治课新课程教学评价研究课题的最终目的,也是"七步教学法"所要实现的目标。

教学理念是一种先验性的产物,是教学改革的先导。任何先进的教育教学理念都要通过具体的教学流程与方法把它演绎为一种教学的基本行为模式,使理念从理论的王国走向师生活动的课堂。只有这样,教学理念才能成为广大师生的教学观念和具体行为。为此,《高中思想政治新课程教学评价研究》课题组全体研究人员经过近两年的新课程教学理论与实践的探索,归纳出高中思想政治课课堂教学的"七步教学法":即**教学目标、案例导入、问题探究、思维点拨、知识构建、资源开发和三维评价。**它为我们的高中思想政治课的课堂教学建构了一个基本的操作性较强的教学流程及具体模式,它使新课程的课堂教学在理念与观念、理念与行为、过程与环节、主体与主导、有序与无序、共性与个性、课内与课外中演绎着课堂教学的生机与活力,不断地激发着师生的合力、相互感染力、凝聚力和创造力。

教师要深入地理解和落实新课程的要求,转变观念,钻研教材,必须从课堂教学设计开始。在设计中,第一,课标是教材编写的依据,也是教学及其教学评价的依据。因此,必须钻研课标结构,理解课程的性质、课程的基本理念、课程设计思路、必修课程与选修课程及其意义和相互关系、课程设置的总目标和分类目标、具体内容目标和教学建议等。第二,教材是对课标的模拟和具体呈现形式,是提供给教师理解课标、依据课标教学的非常重要的参考书。因此,教师要依据课标深入地理解教材的思路。第三,在理解课标和教材的基础上,依据"七步教学法"建构适合各地学生的教学模式。"七步教学法"中后六个部分的构建都是在师生的共同合作和学生之间的相互协作中才能完成。教师只有在一个相对稳定的课堂教学模式中进行教学设计,在经过多轮教学实践、设计并依据设计进行教学的循回往复中,才能深入地理解和落实新课程的理念与要求。

"七步教学法"力求使新课程理念与要求融入具体的教学模式之中,是课标、教材与教学的津梁。

教学目标是课堂教学的定位。它包括课标规定的三维目标、本框的重点与难点、学情分析三个部分。本框的三维目标是对课标所规定的三维目标的细化;重点与难点是落实课堂教学目标的关键。重点与难点的确立是建立在教师对教材、生活热点和学情的全面深刻的分析基础上,避免教学的主次不分、面面俱到。确定新课程教学重点的依据主要有以下几个方面:一是由教学内容的内在逻辑来确定,是教学内容的主体部分;二是由社会重大热点来确定,社会热点所涉及的教学内容就是教学重点内容;三是根据学生思想及其生活实际来确定。新课程实施一年多来,教师们普遍感到的一个共性问题是:按新课程内容与要求教学,课堂时间远远不够。因此普遍出现"拖堂"、"满堂"或"草草过堂"的教学现象,导致该讲的没有讲,不该讲的讲了很多。有的一堂课则是照本宣科地提出几个问题,让学生思考回答后,教师简要提示而过。最终教学任务都不能完成,学生浮光掠影,走马观花。所以,确定教学目标是课堂教学的重要环节,是对传统课堂教学的继承与创新。确定教学重难点是制定教学目标的必不可少的部分。

案例导入从生活中引申,是进行课堂教学的前奏和"入场券"。教师通过甄选紧扣本框教学目标或教学内容的经典名言、典型题材、图表、漫画、故事、影像资料等设置生活情景和悬念、激发兴趣、承前启后、导入新课。教师在结合案例,联系教学内容,切入新课时,要自然、贴切、生动。案例的选用,可用一个案例贯穿全课,设问探究,层层剖析,步步深入,分层得出结论。在此,案例构成了理解全课的一条主线,给学生留下深刻的印象,不会因案例过多引起学生无暇思考,抓不住主次。案例的选用要经典,能激发学生的追问、思考和探究的欲望,避免牵强附会和老生常谈。设置的情境,可以是真实的,也可以是模拟的,但真实的总比模拟的更具有教育价值。教学中之所以要模拟,是因为无法再现生活的真实情景。

问题探究是从上述案例中自然引出本课需要探究的问题和容易混淆的基本概念,是教学目标的问题化,是本框教学中探究问题的逻辑思路。"问题探究"中的问题可以是案例中本身潜在的与本框密切联系的问题和相关概念,如本书教案设计中《文化生活》的第二课,《政治生活》的第六课第二框,《哲学生活》的第九课第二框;也可以是直接从案例中引出的教材框目中的问题,如本书教案设计中《政治生活》的第五课第一框,《哲学生活》的第七课第二框。两种方式比较,前者比后者更能激发学生的探究动机。从材料中提出问题的方式,可以引导学生自己从材料中提出,也可以由教师在分析材料中引出,其目的是使学生明确本课所要解决的问题,即主要学习任务,引导学生结合探究的问题看书思考。

思维点拨是落实教学目标、培养学生积极主动合作和探究问题能力的主要教学环节,是"七步教学法"的主体部分。它是依据"问题探究"中的问题,精选与问题密切相关的生活材料,引导学生在深入剖析材料中得出结论。教师在讲析时,要结合教材内容,在引导学生阅读教材相关问题的基础上,重在对知识与学生理解的关节点、疑难点上的点化,言在精而忌多。结合所选材料,围绕探究问题,启发学生搜集身边的生活资源,组织多种形式的探究活动,如讨论会、辩论会、小组相互交流活动、自由发表看法等,要避免一问一答的单一教学方式。通过这一教学环节培养学生积极合作、共同探究问题的方法与能力,独立自主思考问题的能力。在理解知识、形成能力的过程中,逐步形成学生正确的情感、态度和价值观。

知识构建是"七步教学法"的重要环节,是新课程所要求的重要内容。师生在共同回顾所学知识的基础上,引导学生综合归纳本框所学的基本观点之间有哪些内在联系,与学生的生活有哪些联系,本框内容与本课前面几课的内容有哪些联系,把这些联系归纳出来,并要求学生能用自己的语言准确地表述出来。在引导学生书面综合归纳的基础上,学生自主构建知识内在联系图表,进行相互交流,相互启发,使之从整体上把握本框内容的地位及其前后联系。通过这一步教学,培养学生知识构建的能力和综合归纳的能力,学会在知识建构中获取新信息、新知识的能力。

资源开发是知识生活化的过程,是知识的运用过程,也是对本框知识、能力、情感、态度和价值观的深化过程。政治课的基本观点一具体就生动,一具体就深化。资源开发主要是教师通过 2—3 例经典材料引导学生搜集、甄选和开发与本框内容密切相关的学生身边的生活资源,其中包括本地重要的历史资源和现实生活中的资源,如社区生活、校园生活、家庭生活、重大活动等。学生经历这样的过程,有助于认识他的家乡、他所在的社区、他所在的地区发生的变化,从而引导学生关注身边的生活,关心自己的家乡和地区的发展状况,激发对家乡的情感。同时,也有助于加深对本框知识的理解和运用,领悟知识运用的价值,培养学生从社会生活和具体材料中搜集信息、甄选信息的能力以及提取有效信息的能力,搜集和开发身边生活中课程资源的能力。

三维评价主要是对新课程所要求的课堂教学过程的评价,具体地说就是在落实三维目标过程中,对参与课堂教学活动中的个体和整体的行为、状态、效果和目标等进行多元性、双向性、交互性的综合评价。它包括书面评价(即经典训练)和教学过程及其活动的综合评价(即闪光记录)两个部分。书面评价通过经典训练题目检测教师的教学过程,学生对本框的三维目标内容的落实情况等,以便教师及时诊断,调整教学策略。闪光记录主要是对师生教学活动过程中,主体与主导的相互作用情况,学生学习的积极性和创造性的发挥、知识及其构建、资源的搜集与开发、相关能力的培养、情感态度和价值观的提升等方面的表现,以多元评价主体交互评价的方式,采用图表的形式记录下来,以便师生相互了解,相互促进,相互提高。但更重要的是便于教师跟踪了解学生的知识、能力和价值观的形成过程,及时对学生的非智力因素的形成进行跟踪评价,一方面能激发学生的积极性和创造性,有利于促进学生良好的学习习惯、健全人格品性的形成;另一方面为对学生的全面评价和终结性的评价提供真实、具体、可靠的依据。

经典训练题目的编制,要求紧扣本框三维目标的内容,设置能反映生活热点和时政热点的情景题、活动题、探究题以及部分反映知识内在联系的基础知识题目。其中,情景题、活动题和探究题必须密切联系社会热点和学生思想中的迷惘点、疑难点,能增强学生辨别生活中是非的能力、运用知识分析生活中热点问题的能力,能激发学生关注生活、思考生活、追问生活、体验生活的动机、兴趣和热情,体验知识的价值。正是从这一点上讲,紧密地结合社会发展的要求和学生的思想实际,研究考试的方式和方法,研究试题的内容和形式,在当代我国基础教育的状况下,它可以说是研究如何落实素质教育的一个重要的切入点。

上述七个部分只是一个总体要求,但具体某一框题的教学要坚持从本课的内容和学生实际出发的原则。"七步教学法"各部分要通过知识的内在联系组成一个严密的体现生活逻辑的美丽画卷,师生在这个美丽的画卷中,画龙点睛,将给学生留下难忘的记忆与思考。

四、设计原则

任何教学模式的构建都必须遵循一定的教学原则。"七步教学法"遵循的主要原则是:

坚持在生活的逻辑中建构知识的逻辑;

坚持以课标为依据,整合教学内容与学生的政治思想道德发展相结合的原则;

坚持探究性学习与接受性学习相结合的原则;

坚持教材的再创造与学生身边的生活资源再开发相结合的原则;

坚持实践性、活动性与教学内容相统一的原则;

坚持课堂教学的具体目标与学生的可持续发展相结合的原则。

五、七步流程图

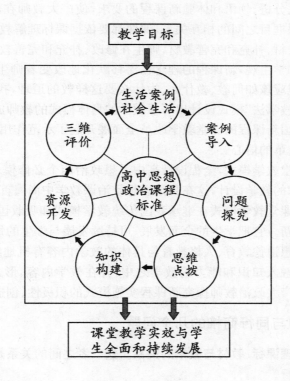

六、实践验证

在高中政治课课堂教学中,课题组部分教师和教研人员一起依据"七步教学法"进行了深入的课堂教学实验和验证。如课题组林峰老师坚持"七步教学法"教学,激发了学生学习的主动探究、积极求知的欲望,深受学生欢迎和同行的高度肯定。课题组部分教师还对其他课堂教学方法与模式进行了探索和试验,在各种课堂教学模式的试验中,进行不断地总结、归纳、提炼,形成共识。在新课程实施过程中,对学生的过程性评价是难点和热点,为此,刘平老师在近半年来,对学生坚持形成性的评价的探索,总结出"闪光记录评价表",为全面地评价学生,促进学生的全面、持续发展提供了成功的经验,丰富了"七步教学法"的内容。有很多老师根据"七步教学法"模式录制了自己的课堂实例,为推动新课程的实施、课堂教学的试验与改革提供了示范。随着课题组教师对"七步教学法"的全面的深入试验和研究,它将得到不断完善和丰富。

七、研究价值

第一,"七步教学法"课堂教学模式的研究与创立,推进了我国高中思想政治课实施的深化。新课程实施一年多来,广大试验省、区的高中政治教师面临着很多困惑和盲点,如何改革课堂教学成了这些困惑中的焦点。课堂教学的改革在百花齐放中,其实效性受到同行和社会的关注、忧虑和质疑。"七步教学法"模式将为广大的政治教师提供一个新的思路,提供一个基本的可供借鉴的模式,也将会对已进入新课程的试验区和即将进入新课程的试验省区的高中思想政治课及其教师的教学产生深远的影响。

第二,"七步教学法"课堂教学模式真正把新课程理念与要求落实到新课程课堂教学之中。"七步教学法"模式在我国四个试验省区进行,100多位教师、教研人员参与课题研究活动及课堂教学模式的构建。通过对高中新课程思想政治的四个必修模块的每一框题的设计,激发了一大批教师积极钻研课标、教材,深入分析、领悟和体验新课程的要求,使广大教师在深入钻研新教材,研究教材每课之间、每框之间、课框目之间的相互关系,课课都要依据课标理解教材,根据学生实际和当地生活资源情况不断修改教材、补充和完善教材,师生在修改、补充和完善教材的过程中,形成了新的课程观、教学观、教材观和学生观,新课程的理念在潜移默化地改变着师生的教学观念和行为。使广大教师真正懂得新课程应该如何教、教什么、为什么要这样教的道理,找到了新课程教学实施的切入点。这些依据"七步教学法"模式设计出每框教学的具体模式的教师成为高中思想政治课课堂教学创新的先行者,为我国新课程的课堂教学改革全面展开起了示范作用,增强了广大的高中政治教师对新课程课堂教学改革的信心。

第三,依据统一的课堂教学模式,全程设计高中思想政治四个必修模块的教学内容的教学,并提供一个可供修改的动态的教学设计,这在我国思想政治课教学中尚属首次。

第四,"七步教学法"课堂教学模式在继承我国传统教学模式和吸收国外基础教育优秀教学成果的基础上,有较大的创新。它把学生的全面发展、可持续发展与学生的每一堂课的学习紧密地结合起来,把对学生政治思想道德教育、人格教育与具体的教学内容有机地结合起来,把对学生的情感、态度和价值观的形成融入知识和能力的教学之中,并在教学内容、形式和方法上,有较大的创新,同时在不断地激发着广大政治教师探究新课程实施模式的积极性、创造性。

八、新课程教学中与同行商榷的几个问题

第一,正确理解和处理课标、教材与教学的关系。这三者之间的关系是课堂教学设计首先要弄清的问题,否则就无法进行。

课标是教材编写、课堂教学、教学评价的依据和前提。教材是依据课标编写的,是课标的模本,是帮助教师理解课标、落实课标、架设课标与课堂的桥梁。当您按一定的课堂模式设计每一框的教案时,您就知道如何把握课标,如何分析课标,分析课标与教材的关系,分析课标与学生实际的关系,全面理解课标关于本框教学的基本要求。目前,高中思想政治是一标一本,课标的作用容易被忽视;而多标多本的学科,如果不课课深入分析课标,您的教学设计及其课堂教学则如同茫茫大海中找不到航标的一叶小舟。课标不仅是教学评价的基本依据,也是教学评价中关键环节——高考命题的唯一依据。不研究课标,您就不知道教学评价的方向,您也不知道如何教学,就更不知道如何指导学生的复习备考。

新课程的课堂教学是教师依据课标对教材的再认识、再深化、再完善、再修改、再创造的重要过程，这里讲到的再创造，是结合学生的学习实际能力、状态水平、生活实践，对社会发展的教学资源、学生身边的生活资源的再开发和再利用的过程，即引导学生借助媒体和社会实践活动不断开发课程资源的过程。如"七步教学法"中的"思维探究"、"资源开发"、"经典训练"等。教材上的基本问题和基本观点也要随着时代发展、科技的进步，进行修改和完善，要及时把社会经济政治和科技发展的最新成果补充进来。这就是我们通常所说的新课程的教材不是过去教学的标本，而是教学的重要参考书，或者说是教学的重要提纲。没有这本重要的参考书，您的教学就会困难重重，甚至无法进行。

第二，如何理解"新三维"与"旧三维"的关系。"新三维"是指新课程《普通高中思想政治课程标准》上规定的知识、能力和情感、态度与价值观的要求，这里称新三维目标；"旧三维"是指我国在2003年以前编制的《普通高中思想政治课程标准》上规定的识记、理解与运用的要求。如果比较新旧三维，您会发现，"旧三维"的识记、理解与运用已基本上融入"新三维"的知识和能力的两维之中，而"新三维"中增加了"情感、态度与价值观"的目标，这就构成我国这轮新课程改革的一个最大特色，也将在今后考试评价中全面体现。它是社会现实生活的需要和社会发展的必然要求，是对教学提出的更高要求，也是我们今天的新课程的课堂教学普遍感到困惑的重点。可见，"新三维"并没有完全否定"旧三维"。

第三，如何整合知识、能力与情感态度和价值观目标。"知识"在三维整合中起基础性作用，它是形成能力和情感、态度与价值观的前提和基础。在新课程的教学中千万不可忽视基础知识的教学。落实知识目标的关键是在识记知识、理解知识中形成方法。识记知识、理解知识是学生学习方法的领悟和形成的载体，离开了这个载体，任何方法则是无源之水，无本之木。识记知识、理解知识是通过一定的书面和行为的训练、生活实例、生活实践活动来加深巩固的，方法又在这个过程中强化知识的巩固，催化能力、情感、态度和价值观的形成。

识记能力是学生其他能力和智力形成的基础，知识中包括一系列最基本的重要的概念、观点和原理，这些必要的知识还是要求学生一定要在理解的基础上牢固记忆。在感性的日常生活中，学生可以对苹果的概念一无所知，但一拿出苹果他就知道是什么；学生也可以不知道汽车的概念，但一见到汽车，学生就知道什么叫汽车。然而，这些生活中的实物形象的感性概念是在生活中无数次见闻和频繁的触摸中、是在生活的必需中给人留下了深深的印记，这种印记只能意会，不能言传。然而，大千世界，物种万千，斗转星移，历史变迁，您能感觉和理解到现实生活中的部分实物，却不能感觉和理解所有的实物；您也可能感觉到部分历史的真实，您却不能感觉到历史的所有被发现的真实。况且，学生学习的内容不是简单地停留在"苹果"、"汽车"上。高中学生学习内容已经进入理性的王国，而不是停留在感性阶段，如果不知道商品、价值和价格、劳动力商品、资源、物质、意识、国体、政体等涵义，学生很难建立理性思维的链条，基本概念和原理就是这个理性思维链条上的重要环节。因此，在教学中千万不要忽视基本概念和观点的理解记忆，不能把日常生活中的学生所理解的实物概念混同于理性思维中的基本概念，不利于学生的全面发展。

能力是在掌握牢固基础知识的基础上形成的。高中思想政治课的基本能力包括传统的识记和理解能力，更重要的是运用知识分析社会热点和生活热点的能力，综合运用知识判断生活中是非的能力，紧扣教学内容搜集、处理和提炼社会生活中有效信息的能力，自主组织社会实践活动的能力等。对这些能力的评价主要是通过书面评价的形式，也可以通过"闪光记录"的形式及时进行评价。

新课程中规定的情感、态度与价值观的目标不是主观臆造或人为拼加上去的，而是教学内容及其与生活实际的内在的客观的要求和反映。任何有用的知识都蕴含着情感、态度与价值观的精华，都具有深刻的人格和道德教育的内涵。即使是数学中的较初步的知识——数轴,其单位长度的确定性也是培养学生治学严谨、做事精细的态度的重要内容;通过对数学中的相反数的准确理解能培养学生对待事物要具有辩证思维的态度;《文化生活》中的"优秀文化是一种精神力量"的观点,通过教师的引导和学生对此的理解,就会潜移默化受到其"情感、态度与价值观"的熏陶。在结合观点、深入剖析教学材料和生活热点时,您在为学生的"情感、态度与价值观"的形成输入着一个个成长的"基因"。如果您能把"情感、态度与价值观"落实到每一课的知识内容的教学中,并在知识和能力的教学中,提升和挖掘其"情感、态度与价值观"的精华,德育才是真正渗透于学科教学之中,学校德育才是真正建立在牢固的磐基上,并将产生着持续的效应,游离于学科之外的德育活动才有最好的归宿和根基。

因此,学生的情感、态度与价值观是在知识和能力的教学过程中形成的,基础知识是能力和情感、态度与价值观的支撑,三者在具体的课堂教学与学生生活实践的结合中是水乳交融、相互促进的。因此,在课堂教学中,不能把三维目标人为分开。在新课程课堂教学设计中要结合具体的教学内容,以生活中的真实材料或情境为载体,建立它们之间的内在逻辑联系。

第四,正确地认识和处理生活的理性与理性的生活的关系。如何理解和落实以生活为基础构建课堂教学模式,新课标五条理念中有一条理念明确指出:"构建以生活为基础、以学科知识为支撑的课程模块。本课程要立足于学生现实的生活经验,着眼于学生的发展需求,把理论观点的阐述寓于社会生活的主题之中,构建学科知识与生活现象、理论逻辑与生活逻辑有机结合的课程模块。"这不仅是教材编写的基本思路,同时也是高中思想政治课课堂教学的基本依据。这是新课程在方法、内容上的一个重大创新,是形成新教材的一大特色,也预示着我国高中思想政治课课堂教学在内容和方法上的根本变革,它把多年来广大的教育工作者一直呼吁和追求的思想政治课课堂教学必须坚持理论联系实际的原则变成了易于操作而又必须如此的教学行为。

要把基本知识与理论的教学寓于社会生活和学生生活经验之中,并运用学过的知识与理论分析社会生活、理解社会生活中的热点问题,建立以生活为基础和纽带,把知识、能力、情感、态度和价值观三者紧密联系起来,在生活逻辑中构建知识的逻辑,在生活的逻辑中理解知识的逻辑。这就要求我们在课堂教学中,首先要正确地认识和处理好生活的理性与理性的生活之间的关系问题。无论是现实的生活还是史实,都是无所不包的感性的统一体,在这个统一体中,既蕴含着丰富的自然科学现象,又蕴含着丰富的社会科学现象,因每个人的需要不同、角度不同、认识深浅不同,各取所需,取之不尽。不同的教师从中开发和提取有效的课堂教学资源以及在处理这些资源上又有很大的差异,其教学效果也就迥然不同,这就是课堂教学中的生活的理性和理性的生活。

新教材编写的内容大多都是结论性的观点,几乎很少有理论逻辑的推理过程。它要求教师在教学中,不是从理论逻辑中推出结论,而是从生活的逻辑中得出结论。这就体现了新课程的开放性、实践性、建构性和开发性。它给师生的教学留下了更为开阔和再创造的空间,教材上虽然也提供了一些经典事例和提示,但这仅是对教师的教学和学生的资源开发的引导。政治教材教学内容的时效性和时代性很强,因此,需要老师不断地开发现实生活中的资源,特别是学生身边生活中的资源,并从中培养学生学会处理资源中信息的能力。每一生活事例、生活情景或生活热点材料的选取正确、典型与否,对所选取的教学材料的剖析角度与深度,对教学内容的理解和深化都有直接的影响。因此,正确的认识和处理生活的理性与理性的生活之间的关系就成为新课程教学的必然要求。

生活的理性主要是要求教师在课堂教学中,要引导学生从引用材料中提炼有效信息和参加社会实践活动中培养学生理性地思考问题的能力,培养学生透过现象抓住其本质的能力。生活资源是通过真实情景、材料和漫画等形式呈现到教学中,对呈现出来的生活现实事例,结合观点进行分析,找到联系,从联系中逐步得出结论;在组织社会实践活动中,引导学生体验、思考、归纳、积累经验,从经验中能够悟出教材上的某一道理,使社会实践活动具有较强的针对性和实效性。这是新课程教学的一个基本要求,即从生活的逻辑中构建知识的逻辑。生活是丰富多彩的,生活材料可以说明很多问题。教师要培养学生善于抓住这些材料中与教材上的某一观点密切联系的关键词句,引导他们深入分析和准确地表述两者之间的内在联系。这是学生获取新知识的重要形式。

理性的生活就是要求教师依据教材上的某一内容,有目的、有计划、有针对性地搜集、甄选和提取生活中的资源,培养学生搜集、甄选和提炼生活中有效信息的能力。开发课程资源有多种形式,如上网搜集、社会调查、查阅报刊杂志、采访、汲取其他学科的相关知识等,但必须紧密结合教材上的基本观点,精选典型材料,提炼材料中的有效信息,充实教学内容。这不仅是新课程教学的基本要求,也是现代信息社会发展的必然要求和基本的学习能力。

在教学中,正确的认识和处理生活的理性与理性的生活的关系是激发学生兴趣、动机、追问和探究问题的源泉和原动力。生活的理性就是要求教师在课堂教学和社会实践活动中,培养学生搜集、归纳、提炼与所学内容密切相关的生活信息,包括课堂教学中所引用的生活材料、情景、社会实践活动等,并能上升到理性认识,即与所学的基本知识紧密联系的能力和获取新知识的能力。这就是生活明理的要求。这个"理"就是教材中的基本知识和概念。理性的生活就是要求教师在课堂教学和社会实践活动中,培养学生运用所学知识分析生活中的材料、社会实践活动中的一些现象、感受和体验,使学生从中领悟知识运用的价值。您在引用或处理材料时,要力求避免以下现象:一是材料堆积,目不暇接。教师展示的材料过多,也无提示,学生无暇思考材料究竟说明什么观点;二是材料牵强,事理难融。材料与其所讲的内容联系不大,学生无法建构材料与观点或基本理论之间的联系,也很难获取新知识;三是剖析不深,一知半解。教师没有引导学生深入分析材料及其与观点的联系的关节点,学生对知识的理解处于一知半解的状态。

总之,"七步教学法"是紧密相联、逻辑推进、步步深化、不可分割的课堂教学的基本模式,能全面地体现新课程的要求和学生发展的需要。如果您看到了"七步教学法"的满身瑕疵,您就是琢玉生辉的行家;如果您机械模仿"七步教学法"的模式,您将永远是在新课程的门口徘徊留连的旁观者。如果说基础教育是为学生持续发展和终身发展奠基,那么,我们的每一堂课的教学设计就是构筑这个庞大基础上的一块块小小的基石。因此,与其说我们为每一堂课而精心设计,还不如说我们的教师在为学生设计着人生,在学生人生成长的轨迹中,不断地圈定着一个个红色的坐标点。在这些无数的坐标点上,铭记着学生的感激和家长、社会的赞许,铭记着老师的汗水和智慧,也记录着我们的人生轨迹和价值选择与追求。同时,您也在不断地设计着自己的人生,不断完善自我,发展自我,设计着自己辉煌的职业生涯。

目 录
Contents

第一课 美好生活的向导

第一框 生活处处有哲学

一、教学目标

● **知识目标**

(1)哲学智慧生成于人类的实践活动。(2)哲学源于人类对实践的追问和对世界的思考。(3)哲学是给人智慧、使人聪明的学问。(4)真正的哲学可以使人们正确看待自然、社会和人生的变化与发展,指导人们正确地认识世界和改造世界。

● **能力目标**

(1)通过学习,使学生初步具有用理性和智慧的眼光认识自然、社会、人生的变化和发展的能力。(2)联系我们的生活和实践,说明哲学并不神秘,它就在我们周围的生活和实践中。

● **情感、态度和价值观目标**

通过学习,使学生喜欢哲学,热爱哲学,真切地体验到生活需要哲学。使学生认同哲学对于人生的意义和价值,认同哲学是一门指导人们生活得更好的艺术,它可以指导人们更好地认识世界和改造世界。人们要想生活得有意义和有价值,就不能没有哲学。

重点与难点

重点:哲学就在我们身边,源泉——人们对实践的追问和对世界的思考。本义——爱智慧或追求智慧。任务——指导人们正确的认识世界和改造世界。

难点:哲学是指导人们生活更好的艺术。

学情分析:(略)。

二、案例导入

同学们请看下面两幅图片:

师:这两幅漫画说明古今中外的历史和现实生活中都存在诡辩。诡辩的本质在于孤立起来看事物,把本身片面的、抽象的规定,认为是可靠的。

图一"一块二毛",这"块"是数量词还是人民币的"块"。

图二把白马说成不是马。

智慧存在于人们的生活中,生活需要智慧,需要哲学。

今天我们来学习《生活与哲学》的第一课第一框的内容:生活中处处有哲学。

三、问题探究

探究一:请同学们以自己所在班级为例,思考下列问题:

(1) 如何处理个人与班集体的关系?

(2) 如何看待同学的优点和缺点?

(3) 如何尊重每个同学的个性?

(4) 你感受到你班的变化吗?

(5) 在教学中老师的作用大还是同学们的努力大?

探究二:你在童年时代是否也思考过类似的问题? 你小时候有没有曹冲的智慧? 你认为小孩问的问题是无稽之谈吗?

探究三:你认为孔融有智慧吗?

探究四:

(1) 三位哲学家的话共同说明了什么?

(2) "八荣八耻"对树立正确的世界观、价值观、人生观起着怎样的导向作用?

请同学们阅读教材内容,探究这些问题。

启发学生联系古今中外的具体事例说明哲学就在我们生活中,激发学生学习哲学的兴趣和热情。

四、思维点拨

(一) 哲学就在我们身边

1. 生活需要智慧、需要哲学

教师:同学们,我们通过上述所说的故事知道哲学其实并不是那么玄妙,甚至不是那么深奥。请大家拿出课本来看看,我们会发现原来我们要学习的这本书就叫《生活与哲学》,为什么要在哲学前面加上"生活"两个字呢?我们的生活和哲学之间究竟有没有关系呢?

探究一:请同学们以自己所在班级为例,思考下列问题:

(1) 如何处理个人与班集体的关系?

探究一:
学生讨论:——
点拨:
(1) 班级是一个整体,它由不同的同学所组成,我们都知道,班级利益大于个人利益,我们不能因为个人的关系而损害了班级的名誉,要

（2）如何看待同学的优点和缺点？

（3）如何尊重每个同学的个性？

（4）你感受到你班的变化吗？

（5）在教学中老师的作用大还是同学们的努力大？

2. 哲学的智慧和思想产生于人类的生活和实践活动

请同学们看漫画,思考探究二

曹冲称象

仰望天穹

请同学们回忆一下小时候是否问过:太阳为什么发光呢？这么好吃的东西是哪里来的呢？汽车为什么会跑得那么快？人类是怎样产生的……

探究二:你在童年时代是否也思考过类似的问题？你小时候有没有曹冲的智慧？你认为小孩提的问题是无稽之谈吗？

想成为一个优秀的班集体,离不开班里每个同学的努力。

（2）班里的每个同学都有优点和缺点,我们要敢于承认自己的缺点,揭露自己的缺点,并努力改正它,同时又要充分认识到自己的长处和优势,时刻充满自信。在对待其他同学时,要全面认识他人,不能因为别人的某一方面表现特别突出,就妄自菲薄,也不能因为某个同学有缺点就全盘否定。

（3）不同的同学有不同的个性,同学们的气质、性格、爱好、个人好恶等千差万别,但都存在于同一个集体中,这才使得我们的班级生活多姿多彩,更加丰富,我们只有认识到这一点,才能对不同同学的个性给予理解和体谅,大家才能融洽地相处在一起。

（4）一个班级是时刻变化发展着的,班里会有同学转学或者调来新老师,教室也可能随时更换,这个班集体里的同学随着时间的推移,年龄在增长,知识也在不断地增多,整个集体也会越来越团结,既然事物都是变化发展的,那么我们就应用发展的眼光看问题,看到同学或班级的潜力,不能因为某个同学或班级在某一阶段表现不佳,就放弃对它的希望。在学习中,我们也应该培养自己的创新精神,探索适应新学科、新知识的学习方法。

（5）班里的学习成绩和同学们的精神风貌要改变,老师的管教固然重要,但同学们自身的努力才起着决定性的作用。因此,不少同学和家长过多依赖老师,甚至寄希望于考场作弊,而忽视自身努力的做法是不正确的。

师生总结:

班级里还有许多方面可以体现更多不同的哲学道理,只要我们留心观察,仔细分析,便不难发现哲学就在我们的生活之中。

探究二:

学生讨论:——

提示:

人们在生活中提出的很多问题,其实都涉及到哲学问题。

哲学就是通过对一系列关于宇宙和人生的一般本质和普遍规律问题的思考而形成的一门学科。我们可以看出,虽然我们童年时代并不知道哲学是什么,但是我们在发现问题、分析问题、解决问题的时候,却自觉不自觉地与哲学的智慧联系在一起了。那大家想想,我们的这种哲学智慧是从哪里来的呢？是不是从天上掉下来？我们小时候有这样的智慧吗？

（二）哲学是指导人们生活得更好的艺术

1. 哲学的本义

既然我们已经清楚了哲学并不是那么神秘，那么大家可能会问：为什么我们要学习哲学呢？学习哲学有什么作用呢？

请看下面故事：

小时了了，大未必佳

孔融，字文举，东汉末年文学家，"建安七子"之一，山东曲阜人，孔子二十世孙。历任中军侯、虎贲中郎将、议郎、少府、太中大夫等职，官至北海相，故世称"孔北海"。

孔融幼有奇才，兄弟七个，他排行第六。4岁时，每与诸兄弟共食梨，总是拿最小的吃。大人觉得奇怪，问他，他回答："我小，当然应该吃小的。"这就是"孔融让梨"的故事。

10岁时，孔融随父到京师洛阳。听说河南尹李膺广交天下名士，便独自前去拜访。李膺声望极高，登门拜访者皆是名流才子及其亲属，能得到李膺接见更是莫大荣耀，时人称"登龙门"。

孔融以李膺亲戚为由求见。李膺见是小孩，并不认识，便问："你祖上跟我有什么亲戚关系？"孔融答道："我的祖先孔子曾拜您的祖先老子(李耳)为师，所以我们两家还是世交呢。"众人听了，莫不惊叹。正谈论间，太中大夫陈炜至，李膺指着孔融说："这是位神童。"陈炜不以为然地说："小时了了，大未必佳。"孔融马上应道："想君小时，必当了了。"孔融的绝妙回答令陈炜十分尴尬。此事传出，孔融名声大振。

探究三：你认为孔融有智慧吗？

2. 真正的哲学对人们具有重要意义

所以我们会发现，哲学的智慧就是在我们思考问题、解决问题的过程中产生的。

总结：

哲学的智慧是人们在认识世界和改造世界的活动中，在处理外部世界的实践中逐步形成和发展起来的。哲学的智慧产生于人类的实践活动。哲学源于人们对实践的追问和对世界的思考。

探究三：

学生讨论：——

点拨：孔融当然有智慧。人们的生活中充满了智慧，生活处处也充满了哲学。所以，我们说，哲学并不是那么神秘，它与我们的生活、自然、社会息息相关，并且总

请同学们阅读下面的话,回答探究四。

材料一:三位哲学家关于哲学的观点:

马克思说:"如果没有哲学我就不能前进。"

毛泽东说:"让哲学从哲学家的课堂上和书本里解放出来,变成群众手里的尖锐武器。"

冯友兰说:"具体知识使人成为某种人,而哲学使人成为人。"

材料二:胡锦涛主席2006年3月在十届政协会议期间提出"以热爱祖国为荣,以危害祖国为耻;以服务人民为荣,以背离人民为耻;以崇尚科学为荣,以愚昧无知为耻;以辛勤劳动为荣,以好逸恶劳为耻;以团结互助为荣,以损人利己为耻;以诚实守信为荣,以见利忘义为耻;以遵纪守法为荣,以违法乱纪为耻;以艰苦奋斗为荣,以骄奢淫逸为耻"。"八荣八耻"为广大群众特别是青少年牢固树立社会主义道德观指明了方向。

探究四:

(1) 三位哲学家的话共同说明了什么?

(2) "八荣八耻"对树立正确的世界观、价值观、人生观起着怎样的导向作用?

是自觉或不自觉地影响着我们的学习、工作和生活。

教师总结:

因为哲学是一门给人智慧、使人聪明的学问。所以我们学习哲学能让自己变得更加聪明、充满智慧。

探究四:

学生讨论:——

点拨:

(1) 哲学能在人类生活的路途上点起前行的明灯,指导人们正确地认识世界和改造世界。

哲学主要是研究宇宙和人生的一般本质和普遍规律的学问,如果我们对这个世界、社会更了解,对人生能有一个正确的认识,无疑能让我们生活得更美好。

(2) "八荣八耻"的发表、提出是对马克思主义哲学的继承和丰富。新时代的物质文明飞跃发展和进步,势必产生新的世界观、人生观、道德观。在这个时候提出这个概念、观点自然是因为有更深的时代背景和社会发展的需要。"八荣八耻"为新时代人们认识世界和改造世界提出了新的哲学观、世界观、道德观。

在新的历史时期和生活环境中人要坚持什么,反对什么,抵制什么,继承什么,发扬什么,人们要认清是非,分清善恶,知道美丑。

师生总结:

所以我们说哲学思想无所不在地影响着社会生活。哲学能帮助人们正确看待自然、社会和人的变化和发展。

五、知识构建

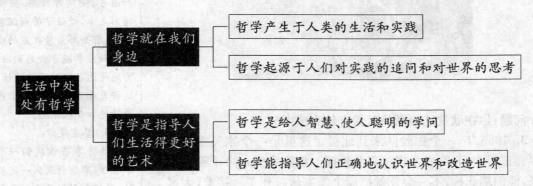

上述知识点之间有哪些内在联系?与你的生活有哪些联系?请你用自己的语言表述出来。

六、资源开发

通过经典事例引导学生搜集、甄选和开发与本框内容密切相关的学生身边的生活资源,包括本地重要历史和现实中的资料(如社区生活、校园生活、家庭生活以及重大活动等)培养学生搜集信息、处理信息的能力以及从上述资源中提取有效信息的能力。

1. 我们从以下的例子来说明哲学对现实的意义:

例　子	正误	世界观	方法论
围湖、围海造田、毁林造田	错误	事物是普遍联系的	尊重事物的联系,用联系的观点看问题
大跃进	错误	规律是客观的	要按客观规律办事
加入"世贸"有利有弊,但利大于弊	正确	矛盾主次方面的关系原理	两点论与重点论的统一
现代化建设分三步走	正确	量变与质变关系原理	要注重量的积累

2. 观察法国著名雕塑家罗丹的《思想者》,回答问题:

思想者

问题:你在欣赏这幅画的时候有什么感悟?

3. 1956年,一个探险队来到北极。这里是一个冰天雪地的世界。正行走间,突然发现一只北极熊。探险家们一个个都兴奋起来,他们端起枪,不一会儿就把那个笨家伙打死了。接着,大家围在一起,品尝着营养丰富、别有风味的熊肝。谁知,不一会儿,

1. 引导学生搜集生活中的事例,并思考这些事例所说明的哲理,这些哲理对人生的意义。

2. 答案提示:

雕像《思想者》,塑造了一个强有力的劳动男子。这个巨人弯着腰,屈着膝,右手托着下颌,默视下面发生的悲剧。他那深沉的目光以及拳头触及嘴唇的姿态,表现出一种极度痛苦的心情。他渴望沉入"绝对"的冥想,努力把那强壮的身体抽缩、弯压成一团。他的肌肉非常紧张,不但在全神贯注地思考,而且沉浸在苦恼之中。他注视着下面所演的悲剧,他同情、爱惜人类,因而不能对那些犯罪的人下最后的判决,所以他怀着极其矛盾的心情,在那深刻的沉思中,体现了伟大诗人但丁内心的苦闷。这种苦闷的内心情感,通过对面部表情和四肢肌肉起伏的艺术处理,生动地表现出来,例如那突出的前额和眉弓,使双目凹陷,隐没在暗影之中,增强了苦闷沉思的表情,有如那紧紧收屈的小腿肌腱和痉挛般弯曲的脚趾,有力地传达了这种痛苦的情感。这种表面沉静而隐藏于内的力量更加令人深思。

3. 答案提示:

这件事告诉我们一个哲学道理:事物量变到一定程度时,必然会引起质变。熊肝本来是一种营养丰富的食品,人

这些探险家们一个个东倒西歪,头晕腹泻,都像得了重病似的。这是为什么呢?后来人们搞清,熊肝中含有大量的维生素 A,如果一次吃得太多,不仅起不到营养身体的作用,反而会引起维生素 A 中毒。这些探险家们吃熊肝,真是得不偿失。

洋人常说,学汉语比登月还难。此话并非夸张,因为汉语语法与外语语法相去甚远,这就使得他们"百思不得其解"。于是,洋人学汉语的趣事就时有发生。

有些初到中国的老外,对"方便"一词常弄出不少笑话来。

汉语俗语中,说上厕所为"方便",或者说"去方便一下",于是,有的老外就把"方便"仅仅理解为"进洗手间"去大便或小便。这么一来,他们在街上见到"为顾客提供方便"的招幌时,便认为是为顾客"登厕"、"解手"排忧解难的服务"广告"。

既然老外把"方便"一词理解为"钻到厕所里去了",自然不敢到名为"方便旅社"的客栈去投宿;不敢进名为"方便酒家"的饭店去用餐。来到副食商店,见到标有"方便面"出售,必然想到这种食品一定"选料奇特",绝对不可能是"味道好极了"的。

更有趣的是在广播或电视中,邀请外宾来访,还要说"在您方便的时候"前来访问,洋人们真想不通,为什么一定让贵宾在"上厕所的时候"来访呢?

4. 有两个人去埃及旅行,一位是历史学家,一位是哲学家,这俩人是好朋友,经常结伴出游。一下飞机,历史学家还是老习惯,先去当地的街市上逛逛,哲学家则先回酒店安顿下来写写东西。几小时以后,历史学家回来了,很兴奋的样子,很神秘地从怀里拿出两颗珠子,开始讲他在集市上的奇遇:逛到一个老太太的小地摊前,看见摆着几样很老旧的工艺品,其中有一件浑身漆黑、工艺粗糙的猫形雕塑,猫眼睛是一对珠子镶嵌而成,历史学家拿起这黑猫端详了一番,猫除了挺沉的似乎没啥特别,但历史学家看清楚那猫眼后开始心跳加快了,这是一种很稀有的宝石,一颗能值几千美金呢。"夫人,请问您这猫怎么卖啊?""先生,500 美元。不是我孙子病了急着用钱我不会卖这家里的传家之物的,从我生下来家里就摆着这只猫了。""一只老铁猫根本值不了这么多钱,何况它的做工还比较粗糙,其实我只是喜欢这对猫眼睛,我平常都是爱收集珠子的,我只要这对珠子,给您 200 美元吧。"最后两人讨价还价以 300 美元成交。历史学家乐坏了,他对哲学家朋友说:"这珠子一颗都得值 3 000 美元呢,我认得这种宝石,并且应该是 300 百多年以前的加工工艺。"云云,喜形于色。

哲学家知道自己的朋友是识货之人,他并不懂古董,但还是拿过那珠子看了看,突然,他飞也似的跑出房间。留下史学家先生在房间里诧异,一会儿工夫,哲学家气喘吁吁地抱着一只没有

吃得适量,对人体大有好处。但是,如果一次吃得过量,那不仅对人体不利,而且有害。所以,我们做事情,一定要坚持适度的原则,把握好分寸。

唯物辩证法认为,任何事物都有其自身的特点,即矛盾的特殊性,它要求我们想问题,办事情必须坚持具体问题具体分析。许多汉语词语具有多种含义,用在不同地方,往往有着不同甚至相反的意思。初学汉语的"老外"由于没有"摸清"这一特点,只知其一,不知其二。于是就将这"其一"到处生搬硬套,酿成笑话也就不足为怪了。

4. 答案提示:
　　史学家虽然识得常人不知的珍宝,但他却不会判断,而他的朋友虽然不懂鉴赏,但他却善于思考和分析,并能迅速做出决断。

眼睛的黑猫雕塑回到了酒店。史学家问：买它干什么？花多少钱？哲学家边说200美元，边从旅行包里拿出一把瑞士军刀，径直在黑猫身上刮了起来，稍费了一些气力，刮下很厚的一层黑漆来，露出黄澄澄的色泽来。"是黄金！"史学家惊呼。哲学家笑了："一只粗糙的铁猫怎么会镶上如此名贵的宝石呢？当我亲眼见到这浑身黑漆的沉甸甸大猫时，我坚信它肯定不是铁铸的。"

　　问题：为什么说哲学家的判断是对的？

引导学生搜集身边的生活事例说明。

七、三维评价

◎ 经典训练

(一) 在每题给出的四个选项中，只有一项是最符合题意的

1. 哲学研究的对象是　　　　　　　　　　　　　　　　　　　　　　　（　　）

A. 人类社会最一般、最普遍的问题　　　B. 自然界最一般、最普通的问题

C. 人生最一般、最普通的问题　　　　　D. 整个世界最一般、最普通的问题

参考答案：D

2. "哲学开始于仰望天穹。"这句话生动、形象地说明　　　　　　　　　　（　　）

①哲学的发展与大自然有关　②一切科学知识都是人们处理与外部世界关系的结果　③哲学是给人智慧，使人聪明的学问　④哲学源于人们对实践的追问和对世界的思考

A. ①②　　　　　B. ②③　　　　　C. ②④　　　　　D. ③④

参考答案：D

3. 哲学的智慧产生于人们的　　　　　　　　　　　　　　　　　　　　（　　）

A. 主观想象　　　B. 实践活动　　　C. 独立思考　　　D. 外部世界

参考答案：B

4. 人们创造哲学是为了　　　　　　　　　　　　　　　　　　　　　　（　　）

A. 迷惑人　　　　B. 超脱现实　　　C. 认识和改造世界　D. 满足好奇心

参考答案：C

5. 哲学的任务就是　　　　　　　　　　　　　　　　　　　　　　　　（　　）

A. 正确的认识世界　　　　　　　　　　B. 规定人们生活的内容和方式

C. 指导人们正确地认识和改造世界　　　D. 指导人们正确地处理人与自然的关系

参考答案：C

6. 真正的哲学　　　　　　　　　　　　　　　　　　　　　　　　　　（　　）

①可以帮助人们正确地看待自然、社会和人生的变化和发展　②就是处理人们生活中进与退、名与利、得与失关系的学问　③能对人们的生活和实践提供积极有益的指导　④是源于对实践的追问和对世界的思考

A. ①②　　　　　B. ③④　　　　　C. ①③　　　　　D. ②④

参考答案：C

7. 马克思说："哲学不是在世界之外，就如同人脑虽然不在胃里，但也不在人体之外一样。"对这句话可以这样理解　　　　　　　　　　　　　　　　　　　　　　　（　　）

A. 哲学在世界之内　　　　　　　　　　B. 哲学就在我们身边

C. 哲学是指导人们生活得更好的艺术　　　D. 学习哲学可使人更聪明

参考答案:B

(二) 在每题给出的四个选项中,至少有一项是符合题意的

8. 哲学是　　　　　　　　　　　　　　　　　　　　　　　　　　　(　)

A. 文化的活的灵魂　　　　　　　　　　B. 生活的艺术,是人类美好生活的向导

C. 爱智之学　　　　　　　　　　　　　D. 处理集体利益与个人利益的学问

参考答案:AC

9. 关于哲学的产生,下列表述正确的有　　　　　　　　　　　　　　　(　)

A. 哲学源于人民对实践的追问和对世界的思考

B. 哲学是关于世界观的学说

C. 哲学是人们抽象思维和智慧的产物

D. 哲学是人们在认识世界和改造世界的活动中产生的

参考答案:ACD

(三) 辨析题(仅作判断不说明理由者不得分)

10. 哲学源于人脑而产生。

参考答案:(1)哲学智慧不是人脑自发产生的,它产生于人类的实践活动。(2)哲学源于人们对实践的追问和对世界的思考。

题目的观点是错误的。

(四) 论述题(要求紧扣题意,综合运用所学知识,结合材料展开分析)

11. 江泽民同志指出:"中国特色社会主义文化,渊源于中华民族五千年文明史,又根植于中国特色社会主义的实践,具有鲜明的时代特点,它反映我国社会主义经济和政治的基本特征,为经济发展和社会全面进步提供强大的精神动力和智力支持。"哲学属于思想文化范畴,当然也不例外。

请结合上述论断谈谈你对哲学与时代关系的理解。

参考答案:(1)哲学来源于时代,是时代精神的总结和升华。哲学属于思想文化范畴,是对一定时代社会经济和政治的反映,它的内容来源于时代。真正的哲学反映自己时代的任务和要求,牢牢把握时代的脉搏,正确地总结和概括时代的实践经验和认识成果,是时代精神上的精华。(2)哲学反作用于时代,是社会变革的先导和推动力量。哲学可以通过对社会弊端、旧制度和旧思想的批判,更新人的观念,解放人的思想。哲学还可以预见和指明社会的前进方向,提出社会发展的理想目标,人们追求美好的未来;动员和掌握群众,从而转化为变革社会的巨大的物质力量。

(五) 生活探究题

12. (1) 你能否说出下列俗语、古诗、成语充满的哲理:

俗语:"煲汤下盐"——把握事物发展变化的"度"

"头痛医头、脚痛医脚"——否认事物的联系

古诗:"沉舟侧畔千帆过,病树前头万木春"——新事物必然战胜旧事物

"蝉噪林愈静,鸟鸣山更幽"——矛盾双方既对立又统一

成语:拔苗助长——不尊重规律,夸大主观能动性

刻舟求剑——否认事物的运动

郑人买履——教条主义,从本本出发

塞翁失马——矛盾双方的相互转化

（2）请同学们仔细观察下面这幅国画，然后回答问题：

问题："扬州八怪"之一李方膺题的一幅《梅花图》写到"触目横斜千万朵，赏心只有两三枝"。请欣赏这幅画，结合这句题跋，你能悟出什么哲学道理？

参考答案：简明扼要地阐述了艺术创作过程是由"特殊"到"一般"的高度概括与提炼的过程。"触目横斜千万朵"是指梅花怒放，"赏心只有两三枝"是指由点到面，突出重点。告诉人们看问题既要看到"共性"，又要看到"个性"，既要全面又要突出重点。

◎ 闪光记录

评教评学，以学生为主体，包括知识及其构建、内容方法、信息的搜集与甄选、学法指导、自主学习能力、思维火花、密切相关的社会实践活动能力与效果等方面的综合评价。采用表格或其他形式记录学生学习本框的情况：如探究的内容、探究问题的状态（活动或问题）、方式方法、效果、回答问题及练习情况等。

学完本课我的收获	知识		
	能力		
	情感、态度、价值观		
我对同学的评价	小组成员分工及任务完成情况	同学姓名	对他（她）的综合评价

（续表）

对我自己的综合评价		学习态度	课堂表现	社会实践反馈	自主完成作业的情况
	自评				
	老师				
	同学				
	家人				

说明：

1. 课堂表现要求写明具体行为，如课堂状态、课堂参与、课堂创新思维等。
2. 自我评价、教师评价、他人评价将和期中期末考试成绩作为综合评定指标。
3. 小组成员在没有分工合作的情况下，将对他的学习态度进行评价。
4. 小组评和自评以具体行为表现为主，老师评以 A、B、C、D 等次评定。
5. "小组成员分工及任务完成情况"指的是自己对其他同学的评价。
6. 以小组为单位，每节课反馈一次。

（林　峰　撰写）

第二框　关于世界观的学说

一、教学目标

● 知识目标

(1)哲学、世界观和方法论的含义。(2)哲学与世界观、哲学与方法论、哲学与具体科学的关系。(3)具体科学的含义。

● 能力目标

(1)能搜集生活中的有关事例和具体科学的事例说明哲学是系统化和理论化的世界观,说明哲学的基本含义。(2)能运用哲学与世界观、哲学与方法论、哲学与具体科学关系的知识分析生活中的具体事例和生活现象。

● 情感、态度和价值观目标

(1)通过本课的学习,使学生深刻认识哲学为具体科学提供世界观和方法论的指导,哲学对具体科学研究的重要作用和指导意义。(2)学好哲学的重要性。

重点与难点

重点:哲学是理论化、系统化的世界观。

难点:世界观与方法论是统一的。

学情分析:本课有三个基本的重要概念:哲学、世界观和方法论,但教学目标的关键是要引导学生全面理解哲学的含义,这对学生来讲是一个很熟悉又是全新的概念,是学习哲学的最基本的概念,深入地理解哲学的概念对学好哲学有很大的帮助。但是要使学生真正理解什么叫哲学,需要在以后各课学习中逐步深化。其实,学生在思考生活中的很多问题时,有时都不自觉地运用了哲学的思维方法和道理,但什么叫哲学,则是很抽象的问题。本框内容的思路是:在对哲学与世界观、方法论、具体科学的比较中理解哲学概念和含义。

二、案例导入

请同学们看下面的漫画,并思考问题

通过漫画引入新课,以激发学生的学习兴趣,调动学生思考问题的积极性,让学生知道人的思想、行为是受世界观影响的。

引导和鼓励学生列举相关生活现象以及对日常生活中、社会生活和自然界中一些现象的思考和看法。

1. 漫画中的病人为什么看病要选择日子？这反映了什么样的世界观？

2. 什么是世界观？世界观和哲学有什么关系？

三、问题探究

探究一：哲学与人们追问的问题"世界究竟是什么"之间存在什么关系？

探究二：大家分析一下，从语句角度看，这个标题的句子成分是否完整？

探究三：在理解"世界观"这个概念的时候，我们要注意抓住它的主干，大家试试看，世界观是什么？

探究四：不管你对这个世界怎么看，都是你对世界的一种看法，你说你有世界观吗？

探究五：面对同一个事物，为什么不同的人会得出不同的结论？为什么不同的人对神舟六号发出不同的感慨？

探究六：在防治非典问题上，为什么会有如此不同的做法？

探究七：刚才我们已经将具体科学知识分成三类了，那么哲学应该归在哪类呢？它与其他学科相同吗？

探究八：具体科学和哲学的关系？

通过问题探究，启发学生思考日常生活中的一些现象。

探究的基本问题：(1)为什么说哲学是世界观与方法论的统一？(2)世界观与方法论的密切关系。(3)哲学与具体科学有何关系？

采取恰当形式，组织学生对此进行讨论。

四、思维点拨

关于世界观的学说

每个人在童年时期必定会有一个时刻，也许是在某个夏夜，抬头仰望，突然发现了广阔无际的星空。这时候，他的心中会油然生出一种神秘的敬畏感，一个巨大而古老的问题开始叩击他的头脑：世界是什么？

德国哲学家康德说，世上最使人惊奇和敬畏的两样东西就是头上的星空和心中的道德律。中国最早的哲学家孔子、墨子、老子、孟子也都曾默想和探究"天"的道理。地上沧桑变迁，人类世代更替，苍天却千古如斯，始终默默无言地覆盖着人类的生存空间，衬托出了人类存在的有限和生命的短促。它的默默无言是否蕴含着某种高深莫测的意味？它是神的居所还是物质的大自然？仰望天穹，人不由自主地震撼于时间的永恒和空间的无限，于是发出了哲学的追问：这无始无终、无边无际的世界究竟是什么？

探究一：哲学与人们追问的问题"世界究竟是什么"之间存在什么关系？

教师：同学们翻开课本第5页，我们今天要学习的内容，标题是"关于世界观的学说"。

探究一：
学生讨论：——
点拨：
哲学以世界观为内容，是系统化理论化的世界观，世界观以哲学为最高表现。

探究二
学生讨论：——
点拨：
从标题的讨论入手，引导学生逐步认识哲学与世界观的关系。
标题缺少的主语是"哲学"，也就是说，标题的完整意思应该探究二:大家分析一下,从语句角度看,这个标题的句子成分是否完整?

1. 哲学是系统化理论化的世界观。(多媒体显示)

探究三:在理解"世界观"这个概念的时候,我们要注意抓住它的主干,大家试试看,世界观是什么?(引导学生进行分析)

探究四:不管你对这个世界怎么看,都是你对世界的一种看法,你说你有世界观吗?

(1)世界观是人们对世界以及人与世界关系的总的看法和根本观点。

(2)自发的世界观与系统化理论化的世界观既有联系又有区别。

(3)哲学是世界观和方法论的统一。

请同学们看漫画,"各有所思"并思考:

探究五:面对同一个事物,为什么不同的人会得出不同的结论?为什么不同的人对神舟六号发出不同的感慨?

阅读下面材料,请同学回答探究六。

2003 年我国出现了"非典"疫情,我们依靠什么来战胜非典?

答案毫无疑问是科学,积极加强对疫病的预防、控制。医学治疗的临床实践告诉我们,非典是可防、可治的。只要我们相信科学,依靠科学,就一定能够战胜病魔。然而,在迎战非典的关键时期,竟然有人搬来迷信当救兵,

是:哲学是关于世界观的学说。

引导学生阅读教材,思考本框内容主要讲了哪几个问题?这些问题与你的生活有何关系?你能列举一些事例来说明吗?

探究三:

学生讨论:——

点拨:

从我们的分析可以看出来,世界观是人们对整个世界以及人与世界关系的总的看法和根本观点。这里我们要特别注意几个关键词:"整个世界"、"总的看法"、"根本观点"。所谓"总的看法"和"根本观点",是指人们对事物共同特征进行概括和抽象出来的看法和观点。

探究四:

学生讨论:——

点拨:

我们每个人都有世界观,只不过我们不知道而已。

教师:既然大家都有世界观,而哲学又是关于世界观的学说,那么,是不是意味着我们在座的每位同学都懂得哲学呢?

虽然我们都有世界观,但是一些朴素的、自发的对世界的看法或观点,并不是我们说的哲学。那究竟怎么样的世界观才能称为哲学呢?

原来,自发的、朴素的世界观并不能称为哲学,只有那些"系统化、理论化"的世界观,我们才能称为哲学。

哲学是系统化理论化的世界观:

世界观人人都有,但一般人自发形成的世界观是零散的不自觉的,并不是哲学。哲学是哲学家依据一定的自然知识、社会知识和思维知识,把不自觉、不系统的世界观加以理论化、系统化而形成的思想体系。

探究五:

学生讨论:——

点拨:从哲学上看,就是因为不同人的世界观和方法论不同。人们用世界观作指导去认识世界和改造世界,就形成了方法论。

2003年5月6日,《三湘都市报》报道,由于害怕非典侵入,湖南省不少农村地区出现受"巫婆神汉"唆使,求神拜佛、烧香磕头的迷信活动。在株洲市一处农村,5月4日下午来了一个"神汉",刚进村庄,便大肆宣扬非典的可怕,在当地农民中造成恐慌,他要求大家请观音老母救苦救难,于是在不到两个小时内,该村几乎每家每户都烧香拜佛,有的还放起鞭炮,点燃红烛,跪地祭天。

探究六:在防治非典问题上,为什么会有如此不同的做法?

2. 哲学是对自然、社会和思维知识的概括和总结

请大家看看自己的课程表,我们学习哪些课程呢?

(引导学生对所学知识进行分类)

自然科学知识:物理、化学、生物等。

社会科学知识:历史等。

思维科学知识:心理学等。

探究七:刚才我们已经将具体科学知识分成三类了,那么哲学应该归在哪类呢?它与其他学科相同吗?

那么,哲学和具体科学是不是就没有什么联系了呢?我们先看看课本第7—8页的综合探究。

(学生阅读第7—8页的综合探究,恩格斯的两段话和牛顿的"第一推动力")

探究八:具体科学和哲学的关系?

探究六:

学生讨论:——

点拨:世界观决定方法论,方法论体现世界观,有什么样的世界观就有什么样的方法论。

哲学是世界观和方法论的统一。

探究七:

学生讨论:——

点拨:其实,哲学与具体科学揭示的东西是不同的。具体科学揭示的是自然、社会和思维某一具体领域的规律和奥秘,我们也俗称为"小规律";而哲学是对个别的规律和特性进行新的概括和升华,从中抽象出最一般的本质和最普遍的规律,也俗称为"大规律"。

很明显,大规律是包含小规律的,也就是说哲学揭示的规律和本质在具体科学里也是普遍适用的。

从这里我们可以看出,哲学与具体科学是不同的,它不属于上面我们所分的任何一类。

探究八:

学生讨论:——

点拨:恩格斯的论断,一方面揭示了哲学思维的反思、概括和抽象的特点,说明社会历史实践的发展和科技进步是推动哲学前进的动力;另一方面说明具体科学是哲学的基础,具体科学的进步推动了哲学的发展。

牛顿研究工作的得失,说明科学家的研究活动都是自觉或不自觉地在某种世界观的指导下进行的,世界观对具体科学研究有指导作用,无论是研究社会科学还是研究自然科学的人们,都要树立科学的世界观。

哲学与具体科学的关系:

具体科学是哲学的基础,具体科学的进步推动着哲学的发展;哲学为具体科学提供世界观和方法论的指导。

五、知识构建

提纲:

关于世界观的学说

1. 哲学是系统化理论化的世界观

(1) 世界观是人们对世界以及人与世界关系的总的看法和根本观点。

(2) 自发的世界观与系统化理论化的世界观既有联系,又有区别。

(3) 哲学是世界观和方法论的统一。

2. 哲学是对自然、社会和思维知识的概括和总结

(1) 哲学是人们对自然、社会和思维知识进行反思的结果,是人们从自然、社会和思维知识中概括抽象出来的最一般的本质和最普遍的规律。

(2) 具体科学是哲学的基础,具体科学的进步推动着哲学的发展;哲学为具体科学提供世界观和方法论的指导。

结构图表:

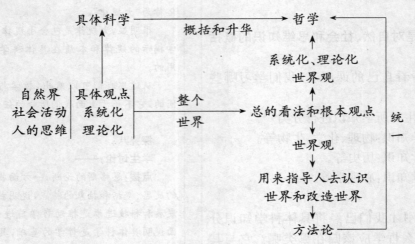

1. 上述知识点之间有哪些内在联系?与你的生活有哪些联系?请你用自己的语言表述出来。
2. 本框内容与前面学过的内容有哪些联系?请把这些联系归纳出来。

六、资源开发

通过经典事例引导学生搜集、甄选和开发与本框内容密切相关的学生身边的生活资源(包括本地重要历史和现实中的资料,如社区生活、校园生活、家庭生活以及重大活动等),培养学生搜集信息、处理信息的能力以及从上述资源中提取有效信息的能力。

1. 北京时间 2005 年 10 月 12 日 9 时 39 分,中国载人航天工程总指挥陈炳德宣布:"神舟六号载人飞船发射取得圆满成功。"我国自行研制的神舟六号载人飞船,准确进入预定轨道,中国航天员费俊龙、聂海胜被顺利送上太空。10 月 17 日凌晨 4 时 32 分,在经过 115 小时 32 分钟的太空飞行后,神舟六号载人飞船返回舱在内蒙古四王子旗

1. 答案提示:

神舟六号载人航天飞行的成功,标志着我国在发展载人航天技术、进行有人参与的空间实验方面取得了又一个具有里程碑意义的重大胜利,这对于进一步提升我国的国际地位、增强我国的经济实力、科技实力、国防实力和民族凝聚力,鼓舞全国各族人民紧密团结在党中央周围,不断把中国特色社会主义伟大事业推向前

主着陆场成功着陆,实际着陆点与理论着陆点仅相差1公里,返回舱完好无损,航天员费俊龙、聂海胜安全返回。至此,中国神舟六号航天载人飞行获得圆满成功。

说一说:我国神舟六号载人飞船的成功发射和顺利回收与今天学习的知识有什么关系。

2. 哲学是灵魂

我国著名的地质学家李四光认为"哲学是灵魂"。早在 1948 年,李四光在英国时就反复阅读了《自然辩证法》和《反杜林论》。1950 年回国后,他又精读了这些原著和毛泽东的哲学著作,并自觉地把这些学习成果运用到地质研究工作中去,构建了自己的地质力学理论。正是在这一理论的指导下,先后找到并开发了包括大庆油田在内的许多油田,摘掉了"中国贫油"的帽子,为中国人民争了光,为社会主义建设做出了巨大贡献。

3. 党的十六届三中全会从我国经济社会发展的实际出发,明确提出要树立科学的发展观,它涵盖了三个基本点:坚持以人为本是科学发展观的本质和核心;促进和实现经济社会的全面协调可持续发展和人的全面发展是科学发展观的主要内容;统筹城乡发展、统筹区域发展、统筹经济社会发展、统筹人与自然和谐发展、统筹国内发展和对外开放是科学发展观的根本要求。

从指导经济社会发展来说,科学发展观具有世界观和方法论的意义。

进,具有重大而深远的意义。

2. 答案提示:

可以这样说,没有科学理论的指导,就不会有李四光的地质力学理论,没有李四光的地质力学理论,就不会有中国石油工业的发展。"哲学是灵魂"又一次被实践所证明。

3. 答案提示:

科学发展观是指导发展的世界观的集中体现。科学发展观是我们党根据马克思主义的基本原理,深刻总结国内外经济发展的经验教训,吸收人类文明进步的新成果,站在历史和时代的高度,提出的关于发展的一般看法和根本观点。科学发展观强调可持续发展,保护自然资源和生态环境,促进人与自然和谐相处,体现了科学的自然观,是关于人与客观世界之间关系的基本观点。

科学发展观是指导发展的方法论的集中体现。"五个统筹"是深化改革和扩大开放的重要战略方针,是党和国家领导经济社会发展工作的基本政策取向和行为导向。在每一个"统筹"中,都有一系列相应的政策措施。真正做到这"五个统筹",最大限度地兼顾各个方面,其结果必然就是全面、协调、可持续发展,就是社会和谐,就是人与自然的和谐相处。因此可以说,科学发展观集中体现了经济社会发展的基本途径和一般方法。

七、三维评价

◎ 经典训练

(一) 在每题给出的四个选项中,只有一项是最符合题意的

1. 爱因斯坦曾经说过:"哲学要是不同科学接触,就会变成一个空架子;科学要是没有哲学,就是原始的混乱的东西。"这表明　　　　　　　　　　　　　　　　　　(　　)

A. 哲学与各门具体科学是相互区别的

B. 哲学既是世界观又是方法论

C. 哲学以各门具体科学为基础,又对具体科学研究起指导作用

D. 哲学与各门具体科学的关系是整体与部分的关系

参考答案:C

2004年3月20日新华社报道,中共中央近日发出《关于进一步繁荣发展哲学社会科学的意见》。《意见》指出,在全面建设小康社会开创中国特色社会主义新局面、实现中华民族伟大复兴的历史进程中,哲学社会科学具有不可替代的作用。必须进一步提高对哲学社会科学重要性的认识,大力繁荣发展哲学社会科学。运用所学知识,完成2—3题。

2. 下列关于哲学的说法中,正确的是 　　　　　　　　　　　　　　（　　）
A. 哲学是关于方法论的科学　　　　　　B. 哲学是人们对于整个世界的根本观点
C. 哲学是关于世界观的学说　　　　　　D. 哲学是对社会科学知识的概括和总结

参考答案:C

3. 之所以要大力繁荣发展哲学社会科学,是因为 　　　　　　　　　（　　）
A. 无论是解放和发展生产力,还是实现人的全面发展,哲学社会科学都发挥着不可替代的作用
B. 哲学社会科学是推动人类社会发展的根本动力
C. 哲学社会科学决定着人类社会的发展方向
D. 认识世界和改造世界是人类从事的两项基本活动

参考答案:A

(二) 在每题给出的四个选项中,至少有一项是符合题意的

4. 所谓哲学是指 　　　　　　　　　　　　　　　　　　　　　　（　　）
A. 对整个世界总的看法和根本观点
B. 以世界观为研究对象的知识体系
C. 关于世界观的学说,是具体知识的概括和总结
D. 各门具体知识的总和

参考答案:ABC

5. 对哲学这一概念的正确认识有 　　　　　　　　　　　　　　　（　　）
A. 哲学是科学的世界观和方法论的统一　　B. 哲学是世界观和方法论的统一
C. 哲学是关于世界观的学说　　　　　　　D. 哲学是对具体知识的概括和总结

参考答案:BCD

6. 关于哲学与具体知识的关系,下列说法中正确的有 　　　　　　　（　　）
A. 哲学以具体知识为基础　　　　　　　B. 具体知识以哲学为基础
C. 各门具体知识以哲学为指导　　　　　D. 哲学与各门具体知识可以互相代替

参考答案:AC

7. 对世界观、方法论、哲学三者之间关系的表述,正确的是 　　　　（　　）
A. 哲学既是世界观的学说又是方法论的学说
B. 要有世界观和方法论就必须学习哲学
C. 不同的哲学,世界观和方法论不同
D. 科学的世界观决定科学的方法论,二者构成哲学

参考答案:AC

8. 对于哲学和具体科学的关系,下列观点正确的有 　　　　　　　（　　）
A. 哲学与具体科学是一般与个别、共性与个性的关系
B. 具体科学是哲学基础,具体科学的进步推动着哲学的发展
C. 哲学则为具体科学提供世界观和方法论指导

D. 哲学既是世界观又是方法论

参考答案:ABC

(三)辨析题(仅作判断不说明理由者不得分)

9. 辨题:任何哲学都是自己时代的精神上的精华,都是科学的世界观和方法论。

参考答案:(1)任何哲学都是一定时代精神的总结和升华,是一定社会和时代的精神生活的构成部分,是一定社会与时代的经济和政治在精神上的反映。(2)哲学可能正确或者比较正确反映一定时代的社会生活,也可能错误和歪曲地反映,所以只有正确反映时代的任务和要求,牢牢地把握了时代的脉搏,正确地总结和概括时代的实践经验和认识成果的哲学才是自己时代的精神的精华。(3)马克思主义哲学是人类思想智慧的结晶,第一次实现了唯物主义与辩证法的有机统一,唯物辩证的自然史观与唯物辩证的历史观的有机统一,实现了实践基础上的科学性和革命性的统一,是科学的世界观和方法论,是人生的根本指南,也是建设有中国特色社会主义的理论基础。(4)题中观点把所有哲学都看成时代精神的精华,是科学的世界观和方法论显然是不正确的。

(四)论述题(要求紧扣题意,综合运用所学知识,结合材料展开分析)

10. 美国科学家罗杰·胡克说:"哲学应该是对智慧的当前的探求。"

美国哲学家威尔·杜兰特说:"仅有科学而无哲学,仅有事实而无洞察力和价值观,是不能使我们免于浩劫和绝望的。科学给予我们知识,然而只有哲学才给予我们智慧。"

阅读材料,联系所学内容回答问题:

什么是哲学?怎样全面理解哲学的概念?

参考答案:哲学是关于世界观的学说。①从本义上看,哲学是指爱智慧或追求智慧。②从哲学与世界观的关系上看,哲学是关于世界观的学问,是系统化理论化的世界观。③从哲学与方法论的关系上看,哲学也是方法论的学说,是世界观和方法论的统一。④从哲学与具体知识的关系来看,哲学是对自然、社会和思维知识的概括和总结。

(五)生活探究题

11. 2006年3月4日,胡锦涛总书记在看望全国政协委员时对社会主义荣辱观的精辟阐述,在社会各界和广大青少年中引起强烈反响。坚持以热爱祖国为荣、以危害祖国为耻,以服务人民为荣、以背离人民为耻,以崇尚科学为荣、以愚昧无知为耻,以辛勤劳动为荣、以好逸恶劳为耻,以团结互助为荣、以损人利己为耻,以诚实守信为荣、以见利忘义为耻,以遵纪守法为荣、以违法乱纪为耻,以艰苦奋斗为荣、以骄奢淫逸为耻。这"八荣八耻"对社会主义思想道德建设和青少年健康成长提出了明确的要求。我们要深刻领会总书记的讲话精神,按照总书记的要求,在广大青少年中大力弘扬社会主义荣辱观,促进社会主义思想道德建设,促进青少年健康成长。

请同学们按照"八荣八耻",对照和检查自己,思考一下自己应该树立怎样的世界观、人生观、价值观?

参考答案:(略)。

◎ **闪光记录**

评教评学,以学生为主体,包括知识及其构建、内容方法、信息的搜集与甄选、学法指导、自主学习能力、思维火花、密切相关的社会实践活动能力与效果等方面的综合评价。采用表格或其他形式记录学生学习本框的情况:如探究的内容、探究问题的态度(活动或问题)、方式方法、效果、回答问题及练习情况等。

		学习态度	课堂表现	社会实践反馈	自主完成作业的情况
学完本课我的收获	知识				
	能力				
	情感、态度、价值观				
我对同学的评价	小组成员分工及任务完成情况	同学姓名	对他（她）的综合评价		
对我自己的综合评价	自评				
	老师				
	同学				
	家人				

说明：

1. 课堂表现要求写明具体行为,如课堂状态、课堂参与、课堂创新思维等。
2. 自我评价、教师评价、他人评价将和期中期末考试成绩作为综合评定指标。
3. 小组成员在没有分工合作的情况下,将对他的学习态度进行评价。
4. 小组评和自评以具体行为表现为主,老师评以 A、B、C、D 等次评定。
5. "小组成员分工及任务完成情况"指的是自己对其他同学的评价。
6. 以小组为单位,每节课反馈一次。

（江静珍　王宏奎　劳　强　撰写）

第二课　百舸争流的思想

第一框　哲学的基本问题

一、教学目标

● **知识目标**

(1)哲学的基本问题是什么？(2)哲学基本问题包括两方面的内容。(3)唯物主义和唯心主义的基本含义及其划分标准。(4)为什么说思维与存在的关系问题是哲学的基本问题？(5)不可知论的基本观点。(6)哲学的基本问题与人们生活的密切关系。

● **能力目标**

(1)能搜集生活中的有关材料说明哲学基本问题及其重要性。(2)能运用哲学的基本问题的知识分析社会生活中的有关现象,指导生活实践。

● **情感、态度和价值观目标**

通过本框学习,明确哲学与我们的生活息息相关,明确哲学基本问题并作出正确的回答。

重点与难点

重点:掌握哲学的基本问题及其两方面的内容。

难点:为什么思维和存在的关系问题是哲学的基本问题。

学情分析:(1)本框内容是贯穿全书的基本问题,也是教学的难点。为了理解这个基本问题,引导学生初步了解以下基本概念:唯物主义、唯心主义、不可知论。(2)哲学研究和涉及的问题很多,但最基本的问题是思维与存在的问题。教学过程中要紧紧围绕"基本"这一关键词组织材料并进行深入分析。教师要精选生活中或古今中外的事例、漫画、故事,引导学生搜集身边生活和其他材料,从中领悟哲学的基本问题。这是突破这一难点的关键。

二、案例导入

请一位学生用5分钟时间结合上节课内容讲述一个故事或生活案例启迪思维,由两位同学评析打分,再由老师略作总结。(该环节每节课课前进行,按学号轮流,形成制度,既锻炼学生的胆量和口才,又能巩固上节课的学习效果)例如:

2号学生:我一位同学的奶奶是七十多岁的老人了,常常上山到寺庙拜菩萨,祈求菩萨保佑她全家平安、长命百岁。有一次还专门给庙主留下两百块钱,嘱咐说,这钱是"修庙宇、塑神像"的。这位老太太这么大年纪爬上高山,是什么原因呢? 我想,因为在她的心目中,"神"支配了她一家人的命运。老奶奶可能没有意识到自己有世界观,不过,她却真真实实地存在有世界观,同时在这个世界观的指导下活动和实践……

> 教师通过事例,激发学生关注生活,学会搜集、整理和提炼生活中的有效信息,善于捕捉生活中的有效信息。

23 号和 32 号学生评价打分：（略）。

老师点评：生活处处有哲学，2 号同学留意生活善于思考生活中的问题值得我们学习……（最后概括出世界观和方法论的关系。并引出本节课的课题）

三、问题探究

探究准备：在上课前把全班同学分成四个学习探究小组。

第一小组探究的内容：

1. 你认为哲学应研究些什么问题？有哪些代表人物或作品？

2. 贯穿于哲学发展始终的问题，是什么问题？举例说明。

第二小组探究的内容：

1. 什么叫思维？什么叫存在？举例说明。

2. 哲学的基本问题包含几个方面内容？

第三小组探究的内容：

1. 划分唯物主义和唯心主义的标准是什么？

2. 什么是可知论？什么又是不可知论？划分可知论和不可知论的标准又是什么？

第四小组探究的内容：为什么思维和存在的问题是哲学的基本问题呢？

探究方法：协作学习、到图书馆查阅资料或电子阅览室上网搜索查找资料。

探究要求：学会搜索资料的科学方法，充分利用资源，善于归纳整理；加强分工合作；对照教材，理解教材。

课堂探究：

自主阅读教材，理清思路，各小组对照教材，整理探究成果，准备发言展示。

四、思维点拨

（一）什么是哲学的基本问题

第一小组学生代表展示探究成果：

1. 哲学研究的问题是多方面的，有研究宇宙中的大问题，如荀子的"天地合而万物生，阴阳接而变化起"；也有研究人生问题的，如《周易》"天行健，君子以自强不息；地势坤，君子以厚德载物"；更有研究人类思维和认识方面的，如毛泽东讲的"没有调查就没有发言权"……

其他小组同学发言：我补充说一下，哲学也应该研究人际关系、社会关系等问题。

围绕所探究的问题引导学生阅读教材。

分组探究，自主学习分工协作，各小组在原来自学基础上进行讨论，激发学生深入思考。

注意以下问题：

（1）"基本"、"第一性"、"不可知论"的含义并能列举一些事例说明。

（2）唯物主义与唯心主义的划分标准。

（3）为什么说思维和存在的问题是哲学的基本问题？如何正确地理解思维和存在的关系？

探究小组展示成果后，其他小组可以就问题展开讨论，补充说明。

教师点拨：我们通过上节课的学习知道：哲学是对自然、社会和思维的各种知识的概括和总结,哲学研究的问题自然是多方面的。那么在这么多问题当中,有没有一个贯穿于哲学发展始终的基本问题呢?请第一小组的同学继续——

第一小组学生代表：哲学的基本问题是思维和存在的关系问题,简单地说就是意识和物质的关系问题。例如中国不同时期的哲学家们围绕着天与人、形与神、知与行、心与物等关系问题,归根到底都是思维与存在的关系。

其他小组同学发言：有例子证明吗?

第一小组学生代表：例如：范缜《神灭论》中的"形存则神存,形谢则神灭"论证的是形与神的关系;明朝的王守仁的心学,"心外无物"等。

教师点拨：没错。哲学的基本问题就是思维和存在的关系问题。但是能不能说是辩证关系呢? 能不能加"辩证"两字?

学生讨论回答：(略)

教师点拨："关系"和"辩证关系"是有区别的。意识与物质的辩证关系问题是马克思主义哲学的命题,它正确回答了哲学的基本问题,科学地指出了物质决定意识,意识对物质有能动反作用。"关系"是"辩证关系"的上位概念,是问题的概括提出而不是对问题的回答,例如第一小组所讲的范缜和王守仁的例子,是不同的回答,但概括起来都是思维和存在的关系,至于具体是什么关系则是对哲学基本问题的回答了。

我们理解了哲学的基本问题是思维和存在的关系问题,那什么是思维,什么是存在呢? 哲学的基本问题具体包含哪些方面呢? 请第二小组展示他们的学习收获。

第二小组学生代表展示探究成果：

我们认为思维指的是人类的意识,属于主观精神世界;存在指的是客观存在的物质,属于客观物质世界。

其他小组同学发言：能举例讲讲哪些现象属于思维、哪些属于存在吗?

第二小组学生代表：我们的学习计划、工作策略、观念、认识都属于思维即意识;房子、风扇、桌子等等都属于存在即物质。

教师点拨：意识主要是我们对这个客观世界的反映;例如刚才同学所讲的观念、认识、感觉等。独立于意识之外的客观存在则是物质,不以人的意志为转移。比如说我们所看到的天空、教室、书桌黑板、钢笔铅笔等等,都是具体的物质形态。意识和物质的关系具体包含哪些内容呢? 请第二小组继续回答。

第二小组学生代表：哲学基本问题包括两个方面的内容:一是思维和存在何者为第一性的问题。二是思维和存在有没有同一性问题。

其他小组同学发言：什么叫"第一性"? 什么叫"同一性"呢?

第二小组学生代表：第一性就是指谁决定谁的问题;同一性即思维

教师根据发言板书：

什么是哲学的基本问题。

(1) 哲学的基本问题是思维与存在的关系问题。

设疑,扩展学生思维。

教师根据发言板书：

(2) 哲学基本问题包括两个方面。

举例佐证,加深理解。

自由探讨,围绕身边的事例展开分析,富有说服力。

能否正确认识存在的问题。

教师点拨：先有物质还是先有意识？它们谁决定着谁？这个问题在哲学上我们表述为：意识（思维）和物质（存在）何者为第一性的问题。大家是如何看待它们之间的关系呢？谁为"第一性"？

学生1：物质是第一性的。举个例子来说吧，我们的学习计划要根据我们的学习实际情况的，显然，学习的实际情况是第一性的。

学生2：我也认为存在是第一性的。我们城市的同学都认识MP3吧，但我那在边远山区的表弟就不知道也不认识这玩意。为什么呢？因为我们的周围就存在这东西，我们见多了就熟悉了；而这东西在山区没有啊，他没见过就不认识了。所以，客观存在的东西应该是第一性的。

教师点拨：同学们都分析得很透彻。其实关于思维和存在谁是第一性的问题涉及的是唯物主义和唯心主义的划分问题。请第三小组谈谈这个问题。

第三小组学生代表：凡是认为存在决定思维的，就是唯物主义；反之，凡是认为思维决定存在的，就是唯心主义。展示图片

正是有了我和我的意识，才有了地球。

没有地球，哪有我们的意识呢？

物质在先，还是意识在先

学生就图片进行讨论：（略）

教师点拨：各种哲学由于对这个问题的不同回答，分属于唯物主义和唯心主义两大阵营。这属于哲学基本问题的第一方面，那么现在我们来探讨第二方面的内容——思维与存在有没有同一性。请第三小组代表发言。

第三小组学生代表：关于这个问题我们从"子非鱼，焉知鱼之乐"的故事说起。有一天，庄子和他的朋友慧施一起外出散步，走到一座桥

引导学生搜集有关事例说明。

图片评述，加深对唯物主义和唯心主义的对比理解。

从故事或漫画入手，激发学生探究的热情。

引导学生分析漫画，提高学生从漫画中提炼有效信息的能力。

庄子和慧施的对话体现了思维与存在的什么关系？它是怎样体现的？请你用自

上,只见桥下有很多鱼不停地游来游去,穿梭嬉戏,自由自在,好不惬意。于是庄子说:"你看,鱼是多么快乐呀!"慧施说:"你不是鱼,怎么知道鱼很快乐呢?"庄子反问道:"你不是我,怎么知道我不知道鱼的快乐呢?"慧施说:"我不是你,固然不知道你的感觉如何,可是你也不是鱼啊,你怎么知道鱼快乐不快乐?"按照慧施的说法,不是鱼就不知道鱼的快乐,那么不是物,就不知道物的道理了,由此推论下去世界上就没有可以认识的东西了。这就是"不可知论"。对思维和存在是否有同一性的不同回答就划分了可知论和不可知论。可知论认为思维能正确认识存在,反之,否认思维能正确认识存在则是不可知论。

教师点拨:可知论认为思维和存在具有同一性,思维能够正确反映存在,人能够认识世界,这已被人的实践活动所证实。马克思主义者主张世界是可知的,世界上没有不可认识的事物,只有尚未被认识的事物。不可知论者认为思维不能正确地反映存在。这种观点忽视了社会实践的发展和人类的认识能力总是在不断地提高。

接下来,我们一起探讨第二个问题——

(二) 为什么思维和存在的关系问题是哲学的基本问题

第四小组学生代表:第一,思维和存在的关系问题是人们在生活和实践中首先遇到和无法回避的基本问题。

教师点拨:那么在人们的生活和实践中是如何体现哲学基本问题的呢?

第四小组学生代表:我们认为,哲学本身就产生于人类的实践活动,源于人们对实践的追问和思考,所以,哲学与人们的生活息息相关。比方说,人饿就需要吃饭,首先必须有饭的客观存在才能解饿,否则"画饼充饥"是徒劳无功的,这体现的是哲学基本问题的第一方面;同样,吃饭的念头产生,可能促使我们去找东西吃,只要有这种精神状态,才会保持乐观进取,这体现的是哲学基本问题的第二方面。

其他学生:还有,学习计划的制定必须从你自身的学习实际出发,如果学习计划脱离了自己的实际情况,起不到很好的指导作用;如果不制定学习计划则又会使我们的学习带有盲目性,不能很好地完成学习任务。因此一个好的学习计划是能够如实地反映自身学习的实际情况的,这样才能使我们的学习做到事半功倍,有利于提高学习效率。

教师点拨:这就是思维和存在的关系问题为什么会成为哲学基本问题的第一个原因,哲学源于人们对世界和人生的思考,而首先思考的灵感往往就来源于实实在在的生活实践。那第二个原因是什么呢?

第四小组学生代表:第二个原因是,思维和存在的关系问题,是一切哲学都不能回避、必须回答的问题。

教师点拨:大家想一想,哲学的任务是什么?

己的语言准确地表达出来。

教师板书:
为什么思维和存在的关系问题是哲学的基本问题?

这个原因贯穿于整个教学过程之中,理解不难,故点到即可。

学生1：哲学是指导人们生活得更好的艺术。

学生2：哲学的任务在于指导人们正确地认识世界和改造世界。

教师点拨：好，刚才我们探讨了人们无论认识世界还是改造世界都必须解决思维和存在的关系问题。那么作为人们认识世界和改造世界的指导的哲学如果不对这个问题作出明确的回答，那还成其为哲学吗？所以，思维和存在的关系问题，是一切哲学都不能回避、必须回答的问题。还有其他原因吗？

第四小组学生代表：第三个原因就是思维和存在的关系问题贯穿于哲学发展的始终，决定着哲学的基本性质和方向。

教师点拨：没错，不同的哲学家对此问题会有不同的回答，直接影响了他们的世界观和人生观，影响了他们哲学研究的结果，所以，决定着哲学的基本性质和方向。关于这个问题，有兴趣的同学可以进一步查找哲学发展史的有关例子说明理解。

> 请学生结合教材自由归纳"思维与存在问题为什么是基本问题"的要点。

五、知识构建

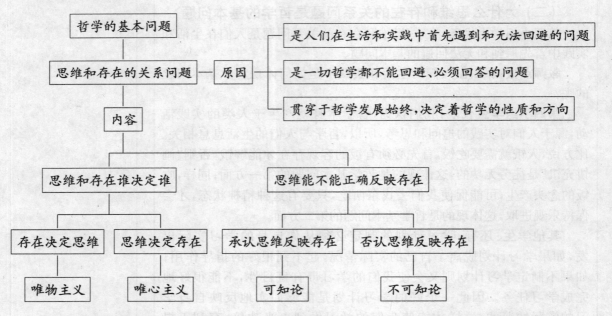

1. 上述知识点之间有哪些内在联系？与你的生活有哪些联系？请你用自己的语言表述出来。
2. 本框内容与前面几课的内容有哪些联系？请把这些联系归纳出来。

六、资源开发

　　通过经典事例引导学生搜集、甄选和开发与本框内容密切相关的学生身边的生活资源（包括本地重要历史和现实中的资料，如社区生活、校园生活、家庭生活以及重大活动等），培养学生搜集信息、处理信息的能力以及从上述资源中提取有效信息的能力。下面提供若干资料信息供参考：

（一）中国古代哲学家对哲学基本问题的探讨

在中国传统哲学两千多年的发展进程中，依次集中讨论的主要问题大体是：先秦至两汉时期的天人之辩和名实之辩；魏晋至隋唐时期的有无之辩与形神之辩；宋元明清时期的理气之辩和心物之辩。这些论辩都蕴涵着对哲学基本问题的讨论和回答。

（二）可知论和不可知论

可知论主张世界是可以认识的哲学学说，认为我们的感觉、表象、概念、思想能够正确认识世界。一般来说，唯物主义都认为意识是物质派生的，认为世界是可知的。唯心主义者如黑格尔所说的世界可知只是精神的自我认识；旧唯物主义者承认世界是可知的，但由于不懂得实践在认识中的地位和作用，不能辩证地解决世界可知的问题。辩证唯物主义把实践的观点作为认识论的第一和基本的观点，科学地证明了世界是可以认识的。

不可知论是否定人们认识世界或彻底改造世界的可能性的哲学学说。此概念首先由英国的赫胥黎（1825—1895）于1869年提出，不可知论的思想在古代就已产生，欧洲近代的主要代表是休谟和康德。其本质是把人的感觉看作是主观和客观之间的屏障而不是桥梁，不承认在感觉之外有确实可靠的客观外部世界的存在，不懂得认识过程中本质与现象、有限与无限的辩证关系。

休谟

（1711—1776）苏格兰人，著名心理学家、哲学家。主要哲学著作《人性论》。

休谟的不可知论：一是关于物质对象和上帝是否存在不可知，另一个是关于经验之间因果关系（或普遍必然规律）是否存在不可知。

康德（1724—1804）德国哲学家。德国哲学革命的开创者，德国古典哲学的奠基人，近代西方哲学史上二元论、先验论和不可知论的代表。

康德一方面承认意识之外的客观世界是独立存在的，即所谓"自在之物"，并认为自在之物是一切感觉的源泉，这是典型的唯物主义态度。另一方面，他又强调自在之物是不可认识的，是作用于人的感官而产生的感觉或现象，但这个感觉和现象却不是自在之物的真实反映。

（三）对哲学基本问题演变的不同理解

对这个问题的不同理解归纳起来，主要有三种观点。概括为"形变论"、"转换论"、"终结论"。

1. **形变论**:其基本观点是:思维和存在的关系问题作为哲学基本问题永恒不变,但它的具体形式却不断更替;哲学基本问题是变与不变的对立统一。也就是说,思维和存在的关系问题作为哲学基本问题在不同时代的不同哲学中有不同的表现形式,而不是有不同的哲学基本问题。

2. **转换论**:哲学基本问题不是永恒的、不变化的,思维和存在的关系问题不是永恒的哲学基本问题,只是对近代欧洲哲学发展的典型特征的概括,不是对哲学的本质规定,更不是普遍的哲学模式。我们把它模式化,当做哲学的核心问题、划分哲学派别的标准、判断哲学价值的尺度是非常有害的,它导致哲学研究的教条化、简单化和思想僵化。

3. **终结论**:哲学基本问题,特别是它的第一个方面,只适合马克思以前的哲学,因为只有那个时期的哲学才把寻找世界的本原、本体作为自己的最高任务,并且围绕世界本原问题形成唯物主义和唯心主义两大对立派别。随着哲学的发展,哲学研究的主题必然由研究外部世界转向研究内部世界,由追问自然界的本质转向追问人自身的本质。

论"的涵义及其与哲学基本问题的关系。

七、三维评价

◎ 经典训练

(一) 在每题给出的四个选项中,只有一项是最符合题意的

1. 哲学的基本问题是 （ ）
A. 理论与实际的关系问题　　　　　　B. 思维与存在的辩证关系问题
C. 思维与存在的关系问题　　　　　　D. 唯物与唯心的关系问题

参考答案:C

2. 划分唯物主义和唯心主义的标准是依据 （ ）
A. 对哲学基本问题的不同回答
B. 对思维和存在二者有无同一性问题的不同回答
C. 对思维和存在何者为第一性问题的不同回答
D. 对思维和存在关系问题的不同回答

参考答案:C

3. 认为思维和存在没有同一性的观点属于 （ ）
A. 不可知论　　　　B. 唯物主义　　　　C. 唯心主义　　　　D. 形而上学

参考答案:A

4. 下列说法正确反映思维和存在的关系的是 （ ）
A. 先有计划后才行动　　　　　　　　B. "形存而神存,形谢则神灭"
C. 死生有命,富贵在天　　　　　　　D. "物是观念的集合"

参考答案:B

(二) 在每题给出的四个选项中,至少有一项是符合题意的

5. 哲学的基本问题是思维和存在的关系问题,以下属于哲学基本问题的内容有 （ ）
A. 思维和存在有没有同一性的问题　　B. 思维和存在谁是第一性的问题
C. 思维和存在谁决定谁的问题　　　　D. 思维能否正确反映存在的问题

参考答案：ABCD

6. 之所以说思维和存在的关系问题是哲学基本问题是因为　　　　　　　　　　（　　）

A. 这是人们在生活和实践中首先遇到和无法回避的基本问题

B. 这是一切哲学都不能回避，必须回答的问题

C. 思维和存在的关系问题贯穿于哲学发展始终

D. 思维和存在构成整个世界

参考答案：ABC

（三）简答题

7. 人类历史上曾发生过多次大规模的"瘟疫"，夺走千百万人的生命，如天花、霍乱、伤寒、鼠疫、肺结核、流感等，但最后都被人类克服了。2002 年 11 月起出现的 SARS 病毒也曾肆虐全球，如今人类也找到了对付的办法。同样的，目前人类面临着禽流感病毒变种的巨大危机，但为降伏禽流感，人类的脚步一刻也没有停止。科学家们当前在禽流感研究方面取得了一系列进展。2005 年 11 月，中国宣布已经完成"人用禽流感疫苗"临床前研究。

上述材料印证了什么哲学道理？

参考答案：（1）印证了可知论的正确性。思维与存在是否具有同一性的问题，也就是我们的思维能否正确认识现实世界的问题。对这个问题的不同回答，是划分哲学上的可知论和不可知论的标准，即凡主张我们的思维能正确反映现实世界的观点是可知论，与此相反的观点是不可知论。

（2）上述材料中提到的一系列肆虐全球的"瘟疫"都被人类克服，说明了我们的思维是能够正确反映现实的世界的，从而证明了可知论的正确性。

◎ **闪光记录**

评教评学，以学生为主体，包括知识及其构建、内容方法、信息的搜集与甄选、学法指导、自主学习能力、思维火花、密切相关的社会实践活动能力与效果等方面的综合评价。采用表格或其他形式记录学生学习本框的情况：如探究的内容、探究问题的状态（活动或问题）、方式方法、效果、回答问题及练习情况等。

学完本课我的收获	知识		
	能力		
	情感、态度、价值观		
我对同学的评价	小组成员分工及任务完成情况	同学姓名	对他（她）的综合评价

（续表）

对我自己的综合评价		学习态度	课堂表现	社会实践反馈	自主完成作业的情况
	自评				
	老师				
	同学				
	家人				

说明：

1. 课堂表现要求写明具体行为，如课堂状态、课堂参与、课堂创新思维等。

2. 自我评价、教师评价、他人评价将和期中期末考试成绩作为综合评定指标。

3. 小组成员在没有分工合作的情况下，将对他的学习态度进行评价。

4. 小组评和自评以具体行为表现为主，老师评以 A、B、C、D 等次评定。

5. "小组成员分工及任务完成情况"指的是自己对其他同学的评价。

6. 以小组为单位，每节课反馈一次。

（黄　琦　容剑锋　鲁金顺　张金放　撰写）

第二框 唯物主义和唯心主义

一、教学目标

● 知识目标

(1)唯物主义与唯心主义的分歧。(2)唯物主义的本质及其三种基本形态及其基本观点。(3)唯心主义的本质。(4)唯心主义两种基本形态及其基本观点。(5)唯物主义、唯心主义与辩证法、形而上学的关系。

● 能力目标

(1)能搜集生活中的有关事例说明唯物主义与唯心主义及其本质区别。(2)能结合生活中的具体事例理解和区分唯物主义和唯心主义。

● 情感、态度和价值观目标

培养学生认识辩证唯物主义和历史唯物主义的科学性,认识唯心主义的本质,培养学生追求真理,探究事物本质的精神。

重点与难点

重点:唯物主义、唯心主义的本质及其基本形态。

难点:理解形而上学唯物主义的局限性及主观唯心主义和客观唯心主义的区别。

学情分析:本框内容涉及的基本概念较多,而且都是十分抽象的概念,学生第一次接触,理解较困难,其关键是帮助学生理解两大哲学阵营及其各自基本形态的本质。因此,在教学中要从前一课导入,从具体事例、经典名言、漫画、俗语等中引出,事例交融,在剖析事例和漫画分析中让学生体验和领悟其本质含义,在此基础上,再引导学生自我归纳本框知识结构。

二、案例导入

复习提问

1. 哲学的基本问题是什么?

2. 划分唯物主义和唯心主义的唯一标准是什么?

教学情境

设问:这则漫画的哲学寓意是什么?

引导学生仔细分析这幅漫画,思考其中寓意。

教师归纳:

唯物主义和唯心主义的分歧,是围绕物质和意识谁是本原的问题展开的。

回顾已学知识,导入新课。

三、问题探究

结合上述情景,联系生活中的具体事例回答和探究下列问题。

1. 唯物主义的观点是什么?
2. 唯心主义的观点是什么?
3. 凡是属于唯物主义的观点都是正确的吗?
4. 凡是属于唯心主义的观点都是错误的吗?

引导学生阅读教材,调动学生学习思考的积极性。

四、思维点拨

(一) 唯物主义的三种基本形态

教学情境 1: 我国古代的五行说——古代朴素唯物主义的代表学说。

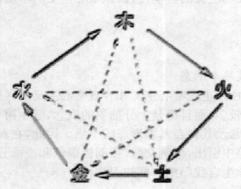

五行学说是我国古代人民创造的一种哲学思想。它以日常生活中的五种物质:金、木、水、火、土元素,作为构成宇宙万物及各种自然现象变化的基础。这五类物质各有不同属性,如木有生长、发育之性;火有炎热、向上之性;土有和平、存实之性;金有肃杀、收敛之性;水有寒凉、滋润之性。五行说把自然界一切事物的性质全都纳入这五大类的范畴。

五种元素在天上形成五星,即金星、木星、水星、火星、土星,在地上就是金、木、水、火、土五种物质,在人就是仁、义、礼、智、信五种德性。古代人认为这五类物质在天地之间形成串联,如果天上的木星有了变化、地上的木类和人的仁心都随之产生变异,迷信色彩十分浓厚的占星术就是以这种天、地、人三界相互影响为理论基础衍生而来的。

教学情境 2: 原子唯物论——近代形而上学唯物主义的代表学说。

德谟克利特(约公元前460—前370)

引导学生阅读材料、分析材料,学会提取材料中的有效信息。

课堂探究:

1. 五行学说所体现的哲学思想属于唯物主义还是唯心主义?

2. 怎样正确理解五行学说?(合理性和局限性)

探究提示:

1. 五行学说反映的观点属于唯物主义。因为这一学说是从物质性的角度去思考世界的本原。

2. 五行学说的观点属于古代朴素唯物主义。古代朴素唯物主义否认世界是神创造的,认为世界是物质的,坚持了唯物主义的根本方向,这是非常可贵的。但同时大家可以发现,这些观点五花八门,说明只是一种猜测,没有科学依据,它们都是把物质归结为几种具体的物质形态,把德谟克利特，古希腊哲学家，原子唯物论的创立者之一。他认为，万物的本原是原子和虚空。原子是不可再分的物质微粒，虚空是原子运动的场所。物质本来就永远活动，是完全机械的作用。人们的认识是从事物中流射出来的原子形成的"影像"作用于人们的感官与心灵而产生的。在伦理观上，他强调幸福论，主张道德的标准就是快乐和幸福。著有《小宇宙秩序》《论自然》《论人生》等，但仅有残篇传世。德谟克利特被马克思和恩格斯称为"经验的自然科学家和希腊人中第一个百科全书式的学者"，其思想对后世的影响很大。

随着近代自然科学的发展，17世纪法国唯物主义哲学家伽森狄进一步指出："物质是按一定次序结合的，不可分、不可灭的原子的总和，原子就是最小的物质单位，既不能分割，也不能转化。"根据这些理论，哲学家就把物质的本质归结为自然科学意义上的原子。伽森狄的这一思想可以说是近代形而上学唯物主义哲学对物质的最高概括和认识成果。

教学情境3：辩证唯物主义和历史唯物主义

千年风云人物——马克思
世界各地来伦敦瞻仰马克思墓的人络绎不绝

马克思主义哲学的产生，克服了古代朴素唯物主义和近代形而上学唯物主义的局限性，继承和发扬前两者的合理观点，不仅正确揭示了自然界运动变化发展的客观规律，而且也正确揭示了人类社会的运动变化发展的客观规律。

伟大的时代孕育和造就伟大的思想，辩证唯物主义和历史唯物主义的产生，在哲学发展史上具有划时代的意义。它是现时代的思想智慧，是无产阶级的科学的世界观和方法论，是我们认识世界和改造世界的伟大思想武器。

复杂问题简单化了。

课堂探究：

你认为"原子唯物论"的观点是不是完全正确？为什么？

探究提示：

1. "原子唯物论"的哲学观点是在总结自然科学成就的基础上，丰富和发展了唯物主义，这是它对后世的巨大贡献，体现了它的合理性。

2. 这一观点有它深刻的局限性。表现在：第一是不彻底性，仅仅表现在它的自然唯物观上；第二是机械性，表现在一切运动都只是机械运动；第三是形而上学性，否认矛盾。

所以原子唯物论的唯物主义思想是不彻底的，是属于近代形而上学的唯物主义，也称为机械唯物主义。但无论如何，形而上学唯物主义由于运用了科学的武器，使其哲学的思维方式带有数量化，精确化，实证化的特点，与古代笼统直观的朴素唯物主义相比，是一个明显的进步，也是哲学思维发展的一个必要的阶段。

（备注："形而上学唯物主义的局限性"是一个难点，后面还要学习，可通过"资源开发"帮助学生理解，拓宽知识面。）

课堂探究：

1. "凡唯物主义皆正确"。

（呼应问题探究部分）

2. "巧妇难为无米之炊"为什么反映了辩证唯物主义的道理？

探究提示：

1. 古代朴素唯物主义和形而上学唯物主义能坚持唯物主义的方向，在本质上是正确的，但有其局限性。

2. "巧妇难为无米之炊"指的是最能干的妇女没有米也做不出米饭来，比喻没有必要的物质条件作保证，什么事情也不可能办成。这正道出了一条重要的哲学原理。辩证唯物主义告诉我们，意识对物质的能动作用是巨大的，但是，人们无论怎样充分发挥意识的主观能动作用，都必须依赖一定的物质条件和物质手段。认识世界是如此，改造和创造世界更是如此。

学生小结：填下表

唯物主义的形态	理论依据或代表学说	合理性	局限性
古代朴素唯物主义			
近代形而上学唯物主义			
辩证唯物主义、历史唯物主义			

（二）唯心主义的两种基本形态

教学情境4：观看视频"失斧疑邻"的故事

《列子·说符篇》里记载了这样一个故事：

有人丢失了一把斧子，怎么找也没有找到。后来他认为是邻居的儿子偷去了，他注意到邻居的孩子的言行和神情怎么看都像是一个小偷。于是他断定是那个孩子偷去了，心里还对自己说："我早就看出那个家伙不是个好东西。"第二天，他上山砍柴时在一棵树边上发现了自己丢失的斧子。现在他才想起来，原来是前天自己忘记在这里了。他后悔自己随便地怀疑邻居的孩子。回家后，再看那个孩子的言行和神情，根本不像是偷东西的人。于是他又对自己说，"我早就想过，他不是那种偷东西的人。"

后来人们就用"失斧疑邻"形容主观臆造、胡乱猜疑。

"心外无物"——主观唯心主义者的代表观点

王守仁

《传习录》记有这样一个故事：一天，明朝的大哲学家王守仁和他的弟子们到南镇地方游山观景，一个弟子指着山中的花树问道："天下无心外物，如此花树在深山中自开自落于我心有何相关？"这无疑是给主张"心外无物"哲学立场的王守仁提出了一个难题；王守仁面对弟子的话题答道："你未看此花时，此花与汝心同归于寂，你来看此花时，则此花颜色一时明白起来，便知此花不在你心外。"王守仁的意思是说，当人未看花时，心不起作用，花也就没有，而当人观花时，花才显现出来。这就是王守仁"心外无物"哲学观点的生动表现。

（备注：由于该部分内容是整个模块的主体，故不必展开。）

课堂探究：

1. 为什么他又不像偷斧人？

2. "王守仁观花"的故事为什么说明了"心外无物"的观点是错误的？

探究提示：

1. 这个故事可使我们领悟到主观唯心主义在我们认识客观事物中的危害。

在实践活动中，历来存在着两条根本对立的路线，一条是从物到感觉到思维的唯物主义；一条是从思维到感觉到物的唯心主义。所有的唯物主义者都坚持物质第一，意识第二的原则。唯心主义则相反，坚持精神是世界的本源，主观唯心主义认为"物是感觉的复合"，只有感觉才是唯一真实的。感觉不是客观存在的反映。丢斧子人就是这样，自己的斧子丢了，应当首先从实际出发，回忆和分析各种情况，根据可靠事实来做出判断。但他却没有这样做，反而主观臆断为邻居儿子偷了，于是从这个感觉出发，进而认为邻居的儿子说话、走路都像个偷斧子的人了。幸亏几天之后找到了斧子，不然他的疑心会越来越大了。

2. 在这个故事中，

教学情境5："女娲抟土造人"的传说

很久以前，一场浩大的洪水吞没了整个世界，只有女娲和伏羲兄妹俩躲在一个大葫芦里随水漂荡，避过了灾难，存活下来。

洪水过后，女娲看到世界上田园没有了、村落没有了，人也没有了，一切都没有了。天地之间浑然一片，禁不住又愁又急，心里难受极了。于是，她怀着对人类的无限眷恋，便用黄土拌水不停的捏呀！捏呀！捏成了一个个很像自己的泥巴人娃，然后对着吹了一口仙气，大喝一声：你们这些泥巴人娃都快活过来吧！说来非常神奇，随着女娲的一声呐喊，她所捏的泥巴人娃竟一个个真的变成了有说有笑、蹦蹦跳跳的大活人。据民间传说，这就是人类的开始。更有趣的是，据说那些女娲用手捏的泥巴娃娃所变成的人及其传下的后代，统统都成了社会贵族，而那些用藤条甩打溅出的泥浆点点所变成的人及其传下的后代，则是社会的贫困阶层，大多都受别人的统治。

从此，女娲被尊崇为人类始祖。人们世世代代都传诵着女娲造人救世的功德，还在女娲山上修建祠庙，祀以香火，供世人敬奉。

老子的道家思想——客观唯心主义的代表学说

老子

王守仁是把人们认识事物的存在必须通过感觉来实现这个问题和事物是否依赖人的主观感觉而存在的问题混淆起来，进而否认了事物的客观实在性，认为花儿的艳丽和芬芳，只有首先看到才能知道花的存在，即是否能被人感知。王守仁把人的"心"看作是第一性的决定因素，物是依赖人的感觉而存在的，这实质上就是认为意识是第一性的主观唯心主义的观点。

小结：

主观唯心主义的哲学观点

引导学生阅读材料分析材料，学会提取材料中的有效信息。

课堂探究：

1. "女娲抟土造人"的传说反映古人在探询什么？

2. "女娲抟土造人"反映的哲学寓意是什么？

3. 老子的"道学"观是怎样揭示世界的起源的？

4. 分析"女娲抟土造人"和老子"道学"观的共同之处。

探究提示：

1. "女娲抟土造人"的传说反映了古人想知道人类是怎样产生的。但是由于当时生产力的低下，人们不能正确解释人类的起源，只好把一个独立于人的精神之外的客观存在作为世界的本原和万物的创造者。

2. "女娲抟土造人"反映的哲学寓意是夸大了客观精神的作用，认为现实的物质世界只是某个"神"的外化和表现。

3. 老子的"道学"观认为现实的物质世界是由一个绝对理念来左右着的。

4. 不论是"女娲抟土造人"还是老子的"道学"观，他们都共同反映了一个哲学思想，那就是物质世界的产生和发展均是由一个独立于老子,中国先秦时期的哲学家,道家学派的创始人。"道"是老子思想体系的核心,他认为一切由道出生。道是先天地而生的世界万物的本原,是无形无声,独立于整个自然界之外而永远不变的绝对理念。老子在宇宙观上摆脱天神的主宰,首先提出了"道"这一最高哲学概念,对于历代思想家产生过深刻的思想,总体上可归结为客观唯心主义。

教学情境6:比较主观唯心主义和客观唯心主义
资料一:费尔巴哈对贝克莱的讽刺。
"如果小猫看到的老鼠只存在于小猫的眼睛中,如果老鼠是小猫的视神经的感觉,那么为什么小猫用它的爪子去抓老鼠而不是去抓自己的眼睛呢? 这是因为小猫不愿意为了爱唯心主义者而自己挨饿,在它看来,对唯心主义者的爱只是一种痛苦。"

资料二:智者与神学家的对话
智者:"先生,上帝能否创造一块连他自己也举不起的石头呢?"
神学家:"上帝是万能的,当然能。"
智者:"请问,上帝连这块石头也举不起来,怎么是全能的?"
神学家连忙辩解说:"如果是这样,上帝是创造不出这块石头的。"
智者接着反问:"上帝连块石头也创造不出来,你能说上帝是万能的吗?"

小结:请同学们概括两种唯心主义形态的主要观点

唯心主义形态	基 本 观 点
主观唯心主义	把人的主观精神看作第一性
客观唯心主义	把客观精神看作世界的主宰和本原

思维点拨:
试判断下列观点属于哪种形态的唯心主义:
(1) 眼开则花明,眼闭则花寂,心外无物。　　(明)王守仁
(2) 掩耳盗铃。　　《吕氏春秋》
(3) 人有多大胆,地有多高产。
(4) 生死有命,富贵在天。　　(春秋)子夏
(5) 道生一,一生二,二生三,三生万物。　　(春秋)老子

现实世界的客观精神在起作用。这一哲学思想将导致"宿命论"和"不可知论"的产生,对人们认识世界和改造世界是有危害的。
小结:
客观唯心主义的主要观点。

课堂探究:
1. 比较两则材料说明唯心主义为什么是错误的。
2. 请问主观唯心主义和客观唯心主义的区别是什么?
探究提示:
1. 你坐着想就能有吃有喝吗? 唯心主义的核心定义就是"思想决定一切",很显然这个世界上没有人能只用想就办得到自己想做的事。
2. 既然都是唯心主义,当然都认为意识第一位,物质第二位。
主观唯心主义的主要特征是主观精神(人的感觉、观念、经验、心、意志等)作为唯一真实的存在和世界的本原,客观事物以致整个世界都是这种主观精神的产物。
客观唯心主义的主要特征是把某种脱离物质、脱离任何个人的精神(理、理念、宇宙精神、绝对观念、绝对精神等)变为独立自成的客观存在,并把它作为世界的本原和万物的创造者。它认为世界的本原不是人的主观精神,而是由超时间超空间的客观存在的精神决定的,世界上一切事物和现象都是这种精神实体的派生物或表现。

课堂上巩固练习。
答案:前三个观点是主观唯心主义,后两个观点是客观唯心主义。

（三）辩证法和形而上学的对立

第一，辩证法和形而上学的分歧

如果说唯物主义和唯心主义的分歧是在世界是什么（世界的本原是物质还是意识）的问题上展开的，那么辩证法和形而上学的分歧就是在世界怎么样（世界的状态）的问题上展开的。

教学情境7："塞翁失马"的故事——辩证法的运用

古时候，在我国北方的边城住着一位老人，大家都喜欢叫他"塞翁"。

塞翁养了一匹壮马。一天，马走失了，邻居们都来宽慰他。他笑着说："怎么知道这不是福呢？"几个月后，走失的马回来了，身后还跟着一匹好马！邻居们都来祝贺。塞翁说："怎么知道不能成为祸呢？"果然，他的儿子骑马时跌断了一条腿。邻居们又来劝慰他。塞翁说："怎么知道这不是福呢？"一年后，打仗了。村里的青年人都被强征入伍，十个有九个死在战场上。只有他跛脚的儿子留在了家里，保住了一条命。

塞翁失马，比喻坏事有时反而可以变成好事。

教学情境8："愚人吃盐"和"笨人吃饼"——形而上学的错误

在佛教文学作品《百句譬喻经》中有这样两则故事：

一则是"愚人吃盐"，讲的是从前有个愚人，到别人家做客，菜淡而无味。主人知道后，给他加了一点盐，他吃了后便觉得味道很美。而后他想，味道好是因为有盐，加了那么一点点盐就那么好吃，多加一点岂不更好吃了吗？于是，他就大吃起盐来，其结果是又苦又涩。

另一则是"笨人吃饼"，讲的是从前有一个人肚子饿了，狼吞虎咽地吃了一个饼子。他觉得没有饱，又一连吃了五个，还是没有饱，于是，便吃第七个饼子，刚吃到一半，便觉得饱了。这个人非常后悔，心想：我今天饱了，是因为吃了这半个饼子，前面吃的六个都浪费了。如果早知道吃这半个饼子就会饱，我先吃这半个就好了。

课堂探究：

1．"塞翁失马"包含的哲学寓意是什么？

2．分析"愚人吃盐"和"笨人吃饼"中的"吃盐人"和"吃饼人"的错误，并说明其中所包含的哲理。

探究提示：

1．"好事"和"坏事"之间会相互转化，这就是辩证法中所讲的矛盾观，"塞翁"在不自觉间运用了辩证的方法分析和看待问题。

2．"愚人吃盐"是不懂人食用盐是要适量的，一定量的盐会使食物味道有滋有味，但过了量，就会转变为又苦又涩了。"笨人吃饼"虽然和"愚人"吃的盐不同，但也是不懂量变达到一定程度就会引起质变。他吃饼吃饱了，其本身就是一口一口吃饼的量的积累过程，吃饱了不仅是最后那半个饼子的作用，而是吃的全部饼子的作用，最后的那半个饼子只不过是由量变到质变发生转化的关节点。他不懂得这一点，就像"愚人吃盐"样，只是看到了质变和量变的某一方面，割裂了两者的辩证关系。他们一个只强调和看到了量变看不到质变；另一个是意识到了质变而没看到量变，都是割裂了量变和质变的辩证关系，犯有同样一个错误，即形而上学。这种思维方法在我们的实际工作和生活中的危害是极大的。

这一部分的内容学生较为陌生，教师可直接讲

思维点拨：

辩证法和形而上学的分歧如下表：

哲学派别	观点分歧表现		
辩 证 法	全面	联系	发展
形而上学	片面	孤立	静止

第二，辩证法和形而上学从属于唯物主义和唯心主义

思维点拨：

(1) 解决世界的本原是什么的问题，是解决世界状态怎么样问题的前提。

(2) 如何解决世界的本原是什么的问题，决定了解决世界状态怎么样问题上的方向。所以，辩证法或形而上学要么同唯物主义结合在一起，要么同唯心主义结合在一起，最终都要归属于这两大阵营。

因此。哲学史上看似"四军对垒"，但从哲学的基本派别来看，只有唯物主义和唯心主义两大阵营。

解,后面还要学到这一部分的知识。

总结：

唯物主义和唯心主义、辩证法和形而上学哲学史的"两个对子"，它们之间有着不可分割的联系,然而他们之间也存在着一定分歧,那就是：

唯物主义和唯心主义争论的是：世界的本原是什么。

辩证法和形而上学争论的是：世界的状态是什么。

五、知识构建

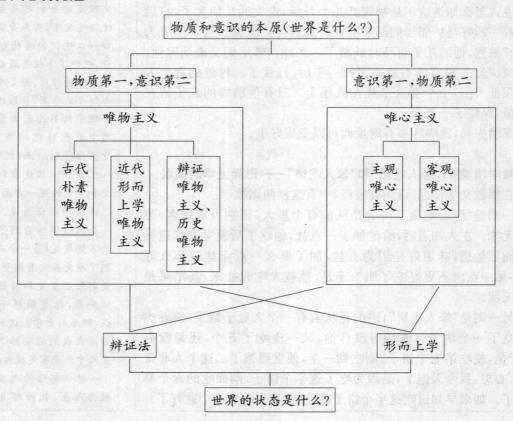

1. 上述知识点之间有哪些内在联系？与你的生活有哪些联系？请你用自己的语言表述出来。
2. 本框内容与前面几课的内容有哪些联系？请把这些联系归纳出来。

六、资源开发

通过经典事例引导学生搜集、甄选和开发与本框内容密切相关的学生身边的生活资源（包括本地重要历史和现实中的资料、重大活动、校园生活、家庭生活等），培养学生处理信息的能力以及从资源中提取有效信息的能力。本部分内容可以引导学生课后完成。

1. 形存则神存,形谢则神灭。形者神之质,神者形之用。　　(范缜) 2. 人病则忧惧,忧惧则鬼出。　　(王充) 3. 原子是"宇宙之砖"。 4. 承认物质决定意识,但否认意识对物质具有能动作用。 5. "拍脑袋决策"。 6. 我思故我在。　　(笛卡尔) 7. 理生万物;未有这事,已有此理。　　(朱熹) 8. "现实世界是理念世界的影子"。　　(柏拉图) 9. 观念的东西不外是移入人的头脑并被人的头脑改造过的物质的东西而已。　　(马克思) 10. 没有调查就没有发言权。　　(毛泽东)	（1）引导学生搜集生活中或报刊资料中的漫画、经典名言等。 （2）分析这些材料所说明的哲学道理,并运用自己的准确语言表达出来。

七、三维评价

◎ 经典训练

(一) 在每题给出的四个选项中,只有一项是最符合题意的

1. 把可直接感知的某种具体实物看作是世界的本原,这种观点属于　　（　）

A. 朴素唯物主义观点　　　　　　　B. 历史唯物主义观点

C. 辩证唯物主义观点　　　　　　　D. 形而上学唯物主义观点

参考答案:A

2. 一切唯心主义者都主张　　（　）

A. 世界是不可认识的　　　　　　　B. 世界统一于精神

C. 事物是感觉的集合　　　　　　　D. 事物是"理念"的影子

参考答案:B

3. 唯心主义的两种基本形式是　　（　）

A. 彻底的唯心主义和不彻底的唯心主义　　B. 形而上学唯心主义和辩证唯心主义

C. 主观唯心主义和客观唯心主义　　　　　D. 自然观上的唯心主义和历史观上的唯心主义

参考答案:C

4. 辩证法同形而上学的斗争　　（　）

A. 是哲学的基本问题

B. 是唯物主义同唯心主义斗争的表现形式

C. 从属于唯物主义同唯心主义的斗争,并同这种斗争交织在一起

D. 高于唯物主义同唯心主义的斗争

参考答案：C

5. 中国明代的王守仁在一次春游时说："你未看此花时，此花与你同归于寂；你来看此花时，则此花颜色一时明白起来，便知此花不在你的心外。"下列说法，与王守仁的观点一致的是（　　）

①我思故我在　②气者，理之依也　③人的理性为自然界立法　④形存则神存，形谢则神灭⑤存在即被感知　⑥物是观念的集合

A. ①②③④　　　　　B. ①②④⑤　　　　　C. ②④⑤⑥　　　　　D. ①③⑤⑥

参考答案：D

（二）在每题给出的四个选项中，至少有一项是符合题意的

6. 下列关于唯物主义和唯心主义的理解中正确的是　　　　　　　　　　　　　（　　）

A. 凡是唯物主义一定是正确的，凡唯心主义一定是没有可取之处的

B. 凡唯物主义一定认为世界的本原是物质，凡唯心主义一定认为世界的本原是意识

C. 唯物主义有不科学的，唯心主义也有一定的可取之处

D. 唯物主义和唯心主义的斗争还将长期存在

参考答案：BCD

（三）简答题

7. "观念的东西不外是移入人的头脑并被人的头脑改造过的物质的东西而已"。其含义是什么？属于什么观点？

参考答案要点：（1）这句话的含义是说，物质是意识的来源，而意识是物质在人脑中的反映，人的意识具有主观能动性。（2）这是辩证唯物主义的观点。

◎ **闪光记录**

评教评学，以学生为主体，包括知识及其构建、内容方法、信息的搜集与甄选、学法指导、自主学习能力、思维火花、密切相关的社会实践活动能力与效果等方面的综合评价。采用表格或其他形式记录学生学习本框的情况：如探究的内容、探究问题的状态（活动或问题）、方式方法、效果、回答问题及练习情况等。

学完本课我的收获	知识		
	能力		
	情感、态度、价值观		
我对同学的评价	小组成员分工及任务完成情况	同学姓名	对他（她）的综合评价

对我自己的综合评价		学习态度	课堂表现	社会实践反馈	自主完成作业的情况
	自评				
	老师				
	同学				
	家人				

说明：

1. 课堂表现要求写明具体行为，如课堂状态、课堂参与、课堂创新思维等。
2. 自我评价、教师评价、他人评价将和期中期末考试成绩作为综合评定指标。
3. 小组成员在没有分工合作的情况下，将对他的学习态度进行评价。
4. 小组评和自评以具体行为表现为主，老师评以 A、B、C、D 等次评定。
5. "小组成员分工及任务完成情况"指的是自己对其他同学的评价。
6. 以小组为单位，每节课反馈一次。

（杨　晓　鲁金顺　张金放　撰写）

第三课 时代精神的精华

第一框 真正的哲学都是自己时代的精神上的精华

一、教学目标

● **知识目标**

(1)哲学与经济、政治的密切关系。(2)哲学可能是真理的发现者,也可能是谬误的制造者。(3)真正的哲学是自己时代的精神上的精华。(4)哲学对社会变革的作用。

● **能力目标**

(1)能搜集生活中的事例说明哲学与经济、政治的密切关系。(2)能结合一些具体事例的分析区分一般哲学与真正的哲学,提高把握时代精神的精华的能力,辨别生活中的各种文化思潮的基本能力。(3)能搜集历史和现实生活中有关事例,说明哲学是社会变革的先导,并对社会变革具有指导作用。

● **情感、态度和价值观目标**

通过教学,使学生关注时代,把握时代精神,认识真正的哲学对社会发展的重要意义。

重点与难点

重点:社会变革的先导。

难点:真正的哲学是自己时代的精神上的精华。

学情分析:在本框的学习中,本框内容理论性较强,要联系哲学史上的实例或当代马克思主义哲学、毛泽东思想、邓小平理论和"三个代表"重要思想的产生及其作用,紧扣关键词语,如"哲学与真正的哲学"、"精神上的精华"以及哲学与文化、经济、政治的区别与联系等,结合高一、高二的内容,引导学生分析理解其含义。

二、案例导入

党中央历来对繁荣发展哲学社会科学高度重视。2001 年至 2002 年,江泽民同志 3 次就繁荣发展哲学社会科学发表重要讲话,从党和国家事业发展全局的高度,深刻地阐述了繁荣发展哲学社会科学的重大意义,提出了"四个同样重要"、"五个高度重视"、"两个不可替代"等重要思想。党的十六大以来,以胡锦涛同志为总书记的党中央就繁荣发展哲学社会科学作出了一系列战略部署,采取了一系列重大举措。2004 年年初,中共中央印发了《关于进一步繁荣发展哲学社会科学的意见》这一纲领性文件,明确了新时期繁荣发展哲学社会科学的指导方针、总体目标和主要任务。《意见》指出,繁荣发展哲学社会科学事关党和国家事业发展的全局。哲学社会科学是人们认识世界、改造世界的重要工具,是推动历史发展和社会进步的重要力量。同年 4 月,中央出台了关于加强意识形态领域工作的重要文件。之后,中共中央政治局在第十三次集体学习时又将繁荣发展哲学社会科学列为学习内容。

1. 引导学生分析上述材料,并回答上述材料说明了哪些问题?

2. 老师点评引入新课:本节课主要内容是了解哲学与时代的关系;哲学对社会变革的作用。上述抽象的问题,通过我们这节课的学习,相信同学们会有明确的理解。

2005 年两会期间,胡锦涛同志亲自参加了全国政协十届三次会议社会科学界组讨论,强调要以与时俱进的精神推进理论创新,不断打开新的理论视野,作出新的理论概括,使马克思主义在当代中国焕发出强大的生命力。2006 年 1 月 9 日,胡锦涛同志在全国科学技术大会上的讲话中指出"要大力繁荣发展哲学社会科学,促进哲学社会科学与自然科学相互渗透,为建设创新型国家提供更好的理论指导。"

2005 年 12 月 26 日,中国社会科学院成立了马克思主义研究院。

上述材料说明了哪些问题?为什么要强调这些问题?

> **3.** 哲学社会科学指什么?如何繁荣发展哲学社会科学?它对推进我国改革开放和现代化建设有何意义?
>
> **4.** 哲学社会科学与马克思主义哲学有何关系?

三、问题探究

结合上述材料引导学生思考:

1. 哲学与政治、经济、文化有何关系?

2. 为什么党中央历来对繁荣发展哲学社会科学高度重视?

3. 如何从哲学角度理解,"繁荣发展哲学社会科学事关党和国家事业发展的全局。哲学社会科学是人们认识世界、改造世界的重要工具,是推动历史发展和社会进步的重要力量"?

4. 哲学与时代的发展有关系吗?请结合自己的生活感受列举一些事例谈谈你的看法?

5. 请搜集你生活中的能反映本框内容的实例 2—3 例。

> **1.** 引导学生结合材料,阅读分析教材本框内容。
>
> **2.** 注意理解以下概念和观点的关系:(1)哲学与政治、经济的关系。(2)哲学是怎样影响政治和经济的?(3)哲学与真正的哲学。

四、思维点拨

探究一:

材料一:14 世纪,欧洲出现了资本主义萌芽。随着工商业的逐渐发展,在欧洲封建社会内部,掀起"文艺复兴运动"。"文艺复兴运动"的兴起孕育了一大批时代文化巨匠,促进了欧洲文化的空前繁荣,为资本主义的发展开辟了道路。

材料二:16 世纪末 17 世纪初,资本主义关系进一步发展使阶级斗争尖锐化,在哲学领域内,进步的资产阶级提出了新的、与封建的经院哲学直接对抗的、在当时起进步作用的唯物论世界观。英国唯物论的代表人物是弗兰西斯·培根,他在反对经院哲学,反对教条、权威和各种幻想的斗争中,主张唯物论的反映论,并制定了认识的科学方法。培根的理论致命地打击了经院哲学,打击了唯心论的先验论,有力地推进了科学的发展,在当时起了很大的进步作用。贝克莱是英国唯心论的代表者,他认为,世上没有客观存在的事物,一切事物都是主观的,因此,科学不必反对宗教、上帝。他不顾一切地向唯物论和无神论进攻,竭力用宗教、神学为反动势力服务。

> (1)引导学生分析材料,围绕问题,阅读教材思考。培养学生从材料中提炼有效信息的能力。
>
> (2)请学生简单介绍"文艺复兴运动"及其对资本主义社会形成的影响。

材料三：18世纪的法国为世界所瞩目，在这片富饶美丽的土地上爆发了一场资产阶级启蒙运动，出现了一大批启蒙大师。他们高举自由、平等、人权和理性的旗帜，向封建专制制度和宗教神学发动了猛烈的进攻。正是这场伟大的启蒙运动，迎来了轰轰烈烈的法国资产阶级大革命。

思考：

1. 文艺复兴运动的产生及其作用说明了什么道理？你认为在历史上还有哪些事例能说明该观点？

2. 对于材料二的两种哲学思潮，你更认同哪一种？为什么？两种思潮的争论及其结果给了我们什么启示？

3. 结合你学过的历史知识，谈谈18世纪法国产生的唯物主义和无神论思想对法国大革命产生的影响。

4. 请你把材料一、二、三所体现的观点的内在联系表述出来。

探究二：

材料：2004年9月10日，第七届中国艺术节在浙江杭州市开幕。国家主席胡锦涛致信祝贺。中国艺术节是我国规格最高，规模最大的国家艺术节。本届艺术节以"发展先进文化，振奋民族精神"为主题，以"艺术的盛会，人民的节日"为宗旨，陆续为全国人民奉献了一批丰富多彩的文艺节目。

思考：青年作为祖国未来的建设者，你认为怎样做才能更好地代表先进文化的发展方向？

注：以上问题作为课前预习题提出，要求学生课前通过查阅资料及小组讨论形成初步认识。

探究过程：

探究一：

● 文艺复兴运动的产生及其作用说明了什么道理？你认为在历史上还有哪些事例能说明该观点？

学生回答。（对于已学过世界历史的学生来说，这个问题应该较为简单，学生可以较好答出该题。是否要设置讨论看学生情况而定。）

教师点评：14世纪，欧洲出现了资本主义萌芽。随着工商业的逐渐发展，在欧洲封建社会内部，新兴的资产阶级要求发展资本主义，摆脱封建统治，从而掀起一场以人为中心的、反封建反神权的思想文化运动——"文艺复兴运动"。"文艺复兴"时期的资产阶级文化，又称"人文主义"，它主张以人为中心，一切为了人的利益，要求发展人的个性，把人的思想感情和智慧都从神学的束缚下解放出来。"文艺复兴运动"促进了欧洲文化的空前繁荣，为资本主义的发展开辟了道路。文艺复兴运动的产生及其作用说明了：一定形态的经济和政治决定一定形态

（3）比较材料二中，培根与贝克莱的理论的主要观点，你认为他们的观点的本质区别是什么？对当时的社会发展分别有何作用？

材料三中关于法国资产阶级启蒙运动的精神的精华是什么？为什么它会"迎来了轰轰烈烈的法国资产阶级大革命"？

的文化,一定形态的文化又反作用于一定形态的经济和政治;哲学并非脱离生活、脱离现实的"胡思乱想",哲学作为思想意识形态,是一定社会和时代的精神生活的构成部分,是一定社会和时代的经济和政治在精神上的反映,同时,又以特定的方式反作用于客观现实。

引导学生分析教材的探究问题"百家争鸣的思想繁荣局面为什么会出现在战国时期?"

教师点评:百家争鸣的思想繁荣局面之所以出现在战国时期,是因为战国是我国从奴隶社会向封建社会的转型时期,经济、政治发生巨大变革,各种社会矛盾激化。各个阶级、阶层面对这场巨大的社会变革都要表述自己的思想,维护自己的利益,这就是百家争鸣出现的社会原因。百家争鸣的出现同样说明了哲学作为思想意识形态,是一定社会和时代的精神生活的构成部分,是一定社会和时代的经济和政治在精神上的反映。

教师设问:战国时期出现了多达 198 家的思想,但是能成为当时的主流思想并经久流传的就只有儒家、墨家、道家、法家。为什么? 我们先来探讨第二则材料。

对于材料二的两种哲学思潮,你更认同哪一种? 为什么? 两种思潮的争论及其结果给了我们什么启示?

学生讨论回答:(两种思潮可能都会有学生涉及到,教师在此着重是引导学生区别一般哲学与真正的哲学的界限,辨明当时历史发展的方向,明白真正的哲学的判断标准及意义,做个时代的推动者。)

教师点拨:唯心经验论代表了没落封建贵族及宗教神学利益,维护这种哲学只会阻碍历史的发展。唯物论代表了进步的新兴资产阶级的利益,代表了当时时代的发展趋势,维护这种哲学思潮能更好地解放思想和发展生产力,推动历史前进,因此,我们要做"培根"而不要做"贝克莱"。这件事启发我们:不是所有的哲学都是有利于社会的发展的,只有那些能够反映自己时代的任务和要求,牢牢把握住时代的脉搏,正确地总结和概括时代的实践经验和认识成果,才是时代精神上的精华,才是真正意义上的哲学,才能推动时代的发展,才能经久流传。儒家、墨家、道家、法家之所以能成为当时的主流思想,就因为他们能够正确反映自己时代的任务和要求,把握住时代的脉搏,是当时时代的精神上的精华。因此,马克思说:哲学家的成长并不像雨后春笋,他们是自己时代、自己人民的产物,人民最精致、最珍贵的精髓都集中在哲学思想里。

教师设问:哲学是如何具体地影响时代的发展的? 我们一起来分析第三则材料。

结合学过的历史知识,谈谈 18 世纪法国战斗的唯物主义和无神论思想对法国大革命产生的影响。

这个问题对于刚学完世界历史的学生来说应该较容易理解。直接

---

(1)"人文主义"的主张说明了什么? 它的价值体现在哪些方面?

(2)"文艺复兴"时期的"人文主义"对当时的经济和政治产生了哪些影响?

(3)欧洲出现的"文艺复兴运动"和我国战国时期出现的百家争鸣与当时时代有何关系?

(4)我国战国时期出现的儒家、墨家、道家、法家是否体现了当时时代的精神的精华? 请学生说说其理由。

提问学生回答即可。

　　教师点评:哲学反作用于时代,是社会变革的先导和推动力量。哲学可以通过对社会弊端、旧制度和旧思想的批判,更新人的观念,解放人的思想。哲学还可以预见和指明社会的前进方向,提出社会发展的理想目标,指导人们追求美好的未来;动员和发动群众,从而转化为变革社会的巨大物质力量。

　　请把材料一、二、三所体现的观点的内在联系表述出来。

　　学生讨论后回答。(学生可能只注重对知识点本身的表达,而对知识点的内联表达不到位。教师点评时注重知识内联。)

　　引导学生阅读教材相关内容,启发学生搜集生活中的相关材料。

五、知识构建

　　一定形态的经济和政治决定一定形态的文化,一定形态的文化又反作用于一定形态的经济和政治。哲学作为思想意识形态,是一定社会和时代的精神生活的构成部分,是一定社会和时代的经济和政治在精神上的反映,同时,又以特定的方式反作用于客观现实。

　　哲学对客观现实的反映有正确与错误之分,错误或歪曲反映客观现实的哲学对时代的发展起消极作用,会阻碍时代发展的步伐。只有那些正确反映自己时代的任务和要求,牢牢把握住时代的脉搏,正确地总结和概括时代的实践经验和认识成果,才是时代精神上的精华,才是真正意义上的哲学,才能成为社会变革的先导,推动时代的发展。

　　引导学生自己建构知识的内在联系,主要是概念、观点与生活的联系,归纳新问题,发现新联系。

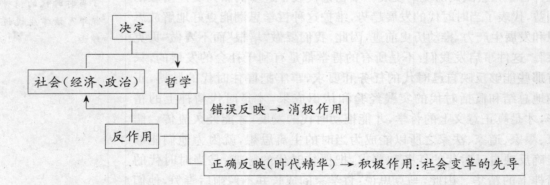

　　1. 上述知识点之间有哪些内在联系?与你的生活有哪些联系?请你用自己的语言表述出来。

　　2. 本框内容与前面几课的内容有哪些联系?请把这些联系归纳出来。

六、资源开发

　　通过经典事例引导学生搜集、甄选和开发与本框内容密切相关的学生身边的生活资源(包括本地重要历史和现实中的资料、重大活动、校园生活、家庭生活等),培养学生处理信息的能力以及从资源中提取有效信息的能力。本部分内容可以引导学生课后完成。

（一）理论联系实际

探究： 2004 年 9 月 10 日，第七届中国艺术节在浙江杭州市开幕。国家主席胡锦涛致信祝贺。中国艺术节是我国规格最高，规模最大的国家艺术节。本届艺术节以"发展先进文化，振奋民族精神"为主题，以"艺术的盛会，人民的节日"为宗旨，陆续为全国人民奉献了一批丰富多彩的文艺节目。

教师点拨： 要代表先进文化的发展方向，就要弘扬以爱国主义为核心的民族精神和以改革创新为核心的时代精神。作为新一代的公民，应坚持团结统一、爱好和平、勤劳勇敢、自强不息的伟大民族精神，在生活上要礼貌待人，尊老爱幼，勤俭节约，艰苦朴素，自觉抵制互相攀比、贪图安逸的思想，增强历史使命感、责任感。同时，更要不断更新自己的知识体系，关注现实，关注时代，注重创新，勇于质疑，敢于批判陈风滥俗，敢于向权威挑战，树立"敢为人先"的精神，做时代发展的先锋。就当前而言，我们要深刻理解建设社会主义和谐社会和节约型社会的内涵及深远意义，为建设社会主义和谐社会和节约型社会积极献策，做一个社会主义改革的支持者和拥护者。

（二）资源链接

1. 工业化与民主化

工业革命引起史无前例的人类生活的最巨大的变化。这一时期人们的经验在范围和可能性上都发生了巨大变化，致使同时期社会和哲学价值的变化已经不可避免。特别是工业革命大大地改变了人类社会的组织。

人与机器工业革命的影响远胜过物质生活方式的变化。一直存在着这样的观点：这场革命带来的物质变化所导致的特定价值的内化，最终使当代人无法完全理解过去的事件。根据这一观点，人内化了手段——目的的价值，但只影响到社会的一小部分。而工业革命把这些价值广泛用于社会，并使之成为道德和政治合法化的标志。例如，先于革命本身的道德价值，已成为社会秩序和经济发展的必要工具，而不是革命以后的纯粹目的。

自由主义 工业革命还要求有一种政治体制，能够管理一个工业国家而不是一个分散的农业社会的集合体。这个必要的政治改革背后的理论就是自由主义。自由主义哲学并不是一个固定的学说，而其提倡者倒是有一些共同的信念。自由主义的核心是，相信一切形式的政治组织都必须以法律形式体现，追求无限制是不可能的，而是应当有所限制以便保护个体，为达到目的，社会必须建立"对立"的基础，例如人民与国家的对立。自由主义者偏爱的民主形式往往称为"保护性民主"，因为它的目的在于保护个体的权利，自由主义的关键问题是：一方

引导学生搜集与本框内容密切相联系的有关材料。

思考：
作为新一代的公民，你认为怎样做才能更好地代表先进文化的发展方向？
学生讨论回答。（答案可能会有多样性，教师在引导时要提醒学生根据"真正的哲学的判断标准"结合当今时代需要进行思考。）

这部分的内容可考虑在课堂上进行。

面是足以保护国家的需要,一方面是同时保护人民免遭强大的国家滥用权力的需要,如何调和二者的关系? 工业革命使得这个问题愈感迫切。因为需要一个更加强大的政府来承担更大的更复杂的责任。

帝国主义 自由民主国家的出现随之带来许多矛盾,主要是帝国主义、自由主义国家在民族神话的基础上建立法律,公民有义务把大量财产委托于国家,这就需要国家不仅仅是代表强权,国家主义的另一面是把别的国家说成是敌人或不如自己。这一过程有助于各民族保持很强的凝聚力意识,公民对国家的责任通过强调别国的持续威胁而得以强化。因此,自由民主国家所依赖的自由主义,就成为 19 世纪欧洲主要国家赫然出现的帝国主义背后的力量之一。当然,另一个推动性因素是经济,假若不成为庞大的帝国,英国是不会成为工业革命的先锋的。

中国哲学、印度哲学和发源于古希腊而发展于欧洲的西方哲学并称为世界三大哲学传统,它们各有自己的发展脉络。

2. 中国古代哲学的历史演变

第一,中国古代哲学的奠基——先秦哲学。 中国古代哲学可以追溯到西周末年的阴阳说和五行说。春秋战国时期出现了儒、墨、道、法、名、阴阳等百家争鸣的局面。他们以"道"(天道和人道)为核心范畴,围绕天人关系、名实关系、义利关系等展开了论辩。儒家的德治主义与道家的自然主义、法家的法治主义结合在一起,对中国社会政治文化和中华民族精神发生了深远的影响。

第二,中国古代哲学的拓展——汉唐哲学。 这个时期哲学的主要成就是两汉经学、魏晋玄学、隋唐佛学。

汉初,"黄老学"得到了进一步发展。董仲舒创立了一个符合大一统中央集权需要的官方化、经学化、神学化的完整而严密的哲学体系。汉武帝"罢黜百家、独尊儒术"政策,使其神学目的论在汉代取得绝对统治地位。但董仲舒的神学目的论,遭到了王充元气自然论的批判。东汉末年,谶纬神学广泛流行。总起来说,整个两汉时期,经学儒学得到了极大的发展。

魏晋玄学既是对两汉经学的否定,又是对两汉经学的发展,它以道家学说解释儒家经典,建立了以道家学说为基础、融合儒道的哲学理论体系。名教与自然的关系就成为玄学的中心问题。

佛教公元前 6 世纪产生于印度,西汉末年传入中国。魏晋南北朝时期,与玄学结合得以传播和发展,出现"六家七宗"。僧肇是中国化佛学体系的奠基人。但佛学的理论基础——神不灭论以及因果报应说遭到了范缜唯物主义无神论和自然论的批判。隋唐时期,儒、道、佛三家鼎立,佛学得以发展。佛学对于强化中国哲学的思辨性做出了一定的贡献。但佛学的发展冲击了儒学的独尊地位,受到韩愈等人唯心主义道

引导学生分析材料,提取有用信息。

引导学生分析材料,提取有效信息。

"阴阳说"和"五行说"的本质是什么?它反映了哪个时代的精神?

"神学目的论"、"两汉经学"、"宋明理学"、儒、道、佛等是时代精神的精华吗?它对当时社会的发展起了什么作用?

统论的攻击；佛学唯心主义，又受到柳宗元、刘禹锡唯物主义无神论的批判。

第三，中国古代哲学的成熟——宋明理学。宋明理学以"理气""心性"为核心范畴，围绕着理气、道器、心物、理欲、知行等关系展开了论述，构建了思辩性很强的以儒家伦理为本位的哲学体系，成为新的哲学形态。它把伦理学说与本体学说统一起来，使纲常名教获得较为深刻的理论论证。宋明理学儒家伦理本位的确立，强化了儒学的统治思想地位；但禁欲主义阻碍了社会的发展，遭到了唯物主义和启蒙思想的批判。

第四，中国古代哲学的转型——明清之际哲学。明清之际，儒学思想曾一度得到发展，但因清朝的文化专制政策，"朴学"（考据学）发达。王夫之对中国传统文化进行了全面总结，在气本论的基础上提出"实有"范畴，摆正了理气、道器、知行等关系，并对力命、义利、理欲学说重新阐释，提出了许多有价值的观点，使朴素唯物主义和朴素辩证法结合达到了一个新的高峰。清朝后期，"春秋公羊学"复兴，儒学又发展到了一个新阶段。维新派对传统价值观念的批判、思维方式的转变以及人道主义的兴起，是中国古代哲学转型——近代化的必经步骤和根本标志。

庆祝中国共产党建党 85 周年

材料一：2006 年 6 月 30 日，胡锦涛同志在庆祝中国共产党成立 85 周年暨总结保持共产党员先进性教育活动大会上的讲话指出："马克思主义政党要保持和发展先进性，必须与时俱进地研究、提出、贯彻正确的理论和路线方针政策。我们党坚持解放思想、实事求是、与时俱进，把马克思主义基本原理同中国具体实际相结合，产生了毛泽东思想、邓小平理论和'三个代表'重要思想。党的十六大以来，党中央又提出了科学发展观、构建社会主义和谐社会等一系列重大战略思想。这些理论成果都是党和人民实践经验的总结和集体智慧的结晶。在这些正确理论指导下，我们党及时制定符合中国实际、反映人民愿望的路线方针政策，如新民主主义革命时期提出农村包围城市、武装夺取政权的正确道路，抗日战争时期提出建立抗日民族统一战线的正确主张，新中国成立后制定过渡时期的总路线，改革开放时期提出'一个中心、两个基本点'的社会主义初级阶段的基本路线、建立社会主义市场经济体制的重大理论、科学发展观的重大战略思想，等等。历史表明，只有不断实现党的理论和路线方针政策的与时俱进，我们党才能找到实现中国人民和中华民族根本利益的正确道路和科学方法，推动党和人民的事业不断从胜利走向新的胜利。"

材料二：2006 年 6 月 28 日，在纪念中国共产党建党 85 周年之际，新华社特约评论员发表了《宝贵的财富，强大的动力》。该文指出：

毛泽东思想、邓小平理论和"三个代表"重要思想集中体现了时代精神的精华，请学生分析"精华"主要体现在哪些方面？它对我国社会主义现代化建设有何指导作用？

"解放思想、实事求是"的思想路线、

党的十一届三中全会以后，邓小平同志等老一辈革命家恢复和发扬我们党的优良传统和作风，提出解放思想、实事求是的新要求，推动改革开放和现代化建设事业迅速发展，使社会主义中国焕发出蓬勃生机。党的十三届四中全会以后，以江泽民同志为核心的第三代中央领导集体高度重视作风建设，多次指出要结合新的实际，努力发扬党的优良作风。党的十五届六中全会专门研究作风建设，提出了"八个坚持、八个反对"，把党的作风建设提高到一个新的水平。党的十六大以来，以胡锦涛同志为总书记的中央领导集体，结合全面建设小康社会的伟大实践，号召全党牢记"两个务必"，大力弘扬求真务实的作风，努力做到"为民、务实、清廉"，把党的建设新的伟大工程和中国特色社会主义事业继续向前推进。

党的优良传统和作风是我们的传家宝，在全面建设小康社会的伟大实践中，我们要继续坚持和发扬党的优良传统和作风，牢固树立马克思主义世界观，打牢发扬党的优良传统和作风的思想基础。要努力践行社会主义荣辱观，始终保持共产党人的浩然正气和昂扬锐气。热爱祖国、服务人民、团结互助、艰苦奋斗等革命传统是对每个共产党员最基本的要求，也是社会主义荣辱观的重要内容。许多典型案例揭示，某些领导干部走上违法乱纪、贪污腐败的犯罪道路，究其原因是道德品质出现了问题，荣辱观发生了颠倒。要加强党员干部的思想、政治和道德建设，加强爱国主义和革命传统教育，使大家树立正确的权力观、地位观和利益观，在实际工作和日常生活中讲道德、讲修养、讲廉耻，自觉抵制各种腐朽思想的侵蚀和破坏，增强拒腐防变的能力。

胡锦涛总书记关于"八荣八耻"

材料三：胡锦涛总书记在看望政协委员时强调要引导广大干部群众特别是青少年树立社会主义荣辱观，并将之概括为鲜明而精辟的"八荣八耻"。学习"八荣八耻"精神，充分理解其重大意义，应是当前思想教育和道德建设的重要任务。胡锦涛总书记于 2006 年 3 月 4 日在全国政协民盟、民进联组会上强调，"要引导广大干部群众特别是青少年树立社会主义荣辱观，坚持以热爱祖国为荣、以危害祖国为耻，以服务人民为荣、以背离人民为耻，以崇尚科学为荣、以愚昧无知为耻，以辛勤劳动为荣、以好逸恶劳为耻，以团结互助为荣、以损人利己为耻，以诚实守信为荣、以见利忘义为耻，以遵纪守法为荣、以违法乱纪为耻，以艰苦奋斗为荣、以骄奢淫逸为耻"。"八荣八耻"精辟地阐述了社会主义荣辱观的深刻内涵和社会主义基本道德规范的本质要求，体现了中华民族传统美德、党的优良传统优良作风与时代精神的有机结合，为我们树起了道德建设的新标杆。对形成良好的社会风气、提升公民道德水平、推进社会主义和谐社会建设，都有着极为重要的现实指导意义。这期话题我们特约专家谈对"八荣八耻"重要论述的理解。

"八个坚持、八个反对"、"两个务必"等对我国当前社会主义建设有何指导意义？

"荣辱观"包含了哪些哲学道理？

"八荣八耻"体现了什么世界观和方法论？为什么要坚持"八荣八耻"的荣辱观？它对我国当代社会发展有何指导意义？

胡总书记提出的社会主义荣辱观,对我国当前的社会状况特别是广大干部群众、青少年的思想实际具有极强的针对性。改革开放27年来,中国社会方方面面都发生了天翻地覆的巨大变化,物质生活条件的改善及价值观念的多元嬗变,对人们的道德观、人生观、世界观产生了无可避免的正负两方面的影响,其中既有积极向上、与时俱进的,也有消极不良、腐败堕落的。而这些变化的一个突出表现,就是造成了在某些情况下对善与恶、是与非、美与丑的混淆不清,致使人们的荣辱观发生了某些畸变与偏差,如对国家和广大人民群众采取事不关己、高高挂起的冷漠态度,甚至在言行上有损国家民族的利益与尊严;将诚实守信、辛勤劳动、艰苦奋斗视之为不合时宜的"傻冒"行为,而好逸恶劳、损人利己、见利忘义则被认为是出自"人的天然本性",具有"合理性";更有少数人以违法乱纪、挥霍浪费、骄奢淫逸来显示其拥有的特权与显赫地位等等。这些情况,不仅使某些干部走上了背离党和国家、人民的犯罪道路,也对社会大众特别是青少年产生了极为恶劣的影响,败坏了社会风气,是构建和谐社会必须大力清除的障碍。"八荣八耻"的社会主义荣辱观,直接针对和纠正的就是这些美丑、善恶、真伪不分的情况。胡总书记依据中国特色社会主义的基本理论,通过对"八荣八耻"的概括,划清了大是大非的界限,褒奖了真善美,贬斥了假丑恶,有助于各级干部、党员、人民群众及广大青少年伸张正气、抵制邪气、树立正确的荣辱观,这对于建立良好社会风气、构建和谐社会是非常重要、非常及时的。

请你运用所学过的哲学知识分析这段话所包含的道理?

七、三维评价

◎ 经典训练

(一)在每题给出的四个选项中,只有一项是最符合题意的

1. 恩格斯说:"每一个时代的哲学作为分工的一个特定的领域,都具有由它的先驱传给它而它便由此出发的特定的思想材料作为前提。"这说明 (　　)

A. 哲学作为一种思辨活动,与社会生活无关

B. 哲学的发展都是建立在已有的思想基础上

C. 哲学的发展就是用新观点代替旧观点

D. 哲学理论要创新就必须抛开已有的思想材料

参考答案:B

2. 被推翻皇位的路易十六曾经哀叹:是伏尔泰和卢梭毁灭了法国。从路易十六的衰败中可见 (　　)

A. 哲学可以通过对社会弊端的批判,更新人的观念,解放人的思想,指导社会变革

B. 哲学对社会变革具有决定作用

C. 哲学为社会发展奠定物质基础

D. 文艺复兴运动使欧洲文化发展达到了顶峰,为资本主义发展开辟了道路

参考答案:A

3. 马克思说:"哲学不是在世界之外,就如同人脑虽然不在胃里,但也不在人体之外一样。"对这句话理解正确的有 （　）

①哲学是物质的　②哲学存在于现实生活中　③任何哲学都正确地反映了时代的任务和要求　④哲学的产生与当时时代的经济、政治有着密切的关系

A. ①②③④　　　　B. ②③④　　　　C. ①②　　　　D. ②④

参考答案:D

胡锦涛指出:"建设中国特色社会主义事业,是一项充满艰辛,充满创造的壮丽事业。伟大的事业需要并将产生崇高的精神,崇高的精神支撑和推动着伟大的事业。没有坚强精神的民族,是没有前途的。"据此回答4—5题。 （　）

4. "没有坚强精神的民族,是没有前途的。"这是因为 （　）

①人类进行活动需要精神文化资源,需要真正的哲学思想　②一定形态的经济和政治决定一定形态的思想文化　③坚强精神对社会发展具有决定作用　④反映自己时代历史任务和客观要求的哲学可以成为社会变革的先导

A. ①②　　　　B. ③④　　　　C. ①④　　　　D. ②③

参考答案:C

5. 伟大的事业需要并将产生崇高的精神,崇高的精神支撑和推动着伟大的事业。这说明（　）

①思想文化是一定社会和时代的经济和政治的反映　②一定形态的思想文化反作用于一定形态的经济和政治　③精神因素都是人们对一定时代社会生活的正确反映　④只要具有崇高精神,就能成就伟大的事业

A. ③④　　　　B. ①④　　　　C. ②③　　　　D. ①②

参考答案:D

(二) 在每题给出的四个选项中,至少有一项是符合题意的

6. 下列对"真正的哲学都是自己时代的精神上的精华"认识正确的是 （　）

A. 哲学具有时代性　　　　　　　　B. 哲学都是自己时代在精神上的反映

C. 任何哲学都是精神上的精华　　　　D. 哲学属于精神的范畴

参考答案:ABD

7. 18世纪的法国启蒙运动是又一场资产阶级的思想解放运动。这时的资产阶级逐渐走向成熟,思想上摆脱了16、17世纪的神学不彻底性,提出了彻底的无神论和唯物主义思想,并高举自由、平等、人权和理性,展开了对封建制度的猛烈攻击。启蒙思想武装了人民群众,推动了法国大革命。上述材料可以看出哲学对社会变革的作用表现在 （　）

A. 更新人的观念,解放人的思想

B. 哲学可以代替实践,推动历史的发展

C. 任何哲学都能转化为变革社会的巨大物质力量

D. 动员和掌握群众,从而转化为变革社会的巨大物质力量

参考答案:AD

8. 胡锦涛指出:"三个代表"重要思想是中国共产党人准确把握时代特征,紧跟世界发展进步潮流的必然要求;是中国共产党80多年奋斗历程和历史经验的科学总结;是中国共产党解决党内存在的突出问题,始终保持党的先进性的根本需要;是江泽民同志长期以来坚持理论创新,开拓马克思主义的新境界的理论成果。上述材料说明 （　）

A. 哲学是一定社会和时代的经济和政治在精神上的反映

B. 要解放思想,与时俱进

C. "三个代表"重要思想是当今时代精神的核心

D. 哲学随着社会的发展不断发展,越来越正确

参考答案:AC

(三)辨析题(仅作判断不说明理由者不得分)

9. 在社会主义初级阶段,经济建设是所有工作的中心,一切活动都必须围绕经济建设展开,因此,研究和发展哲学没有意义。

参考答案:(1)经济建设是当前工作的重点,一切活动都必须围绕经济建设展开,这有利于解决社会主义初级阶段的基本矛盾。(2)哲学作为思想意识形态,是一定社会和时代的精神生活的构成部分,是一定社会和时代的经济和政治在精神上的反映,同时,又以特定的方式反作用于客观现实。真正的哲学是时代精神的精华、民族文化的灵魂,它能紧紧抓住时代的脉搏,转化为变革社会的巨大物质力量。(3)建设中国特色社会主义事业,是一项充满艰辛,充满创造的壮丽事业。伟大的事业需要并将产生崇高的精神,崇高的精神支撑和推动着伟大的事业。"三个代表"重要思想是中国共产党人准确把握时代特征,紧跟世界发展进步潮流的必然要求,是当今时代精神的核心。社会主义现代化建设必须在"三个代表"重要思想的指引下进行。

题目的观点是错误的。

(四)论述题(要求紧扣题意,综合运用所学知识,结合材料展开分析)

10. **材料一:**马克思说"理论在一个国家实现的程度,总是决定于理论满足这个国家的需要的程度"。

材料二:《中共中央关于进一步繁荣发展哲学社会科学的意见》明确提出:"党委和政府要经常向哲学社会科学界提出一些需要研究的重大问题,注意把哲学社会科学优秀成果运用于各项决策中,应用于解决改革发展稳定的突出问题中,使哲学社会科学界成为党和政府工作的'思想库'和'智囊团'。"

材料三:2005 年 10 月 20 日人民网载:中国建国五十多年、改革开放二十多年差不多走完了西方国家几百年才完成的经济社会发展历程,历史的浓缩和跨越也必然将各发展阶段的矛盾集中在一个较短的时期内,新型工业化、科学发展观、构建社会主义和谐社会理论,以及最近胡锦涛同志提出的"八荣八耻",作为马克思主义的最新理论成果,在历史的关键时刻根据我国发展的需要应运而生,这是化解前进矛盾、探索正确发展道路的行动指南和理论向导。

(1) 三则材料共同说明什么问题?

(2) 结合本框内容,谈谈你对这一问题的理解。

参考答案:(1)说明哲学与时代密切相关。(2)①真正的哲学是自己时代的精神上的精华,因为它正确地反映了时代的任务和要求,牢牢把握住了时代的脉搏,正确地总结了时代的实践经验和认识成果。②哲学对社会变革有重要作用,首先表现在它可以通过对社会的弊端、对旧制度与旧思想的批判,更新人的观念,解放人的思想。其次,哲学可以预见和指明社会前进的方向,提出社会发展的理想目标,指引人们追求美好的未来;动员和掌握群众,从而转化为变革社会的巨大物质力量。

(五) 综合探究题

11. 你认为现在中学生崇尚什么精神,有什么样的理想目标? 面对多元化的文化思潮及价值观,我们应该做何选择?

12. 调查身边水、电以及日常学习用品的使用过程中的浪费情况;查找资料,了解我国的资源

状况。运用所学哲理,理解建设节约型社会思想提出的时代背景及其对于今后我国社会发展的重要意义。

13. 2005 年 2 月 19 日,胡锦涛在中共中央举办的省部级主要领导干部提高构建社会主义和谐社会能力专题研讨班的开班式上发表重要讲话。胡锦涛指出,实现社会和谐,建设美好社会,始终是人类孜孜以求的一个社会理想,也是包括中国共产党在内的马克思主义政党不懈追求的一个社会理想。根据马克思主义基本原理和我国社会主义建设的实践经验,根据新世纪新阶段我国经济社会发展的新要求和我国社会出现的新趋势新特点,我们所要建设的社会主义和谐社会,应该是民主法治、公平正义、诚信友爱、充满活力、安定有序、人与自然和谐相处的社会。民主法治,就是社会主义民主得到充分发扬,依法治国基本方略得到切实落实,各方面积极因素得到广泛调动;公平正义,就是社会各方面的利益关系得到妥善协调,人民内部矛盾和其他社会矛盾得到正确处理,社会公平和正义得到切实维护和实现;诚信友爱,就是全社会互帮互助、诚实守信,全体人民平等友爱、融洽相处;充满活力,就是能够使一切有利于社会进步的创造愿望得到尊重,创造活动得到支持,创造才能得到发挥,创造成果得到肯定;安定有序,就是社会组织机制健全,社会管理完善,社会秩序良好,人民群众安居乐业,社会保持安定团结;人与自然和谐相处,就是生产发展,生活富裕,生态良好。这些基本特征是相互联系、相互作用的,需要在全面建设小康社会的进程中全面把握和体现。

请运用所学原理分析建设社会主义和谐社会的思想提出的时代背景以及对我国社会发展的影响。

◎ 闪光记录

评教评学,以学生为主体,包括知识及其构建、内容方法、信息的搜集与甄选、学法指导、自主学习能力、思维火花、密切相关的社会实践活动能力与效果等方面的综合评价。采用表格或其他形式记录学生学习本框的情况:如探究的内容、探究问题的状态(活动或问题)、方式方法、效果、回答问题及练习情况等。

学完本课我的收获	知识			
	能力			
	情感、态度、价值观			
我对同学的评价	小组成员分工及任务完成情况	同学姓名	对他(她)的综合评价	

（续表）

		学习态度	课堂表现	社会实践反馈	自主完成作业的情况
对我自己的综合评价	自评				
	老师				
	同学				
	家人				

说明：

1. 课堂表现要求写明具体行为，如课堂状态、课堂参与、课堂创新思维等。

2. 自我评价、教师评价、他人评价将和期中期末考试成绩作为综合评定指标。

3. 小组成员在没有分工合作的情况下，将对他的学习态度进行评价。

4. 小组评价和自评以具体行为表现为主，老师评以 A、B、C、D 等次评定。

5. "小组成员分工及任务完成情况"指的是自己对其他同学的评价。

6. 以小组为单位，每节课反馈一次。

（洪少帆　撰写）

第二框 哲学史上的伟大变革

一、教学目标

● **知识目标**

(1)马克思主义哲学产生的阶级基础、自然基础和理论来源。(2)马克思主义哲学产生与发展的历史必然性。(3)马克思主义哲学的基本特征及其在人类认识史上的重要地位和作用。(4)马克思主义中国化的三大理论成果:毛泽东思想的伟大意义、精髓和活的灵魂,邓小平理论产生、意义和主题。"三个代表"重要思想的意义、本质。(5)马克思主义理论具有与时俱进的理论品质。

● **能力目标**

(1)结合有关具体材料理解马克思主义哲学产生的理论基础和理论来源,从而认识马克思主义哲学的科学性和实践性。(2)能结合前几课所学的有关知识及其事例,分析说明马克思主义哲学的基本特征和马克思主义中国化的三大理论成果。(3)能运用本框知识分析马克思主义哲学与其他哲学的本质区别,增强辨别是非的能力。

● **情感、态度和价值观目标**

(1)培养学生坚信马克思主义哲学的科学性,激发学生学习马克思主义哲学的积极性,帮助学生树立科学的世界观、人生观和价值观。(2)培养学生在实践活动中的科学探索精神和革命批评精神。

重点与难点

重点:马克思主义中国化的三大理论成果。

难点:马克思主义哲学的基本特征。

学情分析:(本框内容是本课第一框"真正的哲学是自己时代的精神上的精华"中"时代精神的总结和升华"的延伸,内容较多,教学难度较大。第一目"马克思主义哲学的产生"内容涉及面较广,只要求结合第二目的需要,学生理解教材上的基本观点即可,不必展开分析,真正理解本目内容,有赖以后的教学。但第一目的内容是理解第二目知识的基础。第二目的内容除紧密结合第一目内容外,还必须紧密结合第二课的内容,才能有助于学生深入理解"马克思主义哲学的基本特征"。学习第二目主要使学生明白马克思主义哲学产生的必然性和科学性。第三目是教学的重点,学生在初中已经学过一些基本的理论和实践知识,学生容易理解。

二、案例导入

(一)老师提问:同学们最熟悉的名人有哪些?他们为什么出名?

(李宇春 成龙 费俊龙 李嘉诚 迈克尔·乔丹等明星)

(二)展示马克思头像,并配文字让学生阅读:1999 年秋天,英国 BBC 公司在国际互联网上公开评选千年以来的 100 位最伟大、最有影响力的思想家。结果排在第一位的是马克思。

课前准备:

1. 课外阅读:关于资本主义的发展史的有关书籍,重点了解 19 世纪 30—40 年

（三）老师问学生的感想

学生质疑：（1）马克思为什么能名列千年伟人之首？

马克思主义对人类作出了哪些重大贡献？

（2）现在世界日新月异，160多年前的马克思主义哲学理论是不是已经过时了？它在今天还有价值吗？

（3）它是产生于西方的理论，能指导我国全面建设小康社会吗？

（四）老师点评引入新课：本节课主要内容是了解马克思主义哲学的产生、发展及其基本特征。通过学习探讨，同学们现在的疑问与迷惑或许就能得到解决了。

代的西方资本主义社会的现实情况；阅读《西方哲学史》重点了解黑格尔、费尔巴哈等哲学家的哲学思想；阅读江泽民《在庆祝中国共产党成立80周年大会上的讲话》、胡锦涛《在"三个代表"重要思想理论研讨会上的讲话》等。

2. 学生分三组分别探究讨论马克思主义产生的阶级基础、自然科学基础、理论来源，为理解本框知识及组织课堂合作探究做准备。

3. 了解马克思的生平。

4. 组织学生讨论左框的问题。

三、问题探究

从上述材料中引入，或由学生的讨论和质疑的问题中引出问题探究的内容：

（1）为什么马克思主义哲学的产生，开启了无产阶级和全人类的解放事业，是实现哲学史上的伟大变革？

（2）比较马克思主义哲学与以往哲学的区别，了解马克思主义哲学基本特征，你是怎样理解这些特征的？

（3）从哲学与时代关系的视角，看马克思主义在中国的发展，为什么说马克思主义具有与时俱进的理论品质？

1. 引导学生回顾上节课所学的知识，阅读教材内容，思考回答这些问题。

2. 思考以下概念及其观点间的联系：（1）马克思主义哲学为什么要在阶级基础、自然科学基础和理论来源上产生？（2）为什么说马克思主义哲学有其产生的必然性？（3）唯物主义和辩证法、科学性和革命性有何联系？（4）马克思主义哲学与毛泽东思想、邓小平理论、"三个代表"重要思想有何内在联系？

四、思维点拨

（一）理解马克思主义哲学的产生不是偶然的，具有历史必然性。

19世纪30—40年代，资本主义生产方式已经在西欧一些重要国家取得了决定性的胜利，并占据了统治地位。一方面，资本主义迅速发展，在不太长的时间里创造出了巨大的生产力，极大地影响了整个社会生活。另一方面，随着封建等级制度的废除，阶级关系更简单化、明朗化了。资本主义的各种矛盾也日益暴露并尖锐起来。资产阶级的启蒙学说日益变成蒙蔽群众的学

问题一：1. 学生回答：材料说明，随着资本主义的发展，资产阶级开始丧失作为时代先导的地位，资产阶级理论体系开始丧失作为时代旗帜的作用。工人阶级迫切需要指导自己行动的科学的世界观和方法论。时代呼唤着能够起旗帜作用的、崭新的科学理论体系的出现。

马克思主义适应时代的需要，应运而生，材料中反映的情况说明，无产阶级的产生和成长，为马克思主义的产生提供

说，资产阶级的自由、平等、博爱，在资本的日常活动中已具体体现为贸易自由、财富掠夺和"恩威并施"，甚至更赤裸裸的表现为步兵、骑兵和炮兵。特别是资本家对工人阶级的残酷剥削与压迫，促进了工人阶级的觉醒和斗争。以 1831 年和 1834 年法国里昂纺织工人起义、1844 年德国西里西亚织工起义和30 年代到 40 年代英国的工人宪章运动为标志，表明西欧工业无产阶级正在形成为独立的政治力量。他们斗争的目标触及到消灭私有制、消灭阶级的问题，他们寻求"真正的理性社会制度"，他们着手建立无产者的各种组织并谋求"贫苦人的真理"。他们的斗争先后都失败了。

1. 材料说明了当时什么历史背景？与马克思主义哲学的产生有什么关系？

2. 结合课文内容与课外阅读内容，说说马克思主义哲学的产生是否是偶然的？

3. 从马克思主义哲学的产生基础分析：马克思主义哲学是自己时代精神上的精华吗？为什么？

（二）比较马克思主义哲学与以往哲学的区别，了解马克思主义哲学基本特征，理解马克思主义哲学是科学的世界观和方法论。

材料一：《马恩选集》第 3 卷第 63 页指出：黑格尔哲学的最大成果是"把整个自然的、历史的和精神的世界描写为一个过程，即把它描写为处在不断的运动、变化和发展中，并企图揭示这种联系。"但他的辩证法思想隐藏在神秘的唯心主义之中，是头顶地、脚朝天倒立着的哲学。

费尔巴哈创立了人本唯物主义，他批判了宗教神学和黑格尔的唯心主义，认为除了自然与人之外，什么也不存在。但他对于人的理解是抽象的，不理解人的实践活动，因此看不到人的现实性、社会性和历史性，从而陷于唯心史观之中，成为"半截子"的唯物

了深厚的阶级基础。

2. 学生分组汇报：(1)19 世纪自然科学的发展与马克思主义哲学产生的关系。(2)黑格尔与费尔巴哈哲学思想中的合理性与局限性以及他们哲学思想的发展与马克思主义哲学产生的关系。

学生感悟：马克思主义的产生不是偶然的，具有历史必然性。从客观条件方面来说，19 世纪 30—40年代欧洲资本主义的发展，为马克思主义的产生准备了社会历史条件；无产阶级的成长壮大是马克思主义产生的阶级基础。19 世纪自然科学的发展，特别是细胞学说、能量守恒定理、生物进化论这三大发现，为马克思主义的产生提供了自然科学基础；德国古典哲学，尤其是黑格尔的辩证法和费尔巴哈的唯物主义，是马克思主义产生的直接的理论来源。可见，马克思主义的产生是时代发展的需要，是社会历史发展、自然科学发展、哲学发展的必然产物。

3. 真正的哲学之所以是自己时代精神的精华，是因为它正确地反映了时代的任务和要求，牢牢地把握住了时代的脉搏，正确地总结和概括了时代的实践经验和认识成果。马克思主义哲学是自己时代精神上的精华。

从马克思主义哲学产生的阶级基础看：马克思主义哲学正确地反映了时代的任务和要求，牢牢地把握住了时代的脉搏。

从马克思主义哲学产生自然科学基础和理论来源看：马克思主义哲学正确地总结和概括了时代的实践经验和认识成果。

老师点评：通过同学们的讨论分析，我们既要理解马克思主义哲学的产生不是偶然的，马克思主义哲学的产生有着坚实的阶级基础、自然科学基础和理论基础；同时又要把握马克思主义哲学与时代的关系：它是适应时代的产物，是对时代主题的科学回答，是时代精神的精华，是人类全部优秀文化遗产的结晶与升华。

问题二：1. 学生讨论后老师启发学生归纳：材料一说明：马克思主义哲学产生以前的唯物主义，最大的缺陷有二：形而上学、唯心史观。马克思主义哲学产生以前的辩证法，最大的缺陷就是与唯心主义结合在一起。材料二说明，空想社会主义者也犯了唯心主义的错误。马克思主义理论与空想社会主义理论有本质区别。材料三说明：马克思主义哲学不仅仅是解释世界，而更重要的是要改变世界。这体现了马克思主义哲学的实践性和革命性。

主义。

材料二：美国著名历史学家斯塔夫里阿诺斯在《全球通史》中说："马克思几乎在每个方面都根本不同于空想社会主义者。马克思是唯物主义者，而空想社会主义者是唯心主义者。马克思用自己一生的大部分时间研究现存的资本主义社会的历史发展和确切作用，而空想社会主义者则制定模范社会的种种蓝图。马克思根据自己的历史研究坚信阶级斗争是社会变革的唯一手段，而空想社会主义者则期待富裕的捐助人的支持。"

材料三：马克思说"哲学家们只是用不同的方式解释世界，而问题在于改变世界。"

1. 上述材料分别说明了什么？

2. 根据上述材料，谈谈马克思主义哲学怎样克服了旧唯物主义和辩证法思想的局限性？你从中得到什么启示与感悟？

（三）从哲学与时代关系的视角，看马克思主义在中国的发展，领悟马克思主义具有与时俱进的理论品质。

20世纪90年代，当时的苏联是世界上第一个社会主义国家，却在一夜之间国家解体、政权垮台；当年的苏共是一个拥有88年历史、1 500万名党员的大党，却被解散。社会主义大国前苏联解体，东欧社会主义阵营突发剧变，社会主义事业的发展遭遇前所未有的打击。

1. 结合材料一讨论，产生于19世纪的马克思主义哲学是否已经过时？

2. 马克思主义与中国革命实践相结合，产生了三大理论成果。结合课文内容谈谈你对这些理论成果的了解？

2. 马克思主义哲学确立了科学的实践观，在实践基础上实现了三个统一：

（1）坚持从实际出发认识周围的事物，克服了唯物主义与辩证法的分离，实现了唯物主义与辩证法的有机统一。

（2）提出了社会存在决定社会意识的原理，指出了社会的本质是人民群众的实践，抛弃了英雄史观，提出了唯物史观。实现了唯物辩证的自然观与历史观的统一。

（3）马克思主义哲学的全部理论都来自实践，并经过实践的反复检验；它是"改变世界"、指导人类解放的科学，是无产阶级的世界观和方法论，因而实现了实践基础上的科学性与革命性的统一。

学生感悟：马克思主义哲学的基本特征说明，马克思主义哲学是科学的世界观和方法论，对实践活动有重要的指导作用。它的产生，实现了哲学史上的伟大变革，也开启了无产阶级革命的新时代。在人类认识史上占有重要地位。

老师点评：当前，整个社会处于转型时期，人们的思想观念正发生着巨大变化，不同的思想对青年学生产生着不同的影响，同学们通过对马克思主义哲学的产生和基本特征的学习，要注意培养鉴别理论是非的能力，认真学好马克思主义哲学，树立正确的世界观人生观。

问题三：1. 这个问题学生回答有困难，老师引导学生：根据探究材料，思考下列问题：

（1）马克思主义哲学在当时是要回答什么时代主题？（2）这些主题是否都已经解决？（3）事物的发展是否都是一帆风顺的？

师生归纳：马克思主义哲学产生在19世纪30—40年代资本主义产生发展时期，针对资本主义社会的基本矛盾和社会弊端，它要揭开历史之谜，揭开资本主义制度之谜，揭开无产阶级发展之谜，回答人类社会历史向何处去、资本主义向何处去、无产阶级向何处去等时代主题。到今天，马克思主义哲学关注的问题没有过时，资本主义的基本矛盾依然存在。马克思主义哲学的理想尚未完成，仍是指引我们前进的旗帜。另外，马克思主义哲学具有与时俱进的理论品质，它随着时代和历史条件的变化而变化，随着实践活动的发展而发展，因此，它始终保持着强大的生命力。材料一中出现的情况，只是事物发展过程中的曲折性体现。马克思主义不过时，典型实例就是马克思主义与中国革命实践相结合，产生了三大理论成果。

2. 此点由学生归纳成表，理清线索，见附表。

五、知识构建

马克思主义中国化的三大理论成果

	产生条件	主要贡献	主要内容	三者关系
毛泽东思想	马克思主义和中国革命与建设实践相结合的产物。	指导中国革命和建设取得胜利。	实事求是、群众路线、独立自主。	都是马克思主义和中国具体实际相结合的产物，都是马克思主义在中国的发展，三者是一脉相承的关系。又都具有与时俱进的品质。
邓小平理论	马克思主义同当代中国实践和时代特征相结合的产物。	第一次比较系统地回答了落后的中国如何建设社会主义、如何巩固和发展社会主义的一系列基本问题。提出建设有中国特色的社会主义。	主题：什么是社会主义，怎样建设社会主义。	
「三个代表」重要思想	是马克思主义在中国发展的最新成果，是面向21世纪的中国化的马克思主义。	进一步回答了什么是社会主义、怎样建设社会主义，创造性地回答了建设什么样的党、怎样建设党的问题。深化了党对中国特色社会主义的认识。	本质要求：立党为公，执政为民。	

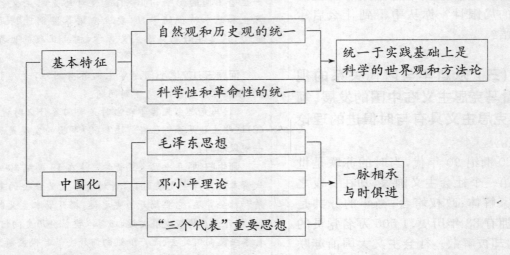

1. 上述知识点之间有哪些内在联系？与你的生活有哪些联系？请你用自己的语言表述出来。

2. 本框内容与本课第一框内容和前面几课的内容有哪些联系？请把这些联系归纳出来。

六、资源开发

通过经典事例引导学生搜集、甄选和开发与本框内容密切相关的学生身边的生活资源（包括本地重要历史和现实中的资料、重大活动、校园生活、家庭生活等），培养学生处理信息的能力以及从资源中提取有效信息的能力。本部分内容可以引导学生课后完成。

1. 什么是马克思主义

马克思主义是马克思、恩格斯在 19 世纪工人运动实践基础上,批判地继承了德国古典哲学、英国古典政治经济学、英、法两国空想社会主义学说等前人的优秀思想成果而创立的理论体系。它的科学内涵,是关于工人阶级和劳动人民革命和解放、关于建设社会主义和向共产主义远大目标前进的科学,是关于自然、社会和思维发展普遍规律的科学,是工人阶级及其政党的科学世界观。它是一个完备的和不断发展的理论体系,为工人阶级和劳动人民认识世界和改造世界提供了强大的思想武器。

马克思主义理论体系包括三部分,即马克思主义哲学、政治经济学、科学社会主义。其中,马克思主义哲学包括辩证唯物主义和历史唯物主义理论,它的研究对象是整个世界的本质和普遍规律,是关于自然界、人类社会和思维的一般规律的科学,自诞生以来一直被无产阶级政党作为认识世界和改造世界的世界观和方法论,它是马克思主义全部学说的基础。

马克思主义政治经济学是研究人类社会生产方式及其发展规律的科学,其重大贡献在于揭示了资本主义和社会主义生产关系的本质和发展规律,阐述了剩余价值学说,揭露了资本主义制度剥削工人的秘密和资本主义生产方式的不可克服的内在矛盾,揭示了无产阶级同资产阶级之间根本对立的经济根源,揭示了资本主义的本质。

科学社会主义是研究无产阶级解放条件的学说,它以马克思主义哲学和政治经济学为依据,研究无产阶级如何通过阶级斗争、无产阶级革命、无产阶级专政消灭资本主义,实现彻底解放。

马克思主义的三个组成部分是相互联系、彼此依存的思想体系。随着时代的发展,在后人的实践中它又获得了新的发展。

马克思主义,从狭义来说,是马克思恩格斯的观点和学说的体系。从广义来说,还包括后人对它的发展。作为中国共产党指导思想的马克思主义,指的是由马克思恩格斯创立,由列宁推进到新的阶段,并由毛泽东、邓小平、江泽民等为代表的中国共产党人进一步加以中国化和发展了的观点和学说的体系。

2. 马克思主义哲学产生的主观条件

首先,马克思主义哲学的产生除课文介绍的三个客观条件之外,还有其不可缺少的主观条件。马克思和恩格斯都是学识渊博、思想敏锐的学者,这使他们能够站在时代智慧的高峰,批判地继承人类思想史上的一切优秀成果,概括和总结科学发展的最新成就。其次,他们又是伟大的革命家,他们亲自参加和领导了当时无产阶级争取解放的伟大斗争实践,在革命实践和同各种错误思潮的斗争中,他们认识到广大劳动群众创造历史的力量,看到了无产阶级的伟大前途,逐步从唯心主义转

引导学生提取材料中有效信息。

引导学生分析材料,深化认识马克思主义哲学的科学性。

变为唯物主义,从革命民主主义转变为共产主义,成为伟大的共产主义者。马克思1842年在《莱茵报》办报期间,使他有了广泛了解社会接触社会的机会,对社会各方面的问题,他作了大量的调查研究,发表了一系列的文章,其中《关于林木盗窃法的辩论》、《摩塞尔记者辩护》,对马克思世界观的转变起了关键作用。再次,马克思具有大无畏的批判精神,凡是人类所建树的一切,马克思都批判过研究过。为了《资本论》的写作,他阅读了1 000多本书,做了400—500本读书札记,马克思的治学精神是值得人们永远学习的。1845年春马克思所写的《关于费尔巴哈的提纲》,以及1845年到1846年马克思和恩格斯合著的《德意志意识形态》,以社会实践为基础,系统地阐发了辩证的和历史的唯物主义基本原理,标志着马克思主义哲学的形成。

马克思主义哲学是人类历史根本转折时代的产物,是人类全部优秀文化遗产的结晶。历史发展到19世纪中叶,不仅提出了适应时代要求创立新的世界观的任务,而且也从各个方面为创立新世界观提供了必要的客观条件。马克思和恩格斯的伟大历史功绩,就在于顺应了时代的紧迫需要,将这种可能转变为现实,为无产阶级提供了科学的世界观和伟大的认识工具。

七、三维评价

◎ 经典训练

(一) 在每题给出的四个选项中,只有一项是最符合题意的

1. 马克思主义哲学的直接理论来源是　　　　　　　　　　　　　　　　　(　　)

A. 黑格尔的辩证法和费尔巴哈的唯物主义　　B. 李嘉图为代表的古典经济学

C. 康德的《自然史和天体论》　　　　　　　　D. 圣西门、傅立叶、欧文的空想社会主义

参考答案:A

2. 下列对马克思主义特征认识正确的是　　　　　　　　　　　　　　　　(　　)

①马克思主义哲学坚持实践的观点　②马克思主义哲学具有科学性　③马克思主义哲学具有阶级性　④马克思主义哲学具有革命性

A. ①②③　　　　　　　B. ①②④　　　　　　C. ②③④　　　　　　D. ①②③④

参考答案:D

3. 马克思主义哲学最主要的显著特征是　　　　　　　　　　　　　　　　(　　)

A. 阶级性　　　　　B. 革命性　　　　　C. 实践性　　　　　D. 科学性

参考答案:C

4. 马克思主义哲学的产生,实现了哲学发展史上的根本变革,意味着马克思主义哲学　(　　)

A. 已成为最终完成的知识体系

B. 揭示了自然和人类社会发展的终极真理

C. 已成为凌驾于其他一切科学之上的"科学之科学"

D. 是人类哲学思想继续向前推进的新起点

参考答案:D

(二) 在每题给出的四个选项中,至少有一项是符合题意的

5. 马克思主义的产生有着其自然科学基础,19世纪最具代表性的三大自然科学的发现是 (　)

A. 细胞学说　　　　B. 生物进化论　　　　C. 能量守恒定律　　　　D. 地质学说

参考答案:ABC

6. 马克思主义在中国的发展传播过程中产生了毛泽东思想、邓小平理论、"三个代表"重要思想。这说明马克思主义理论具有下列理论品质 (　)

A. 变化发展　　　　B. 与时俱进　　　　C. 解放思想　　　　D. 推陈出新

参考答案:B

7. 你认为下列最能反映"三个代表"重要思想与马克思主义之间的关系的观点是 (　)

A. "三个代表"重要思想就是马克思主义

B. "三个代表"重要思想是马克思主义在中国发展的最新理论成果,是当代中国的马克思主义

C. 随着时代的发展,"三个代表"重要思想取代了马克思主义

D. 他们同属于一脉相承而又与时俱进的科学体系

参考答案:BD

8. 毛泽东思想、邓小平理论、"三个代表"重要思想的共同点有: (　)

A. 都丰富发展了马克思主义　　　　B. 都正确反映了时代的任务和要求

C. 都对社会变革产生深远的影响　　　　D. 都坚持了从中国的实际出发的原则

参考答案:ABCD

(三) 简答题

9. 材料:2005年10月11日,中共十六届五中全会通过的《中共中央关于制定国民经济和社会发展计划第十一个五年规划的建议》指出:要"全面落实用邓小平理论和'三个代表'重要思想武装全党、教育人民的战略任务,加强马克思主义理论研究和建设,坚持正确的舆论导向,进一步巩固全党全国人民团结奋斗的共同思想基础。"

结合材料,从哲学角度谈谈我国全面建设小康过程中为什么要努力学习贯彻落实"三个代表"重要思想,加强马克思主义理论研究和建设?

参考答案:(1)全面建设小康社会,是我国社会发展过程中的重大变革,而"三个代表"重要思想则是闪耀着哲学思想的先进理论。在建设小康社会过程中,努力学习贯彻"三个代表"重要思想,说明哲学是社会变革的先导。(2)马克思主义哲学是科学的世界观和方法论,"三个代表"重要思想是马克思主义与中国革命具体实践结合产生的伟大理论成果之一,对我们的小康社会建设有重要的指导作用。

◎ **闪光记录**

评教评学,以学生为主体,包括知识及其构建、内容方法、信息的搜集与甄选、学法指导、自主学习能力、思维火花、密切相关的社会实践活动能力与效果等方面的综合评价。采用表格或其他形式记录学生学习本框的情况:如探究的内容、探究问题的状态(活动或问题)、方式方法、效果、回答问题及练习情况等。

学完本课我的收获	知识	
	能力	
	情感、态度、价值观	

我对同学的评价	小组成员分工及任务完成情况	同学姓名	对他(她)的综合评价

对我自己的综合评价		学习态度	课堂表现	社会实践反馈	自主完成作业的情况
	自评				
	老师				
	同学				
	家人				

说明：

1. 课堂表现要求写明具体行为,如课堂状态、课堂参与、课堂创新思维等。

2. 自我评价、教师评价、他人评价将和期中期末考试成绩作为综合评定指标。

3. 小组成员在没有分工合作的情况下,将对他的学习态度进行评价。

4. 小组评和自评以具体行为表现为主,老师评以 A、B、C、D 等次评定。

5. "小组成员分工及任务完成情况"指的是自己对其他同学的评价。

6. 以小组为单位,每节课反馈一次。

（傅淑娟　撰写）

第一单元综合探究

走进哲学　问辩人生

一、教学目标

● **知识目标**

(1)哲学的功能。(2)生活处处有哲学。(3)马克思主义哲学的重大指导作用。(4)学习马克思主义哲学对人生的意义。(5)了解马克思哲学的特征和马克思主义在中国的发展,坚持当代中国的马克思主义。

● **能力目标**

(1)通过本框内容的学习,初步培养学生用哲学的眼光自主观察生活、理解生活、探究生活的能力。(2)培养学生收集相关资料、筛选信息、运用信息的意识和能力。(3)能结合我国社会生活的变化的事例,说明马克思主义中国化的重要意义。

● **情感、态度和价值观目标**

(1)通过本框内容的学习,使学生初步能用哲学的观点分析生活中的一些现象,认识哲学的作用和意义,尤其是马克思主义哲学对人生、对社会的价值,增强学生对哲学的学习兴趣,使学生懂得哲学源于生活、指导人生和社会发展的道理。(2)坚信马克思主义哲学是科学的世界观和方法论,是人类认识世界和改造世界的有力武器。(3)坚定对马克思主义哲学的信念。

重点与难点

重点:结合历史和生活中的现实事例理解:(1)哲学对人生发展的作用。(2)马克思主义哲学是以往哲学和科学发展的思想结晶,是科学的世界观和方法论,是人生的根本指南,也是建设中国特色社会主义的理论基础。

难点:马克思主义哲学对人生的重要指导作用。

学情分析:本单元探究的目的与要求主要是引导学生从生活中领悟哲学的涵义及其对人生发展的意义,具有帮助人们确立人生观、价值观和理想信念的功能,认识马克思主义哲学对人生发展和我国社会主义建设的重要指导作用。因此,单元探究活动部分的教学方法,建议围绕本单元培养学生情感、态度和价值观的核心知识目标,确定一个主题,从生活中的经典案例出发,从案例中分析、引申和领悟,再围绕主题展开、扩散和网络本单元主干知识,使学生领悟本单元知识及其运用的价值。

二、案例导入

教学情境:

课堂探究:

考古学家初步推断,这是人类探索宇宙奥秘的体现,是人类认识世界的表现。

这是在三星堆出土的三千多年前的「纵目阔耳」青铜器，眼球极为夸张，瞳孔部分呈圆柱状，向前突出长达16.5厘米，直径19.5厘米，与神话故事的千里眼顺风耳相似。

这是三星堆出土的「太阳轮」青铜器。

这幅图片的寓意体现了哪些哲学道理？

探究提示：
哲学是关于世界观的学说，其核心问题是如何看待世界。由此，引导学生复习前面所学关于哲学的相关知识。

三、问题探究

分析下列漫画所说明的哲学道理。

漫画一： 漫画二：

甲：下雨好极啦！
乙：下雨精透了！

"种瓜得瓜，种豆得豆，种鸡蛋得……"

上述两则漫画反映的是日常生活中的常见现象，你从这些常见现象中能归纳出哪些一般性的道理？你能把这些道理，用自己的话简要地概括出来吗？

（1）引导学生阅读本单元主要内容，归纳知识的内在联系，搜集生活中的有关事例说明。

（2）引导学生仔细观察漫画，体会其中寓意所包含的哲理。

（3）这两幅漫画说明了生活中什么现象？这些现象反映了什么问题？从这幅漫画中，你体会到哪些哲理？

（4）从这些生活的个别现象中，你能悟出哪些一般性的道理？

四、思维点拨

（一）走进哲学——哲学与生活

展示生活图片：

"攻"与"守"——矛盾双方对立统一

　　细心观察周围的点点滴滴,总是能找到哲学的影子。

　　结论:哲学融于生活,哲学在生活中产生、发展,生活在哲学的引领下走向光明,追求美好。

（二）走进哲学——哲学与人生

　　导入:

　　哲理是生活的原色。

　　平庸的人,无视于生活的原色,

　　浅薄的人,漠视于生活的原色,

　　只有热烈地投身于生活,并力求成为生活的主人的人,才能透过生活的多重色彩,窥视到生活的原色。

　　引导学生分析与讨论。

　　教学情境:

　　哲理故事1:一只破水桶的启示。

　　一位农夫有两只水桶,他每天就用一根扁担挑着两只水桶去河边汲水。两只水桶中有一只有一道裂缝,因此,每次到家时这只水桶总是会漏得只剩下半桶水,而另一只桶却总是满满的。就这样,两年以来,日复一日,农夫天天只能从河里担回家一桶半水。完整无缺的桶很为自己的完美无缺得意非凡,而有裂缝的桶自然为自己的缺陷和不能胜任工作而羞愧。经过两年的失败之后,一天在河边,有裂缝的桶终于鼓起勇气向主人开了口:"我觉得很惭愧,因为我这边有裂缝,一路上漏水,只能担半桶水到家。"

农夫回答它说:"你注意到了吗? 在你那一侧的路沿上开满了花,而另外的一侧却没有花? 我从一开始就知道你有漏水,于是在你的那一侧的路上撒了花籽。我们每天担水回家的路上,你就给它们浇水。两年了,我经常从这路边采摘鲜花来装扮我的餐桌。如果不是因为你的所谓的缺陷,我怎么会有美丽的鲜花装扮我的家呢?"

课堂探究:这个故事说明了什么道理?

学生讨论:略。

探究提示:

事物是一分为二的,要坚持用全面的观点看问题,坚持两点论与重点论的统一。矛盾双方在一定的条件下相互转化。事物是变化发展的,用发展的观点看问题。

哲理故事 2:异想天开。

有一位家长带着上初中的孩子去池塘摸鱼。摸鱼前,他吩咐儿子摸鱼时不要弄出声,否则,鱼就会吓得往水深处跑,就捉不到鱼了。

有一天,儿子一个人去捉鱼,竟捉了半盘鱼。家长忙问怎么捉的。儿子说,您不是说一有声响鱼就会往深处跑吗? 所以,我就先在池塘中央挖了一个深水坑,再向池塘四周扔石子,当鱼跑进深坑,我只管摸鱼就是了。

课堂探究:这个故事给我们什么启示?

探究提示:在分析与综合的思维过程中,如果伴随着合理想像与创造性思维,人的认识能力会得到进一步发挥,认识成果甚至是惊人的。此事例说明,家长看到的是几条鱼,而孩子看到的是整个池塘的鱼。成人随岁月的增长思维受到了束缚,丧失了思维的创造性,而孩子则不然,少了许多束缚。21 世纪的学生应该异想天开,发挥创造性思维,培养自己的创新能力。

哲理故事 3:蜘蛛的启示。

雨后,一只蜘蛛艰难地向墙上已经支离破碎的网爬去,由于墙壁潮湿,它爬到一定的高度,就会掉下来,它一次次地向上爬,一次次地又掉下来……第一个人看到了,他叹了一口气,自言自语:"我的一生不正如这只蜘蛛吗? 忙忙碌碌而无所得。"于是,他日渐消沉。第二个人看到了,他说:这只蜘蛛真愚蠢,为什么不从旁边干燥的地方绕一下爬上去? 我以后可不能像它那样愚蠢。于是,他变得聪明起来。第三个人看到了,他立刻被蜘蛛屡败屡战的精神感动了。于是,他变得坚强起来。

你从上则材料中得到哪些人生启示?

学生讨论:略。

探究提示:有成功心态者处处都能发觉成功的力量。

引导学生讨论与探究。

展示 4 则哲理故事,让学生探究其中蕴涵的人生哲理,领悟哲学对指引美好人生的作用和意义。

引导学生分析与探究。

哲理故事 4：命运在哪里？

一次，去拜会一位事业上颇有成就的朋友，闲聊中谈起了命运。我问：这个世界到底有没有命运？他说：当然有啊。我再问：命运究竟是怎么回事？既然命中注定，那奋斗又有什么用？

他没有直接回答我的问题，但笑着抓起我的左手，说不妨先看看我的手相，帮我算算命。给我讲了一番生命线、爱情线、事业线等诸如此类的话之后，突然，他对我说：把手伸好，照我的样子做一个动作。他的动作就是：举起左手，慢慢地且越来越紧地握起拳头。末了，他问：握紧了没有？我有些迷惑，答道：握紧啦。他又问：那些命运线在哪里？我机械地回答：在我的手里呀。他再追问：请问，命运在哪里？我如当头棒喝，恍然大悟：命运在自己的手里！

探究提示：不管别人怎么跟你说，不管"算命先生们"如何给你算，记住，命运在自己的手里，而不是在别人的嘴里！这就是命运。当然，你再看看你自己的拳头，你还会发现你的生命线有一部分还留在外面，没有被握住，它又能给我们什么启示？命运绝大部分掌握在自己手里，但还有一部分掌握在"上天"手里。古往今来，凡成大业者，"奋斗"的意义就在于用其一生的努力去争取。

中华文化灿烂丰富，中华文明源远流长。在我们丰厚的民族文化中，古代先哲的人生经验是最宝贵的财富之一。

幻灯片展示：

1. **劈柴不照纹，累死劈柴人**——说明规律是客观的，发挥主观能动性，要以尊重客观规律为基础，否则，就不能成功。

2. **艰难困苦、玉汝于成**——尊重规律、按规律办事，必须发挥人的主观能动性，这样才能在规律的指导下，克服困难，赢得胜利。

3. **入山问樵，入水问渔**——樵夫熟悉山中的情况，渔民了解水的习性，故要"入山问樵，入水问渔"。这句俗语说明人们想问题、办事情要从实际出发。

4. **知己知彼，百战不殆**——体现了矛盾普遍性原理。要求我们想问题，办事情要坚持两点论、两分法。又如，"兼听则明，偏听则暗"，"人无完人，金无足赤"等同属此类。

5. **巧妇难为无米之炊**——说明了物质在先、意识在后，没有物质就不会产生反映物质的意识。充分体现了物质决定意识的原理。

学生可列举更多寓意深刻的谚语、典故：

"田忌赛马"的故事说明量变会引起质变。

"围魏救赵"的故事说明看问题要分清真象和假相。

"塞翁失马"故事说明看问题要全面，要一分为二。

"刻舟求剑"的故事世界上的事物总是在不断地发展变化，不能用静止的、孤立的观点看问题。

请你对这三个人看法进行简要的评析。

为什么说："命运在自己的手里！"？在你生活中有哪些事例可以说明？

引导学生列举学生熟悉的谚语、典故、成语，揭示其中的哲理。

探究提示：

1. 这些故事分别包含的哲学道理有：整体与部分、量变与质变的辩证关系原理，真相与假相，矛盾双方在一定的条件下相互转化，世界是变化发展的，存在决定思维，一切从实际出发，规律的客观性原理等。

"郑人买履"的故事说明想问题、办事情不能从本本主义出发,要坚持一切从实际出发。

"邯郸学步"的故事说明要从实际出发,根据实际情况,具体问题具体分析。

"拔苗助长"的故事说明想问题、办事情要按客观规律办事。

结论:美好的人生需要哲学的指引,学好哲学,将使我们受益终生。牛顿是经典力学的奠基人,在自发唯物主义思想的指导下,创立了万有引力理论。但是在解决太阳系最初是怎样开始运动以及行星又是如何绕太阳运转,他认为除了万有引力的作用外,还必须有一个"切线力"。这个"切线力"就是精通力学和几何学的"上帝"。上帝是太阳及行星运动的"第一推动力"。晚年,他埋头注释《约翰启示录》,写了130万字的神学著作,企图用科学的发展证明上帝的存在。

从当代自然科学发展的实践来看,哲学对自然科学的指导作用可以归纳概括为五个方面:

第一,哲学作为社会意识的重要组成部分,它的发展和变革,能够唤起整个社会的思想解放,为科学发展制造舆论,扫清前进的障碍,成为推动自然科学进步的巨大精神力量。

第二,哲学为人们领导和管理科学研究事业提供理论指导。

第三,哲学为科学工作者提供正确的世界观和方法论,给科学研究指引方向,是对科学指导作用的最根本的方面。

第四,哲学还给自然科学提供正确的方法论。

第五,哲学通过给科学家提供理论观点,帮助他们总结研究经验和论证科学成果。

结论:科学的进步需要哲学的指引,正确的哲学将推动自然科学的发展。

幻灯片展示:

一个民族要想登上科学的高峰,究竟是不能离开理论思维的。"理论思维能力"需要发展和培养,通过理论的逻辑的思考,潜移默化地培养理论思维能力,而为了进行这种培养,除了学习以往的哲学,直到现在还没有别的办法。

————恩格斯

哲学是一个民族精神的命脉。如果说数学是自然科学的皇冠,那么哲学就是社会科学的皇冠。

一个国家没有哲学,就像一座雄伟壮观的庙中没有神像一样,空空荡荡,徒有其表,因为它没有可信仰的东西,可尊敬的东西。

————黑格尔

课堂探究:恩格斯和黑格尔的话共同说明了什么?你对这个问题是如何理解的?

学生回答:……

2.这些哲理源于人们的生活和实践,是在实践基础上的综合和概括。

以牛顿和门捷列夫两个反面材料,进一步说明自然科学的发展需要哲学的指导。

师生共同归纳。

以恩格斯和黑格尔的名言说明哲学的繁荣和发展对人生、国家、民族和一个时代繁荣和发展的重要性。

我们当今时代的哲学是什么?它对指导我国改革开放和现代化建设有何作用?请你列举2-3例说明。

幻灯片展示：

中央发出《关于进一步繁荣发展哲学社会科学的意见》

繁荣发展哲学社会科学事关党和国家事业发展的全局。哲学社会科学是人们认识世界、改造世界的重要工具，是推动历史发展和社会进步的重要力量。哲学社会科学的研究能力和成果是综合国力的重要组成部分。建设中国特色社会主义离不开以马克思主义为指导的哲学社会科学的繁荣发展。

在改革开放和社会主义现代化建设进程中，哲学社会科学与自然科学同样重要，培养高水平的哲学社会科学家与培养高水平的自然科学家同样重要，提高全民族的哲学社会科学素质与提高全民族的自然科学素质同样重要，运用好哲学社会科学人才并充分发挥他们的作用与运用好自然科学人才并充分发挥他们的作用同样重要。因此，一定要从党和国家事业发展的全局高度，增强责任感和使命感，把繁荣发展哲学社会科学作为一项重大而紧迫的战略任务，切实抓紧抓好，努力推动我国哲学社会科学事业有一个新的更大发展。

课堂探究：阅读材料，结合实际，谈谈你对哲学在建设中国特色社会主义实践中的作用的理解。

学生讨论：略。

探究提示：我国要建设小康社会，实现"三个文明"整体发展，必须探索"三个文明"自身发展规律、三者协调发展和相互促进的规律，必须探索"三个文明"与人类社会发展规律、社会主义建设规律和共产党执政规律之间的关系。而只有哲学社会科学才能从规律的层面把握"三个文明"的整体发展，才能使之保持可持续地协调发展，避免出现重大偏差和失误。

结论：时代的进步和发展离不开哲学，正确的哲学是社会变革的先导，能促进民族的复兴，国家的繁荣。

幻灯片展示：

> 哲学是世界观，
> 哲学是方法论，
> 拄着哲学的文明杖，
> 到思想的风景地去参观。
> 举起哲学智慧的火炬，
> 把自然、社会和思维知识的疑问解答。
> 教会你思考的方法；
> 理清你心中的乱麻；
> 啊！哲学，
> 你是人类得力的认识工具，
> 你是人类精神灿烂的玫瑰之花。

请学生搜集马克思主义哲学对我国当前改革开放和现代化建设的指导作用的具体事例。

引导同学们一起朗读这首哲学诗，仔细揣摩其中寓意。这首诗说明哲学与人生有哪些密切关系？

五、知识构建

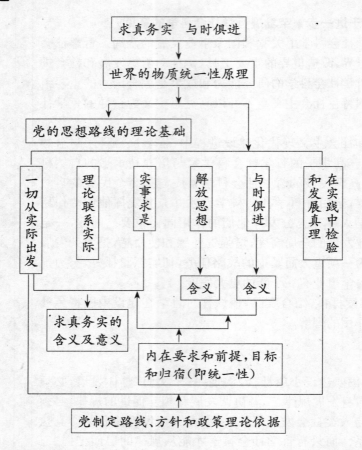

1. 上述观点中,哪些是原理?哪些是方法论?请你用简要的图表形式归纳出来。
2. 上述知识点之间有哪些内在联系?与你的生活有哪些联系?请你用自己的语言表述出来。
3. 本框内容与前面几课的内容有哪些联系?请把这些联系归纳出来。

六、资源开发

通过经典事例引导学生搜集、甄选和开发与本框内容密切相关的学生身边的生活资源(包括本地重要历史和现实中的资料,如社区生活、校园生活、家庭生活以及重大活动等),培养学生搜集信息、处理信息的能力以及从上述资源中提取有效信息的能力。

1. **材料一**:中共中央最近发出《关于进一步繁荣发展哲学社会科学的意见》。《意见》强调指出,繁荣发展哲学社会科学必须坚持马克思主义的指导地位,决不能搞指导思想多元化。

《意见》指出,要用马克思列宁主义、毛泽东思想、邓小平理论和"三个代表"重要思想统领哲学社会科学工作,善于把马克思主义的基本原理同中国具体实际相结合,把马克思主义的立场、观点和方法贯穿到哲学社会科学工作中,用发展着的马克思主义指导哲学社会科学。决不

为什么"要用马克思列宁主义、毛泽东思想、邓小平理论和"三个代表"重要思想统领哲学社会科学工作"?

能搞指导思想多元化。要坚持为人民服务、为社会主义服务的方向和百花齐放、百家争鸣的方针,努力营造生动活泼、求真务实的学术环境,提倡不同学术观点、学术流派的争鸣和切磋,提倡说理充分的批评与反批评。

《意见》同时强调,要坚持解放思想、实事求是、与时俱进,积极推进理论创新。要自觉地把思想认识从那些不合时宜的观念、做法和体制的束缚中解放出来,从对马克思主义的错误的和教条式的理解中解放出来,从主观主义和形而上学的桎梏中解放出来。

思考:(1)繁荣哲学社会科学,在我国为什么强调必须坚持马克思主义的指导地位?

(2)不能搞思想的多元化是否与繁荣哲学社会科学、百花齐放、百家争鸣相矛盾?

2. 材料二:在古希腊,出现了芝诺的"四大难题"。

二分说:把运动过程不断地一分为二,有限的时间里走不完无限的点(与我国古代的"一尺之长日取其半万世不歇"的思想不谋而合)。

阿基里斯追不上乌龟:阿基里斯是古希腊著名的短跑运动员,该命题有个前提,由于龟先行一段,芝诺认为阿基里斯要追上乌龟必须有一定的时间,距离越来越短,但乌龟永远在前。

飞矢不动:矢即古人用的箭,从弓上射出之后,在空中的一刹那间,既占有与自身等同的空间,又突破自身的空间(就像电影中镜头的定格)运动既在这一点上,又不在这一点上。

二分之一等于两倍:有两个物体,以同等速度反方向运动,每小时一公里的速度,二分之一小时之后,两个物体的距离是自己离开出发点的两倍。

这些难题在今天已不是难题,但在当时生产力水平低下,缺乏科学知识,能从思维中发现这些矛盾,是非常不容易的。正是有了人类不断发现思维的矛盾性,才产生了哲学。

3. 材料三:中国古代唯物论辩证法的形成过程:
春秋战国时期:
政治结论:社稷无常奉,君臣无常位。
自然变迁:高岸为谷,深谷为陵。
自然结论:物生有两。
历史变迁:旧时王谢堂前燕,飞入寻常百姓家。
历史结论:变化发展。合加工:宇宙的本质:五行说(金木水火土相生相克产生万物)。
宇宙的发展:相生相克,物生有两,道生一,一生二。唯心论形而上学的形成(中国古代)。

课堂探究:
　芝诺的"四大难题"说明了什么?

　提示:人们已开始思考哲学问题,哲学是人类沉思默想的结晶,与人类思维的矛盾性紧密联系。

　仔细分析这些材料所说明的道理。

　古人对世界是怎样看待的?你认为其中有哪些科学的与非科学的因素?

自然现象：日、月、星、辰,古人认为,月亮围绕太阳运动,星星围绕月亮运动。

君为臣纲,父为子纲,夫为妻纲。——天不变道亦不变。

金 木 水 火 土。

仁 义 礼 智 信,都是一一对应的关系。

提示：人们的世界观的形成过程:

个别具体事物(形成具体观点)→**各种事物**(通过概括成为自然社会思维的看法)→**整个世界**(整体看法根本观点)＝哲学家理论加工形成哲学体系。"个别事物的看法→各种事物的看法→整个世界的看法"的认识过程,逐步形成了对整个世界的根本看法和根本观点,这就是世界观。

世界观是人人都有的,但世界观又是自发的不系统的,没有严密论证形成理论体系,因此还不是哲学,必须经过哲学家进行理论加工,形成系统化理论化的思想体系,才成为哲学。

可见,不管是唯物论还是唯心论,都是系统化理论化的世界观。

4. 材料四:

德国物理学家普朗克说:"研究人员的世界观将永远决定他的工作方向。"

相对论的创立者爱因斯坦说:"认识论要是不同科学接触,就会成为一个空架子。科学要是没有认识论——要是这真是可以设想的——就是原始的混乱的东西。"

日本物理学家坂田昌一说,恩格斯和列宁的哲学见解"确实鼓励了我,使我敢于同把基本粒子当作物质的始原的观点相抗衡";《矛盾论》和《实践论》"对于科学研究也必然是强有力的武器"。

生物学家童第周曾对青年朋友说:"我提倡搞生物学的要学点儿科学史、学点儿辩证法,要学会全面地看问题。哲学很重要,它对自然科学起着指导作用,不懂辩证法就搞不好生物学。以细胞来说,过去有人只讲细胞核指挥一切,其实细胞核和细胞质各有自己的功能。不能光强调一面,要学会辩证地看问题。"

获得"国家杰出贡献科学家"荣誉称号的钱学森非常重视学习马克思主义哲学,他在给一位朋友的信中说:"我近三十年来一直在学习马克思主义哲学,并总是试图用马克思主义哲学指导我的工作。马克思主义哲学是智慧的源泉。"

牛顿是经典力学的奠基人,在自发唯物主义思想的指导下,创立了万有引力理论。但是在解决太阳系最初是怎样开始运动以及行星又是如何绕太阳运转,他认为除了万有引力的作用外,还必须有一个"切线力"。这个"切线力"就是精通力学和几何学的"上帝"。上帝是太阳及行星运动的"第一推动力"。晚年,他埋头注释《约翰启示录》,写了130

这些观点分别说明什么了哪些哲学道理? 生活中还有哪些具体事例能说明这些道理?

问题探究:

(1) 自然科学家为何如此重视哲学的作用?

(2) 结合相关理论,谈谈你对哲学和自然科学关系的看法。

(3) 牛顿晚年的悲剧给你有哪些启示?

(1) 材料五和材料六包含哪些哲学道理?

(2) 这些哲理与人们的生活和实践有什么关系?

万字的神学著作,企图用科学的发展证明上帝的存在。

5. 材料五:一个真实的笑话。

某小伙上了大学,哲学系的。

父亲问:"什么是哲学?"

儿子指着桌上的一只鸡,说"你们看到的只是一只鸡,我们学哲学的看到的是两只鸡。一只是看得见的,一只是看不见的……"

父亲:"嗯,好啊,那我们吃这只看得见的鸡,你呢,就吃那只看不见的鸡……"

材料六:在西方很多人研究中国的《易经》《孙子兵法》,古为今用,用于现代化管理和商战。《易经》在西方被译为"变化之书"。它的精髓在于强调"变","天行健,君子以自强不息;地势坤,君子以厚德载物"。可见,《易经》中有许多有价值的东西。它不是把命运交给上天,而是交给人类自身,不管碰到什么卦相,都可以凭着人类的智慧去化解。这也就是为什么在西方和日本我国的《易经》大受欢迎的原因。

6. 材料七:马克思说:"哲学家并不像蘑菇那样是从地里冒出来的,他们是自己的时代、自己的人民的产物,人民的最美好、最珍贵、最隐蔽的精髓都汇集在哲学思想里。"

恩格斯说:"一个民族要想登上科学的高峰,究竟是不能离开理论思维的。""理论思维能力"需要发展和培养,通过理论的逻辑的思考,潜移默化地培养理论思维能力,而为了进行这种培养,除了学习以往的哲学,直到现在还没有别的办法。

美国是个奉行实用主义的国家,经济很强大。但其最著名的大学哈佛的校训却是:"以柏拉图为友,以亚里士多德为友,更以真理为友"(Let Plato be our friend, and Aristottle, But more let your friend be truth.)

短短的一句话里面却包含两个伟大的哲学家的名字。

提示:(1) 实践决定认识。实践是认识的来源,是认识发展的动力,实践是认识的目的。哲学思想是适应时代的需要而产生的,是在变革时代的过程中形成和发展的。

(2) 实践决定认识,认识反作用于实践。实践是检验认识正确与否的唯一标准。一方面,理论思维只有应用于实践,解决实践课题,才能体现其意义和价值;另一方面,在解决实践课题的过程中,理论思维的正确性得到检验,并在新的实践水平上总结新经验,获得新内容,从而得到进一步发展。正是在理论思维与解决实践课题的相互作用下,促进双方的相互发展,并表现为循环性、上升性、无限性的特点。

探究:1. 哲学思想的产生与时代课题之间是什么关系?

2. 应该如何理解理论思维与解决实践课题的关系?

提示:1. 因为哲学为自然科学的研究提供理论指导。

2. 哲学与自然科学既相互区别又相互联系。①区别。二者的研究对象和回答的问题不同。自然科学以自然界或人与自然界关系为研究对象,回答的是自然领域中的特殊规律和特殊问题;哲学以整个世界为研究对象,回答的是整个世界万事万物的共同性质和共同规律,以及人与外部世界共同的本质关系。②联系。哲学以自然科学为基础,是对包括自然科学在内的具体科学的概括和总结;自然科学以哲学为指导,哲学为自然科学提供世界观和方法论的指导。

3. 哲学是科学的灵魂。

七、三维评价

◎ 经典训练

1. 说说下列谚语、典故给你的哲学启示：

（1）量力而行。

在实际工作中,要从实际出发,实事求是,不做力不能及而勉强要做的事,使主观违背客观。

（2）有志者,事竟成。

说明人的主观能动性对物质具有反作用。正确的意识,会推动事物的发展进程;反之,会阻碍事物的发展。

（3）塞翁失马,焉知非福?

体现了矛盾同一性原理。即矛盾双方不仅相互依存,而且在一定条件下,相互转化。

（4）"城门失火,殃及池鱼"。

体现了事物普遍联系的观点。事物内部和事物之间相互影响、相互制约,如同唇齿相依。

（5）近朱者赤,近墨者黑。

说明外部环境对事物的发展有着重要的影响,即外因是事物变化的条件。

（6）"不积跬步,无以至千里","不积小流,无以成江海"。

体现了量变与质变的辩证关系,量的积累达到一定程度会引起质变。

（7）不入虎穴,焉得虎子。

实践是认识的来源。

2. 读下列一则故事,你能从中得到哪些人生感悟?

从前有一个小岛,上面住着快乐、悲哀、知识和爱,还有其他各类情感。

一天,情感们得知小岛快要下沉了,于是,大家都准备船只,离开小岛。只有爱留了下来,她想要坚持到最后一刻。

过了几天,小岛真的要下沉了,爱想请人帮忙。

这时,富裕乘着一艘大船经过。

爱说:"富裕,你能带我走吗?"

富裕答道:"不,我的船上有许多金银财宝,没有你的位置。"

爱看见虚荣在一艘华丽的小船上,说:"虚荣,帮帮我吧!"

"我帮不了你,你全身都湿透了,会弄坏了我这漂亮的小船。"

悲哀过来了,爱向她求助:"悲哀,让我跟你走吧!"

"哦……爱,我实在太悲哀了,想自己一个人呆一会!"悲哀答道。

快乐走过爱的身边,但是她太快乐了,竟然没有听到爱在叫她!

突然,一个声音传来:"过来! 爱,我带你走。"

这是一位长者。爱大喜过望,竟忘了问他的名字。登上陆地以后,长者独自走开了。

爱对长者感恩不尽,问另一位长者知识:"帮我的那个人是谁?"

"他是时间。"知识老人答道。

"时间?"爱问道,"为什么他要帮我?"

知识老人笑道:"因为只有时间才能理解爱有多么伟大。"

请你结合上述故事,联系个人亲身感受,以"只有时间才能理解爱有多么伟大"为题,写一篇字数不少于1 000字的人生哲理感悟。

◎ 闪光记录

　　评教评学,以学为主体,包括知识及其构建、内容方法、信息的搜集与甄选、学法指导、自主学习能力、思维火花、密切相关的社会实践活动能力与效果等方面的综合评价。采用表格或其他形式记录学生学习本框的情况:如探究的内容、探究问题的状态(活动或问题)、方式方法、效果、回答问题及练习情况等。

学完本课我的收获	知识				
	能力				
	情感、态度、价值观				
我对同学的评价	小组成员分工及任务完成情况	同学姓名	对他(她)的综合评价		
对我自己的综合评价		学习态度	课堂表现	社会实践反馈	自主完成作业的情况
	自评				
	老师				
	同学				
	家人				

说明:

1. 课堂表现要求写明具体行为,如课堂状态、课堂参与、课堂创新思维等。
2. 自我评价、教师评价、他人评价将和期中期末考试成绩作为综合评定指标。
3. 小组成员在没有分工合作的情况下,将对他的学习态度进行评价。
4. 小组评和自评以具体行为表现为主,老师评以 A、B、C、D 等次评定。
5. "小组成员分工及任务完成情况"指的是自己对其他同学的评价。
6. 以小组为单位,每节课反馈一次。

(余茂泉　屈亚红　撰写)

第四课 探究世界的本质

第一框 世界的物质性

一、教学目标

● 知识目标

(1)自然界中的事物是按照自身固有的规律形成和发展的,是统一的物质世界的组成部分。(2)辩证唯物主义的物质含义及其意义。(3)人类社会是物质世界长期发展的产物,构成人类社会物质生活条件的三个基本要素。(4)世界是物质的世界,世界的真正统一性就在于它的物质性。

● 能力目标

(1)能结合具体事例帮助学生理解辩证唯物主义关于物质的概念及其意义。(2)通过物质概念的理解培养学生抽象思维的能力。(3)能搜集有关事例说明世界是统一的物质世界。

● 情感、态度和价值观目标

使学生初步懂得世界的物质性原理,坚信世界的物质性,增强学生无神论的意识。

重点与难点

重点:人类社会的物质性。

难点:哲学上的物质与物质的具体形态的联系与区别。

学情分析:本框学习的一个基本原理是:世界的物质性,核心概念是:物质。这些是马克思主义哲学的最基本的原理和基本的概念,是马克思主义哲学的理论基石,是贯穿全书的一个基本的原理和概念,也是学生最难理解的问题。要注意把物质、世界的物质性与具体的物质形态结合起来,把马克思主义关于世界的物质性与上帝和诸神创造世界的唯心主义观点结合起来,有助于学生深入理解马克思主义关于世界的物质性和物质的概念。

二、案例导入

播放三组资料图片: 第一组:广袤的宇宙,闪烁的繁星,运动着的各种天体…… 第二组:地球上蓝色的海洋,皑皑的雪山,飞翔的苍鹰…… 第三组:林立的高楼、冒烟的工厂、被污染的河流…… 宇宙是什么? 它是神的居所还是物质的存在? 我们生活于其中的这个世界究竟存在什么?"存在者"是以什么方式存在? 这个世界是杂乱无章的,还是有规律可循的? 这些都是我们本课要探讨的问题。	(1)图片导入,激发兴趣; (2)图片内容从广袤宇宙到地球,从纯自然到"人化"自然的转换,起到开阔视野、启迪思维、引出本课主题的作用。

三、问题探究

教师:提出以下阅读要求: 1. 用20分钟时间阅读第四课两个框题,其中前15分钟自主阅读,	(1)发挥教师主导、学生主体作用,按

后 5 分钟小组交流;

2. 利用课堂或课后阅读与本课相关的内容:第二课"哲学的基本问题和基本派别";第五课"意识的本质和作用";第八课"世界是永恒发展的";第十一课"社会发展的规律"。

3. 据三个核心概念"物质"、"运动"、"规律"画出本课的知识结构图;

4. 记录在阅读过程中不能理解的问题、最感兴趣的问题,小组交流后,每组整理出一份问题清单。

学生:据教师提出的阅读要求,自主阅读,整体感悟。

教师:1. 在学生阅读时进行个别辅导,在学生讨论时加入到小组中。

2. 展示并点评几位学生的阅读成果—教材的划注、整理出的知识结构图。点评分三步:第一步:作者自评——为什么这样划? 优势何在? 第二步:同学互评—有哪些不足? 如何完善? 第三步:教师综合评价。

3. 根据上面三个核心概念形成的线索"世界是物质的,物质是运动的,物质的运动是有规律的,规律是客观的,人们可以认识和利用规律"概述本课主要内容。

4. 收集各组的问题清单作为备课的资源。

"整体—部分—整体"的思路,培养阅读能力。

（2）体现自主学习、合作学习的理念。

（3）注意理解以下概念:物质与物质的具体形态。世界的物质性与客观性的统一。世界的物质性与物质的概念。

核心的概念:具体的物质形态与哲学上的物质概念的区别与联系。

四、思维点拨

探究一　本框思路探究

教师:同学们刚才阅读了教材,了解到本课主要是探讨我们生活于其中的这个世界究竟是什么的问题。同学们先猜猜看,要科学地揭示了世界是什么的问题,必须从哪些方面去阐明? 为什么要从这些方面去阐明?

学生:自然界、人类社会、人的思维(意识)。因为整个世界包括自然界、人类社会和人的意识领域。

教师:正确。教材就是从这三方面来探讨的。第四课探讨了自然界、人类社会的物质性,第五课探讨了人的意识领域,进一步证明了世界的物质性。下面我们来分别学习。

探究二　自然界的物质性

播放两组资料片:

第一组:播放《地球的演化》。资料片显示天体和地球的大体演化过程。注意以下旁白:天文学家认为,宇宙间的天体多种多样,有恒星、行星等。恒星起源于星际弥漫物,这些弥漫物形成一个球体,并转化为气体,气体燃烧,使恒星发光……地球只是广袤宇宙中的小小星球,现在的年龄约为 46 亿岁。

先让学生从整体上独立思考:从哪些方面去分析说明世界"是什么"的问题,而不是记住教材是从哪些方面来分析的,有利于培养学生的创造性思维,也引导学生关注教材文字背后分析问题的思路。

通过资料片引导学生从已学的其他学科知识中抽象出哲理。

教师用简要图表描述资料片内容,是一个信息简化和转化

　　第二组:播放《生物、人类进化》资料片。资料片显示生物、人类进化的大体过程。注意以下旁白:地球上最初的生命是由非生命物质经过极其复杂的化学变化一步步形成的,生物的产生和进化是自然界长期发展的结果。人类是从古猿进化而来的,到距今二三百万年前才出现。

　　上述资料片说明了什么?

　　学生:回答问题。

　　教师:画出上述资料片简图,据此讲解,引导学生得出结论。

　　自然界存在:天体演化……生物的进化…… 人类出现

　　（非生命）　　　　　　　　（生命）

　　自然界先于人类存在　人类产生后人与自然的关系

　　结论:自然界中的事物是按照自身所固有的规律形成和发展的,人类是自然界发展到一定阶段才出现的。自然界既不是什么神的意志的产物,也不可能是人的意识的产物。

　　(1) 自然界中一切事物都是统一的物质世界的组成部分(板书)

　　(2) 物质的定义(板书)

　　物质是不依赖于人的意识,并能为人的意识所反映的客观实在。

　　"不依赖于人的意识"说明了物质的第一性,与唯心主义划清了界限。"并能为人的意识所反映"说明了物质与意识的同一性(可知论),与不可知论划清了界限。

　　"物质"概念中两次涉及到意识,到第五课我们学习了"意识"概念后才能更深入地理解什么是"物质"。

　　世界上纷繁复杂的现象,可以把它分为两大类,一类是物质现象,一类是意识现象,非此即彼。"物质"概念就是从所有物质现象,即千差万别的物质具体形态中概括出来的共同本质。

　　播放资料:物质和物质的具体形态之间的关系:

　　① 区别:物质概括抽象的仅仅是物质具体形态的共同的唯一特性;物质具体形态除了具有共同的唯一特性——客观实在性外,还有自己的个别特性。

　　② 联系:世界是多样性的统一。物质是从物质具体形态中概括抽象出来的共同的唯一特性,物质具体形态是物质的具体表现。物质存在于物质的具体形态之中。

　　③ 我们不能用物质去代替物质的具体形态,否则,就会看不到物质世界的多样性,也不能用物质的具体形态去代替物质,否则,就看不到世界的物质性、统一性。

　　师:前面大家猜测到,要从自然界、人类社会等方面来说明世界是什么,上面我们分析了自然界,接下来我们分析人类社会。

　　的过程,学生通过耳闻目睹,从中学习分析问题的方法。

　　对"人类产生后自然界的物质性",可从人们利用和改造自然物两方面作简要讲解,不必展开说明,学生问到可个别辅导。

　　"物质"概念很抽象,以教师讲解为主。抓住"客观实在"的限定词讲解。可联系前面学过的有关内容,用划分句子成分的方法、先分析后综合。

　　还要在后面学习"意识"概念时进行"反刍"。因物质定义中涉及到意识。只有理解了物质与意识的关系才能更好地理解物质概念。

　　根据情况讲解"客观实在"与"客观存在"的区别,学生不问不讲。所以在此不作深入要求。

　　归纳整理出物质与物质具体形态的关系。

　　承上启下。

　　一材多用,深入挖掘材料;教材是最

探究三　人类社会的物质性

教师：结合前面探究二播放的《生物、人类进化》的资料片，以及教材第四课第一框第二目的探究活动，可以得出什么结论？

学生讨论：略。

教师：我们可从人类社会的产生、存在和发展三个方面理解。

人类社会的物质性。从上述材料中我们可以看出：

(1) 人类社会是物质世界长期发展的产物，劳动创造人和人类社会（板书）

(2) 人类社会在本质上是一个客观的物质体系（板书）

构成社会物质生活条件的基本要素是地理环境、人口因素和生产方式，它们都是客观的。这集中体现了人类社会的物质性。其中生产方式是生产力和生产关系的统一，在初中以及高中《经济生活》的学习中，我们知道，生产力和生产关系都具有物质性。

教师：通过前面内容的学习，我们分析了自然界的物质性、人类社会的物质性，了解了物质的定义。因此，我们可以得出以下结论：

(3) 世界是物质的，世界的真正统一性就在于它的物质性（板书）

教师：自古以来，人们对"世界是什么"这个问题的探索就一直没有停止过。请看材料：

材料一：我国有女娲补天、精卫填海等神话，西方有上帝造世说；中国明代的王守仁认为"心外无物"，英国贝克莱认为"存在即被感知"、"物是概念的集合"。

材料二：《尚书·洪范》认为，金、木、水、火、土是世界的本原；希腊哲学家泰勒斯说：世界的本原是水……

材料三：近代一些哲学家在总结自然科学成就的基础上，认为原子是世界的本原，原子的属性就是物质的属性。

结合所学知识，判断上述观点分别属于什么哲学派别？

学生：材料一属于唯心主义（客观唯心主义、主观唯心主义），材料二属于古代朴素唯物主义，材料三属于形而上学唯物主义。

教师：对。哲学的基本问题和主要派别我们在第二课学过，结合本框所学的内容，我们可以深化以前的知识。各种客观唯心主义和主观唯心主义在世界本原问题上都是错误的。古代朴素唯物主义和形而上学唯物主义虽然坚持了唯物主义的根本方向，在本质上是正确的，但前者把物质归结为具体的物质形态，且没有科学根据，后者虽然前进了一步，但却把自然科学物质结构理论中的物质概念混同于哲学上讲的物质概念，是不科学的，而且它否认人类社会的客观性。马克思主义哲学的物质概念通过对宇宙间一切客观存在着的事物和现象的科学抽象，揭示了它们共同的本质，说明了马克思主义哲学是科学的世界观。

教师：在前面板书的基础上，请同学们归纳总结出本框题的知识结构图。

重要的课程资源，要重视其中的事例。

就学生来讲，理解自然界的客观性比理解社会的客观性要容易，但此处不宜过多展开，可在第十一课讲社会发展规律的客观性时再"反刍"、深化。

哲学观点高度抽象，内在联系密切，需要在适当的时候用适当的方式"反刍"，深化旧知，并把新知识纳入原有知识体系中。

引导学生认真阅读材料，学会从材料提炼有效信息的能力。

此处结合"物质"概念的学习，反刍第二课已学过的几种哲学派别及其主要观点，深化第三课讲到的关于"马克思主义哲学是科学的世界观和方法论"的认识。

五、知识构建

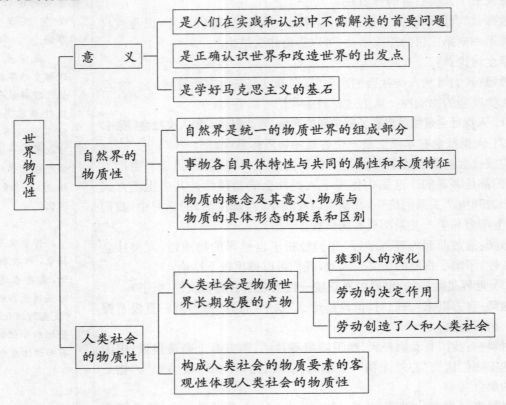

世界物质性
- 意义
  - 是人们在实践和认识中不需解决的首要问题
  - 是正确认识世界和改造世界的出发点
  - 是学好马克思主义的基石
- 自然界的物质性
  - 自然界是统一的物质世界的组成部分
  - 事物各自具体特性与共同的属性和本质特征
  - 物质的概念及其意义,物质与物质的具体形态的联系和区别
- 人类社会的物质性
  - 人类社会是物质世界长期发展的产物
    - 猿到人的演化
    - 劳动的决定作用
    - 劳动创造了人和人类社会
  - 构成人类社会的物质要素的客观性体现人类社会的物质性

1. 上述知识点之间有哪些内在联系？与你的生活有哪些联系？请你用自己的语言表述出来。

2. 本框内容与前面几课的内容有哪些联系？请把这些联系归纳出来。

六、资源开发

通过经典事例引导学生搜集、甄选和开发与本框内容密切相关的学生身边的生活资源(包括本地重要历史和现实中的资料、重大活动、校园生活、家庭生活等),培养学生处理信息的能力以及从资源中提取有效信息的能力。本部分内容可以引导学生课后完成。

海啸

不可战胜

1. 漫画

教师: 这两幅漫画分别说明了什么哲学道理?

学生: 第一幅说明自然界是按照自身的规律存在和发展,是不依赖于人的意识的物质世界,具有客观物质性。人在自然

教师展示材料,并设置问题。

引导学生仔细观察漫画,学会从漫画中提炼有效信息。

面前是渺小的。

第二幅说明社会也具有客观物质性，不听取群众的批评就是忽视社会的物质性。

教师：这两幅漫画共同说明了什么哲学道理？

学生：这两幅漫画共同说明了世界是物质的世界，世界的真正统一性就在于它的物质性。

2. 现在稍有文化的人都知道，在网上算命和测吉凶很方便，而用手机订制算命和测吉凶的短信息则更方便。

教师：有没有同学这样做过？

学生：（略）。

教师：你们相信有神或命运（神秘力量）主宰你们的生活和人生道路吗？

学生：（略）。

教师：如果相信，这种观点从哲学上看错误何在？

学生：人类社会具有客观物质性，人的意识一开始就是社会的产物，是在劳动中产生的。所以相信有神或命运（神秘力量）主宰自己的生活和人生道路的观点否认了社会的客观物质性，是客观唯心主义观点。

学生分析后，教师予以适当点评。

也可以要求学生课后自己搜集漫画，用以说明世界的物质性。

教师展示材料，并设置问题。

学生分析后，教师予以适当点评。

也可以要求学生课后自己搜集生活中的类似事例，用以说明世界的物质性。

七、三维评价

◎ 经典训练

（一）在每题给出的四个选项中，只有一项是最符合题意的

1. 许多宗教都认为，上帝、神居住在天国。而现代天文学证明：那些遥远的星球和地球都具有同样的化学元素和同样的运动规律。这表明　　　　　　　　　　　（　　）

　　A. 上帝及其天国离我们太遥远　　　　B. 宇宙天体都是没有任何差别的星球

　　C. 天和地都是统一的物质世界　　　　D. 人们对宇宙的了解还很少

参考答案：C

2. 物理学家把由反粒子组成的物质称作反物质，1997年美国科学家发现在银河系上方约3 500光年处有一个不断喷射反物质的反物质源。从哲学上看，反物质的存在表明　（　　）

　　A. 人类可以有意识地改造自然　　　　B. 人类可以有意识地改造自然

　　C. 新事物总是层出不穷　　　　　　　D. 整个世界是客观存在的物质世界

参考答案：D

3. 每年夏天,新疆吐鲁番像个大烤箱,有许多人来到这里把人体的患病部位埋到沙子里让灼热的太阳晒,很多病都可以治好。这说明 （ ）

A. 人能根据自然物本身的属性去有意识地利用自然物

B. 自然物能否被人利用和人类的认识能力无关

C. 自然物的内在属性不因人的认识水平的提高而改变

D. 自然界的内在属性随着人类的认识能力的提高而不断增多

参考答案：A

4. "克隆"技术的诞生,是生命科学的一个重大突破。人可以复制生命这一重大成果的哲学意义在于 （ ）

①有力地驳斥"上帝造物"的观点,是对"神创论"的打击 ②为"世界统一于物质"这个观点又一次提供了自然科学依据 ③说明人类的潜能很大,充分挖掘可以创造物质 ④我们可以改造生命,但并没有改造生命的本质及其运动的规律

A. ①②④ B. ①③④ C. ①②③ D. ①②③④

参考答案：A

5. 2005 年 10 月 8 日,胡锦涛同志在党的十六届五中全会报告中指出,各级政府要"牢固树立科学发展观和正确政绩观,大兴求真务实之风"。"求真务实"的观点 （ ）

A. 承认世界的本原是物质 B. 承认世界是主观的

C. 承认世界的客观实在性 D. 否认意识的能动作用

参考答案：A

6. 下列属于物质现象的是 （ ）

①路线、方针、政策 ②阶级、国家、政党 ③电场、磁场 ④十一五规划 ⑤公有制 ⑥哲学、文学、艺术

A. ①②④ B. ②③⑤ C. ③④⑤⑥ D. ②④⑤

参考答案：B

7. 人类社会是客观的,这是因为 （ ）

A. 人类社会与自然界是同时产生的

B. 社会活动是人有意识的活动

C. 社会的产生、存在和发展的基础以及发展的规律都是客观的

D. 自然界是客观的

参考答案：C

8. 冬虫夏草主要生长在西藏和青海雪线以下、3 000 米以上的海拔高度。上个世纪 90 年代以来,虫草价格一路狂飙,目前一级虫草每公斤已达 4 万元以上。每当夏季来临,农牧民们蜂拥进山采挖虫草,到处都是裸露的泥土,给老鼠创造了很好的筑巢条件,加重了草场退化;正值雨季,采挖行为导致滑坡,从而造成大面积的植被剥离山体,形成水土流失;不仅如此,虫草的一个生活周期在自然的状况下需要 4 年时间,在它还没有生长成熟就进行过度采挖,不仅药效上不足,也会形成虫草资源越发匮乏,带来虫草价格日益升高的恶性循环。

运用所学的哲学知识,分析农牧民做法错误的原因。

参考答案：农牧民的做法是不科学的,没有正确处理人与自然的关系。自然界的存在与发展是客观的,人是自然界的一部分,人与自然相互联系、密不可分。人们应该树立正确的自然观,坚持可持续发展的思想。尊重自然、顺应自然、保护自然、学会与自然和谐相处。冬虫夏草资源可以开发

利用,但不能破坏性地开发。

◎ 闪光记录

评教评学,以学生为主体,包括知识及其构建、内容方法、信息的搜集与甄选、学法指导、自主学习能力、思维火花、密切相关的社会实践活动能力与效果等方面的综合评价。采用表格或其他形式记录学生学习本框的情况:如探究的内容、探究问题的状态(活动或问题)、方式方法、效果、回答问题及练习情况等。

学完本课我的收获	知识				
	能力				
	情感、态度、价值观				
我对同学的评价	小组成员分工及任务完成情况	同学姓名	对他(她)的综合评价		
对我自己的综合评价		学习态度	课堂表现	社会实践反馈	自主完成作业的情况
	自评				
	老师				
	同学				
	家人				

说明:

1. 课堂表现要求写明具体行为,如课堂状态、课堂参与、课堂创新思维等。
2. 自我评价、教师评价、他人评价将和期中期末考试成绩作为综合评定指标。
3. 小组成员在没有分工合作的情况下,将对他的学习态度进行评价。
4. 小组评和自评以具体行为表现为主,老师评以 A、B、C、D 等次评定。
5. "小组成员分工及任务完成情况"指的是自己对其他同学的评价。
6. 以小组为单位,每节课反馈一次。

(王实玲　蒲跃洪　撰写)

第二框 认识运动 把握规律

一、教学目标

● 知识目标

(1)物质的根本属性和存在方式。(2)世界上的一切事物都处于运动和变化之中。(3)哲学所讲的运动和静止的含义。(4)物质和运动的关系、运动和静止的关系。(5)割裂绝对运动和相对静止的统一关系的错误。(6)规律的含义以及规律与物质运动的关系。(7)规律的客观性和普遍性的指导意义。(8)人们可以认识和利用规律改造客观世界。

● 能力目标

(1)能结合生活和学习中的具体事例理解和说明本框的知识。(2)通过物质和运动、运动和静止、人和规律的关系等原理的学习,培养辩证思维能力和科学认识世界的能力。(3)在物质和运动的关系、规律的客观性等内容的教学中,通过对比,认识辩证唯物主义与唯心主义和形而上学的本质区别。(4)能正确地运用本框所学的知识分析自然界和人类社会的一些现象和具体事例,能正确地认识和辨别辩证唯物主义与唯心主义和形而上学的基本观点。

● 情感、态度和价值观目标

(1)初步树立辩证唯物主义的科学世界观,反对唯心主义和形而上学。(2)结合本课原理的教学,使学生能正确地认识人与社会、人与自然的关系,增强尊重自然、尊重社会的意识。

重点与难点

重点:物质和运动、运动和静止、运动与规律的关系。

难点:运动与静止及其相互关系;规律的客观性与人的主观能动性的关系。

学情分析:本框内容涉及的概念及其相互关系比较多,又比较抽象,学生第一次接触,教学难度较大。本框的基本思路是:物质→运动→规律→人之间的关系。教学中要时时把哲学上讲的"物质、运动和规律"与生活中或其他学科中讲到的"物质、运动和规律"进行比较,帮助学生理解它们的区别与联系;结合生活中的实例,分析物质、运动和规律之间的辩证关系,引导学生以图表或其他更加直观的形式进行归纳。

二、案例导入

自古以来,当人们凝视着星光闪烁的夜空,注视着太阳东升西落和生命的默默流逝,感叹着人事伦理、社会风气的变迁时,可能会思考这样一个问题:自然、社会是怎样存在的呢?

> 用富有诗意的语言启迪思维;从新旧知识的内在联系引入新课。

三、问题探究

探究一 物质是运动的;物质的运动是有规律的

播放四组材料:

第一组(动画):河流奔腾、地震海啸、斗转星移、海陆变迁;日月星

> 从材料中可归纳抽象出两条原理。一材两用。

辰按一定的轨道运转……

第二组(动画):分子的布朗运动、电子围绕原子核运动……

第三组(动画):人们用石油制造出塑料、合成纤维、染料……

第四组(三则文字):①"离离原上草,一岁一枯荣。野火烧不尽,春风吹又生。"②"自古及今,法无不改,势无不积,事例无不变迁,风气无不移易。""手推磨产生的是封建主的社会,蒸汽磨产生的是工业资本家的社会。"③人们对事物的认识,总是由不知到知,由之知甚少到知之甚多。

上述材料体现了什么哲学道理?

组织学生讨论:——

生:略。

师:从物体位置的推移到物理性质、化学性质的变化,从生命有机体的新陈代谢到社会生产方式的更替,世界上一切事物都处于运动变化之中。

从五种运动形式的具体实例中层层抽象出哲学道理。

引导学生阅读教材有关内容。

四、思维点拨

1. 物质是运动的(板书)

(1) 运动的含义(板书)

师:讲到运动,我们总是指什么东西在运动,这就涉及到运动的承担者或载体。上述材料中运动的载体分别是什么?从中可以得出什么结论?请同学们完成下面的图表:

讲解建立在学生阅读的基础上,对书本中的事例在讲解中提及即可,不必展开,关键是要讲清从中概括抽象出哲学道理的思维过程。

		运动的载体	结　　论
运动的形式	机械运动	宏观物体	物质是运动的承担者
	物理运动	电子、光子等	
	化学运动	原子、离子等	
	生命运动	生命有机体	
	社会运动	生产方式	
	思维运动	人　脑	
两种观点	"不是风动,不是幡动,仁者心动"	离开物质谈运动的唯心主义观点	
	"刻舟求剑"	离开运动谈物质的形而上学观点	

从正反两方面材料的对比中归纳出哲学道理。

师:综合上述分析,我们可以归纳出:

(2) 物质和运动的关系(板书)

师:在讲物质和运动的关系前,我们先来回顾一下我们以前学过哪些有关"两者的关系"的问题?

生:生产和消费的关系、哲学和具体科学的关系……

师:同学们能总结出分析两者关系的思维模式吗?

生:从"区别"和"联系"两个方面去讲。"区别"一般是"定义不同",分别写出其含义;"联系"从正反两个大的方面讲,包括三点:前者对后者的关系,后者对前者的关系,反对割裂两者关系、片面强调一方而忽视另一方的两种错误倾向。

师:非常好! 我们要注意从教材分析问题的方法中学习、总结分析问题的方法。据这一思路,我们用表格把归纳物质和运动的关系归纳如下:

	区　别	联　系
物质	物质是不依赖于人的意识,并能为人的意识所反映的客观实在。	①物质离不开运动。物质是运动的物质,运动是物质的根本属性和存在方式。②运动离不开物质。运动是物质的运动,物质是运动的承担者。③离开物质谈运动是唯心主义的观点;离开运动谈物质是形而上学的观点。
运动	指宇宙中一切事物、现象的变化和过程。	

探究二　运动和静止的关系

播放资料:

材料一:

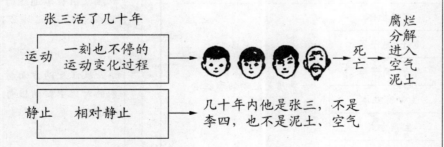

材料二:"飞矢不动""方生方死,方死方生"。

上述图片和材料体现或违背了什么哲学道理?

生:材料一反映了任何事物是绝对运动与相对静止的统一。"飞矢不动"片面夸大了相对静止、"方生方死,方死方生"否认相对静止,都是不正确的。

教师:大家说得对。我们可以把运动和静止的关系归纳如下:

注意学法指导,引导学生从教材分析问题的方法中,学习分析问题的方法,并总结提升。

有意识地标出原理的思维层次,使之一目了然,便于学生记忆和运用;标出关键词,提醒学生准确理解记忆。

以生活化的材料和哲学命题为情境,引导学生从正反两方面材料的对比中归纳出运动和静止的关系。

(3) 运动和静止的辩证关系(板书)

	区　别	联　系
运动	①指宇宙中一切事物、现象的变化和过程；②运动是绝对的、无条件的和永恒的。	①马克思主义哲学在确认运动绝对性的同时，也肯定相对静止的存在，物质世界是绝对运动与相对静止的统一。②反对两种错误倾向：A.只承认静止而否认运动的形而上学的不变论；B.只承认绝对运动而否认相对静止所导致的相对主义和诡辩论。
静止	①是运动的一种特殊状态。有两方面的含义：一是事物在它发展的一定阶段或一定时期，其根本性质没有发生变化；二是物体相对于某一参照系来说没有发生某种运动，或者说物体在一定条件和范围内没有进行某种特殊的运动。②静止是相对的、有条件的和暂时的。	

探究三　运动是有规律的

运用探究一的材料。材料不仅说明事物是运动的，还进一步说明无论是自然界、人类社会还是人的思维，一切事物的运动变化都是有规律的。可见：**物质的运动是有规律的。**

2. 物质的运动是有规律的(板书)
探究四　规律的含义

项　目	表　明
万有引力规律是两个宏观物体之间所固有的自然规律；遗传变异是生物体固有的规律；生产力和生产关系是人类社会固有的规律……	规律是事物运动过程中固有的联系。
看到水往低处流而没有看到万有引力；人类社会的改朝换代……	规律是事物运动过程中本质的联系。
种瓜得瓜，种豆得豆……	规律是事物运动过程中必然的联系。

请学生完成上述表格。
教师：综合上述表格，说明：
(1) 规律的含义(板书)
规律是事物运动过程中固有的、本质的、必然的、稳定的联系。(板书)

探究五　自觉遵循物质运动的客观规律
播放资料：
材料一：早几年，我国北方地区连续发生多次恶劣的沙尘暴天气。据专家分析，出现这一现象的一个很重要的原因是北方一些地区毁林开荒、乱采乱挖、草原过度放牧，植被遭到严重破坏，土地沙化不断扩大。认识到这一点，不少地区已开始实施退耕还林、退耕还草计划，取

用图表对知识进行归纳，并有意识地标出原理的思维层次，使之一目了然，便于学生记忆和运用。

一材多用，引导学生对材料作深入多角度地分析。

从个别事例到一般结论，先分析后综合，得出规律的含义。
用划分句子成分的方法讲解概念，先抓宾语，再抓定语。规律是一种联系，联系的概念到第七课才学，此处不用展开，到学"联系"概念时再反刍"规律"的概念。
利用规律的问题此处只作一般讲解，不展开，到第五课讲客观规律和主观能动性关系问题时再反刍、深化。

培养学生阅读材料，学会分析材料，从材料中提炼有效信息的能力。

得了较好的效果。

　　材料二:青藏铁路穿越三江源自然保护区,难度系数大,冻土层多,地质结构复杂,经过技术人员的努力,解决了高原缺氧、冻土、环保三大难题,2005 年 10 月 12 日,世界上海拔最高、线路最长的高原冻土铁路青藏铁路铺轨全线贯通,这将有力地促进西藏地区经济的发展。

　　上述材料说明了什么哲学道理?

　　学生:材料一说明规律是客观的,违背规律必然受到惩罚;材料二说明人们可以认识和利用规律,造福人类。

　　(2) 规律是客观的,要按规律办事(板书)

　　(3) 人们可以利用规律,造福人类(板书)

　　教师:在前面板书的基础上,师生共同归纳总结出本框题的知识结构图。

> 引导学生在阅读教材的基础上,进行知识建构。

五、知识构建

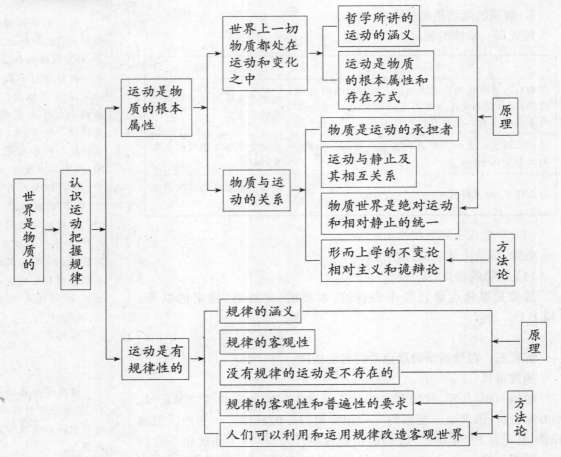

1. 上述知识点之间有哪些内在联系?与你的生活有哪些联系?请你用自己的语言表述出来。

2. 本框内容与前面几课的内容有哪些联系？请把这些联系归纳出来。

六、资源开发

通过经典事例引导学生搜集、甄选和开发与本框内容密切相关的学生身边的生活资源（包括本地重要历史和现实中的资料、重大活动、校园生活、家庭生活等），培养学生处理信息的能力以及从资源中提取有效信息的能力。本部分内容可以引导学生课后完成。

---

1. 有个寓言说，有一家人养了一头母牛，平时都是每天挤奶一次以供自用，一天主人决定要宴请客人，便想每天挤下一些奶积攒着，等到请客那天牛奶会丰富些。可是又一想，离请客的那天还有一个月呢？如果挤下来放到那天，不都要变质了吗？还不如在牛肚里储藏着，到时候又多又新鲜，岂不更好！于是他就这么做了，请客的日子来到了，宾客们纷纷入座，那主人便兴冲冲地跑去挤奶，结果大失所望，一滴奶也挤不出来。

教师：这则寓言说明了什么哲理？

学生：物质运动是有规律的，规律是客观的、普遍的，所以我们必须按规律办事。

教师：你还熟悉哪些与此类式的寓言或成语、典故？试举几例。

学生：揠苗助长，种瓜得瓜、种豆得豆等。

> *（右栏）教师展示材料，并设置问题。*
>
> *引导学生学会从材料中提炼有效信息。*
>
> *学生分析后，教师予以适当点评。*

2. 珠江三角洲有句耳熟能详的农谚："春暖花开，咸风扑面来"，这是形容沿海地区春天是一年当中咸潮上溯最厉害的季节，连空气都飘拂着氯味，因此也有道是"春季咸潮猛如虎、风吹盐分黏皮肤"。

淡水资源少和风向气候因素：春天的风向逐步从西北转上东南为主，广东境内绝大部分江河呈西北高、东南低的走向和态势，因此冬季西北风向是逆海水而吹的，无形中起压咸作用；但是春季的东南风向则恰恰推动咸潮上溯，可谓"风助潮势、潮助风威"！所以春天的珠江三角洲和沿海地区连空气都闻到咸涩味。农业活动因素：一年之计在于春，"立春"一过农村开始犁田、爬田、办田、浸种、播种、育秧，全年第一个耗水高峰期正是出现在春耕大忙季节，此间各地江河湖库的蓄水既要确保春耕又要确保人畜饮水，淡水资源紧缺、咸潮上溯的矛盾就更显突出，咸潮上溯已成为珠江河口地区严重的环境问题之一，它对居民生活用水、农业用水以至城市工业生产及其发展都有相当大的影响。根据《生活饮用水水源水质标准》(CJ3020-93)，无论一级或二级，氯化物含量均应小于 250 mg/L。当河道水体含盐度超过 250 mg/L，就不能满足供水水质标准，影响城镇生活用水、工业供水及农业灌溉。

教师：你认为导致咸潮的因素有哪些？

学生：自然因素如风向气候，人为因素如生活用水、农业用水以至城市工业生产用水量大，水资源少。

教师：咸潮对当地人民的生活带来哪些不利影响？

> *（右栏）教师展示材料，并设置问题。*
>
> *学生分析后，教师予以适当点评。*

学生：影响城镇生活用水、工业供水及农业灌溉。

教师：咸潮的出现和变化体现了什么哲学道理？

学生：物质是运动的,物质运动是有规律的。

教师：从哲学角度请你为如何减少咸潮的不利影响提供合理化建议？

学生：(略)。

七、三维评价

◎ 经典训练

(一) 在每题给出的四个选项中,只有一项是最符合题意的

1. 下列对"人不能两次踏进同一条河流"与"人甚至一次也不能踏进同一条河流"的观点认识正确的有 （ ）

A. 前者承认运动的绝对性,后者否认了相对静止

B. 二者从不同的侧面提示了运动和静止的辩证关系

C. 前者提示了物质运动的规律性,后者否认了运动的绝对性

D. 前者夸大了运动的绝对性,后者夸大了静止的相对性

参考答案：A

2. "人有悲欢离合,月有阴晴圆缺,此事古难全"。这说明 （ ）

A. 自然界和人类社会都是有规律的　　B. 自然界和人类社会遵循同样的规律

C. 自然规律和社会规律都是古今不变的　　D. 自然现象和社会现象都是循环往复的

参考答案：A

3. 下列说法属于规律的是 （ ）

①商品供不应求价格上涨,供过于求价格下跌　②新陈代谢　③万有引力　④能量守恒与转化　⑤生产关系一定要适应生产力的要求　⑥昼夜循环

A. ①②③④⑤⑥　　　B. ②③④⑤　　　C. ①③④⑤　　　D. ④⑤⑥

参考答案：B

4. 2005 年 10 月 8 日,胡锦涛同志在党的十六届五中全会报告中指出,要做到科学执政,就要结合中国实际不断探索和遵循共产党执政规律、社会主义建设规律、人类社会发展规律。这表明（ ）

A. 社会规律具有客观性　　　　　B. 人能够认识和改变规律

C. 尊重规律是取得成功的基础　　　D. 只要认识了规律,办事定会成功

参考答案：C

5. 美国研究人员正准备首次进行以硅芯片替代受损脑组织的试验,如果成功的话,将来就可以将这种方法用于那些因早老性痴呆症、中风等而丧失记忆的病人。这表明 （ ）

A. 人们可以改造客观规律为人类服务

B. 人工智能最终可以代替人脑

C. 人类可以通过认识和利用规律,模拟人脑的部分功能

D. 人类的认识能力是有限的

参考答案：C

6. 2005 年 10 月 12 日,神舟六号载人飞船发射成功,首次进行多人多天飞行,首次进行真正意义上有人参与的空间实验活动。中国航天事业近年取得了突破性进展。这说明 （ ）

    A. 意识对实践有巨大的推动作用　　　　B. 人们可以认识和利用规律,造福人类

    C. 科学技术的发展有自身的规律　　　　D. 事物是变化发展的

参考答案:B

(二) 简答题

7. 在工业化初期,农业支持工业是一个普遍的倾向;在工业化达到相当程度后,工业反哺农业、城市支持农村,也是一个普遍的倾向。这是世界各国经济发展的普遍规律。经过多年的发展和积累,中国经济的整体发展水平已经初步具备了工业反哺农业的财力和条件。党中央、国务院适时作出了"现在总体上已到了以工促农、以城带乡的发展阶段"的重大判断,并依据国情,2004—2005 连续两年出台了支持"三农"的中央一号文件。

    结合上述材料分析说明:我们应如何按照经济规律发展经济?

参考答案:①规律是客观的,不以人的意志为转移的,但人在规律面前不是无能为力的,人能够认识和利用规律。②发展经济应遵循世界经济发展的普遍规律,并依据对规律的认识和国情的分析,科学判断经济发展的趋势和方向,适时对经济发展作出调整。③党中央、国务院适时作出"以工促农、以城带乡"的判断,并出台了支持"三农"的中央一号文件,是将普遍规律与我国国情相结合制定的发展经济的正确政策,必将促进我国经济的发展。

(三) 论述题(要求紧扣题意,综合运用所学知识,结合材料展开分析)

8. 由于人们在改造自然的过程中,忽视对自然资源的合理、科学的开发和利用,忽视对发展生产过程中的废物的科学治理,以致造成了自然环境的严重污染,臭氧层严重破坏,人类生存受到严重威胁。今天,人类又不得不高喊:要保护我们的生存环境!

    (1) 上述材料体现了唯物论的什么观点?

    (2) 应怎样处理人与自然的关系,才有利于人类的生存和发展?

参考答案:(1)自然界是客观的,自然界及其规律是不以人的意志为转移的,承认自然界的客观性是人类有意识地处理人与自然关系的前提。人必须尊重自然界及其规律的客观性,否则就会受到自然及其规律的惩罚。(2)①人能够而且应该有意识地利用和改造自然物。向自然索取是人类生存的需要,是人的本质能力的体现。②人在自然面前不能随心所欲,人们改造自然、开发资源,必须遵循自然规律,做到开发和治理并举、利用与保护同步。

(四) 生活探究题

9. 2006 年 4 月,我国北方地区又出现了一次风沙弥漫现象。这是近年来我国遭遇的最为强劲的一次特大沙尘暴灾害。我国每年因此损失达 65 亿元。其主要原因是土地过度利用,破坏了原有的生态平衡,使非沙漠地区出现了沙漠化的现象。

    (1) 运用你所学的哲学道理说明,我国北方地区每年出现的风沙弥漫现象的原因。

    (2) 针对上述原因,你有哪些好的建议?请你把这些建议写成一份建议书向有关部门反映。

◎ 闪光记录

评教评学,以学生为主体,包括知识及其构建、内容方法、信息的搜集与甄选、学法指导、自主学习能力、思维火花、密切相关的社会实践活动能力与效果等方面的综合评价。采用表格或其他形式记录学生学习本框的情况:如探究的内容、探究问题的状态(活动或问题)、方式方法、效果、回答问题及练习情况等。

学完本课我的收获	知识				
	能力				
	情感、态度、价值观				
我对同学的评价	小组成员分工及任务完成情况	同学姓名	对他（她）的综合评价			
对我自己的综合评价		学习态度	课堂表现	社会实践反馈	自主完成作业的情况
	自评				
	老师				
	同学				
	家人				

说明：

1. 课堂表现要求写明具体行为,如课堂状态、课堂参与、课堂创新思维等。
2. 自我评价、教师评价、他人评价将和期中期末考试成绩作为综合评定指标。
3. 小组成员在没有分工合作的情况下,将对他的学习态度进行评价。
4. 小组评和自评以具体行为表现为主,老师评以 A、B、C、D 等次评定。
5. "小组成员分工及任务完成情况"指的是自己对其他同学的评价。
6. 以小组为单位,每节课反馈一次。

（王实玲　蒲跃洪　撰写）

第五课 把握思维的奥妙

第一框 意识的本质

一、教学目标

● **知识目标**

(1)意识是自然界长期发展的产物。(2)意识是社会发展的产物。(3)意识是人脑的机能,意识活动是通过人脑对外界刺激的一系列反射活动实现的。(4)意识是客观存在的主观映象。(5)物质世界是先于人的意识而存在的,物质第一性,意识第二性,物质决定意识。

● **能力目标**

(1)能结合自然和人类社会中的具体事例理解意识的本质,意识与物质的关系。(2)能初步运用意识的本质、物质和意识的辩证关系的原理,分析人类社会中的一些基本的现象和具体事例。(3)能搜集和甄选自然界和人类社会生活中的实例说明本框的哲学原理的正确性。

● **情感、态度和价值观目标**

(1)通过对本课的学习,进一步增强学生对世界客观性的认识,初步树立一切从实际出发的唯物主义观念。(2)坚信唯物主义关于物质决定意识的原理的科学性和正确性。

重点与难点

重点:意识的本质。

难点:意识是客观存在的反映。

学情分析:(1)本框内容主要是通过分析意识的本质,揭示意识对物质的依赖性,说明任何意识都离不开物质,物质决定意识,从而把哲学上讲的意识概念与生活中的意识概念区分开来,不能混为一谈。(2)关于"意识是自然界长期发展的产物"是理解意识本质的难点,学生也很费解,建议简要讲解即可,展开分析会使学生更加费解。重点讲意识本质的第二点和第三点。(3)本框主要是揭示物质与意识的辩证关系原理中的一个方面的内容,意识对物质有何作用呢? 这将是下一框我们要探讨的内容。

二、案例导入

放映录像 1:《人与自然》片段。

放映录像 1:《人与自然》片段。

在轻盈的音乐声中,画面上出现植物的根会伸向有水多肥的地层,枝叶会向阳光充足的地方伸展。

放映录像 2:《黑猩猩取水灭火实验》。

在火中放置一个香蕉,人用杯子从附近的水缸里取水灭火后拿出香蕉来吃,猩猩很快学会了。当人把水缸放到猩猩经常玩耍的小河对面时,人们发现猩猩并没有从身边的小河中取水灭火,而是走过小桥,从水缸中取水,再走回来灭火。

学生在老师的指导下,认真、仔细地观看录像。

录像生动、有趣,引导学生自然进入课题。

三、问题探究

看完录像后,学生兴趣浓厚,展开讨论。教师提出或教师引导学生提出如下探究:

探究一:植物的根为什么会伸向有水多肥的地层,为什么不伸向贫瘠少水的地层?

探究二:枝叶为什么会向阳光充足的地方伸展?而不向阴暗的地方伸展?

探究三:猩猩为什么不取小河中的水灭火?

探究四:人与动物、植物在对外部的反映上有什么不同?

> 依据上述录像,设问导入新课。
>
> 探究问题也可由学生提出。
>
> **思考**:电脑与人脑有何关系?鬼神、宗教、迷信等是否是客观事物的反映?
>
> 引导学生阅读教材有关内容。

四、思维点拨

(一) 意识是物质世界长期发展的产物

1. 意识是自然界长期发展的产物

通过录像1,同学们弄清楚了一个问题:一切生命物质具有对外界刺激做出感应的特性。如植物的根会伸向有水多肥的地层,而不伸向贫瘠少水的地层;枝叶会向阳光充足的地方伸展,而不向阴暗的地方伸展。

学生问:没有生命的物质有这个特性吗?

展示幻灯片:铁生锈、岩石风化、滴水穿石。

学生观察、思考后得到结论:无生命的物质也有反应的特性。

老师进一步引导:无生命的物质反应的特性与生物的反应特性有什么不同吗?

学生讨论,老师归纳。

无生命的物质反应特性,是一种机械的,物理的、化学的反应过程,是没有选择性的,完全被动的反应形式;生物的反应特性则是为了维持其生存而具有的趋利避害的选择性,这就表现了不同程度的主动性。从无生命物质的简单反应特性到生物的应激性,是人类意识产生的生物学前提。

一切物质都具有的反应特性是人类意识产生的物质基础;生物的反应形式是人类意识产生的生物学前提。

2. 意识是人类社会发展的产物,是劳动的产物

引导学生阅读课本第35页,第二段的探究材料:

学生举例:狗、猫、猴子、猩猩、海豚等很多动物都非常聪明,具有分析、判断的能力,会简单的数学运算,有丰富的感情。这些动物和人一样,是有意识的。

探讨录像2,学生弄明白了,猩猩并不知道小河的水和水缸的水都是可以灭火的,对它来说,有用来玩耍的水,还有用来灭火的水,二者是

> 老师引导学生设计提问。
>
> 让学生自由讨论。
>
> 回顾初中学过的有关知识。

不一样的。这就说明:纯粹的动物的心理不会自发地形成意识。

教师点评:动物的大脑和单纯的动物心理并不会自发地产生意识。意识是同人类社会一起产生的。意识是社会劳动、语言和人脑的必然产物,在这个意义上,我们又说意识是社会的产物。

劳动是整个人类生活的第一个基本条件,劳动创造了人本身。劳动是使猿变成人的决定因素,也是人的意识产生的决定因素。

人的劳动同动物活动的根本区别在于制造和使用工具。而在制造和使用工具改造外部世界的劳动中,不仅要求人们认识事物的表面现象,还要有抽象思维,用这种人类意识的反映形式来深入认识事物的本质和规律。

在劳动过程中,由于交流的需要而产生了语言。语言的产生推动了人类意识的发展。

在劳动和语言的推动下,使猿脑变成了人脑,并随着社会劳动的进步而日趋完善,这为意识的产生和发展提供了物质基础。

由此可见,人类意识不仅是自然界长期发展的产物,而且是社会发展的产物。所以,马克思说:"意识一开始就是社会的产物,而且只要人们还存在着,它就仍然是这种产物。反之,如果脱离社会实践,不参加任何社会活动,就不会形成人的意识。

特别强调:不可否认,有些动物非常聪明,有的智力水平相当于五至六岁的小孩,但再聪明的动物,其心理活动也只是生物的反应特性,只是其心理活动的复杂程度不同而已,与人的意识有本质的区别。

主要表现:在社会劳动中产生的人的意识具有主动性、选择性、目的性、创造性、继承性,因此,人类社会的繁衍使人类不断走向进步和文明,推动社会向前发展;而动物的活动只是被动地、机械地适应环境而维持生存的活动,因此,动物的世代繁衍,其生存手段、生存方式只是不断的重复和简单的循环。

结论:意识是自然界的产物,更重要的是社会发展的产物。

(二)意识是人脑的机能

展示图片:人脑的神经构成图。

人脑大约有1 000亿个神经细胞,仅大脑皮层就有140亿个神经细胞,神经网络十分复杂,无论在量上还是在质上都与其他高等动物有区别。

	人　脑	动　物　脑
重量	1 500克,占体重的1/50。	黑猩猩400克,大猩猩500克
构造	大脑皮层2 600平方厘米,1 400亿个神经细胞。	皮层光滑,黑猩猩的大脑皮层是人脑皮层面积的1/4。
机能	人脑机能区包括运动区、感觉区、语言区,形成网络系统。	动物没有语言区。
	人脑与动物脑有区别:人脑与动物的区别说明了人脑是产生意识的物质器官,意识是人脑特有的机能,没有高度发达的神经系统——人脑,就不可能有人的意识的产生。	

右栏批注:

教师讲评。

学生回顾初中学习过的知识。

展示图片:人脑与动物脑的区别图。

结合图表分析。

可以结合生物学知识由学生分析。

教师引导：人的意识活动是如何实现的？同学们自学课本 P36。

同时展示幻灯片：画饼充饥，望梅止渴。

课堂探究：（1）对动物说"梅"，能不能使动物"止渴"？对动物谈"虎"，能不能使动物"色变"？

（2）人对外界刺激产生的反映和动物对外界刺激产生的反应有什么区别？

探究提示：（1）由于动物脑对客观事物只能形成表面的感觉等本能性的反应，而不能像人脑那样抽象出事物更深层次的东西，因此对动物说"梅"不能让其止渴，对动物谈"虎"不能使其"色变"。

（2）人对外界刺激产生的反映，也即意识，既包括对事物表面现象的认识——感觉，也包括对事物本质和规律的认识——抽象思维，而且更重要的是抽象思维。人的意识是人对事物主动的、能动的反映。而动物对外界刺激的反应则是生物学意义上的条件反射，不具有抽象概括能力。

教材设置这一栏目，目的在于通过动物脑和人脑对事物反映的差别，强调意识产生的物质基础只能是人脑。

第一信号系统是人和动物共有的反射属性；第二信号是人所特有的，人的意识是第一和第二信号系统基础上产生的反映。

结论：人脑是产生意识的生理基础，意识是人脑的机能。

（三）意识是客观存在的反映

1. 意识的内容来自客观世界，离开了客观存在，意识既不能存在，也不能发展。

展示幻灯片：讲述印度狼孩的故事。

1920 年的一天，在印度加尔格达西南的一个小城附近，一位牧师救下了两个由狼抚养长大的女孩儿。这两个女孩，大的大约七八岁，起名为卡玛娜，活到了十七岁；小的不到两岁，不到一年后就死在了孤儿院里。卡玛娜不喜欢穿衣服，给她穿上衣服她就撕下来；用四肢爬行，喜欢白天缩在黑暗的角落里睡觉，夜里则像狼一样嚎叫，四处游荡，想逃回丛林。她有许多特征都和狼一样，嗅觉特别灵敏，用鼻子四处嗅闻寻找食物。喜欢吃生肉，而且吃的时候要把肉扔在地上才吃，不用手拿，也不吃素食。牙齿特别尖利，耳朵还能抖动。她十五岁时的智力水平大致相当于三岁半的儿童。

探究：狼孩有意识吗？

学生回答，老师归纳。

有了人脑不一定有意识，因为意识的内容不是来源人脑，而是人脑对客观事物的反映，人只有在一定的社会环境中，通过人的实践活动才能对客观事物作出反映，意识的根源在于客观事物。结合课本形象比喻：人脑是生成意识的厂房和机器，客观存在就是形成意识的原材料。

课堂探究：宗教是人脑对客观事物的反映吗？

可以让学生简单介绍"画饼充饥，望梅止渴"两个成语故事。

结合教材讲解。

由学生朗读故事。

引导学生提问。

通过分析得出结论。

引用鲁迅的话说明宗教的本质。

学生回答,并引用课本 P36 鲁迅的话,教师归纳。

宗教观念可以在客观世界中找到某种原型,因为宗教观念也是人脑对客观世界的一种反映,它的根源不是在天上,而是在人间。但宗教观念对"某种原型"的反映是不真实的。从本质上看,宗教是客观事物在人脑中虚幻的歪曲的反映。决不能认为宗教观念中有什么就意味着客观世界中也有什么。

无论是正确的意识还是错误的意识,都是人脑对客观存在的反映,都是客观存在通过生活和实践的环节进入人脑,并在人脑中加工改造的结果。

结论:意识的本质:意识是人脑对客观事物的反映。

理论提升:

从意识的产生看,意识是物质世界长期发展的产物——先有物质,后有意识。

从意识的生理基础看,意识是人脑(物质)的机能——意识不能脱离物质而存在。

从意识的内容看,意识是对客观存在的反映,离开了客观存在,意识既不能产生,也不能发展。——意识的对象和内容都是客观存在。

辩证唯物主义关于物质与意识关系的基本观点:

世界的本原是物质的,先有物质,后有意识,物质第一性,意识第二性,物质决定意识,意识是对物质的反映。

2. 意识的反映形式是主观的,是经过头脑改造过的物质的东西,是客观存在的主观映象。

课堂探究:

通过前面的学习,我们知道。物质决定意识,意识的对象和内容都来自于客观存在。是否可以说意识就是客观存在?

观察漫画:伯乐相马,讨论上述问题。

学生讨论:……

不对,漫画中,马是客观存在的,四个人对马的看法都属于意识,但四个人的观点却各不相同。

不对。四个人对马的看法不同,都是以自身作为参照对象,甚至得出相互矛盾的结论。但客观事物只有一个,对其正确的评价也应该是唯一的。

树立唯物主义思想。

通过图示揭示意识的本质。

请同学们思考:
客观存在的主观映象,人脑的这种主观映象都不一定是正确的,如鬼神、宗教观念是不是正确的主观映象?

有了人脑是否自行产生意识?特别是计算机产生以后,计算机是否自行产生意识?你怎样看待人机对话?

对本框题知识进行小结,从中引出辩证唯物主义关于物质与意识关系的基本观点。为后面归纳物质与意识的辩证关系略做准备。

通过对意识本质的进一步揭示,理清物质和意识的关系。

运用漫画,直观反映物质和意识的区别与联系。

教师归纳：

意识是对客观存在的反映。但意识又不同于客观存在本身,意识的反映形式是主观的,是经过头脑改造过的东西,是客观存在的主观映象。

1. 从意识的主观形式看,意识是由各种反映形式共同组成的完整体系,既包括感觉、知觉等反映事物表象的认识形式,也包括概念、判断等揭示事物本质的认识形式。

2. 从意识的主观差别看,对于同一客观对象,不同的人由于地位、知识、能力等差异,会产生不同的反映。

3. 从意识的主观特征看,意识对客观存在的反映,可以是如实反映,也可能是歪曲的、虚幻的反映。

总之,意识的内容是客观的,不管是哪种认识形式,也不管反映真实与否,所有意识的内容都来源于客观存在,都是客观的;但意识的形式是主观的。意识体现了主观形式和客观内容的统一。

> 物质决定意识,意识是对物质的反映,意识离不开物质,但意识并不等于物质,意识有自己的特性。

五、知识构建

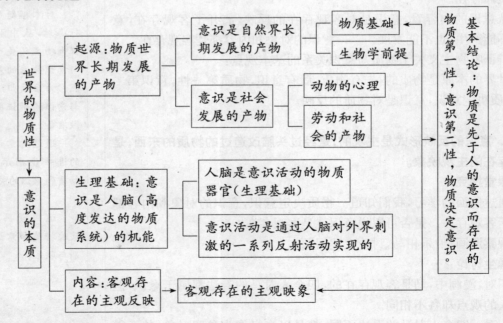

1. 从上图可以看出,哲学原理具有多层次性,请你把这些层次列出来。

2. 上述知识点之间有哪些内在联系? 与你的生活有哪些联系? 请你用自己的语言表述出来。

3. 本框内容与前面几课的内容有哪些联系? 请把这些联系归纳出来。

六、资源开发

通过经典事例引导学生搜集、甄选和开发与本框内容密切相关的学生身边的生活资源(包括本地重要历史和现实中的资料、重大活动、校园生活、家庭生活等),培养学生处理信息的能力以及从资源中提取有效信息的能力。本部分内容可以引导学生课后完成。

弘扬载人航天精神,走中国特色的航天之路

1. 材料一:2003年10月16日,神舟五号载人航天飞船安然着陆,航天员杨利伟自主出舱,这标志着我国首次载人航天飞行获得圆满成功。因此,中共中央、国务院、中央军委发贺电祝贺,贺电希望广大航天工作者在以胡锦涛为总书记的党中央坚强领导下,坚持以邓小平理论和"三个代表"重要思想为指导,大力弘扬特别能吃苦、特别能战斗、特别能攻关、特别能奉献的载人航天精神。自强不息,艰苦奋斗,团结协作,开拓创新,紧紧瞄准人类探索宇宙活动的前沿,不断开创我国航天事业的新境界,为全面建设小康社会,实现中华民族的伟大复兴,做出更大的贡献。

材料二:2005年10月12日9时,中国第二艘载人飞船神舟六号整点出征,10月17日4时33分着陆凯旋——经过115小时32分钟的太空之旅,中国第二艘载人飞船神舟六号绕地飞行77圈,行程325万公里,圆满归来。神舟六号任务的顺利实施和圆满完成,如此完美之举,则标志着中国更加全面深入地掌握了载人航天核心技术,也表明中国完全有能力独立自主地攻克尖端技术,在世界高科技领域占有一席之地。

探究:

(1) 从哲学上分析,神舟五号和六号航天飞船是怎么来的?为什么我国能够自行研究出载人航天飞船?

(2) 从上述材料可以判断人的意识的作用是无穷的吗?带着以上问题预习下一个框题的内容。

2. 仔细观察漫画,思考下列问题:

(1) 这幅漫画说明了哪些哲理?请你分析这些哲理与漫画之间是怎样联系的?

(2) 发高烧,烧纸钱就能好吗?请说说你的理由?

材料中有哪些关键词句能说明问题?请你把这些词句指出来。

在你日常生活中还遇到哪些类似现象,请你简要地列出2—3例。

你从这幅漫画中能提取哪些与问题有关的有效信息?在你生活中还有哪些类似的例子。

七、三维评价

◎ **经典训练**

(一)在每题给出的四个选项中,只有一项是最符合题意的

1. 下列关于意识的说法正确的是 （　　）

A. 意识是客观世界发展到一定阶段的产物

B. 人脑是产生意识的物质器官,有了人脑,就有了意识

C. 意识的内容不是来自天上,而是来自人间的人脑

D. 意识是客观事物在动物脑中的反映

参考答案:A

2. 从本质上说,意识是　　　　　　　　　　　　　　　　　　　　　　　　　　　(　　)

　　A. 客观世界长期发展的产物　　　　　B. 社会实践的产物

　　C. 客观存在于人脑中的反映　　　　　D. 人脑特有的机能

参考答案:C

3. 有人说,21世纪是生物工程的世纪。目前,人们已造出了"基因鱼"、"基因猪"等新型物种,相信将来还会有意识地制造出更多的物种。这说明　　　　　　　　　　　　　(　　)

　　A. 人类面对大自然不是单纯适应和消极地听任自然的摆布

　　B. 要极大地发挥人的主观能动性,是可以创造出新的物种的

　　C. 随着人类社会的发展,物质对意识的决定作用越来越弱

　　D. 随着时代的发展,意识不仅可以反映物质,而且可以创造物质

参考答案:A

4. 国务院原副总理李岚清在第三次全国教育工作会议的报告中指出,"我们正处在世纪之交的历史时期,世界经济的全球化和科学技术的迅猛发展,正日益深刻地改变着人类的生产和生活方式;以创新知识为基础的经济标志着未来世界的一个重要发展方向……要鼓励创新和重视实践,促进教育与经济社会的实际紧密结合,改变那种只要书本知识,忽视创新精神和实践能力培养的现象。"这段话包含的哲理是　　　　　　　　　　　　　　　　　　　　　　　　　　　(　　)

　　A. 物质决定意识,意识对物质具有反作用　　B. 事物是变化发展的

　　C. 事物是一分为二的　　　　　　　　　　D. 物质运动具有规律的

参考答案:B

5. 最近两年以来,尽管中国人民银行一再降息,但居民个人储蓄仍在增加。其中一个重要的原因是居民预期收入减少,而预期支出增大。这表明　　　　　　　　　　　　　(　　)

　　A. 人们对未来的预测是对客观实际的反映　　B. 意识并不一定能如实反映客观世界

　　C. 人们的行为是受思想支配的　　　　　　D. 主观与客观是具体的历史的统一

参考答案:C

6. 鲁迅说:"天才们无论怎样说大话,归根结底,还是不能凭空创造。描神画鬼,毫无对证。本可以专靠脑神思,所谓天马行空似的挥写了,然而他们写出来的,也不过是三只眼,长脖子。就是在常见的人体上,增加了眼睛一只,增长二三尺而已。"这表明　　　　　　　　　　　(　　)

　　A. 要一切从实际出发　　　　　　　　　B. 人具有主观能动性

　　C. 任何观念都是对客观存在的反映　　　D. 事物之间是普遍联系的

参考答案:C

7. 电脑以其卓越的性能,可以代替人脑完成复杂而繁重的工作,如两名美国科学家用电脑做成了200亿个逻辑判断,终于证明了"四色定理"。这一事实说明　　　　　　　　(　　)

　　A. 电脑能模拟人脑的思维　　　　　　　B. 电脑思维将指挥人脑思维

　　C. 电脑思维将超越人脑思维　　　　　　D. 电脑思维能完全代替人脑思维

参考答案:A

8. 下列现象中属于意识现象的有　　　　　　　　　　　　　　　　　　　　　　　(　　)

①刺激感应性 　②自然科学 　③鹦鹉学舌 　④宪法 　⑤"十五"计划 　⑥和平与发展 　⑦紫外线

　　A. ②④⑤ 　　　　　　　B. ①②③④ 　　　　　　C. ③⑥⑦ 　　　　　　D. ②③⑥

参考答案: A

9. 德国哲学家费尔巴哈说:"如果上帝的观念是鸟创造的话,那么上帝一定是长着羽毛的动物;假如牛能绘画,那么它画出来的上帝一定是一头牛。"这一观点生动地说明 　　　　(　　)

　　A. 不是上帝创造了人,而是人按照自己的形象创造了上帝

　　B. 关于上帝的观念是人脑自生的

　　C. 有什么样的上帝,就有什么样的上帝观念

　　D. 人以外的其他动物是没有意识的

参考答案: A

10. 费尔巴哈的上述观点蕴涵的哲理是 　　　　　　　　　　　　　　　　　　　　(　　)

　　A. 只要有了人脑就能产生意识 　　　　　　B. 错误的意识不是客观存在在人脑中的反映

　　C. 人脑是产生意识的物质器官 　　　　　　D. 意识的根源在于客观存在

参考答案: D

(二) 在每题给出的四个选项中,至少有一项是符合题意的

11. 人们总是按照自己的形象和经验来塑造鬼神,这个论断的哲学依据是 　　　　　(　　)

　　A. 意识纯粹是主观自生的东西 　　　　　　B. 世界上各类事物实际上是感觉的复合

　　C. 人类意识不过是客观事物的复制 　　　　D. 各种意识的内容都是物质的反映

参考答案: D

12. 马克思指出:"观念的东西不外是移入人的头脑并在人的头脑中改造过的物质的东西而已。"这段话体现了 　　　　　　　　　　　　　　　　　　　　　　　　　　　　　　　(　　)

　　A. 观念的东西不同于物质的东西 　　　　　B. 观念是物质的东西在人头脑中的反映

　　C. 观念既是主观的又是客观的 　　　　　　D. 观念是人脑的产物的反映

参考答案: ABC

13. 看漫画回答哲学问题:如将右侧漫画中影与物的关系比喻为思想与事实的关系,那么这幅漫画可以表明 　　　　　　　　　　　　　　(　　)

　　A. 思想是对事物的反映 　　　　　　　　　B. 思想与事实总有些出入

　　C. 事实对思想有决定作用 　　　　　　　　D. 思想对事物有反作用

参考答案: ABC

14. "日有所思,夜有所梦"。下列观点属于对"梦"的正确理解的有 　　　　(　　)

　　A. 梦是意识,人脑是产生梦的物质器官,有了人脑就产生梦

　　B. 梦是客观物质对象作用于人脑留下的印象,以梦的形式剪接组合而成

　　C. 梦中的素材在客观世界中都能找到

　　D. 梦是一种意识活动,是人脑对客观事物的一种反映

参考答案: BCD

15. 列宁讽刺唯心主义是"无头脑的哲学",目的在于说明 　　　　　　　　　　(　　)

　　A. 人脑是思维的物质器官 　　　　　　　　B. 人脑是思维的源泉

　　C. 先有物质,后有意识 　　　　　　　　　D. 意识是人脑的机能

参考答案: ACD

16. "意识不外是一面镜子"的观点是 　　　　　　　　　　　　　　　　　　　(　　)

　　A. 唯物主义观点 　　　　　　　　　　　　B. 唯心主义观点

C. 辩证唯物主义观点　　　　　　　　D. 形而上学唯物主义观点

参考答案：AD

（三）辨析题（仅作判断不说明理由者不得分）

17. 宗教是人们主观臆造出来的。

参考答案：（1）这种认识是错误的。（2）意识是客观事物在人脑中的反映，无论是正确的意识还是错误的意识，都是人脑对客观存在的反映，都是客观存在通过生活和实践的环节进入人脑，并在人脑中加工改造的结果。（3）宗教是人们对客观事物歪曲地、虚幻地反映，它的形式是主观的，但是它的内容是来自客观事物的，而不是人们主观臆造出来的。

◎ 闪光记录

评教评学，以学为主体，包括知识及其构建、内容方法、信息的搜集与甄选、学法指导、自主学习能力、思维火花、密切相关的社会实践活动能力与效果等方面的综合评价。采用表格或其他形式记录学生学习本框的情况：如探究的内容、探究问题的状态（活动或问题）、方式方法、效果、回答问题及练习情况等。

学完本课我的收获	知识				
	能力				
	情感、态度、价值观				
我对同学的评价	小组成员分工及任务完成情况	同学姓名	对他（她）的综合评价		

对我自己的综合评价		学习态度	课堂表现	社会实践反馈	自主完成作业的情况
	自评				
	老师				
	同学				
	家人				

说明：
1. 课堂表现要求写明具体行为，如课堂状态、课堂参与、课堂创新思维等。
2. 自我评价、教师评价、他人评价将和期中期末考试成绩作为综合评定指标。
3. 小组成员在没有分工合作的情况下，将对他的学习态度进行评价。
4. 小组评和自评以具体行为表现为主，老师评以 A、B、C、D 等次评定。
5. "小组成员分工及任务完成情况"指的是自己对其他同学的评价。
6. 以小组为单位，每节课反馈一次。

（王文光　屈亚红　撰写）

第二框　意识的作用

一、教学目标

● 知识目标

(1)意识的活动具有目的性和计划性。(2)意识活动具有主动创造性和自觉选择性,即意识不仅能反映事物的外部现象,而且能够把握事物的本质和规律。(3)意识活动主动性和创造性,是人能够认识世界的重要条件。(4)意识对改造客观世界具有指导作用。(5)意识对于人体生理活动具有调节和控制作用。(6)坚持一切从实际出发,实事求是的依据、基本含义、基本要求和意义,正确地认识和处理意识的能动作用与客观条件的关系。

● 能力目标

(1)能结合具体事例分析说明意识的作用和坚持一切从实际出发、实事求是的科学态度的重要性。(2)能运用本框知识分析说明生活中的有关事例,尤其是我国改革开放和现代化建设过程中的重大方针、政策和所取得的成就。(3)能搜集和甄选生活中的有关资料,具有提炼其中有效信息的能力。

● 情感、态度和价值观目标

(1)正确认识和重视意识的作用和精神的力量。(2)坚持一切从实际出发、实事求是的科学态度和积极进取的精神。(3)积极拥护党的路线、方针和政策。

重点与难点

重点:意识活动的特点;坚持一切从实际出发、实事求是的基本含义、基本要求和意义。

难点:如何理解意识对客观世界的指导作用。

学情分析:本单元第四课到本课主要是学习马克思主义的辩证唯物论的基本知识。本框通过对意识的作用的分析,揭示物质和意识的辩证关系的第二方面内容:意识对客观世界的指导和调节作用,以及坚持一切从实际出发、实事求是的现实意义。教材上讲意识的作用时,并没有具体指出意识的积极作用和消极作用,但在实际生活中,意识的消极作用是生活中经常遇到的现象,不可忽视。因此,建议在教学过程中,结合实例进行简要的提示,有助于学生全面地理解意识的作用,避免对意识作用理解的片面化。

二、案例导入

电视录像:现场转播神舟六号发射成功与圆满返回地面的激动人心场面。

2005年10月12日9时,中国第二艘载人飞船神舟六号整点出征,10月17日4时33分着陆凯旋———经过115小时32分钟的太空之旅,中国第二艘载人飞船神舟六号绕地飞行77圈,行程325万公里,圆满归来。神舟六号任务的顺利实施和圆满完成,如此完美之举,则标志着中国更加全面深入地掌握了载人航天核心技术,也表明中国完全有能力独立自主地攻克尖端技术,在世界高科技领域占有一席之地。

转播神舟六号发射成功与圆满返回地面的激动人心场面,激发学生探究我国航天科技的力量,引导学生分析探究科技的力量说明了什么?

引导学生讨论,鼓励学生大胆发表自

思考:航天核心技术的水平与神舟六号的成功飞行有何关系? 你从中悟出了哪些道理?

己的看法,教师自然导入新课。

三、问题探究

结合上述材料探究下列问题:

探究一:简述神舟六号发射与返回过程中的几件重大事件与重要人物。

探究二:科学家能够设计出神舟六号,是否说明先有认识、再有物质?

探究三:意识的力量是无穷的吗? 可以改变世界的一切吗?

在观看上述图片和分析材料过程中鼓励学生自己提出问题,也可以由教师对学生提出的问题进行归纳后教师提出。

注意以下概念的联系和区别:(1)人脑与动物的大脑。(2)人的意识活动与动物的本能活动的区别。(3)世界上是否存在人们不可认识的事物? 为什么? (4)唯意志主义与客观条件。(5)意识的指导作用、意识的反作用、意识的能动作用。(6)物质与客观存在、客观事物不能混用。

四、思维点拨

复习、提问导入:

在前一框的学习中,我们知道:意识是客观存在于人脑中的主观反映。那么,意识是怎样反映客观存在的? 在生活和实践中,客观存在怎样进入人脑,人脑对客观存在是被动的、机械的反映,还是主动的、能动的反映?

同时,我们还知道,物质决定意识,没有物质就没有意识。那是否意味着意识对物质就无能为力?

为了全面理解和把握物质和意识的关系,我们学习这一框体题的内容:意识的作用。

(一) 人能够能动地认识世界

1. 展示幻灯片:蜜蜂建筑蜂房。

2. 展示下图内容:

3. 展示课本上马克思的一段话。

课堂探究:(1) 为什么说最蹩脚的建筑师也要比最灵巧的蜜蜂高明?

(2) 美宇航局对月球两次撞击说明了什么?

(3) 马克思的这段话说明了什么?

探究提示:(1) 任何建筑师在建筑之前,就已经在头脑中形成了对建筑物的主观构造,形成了计划、草图。而蜜蜂再灵巧,也只是本能地去建筑蜂房,而不会先形成对蜂房的认识而去建筑。建筑师和蜜蜂的

复习前面所学知识,以提问的方式自然导入新课。

选用素材中有人与动物的比较;直观的人类认识自然的活动;马克思理论上的总结,材料既有事实,又有理论。对加深知识的理解很有帮助。

引导学生仔细观察图片,学会搜集图片中的有效信息。

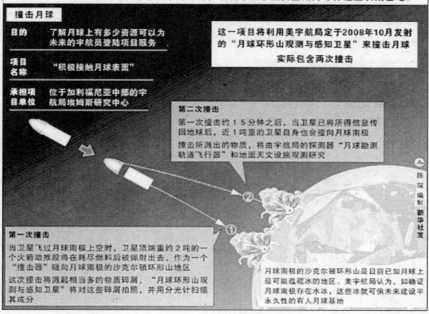

美宇航局计划撞击月球探水

当地时间4月10日，美国宇航局公布了一项撞击月球南极的计划，宇航局官员希望通过这一项目成功找到月球存在水的证据，以利未来宇航员登陆月球并建立长期基地。

撞击月球

目的	了解月球上有多少资源可以为未来的宇航员登陆项目服务
项目名称	"积极接触月球表面"
承担项目单位	位于加利福尼亚中部的宇航局埃姆斯研究中心

这一项目将利用美宇航局定于2008年10月发射的"月球环形山观测与感知卫星"来撞击月球
实际包含两次撞击

第二次撞击
第一次撞击约15分钟之后，当卫星已将所得信息传回地球后，近1吨重的卫星自身也会撞向月球南极
撞击所溅出的物质，将由宇航局的探测器"月球勘测轨道飞行器"和地面天文设施观测研究

第一次撞击
当卫星飞过月球南极上空时，卫星顶端重约2吨的一个火箭助推段将在耗尽燃料后被弹射出去，作为一个"撞击器"砸向月球南极的沙克尔顿环形山地区
这次撞击将溅起相当多的物质碎屑，"月球环形山观测与感知卫星"将对这些碎屑拍照，并用分光计扫描其成分

月球南极的沙克尔顿环形山是目前已知月球上最可能蕴藏冰的地区。美宇航局认为，如确证月球南极存在水冰，这些冰就可供未来建设永久性的有人月球基地

陈欢 编制 新华社 发

最大区别在于建筑师对房子的认识具有目的性、计划性。

（2）美宇航局对撞击月球项目制定了目的、名称、承担单位、撞击月球的位置、撞击过程的操作等详尽的、周密的计划。这一计划反映出：人们对月球的认识过程是有计划、有目的、有选择的。

（3）马克思这段话说明：人比动物高明的地方在于：人的意识具有目的性和计划性、主动性和创造性，能够指导人们顺利开展实践活动。课本设置这一栏目，旨在强调人的意识具有能动性，意识活动的主动性和创造性是人类能够认识世界的根本原因。

理论提升：

1. 物质决定意识，但意识对物质的反映并不是被动的，意识具有主观能动性，意识是人脑对客观存在的能动反映。

2. 意识活动具有目的性和计划性，这是人类特有的活动，与动物本能的、无目的的活动有本质的区别。

3. 意识活动具有主动创造性和自主选择性。人们对客观事物的反映是根据人的需要、目的加以选择的，并不是客观世界有什么就反映什么；人脑是具有思维功能的加工厂而不是照相机，客观存在进入人脑，并不是简单的映像，而是通过大脑的加工，创造之后对事物的能动的反映，这个过程，使意识不仅能反映事物的现象，更重要地还能揭示事物

引导学生讨论这些问题，学会从材料中寻求答案。

探究核心是围绕意识的目的性、计划性。因此对每一材料的分析都要突出这一点。

有人说"人的思维是世界上最美丽的花朵"，你是怎样理解的？

培养学生的归纳能力和准确语言的表达能力。

的本质和规律,并依此追溯过去,推测未来。

4. 透过人类思维的眼睛,人类能够揭示事物的本质和规律,并进而逐步解开自然之谜和社会之谜。因此,世界上只有尚未认识之物,而没有不可认识之物。

5. 世界上没有不可认识之物,一方面是因为人脑具有思维的功能,能揭示事物的本质和规律;另一方面是因为人类繁衍的无限性,使得人类认识具有无限性。

（二）人能够能动地改造世界

1. 意识对改造客观世界具有指导作用

课堂探究:教师展示图片。

三峡大坝工程

仔细观察图片,引导学生分析"三峡大坝工程"、"德国世界杯球场"说明了什么?

德国世界杯球场

我们现在生活的地球早已不是原来自在的地球,而是人化的地球。我们周围的环境,生活所需的一切,都不是有地球就有的,而是有人才有的,是人类在改造自然的过程中创造出来的。

人创造了自然界原来没有的物质,是否否定了物质第一性?如果没有,人创造物质说明了什么?

学生讨论:（略）。

教师归纳:

（1）人创造世界,并没有否定物质的第一性,而是证明了物质第一性。今天,人类创造的一切,都源于自然界原有的物质,是基于对自然界物质特性的认识予以加工和改造,改变其原来的存在状态,使其以新面目出现,即创造了自然界没有的物质。

（2）人之所以能创造出新的东西,是因为人的意识具有能动作用,具有对物质能动的反作用。人创造新事物的过程,就是通过实践活动,使意识反作用于客观事物,引起客观事物的变化,把意识中的东西变成现实的东西。创造出没有认识参与永远也不可能出现的东西。

（3）意识对改造客观世界具有指导作用,是意识能动性最突出的表现。

展示漫画:

揠苗助长:宋人有悯其苗之不长而揠之者,茫茫然归,谓其人曰:"今日病矣!予助苗长矣。"其子趋而往视之,苗则槁矣。

课堂探究:漫画说明,并不是所有改造客观世界的活动都能取得成功,都能创造出人类所需的新事物。为什么?漫画中人的失败原因在哪里?

学生回答:（略）。

教师特别强调:

意识对改造客观世界具有指导作用,但不同的意识指导作用不同:正确的意识指导实践,能促进客观事物的发展,使人们的客观实践获得成功;错误的意识指导实践,会阻碍客观事物的发展,使实践活动遭到失败。

因此,为了成功地改造世界,必须掌握正确的意识,树立科学的理论。

从周围的人化物探讨意识的反作用,既能引发学生深层次地思考,又有利于学生对物质第一性的深刻理解和把握。

以学生熟悉的"揠苗助长"的故事强调不同意识的不同作用。直观、形象、生动。

不同意识的不同指导作用。

2. 意识对人体生理活动具有调节和控制作用

播放《命运进行曲》。

路德维希·凡·贝多芬(1770—1827)是18世纪后叶以来世界最著名的德国音乐家。贝多芬是一个失聪者,但他最终战胜了自己的意志,他没有被不公平的命运所击退,贝多芬发出"我要扼住命运喉咙"的口号,他感觉自己不能屈服于命运,而应该勇于发起挑战!用他那炙热的感情以及独特的个性风范,以其特殊的人生经历和音乐天赋,为后人留下了这部永远不会过时的经典。

音乐震撼了同学们的心灵,使人振奋。

展示哲理故事:解梦。

有位秀才第三次进京赶考,住在一个经常住的店里。考试前两天他做了两个梦,第一个梦是梦到自己在墙上种白菜,第二个梦是下雨天,他戴了斗笠还打伞。

解梦1:高墙上种菜不是白费劲吗? 戴斗笠打雨伞不是多此一举吗?

——灰心丧气,无心应考,名落孙山

解梦2:墙上种菜不是高种吗? 戴斗笠打伞不是说明你这次有备无患吗?

——信心百倍,积极应考,金榜题名

教师归纳:

意识对于人体生理活动具有调节和控制作用:高昂的精神,可以促人向上,使人奋进;萎靡的精神,则会使人悲观、消沉、丧失斗志。

(三)物质和意识的辩证关系原理及其方法论意义

老师、学生一起归纳整理物质和意识的辩证关系原理及方法论。

1. 自然界是物质的,人类社会是物质的,意识是物质的产物,是人脑对物质的反映——原理:世界的本原是物质,物质第一性,意识第二性;物质决定意识——方法论:要求我们一切从实际出发,实事求是。

2. 意识具有能动性,意识能够能动地认识世界,能够能动地改造世界——原理:意识对物质具有能动地反作用,正确的意识能促进客观事物的发展,使实践活动取得成功;错误的意识则会阻碍事物的发展,使实践活动遭到失败——方法论:要求我们,重视意识的作用,重视主观能动性的发挥,自觉树立正确的意识。

一切从实际出发,实事求是

1. 什么是一切从实际出发,实事求是?

一切从实际出发。实事求是,就是指做事情要尊重物质运动的客观规律,从客观存在的事物出发,经过调查研究,找出事物本身固有的而不是臆造的规律性,以此作为我们行动的依据。

选取故事生动、有趣,能激发学生思考问题的积极性和探究热情。

至此,课本已全面阐述了物质和意识的辩证关系,对原理的归纳、整理缺少。

引导学生阅读教材有关内容,学会运用教材的有关知识,分析材料,提炼有效信息。

2. 为什么要坚持一切从实际出发,实事求是? 怎样才能真正做到一切从实际出发?

思考问题:阅读课本 P40 页"张斌踢球受伤事件"。

阅读课本 P41 页某少数民族地区如何促进当地经济发展。

展示漫画:一律抗旱。

课堂探究:(1) 导致张斌受伤后再也没有站起来的原因是什么?

(2) 少数民族地区经济发展的经验有哪些?

(3) 漫画中领导者的决策会导致什么后果? 为什么?

学生讨论:(略)。

教师归纳:1. 成功者之所以成功,是因为坚持了从实际出发,实事求是;而失败者之所以失败,则违背了从实际出发,实事求是。由此可见,在生活实践中,我们必须坚持一切从实际出发,实事求是。因为:(1)坚持一切从实际出发,实事求是是物质和意识辩证关系原理所要求的。(2)这是我们做好各项工作的基本要求。(3)是无产阶级政党制定和执行正确的路线、方针、政策的正确前提和依据。

2. 上述三则材料还启示我们,要真正做到从实际出发,实事求是,就必须:(1)不断解放思想,与时俱进,以求真务实的精神探求事物的本质和规律,在实践中检验和发展真理。(2)要把发挥主观能动性和尊重客观规律结合起来,把高度的革命热情和严谨踏实的科学态度结合起来,既反对夸大意识能动作用的唯意志论,又反对片面强调客观条件、安于现状、无所作为的思想。(3)客观实际是复杂的、多变的,从实际出发要做到把握具体的实际、全面的实际,变化发展的实际。

通过对材料的分析,归纳一切从实际出发的必要性和怎样坚持一切从实际出发。

引导学生仔细分析漫画,学会从漫画中提炼有效信息。

通读教材本框内容,学会归纳知识的内在联系。

五、知识构建

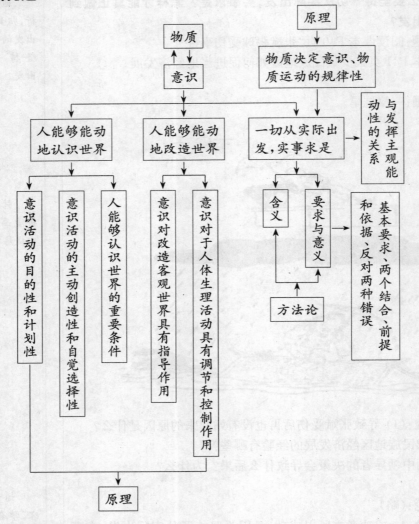

1. 请你指出哪些是原理？哪些是方法论？
2. 上述知识点之间有哪些内在联系？与你的生活有哪些联系？请你用自己的语言表述出来。
3. 本框内容与前面几课的内容有哪些联系？请把这些联系归纳出来。

六、资源开发

通过经典事例引导学生搜集、甄选和开发与本框内容密切相关的学生身边的生活资源(包括本地重要历史和现实中的资料、重大活动、校园生活、家庭生活等),培养学生处理信息的能力以及从资源中提取有效信息的能力。本部分内容可以引导学生课后完成。

1. 2005年10月8日—12日,中共中央十六届五中全会在京召开,党中央根据我国的国情,审时度势,大会通过了《中共中央关于国民经济和社会发展第十一个五年规划的建议》,全面描绘了我国未来五年的宏伟蓝图,这一蓝图必将极大地促进我国社会的全面进步与发展。

引导学生认真阅读材料,学会从材料中提炼有效信息。

辨析:意识对物质具有巨大的促进作用。

参考答案:

(1)辩证唯物主义认为,物质决定意识,意识对物质有反作用,正确的意识对事物的发展起积极的促进的作用,错误的意识对事物的发展起消极的阻碍的作用。(2)党根据新的客观实际及时地提出了第十一个五年规划的宏伟蓝图,这就表明物质对意识的决定作用,体现了一切从实际出发。(3)第十一个五年规划的宏伟蓝图反映了我国社会发展的必然要求,是正确的认识,必将极大地激发广大群众投身全面建设小康社会的热情,推动我国社会的全面进步与发展。(4)但是并不是一切意识对事物的发展都起促进作用,错误的、落后的意识则会对社会的进步与发展起阻碍作用。可见,题目中的观点是错误的。

2. 仔细观察这幅漫画,测字能测出是否发财吗?请你运用所学的哲学道理,对这幅漫画进行简要评析。

算一算,我能不能发财?

测字

公司

3. 国家广电总局 2003 年颁布的《广播电视广告播放管理暂行办法》(第 17 号令)于 2004 年 1 月 1 日正式实施,这是广电总局第一次向"恶广告"说不。17 号令中规定:对影视剧中插播广告的次数和时间做了严格限制,在 19 时至 21 时之间,广告总量不得超过 9 分钟。在这一时间播放的电视剧中不得插播广告。不得以任意切换原广告或以游动字幕、叠加字幕广告等形式干扰节目的完整性。在非黄金时间段播放一集影视剧,插播广告时间不得超过 2.5 分钟。不得播放性病广告、不得不利于父母长辈对青少年儿童进行正确的教育。广电总局为了保证 17 号令的实施,要求各级广播电视行政部门建立和完善广告的日常监督、信息反馈、投诉处理和责任追究等制度。

为坚决制止"挂角广告"和其他含有不良内容广告的播放,广电总局于 2004 年 8 月 17 日下发《关于进一步加强广播电视广告内容管理的通知》,要求各级广播电视播出机构对医疗、药品、保健食品等与人民群众身体健康和日常生活密切相关的各类广告进行全面自查,凡是违反国家有关法律、法规内容的广告一律停止发布。与此同时,各级管理部门进一步强化了对广告播放情况的监管。大多数播出机构自觉执行规定,严格自查自纠。一些省级电视台为此取消部分广告合同,承受了千万元的经济损失。坚决抵制不良广告,使目前某些频道黄金时间中播放的治疗"不孕不育"的"挂角广告"和在就餐时间播放的治疗脚气、痔疮等疾病的"恶心广告"不再露面,群众反映良好。

培养学生善于结合原理或方法论的知识,分析材料,用准确的语言表达材料与观点的联系。

为什么会产生"发财找算命先生"的想法?请你分析其中的奥秘?

引导学生仔细分析材料,寻找材料与知识的内在联系,学会从材料中提炼有效的信息,并具有用准确的语言表达的能力。

（1）上述材料反映料哲学的哪些道理？请你把这些哲学道理完整地表述出来。

（2）运用哲学的有关知识，联系你的生活实际事例，对上述材料中所反映的问题作简要的评价。（要求字数不少于 350 字）

（3）针对上述材料中所反映的问题，你有哪些好的建议？

（说明：此类题目答案不要求统一标准，但评分要求要相对统一。紧扣题意，言之有理；能联系实际及其个人实际，具体真实，运用所学知识，分析问题有深度，条理清楚，表述准确，有创意；所列举事例或组织相关活动必须符合实际、具体真实。）

4. "十一五"时期经济社会发展的主要目标是：在优化结构、提高效益和降低消耗的基础上，实现 2010 年人均国内生产总值比 2000 年翻一番；资源利用效率显著提高，单位国内生产总值能源消耗比"十五"期末降低 20％左右，生态环境恶化趋势基本遏制，耕地减少过多状况得到有效控制；形成一批拥有自主知识产权和知名品牌、国际竞争力较强的优势企业；社会主义市场经济体制比较完善，开放型经济达到新水平，国际收支基本平衡；普及和巩固九年义务教育，城镇就业岗位持续增加，社会保障体系比较健全，贫困人口继续减少；城乡居民收入水平和生活质量普遍提高，价格总水平基本稳定，居住、交通、教育、文化、卫生和环境等方面的条件有较大改善；民主法制建设和精神文明建设取得新进展，社会治安和安全生产状况进一步好转，构建和谐社会取得新进步。

（1）我国每五年都要制定一套科学的发展计划或规划，你认为其哲学依据是什么？2005 年，我国圆满地完成了"十五"计划规定的各项经济社会发展的指标，取得了巨大的成就。这说明了哪些哲学道理？你是怎样理解这些哲学道理的？

（2）"十一五"时期经济社会发展的主要目标的提出体现了你学过的哪些哲学道理？

组织学生针对这些问题，结合教材所学内容，进行讨论。

引导学生运用本框所学的知识分析我国政治生活中的重大政治热点问题。

组织学生结合教材内容，联系生活实际，讨论这些问题。

七、三维评价
◎ 经典训练
（一）在每题给出的四个选项中，只有一项是最符合题意的

1. 世界上最大的斜拉桥——上海杨浦大桥，是先由工程师设计图纸，后由建桥工人按图纸建成的。这说明　　　　　　　　　　　　　　　　　　　　　　　（　　　）

A. 意识在推动社会发展中，显示了巨大的威力

B. 意识通过人的实践，反作用于客观事物

C. 意识是在人脑中产生的

D. 在一定条件下，可以先有意识后有物质

参考答案:B

2001年7月江泽民总书记在庆祝中国共产党成立八十周年大会上强调:"全党同志要坚持马克思主义的科学原理和科学精神,善于把握客观情况的变化,善于总结人民群众在实践中创造的新鲜经验,不断丰富和发展马克思主义理论。"据此回答第2—3题。

2. "全党同志要坚持马克思主义的科学原理和科学精神",从哲学上看,这是因为 ( )

A. 物质决定意识,意识是物质的反映

B. 正确的意识是促进客观事物发展的决定因素

C. 意识在认识世界和改造世界中具有巨大的能动作用

D. 意识对客观事物的发展具有促进

参考答案:C

3. 全党同志要"不断丰富和发展马克思主义理论",这一要求蕴涵的哲理是 ( )

①世界是客观存在的物质世界 ②人们对客观事物的正确认识应不断扩展和加深 ③意识依赖于物质 ④主观与客观的同一是具体的历史的统一

A. ②④   B. ①③   C. ①②③   D. ①②③④

参考答案:A

4. 1970年我国第一颗人造地球卫星"东方红"1号发射成功,至1999年第一艘载人航天试验飞船"神舟一号"发射成功,我国相继发射了"神舟二号""神舟三号""神舟四号""神舟五号",我国航天事业高速发展,成为世界上第三个掌握飞船回收技术的国家。今天,我国"神舟六号"飞船成功发射,准确返回并成功着陆,这一事实说明 ( )

A. 事物之间的联系具有客观性

B. 发挥人的主观能动性是认识和利用规律的前提

C. 实践是认识的基础

D. 人的意识具有能动的反作用

参考答案:D

5. "露从今夜白,月是故乡明"是杜甫《月夜忆舍弟》中的名句。诗人感到"月是故乡明",这表明 ( )

A. 诗人的感受完全是主观的,不具有任何客观基础

B. 诗人反映的是认识主体的心理感受,而非认识对象的客观状况

C. 审美活动不遵循认识的一般规律

D. 并不是所有的认识都是由客观存在决定的

参考答案:B

6. 在美学中,总要谈到"移情"现象,即情景交融。比如,人们高兴的时候,就觉得太阳在笑,青松在招手,花儿在点头。悲伤的时候,又觉得雨如泪,风如烟。"移情"的说法 ( )

A. 是唯物主义观点,因为它说明意识只是客观事物在人脑中的反映

B. 是主观唯心主义的观点,因为它认为物质世界是由人的主观意识决定的

C. 是辩证唯物主义的观点,因为它强调了意识对物质的反作用

D. 属于不可知论,因为它表明人脑总是不能客观如实地反映外界事物

参考答案:A

7. 在门捷列夫的元素周期表中,从95号的镅(Am)开始,后序的20多种元素均是人造元素,这一科学事实说明 ( )

A. 物质决定意识的同时,意识也可以反过来决定物质

B. 在现代科学技术蓬勃发展的今天,物质与意识谁决定谁已不再重要了

C. 物质决定意识的原理受到了冲击

D. 意识的力量带来了物质的成果

参考答案:D

8. "世人闻秋悲寂寥,我道秋日胜春朝。晴空一日排云上,直领诗情到碧宵。"从哲学上,这首诗反映的哲理是 （　　）

A. 意识不能反映物质,因为物质是不依赖于人的意识的客观实在

B. 对同一事物,人们因主观因素不同,会作出不同的反映

C. 季节因人们的心情变化而变化

D. 人们对同一事物的反映,不可能是相同的

参考答案:B

9. 人们可以通过电脑的控制,使机器自动调节,导弹自动命中目标,宇宙飞船自动导航。这一事实说明 （　　）

A. 自然界的存在与发展是客观的　　　　B. 社会的存在与发展不依赖于人的意识

C. 世界的本质是物质　　　　　　　　　D. 意识能够反作用于客观事物

参考答案:D

10. 物理学家把由反粒子组成的物质称作反物质。1928 年英国物理学家预言反物质的存在。1997 年美国科学家发现在银河系上方约 3 500 光年处有一个不断喷射反物质的反物质源。人们对反物质的发现过程表明 （　　）

A. 意识能够决定物质　　　　　　　　　B. 人的意识能够正确地反映客观事物

C. 理性认识不必以感性认识为基础　　　D. 认识要透过现象看本质

参考答案:D

(二) 在每题给出的四个选项中,至少有一项是符合题意的

11. 2002 年 10 月 16 日,江泽民同志在全球环境基金第二届成员国大会上指出:"人类不仅有认识和利用自然的非凡创造力,而且有保护和珍重自然的理性认识能力。"这说明 （　　）

A. 意识是自然界长期发展的产物

B. 意识对物质有能动作用

C. 人具有主观能动性,能够认识世界和改造世界

D. 意识的内容来自于客观事物

参考答案:BC

12. 对于个别地方出现的浮夸风,有人仿元曲写道:"莫说扶贫难上天,只在反掌间,笔头一转,油粮翻番,猪羊满圈。官升数字,数字升官,戏法常变。坑了乡民,瞒了上官,乐在当官。"这种浮夸作风 （　　）

A. 违背了一切从实际出发的原则,是主观主义原则的表现

B. 反映出错误的立场、世界观、人生观

C. 是教条主义的表现

D. 是意识决定物质的唯心主义思想表现

参考答案:ABD

13. 现实生活中虽没有龙,但我们却说:"中华民族是龙的传人"。这表明 （　　）

A. 意识并不完全依赖于物质

B. 人能够能动地反映外部世界

C. 人能通过对现实材料的加工,可以创造新的形象和概念

D. 有的意识不是物质的反映

参考答案:BC

14. 目前,针对西北地区生态环境与社会发展良性互动的研究已经取得初步成果,已经提出了针对西北地区荒漠绿洲区、黄土高原区、草原生态区和黄河沿线灌溉区等不同地理环境下生态农业建设的途径。上述材料体现的哲理是　　　　　　　　　　　　　　（　　）

A. 意识是人脑对客观事物的反映

B. 意识能够正确反映客观事物

C. 人们对客观事物的正确认识总是在不断加深

D. 只要有了人脑就会有意识

参考答案:ABC

15. 2002年11月我国科学家完成了所承担的国际水稻基因组计划第四号染色体精确测序任务,使我国对国际水稻基因组计划测序工作的贡献率达标10%。上述事实说明　　　　（　　）

A. 意识是自然界长期发展的产物　　　　B. 意识是人脑对客观事物的如实反映

C. 意识能够正确反映客观事物　　　　　D. 人们对客观事物的正确认识在不断加深

参考答案:CD

(三) 简答题

16. **材料一**:人类应该为自己的意识能够正确地反映客观事物而自豪,思维着的精神是地球上最美丽的花朵。

材料二:意识的力量所带来的真正有益于人类的物质成果,是意识对自然界反作用的积极表现。地球上最美的花朵不断转化成丰硕的果实,并积累下来。

(1) 为什么说"思维着的精神是地球上最美丽的花朵"?

(2) 地球上"最美的花朵"是怎样不断转化成丰硕的果实的?

(3) 上述两则材料对你有哪些启示?

参考答案:(1)由于条件的限制,每一时期的人们对客观事物的正确认识是有限的,但人们对客观事物的正确认识又总是不断在扩展、在加深。世界上只有尚未认识的事物,而没有不可认识的事物,随着人们实践的发展和认识能力的提高,正确反映客观事物的科学知识正在迅速增加,所以说思维着的精神是地球上最美丽的花朵。(2)高昂的精神(意识)可以催人向上,使人奋进,促进事物的发展。在实践活动中,意识指导着人们去改变客观事物的具体形态,使思维成果转化为客观事物的变化。(3)要不断丰富自己的科学文化知识,并积极参加实践活动,改造世界,为人类造福。

(四) 综合探究题

17. **材料一**:巴以冲突是战后持续时间最长的地区热点。冲突的根源在于以巴在耶路撒冷的地位、巴勒斯坦难民回归、以色列定居点拆除、未来巴勒斯坦国土面积等问题上存在严重分歧以及50多年历史的恩怨。然而,不容忽视的是,巴以冲突不断恶化的一个重要原因是一些巴勒斯坦人面对以色列的打压、巴勒斯坦人遭受的不公正待遇、巴经济衰退、军事实力薄弱等一系列现实问题,认为巴勒斯坦人只有与以色列血战到底才能结束以色列的军事占领真正建立自己的国家。为此,他们不断在以色列境内制造暗杀、自杀性爆炸事件。而以色列则认为滥杀手无寸铁的无辜平民是

罪恶的恐怖主义行径,他们相信武力能够解决一切问题,认为只有将阿拉法特及巴勒斯坦的一切有生军事力量彻底打垮,才能确保以色列的安全。为此,以军常常在巴自治区加倍报复——摧毁房屋、推倒树木、实施封锁,甚至大开杀戒,动用暗杀等手段对巴勒斯坦一些激进组织高级官员进行所谓"定点清除"。以色列和巴勒斯坦这样做的结果是暴力、反暴力,报复、反报复,恶性循环,愈演愈烈造成双方巨大人员伤亡。

材料二:有位秀才第三次进京赶考,住在一个经常住的店里。考试前两天他做了两个梦,第一个梦是梦到自己在墙上种白菜,第二个梦是下雨天,他戴了斗笠还打伞。

这两个梦似乎有些深意,秀才第二天就赶紧去找算命的解梦。算命的一听,连拍大腿说:"你还是回家吧。你想想,高墙上种菜不是白费劲吗?戴斗笠打雨伞不是多此一举吗?"

秀才一听,心灰意冷,回店收拾包袱准备回家。店老板非常奇怪,问:"不是明天才考试吗,今天你怎么就回乡了?"秀才如此这般说了一番。店老板乐了:"哟,我也会解梦的。我倒觉得,你这次一定要留下来。你想想,墙上种菜不是高种吗?戴斗笠打伞不是说明你这次有备无患吗?秀才一听,更有道理,于是精神振奋地参加考试,居然中了个探花。

积极的人,像太阳,照到哪里哪里亮;消极的人,像月亮,初一十五不一样。想法决定我们的生活,有什么样的想法,就有什么样的未来。

材料三:古时候,有个老婆婆总是不停地在一座庙跟前哭泣,晴天哭,雨天也哭。人们都叫他哭婆。

一天,有个老和尚问他:"老人家,你为什么哭得这么伤心?"老婆婆说:"我有两个女儿,大女儿卖伞,小女儿卖布鞋。天晴的时候,大女儿的雨伞卖不出去;下雨天的时候,又没有人去买小女儿的布鞋。她们挣不到钱,可怎么生活呀!一想到这些我就难过。人呀,怎么这么难?"说完,又悲悲怯怯地哭了起来。

"老婆婆,你为什么不反过来想呢?晴天,你小女儿的鞋店前门庭若市;雨天上街的行人又都往你大女儿的伞铺里跑。这样不是就不苦了吗?"老婆婆觉得他的话有道理,便听从他的劝告。从此,天天笑得合不拢嘴,哭婆变成了笑婆。

探究问题:
三组材料是如何说明意识对人与社会的影响?

◎ 闪光记录

评教评学,以学生为主体,包括知识及其构建、内容方法、信息的搜集与甄选、学法指导、自主学习能力、思维火花、密切相关的社会实践活动能力与效果等方面的综合评价。采用表格或其他形式记录学生学习本框的情况:如探究的内容、探究问题的态度(活动或问题)、方式方法、效果、回答问题及练习情况等。

学完本课我的收获	知识	
	能力	
	情感、态度、价值观	

（续表）

		同学姓名	对他（她）的综合评价		
我对同学的评价	小组成员分工及任务完成情况				
对我自己的综合评价		学习态度	课堂表现	社会实践反馈	自主完成作业的情况
	自评				
	老师				
	同学				
	家人				

说明：

1. 课堂表现要求写明具体行为，如课堂状态、课堂参与、课堂创新思维等。

2. 自我评价、教师评价、他人评价将和期中期末考试成绩作为综合评定指标。

3. 小组成员在没有分工合作的情况下，将对他的学习态度进行评价。

4. 小组评和自评以具体行为表现为主，老师评以 A、B、C、D 等次评定。

5. "小组成员分工及任务完成情况"指的是自己对其他同学的评价。

6. 以小组为单位，每节课反馈一次。

（屈亚红　王文光　撰写）

第六课 求索真理的历程

第一框 人的认识从何而来

一、教学目标

● **知识目标**

(1)实践概念及其含义。(2)实践的三个特点:实践的客观物质性及其三个基本要素;实践的主观能动性;实践的社会历史性。(3)实践与认识关系的原理。(4)实践是认识的基础:实践是认识发展的动力,实践是检验认识的真理性的唯一标准,实践是认识的目的和归宿。

● **能力目标**

(1)能结合具体事例说明实践及其特征,说明实践是认识的基础。(2)能围绕本框内容搜集、提炼生活中的有关材料。(3)能运用实践与认识的关系的原理分析生活中的具体事例,并能说明实践对认识的重要性。

● **情感、态度和价值观目标**

(1)通过对实践观点的学习,增强积极参加实践活动的意识,树立马克思主义的科学实践观。(2)结合实践第一个特征的学习,使学生在实践问题上坚持唯物主义世界观。(3)联系实践第二个特征的学习,培养学生在实践中的创新意识。(4)结合实践第三个特征的学习,引导学生正确理解我国社会主义现代化建设和改革开放过程中的一系列路线、方针和政策。

重点与难点

重点:实践的主观能动性;实践是认识的基础。

难点:实践的三个特点的关系;实践是检验认识正确与否的惟一标准。

学情分析:本框内容较多,一课时很难完成,可以分两课时完成。两目内容之间是紧密联系在一起的,第一目是理解第二目的基础。本框的学习,需要联系生活中的具体事例,理解实践的三个特点和实践是认识的基础,并启发学生搜集生活中的具体事例来说明。懂得实践的三个特点的关系是不可分割的,统一在具体的实践活动中。虽然在学习或研究时要把它们加以区分,但在实际活动中是统一的,任何实践活动同时都具有这三个特征。

二、案例导入

(一)实践

多媒体展示:

教师:第一幅图是珠海渔女雕塑与珠海城市,第二幅图是一幅名画《露气》,请同学们想一想,城市、雕塑和绘画艺术品等是怎样产生的?还如其他文艺作品、思想文化、科学技术、法律制度等是怎样产生的?

由图片材料导入新课,引起学生兴趣,提问引导学生思考,启发学生,自然地引出本课的问题。

学生讨论：

显然不是从来就有的，而是人们劳动创造出来的，这种活动是以人为主体、以客观事物为对象的物质性活动，它可以把人脑中的观念的存在变为现实的存在。这种活动在哲学上我们称为什么呢？

学生：实践。

教师：实践的定义是什么？

学生：实践是人们改造客观世界的一切物质性活动。

组织学生讨论，阅读教材有关内容。

三、问题探究

多媒体展示：

这幅图是小鸟筑巢，它也是以客观事物为对象的物质性活动，它好像也可以把观念的存在变为现实的存在，那么，这是实践活动吗？

学生：小组讨论，分组发言。

教师：实践有两层含义：一是指实践是以人为主体、以客观事物为对象的物质性活动；二是指实践是一种直接现实性活动，它可以把人脑中的观念的存在变为现实的存在。动物的活动不能称为实践，因为实践的主体是人。

多媒体展示：

请同学们判断下面哪些活动不是实践活动？请说说你的理由。

工人做工　农民种田　科学工作者搞试验　学生学习　研究人员查资料　水獭筑坝　猎人狩猎　战士打仗　教师讲课　发射神舟飞船。

学生：（略）。

教师：改造主观世界的活动如学习活动、思维活动不能称为实践。纯思维性的、主观性的活动不能称为实践，实践是客观物质性的活动，

引导学生仔细观察图片，学会从图片中提炼有效信息。

由图片材料引出问题深入探讨，既引起学生兴趣，又引导学生思考，启发学生深入理解实践的含义。

是改造客观世界的活动。

水獭筑坝、乌鸦搭窝属于动物消极适应自然的本能活动,它与人类的实践活动具有本质的区别。

学生学习、研究人员查资料属于人们认识世界的思维活动,它不是客观物质性活动,因而也不属于实践。

教师:同学们要真正理解实践,还必须把握实践的特征。

> 注意下列概念之间的关系:(1)社会实践与个人实践。(2)客观事物——实践——认识——实践之间的关系。(3)主体与客体、主观世界与客观世界。

四、思维点拨

（二）实践的特点

多媒体展示:华西的新农村。

> 简要介绍华西新农村发展史。

> 观察漫画。

教师:同学们,党中央国务院提出了建设社会主义新农村,我们的华西人走到了前头。当你看到这漂亮的房舍、美丽的草坪、宽敞的公路、清澈的导流渠,你能把建造这一切的活动称为纯主观的思维活动吗? 为什么?

学生:不能。因为**实践具有客观物质性**。

探究一:为什么实践具有客观物质性?

学生:小组讨论,分组发言。

教师:这是因为实践的构成要素:实践的主体、实践的手段、实践的对象是客观的。在上述图中新农村的建设者人、建设新农村的工具、建设新农村的对象都是客观的;这种建设活动及其结果受到所需要的资源和规律的制约,因而也是客观的。

教师:同学们还能举出哪些实践活动? 请从实践的主体、实践的手段、实践的对象说明它是客观的。

学生:（略）

教师:建设社会主义新农村,建设美丽的华西村,在这种实践活动中,人们显然是有目的、有意识、有计划地进行的,通过人们的活动,人

> 教师要对学生的发言进行点评。
>
> 注意:把握实践的主体的客观性,不能因为人有意识而否定主体的客观性。因为人们的认识水平和能力不是随意的,它与一定的社会历史条件相联系。
>
> 实践的手段、对象的客观性可以由学生举例说明,培养学生的积极探究意识和能力。

们创造出自然界原来没有的东西,如上述图片显示的华西村这种人化自然,这是一种主观能动性的活动。

那么,改造社会的活动是否具有主观能动性呢?通过改造社会的活动,人创造出了许多新的社会关系和社会结构,如经济体制和经济结构等。显然也是有目的、有意识、有计划地进行的。

可见,实践还具有什么特点?

学生:实践还具有主观能动性。

探究二:个人所从事的客观物质性活动都可以称为实践吗?

学生:小组讨论,分组发言。

教师总结:个人所从事的客观物质性活动可能是实践,也可能不是实践。纯粹的孤立的个人活动如刷牙,就不能理解为实践。实践当然可能表现为单个人的活动,如科学家一个人在做实验,但这不是为孤立的个人活动,他总是处在一定社会关系中的,其实践主体就不能理解为个人,而应理解为人民群众。

可见,实践还具有什么特点?

学生:实践还具有社会性。

教师:不同历史时期人类的实践是不同的,并且受一定历史条件制约,所以实践还具有历史性。我们把实践的社会性和历史性称为实践的社会历史性。这是实践的第三个特点。

实践三个特点统一于实践之中,不能只看到其中一点。这就在认识论上既坚持了唯物主义,又坚持了辩证法。

(三)实践是认识的基础

多媒体展示:

1. 播放视频:"神舟六号载人飞船发射实况转播"片断

2. 多媒体展示:北京时间 2005 年 10 月 12 日 9 时 39 分:中国载人航天工程总指挥陈炳德宣布:"神舟六号载人飞船发射取得圆满成功。"我国自行研制的神舟六号载人飞船,准确进入预定轨道,中国航天员费俊龙、聂海胜被顺利送上太空。10 月 17 日凌晨 4 时 32 分,在经过 115 小时 32 分钟的太空飞行后,神舟六号载人飞船返回舱在内蒙古四王子旗主着陆场成功着陆,实际着陆点与理论着陆点仅相差 1 公里,返回舱完好无损,航天员费俊龙、聂海胜安全返回。至此,中国神舟六号航天载人飞行获得圆满成功。神舟六号载人航天飞行的成功,标志着我国在发展载人航天技术、进行有人参与的空间实验方面取得了又一个具有里程碑意义的重大胜利,这对于进一步提升我国的国际地位、增强我国的经济实力、科技实力、国防实力和民族凝聚力,鼓舞全国各族人民紧密团结在党中央周围,不断把中国特色社会主义伟大事业推向前进,

学生讨论。
教师要对学生的发言进行点评。

教师展示,学生感受飞船发射现场气氛,增加感性认识和增强民族自豪感和凝聚力。

具有重大而深远的意义。实践再一次证明,党中央下决心搞载人飞船的决策是完全正确的。

教师:神舟六号从研制到发射成功过程是实践吗?

学生:是实践。

教师:神舟六号载人飞船发射取得的成功,使得有人参与的空间实验得以进行,航天技术得以发展。航天技术的发展对我国经济实力、科技实力、国防实力和民族凝聚力的提升会起强有力的作用。可见,实践是认识的基础,是神舟六号研制发射的实践决定了认识的发展。

探究三:材料是如何体现实践是认识的基础的?

学生:(小组合作探究,分组发言。)

教师小结:神舟六号载人飞船发射取得的成功,使得有人参与的空间实验得以进行,航天技术得以发展,这说明**实践是认识的来源**。

人们在实践的基础上发明了火箭和载人飞船为人类探索新的知识、新的领域提供了可能,这些工具延伸了人类的认识器官,促进了人类的认识的发展,这说明**实践是认识发展的动力**。

通过实践,人们把指导自己的认识和实践所产生的结果加以对照,从而检验认识是否正确地反映了客观事物。神舟六号载人航天成功飞行的实践,进一步提升了我国的国际地位,能增强我国的经济实力、科技实力、国防实力和民族凝聚力。实践再一次证明,党中央下决心搞载人飞船的决策是完全正确的。这说明**实践是检验认识的真理性的唯一标准**。

从神舟六号载人航天成功飞行的实践中,必定获得新的实验数据,解决新的问题,这些新知识新技术必然要回到实践,为我国的经济、科技、国防等建设服务,这说明**实践是认识的目的和归宿**。

教师:为了加深理解,请同学们探讨下面的问题——

多媒体展示:华东师范大学生物系的几位教授,用了20多年的时间,作了一番调查研究,先后解剖了5 000只黄鼠狼,发现只有两只黄鼠狼吃了鸡。他们还做了一个实验:第一天,在关黄鼠狼的笼子里放进活鸡三只、带鱼一段,黄鼠狼不吃鸡,而吃了带鱼。第二天,放进鸡、鸽子和老鼠,结果黄鼠狼吃了老鼠。直到第五天,仅仅放进活鸡,黄鼠狼没有什么东西可吃,才拿鸡来充饥。这几位教授又进一步了解到,黄鼠狼原来是消灭老鼠的"能手",一只黄鼠狼至少能吃三四百只老鼠,还要吞食大量的害虫。通过长期实验,他们不但为黄鼠狼洗刷了专门偷鸡的恶名声,而且逐步深入地认识了黄鼠狼的生活习性和对人类的许多益处。

教师:这个故事告诉我们什么道理呢?

学生:实践是检验认识正确与否的唯一标准。这几位教授通过实验证明黄鼠狼不是"偷鸡专家"。

设置问题,学生分组合作探究,展示结果并发言。

学生可能有各种各样的回答,教师要引导学生分析出课本的内容。

探究四:为什么实践可以作为检验认识的唯一标准?学生:小组合作探究,分组发言。

教师总结:实践是在意识指导下的物质性的活动,它既联系着主观,又联系着客观,能够把客观和主观联系起来加以比较和对照。在实践过程中,人们就是把指导自己实践的认识和实践所产生的结果加以对照,从而检验认识是否正确地反映了客观事物。一般认为,如果用某个认识指导实践获得成功,则证明该认识是正确的。

教师:下列体现实践是认识的基础的有哪些?

1. 不入虎穴,焉得虎子?

2. 不登高山不知山之高也,不临深渊不知地之厚也。

3. 三思而后行。

4. 春江水暖鸭先知。

5. 你要知道梨子的滋味,你就得亲口吃一吃。

6. 社会一旦有技术上的需要就会比十所大学更能把科学推向前进。

学生:(略)。

探究五:请再搜集各种谚语、俗语、成语、诗词、名言或国家方针政策和社会热点填写下表——

	举　例
实践是认识的源泉	
实践是认识发展的动力	
实践是检验认识的真理性的唯一标准	
实践是认识的目的和归宿	

教师:学完本框,请同学们想一想:认识从哪里来?

学生:实践。

教师:从实践中获得认识,这是认识的目的吗?

学生:不是。

教师:认识的目的是什么?

学生:实践。

教师:可见,认识要不断地从实践中来,又要不断地回到实践接受检验并指导新的实践,认识就是这样不断在实践中发展。我们也应在实践中不断追求和发展真理性的认识。这一问题将在下一框题中探讨。

设置问题,学生分组合作探究,展示结果并发言。

学生可能有各种各样的回答,教师要引导学生分析出课本的内容。

培养自主学习能力。

培养学生理论联系实际的能力。

教师可以给学生提示一下国家的方针政策和社会热点。例如,科学发展观、构建和谐社会理论、建设社会主义新农村理论的提出和实施。

五、知识构建

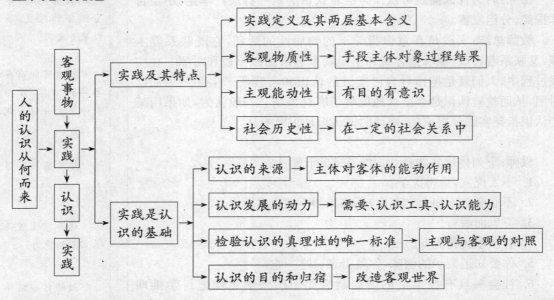

1. 说说下列图示之间的关系:(1)客观事物──→实践──→认识──→改造客观世界──→实践,图示中两个"实践"之间有何区别? 请学生说说这个过程之间的关系及其道理。(2)客观──→实践──→主观,请学生说说这个图示所表示的哲学道理。

2. 结合具体事例,比较上述(1)和(2)之间的内在联系和区别,请你用自己的语言表述出来。

3. 请你用自己的语言把上述知识间的内在联系表述出来。

4. 本框内容与第五课内容有哪些联系? 请把这些联系归纳出来。

总结:本节课我们学习了马克思主义认识论的实践观,懂得了实践的含义,实践的基本特征、实践是认识的基础的基本观点。下节课我们继续深入学习马克思主义实践观的内容,在实践中追求和发展真理。

六、资源开发

通过经典事例引导学生搜集、甄选和开发与本框内容密切相关的学生身边的生活资源(包括本地重要历史和现实中的资料、重大活动、校园生活、家庭生活等),培养学生处理信息的能力以及从资源中提取有效信息的能力。本部分内容可以引导学生课后完成。

科学发展观是总结改革开放 20 多年来的经验,针对我国经济社会发展中存在的突出问题提出来的,是抗击"非典"斗争给我们的重要启示。改革开放以来,我国经济发展一直保持较快的增长速度,国家的综合国力和人民的生活水平都有了很大的提高。但城乡之间、中西部地区与东部地区之间、经济发展与资源环境保护之间、经济发展与社会发展之间不协调的问题越来越突出,成为国民经济持续快速健康发展的制约因素。随着经济全球化和我国的入世,我国与世界经济的联系越来越密切,我们必须协调国内发展与对外开放的关系。

引导学生搜集生活中的具体事例和资料,学会从这些资源中提炼有效信息。

针对我国的社会主义现代化建设和改革开放实践中出现的种种问题和矛盾,党和国家提出了科学发展观,要以科学发展观为指导,走科学发展之路。

教师:这体现什么哲学道理?

学生:这体现了实践是认识的基础,实践是认识的来源,实践是认识发展的动力。科学发展观的提出是在改革开放20多年来的实践中得出来的科学的认识。

2. 目前,我国在总体上已经进入以工促农、以城带乡的发展阶段。推进社会主义新农村建设,是党中央适应经济社会发展新阶段的要求,实行工业反哺农业、城市支持农村方针,实施统筹城乡协调发展方略,实现经济社会又快又好发展,让广大人民群众共享经济发展成果,如期实现全面建设小康社会和社会主义现代化宏伟目标的重大战略决策。

教师:这体现什么哲学道理?

学生:这体现了实践是认识的基础,实践是认识的来源,实践是认识发展的动力,实践是认识的目的。工业反哺农业、城市支持农村的方针,实施统筹城乡协调发展方略的提出是在实践中得出来的科学的认识,在它的指导下必将促进城乡协调发展,实现全面小康社会。

3. 分析下列图表:

教师:我国个人所得税法的修改是在广泛听取群众意见并举行听证会之后才决定的,从哲学角度看为什么要对个人所得税法进行修改?

学生:我国的社会发展到现阶段,实践证明过去的税收标准已不适应新形势,所以要修改。这说明实践是认识的基础,实践是认识的来源,实践是认识发展的动力。

引导学生列举日常生活中的事例。

请学生仔细观察图表,学会从表中提炼有效信息。

七、三维评价

◎ 经典训练

(一) 在每题给出的四个选项中,只有一项是最符合题意的

1. 恩格斯曾指出:"我们只能在时代的条件下进行认识,而这些条件达到什么程度,我们便能认识到什么程度。"这说明 ( )

　　A. 人们认识能力的提高与客观条件的发展是同步的

　　B. 实践是认识的目的

　　C. 人们在每一层次上获得的认识都是认识发展中的一个终点

　　D. 人们的认识水平受实践条件制约

参考答案:D

2. 英国过去有个名叫亚克敏的人,可以称得上是读书很多的人,除了读遍家中七万册藏书外,还博览群书,见书就读。可是,他一辈子也没写过一篇文章,终生一事无成。这一事例主要说明 ( )

　　A. 只有从实践中获得知识才是真正有用可靠的

　　B. 读书是获取知识的惟一途径

　　C. 不以实践为目的的认识是毫无意义的

　　D. 学习书本,不能真正获得知识

参考答案:C

3. 崇尚和谐,企盼稳定,追求政通人和、安居乐业的平安社会,是中华民族文化的重要组成部分。从认识论角度看,之所以要发展先进文化,是因为 ( )

　　A. 实践决定认识

　　B. 正确的价值观具有导向作用

　　C. 正确的认识对实践具有指导作用

　　D. 物质决定意识,意识对物质具有能动作用

参考答案:C

4. 地球外存在着智慧生命是人类很早就提出的一个假说,可直至今天也没有被证实。美国科学家在20世纪70年代发射了携带着地球人多种信息的宇宙飞船,期望有朝一日能被太阳系之外可能存在的智慧生命收到并发回音讯。可据专家们估计,飞船要飞到距太阳系最近的恒星体系,需要八万年的时间。这说明 ( )

　　A. 世界上还是有不可认识的事物

　　B. 有些认识不能依靠实践检验

　　C. 人类对世界的认识总是被动的

　　D. 人类的实践活动具有历史性

参考答案:D

5. 要培养具有创造性思维的人才,就需要突出学生的自主学习能力培养,鼓励学生积极参与社会实践活动。"鼓励学生积极参与社会实践活动"是因为 ( )

　　A. 只有亲身经历才能获得知识

　　B. 人民群众是实践的主体

　　C. 实践对认识具有决定作用

　　D. 直接经验最有价值

参考答案:C

6. "不观高崖,何以知颠坠之患? 不临深渊,何以知没溺之患? 不观巨海,何以知风波之患?"下面对这一说法的理解,正确的是 ( )

    A. 直接经验比间接经验重要   B. 实践是认识的来源

    C. 感性认识真实可靠   D. 一切从实际出发

参考答案:B

7. "造烛为照明,求知为运用。学而不用,如同耕地不播种,终无收获。"这一论断是在强调 ( )

    A. 实践是认识发展的动力   B. 实践是认识的目的

    C. 认识是实践的惟一来源   D. 认识对实践有促进作用

参考答案:B

8. 杰出的数学家吴文俊说:"工业时代,主要是体力劳动的机械化,现在是计算机时代,脑力劳动机械化可以提到议事日程上来。"这句话体现的哲理是 ( )

    A. 要把握事物发展前后相继的历史联系

    B. 要随着实践的发展研究新情况,解决新课题

    C. 要促进新事物的产生和旧事物的灭亡

    D. 实践是认识发展的目的和动力

参考答案:B

(二) 在每题给出的四个选项中,至少有一项是符合题意的

9. 十六届四中全会《决定》提出的社会主义和谐社会是一个很重要的新概念。这一概念的提出,使我国社会主义现代化建设的总体布局,由发展社会主义市场经济、社会主义民主政治和社会主义先进文化这样的三位一体,扩展为包括社会主义和谐社会在内的四位一体。和谐社会这个新概论的提出体现了 ( )

    A. 要从变化了的实际情况出发   B. 要用变化发展的观点看问题

    C. 实践推动认识不断地发展   D. 科学理论对实践具有指导意义

参考答案:ABCD

10. 党和国家提出以科学发展观统领经济社会发展全局,做到经济效益、环境效益和社会效益相统一。这表明 ( )

    A. 实践对认识具有决定作用

    B. 实践是有目的的能动性的活动

    C. 认识比实践重要,所以以科学发展观统领经济社会发展全局

    D. 认识的根本任务是透过现象抓住本质

参考答案:AB

11. 在全球能源高度紧张的今天,应用超导技术降低能耗,已成为许多科学家研究的新课题。这表明 ( )

    A. 实践是认识发展的根本动力   B. 认识世界是实践的最终目的

    C. 技术完全是科学家研究的结果   D. 科学实验是获得认识的一种途径

参考答案:AD

三、简答题

12. 在 20 世纪 50 年代中期,经济学家马寅初在调查研究的基础上,提出我国应当实行计划生

育,然而这一观点在那时却遭到批判。随后我国人口进入了高速增长期,在1962年到1972年的十年里累计出生了3亿人。由于人口增长过快,20世纪70年代我国开始大规模提倡计划生育。进入21世纪,我国已成功实现了人口再生产类型由"高出生、低死亡、高增长"向"低出生、低死亡、低增长"的历史性转变。

上述材料是如何体现实践与认识辩证关系的?

参考答案:(1)实践对认识具有决定作用。马寅初经过调查研究,提出我国要实行计划生育,体现了实践是认识的来源;随着人口的增加,实行计划生育的观点由原来受到批判到作为我国的基本国策,表明实践是认识发展的动力;我国人口再生产类型的转变证明了计划生育的正确性,说明实践是检验认识正确与否的标准。(2)认识对实践有反作用。正确的认识促进实践的发展,错误的认识阻碍实践的发展。批判计划生育观点导致人口增长,实现计划生育政策成功地控制了人口数量,说明不同的认识对实践具有不同的反作用。

13. 材料一:胡锦涛在2003年全国人才会议上指出:坚持"以人为本",坚持尊重劳动、尊重知识、尊重人才、尊重创造的方针。

材料二:2006年1月9日,引人关注的2005年度国家最高科学技术奖揭晓,叶笃正院士、吴孟超院士获此殊荣。

请运用辩证唯物主义认识论说明国家重奖科技人员,尊重知识,崇尚科学的重要意义。

参考答案:(1)辩证唯物主义认识论认为,实践决定认识,认识对实践有反作用,科学技术和科学理论作为正确的认识,对实践有重大的指导作用。重奖科技人员,尊重知识,崇尚科学,对我国社会主义现代化建设具有巨大的推动作用。(2)创新精神是人的主观能动性的表现。国家重奖有突出贡献的科技人员,有利于在全社会形成尊重知识、尊重人才、鼓励开拓创新精神的良好氛围,鼓励广大科技工作者在实践中作出更大贡献。

◎ 闪光记录

评教评学,以学为主体,包括知识及其构建、内容方法、信息的搜集与甄选、学法指导、自主学习能力、思维火花、密切相关的社会实践活动能力与效果等方面的综合评价。采用表格或其他形式记录学生学习本框的情况:如探究的内容、探究问题的状态(活动或问题)、方式方法、效果、回答问题及练习情况等。

学完本课我的收获	知识			
	能力			
	情感、态度、价值观			
我对同学的评价	小组成员分工及任务完成情况	同学姓名	对他(她)的综合评价	

（续表）

对我自己的综合评价		学习态度	课堂表现	社会实践反馈	自主完成作业的情况
	自评				
	老师				
	同学				
	家人				

说明：

1. 课堂表现要求写明具体行为，如课堂状态、课堂参与、课堂创新思维等。

2. 自我评价、教师评价、他人评价将和期中期末考试成绩作为综合评定指标。

3. 小组成员在没有分工合作的情况下，将对他的学习态度进行评价。

4. 小组评和自评以具体行为表现为主，老师评以 A、B、C、D 等次评定。

5. "小组成员分工及任务完成情况"指的是自己对其他同学的评价。

6. 以小组为单位，每节课反馈一次。

（张金放　蒲跃洪　李雪锋　撰写）

第二框 在实践中追求和发展真理

一、教学目标

● 知识目标

（1）真理和谬误的含义。（2）真理的客观性。（3）在真理面前人人平等。（4）真理与谬误。（5）真理是有条件的。（6）真理都是具体的（真理是主观与客观、理论与实践的具体的历史的统一）。（7）认识具有反复性。（8）认识具有无限性。（9）人的认识运动的过程：从实践到认识，从认识到实践的循环是一种波浪式的前进或螺旋式的上升，真理在发展中不断地超越自身。（10）在实践中认识和发展真理，在实践中检验和发展真理，是人们不懈的追求和永恒的使命。

● 能力目标

（1）能联系自然科学、社会科学和我国改革开放、社会主义现代化建设中的具体事例说明真理具有客观的、有条件的和具体的，真理是在实践中得到检验和发展的，真理与谬误的关系。（2）能搜集自然科学、社会科学和我国改革开放、社会主义现代化建设中的有关事例说明本框的主要知识点及其联系，并具有用自己的语言正确表达的能力。（3）运用认识发展的原理和真理的知识分析自然科学和社会生活中的重要现象和具体事例，初步具有识别真理与谬误的能力和准确的语言表达的能力。

● 情感、态度和价值观目标

（1）树立在实践中认识真理、发现真理、追求真理、发展真理和坚持真理的坚强信念，积极抵制谬误。（2）坚信马克思主义、毛泽东思想、邓小平理论和"三个代表"重要思想的正确性，坚信党在社会主义初级阶段的路线、方针和政策的正确性。

重点与难点

重点：追求真理是一个过程。

难点：已确定的真理与真理的发展和谬误的区别。

学情分析：略。

二、案例导入

典型案例：中国科学院院士，中国工程院院士，2001年国家最高科学技术奖获得者王选，于2006年2月13日在北京病逝。

上世纪70年代末，在国家的组织下，是他大胆提出跳过正在攻关的第二代、第三代照排机，直接研制当时尚无商品的第四代激光照排系统。正是他和他的团队一连串的创新，促进了汉字激光照排产业的形成，取代沿用了上百年的

师生一起回顾王选的生平，从而引导学生思考：

1. 什么是真理？

2. 如何追求真理？

铅字印刷,推动了我国报业和出版业的跨越式发展,创造了巨大的经济和社会效益。他是汉字激光照排系统的创始人和技术负责人。他所领导的科研集体研制出的汉字激光照排系统为新闻、出版全过程的计算机化奠定了基础,被誉为"汉字印刷术的第二次发明"。

从王选的事例中,我们可以看出,王选的一生,是对创新孜孜以求的一生,也是对真理不断追求的一生。那么,什么是真理呢?

王选的事迹说明了哪些哲学道理?

三、问题探究

阅读材料《为真理献身的布鲁诺》:

在科学发展史上,虽然没有真刀真枪的两军对垒,但确有人为真理献出了宝贵的生命。布鲁诺(1548—1600)就是一个舍身成仁的天文学家。

布鲁诺出生在意大利的一个贫苦家庭,他大胆地批判《圣经》,因而冒犯了罗马教廷,只好逃出意大利,到法国、英国等地宣传哥白尼的日心说,批判托勒密的地心说。他认为宇宙是无限的,在太阳以外,还有无数个类似的恒星系统。太阳不过是一个恒星系统的中心,而不是整个宇宙的中心。布鲁诺发展了哥白尼太阳中心说,把人类对天体的认识提高到一个新水平。

由于布鲁诺广泛宣传他的先进哲学思想,引起了罗马宗教裁判所的恐惧和仇恨。1592 年,罗马教廷采用欺骗手段,把他骗回意大利,并立即逮捕。刽子手们使尽了种种威胁利诱手段,想让布鲁诺屈服,但他坚贞不屈地说:"我半步也不退让。"经过八年的折磨,他被处以火刑。1600 年 2 月 17 日,布鲁诺被烧死在罗马的鲜花广场上。在生命的最后时刻,布鲁诺面对行刑的刽子手,庄严宣布:"你们对我宣读判词,比我听到判词还要恐惧!"布鲁诺被处死了,他的科学精神永存!1889 年,人们在布鲁诺殉难的鲜花广场上竖立起他的铜像,永远纪念这位为科学献身的勇士。

布鲁诺宣传"日心说",并为之献出了宝贵的生命。罗马教廷为什么不能容忍"日心说"?

通过阅读材料,引导学生思考,并得出结论:
布鲁诺的事迹告诉我们,在坚持真理,追求真理的过程中,有时需要付出生命的代价。

四、思维点拨

(一) 真理是客观的

探究一:阅读材料《日心说和地心说的论战》

地心说:地心说是长期盛行于古代欧洲的宇宙学说。地心说承认地球是球形的,地球处于宇宙中心静止不动。在中世纪的欧洲,地心说符合神权统治理论的需要,它与基督教会所渲染的"上帝创造了人,并把人置于宇宙中心"的说法不谋而合。如果有谁怀疑地心说,那就是亵渎神灵,大逆不道,要受到严厉制裁。

日心说:太阳是宇宙的中心,地球和其他行星都绕太阳转动。为了捍卫这一学说,不少仁人志士与黑暗的神权统治势力进行了前仆后继的斗争,付出了血的代价。意大利思想家布鲁诺,为了维护日心说,最终被教会用火活活烧死;意大利科学家伽利略,也因为支持日心说被宗教法庭判处终身监禁;开普勒、牛顿等自然科学家,都为这场斗争作出过重要贡献。

思考:在中世纪的欧洲,哪一种学说更符合客观实际?为什么两种不同的学说不能相容?

通过辩论,帮助学生得出结论:

1. 真理的概念(板书)

真理是有用的,但有用的不一定是真理。两者的本质区别在于:前者强调客观评价标准,是正确的;后者以主观需要为唯一评价标准,因而是片面的。

真理是标志主观与客观相符合的哲学范畴,是人们对客观事物及其规律的正确反映。

真理最基本的属性就是客观性。

2. 真理与谬误(板书)

与客观对象相符合的认识就是真理,真理是人们对客观事物及其规律的正确反映。

与客观对象不符合的认识就是谬误。

3. 真理面前人人平等(板书)

由于人们的立场、观点和方法的不同,每个人的知识结构、认识能力和认识水平不同,人们对同一事物的认识会有所不同,但真理只有一个,是人们对客观事物的正确反映。

真理的客观性表明真理只有一个,所以,真理面前人人平等。

真理是符合客观事物及其规律的认识,它只有一个。但并不是说,真理在任何时候永远都是正确的,这是因为,真理是有条件的具体的。

(二)真理是具体的有条件的

探究二:阅读下列材料,组织学生进行讨论:

材料一:哥白尼的学说不仅改变了那个时代人类对宇宙的认识,而且根本动摇了欧洲中世纪宗教神学的理论基础。"从此自然科学便开始从神学中解放出来","科学的发展从此便大踏步前进"。

将学生分组,围绕探究一进行辩论:

1. "有用就是真理"和"真理是有用的",这两句话有什么不同?

2. 为什么人们对同一事物的认识会有不同的结论?

3. 什么样的结论才能算是真理?

4. 为什么要坚持真理面前人人平等?

围绕材料一、二组织学生讨论:

1. "日心说"受到了质疑和挑战,这说明了什么?

2. 为什么说"真理向前一步,就成为谬误"?

哥白尼是伟大的,"日心说"是伟大的,不可颠覆的真理。但是这种真理性的认识随着科学技术的发展和人们认识能力的提高越来越显现出其缺点和错误。限于当时的科学发展水平,哥白尼的日心说也有缺点和错误,这就是:认为太阳是宇宙的中心,实际上,太阳只是太阳系中的一个中心天体,不是宇宙的中心;沿用了行星在圆轨道作匀速圆周运动的旧观念,实际上行星轨道是椭圆的,运动速度的大小也不是恒定的。

"日心说"受到了质疑和挑战,这说明了什么?

教师总结:任何真理都有自己的适用条件和范围,超出了这个条件和范围,真理就会变成谬误。

材料二:《造反有理?》

3. 如何看待"造反有理"?

在新民主义革命时期,毛泽东同志提出"马克思主义的道理千头万绪,归根到底就是一句话:造反有理。"这里所说的造反有理,指的是"人民要求解放是有道理的",为的是要推翻"三座大山"的压迫。20世纪60年代,有些人借用毛泽东同志的这句真理,又打出"造反有理"的旗号,大造人民政权的反,造社会主义的反。

如何看待这里所提到的"造反有理"?

教师总结:在新民主主义革命时期,为了推翻三座大山的压迫,说"造反有理",这是真理性的认识,是正确的。如果用"造反有理"来造人民政权的反,造社会主义的反,这样的认识就是谬误,是反动的。

通过讨论,使学生明白,任何真理都是相对于特定的历史过程来说的,离开了一定的历史范畴,就无法判别某个观点是真理还是谬误。所以说,不顾历史条件的变化,不顾过程的推移,真理也会变成谬误。

探究三:引导学生列举生活中的例子,说明真理是具体的有条件的:

学生举例一:数学公式$1+1=2$在什么条件下成立?

学生举例二:人造卫星必须在第一宇宙速度(即约为7.9千米/秒)的范围才能环绕地球在最低的圆形轨道上运行;要脱离地球引力的则必须达到第二宇宙速度(即约为11.2千米/秒);而要想飞出太阳系,其最小速度则为第三宇宙速度(约为16.7千米/秒)。

通过以上探究活动,帮助学生理解:

1. 真理是具体的(板书)

2. 真理是有条件的(板书)

学生通过自己列举的例子,更深刻地理解:真理是具体的有条件的。

(三)追求真理是一个过程

探究四:

阅读材料:从"地心说"到"日心说",不少仁人志士与黑暗的神权统治势力进行了前仆后继的斗争,付出了血的代价。没有敢于挑战神权的哥白尼、被烧死的布鲁诺和被判处终身监禁的伽利略,没有牛顿、爱因斯坦和霍金,人类今天对宇宙的认识就不会这么深刻。历史的脚步是曲折的,但它却总是向前的! 现代宇宙学早已超越了"日心说"能够解释的范围。科学的发展进一步表明,太阳也不是宇宙的中心,太阳系只不过是宇宙大家庭中的普通一员。太阳系外的天体探测和研究,需要走的路还都非常漫长。

宇宙学说的曲折发展里程,给我们什么启示?

教师归纳总结:宇宙学说的曲折发展里程告诉我们,由于人们的认识受到各种条件的限制,因而对客观事物的认识具有反复性,所以说,追求真理是一个过程。

1. 认识具有反复性(板书)

认识受到各种条件限制:

(1)认识主体的限制(板书)

(2)认识客体的限制(板书)

探究五:

阅读材料:"三个代表"重要思想是我们党坚持解放思想、实事求是、与时俱进的产物,是全党智慧和创造的结晶,开拓了马克思主义理论发展的新境界。党的十六大把"三个代表"重要思想确立为党必须长期坚持的指导思想,是我们党指导思想上的又一个历史性飞跃,它同党的一大确立马克思主义作为党的指导思想、党的七大把毛泽东思想写在党的旗帜上、党的十五大把邓小平理论写在党的旗帜上一样,具有十分重大的现实意义和深远的历史意义。它说明中国共产党是一个重视理论指导的党,也是一个善于进行理论创新的党。

思考:党的指导思想的不断发展的过程说明什么?

教师归纳总结:由于物质世界的无限性人类世代的延续性实践的不断发展,所以,人们的认识具有无限性。所以说,党的指导思想的不断发展的过程说明人们的认识具有无限性。

2. 认识具有无限性(板书)

(1)认识的对象——物质世界的无限性(板书)

(2)认识的主体——人类世代的延续性(板书)

(3)认识的基础——实践的不断发展(板书)

探究六:

阅读材料:随着我国国有企业改革的逐步深入,人们一直在努力寻找国有制的有效实现形式。党的十六届三中全会通过的《决定》提出,要适应经济市场化不断发展的趋势,进一步增强公有制经济的活力,大力发展国有资本、集体资本和非公有资本等参股的混合所有制经济,实现投资主体多元化,使股份制成为公有制的主要实现形式。这一论断,是对过去党的文件关于这个问题的论述的继承和重大发展,是我国国有企业改革理论的新突破,反映了我国经济体制改革的深化和发展趋势。

通过探究活动,使学生得出结论:

宇宙学说的曲折发展里程,告诉我们,认识具有反复性。

通过探究活动,使学生得出结论:

党的指导思想的不断发展的过程说明人们的认识具有无限性。

通过阅读材料,使学生得出结论:我国国有企业改革的历程说明了我们对公有制的认识在不断发展。

思考: 我国国有企业改革的历程说明什么问题?

教师归纳总结:

从放权让利的国有企业改革到推行股份制和发展混合所有制经济,再到股份制和混合所有制成为公有制的主要实现形式,这表明我国公有制特别是国有制逐步找到了与市场经济相结合的形式和途径。

通过阅读和思考,使学生得出结论:人们对客观事物的认识是不断发展的,认识发展的形式,就是从实践到认识、从认识到实践的循环过程,是一种波浪式的前进或螺旋式的上升。可见,追求真理是一个过程,所以,人们必须在实践中检验和发展真理。

3. 在实践中追求和发展真理(板书)
(1)实践在发展(板书)
(2)真理也在不断地发展和超越自身(板书)

引导学生阅读教材,归纳本课知识要点及其内在联系。

五、知识构建

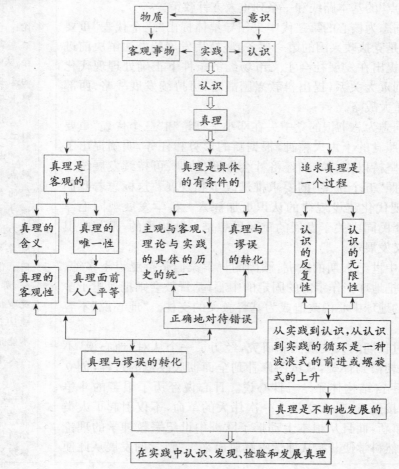

1. 请你指出哪些是原理？哪些是方法论？
2. 上述知识点之间有哪些内在联系？与你的生活有哪些联系？请你用自己的语言表述出来。
3. 本框内容与前面几课的内容有哪些联系？请把这些联系归纳出来。

六、资源开发

通过经典事例引导学生搜集、甄选和开发与本框内容密切相关的学生身边的生活资源(包括本地重要历史和现实中的资料、重大活动、校园生活、家庭生活等)，培养学生处理信息的能力以及从资源中提取有效信息的能力。本部分内容可以引导学生课后完成。

1. 材料一：1956年，毛泽东同志发表了著名的《论十大关系》，着眼于调动一切积极因素，提出一系列关于社会主义建设的重要理论观点。党的八大在全面分析国内外形势的基础上强调要集中力量发展社会生产力，实现国家工业化。

1978年，党的十一届三中全会作出了实行改革开放的重大决策。邓小平同志和我们党明确提出走自己的路，建设有中国特色的社会主义，提出并实施现代化建设"三步走"发展战略，强调社会主义的根本任务是发展生产力，"发展才是硬道理"，并制定社会主义初级阶段"一个中心、两个基本点"的基本路线和一系列重大方针政策。

以江泽民同志为核心的第三代中央领导集体提出"三个代表"重要思想，强调发展是党执政兴国的第一要务，坚持用发展的办法解决前进中的问题，明确提出在发展社会主义市场经济条件下正确处理现代化建设中的一系列重大关系，提出科教兴国战略、可持续发展战略、西部大开发战略等重大战略。

以胡锦涛同志为总书记的党中央在邓小平理论和"三个代表"重要思想指导下，按照党的十六大精神，根据新的形势和任务，明确提出了科学发展观，把坚持以人为本和经济社会全面、协调、可持续发展统一起来，并强调按照"五个统筹"的要求推进改革和发展。这标志着我们党对社会主义现代化建设规律的认识更加深入。科学发展观同毛泽东、邓小平、江泽民同志关于发展的重要思想是一脉相承的，是与时俱进的马克思主义发展观。

材料二：在中世纪末期的欧洲，顽固的哲学家们坚持亚里士多德、托勒密的说法，把地球当作宇宙的固定的中心；基督教会则把亚里士多德——托勒密的地球中心说改造成为基督教义的支柱。"地心说"不容怀疑，不容挑战。

哥白尼经过长期的天文观测和研究，经历了一个从对"地心说"不认识到认识，从相信到怀疑，从试图修补到全面彻底改造的过程，创立了更为科学的宇宙结构体系——日心说。日心说经历了艰苦的斗争后，才为人们所接受，这是天文学上一次伟大的革命，不仅引起了人类宇宙观的重大革新，而且从根本上动摇了欧洲中世纪宗教神学的理论支柱。"从此自然科学便开始从神学中解放出来"，"科学的发展从此便

议一议：

引导学生阅读分析材料一，结合所学知识，谈谈你对上述材料的认识。

组织学生讨论。

引导学生得出结论：

实践是认识的基础；人们的认识在实践的基础上多次反复，无限上升，向前发展。

引导学生阅读材料二，得出结论：

由于人们立场、观点和方法不同，人们的知识结构、认识能力和认识水平不同，对同一个确定的对象的认识有所不同。但真理只有一个，那就是人们对客观事物及其规律的正确认识，真理与谬误不能混淆，真理面前人人平等。

(1) 分析两则材料，提炼其中与问题有关的关键词句，并分析这些词句是怎样体现的？

大踏步前进"。(恩格斯《自然辩证法》)

上述材料说明了你今天学过的哪些知识?

2. 材料一:胡锦涛同志指出:"我们在认识真理的过程中,必须做到,与时俱进,追求真理。'三个代表'重要思想贯穿了马克思主义的红线,在许多重大方面丰富和发展了马克思主义。这为我们提供了重要启示:理论创新必须以坚持马克思主义基本原理为前提,否则就会迷失方向,就会走上歧途,而坚持马克思主义又要以根据实践的发展不断推进理论创新为条件,否则马克思主义就会丧失活力,就不能很好地坚持下去;最广大人民改造世界、创造幸福生活的伟大实践是理论创新的动力和源泉,脱离了人民群众的实践,理论创新就会成为无源之水,就不能对人民群众产生感召力、对实践发挥指导作用。"

材料二:马克思主义是应历史进步的要求而产生、存在和发展的。时代变化了,社会发展了,马克思主义也必然要丰富、要发展。今天,世界经济、政治、文化的深刻变化,科学技术的日新月异,与100多年前马克思主义诞生时的情况已大不相同。中国的基本国情与诞生马克思主义的西方社会、与诞生列宁主义的俄国的情况也大不相同。现在的中国与50多年前、20多年前的中国也大不相同。我们党所处的地位和环境,党所肩负的任务,以及党员队伍的状况,也都发生了许多重要的变化。在改革开放和社会主义现代化建设的伟大实践中,人民群众创造的新鲜经验需要作出理论的概括,广泛深刻的社会变革呼唤着理论的创新。这些,都给我们提出了坚持党的基本经验,把马克思主义基本原理更好地同实际结合起来,不断丰富和发展马克思主义的迫切要求,也为我们实现这一要求提供了广阔空间。肩负人民希望、与时俱进的中国共产党人应该自觉地担当起这一时代重任。

结合上述材料,运用本框所学的知识分析:

(1)上述两则材料分别说明什么问题?

(2)在我国现阶段,应该如何坚持和发展马克思主义?

(2)我国当前的实践是什么?为什么?

(3)"马克思主义是应历史进步的要求而产生、存在和发展的"至"中国的基本国情与诞生马克思主义的西方社会、与诞生列宁主义的俄国的情况也大不相同。"体现了你学过哪些知识?

组织课堂讨论。

七、三维评价

◎ **经典训练**

(一)在每题给出的四个选项中,只有一项是最符合题意的

1. 在克隆技术刚刚产生时,人们认为克隆动物与它的供体从形态上一模一样,而最近实验证明,克隆牛在一些细节上有所差别,不可能完全一模一样。这说明　　　　　(　　)

A. 物质是运动着的物质

B. 认识是具有无限性的,人们的认识总是在不断扩展、深化和向前推移

C. 认识和利用规律必须发挥人的主观能动性

D. 对事物本质及其规律的正确认识,能更好指导实践

参考答案:B

学习"三个代表"重要思想,必须做到真信、真懂、真用。真信,就是真正坚定对"三个代表"重要思想的信仰;真懂,就是完整准确地领会"三个代表"重要思想的科学内涵和精神实质,正确把握其

立场、观点和方法;真用,就是真正用"三个代表"重要思想统领工作、指导实践。据此回答2—3题。

2. 学习贯彻"三个代表"重要思想,必须做到真信,这是因为　　　　　　　　　　　(　　)

A. 一切理论都来源于现实

B. 科学理论和信仰能够成为人们从事实践活动的精神动力和支柱

C. 在一定条件下理论是推动社会进步的决定力量

D. "三个代表"重要思想是马克思主义的根本出发点

参考答案:B

3. 学习贯彻"三个代表"重要思想,必须做到真懂,这是因为　　　　　　　　　　　(　　)

A. 真理是人们对事物及其规律的正确认识

B. 认识的根本任务是经过感性认识上升为理性认识

C. 只有理性认识对实践才有指导作用

D. 获得正确的理性认识是我们学习的目的

参考答案:A

4. 马克思主义中国化实际上是"双化",是理论和实践的互动,既是用马克思主义的基本原理作为立场、观点、方法来化解中国问题的过程,又是把中国问题的实践经验上升为马克思主义理论从而"深化"马克思主义理论的过程。这种"双化"的过程体现的哲理是　　　　　　(　　)

①主观与客观具体的历史的相统一　②真理是具体的　③科学理论对实践的指导作用　④人的认识是不断深化、扩展和向前推移的过程

A. ①②③　　　　　B. ②③④　　　　　C. ①②③④　　　　　D. ①②④

参考答案:C

5. 马克思主义是发展的理论,它在中国传播和发展的过程中产生了毛泽东思想、邓小平理论和"三个代表"的重要思想,这充分说明了它具有_____的理论品质。　　　　　(　　)

A. 解放思想　　　　B. 与时俱进　　　　C. 实事求是　　　　D. 继承发展

参考答案:B

6. 2006年1月22日国务院发布了9件事故灾难类突发公共事件专项应急预案。2006年2月21日国家安全生产应急救援指挥中心在北京成立,以整合全国应急救援资源,提高国家应对重特大事故灾害的能力。对事故灾难类突发公共事件专项应急预案的制定体现的哲学道理有(　　)

A. 人们可以认识和利用规律

B. 规律的存在和发生作用是不以人的意志为转移的

C. 矛盾的双方可以依据一定的条件向它自己的对立面转化

D. 人们的认识具有预见性、创造性、目的性和计划性

参考答案:D

(二)辨析题(仅作判断不说明理由者不得分)

7. 俗话说:"公说公有理,婆说婆有理。"因此不同的人有各自不同的真理。

参考答案:(1)人们由于立场、观点、方法,以及个人的知识结构、认识能力和认识方法不同,对同一个事物会产生多种不同的认识。所以"公说公有理,婆说婆有理"是有一定道理的。(2)真理是人们对客观事物及其规律的正确反映,凡是符合客观对象的认识就是真理,与客观事物不符合的认识就是谬误。因此,人们对同一事物的正确认识只有一种,真理只有一个。所以,不同的人有各自不同的真理的观点是错误的。

(三)简答题

8. 材料一:从1878年发现禽流感以来,经过100多年的研究,到1995年人们终于得知它是A

型流感,并研制出疫苗,其实验室的保护层率达到100%,随着疫苗的产生,人们防治经验的增加,包括 N_5H_1 在内的高致病性禽流感都是可防可治的。

材料二:2004 年,传播迅速的禽流感在包括我国在内的 10 个亚洲国家和地区接连发生,上千万只鸡病死或被宰杀,有的国家还出现人因感染禽流感而死亡的病例,针对这种疫情,党中央、国务院高度重视,并采取了坚决果断的措施加以防治。

从认识论的角度看,对禽流感的认识和控制过程给我们什么哲学启示?

参考答案:(1)实践是认识的来源与认识发展的根本动力。认识具有反复性与无限性。经过100 多年的研究,人们终于揭示出禽流感的真相,并研制出新的疫苗,增加了防治的经验。这就表明了实践出真知,实践推动了认识的深化、扩展和向前推移,人们对真理的探索是永无止境的。(2)认识对实践有反作用。随着对禽流感研究的推进,认识的深入,在实践中包括 N_5H_1 在内的高致病性禽流感都变得可防可治了。

◎ 闪光记录

评教评学,以学为主体,包括知识及其构建、内容方法、信息的搜集与甄选、学法指导、自主学习能力、思维火花、密切相关的社会实践活动能力与效果等方面的综合评价。采用表格或其他形式记录学生学习本框的情况:如探究的内容、探究问题的状态(活动或问题)、方式方法、效果、回答问题及练习情况等。

学完本课我的收获	知识				
	能力				
	情感、态度、价值观				
我对同学的评价	小组成员分工及任务完成情况	同学姓名	对他(她)的综合评价		
对我自己的综合评价		学习态度	课堂表现	社会实践反馈	自主完成作业的情况
	自评				
	老师				
	同学				
	家人				

说明:
1. 课堂表现要求写明具体行为,如课堂状态、课堂参与、课堂创新思维等。
2. 自我评价、教师评价、他人评价将和期中期末考试成绩作为综合评定指标。
3. 小组成员在没有分工合作的情况下,将对他的学习态度进行评价。
4. 小组评和自评以具体行为表现为主,老师评以 A、B、C、D 等次评定。
5. "小组成员分工及任务完成情况"指的是自己对其他同学的评价。
6. 以小组为单位,每节课反馈一次。

(李凤萍　撰写)

第二单元综合探究

求真务实　与时俱进

一、教学目标

● 知识目标

世界的物质统一性原理、物质和意识的辩证关系、客观规律性和主观能动性的辩证关系、实践和认识的辩证关系及其它们的方法论意义,真理的含义及其属性,科学理论及其作用,一切从实际出发、实事求是与解放思想、与时俱进的关系,党的思想路线的涵义。

● 能力目标

(1)通过基本原理及方法论的学习,对具体事实的分析,提高学生分析、理解和综合概括能力。(2)通过对正反事例以及党在不同时代的不同政策、路线和方针的分析,培养和提高学生运用辩证唯物主义分析问题的能力。(3)综合归纳本单元原理和方法论及其内在联系,建构自己的知识体系。

● 情感、态度和价值观目标

对党的思想路线的哲学依据的分析,引导学生正确地理解党的思想路线,积极坚持和拥护党的思想路线,进一步提高辩证唯物主义和历史唯物主义的素养,在实践中做到求真务实,与时俱进。结合具体事例和社会实践活动,培养学生科学求实的态度和与时俱进的品质。

重点与难点

重点:(1)加深对第二单元重要哲学原理和方法论的理解和实际运用。(2)加深对党的思想路线重要性的理解。

难点:如何坚持求真务实,与时俱进的品质。

学情分析:略。

二、案例导入

1. **材料**:国务院总理温家宝 2005 年 7 月 26 日主持召开国务院常务会议,讨论并原则通过了《中华人民共和国个人所得税法修正案(草案)》。个人所得税法施行以来,对加强中国个人所得税征收管理、调节收入分配发挥了重要作用。但随着中国经济的不断发展和人民生活水平的不断提高,个人所得税法的有些规定已不适应新形势的要求,有必要进行修改。《个人所得税法修正案(草案)》将个人工资、薪金所得纳税额的每月减除费用标准由原来的 800 元上调到 1 600 元,并且规定各地应统一执行该标准,不允许擅自浮动。

结合上述材料用学过的哲学知识回答:个人所得税法为什么要修改?

学生讨论:……

教师引导学生回答:(1)世界是客观存在的物质世界,先有物质,后

教师导言:同学们,我们先来用哲学道理分析个人所得税改革问题。

设置悬念,激发思考。

问题1:(1)引导学生用哲学知识分析身边的实际问题,学以致用,提高认识水平和能力。

(2)引导学生分析材料,学会从材料中提炼有效信息。

有意识,物质决定意识,要求我们想问题办事情一切从实际出发。随着中国经济的发展,原来所得税法的有些规定已不适应新形势的要求,有必要进行修改。

（2）实践决定认识,认识要随着实践的发展而发展。实践对认识具有反作用,正确的认识对实践具有促进作用。随着经济的发展,人们收入水平的普遍提高,原有个人所得税法的有些规定已不适应新形势的要求,有必要进行修改。只有这样,才能发挥个人所得税法在调节收入分配方面的重要作用。

2. 个人所得税改革只是社会主义现代化建设实践的一个缩影。作为一个执政党要领导人民在改革开放和社会主义现代化建设实践中取得胜利,应该坚持什么思想路线? 它的依据是什么呢?

教师引导学生回答:应该坚持一切从实际出发,理论联系实际,解放思想,实事求是,与时俱进,在实践中检验和发展真理的思想路线。思想路线也称为认识路线,是马克思主义的科学世界观和方法论在实际工作中的具体运用和集中体现。党的思想路线问题,其实质就是用什么样的世界观、方法论去认识世界、改造世界的问题,所以我们要正确地认识世界,科学地改造世界必须把握党的思想路线与马克思主义哲学基本原理的关系,正确理解党的基本路线。

教师导言:今天,我们共同探究"**求真务实、与时俱进**"这个主题。

问题2:用于培养学生的发散思维、联想能力。

教师导言点明本单元综合探究的主题。

三、问题探究

探究一:求真务实、与时俱进,一条不断丰富和延伸的轨迹

毛泽东同志在马克思主义"一切从实际出发"的基础上,创立了"实事求是"的理论,实现了马克思主义第一次中国化。邓小平同志坚持毛泽东同志倡导的实事求是,立足当时的历史环境、吸取社会主义建设过程中的教训,把党的思想路线发展为"解放思想、实事求是"。江泽民同志根据现代化建设的需要和党所面临的新的课题,提出"与时俱进"和"勇于创新",对党的思想路线进行了很大的补充和发展。21世纪的到来,给中国带来很多发展机遇,同时也带来了很大挑战。党应该怎样在新形势下改进党和国家的各项工作、不断夺取改革开放和现代化建设的新胜利呢? 胡锦涛同志在此基础上,提出"大力弘扬求真务实精神,大兴求真务实之风"。"求真务实"精神的提出,是党在思想路线上的进一步丰富和发展。

提问:你能结合本课主题,联系上述材料回答教材探究路径参考的有关问题吗?

也可以让学生回答下列问题如:

1. 你能概括出党的思想路线吗? 它的理论依据是什么?
2. 一切从实际出发、实事求是与解放思想、与时俱进是什么关系?
3. 联系改革开放的实践,说明检验和发展真理的意义。

回顾"求真务实、与时俱进"思想路线的产生过程。

培养学生树立联系地、发展地看问题的思想。

引导学生归纳本单元知识的内在联系,建构本单元知识体系。

本单元的基本原理有哪些? 方法论有哪些? 它们之间有何联系?

四、思维点拨

探究二:举世瞩目的航天成就

我国航天事业的发展走过了一条不平凡的道路,但它的指导思想是非常明确的。上世纪70年代后期,邓小平就说过,中国不参加太空竞赛,现在不必上月球,要把力量集中到急用、实用的应用卫星上来。一位中国工程院院士指出,中国航天这些年一直走得很稳健。实践证明,中国要以国民经济能承受的限度来发展航天事业。当年我们搞"两弹一星",是因为国际环境很恶劣;但现在,我国航天的发展要依靠经济的持续繁荣,依靠人民的富裕。

从国外载人航天的实践经验和中国的国情出发,我国从技术要求和成本投入都相对较低的飞船起步,突破载人航天技术,终于取得了举世瞩目的成就。

(1) 想一想,我国航天事业为什么能够取得举世瞩目的成就?

(2) 我国航天事业发展思路的哲学依据是什么?

(3) 举出你在学习和生活中成功与失败的事例,说明其中的经验教训。

学生讨论:……

教师点拨:(1)我国的航天事业有正确的思想路线作指导,能借鉴国外的经验,从国民经济可承受的国情出发,从技术要求和低成本投入的飞船起步,突破载人航天技术,从而取得举世瞩目的成就。

(2) **哲学依据:**世界的物质统一性原理、物质和意识的辩证关系原理、客观规律性和主观能动性辩证关系原理要求我们一切从实际出发,实事求是。我国发展航天事业,既从实际出发,尊重客观规律,又发挥主观能动性,把高度的革命热情同求真务实的科学态度结合起来,才有航天事业的持续健康发展,否则就不会有今天的航天成就。

(3) 例如,制定学习目标也应坚持一切从实际出发,实事求是。有的同学,根据自己的身体状况、知识能力水平、学习环境、意志力等等制定合乎自己的目标,在自己的主观努力下,实现了自己的目标,取得了成功;有的同学脱离实际,过高地估计自己,制定的目标不仅不能起到鞭策作用,相反因不能实现目标而丧失信心,最后一事无成。

希望同学们通过本探究的学习,总结经验,吸取教训,体验一切从实际出发,实事求是的深刻内涵和指导作用。

探究三:

问题:漫画违背了什么哲理?

学生讨论：……

教师点拨：违背了想问题办事情要一切从实际出发，实事求是的道理。世界的物质统一性原理要求我们要一切从实际出发，实事求是，反对脱离实际的主观主义。

当前，我国在官员选拔上存在的不看实绩看数字以及与此相关的弄虚作假、浮夸成风的官僚主义作风还很有市场！"官出数字"、"数字出官"皆缘于此！这给党的事业带来很大的危害。

通过上面的分析，我们可以得到如下结论：

想问题办事情要成功必须坚持正确的思想路线，一切从实际出发，实事求是。

探究四："允许看，但要坚决地试"

社会主义国家能不能搞证券、股票市场？在改革开放初期，不少人对此持否定的态度，担心搞不好，会引发许多严重的社会问题。1992年初，邓小平在视察南方时谈到了这个问题，他指出："证券、股市，这些东西究竟好不好，有没有危险，是不是资本主义独有的东西，社会主义能不能用？允许看，但要坚决地试。看对了，搞一两年对了，放开；错了，纠正，关了就是了。关，也可以快关，也可以慢关，也可以留一点尾巴。怕什么，坚持这种态度就不要紧，就不会犯大错误。"

（1）请你谈谈邓小平的上述讲话对我国证券、股票市场的培育和发展起了什么作用？

（2）"允许看，但要坚决地试"体现了什么样的哲学观点？

学生讨论：……

教师点拨：

（1）在改革开放初期，人们还没有搞清楚什么是社会主义本质的时候，认为股市、证券是资本主义独有的东西，社会主义不能用。邓小平同志解放思想，冲破传统的思想束缚，实事求是，"允许看，但要坚决地试"。在这个讲话指导下，中国的证券市场、股票市场迅速发展。没有解放思想，就不可能做到实事求是，就不会有这个正确讲话，就不会有证券市场、股票市场迅速发展。邓小平的上述讲话对我国证券、股票市场的培育和发展起了指导作用。

（2）"允许看，但要坚决地试"体现了实践是认识的基础，实践是检验真理正确与否的唯一标准。在社会主义国家，能不能发展证券市场、股票市场，谁也不知道。只有通过实践检验，通过"试"才证明，证券市场、股票市场是社会化大生产的产物，并非是资本主义独有的东西，资本主义可以用，社会主义也可以用。这也说明因各种主客观因素的影响，要做到求真务实不容易。

通过上面的分析，我们可以得到如下结论：

要做到一切从实际出发，实事求是，一定要解放思想，与时俱进，把解放思想和实事求是统一起来，求真务实，与时俱进，通过实践检验真

四、毕恭毕敬；右边的应聘者——虚构情节、编造材料、想象夸张为其专长。意思是：领导要求招几个善于想象夸张的人给机关写上报材料。

通过漫画从反方面强调求真务实的重要性。

强调：通过邓小平讲话对我国证券、股票市场培养和发展起的指导作用，侧重引导学生理解解放思想、实事求是的重要性。要做到求真务实必须解放思想、实事求是。

理和发展真理。只有这样,社会主义事业才会蒸蒸日上。

探究五:"四代"中央集体与求真务实

在不同的历史时期,党和国家领导人都对求真务实的原则作出过重要论述。毛泽东说:"按照实际情况决定工作方针,这是一切共产党员所必须牢牢记住的最基本的工作方法。我们所犯的错误,研究其发生的原因,都是由于我们离开了当时当地的实际情况,主观地决定自己的工作方针。这一点,应当引为全体同志的教训。"

邓小平说:"实事求是是马克思主义的精髓。要提倡这个,不要提倡本本。我们改革开放的成功,不是靠本本,而是靠实践,靠实事求是。"

江泽民同志说:"解放思想,实事求是,是马克思主义活的灵魂。这是我们认识新事物、适应新形势、完成新任务的根本思想武器。""如果没有全党的解放思想、实事求是,就不可能有改革开放和现代化建设一系列的新政策,也就不可能有今天这样党和国家事业发展的大好局面。"

胡锦涛同志说:"在全党大力弘扬求真务实精神,大兴求真务实之风,关键是要引导全党同志不断求我国社会主义初级阶段基本国情之真,务坚持长期艰苦奋斗之实;求社会主义建设规律和人类社会发展规律之真,务抓好发展这个党执政兴国的第一要务之实;求人民群众的历史地位和作用之真,务发展最广大人民根本利益之实;求共产党执政规律之真,务全面加强和改进党的建设之实。"

为什么党和国家领导人如此强调求真务实精神?其哲学依据是什么?

学生讨论:……

教师点拨:"四代"党和国家领导人如此重视求真务实精神,是因为求真务实是辩证唯物主义和历史唯物主义精神,是科学精神,是我们党的思想路线的核心内容。人们要达到预想的工作目标,必须使自己的思想符合客观实际,坚持一切从实际出发。对中国共产党人来说,最大的实际就是我国的基本国情。

只有坚持求真务实,党的理论才能跟上时代的步伐、适应实践的要求,才能引导党不断研究新情况、总结新经验、解决新问题,在实践中丰富和发展马克思主义。只有坚持求真务实,才能真正做到解放思想、实事求是、与时俱进。只有坚持求真务实才能制定出正确的路线方针政策,社会主义革命和建设事业才会成功。

求真务实的哲学依据,即世界是物质的世界,物质是运动的,运动是有规律的,人能认识世界,并在意识指导下改造世界。实践是认识的基础,是检验认识的真理性的唯一标准。在实际工作中,我们要坚持一切从实际出发,解放思想、实事求是、与时俱进,不断追求真理和发展真理。

培养学生用联系和发展的观点看问题。

材料中有哪些关键词句与问题紧密联系?请说说你的理由。

学会分析材料,找到关键词句,建立与问题之间的联系。

提问：你能举出求真务实的反面事例吗？

学生举例，例如：

材料一：在生产资料私有制的社会主义改造基本完成以后的一段时间里，由于党错误地估计国内外形势，制定了错误思想路线，我们在社会主义建设的实践中，离开生产力的发展，片面追求生产关系的进步，不断进行上层建筑领域的革命，结果酿成了"十年内乱"。

材料二：中国662个城市、2万多个建制镇中，约有五分之一的城镇建设存在"形象工程"。建设部城建司副司长王天锡说，由于一些城市长官意志严重，不按科学态度搞建设，劳民伤财的"形象工程"仍较为突出。宽马路、大广场、豪华办公楼等，无论在东部、中部还是西部地区，都不同程度地存在。他举例说，个别地方，甚至出现一个5万人口的城市，却要修能容纳6万人的大广场的笑话。　　　　（摘自《青年报》）

探究六：古语哲理

据《国语》记载，范蠡对越王说："古之善用兵者，因天地之常，与之俱行。"

据《论语》记载，孔子说："殷因于夏礼，所损益可知也；周因于殷礼，所损益可知也。其或继周者，虽百世可知也。"《易传》说："终日乾坤，与时偕行。""与时行也。"

（1）上述材料说明了什么哲学道理？

（2）你还知道哪些类似的说法？

学生讨论：……

教师点拨：上述材料说明一切事物都是运动变化的，作为认识基础的实践是不断发展变化的，人类的认识也是无限发展的，追求真理永无止境。同时也启示我们，一切从实际出发，解放思想、与时俱进，开拓创新，在实践中认识真理，在实践中检验和发展真理，是我们不懈的追求和永恒的使命。

类似的说法：《易·坤文言》云："坤道其顺乎？承天而时行。"《易·随象》云："大亨贞无咎，而天下随时。"《易·益象》云："凡益之道，与时偕行。"

师生总结：

（1）求真务实，与时俱进就是说建设中国特色社会主义，必须从中国仍处于社会主义初级阶段这个最基本的国情出发，不断在实践中探索和发现新规律，提出新思路，解决新问题。使我们的全部理论和工作既体现时代性，把握规律性，又富于创造性。

（2）一切从实际出发、实事求是与解放思想、与时俱进是统一的。解放思想，就是使思想和实际相符合，使主观和客观相符合。与时俱进，就是我们的全部理论和工作要体现时代性，把握规律性，富于创造

说明：通过正反事例分析，引导学生深刻理解求真务实、与时俱进的重要性，它关系到社会主义事业兴衰成败。

通过对古语的分析，让学生体会中华文化博大精深，源远流长。同时进行历史观的教育。

可以先让学生总结归纳本单元探究的中心，激发学生的思考问题，探究问题的兴趣。

引导学生列举身边生活中的事例。

性。因此,解放思想、与时俱进是实事求是的内在要求和前提,实事求是是解放思想、与时俱进的目标和归宿。

(3) 根据唯物主义的基本原理我们党制定了一切从实际出发,理论联系实际,解放思想,实事求是,与时俱进,在实践中检验和发展真理的思想路线。它是我们党制定路线、方针和政策的理论依据。

总之,从古到今,从国家到个人,想问题办事情要成功必须坚持一切从实际出发,实事求是,解放思想,开拓创新,与时俱进。

> 回顾本单元学过的内容,归纳本单元的基本原理与方法论及其相互联系。

五、知识构建

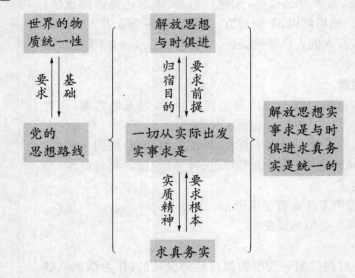

1. 归纳本单元的基本原理及其方法论,并具体说明这些原理分别与其对应的方法论是怎样联系的?

2. 上述知识点之间有哪些内在联系? 与你的生活有哪些联系? 请你用自己的语言表述出来。

3. 本框内容与前面几课的内容有哪些联系? 请把这些联系归纳出来。

六、资源开发

通过经典事例引导学生搜集、甄选和开发与本框内容密切相关的学生身边的生活资源(包括本地重要历史和现实中的资料、重大活动、校园生活、家庭生活等),培养学生处理信息的能力以及从生活资源中提取有效信息的能力。指导学生在课后完成。

主题一:解放思想、实事求是,始终是我们党永葆蓬勃生机的法宝。

解放思想、实事求是、与时俱进是马克思主义科学世界观和方法论的集中体现和根本要求,是马克思主义哲学的精髓。马克思主义的发展史充分说明:解放思想、实事求是,是引导社会前进的强大力量。社会实践是不断发展的,我们的思想认识也应不断前进,应勇于和善于根据实践的要求进行创新。解放思想和实事求是不是根本对立的,二者

> 引导学生搜集生活中的有关材料,并学会从材料中提取信息的能力。

统一于与时俱进中,所以,坚持党的思想路线,解放思想、实事求是、与时俱进,最为关键的在于坚持与时俱进。

主题二:与时俱进是我们党坚持先进性和增强创造力的决定性因素

与时俱进要求党的全部理论和工作要体现时代性,把握规律性,富于创造性。创新是一个民族进步的灵魂,是一个国家兴旺发达的不竭动力,也是一个政党永葆生机的源泉。实践基础上的理论创新是社会发展和变革的先导。通过理论创新来推动制度创新、科技创新、文化创新以及其他各方面的创新。

创造幸福生活的伟大实践是理论创新的动力和源泉,脱离了人民群众的实践,理论创新就会成为无源之水,就不能对人民群众产生感召力、对实践发挥指导作用。

实践基础上的理论创新是其他一切创新的思想基础。是社会发展和变革的先导,是引导社会前进的巨大力量。理论创新的关键是正确对待马克思主义,不断丰富和发展马克思主义理论。创新才会焕发生机,理论创新主要包含三方面的内容:第一,根据新的实践,归纳作出新的理论概括;第二,把科学预想变成现实;第三,修改、补充、完善旧的理论知识和基本原理。实现理论创新要做到"三个着眼于":着眼于马克思主义理论的运用;着眼于对实际问题的理论分析;着眼于对新的实践和新的发展。体制创新是推动经济和社会发展的强大动力。改革开放的过程,就是体制创新的过程,就是通过体制创新不断解放和发展生产力的过程。科技创新是经济和社会发展的重要基础。科学技术在人类社会生活的各个领域发生广泛而深远的影响。我们要赶超发达国家,首先要在科技方面赶上去,而要在科技方面赶上去,最重要的是坚持科技创新。

增强创新意识的哲学依据在于以下几个方面:物质第一性原理,意识第二性原理;世界是永恒发展的原理;辩证否定的原理;实践是认识发展动力的原理。

主题三:求真务实的内涵

求——就是去探索、去追求、去挖掘、去研究,提高自身的能力。具体说,就是要坚持学习理论和指导实践相结合,坚持改造客观世界和改造主观世界相结合,坚持运用理论和发展理论相结合,不断增强科学判断形势的能力、驾驭市场经济的能力、应对复杂局面的能力、依法行政的能力和总揽全局的能力。

真——是指某种事实、规律和真理等。就内容而言,现今最根本的就是要认清我国社会主义初级阶段的基本国情,从实际出发,认真研究和掌握人类社会发展规律、社会主义建设规律和共产党执政规律,顺应潮流,把握趋势。

务——就是尽量去追求。是一种作风,即人们在学习、工作、生活

解放思想、实事求是、与时俱进是如何体现马克思主义科学世界观和方法论?

你能搜集哪些事例说明我们当前哪些事例说明我们党始终坚持与时俱进的品质?

近年来我国有哪些理论创新的重大成果?请学生搜集近年来我国科技创新、体制创新的具体事例。理论创新对我国社会发展有何重大作用?请列举2—3例说明。

理论创新的过程与实践有何关系?请列举事例说明?

求真务实精神体现了马克思主义哲学的什么原理?你是怎样理解这些原理的?

中的态度和行为。不同的理念和感情决定着不同的作风,而不同的作风又有着不同的成效。

实——就是严谨扎实,一丝不苟,干实事、求实效。就内容而言,包括:如何切实抓好发展这个党执政兴国的第一要务,如何进一步完善公有制为主体、多种所有制经济共同发展的基本经济制度,如何建成完善的社会主义市场经济体制,如何走新型工业化道路、统筹城乡经济社会发展,如何扩大就业和促进再就业,如何进一步深化收入分配制度改革、健全社会保障体系,如何在更大范围、更广领域和更高层次上参与国际经济技术合作和竞争,如何推动整个社会走上生产发展、生活富裕、生态良好的文明发展道路,等等。求真务实精神价值的发挥关键在于落实。对于共产党人来说,就是要实事求是,追求真理,掌握规律;同时,还要认真执行,坚持不懈,脚踏实地。

主题四:求真务实,一个时代性的严肃话题。

求真务实,对于共产党人来说,具有特殊的重要意义。毛泽东同志曾经强调,共产党人要"说老实话,做老实事,当老实人"。江泽民同志也一再强调:"中央三令五申,所有领导干部都要求真务实,少说空话,不做表面文章,不搞花架子,不搞形式主义","各级领导干部必须时时处处坚持重实际、说实话、务实事、求实效,必须大力发扬脚踏实地、埋头苦干的工作作风"。

当前,在新的历史时期,摆在我们党面前的有两个主要的现实问题:一个是怎样抓住机遇,带领全国人民艰苦奋斗,实现全面建设小康社会的历史任务;一个是怎样加强和改进党的建设,提高党的执政能力。要解决好这两个问题,就必须大力弘扬求真务实精神,大兴求真务实之风。

主题五:与时俱进的要求

在新的历史条件下,要坚持与时俱进就必须做到:"三个一定要看到"。

"一定要看到《共产党宣言》发表一百五十多年来世界政治、经济、文化、科技等发生的重大变化"。150多年来,人类社会在政治上经历了阶级矛盾和民族冲突不断激化,最终导致两次世界大战的惨剧;经历了超级大国两极对立,意识形态对抗,互相隔阂的时代;共产主义运动经历了从理论到现实,从一国到多国取得成功,而又走向低潮的复杂过程;资本主义社会经过了自身的调整,获得了相当的发展空间和余地的变化。目前,和平与发展已经成为时代的主题,社会主义和资本主义将会在相当长时间内在斗争与合作、影响和渗透中共存,彼此的斗争将反映在生产力水平和综合国力的竞争与较量上。在经济上,科技迅猛发展的强烈推动、世界市场为纽带的全球化趋势,必然形成更大规模的社会化大生产,推动生产力的进一步发展,同时生产要素的全球化流动,国际市场日趋激烈的竞争,给发展中国家带来发展机遇,又使他们承受着不公平的竞争压力。在文化上,世界范围内的文化交流日趋广泛,先

青少年学生应该如何发扬求真务实的精神?请结合具体事例说明。

当前一些地方出现"形象工程"、"政绩工程"等的严重危害是什么?对我国现代化建设造成了哪些不利影响?

为什么要特别强调"重实际、说实话、务实事、求实效"?它体现了马克思主义的什么原理?请你说说这些原理的基本内容。

请你搜集生活中我们党坚持与时俱进的具体事例。

建国以来,尤其是改革开放以来,我们党和政府在求索真理的实践过程中,取得了哪些成果,请学生搜集有关具体事例说明。

进的文化架起了人类彼此了解的桥梁,腐朽的因素则又毒害了部分人的心灵,各民族的个性文化则又面临着毁灭的危机,文化领域的借鉴与保护、趋利与避害,是摆在世界人民面前的重大课题。在科技上,它对人类物质、精神、政治生活的作用越来越显得极其重要。如何运用科技发明造福人类,也是全人类关心的重大问题。

"一定要看到我国社会主义建设发生的重大变化"。建国 50 多年,尤其是改革开放 20 多年来,我国的社会主义建设事业取得了突飞猛进的发展,生产力发展水平、综合国力、人民的生活水准和国际地位有了显著的提高。80 年代中期确定的"三步走"发展战略目标中的前两步已经顺利实现,我国已经进入了全面建设小康社会、加快推进社会主义现代化的新的发展阶段。处于这一阶段,我们既要看到我们已经有了进一步发展的基础,同时还必须清醒地意识到我国目前,乃至今后相当长的时期内仍然处于社会主义初级阶段,离发达国家的发展水平和我们的奋斗目标相差很远,只有踏踏实实、埋头苦干,才能实现第三步奋斗目标。要在经济发展的基础上,努力增加人民的收入;要完善社会保障体系,在追求效率的同时,兼顾公平;要努力实现人的全面发展;要完善社会主义民主和法制,建设与经济和社会发展想适应的社会主义政治文明;要不断丰富人民的精神和文化生活;要坚持可持续发展战略,促进人与自然的协调与和谐等等。

"一定要看到广大党员干部和人民群众工作、生活条件和社会环境发生的重大变化"。改革开放 20 多年来,我国社会已经和正在经历着从计划经济到市场经济、从农业经济向工业经济和知识经济的重大转变。在这一转变过程中,随着社会主义现代化建设事业的不断发展,社会分工的进步和社会经济制度的改革,我国社会的阶层结构、组织形式、人们的劳动就业方式等发生了深刻的变化,而且这种变化会越来越向复杂化、多样化方向发展,这是不以任何人的主观意志为转移的趋势。

上述材料中"三个一定要看到"分别体现了你学过的哪些哲学道理? 请你把体现这些哲学道理的关键词句指出来,并分析这些词句与这些哲理有何关系?

引导学生阅读分析教材有关内容。

提高学生阅读材料、分析材料的能力,学会提炼有效信息的能力。

七、三维评价

◎ 经典训练

(一)在每题给出的四个选项中,只有一项是最符合题意的

1. 与时俱进的哲学依据是 （ ）

A. 事物的联系是普遍的　　B. 事物的运动发展是有规律的

C. 客观实际是不断发展变化的　　D. 事物的相对静止是不存在的

参考答案: C

2. 保持党的先进性的决定性因素是 （ ）

A. 坚持党的思想路线,解放思想、实事求是、与时俱进

B. 贯彻实施依法治国的基本方略

C. 注重在工人阶级中发展党员

D. 坚持为群众办好事、办实事

参考答案：A

3. 中共中央建议将"国家建立健全同经济发展水平相适应的社会保障制度"和"公民的合法私有财产不受侵犯"等内容写入宪法。这体现了中国共产党 （ ）

A. 立党为公、执政为民的根本目标

B. 经济立法的职能

C. 全心全意为人民服务的宗旨

D. 解放思想、实事求是、与时俱进的思想路线

参考答案：D

（二）在每题给出的四个选项中，至少有一项是符合题意的

4. 下列对求真务实理解正确的有 （ ）

A. 所谓求真，就是求得客观事物的真实面貌，就是要求人的认识如实反映客观实际；所谓务实，从本质上说，就是改变世界的实践活动，是主体对客体的能动的改造

B. 求真的主体，是人民群众，而不是孤立的个人

C. 求真和务实的关系，说到底，是认识和实践的关系

D. 求真就是要求新

参考答案：ABC

5. 对于求真务实与实事求是的关系的理解正确的有 （ ）

A. 求真务实，是实事求是的根本要求和集中体现

B. "求真"和"求是"，都是要求我们从客观实际出发去认识规律、把握规律，它们是同一种事情的两种不同表述

C. 求得了"是"，还要把它"作为我们行动的向导"，在科学理论的指导下去行动，去改造世界，而这也就是务实

D. 做到了求真务实，实事求是也就真正得到落实。实事求是，是求真务实的精神实质之所在，它规定了求真务实的科学内涵，也是弘扬求真务实精神应该遵循的基本原则

参考答案：ABCD

（三）辨析题（仅作判断不说明理由者不得分）

6. 发扬求真务实的精神就是要求不"唯书"只"唯实"。

参考答案：(1)求真务实要求我们一切从实际出发，理论联系实际，实事求是，在实践中检验真理和发展真理。题中所说的"唯实"就是坚持求真务实，这是辩证唯物主义的科学态度。(2)不"唯书"就是要求我们不从本本出发，不搞教条主义，而是要理论联系实际，指导实践，解决实际问题。"唯书"实际上脱离实际，从书本的理论知识出发的思想和行为，是教条主义的表现。在实际工作中必须反对"唯书"的态度和做法。(3)辩证唯物主义认为，意识能反作用于客观事物，科学理论对事物的发展具有巨大的促进作用。如果要求只"唯实"而否定正确意识、特别是科学理论的巨大作用也是片面的、有害的。

（四）论述题（要求紧扣题意，综合运用所学知识，结合材料展开分析）

7. 材料：目前我国虽然实现了总体水平的小康，但各种社会矛盾仍然比较突出，为此中央提出构建社会主义和谐社会的战略构想。

建设和谐社会,是一项系统工程,包括经济和谐、区域和谐、城乡和谐、人的和谐、生态和谐、以及经济社会和谐等内容。

建设和谐社会,要正确认识建设和谐社会的任务和形势,外部环境和历史机遇。要以客观规律为惟一指针,防治主观决策、领导意志和经验主义,在实践中不断解放思想,寻求社会和谐进步之路。

上述材料关于建设和谐社会的构想是如何坚持实事求是原则的?

参考答案:从下面几个方面坚持实事求是:第一,中央根据小康社会的现状提出构建和谐社会的构想、部署和要求,这坚持了从客观存在的实际出发;第二,建设和谐社会是一个系统工程,这说明了中央从整体上把握了"实事";第三,建设和谐社会要以客观规律为惟一指针,反对主观主义,说明建设和谐社会要坚持按规律办事;第四,在实践中不断解放思想,寻求社会和谐进步之路,这说明建设和谐社会要坚持发展的观点,要解放思想,坚持实事求是。

◎ 闪光记录

评教评学,以学为主体,包括知识及其构建、内容方法、信息的搜集与甄选、学法指导、自主学习能力、思维火花、密切相关的社会实践活动能力与效果等方面的综合评价。采用表格或其他形式记录学生学习本框的情况:如探究的内容、探究问题的状态(活动或问题)、方式方法、效果、回答问题及练习情况等。

学完本课我的收获	知识				
	能力				
	情感、态度、价值观				
我对同学的评价	小组成员分工及任务完成情况	同学姓名	对他(她)的综合评价		
对我自己的综合评价		学习态度	课堂表现	社会实践反馈	自主完成作业的情况
	自评				
	老师				
	同学				
	家人				

说明:

1. 课堂表现要求写明具体行为,如课堂状态、课堂参与、课堂创新思维等。
2. 自我评价、教师评价、他人评价将和期中期末考试成绩作为综合评定指标。
3. 小组成员在没有分工合作的情况下,将对他的学习态度进行评价。
4. 小组评和自评以具体行为表现为主,老师评以 A、B、C、D 等次评定。
5. "小组成员分工及任务完成情况"指的是自己对其他同学的评价。
6. 以小组为单位,每节课反馈一次。

(张金放　撰写)

第七课　唯物辩证法的联系观

第一框　世界是普遍联系的

一、教学目标

● 知识目标

(1)联系的普遍性。(2)联系的含义。(3)联系的客观性及其意义。(4)联系多样性及其意义。

● 能力目标

(1)结合具体材料,培养学生从错综复杂的自然现象和社会现象中,认识和发现事物联系的能力。(2)能培养学生搜集生活中的有关材料,说明本框所学的内容。(3)能运用联系的普遍性、客观性和多样性及其意义的原理分析社会生活中的一些现象和具体事例,提高分析问题的能力。

● 情感、态度和价值观目标

(1)坚持用联系的观点看问题,反对用孤立的观点看问题。(2)坚持从事物固有的联系中把握事物,切忌主观随意性。(3)把握联系的多样性,注意分析联系的条件性。坚持唯物辩证法,反对形而上学。

重点与难点

重点:联系的客观性和多样性。

难点:联系的客观性及其意义。

学情分析:本单元主要是学习唯物辩证法的基本知识。本框内容是唯物辩证法的一个重要内容,联系的观点是唯物辩证法的一个总特征。与学生生活有着密切的联系。在引导学生共同探究时,始终要联系自然界、社会生活和日常生活中的具体事例,引导学生从事例的分析中得出结论。本框要重点理解联系的客观性和联系的多样性的意义。学习本框内容对培养学生唯物辩证地看问题和分析问题,培养正确的世界观,都有很大的帮助。

二、案例导入

复习　世界的本质是什么?人能不能认识世界?

问题导入　在现实生活中,住房问题是人们关注的热点问题。购买住房是一个家庭的大事,如果你家准备买一套住房,你认为需考虑哪些因素?

学生回答:(略)。

出示图片并进行思维点拨:

人们购买住房要考虑的因素很多:房子质量、房子结构、通风采光、房价、生活环

(1)请学生简要回顾第二单元的主要内容,注意前后知识的联系。

(2)联系学生身边的实际和生活中的热点问题,激发学生学习兴趣。

(3)引导学生仔细分析右边图片,学会从中提炼有效信息,启发学生探究图片中所反映的问题。

境、水电供应、交通通讯、上学上班是否便利等等,当人们全面、综合考虑这些因素的影响时,实际上已经不自觉地运用联系的观点看问题。什么是联系?怎样理解事物的联系?这就是第七课内容:唯物辩证法的联系观。

（4）阅读教材有关内容。

三、问题探究

师生共同探究的主要问题:

1. 什么是联系?

2. 世界是普遍联系还是孤立存在的?

3. 联系是事物本身固有的还是人们主观臆造的?

4. 自在事物的联系是客观的,人为事物的联系是主观的,对吗?

5. 事物的联系是抽象的、无条件的还是具体多样的、有条件的?

（1）幻灯片展示问题。

（2）注意分析理解下列概念及其区别:①联系的普遍性与孤立性;②人为联系、表面联系、臆造联系、主观随意联系与客观联系、真实联系的区别;③直接的、表面的和眼前的联系与间接的、本质的和长远的联系;④正确地认识条件的客观性与改变和创造条件之间的关系;⑤条件的多样性及其相互之间的关系。

四、思维点拨

世界是普遍联系的

问题1:什么是联系?

请学生阅读课本 P54 探究活动——关于太阳风暴的材料,思考材料后面的问题:你能说说实际生活中相互联系的例子吗?

学生回答:(略)。

教师点拨:实际生活中相互联系的例子很多,例如动物的各个器官系统之间(消化系统与器官、呼吸系统与器官,循环系统与器官,排泄系统与器官,生殖系统与器官,神经系统与器官)存在着相互作用的复杂关系:各个器官、系统的活动是受神经和体液来调节的,神经又靠消化系统和循环系统供给养料和氧气等。生物体与外界也存在着相互影响的关系。这些事物内部和事物之间的相互影响哲学上把它视为联系。

放映幻灯片:所谓联系:就是事物之间以及食物内部诸要素之间的相互影响、相互制约和相互作用。

以问题为核心,激发求知欲。

通过列举生活中的实例,实现从感性认识到理性认识的飞跃。

运用学生学过的自然科学知识来说明哲学观点,学生会有亲切感,既巩固了学科知识,也进一步说明了哲学与具体科学的关系。

仔细观察这幅图片,说说这幅漫画所揭示的道理,你是怎样理解这些道理的。

问题 2：世界是普遍联系还是孤立存在的？

观察生物链——食物链图片，运用所学的生物学知识思考并回答问题：

(1) 图片反映了自然界的动物、植物和微生物之间存在什么关系？

图片反映了自然界的动物、植物和微生物之间存在着相互影响、相互制约、相互作用。

生物链指的是：由动物、植物和微生物互相提供食物而形成的相互依存的链条关系。这种关系在大自然中很容易看到。比如：有树的地方常有鸟，有花草的地方常有昆虫。植物、昆虫、鸟和其他生物靠生物链而联系在一起，相互依赖而共存亡。

生物链的例子常常就在我们身边，而且使人类受益匪浅。比如：植物长出的叶和果为昆虫提供了食物，昆虫成为鸟的食物源，有了鸟，才会有鹰和蛇，有了鹰和蛇，鼠类才不会成灾……当动物的粪便和尸体回归土壤后，土壤中的微生物会把它们分解成简单化合物，为植物提供养分，使其长出新的叶和果。就这样，生物链建立了自然界物质的健康循环。

生物链也可以理解为自然界中的食物链，它形成了大自然中"一物降一物"的现象，维系着物种间天然的数量平衡。

(2) 人类与自然界的动物、植物和微生物之间是否也存在着这种关系？

人类与大自然也通过食物链而连接着。人的食物主要来自植物和动物。而动植物是从自然环境中得到营养才生长而成的。如果这些动植物含有了来自环境污染的成分，人吃了就有危险。拿水产鱼类来说，如果自然界有了汞的污染，而土壤中的有些微生物可以把汞转变成有机汞，鱼类吃了这样的微生物就会把有机汞储存在身体中，而人吃了这样的鱼，汞就会进入人的神经细胞中，人就会得可怕的水俣病。水俣病是由于人类污染环境，而污染物最终通过食物链进入人体并严重伤害人的健康的最典型的例子。

所以，人类与自然界之间也存在着相互影响、相互制约、相互作用。

思维拓展：传播生态学视野中的电视节目交易市场同样存在一条"食物链"。电视节目交易市场存在三个显性的主体（制作商、发行商、播出商即电视台）和一个看不见的主体（节目消费者）。电视节目交易市场的四个主体构成了"食物链"的四个营养级。制作商从发行商那里得到版税；发行商向播出商销售节目并获得利润；播出商播放节目获取受众注意力资源；受众的注意力为电视台提供了生存空间。这样形成了一条食物链：受众→播出商→发行商→制作商，这条食物链所传递的不是生物系统的物质和能量，而是受众的注意力资源所转化的行业利润，然后被各个环节依次分食。

以自然界内部、人类与自然界之间存在的相互影响、相互制约、相互作用为例，从浅入深，逐步深入揭示事物的普遍联系。

引导学生回顾物理、化学中的知识思考。

"食物链"现象说明了联系的哪些特点？请学生说说这些特点的具体内容。

师生小结:联系是普遍的。世界上一切事物都不是孤立存在的,都与周围其他事物有着这样或那样的联系。从宏观天体到微观粒子,从无机界到有机界,从自然界到人类社会和人的思维,任何事物都处在联系之中。每一事物内部的各个部分、要素之间是相互联系的,世界是一个相互联系的有机整体。

(一)联系的普遍性(板书)

1. 世界上一切事物都和周围其他事物联系着,任何事物都处在联系之中。

2. 每一事物内部的各个部分、要素之间是相互联系的。

3. 整个世界是一个相互联系的有机整体。

教师活动:指导学生看课文 P54 的相关链接,进一步理解联系的普遍性。

问题 3:联系是普遍的,那事物的联系是本身固有的还是人们主观臆造的?

教师活动:展示资料,请同学阅读、讨论回答后面的问题:

人可以通过自己的活动影响和改变生态平衡,但又不能破坏生态平衡,为什么?

学生活动:讨论、回答问题。

教师点拨:

生物圈不是人类自己创造出来的,它是客观存在的,不以人的意志为转移的,人类活动对生态环境的影响和改变,已经造成了对生态平衡的破坏,这种破坏,已经让人类尝到苦果。在客观生存环境面前,人类活动要受到生态环境的影响和制约,不能随心所欲发挥自己的能动性,肆无忌惮地改造环境、改造自然。所以,联系是事物本身固有的,不以人的意志为转移,联系具有客观性。

教师:人类对生态平衡的破坏,已经让人类尝到苦果。请看一段视频材料,看完后谈谈你的感想。

教师活动:播放视频《人类对生态平衡的破坏及其恶果》(约 7 分钟)

学生活动:观看视频,发表感想。

问题 4:事物的联系就其与实践的关系来说,分为自在事物的联系和人为事物的联系,有人说,自在事物的联系是客观的,人为事物的联系是主观的,你怎么看?

学生活动:以学习小组为单位,讨论并回答问题。

教师点拨:

"自在事物"的联系是客观的。在人类诞生之前或在人类认识与实践活动尚未涉及的领域中,存在纯粹自在事物的客观联系如机械的、物理的、化学的、生物的等联系,它们当然不以人的意志为转移。"人为事

帮助学生全面了解联系的普遍性。

资料:生物圈及生态系统。

生物圈指地球上一切生物(动物、植物、微生物)及其存在环境的总体。生物圈的范围大致包括大气层的下层(对流层)岩石圈的上层(土壤层)和水圈,也就是说,它指的是:大气圈,水圈和土壤岩石圈交汇处适宜生物生存、活动的空间。

什么是生态系统呢?在生物圈内,大约有 1 000 万种生物,人是生物圈的主宰者。在生物圈内的动物、植物和微生物等生物因素与土壤、水分、空气、温度等非生物因素是互相联系、互相依存,而又互相制约的,如果其中一种因素有了变化,其他因素也会相应发生连锁反应。自然界是生物与生物,生物与无机环境之间相互作用、相互依存所形成的统一体,这种统一体,称为生态系统。生物圈中有多种类型

物"的联系也是客观的。在人类实践活动范围内,人们按照一定目的、计划或方案而形成或建立的联系,如国家或地区之间的联系、村庄或学校之间的联系、两个机械系统之间的联系等,尽管这些联系呈现"人化"的特点,渗透着人的目的性、能动性,但这并没有改变或者取消联系的客观性,这些"人为联系"只是人们依据客观联系创造条件,改变了联系的具体形式。"人为事物"的联系是人类实践的产物,只有通过实践这一客观的物质活动才能够形成,形成之后便独立于人的意识之外。所以,"人为事物"的联系也是客观的。

教师活动:指导学生看课文 P55 的相关链接,进一步理解"人为事物"联系的客观性。

提出问题:联系的客观性要求我们怎样做?

学生回答:联系的客观性要求我们要从事物固有的联系中把握事物,切忌主观随意性。避免犯唯心主义诡辩论的错误。

提出问题:什么是诡辩?诡辩论有什么特征?它在实际生活中有哪些表现?

放映幻灯片:诡辩论小故事:

有两个 15 岁的中学生找到教他们希腊文教师的办公室,问道:"老师,请问:究竟什么叫诡辩呢?"这位精通希腊文且又精通希腊哲学的老师并没有直接回答这个问题。他稍稍地考虑了一下,然后说:"有两个人到我这里来做客,一个人很干净,另一个很脏。我请这两个人去洗澡。你们想想,他们两个人中谁会去洗呢?""那还用说,当然是那个脏人。"学生脱口而出。

"不对,是干净人。"老师反驳说,"因为他养成了洗澡的习惯;脏人认为没什么好洗的。再想想看,是谁洗了澡呢?""干净人。"两个青年人改口说。

"不对,是脏人,因为他需要洗澡;而干净人身上干干净净的,不需要洗澡。"老师又反驳说。然后,他再次问道:"如此看来,我的客人中谁洗了澡呢?"

"脏人!"学生重复了第一次的回答。

"又错了,当然是两个人都洗了。"老师说:"干净人有洗澡习惯,而脏人需要洗澡。怎么样?他们两人到底谁洗澡了呢?"

"那看来就是两人都洗了。"青年人犹豫不决地回答。

"不对,两人谁都没洗。"老师解释说:"因为脏人没有洗澡的习惯,干净人不需要洗澡。"

"有道理,但是我们究竟该怎样解释呢?"两个学生不满地说,"你讲的每次都不一样,而又总是对的!"

"正是如此,你们看,这就是诡辩。"

诡辩论重要特征:离开事物的真实联系,抓住事物的表面相似之处,主观臆造并不存在的联系。

的生态系统,典型的如森林、灌丛、草原、湿地和海洋等。各种类型的生态系统为不同的动物、植物和微生物提供着独特的生存和繁衍的条件。

突破难点。

以形象生动的故事形式,化抽象为具体。

认真阅读材料,仔细体会其中寓意。

诡辩论在实际生活中的表现：

例1："抓住事物的表面相似之处"，这也是古今一些江湖骗子利用巫术、占卜、算命、相面等手段招摇撞骗、谋取钱财的惯用伎俩。他们乞灵于一些似是而非、模棱两可的乱语，随机应变，作出适合需要的解释。例如：用"父在母先亡"来测探问卜者父母的存殁，以示灵验。其实，这句话能作"多可论"的解释：一是可解释成"父亲在，母亲先死了"；二是可说成"父亲在母亲之前死了"；三是假定父母都健在，则可解释成将来两人死亡时间的先后，反正两人死亡有先有后；四是如果父母亲都去世了，也可解释父母死的时间先后。根据第一点和第二点，不管谁先死，都能左右逢源。既然"父在母先亡"这个乱语可以针对各种情况的需要而自圆其说，那么，它也就总是"正确"的了，"灵验"也就"灵"在这里。

例2：搞市场经济与"一切向钱看"、重视金钱的作用与"金钱万能论"、放开物价与胡乱要价、学习外国与崇洋媚外……这些都有各自本质的规定性，彼此有着严格的界限，但是，也确有貌似之处，而有些人却抓住它们表面上的相似之处，加以夸大乃至划上等号，有意或无意地混淆不同事物的本质区别，为其错误的行为辩护。

提出问题：联系是客观的，那是否意味着人对事物之间的联系无能为力呢？

教师活动：指导学生阅读课文 P56 的相关链接并点拨：人们可以根据事物固有的联系，改变事物的状态，调整原来的联系，建立新的联系。

师生小结：略。

（二）联系的客观性（板书）

1. 联系的客观性是指联系是事物本身固有的，不以人的意志为转移。

2. 自在事物的联系和人为事物的联系都是客观的。

3. 从事物固有的联系中把握事物，切忌主观随意性。

4. 人们可以根据事物固有的联系来建立新的联系。

问题5：事物的联系是抽象的、无条件的还是具体多样的、有条件的？

学生活动：联系生活实际，列举所知道的事物之间或事物内部的联系。从这些例子中总结出由于世界上事物的千差万别，事物的联系是多种多样的。

阅读课文 P56 第四段。

观察图片，说出联系的多样性的具体形式。

巫术、占卜、算命、相面等的主要错误是什么？

请学生阅读教材有关内容，体会联系客观性的基本观点的含义。

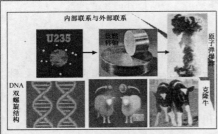

联系在内容和形式上是多种多样的。按照联系的性质和特点可以把联系分为:直接联系和间接联系;内部联系和外部联系;主要联系和次要联系;本质联系和非本质联系;必然联系和偶然联系等。

提出问题:联系是多样的,我们应如何把握联系的多样性?

(三)联系的多样性(板书)

不仅要把握事物直接的、表面的和眼前的联系,还要把握事物那些间接的、本质的和长远的联系,注意事物之间相互联系的中间环节。

例如:人们为了眼前的经济利益,而忽视了对生态环境的保护,就是因为只看见直接联系,忽视了间接联系。1958年,我们只看到麻雀吃粮食,没有看到麻雀还在大量地捕食害虫而保护庄稼和树木,于是大规模地捕杀麻雀,造成一些地方虫灾泛滥;又如,人们为了获得经济利益,掠夺性的滥挖草原上的干草,结果造成植被破坏,土地荒漠化,一遇大风,沙尘暴便铺天盖地而来;

再如,人们为了获得经济利益,或为了保护自己的家禽、家畜,大量捕杀蛇、鹰、狐狸、黄鼠狼等,这些动物被消灭殆尽,结果鼠患成灾。这种只见直接联系不见间接联系的急功近利的狭隘功利主义,给人类带来了巨大的灾难,应当引起我们的警觉。

提出问题:联系是普遍的,又是客观的,还是多种多样的,是否任何两个事物之间都存在联系?

教师点拨:不是任何两个事物之间都存在联系。任何一种联系总是在一定条件下的联系。条件是指与某一事物相关联的、对它的存在和发展发生影响的诸要素的总和。简单地说,同某一事物相联系的、对它的存在和发展发生作用的因素就是这个事物的条件。一切事物的存在和发展都是有条件的,总是在一定条件下产生,又在一定条件下发展,趋于灭亡。即使人们改变条件、创造条件的活动,都是有条件的,因此,任何具体的联系无不依赖于一定的条件,随着条件的改变,事物之间及其事物内部各要素之间的联系的性质、方式,也要发生变化。这就是联系的条件性。

提出问题:既然事物的联系是具体的、有条件的,我们应怎样把握联系的条件性?

教师点拨:把握联系的条件性,既要注重客观条件,又要恰当运用主观条件;既要把握事物内部条件,又要关注事物的外部条件;既要认识事物的有利条件,又要重视事物的不利条件。

离开具体条件去办事情,不是陷入没有根据的空想,就是变为盲目蛮干的鲁莽家。

师生小结:总之,我们在分析事物之间的联系时,一切要以时间、地点、条件为转移。可以通过具体分析事物之间是否存在联系的条件,判断事物之间是否有联系,通过分析事物之间联系的条件,明确事物之间存在何种联系,根据事物之间固有的联系,改变条件,改变事物的具体联系。

(板书)

1. 事物的差别性决定了联系的多样性。

2. 联系在内容和形式上是多种多样的。

3. 正确把握联系的多样性:

(1)把握事物直接的、表面的和眼前的联系。

(2)把握事物间接的、本质的和长远的联系。

(3)注意事物之间相互联系的中间环节。

(4)注意分析和把握事物存在和发展的各种条件。

本框小结:(1)把联系的普遍性仅仅理解为事物同周围其他事物的联系。并把这种联系局限在横的方面与左邻右舍事物的联系,忽视在纵的方面与前后相继的联系。

(2)把联系的客观性等同于联系的不可改变性,从而否认了可以根据事物的固有联系改变事物的状态、建立新的具体联系的观点,即否认了联系的可变性。

(3)把联系的普遍性理解为任何两个事物之间都存在着相互联系,从而否认了联系的条件性。

思考:在你的成长历程中,有哪些因素影响着你?它们又是怎样影响你的?

(1)通读教材,深化理解基本观点。

(2)引导学生思考:学完本课后,对你今后正确地分析问题,解决问题有哪些帮助?请你列举一些具体事例说明。

五、知识构建

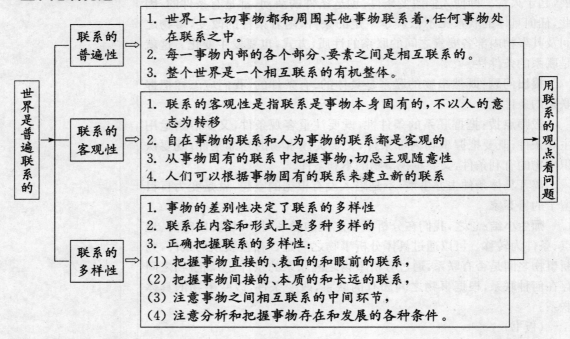

世界是普遍联系的 →

联系的普遍性 →
1. 世界上一切事物都和周围其他事物联系着,任何事物处在联系之中。
2. 每一事物内部的各个部分、要素之间是相互联系的。
3. 整个世界是一个相互联系的有机整体。

联系的客观性 →
1. 联系的客观性是指联系是事物本身固有的,不以人的意志为转移
2. 自在事物的联系和人为事物的联系都是客观的
3. 从事物固有的联系中把握事物,切忌主观随意性
4. 人们可以根据事物固有的联系来建立新的联系

联系的多样性 →
1. 事物的差别性决定了联系的多样性
2. 联系在内容和形式上是多种多样的
3. 正确把握联系的多样性:
(1) 把握事物直接的、表面的和眼前的联系,
(2) 把握事物间接的、本质的和长远的联系,
(3) 注意事物之间相互联系的中间环节,
(4) 注意分析和把握事物存在和发展的各种条件。

→ 用联系的观点看问题

1. 请你指出上述表格中,哪些是原理及其对应的方法论?
2. 上述知识点之间有哪些内在联系?与你的生活有哪些联系?请你用自己的语言表述出来。
3. 本框内容与前面几课的内容有哪些联系?请把这些联系归纳出来。

六、资源开发

通过经典事例引导学生搜集、甄选和开发与本框内容密切相关的学生身边的生活资源(包括本地重要历史和现实中的资料,如社区生活、校园生活、家庭生活以及重大活动等),培养学生搜集信息、处理信息的能力以及从上述资源中提取有效信息的能力。

材料一:"十一五"规划指出,我国土地、淡水、能源、矿产资源和环境状况对经济发展已构成严重制约。要把节约资源作为基本国策,发展循环经济,保护生态环境,加快建设资源节约型、环境友好型社会,促进经济发展与人口、资源、环境相协调。
(1) 上述材料中土地、淡水、能源、矿产资源和环境状况与经济发展之间有何联系?
(2) 体现了哪些联系?材料中是怎样体现的?
(3) "规划"是否能改变这种联系?

材料二:据 2005 年 8 月 16 日新华社报道,近一段时间以来,一些不法分子在中小学校园周边地区大肆兜售、租售一些有害出版物,极大地伤害了广大青少年的身心健康,并已成为诱发青少年违法犯罪的一个重要原因。为深入开展"预防青少年违法犯罪工程",进一步净化未成

引导学生阅读材料,学会从材料中提炼有效信息。

材料一提示:土地、淡水、能源、矿产资源和环境状况是经济发展的重要资源,对我国经济的发展产生了直接的影响。

材料二提示:略。

年人健康成长环境,整顿和规范出版物市场秩序,新闻出版总署等五部委发出通知,于 2005 年 8—10 月期间决定在全国范围内开展专项治理行动。其重点是:一是坚决查处有淫秽色情、凶杀暴力、封建迷信和伪科学出版物内容的音像、图书、卡通画册、游戏软件等各类非法出版物;二是重点清理中小学校及周边和城乡结合部、电子出版物市场、电脑科技城等重点部位的出版物的经营场所;三是严厉打击以未成年人为主要对象长期从事非法制作、发行、传播有害出版物的违法犯罪行为和不法分子。

　　新闻出版总署等五部委为什么要打击在中小学校园周边地区大肆兜售、租售一些有害出版物的行为,开展专项治理行动?请用联系的观点,分析上述出版物及其经营场所与青少年健康成长之间有何关系?新闻出版总署等五部委采取上述行动,制止这种行为,是否说明事物之间的联系是可以改变的?

　　材料三:2006 年 1 月 26 日《南方日报》报道,被视为封建迷信的风水之术逐渐抬头。在风水的众多吹捧者之中,最引人注目的还是“党政官员群体”。山东省泰安市原市委书记胡建学,曾有人预测说胡建学可当副总理,只是命里缺一座“桥”。他因此下令将已经计划施工的国道改道,使其穿越一座水库,并顺理成章地在水库上修起一座大桥。结果没有当上副总理,倒是因贪污受贿罪被山东高检院判处死缓。据记者调查发现,很多官员利用公款为风水之术买单的却已成为“公开的秘密”。

　　胡建学为什么建起了“桥”,却没有当上副总理?请你运用有关知识分析其错误的根源。它对当地经济社会发展和人生的发展产生了哪些不利影响?结合上述事例,联系你个人生活中的事例,谈谈青少年应该怎样认识上述现象?

　　材料四:“十一五”建议强调,我们要加强污染治理和生态保护,推进重点流域区域污染防治工作,着力解决严重危害人民群众健康安全的环境污染特别是水污染、大气污染等问题,切实保护好自然生态。国家已经明确,到“十一五”末,我国单位国内生产总值能源消耗比“十五”末期降低 20%左右,环境友好型社会建设越来越成为全社会共识。

　　结合上述材料谈谈建设环境友好型社会的哲学意义。

　　材料五:2005 年 10 月 31 日《北京晚报》报道,2004 年 12 月 27 日清晨,13 岁的天津男孩张潇艺,在网吧连续上网 36 小时后,选择了一种“特别造型”告别了现实世界:在天津市海河外滩一栋 24 层高楼顶上,双臂平伸,双脚交叉成飞天姿势,纵身跃起朝着东南方向的大海“飞”去,去追寻网络游戏中的那些英雄朋友……一个曾经品学兼优的学生,就

材料三提示:“桥”、“副总理”之间是主观联系,是主观唯心主义的表现。

启发学生正确认识事物之间联系的重要性,体验唯物辩证法的联系观的科学性以及对人生发展的重要意义。

这样夭折了。从少年的遗体上,警方发现了 4 份绝笔,上面写着:"我有 3 个知心朋友——尤第安、泰兰德、复仇天神……我相信会有来世,会有天堂、地狱,来世如果我还是人,我一定会是最好的孩子……"同时,这位少年还留下了 8 万字的"网络游戏不再只是游戏,它还可能'吃人'"的日记。为此,青年作家张春良得到 63 位家长的授权将对游戏开发商发起诉讼。

　　崇文区法院的一位法官说,近两年他审理的未成年人刑事犯罪案件中,涉及网络游戏而诱发犯罪的案件有 20 余起,占全部案件的 17%。

　　(1) 为什么说网络游戏会诱发犯罪? 他们之间是什么联系?

　　(2) 为什么说"游戏不再只是游戏,它还可能'吃人'"?

　　(3) 你从张潇艺同学不幸中,明白了哪些哲学道理?

　　材料六:2006 年 1 月 19 日,台盟中央主席林文漪在台盟中央、全国台联共同举办的 2006 年在京台胞的新春同乐会上表示:"两岸同胞同根同源、同文同宗,血脉相连,骨肉乡亲。我们十分珍惜此时的相聚。更渴望两岸的亲友往返自如。我满怀信心,热切期盼着两岸同胞团聚的一天的到来。"

　　"两岸同胞同根同源、同文同宗,血脉相连,骨肉乡亲。我们十分珍惜此时的相聚。"体现了什么联系? 请说说这些联系的具体内容。

引导学生回顾所学知识,运用所学知识分析材料,体验知识运用的价值。

七、三维评价

◎ 经典训练

(一) 在每题给出的四个选项中,只有一项是最符合题意的

1. 唯物辩证法认为世界是普遍联系的,这里的联系是指　　　　　　　　　(　)

　　A. 对立面之间的同一性和斗争性的关系

　　B. 事物内部的本质联系

　　C. 事物之间的必然联系

　　D. 事物之间和事物内部诸要素之间的相互作用、相互制约和相互影响

参考答案:D

生活在一个高朋良友的圈子里,大家互相砥砺,同心向善,久之,自己也会成为道德高尚的人。混迹于一个坏人成堆的圈子里,沾染许多恶习,久入鲍鱼之肆而不知其臭,最后自己也一同堕落。据此回答 2~3 题。

2. 上述材料体现的哲理是　　　　　　　　　　　　　　　　　　　　(　)

　　A. 事物之间存在着相互影响、相互制约的关系

　　B. 任何两个事物之间都存在着联系

　　C. 物质对意识具有决定作用

　　D. 人们对同一事物的认识是有差别的

参考答案:A

3. 上述材料给我们的哲学启示是　　　　　　　　　　　　　　　　　(　)

①只有尊重规律,才能认识和利用规律②事物的联系是客观的,人们在联系面前无能为力③必须注意一事物与周围其他事物的联系④要充分利用事物之间的有利联系,自觉克服和尽量避免不利联系

A. ①②　　　　　　B. ③④　　　　　　C. ①③　　　　　　D. ②④

参考答案:B

(二)在每题给出的四个选项中,至少有一项是符合题意的

4. 英国生物学家达尔文发现:在猫、田鼠、土蜂、三叶草四种生物之间存在着微妙的关系:猫捕食田鼠,田鼠毁坏土蜂的巢并偷吃土蜂的蜜,而土蜂在触及三叶草的蜜腺时可以给它授粉……这样,四种生物就发生了如下的连锁反应:猫多—田鼠少—土蜂多—三叶草茂盛;猫少—田鼠多—土蜂少—三叶草凋零。达尔文以此为例,认为整个动、植物之间存在着生命的经纬,而这些经纬交织在一起,便结成了复杂的"生命之网"。这表明　　　　　　　　　　　　　　　　　　　(　　)

A. 事物的联系具有多样性,既存在着直接联系,也存在着间接联系

B. 事物不存在着任何独立性

C. 三叶草茂盛还是凋零,取决于猫的多少,这说明外因是事物发展的决定性因素

D. 生物链中一环出了问题,会殃及其他,因此,必须保持生态平衡

参考答案:AD

5. 在科学上,高能物理和天体物理的研究证明,地球上的核反应,元素蜕变现象与宇宙天体运动存在着共同规律,这说明这两种科学现象之间具有　　　　　　　　　　　　　　　(　　)

A. 间接的联系　　　　B. 内在的联系　　　　C. 偶然的联系　　　　D. 本质的联系

E. 外部的联系

参考答案:BD

(三)简答题

6. 党的十六届五中全会提出:"要坚持把解决好'三农'问题作为全党工作的重中之重,按照'生产发展、生活富裕、乡风文明、村容整洁、管理民主'的要求,稳步推进社会主义新农村建设。"按照"生产发展、生活富裕、乡风文明、村容整洁、管理民主"的要求建设社会主义新农村体现了唯物辩证法的什么观点? 你是怎样理解这个观点的?

参考答案:这一论断体现了唯物辩证法的普遍联系的观点。

唯物辩证法认为:联系是事物之间以及事物内部诸要素之间的相互影响、相互制约和相互作用。世界是普遍联系的:①世界上一切事物都与周围其他事物有着这样或那样的联系;②每一事物内部的各个部分、要素之间是相互联系的;③整个世界是一个普遍联系的有机整体。联系的观点是唯物辩证法的基本观点。社会主义新农村是21世纪全面小康社会的农村,是实现现代化的农村,既包括发展农村生产力,又包括调整完善农村的生产关系和上层建筑,包括全面加强农村的社会主义经济建设、政治建设、文化建设、和谐社会建设和党的建设,生产发展、生活宽裕主要是指物质层面,乡风文明、村容整洁是指精神文明,而管理民主则属于政治文明范畴。它们是一个相互联系的有机整体,概括了社会主义新农村的基本内涵。

(四)辨析题(仅作判断不说明理由者不得分)

7. "自在事物"的联系是客观的,"人为事物"的联系是主观的。

参考答案:"自在事物"的联系是客观的。在人类诞生之前或在人类认识与实践活动尚未涉及的领域中,存在纯粹自在事物的客观联系如机械的、物理的、化学的、生物的等联系,他们当然不以人的意志为转移。"人为事物"的联系也是客观的。在人类实践活动范围内,人们按照一定目的、计

划或方案而形成或建立的联系,如国家或地区之间的联系、村庄或学校之间的联系、两个机械系统之间的联系等,尽管这些联系呈现"人化"的特点,渗透着人的目的性、能动性,但这并没有改变或者取消联系的客观性,这些"人为联系"只是人们依据客观联系创造条件,改变了联系的具体形式。"人为事物"的联系是人类实践的产物,只有通过实践这一客观的物质活动才能够形成,形成之后便独立于人的意识之外。所以,"人为事物"的联系也是客观的。

(五) 论述题(要求紧扣题意,综合运用所学知识,结合材料展开分析)

8.背景材料:由美伊战争引起本轮全球石油价格上涨已经持续了近三年,国际市场原油价格(以纽约 WTI 原油期货价格为例)从 2002 年下半年的每桶 28 美元左右上涨到 8 月底最高的每桶 70 美元,涨幅达到 150%。与国际市场原油价格大幅上涨相对应,国际市场成品油价格也出现了飙升,纽约市场汽油期货价格由 2002 年下半年每桶 33 美元左右上涨到目前的每桶 78 美元左右,涨幅为 136%。由于我国石油对外依存度已经达到 42%,国际市场石油价格大幅上涨对国内石油市场价格也产生了较大影响,人们感受较深的是成品油零售价格近三年来几乎一直是在上涨,根据监测,从 2002 年 9 月份起,国内 93 号汽油平均零售价格涨幅为 48.54%;0 号柴油平均零售价格涨幅为 47.68%。

材料体现了哪些事物之间的联系? 石油价格上涨对我国及世界经济有什么影响? 上涨与什么因素有关?

参考答案:材料所体现了联系有:美伊战争——石油价格上涨。国际市场原油价格大幅上涨——国际市场成品油价格飙升。国际市场石油价格大幅上涨——国内石油市场价格上涨。石油价格上涨不仅影响了中国经济,而且对整个世界经济也产生深刻的影响。对于发达国家来说,油价上升加重了他们的财政负担和工业成本。而对于刚刚摆脱金融危机阴影的发展中国家,能源成本增加将导致经济复苏放慢。我国作为发展中国家,受国际油价上涨的影响,不仅企业成本上升,消费者负担加重,而且对国际原油的依存度加大。有关专家预计,今后我国原油供需缺口将逐年加大,这意味着每年需要进口大量原油。

国际油价大幅度上涨,与国际政治、经济和军事等诸多因素有关,在国际资本操纵下大幅波动的石油价格已开始威胁我国的石油安全。因此,建立我国石油安全体系迫在眉睫。

(六) 生活探究题

9.缺水是世界性的难题。我国是一个干旱缺水严重的国家。我国的淡水资源总量占全球水资源的 6%,而人均水资源量仅为世界平均水平的 1/4,是世界人均水资源最贫乏的国家之一。然而,中国又是世界上用水量最多的国家。我国从 20 世纪 70 年代以来,就开始水荒,80 年代以来,中国的水荒由局部逐渐蔓延至全国,情势越来越严重,对农业以及国民经济已经产生严重的影响。每年影响粮食生产 150—200 亿千克,影响工业产值 2 000 多亿元,全国还有 7 000 万人饮水困难。缺水对环境和人的身心健康都有严重的影响。

◎ **闪光记录**

评教评学,以学为主体,包括知识及其构建、内容方法、信息的搜集与甄选、学法指导、自主学习能力、思维火花、密切相关的社会实践活动能力与效果等方面的综合评价。采用表格或其他形式记录学生学习本框的情况:如探究的内容、探究问题的状态(活动或问题)、方式方法、效果、回答问题及练习情况等。

学完本课我的收获	知识				
	能力				
	情感、态度、价值观				
我对同学的评价	小组成员分工及任务完成情况	同学姓名	对他（她）的综合评价		
对我自己的综合评价		学习态度	课堂表现	社会实践反馈	自主完成作业的情况
	自评				
	老师				
	同学				
	家人				

说明：

1. 课堂表现要求写明具体行为，如课堂状态、课堂参与、课堂创新思维等。
2. 自我评价、教师评价、他人评价将和期中期末考试成绩作为综合评定指标。
3. 小组成员在没有分工合作的情况下，将对他的学习态度进行评价。
4. 小组评和自评以具体行为表现为主，老师评以 A、B、C、D 等次评定。
5. "小组成员分工及任务完成情况"指的是自己对其他同学的评价。
6. 以小组为单位，每节课反馈一次。

（黄秀银 撰写）

第二框　用联系的观点看问题

一、教学目标

● 知识目标

(1)整体与部分之间的区别与联系。(2)整体与部分的辩证关系的方法论意义。(3)整体与部分关系和系统与要素之间的内在联系。(4)系统与其要素之间的联系。(5)掌握系统优化的方法及其意义。

● 能力目标

(1)能结合具体事例说明整体与部分之间、系统与要素之间的关系及其意义。(2)能运用整体与部分、系统与要素关系的原理及其方法论正确分析和认识自然界和人类社会生活中的一些现象和具体事例,提高全面地看问题、分析问题和解决问题、透过现象认识事物本质的能力。

● 情感、态度和价值观目标

培养学生既要有整体观念、全局观念,又要有局部观念,培养学生唯物辩证地对待一切事物的科学态度,学会在工作和学习中具有统筹兼顾的思想态度和方法。

重点与难点

重点:正确地认识和处理整体与部分、系统与要素的辩证关系。

难点:培养学生形成全局和局部的观念及系统优化的认识问题和处理问题的方法。

学情分析:(略)。

二、案例导入

复习提问:

1. 什么是联系?

2. 联系的特性有哪些?

教学情境:"桑—蚕—鱼"

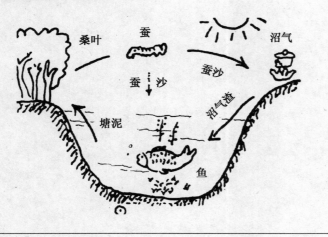

回顾已学知识,导入新课。

前几课,我们学习了世界是普遍联系的观点以及联系的普遍性、客观性和多样性。知道了世界上的一切都是联系着的,联系是事物存在的必要条件。所以在实践中,我们必须学会运用联系的观点看问题,这也就是我们本节学习的内容——**用联系的观点看问题**。

设问:桑基鱼塘给了我们什么哲学启示?

学生回答:(略)。

教师归纳:联系是普遍的,要求我们用普遍联系的观点看问题,不能任意割断事物之间的联系。"桑—蚕—鱼"这种生态系统在桑基鱼塘这种农业生态系统中，"桑—蚕—鱼"之间，由于食物关系构成一个简单的食物链。在食物链内部，"桑—蚕—鱼"之间都是相互影响、相互制约的关系。而在食物链外部，它们与阳光、温度、空气、水分和土壤等事物之间，也存在着一种相互影响、相互制约的关系。

就是辩证法中所要讲的整体和部分的关系。

三、问题探究

结合上述情景，联系生活中的具体事例探究和回答下列问题。

1. 唯物辩证法中所说的"整体"和"部分"分别指什么？

2. 整体和部分的关系、系统与要素的关系是什么？

3. 正确的认识和处理整体和部分的关系、掌握系统优化方法对我们的学习和生活有哪些帮助？

4. 在你日常生活中曾经有过哪些教训能说明学习本框内容的重要性？使你领悟了哪些生活中的道理？

引导学生阅读教材，搜集生活中的有关事例。

注意以下几个问题：（1）整体和部分关系、系统与要素的关系的原理与方法论分别是什么？与前面学过的事物的普遍联系的原理有哪些内在联系？（2）学习本框内容对你的学习和生活及其今后的人生发展有哪些帮助？

四、思维点拨

（一）坚持整体与部分的统一

1. **整体和部分是相互区别的**

教学情境1：坐井观天。

2. **整体和部分是相互联系的。**

教学情境2：美女和美女的手。

据说燕国太子丹百般讨好荆轲，为的是要荆轲去刺杀秦王。在临行前的宴会上，太子丹特意叫来一个"能琴善乐"的美人为荆轲弹琴助兴。她有一双纤细、白嫩、灵巧的手，荆轲听着悦耳的琴声，连连称赞："好手，好手！"并一再表示"但爱其手"。太子丹听着荆轲的称赞，立即命人将美人之手斩断，放在盘子里，送给荆轲。

引导学生阅读材料分析材料，学会提取材料中的有效信息。

课堂探究：

请你从"整体和部分"的角度分析说明人们为什么将"坐井观天"视为贬义词？

探究提示：

忽视了整体与部分的不同，将部分看作了整体。

课堂探究：

美手离开美女的身体，其手算不算是人的一部分？这则故事说明了什么哲学道理？

探究提示：

作为人体有机组成部分的手离开了人体这一整体，就不再是一双灵巧的手了。

思维点拨：

成语"一着不慎，满盘皆输"揭示了什么哲学道理？

提示：

"在整体中，关键性部分的成败会对整体的成败起决定作用。"

3. 理解整体和部分相互关系的哲学意义

教学情境3："嘴疼"与"医脚"。

有一个人嘴上长了一些小疙瘩，后来逐渐严重，满口糜烂，十分疼痛。他到医院打针吃药都无济于事。后来经人引荐，去找一位颇有名望的老中医治疗。这位老中医给他开了几味药，让他研制成粉，用醋调敷在脚心上。开始他半信半疑，但遵老中医的方法调敷几次后，病果然痊愈了。这人感到很奇怪，便去问："听说头疼医头，脚疼医脚，为什么嘴疼医脚，药到病除呢？"

老中医听后，向他讲了这么一个道理：人体是一个有机联系的整体，由于经络的作用，各部分之间都密切相联，在病变上也是互相影响，互相制约的。有时病本在下，病状在上；有时病本在上，病状在下。你这口腔糜烂与心脾积热有关，根据"治病必求其本"的原则，采取上病下取，用药敷脚心，通过经络引心脾之火下行与口服药的效果是一样的。

思维点拨：

中医的"四诊"疗法正是运用了唯物辩证法中的整体和部分相互关系的哲学道理。

中医的"四诊"即"望、闻、问、切"，也是从整体联系来观察、判断病情的。"望"是用眼睛观察，"闻"是用耳和鼻诊查，"问"是问询病状和病史，"切"是摸脉。正是由于全面了解了病情，才使中医能够"辩证"治病。

师生小结：填表——整体和部分的区别与联系（略）。

		整体	部分
相互区别	含义		
	地位		
	作用		
	功能		
相互联系			
两者相互联系的哲学意义			

师生课堂探究：

它告诉我们：部分和整体是相互联系的，部分是整体中的部分。离开了整体，部分就不成其为部分。

课堂探究：

这则故事给了我们哪些哲学启示？

探究提示：

老中医利用人体的经络联系医脚治好了嘴上的疮，体现了注重事物整体性的辩证哲理。因此我们应当树立全局观念，立足整体，统筹全局，选择最佳方案，实现整体的最优目标，从而达到整体功能大于部分功能之和的理想效果；同时也必须重视部分的作用，搞好局部，用局部的发展推动整体的发展。

引导学生仔细观察漫画，说说漫画中所包含的哲学道理。

请同学们看下面的漫画,这幅漫画反映了我们学习的什么样的哲学道理?

展示:漫画——盲人摸象。

教师点拨:我们已经学习了整体和部分关系的原理,这一原理是正确处理整体利益和局部利益的理论基础,正确把握这一原理对于实践具有重要的指导意义。不能坚持这一原理会对人民的生产生活带来危害。所以,同学们要学会将整体与部分的关系原理运用于现实生活当中。例如,你能够说一说在即将举行的运动会中,如何才能使整体功能大于部分功能之和,实现班集体的最优目标?

学生自由列举实例说明。

(二)掌握系统优化的方法

教学情境 4:

故事:分粥——注重整体性和系统内部的结构排列。

有七个人曾经住在一起,每天分一大桶粥。要命的是,粥每天都不够。

一开始,他们抓阄决定谁来分粥,每天轮一个。于是每周下来,他们只有一天是饱的,就是自己分粥的那一天。后来他们推选出一个道德高尚的人出来分粥。强权就会产生腐败,大家开始挖空心思去讨好他,贿赂他,搞得整个小团体乌烟瘴气。然后,大家开始组成三人的分粥委员会及四人的评选委员会,但互相攻击扯皮下来,粥吃到嘴里全是凉的。

最后想出来一个方法:轮流分粥,但分粥的人要等其他人都挑完后拿剩下的最后一碗。

为了不让自己吃到最少的,每人都尽量分得平均,就算不平,也只能认了。大家快快乐乐,和和气气,日子越过越好。

课堂探究:
"分粥"包含的哲学寓意是什么?

探究提示:
《分粥》故事中,同是七人分一桶粥,有抓阄分粥、推选分粥、委员会分粥、轮流分粥四种分粥方案。谁分粥,谁先拿粥,前三种分粥方案是部分以欠佳的结构形成整体,没取得令人满意的效果:每周饱一次、腐败粥、凉粥。

引导学生讨论上述故事中包含的道理。

思维点拨：

整体和部分的关系，在一定意义上就是系统和要素的关系。系统就是由诸要素构成的统一整体。其基本特征是整体性、有序性和内部结构的优化趋向。

（1）整体性。系统作为一个整体，具有其中每一个要素都不能单独具有的功能，任何系统都是各个要素相互联结、相互作用而构成的有机整体，系统中的各个要素不能离开作为整体的系统而孤立存在。（2）内部结构的有序性，系统的结构是由构成该系统的各要素按一定的秩序、方式或比例组合而成，例如学习过程中学习时间的分配，任何系统都有自身的结构。（3）内部结构的优化趋向，系统作为一个整体，不是各个要素功能的简单相加，系统整体有着组成它的各要素在孤立状态下所没有的新功能，也就是整体大于部分之和，即 $1+1>2$。

例如，飞机能飞上天空，但组成飞机的各个零件是无法飞翔的，又如形成了系统的学习方法后，学习效果要比没有学习方法盲目地学习更好。

掌握系统优化方法必须做到的三个方面：

1. 着眼于事物的整体性。

2. 注意遵循系统内部结构的有序性。

3. 注重系统内部结构的优化趋向，达到整体大于部分之和的效果即 $1+1>2$。

教学情境5：结合自身的学习实际，制订自己的学习计划

原则：运用系统优化法。

要求：制订严密的学习计划，真正落实计划，不打折扣。

目的：提高学习效率，获得理想的学习成绩。

最后一种方案，只是改变了分粥者拿粥次序，即改变了拿粥的结构排列方式，分粥者不是先拿粥，而是最后拿粥，各个部分以合理的结构形成整体，终于实现了完全公平公正公开，达到了良好的意愿，取得了令人满意的效果：大家快快乐乐，和和气气，日子越过越好。生活中我们经常会看到这种现象，如何用最佳的方案解决呢？这就要求我们要处理好整体与部分间的关系。就是要掌握系统优化的方法。

引导学生认识、反省自我，学会用辩证的方法对待自己的学习和生活，从而寻找一条解决问题的最佳途径，取得事半功倍的效果。

五、知识构建

（一）知识归纳：整体与部分的关系是辩证统一的，二者既相互区别，又相互联系，密不可分。理解整体与部分的关系具有重要的意义，我们应当树立全局观念，立足整体，统筹全局，选择最佳方案，实现整体的最优化目标；同时必须重视部分的作用，搞好局部，用局部的发展推动整体的发展。整体与部分的关系在一定意义就是系统与要素的关系。系统的基本特征是整体性、有序性和内部结构的优化趋向。系统优化的方法要求我们用综合的思维方式来认识事物。

（二）知识结构图：

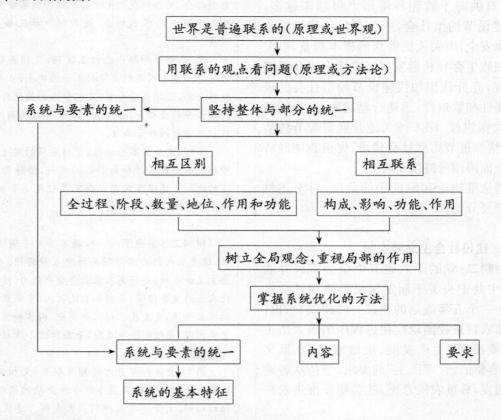

1. 整体与部分的关系，在一定意义上就是系统和要素的关系，但整体是否等同于系统、部分是否等同于要素？

2. 请你指出上述表格中，哪些是原理？哪些是方法论？这些原理与方法论之间有何关系？

3. 上述知识点之间有哪些内在联系？与你的生活有哪些联系？请你用自己的语言表述出来。

4. 本框内容与前面几课的内容有哪些联系？请把这些联系归纳出来。

六、资源开发

通过经典事例引导学生搜集、甄选和开发与本框内容密切相关的学生身边的生活资源（包括本地重要历史和现实中的资料，如社区生活、校园生活、家庭生活以及重大活动等），培养学生搜集信息、处理信息的能力以及从上述资源中提取有效信息的能力。

1. 加快建设节约型社会

材料一：温家宝在全国做好建设节约型社会近期重点工作电视电话会议上强调：人口众多、资源相对不足、环境承载能力较弱，是中国的基本国情。在全面建设小康社会进程中，经济规模将进一步扩大，工业化不断推进，居民消费结构逐步升级，城市化步伐加

引导学生搜集日常生活或学习中具体事例。

材料一答案提示：第一，一切从实际出发，实事求是。加快建设节约型社会，是缓解资源供需矛盾的根本出路，是贯彻落实科学发展观、走新型工业化道路的必然要求，是保持经济平稳较快发展、全面建设小康社会的迫切需要，是保障经济安全和国家安全的重要举措。

第二，联系具有普遍性和客观性。加快建设节

快,资源供需矛盾和环境压力将越来越多。加快建设节约型社会,事关现代化建设进程和国家安全,事关人民群众的根本利益,事关中华民族生存和长远发展。要从全局和战略的高度,充分认识加快建设节约型社会的极端重要性和紧迫性,迅速行动起来,在全国范围内大张旗鼓、深入持久地开展资源节约活动,加快推进节约型社会建设,促进我国经济社会全面协调可持续发展。

请从唯物论和辩证法的角度,对上述材料作简要分析。

2. 建设社会主义新农村

材料二:党的十六届五中全会审议并通过了《中共中央关于制定国民经济和社会发展第十一个五年规划的建议》。《建议》指出:建设新农村是我国现代化进程中的重大历史任务,要按照"生产发展、生活富裕、乡风文明、村容整洁、管理民主"的要求,坚持从各地实际出发,尊重农民意愿,扎实稳步推进农村建设。

请结合唯物辩证法关于联系的知识,分析上述我国新农村建设的意义。

约型社会,关系到现代化建设进程和国家安全,关系到人民群众的根本利益,关系到中华民族的生存发展。

第三,整体和部分既相互区别,又相互联系、密不可分。这要求我们必须树立全局观念,立足整体,统筹全局,选择最佳方案,实现整体的最优目标。加快建设节约型社会,必须从全局和战略的高度,充分认识其重要性和紧迫性。

第四,发展具有普遍性,坚持发展的观点。坚持事物发展的前进性和曲折性的统一,坚持量变和质变的统一。建设节约型社会不是轻而易举的,不是一蹴而就的,需要深入持久。

材料二答案提示:第一,联系具有普遍性、客观性,这要求我们必须用联系的观点看问题。建设社会主义新农村,是提高农业综合生产能力,建设现代化农业的重要保障,是增加农民收入,繁荣农村经济的根本途径,是发展农村社会事业,构建和谐社会的主要内容,是缩小城乡差距,全面建设小康社会的重大举措。

第二,整体和部分之间相互联系,又相互作用。这要求我们既要树立整体观念和全局的思想,又要搞好局部,使整体功能得到最大发挥。建设社会主义新农村是一个系统工程,不仅是农村经济发展,而且要注重公共事业、政治文明、社会和谐的发展。

七、三维评价

◎ 经典训练

(一) 在每题给出的四个选项中,只有一项是最符合题意的

1. 古人云:"不谋全局者,不足以谋一城;不谋万世者,不足以谋一时。"说明 （　）

A. 事物运动是有规律的　　　　　　　　B. 要按规律办事,实事求是

C. 必须树立整体观念和全局思想　　　　D. 事物之间的联系是客观的

参考答案:C

2. 青少年健康成长与德、智、体、美全面发展的关系是 （　）

①整体和部分的关系。青少年健康成长是整体,德、智、体、美是部分。　②系统与要素的关系。青少年健康成长是系统,德、智、体、美是要素。　③原因和结果的关系。德、智、体、美是原因,青少年全面发展是结果。　④普遍联系的关系。德、智、体、美之间是内部联系,与健康成长是外部联系。

A. ①②　　　　　B. ③④　　　　　C. ①③　　　　　D. ③④

参考答案:A

3. 随着经济的发展和人口的增长,自然资源的消耗急剧上升,环境污染日益严重。从哲学上看,这种情况表明 （　）

A. 经济发展同人口、资源、环境之间有着不可分割的联系

B. 在增加生产和降低消耗中,增加生产是矛盾的主要方面

C. 人口增长是影响可持续发展的主要原因

D. 可持续发展是内因和外因共同作用的结果

参考答案:A

4. 苏轼在《琴诗》中写到:"若言琴上有琴声,放在匣中何不鸣? 若言声在指尖上,何不至于指上听?"诗中琴、指头、琴声三者之间的联系表明 　　　　(　　)

A. 关键部分对整体具有决定作用 　　　B. 系统和要素是可以相互转化的

C. 整体功能大于部分功能之和 　　　　D. 整体具有部分不具有的功能

参考答案:D

(二) 在每题给出的四个选项中,至少有一项是符合题意的

5. 江泽民同志指出:"要把控制人口、节约资源、保护环境放在重要位置,使人口增长与社会生产力的发展相适应,使经济建设与资源环境相协调,实现良性循环。"可见 　　(　　)

A. 经济建设与人口、资源、环境无条件地联系着

B. 事物之间的联系是客观的,不是人为的

C. 任何事物都存在着前后相继的联系

D. 现代化建设应从整体上把握事物的联系

参考答案:BD

6. 联系具有以下特征 　　　　　　　　　　　　　　　　　　　　　　　　(　　)

A. 直接性　　　　　　B. 多样性　　　　　　C. 普遍性　　　　　　D. 客观性

参考答案:BCD

7. 下列体现事物是普遍联系的成语典故是 　　　　　　　　　　　　　　　(　　)

A. 唇亡齿寒　　　　　　　　　　　　　　B. 城门失火　殃及池鱼

C. 螳螂扑蝉　黄雀在后　　　　　　　　　D. 刻舟求剑

参考答案:ABC

(三) 简答题

8. 1998 年 4 月 2 日,《人民日报》发表文章指出:"机构改革失去的是某些局部和个人短暂之小利,换来的却是整体和长远之大利,并且最终也会为局部和个人带来合理之利。"

请指出材料揭示的哲学观点以及对我们进行机构改革的指导意义。

参考答案:(1)上述材料主要体现了整体和部分的关系原理,要从整体上把握事物的联系,做到既着眼于整体,顾全大局,又通观全局,重视局部。(2)把握整体和局部相互联系的观点,对于我们进行机构改革具有重要的指导意义。首先,办事情要从整体着眼,寻求最优目标。我们在一切活动中都应该有全局观念和整体观念。机构改革同样如此。为了"整体和长远之大利",我们应当舍弃"某些局部和个人短暂之小利"。其次,搞好局部,使整体功能得到最大发挥。搞好机构改革,充分发挥国家机关各部门的有效职能,才能使整个国家机构体系的整体功能得到最大的发挥,有利于整个国家的经济的发展。

(四) 辨析题(仅作判断不说明理由者不得分)

9. 俗语说:"一个和尚挑水吃,两个和尚抬水吃,三个和尚没水吃。"是千真万确的。

参考答案:(1)这种说法是片面的。(2)唯物辩证认为,任何事物都有它的整体和部分两个方面。整体和部分既有严格区别,又相互影响、相互制约、不可分割。(3)命题中"三个和尚"构成一个

整体,如果三个和尚能搞好分工,各司其职,配合默契,三个和尚就会都有水喝。各局部以有序、合理、有效、优化的结构形成整体,就会使整体功能大于局部功能之和。反之,如果三个和尚不相互配合,甚至相互推诿,结果当然是"没水喝",整体功能小于各部分功能之和。

(五) 论述题(要求紧扣题意,综合运用所学知识,结合材料展开分析)

10. 材料一:党中央、国务院做出《关于加快林业发展的决定》,《决定》明确提出"森林是陆地生态系统的主体,林业是一项重要的公益事业和基础产业,承担着生态建设和林产品供给的重要任务"。

材料二:大兴安岭林区自 1964 年开发建设以来,由于人为开采过量,森林资源由开发初期的7.3 亿立方米减少到 5.2 亿立方米,其中可采蓄积由 4.6 亿立方米减少到 1.3 亿立方米。

材料三:为把大兴安岭林区建设成为生态林区,而不再作为商品林区,当前和今后一个时期,要贯彻和落实《决定》精神,必须坚持生态林区发展定位不动摇,正确处理眼前利益与长远利益、局部利益与整体利益的关系。必须坚持生态优先原则,凡是没有解决污染、环保问题的产业坚决不搞。通过合理开发利用多种资源,构建健全的生态型林业经营管理体制。在生态建设与经济发展双轮驱动下,不断调整获取经济效益的途径,较好地兼顾经济、社会和生态三大效益,从而推动经济、社会和生态的可持续发展。

——2005 年 9 月 30 日人民日报

运用所学知识,结合上述材料回答:

(1) 运用有关哲学知识分析上述现象产生的原因。

(2) 运用上述哲理,说明如何实现大兴安岭林区的经济、社会和生态的可持续发展?

参考答案:(1)唯物辩证法认为,事物是普遍联系的。我们用联系的观点看问题,就必须从整体上把握事物的联系,做到从整体着眼,顾全大局,局部服从整体,造成大兴安岭林区资源缺乏的原因正是违背了这一哲学道理。(2)第一,我们在一切活动中都应该有全局观念和整体观念。在整体和部分的关系中,整体处于统帅地位,部分从属于整体,因此,必须坚持生态林区发展定位不动摇,正确处理眼前利益与长远利益、局部利益与整体利益的关系。第二,不做损害全局利益的事,事物是普遍联系和变化发展的,要求我们要着眼大局,把眼前利益和长远利益结合起来。第三,为了国家的整体利益,我们在思想上、在实际工作中要自觉地把全局利益放在第一位,必须做到局部服从全局,甚至不惜牺牲局部利益来保证全局利益,而决不能只顾本地区、本部门的利益,更不能只为了个人利益而不顾国家利益。

◎ 闪光记录

评教评学,以学学为主体,包括知识及其构建、内容方法、信息的搜集与甄选、学法指导、自主学习能力、思维火花、密切相关的社会实践活动能力与效果等方面的综合评价。采用表格或其他形式记录学生学习本框的情况:如探究的内容、探究问题的状态(活动或问题)、方式方法、效果、回答问题及练习情况等。

学完本课我的收获	知识	
	能力	
	情感、态度、价值观	

（续表）

我对同学的评价	小组成员分工及任务完成情况	同学姓名	对他（她）的综合评价			
对我自己的综合评价			学习态度	课堂表现	社会实践反馈	自主完成作业的情况
	自评					
	老师					
	同学					
	家人					

说明：

1. 课堂表现要求写明具体行为，如课堂状态、课堂参与、课堂创新思维等。
2. 自我评价、教师评价、他人评价将和期中期末考试成绩作为综合评定指标。
3. 小组成员在没有分工合作的情况下，将对他的学习态度进行评价。
4. 小组评和自评以具体行为表现为主，老师评以 A、B、C、D 等次评定。
5. "小组成员分工及任务完成情况"指的是自己对其他同学的评价。
6. 以小组为单位，每节课反馈一次。

（杨　晓　封　雪　撰写）

第八课　唯物辩证法的发展观

第一框　世界是永恒发展的

一、教学目标

● **知识目标**

(1)自然界是永恒发展的。(2)人类社会是发展的。(3)人的认识是发展的。(4)发展的实质。(5)认识发展的普遍性。发展的观点是唯物辩证法的一个总特征。

● **能力目标**

(1)能结合具体的材料分析和理解自然界、人类社会和人的认识是发展的观点。(2)能搜集、甄选有关材料说明本框所学的内容。(3)能运用本框所学的内容,尤其是发展的实质的原理分析说明自然界、社会政治经济生活和日常生活中的一些现象和具体事例,学会用发展的观点看问题。

● **情感、态度和价值观目标**

通过学习,帮助学生树立世界是永恒发展的观念,正确认识发展,正确地对待当今我国社会主义道路的曲折性,树立社会主义必胜的信念。正确地理解坚持科学发展观对推动我国经济和社会全面发展的重要意义。

重点与难点

重点:自然界、人类社会和人的认识是发展的。

难点:发展的实质。

学情分析:(略)。

二、案例导入

【历史典故】多媒体投影:楚人过河

楚国人想袭击宋国,派人先去测量滩水的深浅并做好标志。但夜晚滩水突然暴涨,楚国人不知道,依旧按原来的标志在深夜里偷渡,结果被淹死了一千多人,楚军万分惊恐。

提问:楚军为什么会失败?结合自己的生活经历,你能从上述故事中得到了什么启示?

引导学生简要分析:在原先测量时是可以渡过河去的,但现在河水已经上涨了,而楚国人还是按照旧的标志在渡河,因此遭到了失败。这个典故给我们的启示:事物是运动变化发展的,想问题、办事情要用发展的观点看问题。

板书:第八课　唯物辩证法的发展观　第一框:**世界是永恒发展的**

用历史故事导入新课,引发学生思考生活中类似的情况、问题,激发学生思考、探究本框题知识的兴趣和热情。

三、问题探究

材料1：随着社会主义事业的不断发展，党的思想路线也在不断地发展和完善。从一开始的接受马克思主义的"一切从实际出发"发展到"实事求是"，再发展到"解放思想、实事求是"，再到"与时俱进""勇于创新"。今天，胡锦涛同志又提出了"大力弘扬求真务实精神，大兴求真务实之风"。

提问：上述材料反映了什么现象？

提示：党的思想路线在不断地发展和完善。

引导学生阅读教材后回答教师提出的问题。

此问题可以不作深入探究，待本课知识学完后再深入。

图片一：

图片说明：带着火的天体扑向地球，才有了月亮，有了月亮，才有了潮起潮落，才有了陆地生命。

图片二：

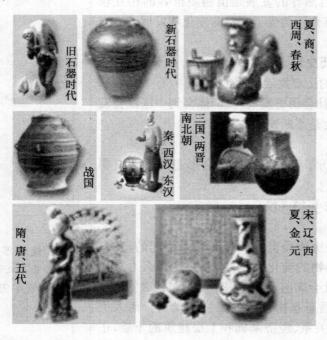

图片说明：这些图片是中国社会历史发展的一个缩影。

启发学生思考，提高自主学习、主动探究的能力。

提问:你能结合课本 P60—62 页内容,联系上述材料及图片提出一些问题吗?

1. 为什么说自然界、人类社会和人的认识是发展变化的?

2. 什么是发展? 发展的实质是什么?

3. 运动、变化、发展的关系是什么?

引导学生搜集有关资料,培养学生甄选资料的能力。

注意理解发展与联系的关系。

四、思维点拨

发展的普遍性

组织学生阅读第 60 页探究活动 1 的内容提问:

从生命的产生到人的出现,经历了一个什么样的过程? 它说明了什么? 你认为人的体质还会发展吗?

学生:经历了一个由低级到高级、由简单到复杂的运动过程。它说明了自然界是发展变化的。人的体质还会向前不断发展和完善。

1. 自然界是发展的

材料 2:目前,科学家测得世界第一高峰珠穆朗玛峰的最新高度是 8 844.43 米。就是在这个第一高峰上,有人发现许多海贝之类的只有在海边才有的东西。

教师:这说明了什么哲学道理?

学生:珠峰所在地曾经是海洋,因为地壳的运动,海洋变成山峰。这说明自然界是变化发展的。

教师提问:自然界为什么会发展?

学生阅读专家点评后回答:自然界的发展是由物质世界的相互联系引起的,正是事物相互联系相互作用构成了事物的变化和发展。

放映幻灯片《20 世纪中国的历史》。

教师提问:20 世纪中国社会的历史发展说明了什么?

学生回答:回顾 20 世纪中国社会历史发展,我们体会到中国社会发生了巨大的变化,说明了人类社会是不断发展的。

2. 人类社会是发展的

教师提问:人类社会依次经历了哪些形态? 社会形态的更替说明了什么?

学生回答:学生齐声朗读 P62 页第一段。

【思维拓展】自然界的发展是由物质世界的相互联系引起的,正是事物相互联系相互作用构成了事物的变化和发展,那又是什么力量在推动人类社会向前发展?(人类社会向前发展的根本动力是什么?)

教师提示:是矛盾! 因为矛盾是事物发展的源泉和动力! 而人类社会的基本矛盾是生产力和生产关系、经济基础和上层建筑的矛盾,正

联系地理中的沧海桑田现象来说明哲学问题。

通过思维拓展,为后面第九课与第十一课的学习埋下伏笔。

是这个基本矛盾推动着人类社会不断向前发展。

材料3：三国时期，吴国大将吕蒙英勇善战，却因文化水平不高而常闹笑话，后经孙权指教，发愤读书。在鲁肃寻机提出许多战略上的问题为难他的时候，他竟然对答如流，弄得鲁肃瞠目结舌。

【问题探究】为什么吕蒙以前常闹笑话而后来在战略问题上竟然对答如流，弄得鲁肃瞠目结舌？它说明了什么呢？

【归纳】原因是吕蒙发愤读书。它说明了人的认识是不断发展变化的。

3. 人的认识是发展的

【问题探讨】《牛顿定理让位于量子力学》P62。

【学生探讨回答】神话被打破是因为认识没有终结，任何理论都在发展。这说明了人的认识是不断发展的，人类的知识积累会经历一个由不知到知、由知之不多到知之较多的过程，对事物的认识有一个由浅入深的过程。

材料4：卢瑟福发现了原子的放射性蜕变规律，提出了原子的行星模型，他按理应该推测到利用原子能的可能性。但当有人向他问起这个问题时，他却说："这种生产能的方法是极其可怜的，效率也是极低的。把原子嬗变看成是一种动力来源，只不过纸上谈兵。"

爱因斯坦发现了质能关系式：$E = MC^2$。这个公式表明，质量的微小亏损，将引起原子发射出巨大的能量。当有人问到原子能利用的可能性时，他说："那就像夜里在鸟类稀少的野外捕鸟一样。"

教师提问：同学们，在原子能的利用上，卢瑟福和爱因斯坦的观点有什么相似之处？而今天的实际情况又是怎样的？这说明了什么哲学道理？

教师引导学生归纳：他们都认为原子能的利用比较困难，但实际上今天人们对原子能的利用已经驾轻就熟。这说明人的认识是不断发展的。

教师继续引导：整个世界包括自然界、人类社会及思维领域三个部分，我们通过上面的学习知道了它们都是发展的，那我们就可以说：整个世界是永恒发展的，或者说发展具有普遍性。

同学们，大家再深入思考一个问题：自然界、人类社会以及人的认识它们是怎样发展的？

教师引导学生看书归纳：自然界：从简单到复杂；人类社会：由低级到高级；人的认识：由浅入深。它们都有一个共同点：从方向上看，都是事物的前进和上升！

教师总结：总之，从自然界、人类社会到人类的思维都说明世界是

注意：哲学上讲的"认识"是指人类的认识，而不是某个人的认识。

课外阅读：
可以向有兴趣的同学推荐我国著名物理学家何祚麻的科普文章：
《当代物理前沿专题之一：原子能及其和平利用》

引导学生列举有关事例。

变化发展的,而发展的方向是前进的、上升的。发展的实质是事物的前进和上升,是新事物的产生和旧事物的灭亡。

提问:事物的运动变化就是发展吗？能举例说明吗？

学生:略。

教师:发展是一种运动、变化,而运动、变化不一定是发展,只有那些前进的上升的运动、变化才是发展。发展是新事物代替旧事物。新陈代谢是宇宙间不可抗拒的规律。

例如,人类的返祖现象是一种运动变化,但它不是发展。它对人类来说,不是进步,而是倒退。

【拓展深入】

材料5:从远古"嫦娥奔月"的传说到莫高窟壁画上的"飞天",从战国时期诗人屈原面对长空发出的"天问"到明朝幻想家万户乘坐绑在一起的47支火箭开始人类首次飞向空中的尝试,中国人的飞天梦想几乎与我们这个古老民族的沧桑历史一样悠远。从当年的"两弹一星"到今天的载人航天工程,我国的航天事业取得了举世瞩目的成就。1999年11月20日,我国第一艘宇宙飞船"神舟"号在酒泉卫星发射中心由新型长征运载火箭发射升空,从而揭开了我国探索大空的序幕,神舟一号、二号、三号、四号,一次比一次顺利。"神舟"五号、六号载人飞船发射成功,中华民族不仅实现了"飞天梦想",而且实现了从无人到有人、从一人操作到两人操作、从一天时间到多天时间的航行。

材料说明了什么哲理？

教师:从神舟一号到神舟六号,飞船的技术性能不断得到完善和改进,从无人到有人,从一人到两人,从无人操作到有人操作,从一天时间到多天时间的航行,这说明任何事物以及人的认识都是不断变化发展的。

自然界、人类社会发展的原因我们已经给大家简单介绍了,那人的认识发展的原因又是什么呢？请大家回忆以前学过的内容。

学生:是实践！因为实践是认识发展的动力。

教师总结:本节课我们学习了唯物辩证法的发展观的基本原理,懂得了世界不仅是普遍联系的,而且是变化发展的;发展的实质是新事物的产生和旧事物的灭亡。同学们,哲学既是世界观,又是方法论。世界是变化发展的这个原理要求我们在方法论上怎么做呢？

学生回答:要用发展的观点看问题！

教师:这也正是我们下节课要学习的内容。

注意:启发学生搜集和甄选有关事例,从运动、变化、发展的关系中把握发展的实质。

通过此问,引导学生将教材前后的内容联系起来,加强对教材的把握。

五、知识构建

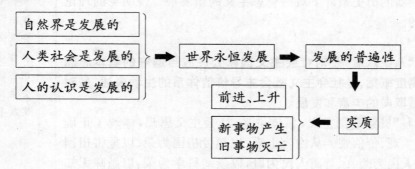

1. 上述知识点之间有哪些内在联系？与你的生活有哪些联系？请你用自己的语言表述出来。
2. 本框内容与前面几课的内容有哪些联系？请把这些联系归纳出来。

六、资源开发

通过经典事例引导学生搜集、甄选和开发与本框内容密切相关的学生身边的生活资源（包括本地重要历史和现实中的资料，如社区生活、校园生活、家庭生活以及重大活动等），培养学生搜集信息、处理信息的能力以及从上述资源中提取有效信息的能力。

主题一：科学的发展观是辩证唯物主义发展观的具体表现。

辩证唯物主义的世界观和方法论要求我们不应把马克思主义教条化，而应树立科学的发展观。中国共产党在这方面就做得很好。1. 用发展的观念，率先把市场经济的观念运用引进到社会主义建设之中，使社会经济发展取得骄人的成绩。2. 根据在无产阶级掌握政权之后，国内阶级斗争已经不是主要矛盾，适当地调整了政策，把建立和谐社会作为主要任务。3. 提出树立科学的发展观，也就是对马克思主义的继承和发展，是辩证唯物主义发展观的具体表现。

主题二：中国已经是发展中的市场经济国家。

《2005 中国市场经济发展报告》力求立足现实，面向国际，用数据和事实描述中国市场经济新进展。在本报告中，运用可比的指数测度体系及方法，得出了 2002 年和 2003 年中国市场化指数分别达到 72.8％和 73.8％的结论，再次证明了中国已经是发展中的市场经济国家。中国的市场经济不断完善和发展。

主题三："三个代表"重要思想是马克思主义的最新中国化。

党的十六大报告指出，"三个代表"重要思想是对马克思列宁主义、毛泽东思想和邓小平理论的继承和发展，反映了当代世界和中国的发展变化对党和国家工作的新要求，是加强和改进党的建设、推进我国社会主义自我完善和发展的强大理论武器，是全党集体智慧的结晶，是党必须长期坚持的指导思想。这是以江泽民同志为核心的党的第三代中

（1）材料说明什么什么问题？它是怎样说明这些问题的？

（2）请学生从这些材料中体会出问题，并自行组合答案。

（3）培养学生从材料中提炼有效信息的能力。

（4）引导学生列举生活中的有关实例。

央领导集体在新的历史条件下对马克思主义的新发展。说明党的理论是不断发展的。

主题四："八荣八耻"是对社会主义国家公民应当遵守的基本思想道德规范的高度概括,是社会主义社会主导价值体系的生动表述,是对集体主义价值取向的丰富和发展。

"八荣八耻"贯穿爱国主义、集体主义、社会主义思想,体现了正确的世界观、人生观、价值观。从内容上看,以热爱祖国为荣、以危害祖国为耻,以服务人民为荣、以背离人民为耻,以崇尚科学为荣、以愚昧无知为耻,以辛勤劳动为荣、以好逸恶劳为耻,这"四荣四耻"体现的是为人民服务的人生观,是以集体主义为原则的社会主义道德的"五爱"的基本要求,也是每个公民应当承担的义务。以团结互助为荣、以损人利己为耻,以诚实守信为荣、以见利忘义为耻,以遵纪守法为荣、以违法乱纪为耻,这"三荣三耻"体现的是家庭生活、职业生活、社会公共生活中公民应当遵循的基本准则。以艰苦奋斗为荣、以骄奢淫逸为耻,这"一荣一耻"体现的是以改革创新为核心的时代精神的根本要求。

（5）胡锦涛同志提出"八荣八耻"的社会主义荣辱观体现什么哲学道理? 它与我国当前改革开放和社会主义现代化建设的实践有何联系?

七、三维评价

◎ 经典训练

（一）在每题给出的四个选项中,只有一项是最符合题意的

1. 科学家不断培育良种的一个重要原因,是因为某些农作物品种在种植几年以后,其品种会逐渐退化,由此导致产量降低,抗病虫害的能力下降。这表明发展是　　　　　　　　　（　　）

　　A. 由小到大,由弱到强的过程

　　B. 发挥人的主观能动性的结果

　　C. 事物内部矛盾作用的结果

　　D. 新事物代替旧事物的结果

参考答案:D

2. 古希腊哲学家赫拉克利特说过:"人不能两次踏进同一条河流",我国古代有句俗语"世异则事异,事异则备变"。它们共同反映的哲学道理主要是　　　　　　　　　　　　　（　　）

　　A. 对具体问题要作具体分析

　　B. 认识只有回到实践中去才能成为依据

　　C. 发挥主观能动性要以事实为依据

　　D. 事物是变化发展的

参考答案:D

3. 下列观点体现事物是变化发展观点的是　　　　　　　　　　　　　　　　　　（　　）

　　A. "物是观念的集合"

　　B. "形存则神存,形谢则神灭"

　　C. "士别三日,当刮目相看"

　　D. "眉毛胡子一把抓"

参考答案:C

(二)在每题给出的四个选项中,至少有一项是符合题意的

4. 1928 年,弗莱明发明了青霉素。经过从动物实验到人体实验的长期反复过程,1942 年,青霉素成为人类战胜病菌的有力武器。但是,青霉素不能治疗结核菌等病菌的感染。之后,人们又发现了金霉素等,形成了抗菌素家族。这表明 ( )

A. 新事物在旧事物的基础上产生

B. 新事物的发展不可能一帆风顺

C. 新事物在与旧事物的斗争中成长

D. 新事物发展要经历由不完善到完善的过程

参考答案:BD

5. 人类对"非典"了解不多,但人类的认识绝不会停滞不前。依靠科学家的共同努力,三个月左右就找到了病原体,而且对其进行了基因组测序。这里体现的哲学道理主要是 ( )

A. 物质是运动的,又是静止的   B. 矛盾是普遍的,又是特殊的

C. 认识是变化的,又是可知的   D. 矛盾是对立的,又是统一的

参考答案:C

(三)简答题

6. 2005 年 6 月 27 日,中共中央政治局召开会议研究部署国家中长期科学技术发展工作。胡锦涛总书记指出,今后 15 年,我国科技工作者要坚持自主创新、重点跨越、支撑发展、引领未来的指导方针,坚持把自主创新能力摆在全部科技工作的核心位置,大力加强原始性创新、集成创新和在引进先进技术基础上的消化、吸收、创新,努力在若干重要领域掌握一批核心技术,拥有一批具有国际竞争力的企业和品牌,为我国经济社会发展和国防现代化建设提供强大科技支撑。

(1) 上述要求体现了唯物辩证法发展观的哪些道理?

(2) 结合当前社会生活实际,谈谈树立科技创新意识的重要性。

参考答案:(1)体现了发展的实质是新事物的产生和旧事物的灭亡。只有科技创新,才能提高我国的科技水平,增强国际竞争力。体现了人的认识是发展的道理。没有认识的深化,就不会有科技的发明和进步。(2)科技创新是知识经济时代的要求,是中华民族伟大复兴的必然要求,是当前经济全球化和国际竞争的需要。青年学生要树立创新意识,积极创新,勇于创新。

◎ 闪光记录

评教评学,以学为主体,包括知识及其构建、内容方法、信息的搜集与甄选、学法指导、自主学习能力、思维火花、密切相关的社会实践活动能力与效果等方面的综合评价。采用表格或其他形式记录学生学习本框的情况:如探究的内容、探究问题的状态(活动或问题)、方式方法、效果、回答问题及练习情况等。

学完本课我的收获	知识	
	能力	
	情感、态度、价值观	

（续表）

我对同学的评价	小组成员分工及任务完成情况	同学姓名	对他（她）的综合评价		
对我自己的综合评价			学习态度	课堂表现	社会实践反馈	自主完成作业的情况
	自评				
	老师				
	同学				
	家人				

说明：

1. 课堂表现要求写明具体行为，如课堂状态、课堂参与、课堂创新思维等。
2. 自我评价、教师评价、他人评价将和期中期末考试成绩作为综合评定指标。
3. 小组成员在没有分工合作的情况下，将对他的学习态度进行评价。
4. 小组评和自评以具体行为表现为主，老师评以 A、B、C、D 等次评定。
5. "小组成员分工及任务完成情况"指的是自己对其他同学的评价。
6. 以小组为单位，每节课反馈一次。

（张金放　李文跃　朱卫民　撰写）

第二框　用发展的观点看问题

一、教学目标

● **知识目标**

(1)事物发展的前途是光明的。(2)事物发展的道路是曲折的。(3)事物发展的方向是前进的、上升的,事物发展的道路是曲折的、迂回的。(4)质变和量变是事物发展过程中的两种不同的状态。(5)量变和质变的含义及其关系。(6)质变和量变及其关系的方法论意义。

● **能力目标**

(1)能结合具体事例分析和理解本框内容。(2)能运用发展的前进性与曲折性的辩证关系、量变与质变的辩证关系的原理正确地分析社会生活和日常生活中一些现象和具体事例,提高自我正确把握事物方向的能力。

● **情感、态度和价值观目标**

用发展的观点看待新生事物,在人生道路上,既有必胜的信念,又要有吃苦的精神和毅力;树立踏踏实实、从小事做起、从自我做起的人生态度。

重点与难点

重点:事物发展的前进性和曲折性的关系、量变和质变的关系。

难点:事物发展的前进性和曲折性的关系、量变和质变的关系的方法论意义。

学情分析:本框题内容从事物发展的过程(前进性和曲折性的统一)和状态(量变和质变的统一)两方面说明,为什么要坚持发展的观点看问题,如何坚持发展的观点看问题,以及正确地理解和认识发展的前进性和曲折性的统一、量变和质变的统一对人生发展的意义。在教学中除结合自然科学和我国社会发展的事例外,要多结合学生学习和生活的实际事例,并对这些事例的剖析中,帮助学生正确地对待人生所遇到困难、挫折和失败,把握机遇,积极努力,不断进取,取得成功。

二、案例导入

同学们,前面通过学习,我们知道了**世界是永恒发展的**,世界上任何事物都是运动、变化和发展的。那么,这对我们想问题办事情有什么指导意义呢?

由于世界是永恒发展的,所以我们应该用发展的观点看世界,用发展的观点看待一切人和事,坚持用发展的观点看问题。今天,我们就来学习第二课,**用发展的观点看问题**。我们学习本课后,它将对你人生的发展有很大的帮助。

漫画导入:同学们,前面通过学习,我们知道了**世界是永恒发展的**,世界上任何事物都是运动、变化和发展的。那么,这对我们想问题办事情有什么指导意义呢?

下面先来看一幅漫画,请同学们探究其中所包含的道理:

复习设问,启发学生思考。

漫画导入新课。引导学生分析讨论漫画所反映的问题。

引导学生仔细观察漫画,分析和讨论漫画所揭示的道理。

祖孙三"带"

第一条是草绳的烟袋锅;第二条是朴素的腰带,上面挂着一小串钥匙;第三条一看便知是条好皮带,上面挂着的是手机。漫画的题目"祖孙三'带'","带"显然既是"代"的谐音,又实指腰带。这三条"带"分属三"代"人,无疑三者之间是有一个变迁的过程的,而这种变迁形象直观地告诉我们:事物是变化发展的。因此我们应用发展的观点看问题!今天这节课,我们就来学习第二课:**用发展的观点看问题。**

三、问题探究

播放视频:《抗战——共赴国难》片段。

视频内容:抗日战争爆发前期,中日当时力量的对比悬殊:1936 年,机械工厂中国 753 家,日本 9 000 家;中国现代化工厂的数量相当于日本的8.3%,化学工厂中国 40 家,日本 4 300 家。两国军事力量相差一个时代。西方历史学家预言:贫困、凌辱、灭亡是中国人仅有的前途。

抗日战争爆发初期,中日各方面力量对比悬殊,尤其是军事力量,当时世界各国普遍认为,贫穷灭亡是中华民族的必然命运,国内,从上层到民众,对抗战是否要进行,是否能胜利也充满疑虑和争论。

播放视频:《抗战——最后的较量》片段。

视频内容:抗战期间中国唯一的生命线——滇缅公路的修建,是中国20 万民工,历时九个月修筑的一条血路,足以与巴拿马运河工程相媲美。陈嘉庚领导的南洋总会征募 15 批 3 000 多名司机在滇缅公路运送物资。

你能结合课本内容,联系上述材料提出一些问题吗?

1. 什么是新事物? 什么是旧事物? 判断新旧事物的标准是什么?
2. 新事物发展的途径是什么? 给我们什么指导意义?
3. 什么是量变? 什么是质变?
4. 量变和质变是什么关系? 给我们什么指导意义?
5. 发展就是质变,质变就是发展,对吗?

四、思维点拨

探究一:

想一想:结合视频内容,讨论我国最终赢得抗战胜利的原因。

选用这一典型史实,使学生对群众的力量从内心深处产生敬畏。从而对新事物的光明前途深信不疑。

培养学生自主探究能力。

请同学们分析两则视频内容所说明的道理。

引导学生阅读教材相关内容,思考这些问题。

注意理解下列观点之间的联系:(1)发展的实质与发展的前进性和曲折性的关系。(2)新事物与旧事物的本质区别。

注意:把握新事物的特点,"新"在哪

学生讨论回答：（略）。

理论提升：新事物的概念。

师生归纳：多媒体显示。

1. 得到群众的拥护和支持——符合人民群众的根本利益。

2. 得到国际社会的支持——符合社会历史发展的必然趋势,反映社会进步的要求。

教师点拨：中国抗日战争的胜利,证明了一个不争的事实。凡是符合客观规律的,得到人民群众拥护的事物,都具有强大的生命力,必将战胜旧事物而取得最终的胜利。这就是我们讲的新生事物。

新事物的定义：符合客观规律、具有强大生命力和远大前途的事物。（板书）

学生齐读课本新事物的概念。教师作简要的归纳提示。

结论：新事物的前途是光明的,新事物必然战胜旧事物是不可抗拒的规律。（板书）

历时14年之久的抗战,艰苦卓绝,中国人民付出了惨重的代价。胜利的道路并不是一帆风顺的,有过彷徨,有过疑惑。最终,指导我们打赢这场战争的是《论持久战》。这部著作给当时迷茫、苦难的中国人指出了抗战的出路,它科学地指出了最终胜利的必然,也科学地论证了抗战过程的艰辛。

探究二：

【播放视频】《抗战——持久战略》片段。

视频内容：台儿庄大捷后,国内外舆论一致认为中国找到了克敌制胜的法宝,速胜论呼声高涨；徐州会战失败,亡国论重新泛起。值此国人迷惘、彷徨的关头,毛泽东历时8天9夜,完成这部指导中国抗战的纲领性著作《论持久战》。

议一议：毛泽东的《论持久战》把中国的抗战分为：防御、相持、反攻三个阶段,为什么抗战必须经历这几个阶段？为什么经历这三个阶段,中国就一定能赢得胜利？三个阶段中,什么的变化影响着战争的胜负？

学生回答：（略）。

教师点拨：三个阶段的发展,是敌我双方力量的变化过程,我由小到大,由弱到强,敌由大到小,由强变弱。抗战不是一帆风顺的,任何新事物的成长都不是一帆风顺的,都要经历一个由小到大,由弱到强的漫长、曲折的过程。

结论：事物发展的道路是曲折的。（板书）

学生齐声朗读这一观点的课本内容。

里,与旧事物的根本区别是什么？结合专家点评弄清判断新旧事物的标准。

从《论持久战》看抗战的艰难过程,认识到事物的发展不可能一帆风顺。

教师可引用毛泽东《论持久战》中对抗日战争的最终发展趋势的精辟论述。

引导学生回顾我国抗日战争发展的三个阶段的具体事例,深化同学们对"事物发展的道路是曲折的,事物发展的前途是光明的"的深刻寓意。

理论提升：多媒体显示原理及方法论。

前进性与曲折性的辩证关系：(事物发展的道路)

原理：事物发展的方向是前进的、上升的，而事物前进的道路是曲折的、迂回的。任何事物的发展都是前进性和曲折性的统一。前途是光明的，道路是曲折的，在前进中有曲折，在曲折中向前进，是一切新事物发展的途径。

方法论：

1. 对未来充满信心，看到光明的前途。
2. 支持保护新事物的成长。
3. 勇敢的接受挫折与考验，准备走曲折的路。

阶段小结：

通过学习，我们知道，世界是普遍联系的，要坚持联系的观点看问题；世界是永恒发展的，要坚持发展的观点看问题。通过学习，我们还知道，代表事物发展方向的新事物是不可战胜的，我们对待新事物要充满信心，积极扶持，鼓励新事物的成长；但同时，我们还必须清醒地认识到，新事物成长的道路不是一帆风顺的，而是一路艰难曲折，坎坷泥泞，我们要有充分的思想准备，接受挫折，迎接考验。

新事物的发展道路总是这样，前途光明而道路曲折。在挫折中，因坚信胜利而不屈服，不气馁，在胜利来临时，因清醒地预见艰辛和挫折而不骄傲，不狂喜。这是我们时时刻刻应该持有的心态，也是我们在人生道路上不断创造辉煌的法宝。

问题引入：

新事物在艰难曲折中也必将战胜旧事物，所以，中国的抗战历时 14 年之久，但胜利最终属于中国。在这 14 年的战争历程中，我们采取的战略是持久战，采用的战术却是游击战。

播放视频《抗战——游击战争》片段。

探究三：

想一想：结合视频内容，说明在抗战期间，在游击战中，我们是怎样一步步由弱变强、由小变大的？

学生回答：(略)。

教师点拨：游击战的目的，在《游击队歌》里唱得非常明确，"每一颗子弹消灭一个敌人"。从这里，我们明白，抗战的过程是一个敌我双方军事力量此消彼长的过程，我们就是在不断地消灭敌人的有生力量的过程中，在敌我双方的力量发生根本的、实质性的变化中最终赢得了战争的胜利。事物发展过程的由小变大、由弱变强就是数量的累积。

做好量变的准备,促进事物的质变(板书)

分析黑格尔关于量变、质变的两个论证。(课本 P65)

探究活动 4:

1. "谷堆"和"秃头"的生成,说明了什么道理?

2. "量的进展看起来并不改变什么,而只是增加和减少;但最后却过渡到了反面。"黑格尔的这句话说明了什么道理?

3. 结合黑格尔的两个论证,说明什么是量变? 什么是质变?

4. 在生活中,还有哪些事例、格言说明、体现了量变与质变的关系?

学生回答:(略)。

学生听荀子《劝学》教学录音:"不积跬步,无以致千里;不积小流,无以成江海。骐骥一跃,不能十步;驽马十驾,功在不舍。"

理论提升:多媒体显示原理:(在表述上加以规范,精确)

量变、质变的含义。(板书)

量变与质变的辩证关系原理:1. 事物的发展总是从量变开始,量变是质变的必要准备,质变是量变的必然结果。2. 质变又为新的量变开辟道路,使事物在新质的基础上开始新的量变。3. 事物的发展就是这样由量变到质变,又在新质的基础上开始新的量变,如此循环往复,不断前进。

教师点拨:(容易混淆的知识点。多媒体展示)

1. 量变引起质变是必然,但引起质变的量变有两种情形:数量的积累,即数量的增减达到一定的度必然引起质变;数量没有增减,但结构变化,也会引起事物性质的变化。

(照应原理的第一点)

要求学生举例说明第二种情况。

学生回答:(略)。

老师讲解田忌赛马的故事并让学生观看田忌赛马动画。从而加深对第二种情况的理解。

2. 事物的变化是从量变开始,但以质为起点。质点是上一次量变的终结,下一次量变的起点。(照应原理的第二点)

3. 由于世界是永恒发展的,所以量变引起质变是循环往复,不断前进的。(照应原理的第三点)

4. 没有质变就没有发展,发展一定是质变,量变不是发展;但发展是指新事物代替旧事物,所以只有积极的、向上的、代表事物发展方向的质变才是发展。消极的,违背社会发展规律的质变则不是发展。(照应"发展的实质")

黑格尔的两个论证最能说明量和质的关系;学生从熟悉的格言、事例中加深对量变引起质变的领悟。

注意:量变和质变的区别,强调质变是事物性质的根本变化,不再是原来性质的事物。

特意点出容易混淆的知识,使学生在比较、辨别中准确把握知识点。

点出原理的方法论,指导实践,是哲学的归宿。

191

学生齐声朗读:量变与质变的辩证关系原理。

学生完整表述:发展与质变的关系。

教师点拨:用原理导出方法论。

引导学生推理。(多媒体图示)

原理——方法论

量变是质变的必要准备,事物的发展总是从量变开始——**要重视量的积累。**

质变是量变的必然结果,在量变达到一定程度时,没有质变就没有发展——**要积极促成质的飞跃。**

5. 分析课本材料(P66 页),结合所学原理及方法论,谈谈自己从故事中所得到的启迪。

学生回答:(略)。

教师点拨:大目标是由小目标组成的,大目标的实现离不开小目标的完成。世界马拉松冠军夺冠的经验生动地告诉我们:在夺取成功的道路上,要注重量的积累。

指出在量变和质变关系上,形而上学的两种错误观点:

(1) 承认质变否认量变的"激变论"。

(2) 承认量变否认质变的"庸俗进化论"。

（右侧批注）引导学生归纳量变和质变的关系。

（右侧批注）启发学生积极发表自己的看法。

五、知识构建

老师用多媒体构建本课知识框架,学生以填空的形式完成。

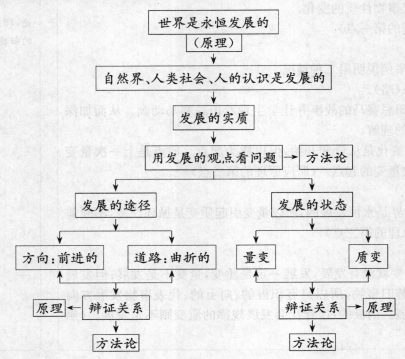

（构建过程中特别注意强调原理与方法论的对应，以及相关概念之间的联系和区别。）

1. 上述知识点之间有哪些内在联系？与你的生活有哪些联系？请你用自己的语言表述出来。

2. 本框内容与前面几课的内容有哪些联系？请把这些联系归纳出来。

提示：通过学习唯物辩证法的发展观，我们懂得了世界是永恒发展的，发展的实质是新事物的产生和旧事物的灭亡。新事物的前途是光明的，但道路是曲折的。新事物的发展由量变到质变，由新的量变到新的质变，如此循环，不断发展。下节课我们就探讨事物发展的原因。

六、资源开发

通过经典事例引导学生搜集、甄选和开发与本框内容密切相关的学生身边的生活资源（包括本地重要历史和现实中的资料，如社区生活、校园生活、家庭生活以及重大活动等），培养学生搜集信息、处理信息的能力以及从上述资源中提取有效信息的能力。

材料一：和谐社会是"筐"，啥都能往里装

构建社会主义和谐社会，是党中央提出的具有划时代历史意义的战略口号，也是落实科学发展观的根本途径。然而，有些地方并没有真正"吃透"和谐社会的政治内涵，甚至出现许多"曲解"和"浅识"的现象，以致形成"乱套乱搬"或"生搬硬套"的问题屡见不鲜。

一是随意拿"和谐"当招牌。 有一个单位财务出了点儿"事儿"，"五一"节的前一天，局长大笔一挥批了 3 万元，给机关干部发了奖金和实物。不知是谁"捅"了出去，被纪委和审计部门给"盯"上了。在与这两个要害部门的领导汇报财务问题时，局长满不在乎地陈述："我建议纪委和审计部门是不是别'小题大做'，现在全国都提倡构建和谐社会，有'事儿'是否'压'着点儿，'掩'着点儿，别因为我们单位发生的问题影响全市构建'和谐'。"你别说，局长这"招儿"还真"灵"，纪委和审计的同志听了似乎"茅塞顿开"，你瞅瞅我，我看看你，心领神会。于是，夹着文件包就不声不响地"告辞"了。

二是用"和谐"掩盖工作"失误"。 有些单位在构建和谐社会的大气候下，出现决策盲目、工作处于"雷声大雨点小"的状况。有的部门之间相互扯皮推诿"耽误事儿"，还有的仍在搞"上有政策，下有对策"，也有的搞"花架子"，弄虚作假，欺上瞒下，劳民伤财，群众意见很大。因为有的领导认为现在正提倡构建"和谐社会"，也就持熟视无睹、抓而不起、维持局面、得过且过的心态。对上述诸如此类的现象，群众反映说在部分地方领导眼中："和谐社会是'筐'，什么都可以往里'装'；和谐社会真是'宝'，大事小事全'化'了！"

1. 结合上述材料，用联系的、发展的观点，全面、正确理解和谐社会的内涵及科学发展观。

2. "和谐"是否意味着没有问题？没有矛盾？为什么？

3. 结合以上材料和问题，预习下一课内容——矛盾是事物发展的源泉和动力。

帮助学生学会从材料中提炼有效信息的能力。

材料中有哪些关键词句能说明这些问题？请学生把这些关键词句指出来。

材料中加引号的字分别说明什么问题？

材料二："十一五"时期经济社会发展的主要目标是：在优化结构、提高效益和降低消耗的基础上，实现 2010 年人均国内生产总值比 2000 年翻一番；资源利用效率显著提高，单位国内生产总值能源消耗比"十五"期末降低 20％左右，生态环境恶化趋势基本遏制，耕地减少过多状况得到有效控制；形成一批拥有自主知识产权和知名品牌、国际竞争力较强的优势企业；社会主义市场经济体制比较完善，开放型经济达到新水平，国际收支基本平衡；普及和巩固九年义务教育，城镇就业岗位持续增加，社会保障体系比较健全，贫困人口继续减少；城乡居民收入水平和生活质量普遍提高，价格总水平基本稳定，居住、交通、教育、文化、卫生和环境等方面的条件有较大改善；民主法制建设和精神文明建设取得新进展，社会治安和安全生产状况进一步好转，构建和谐社会取得新进步。

请你运用唯物辩证法关于发展的观点分析我国制定出的"十一五"目标的正确性？

材料三：广东率先加快发展要突出抓好以下工作：第一，更加注重转变经济增长方式，提高经济增长的质量、效益和可持续发展能力。第二，更加注重统筹城乡区域发展，促进普遍繁荣和共同富裕。第三，更加注重加速科技进步，增强自主创新能力。第四，更加注重全面深化改革，着力完善体制机制。第五，更加注重提高对外开放水平，进一步发展外向型经济。第六、更加注重解决涉及人民群众利益的问题，推进和谐社会建设。

材料四：2005 年 4 月 13 日举行的广东省"十一五"规划工作会议上，广东省提出未来 5—15 年的宏伟目标：2010 年，广东人均 GDP 要超过 3 500 美元，达到中等收入国家水平，进入宽裕型小康社会，领先全国 10 年；2020 年，广东人均 GDP 再翻番，超过 7 000 美元，全面建成小康社会，其中珠三角达到 1.8 万美元，逼近欧美水平。

上述材料体现了本框学过的哪些哲学知识？它是怎样体现的？请你谈谈你是怎样理解这些知识的？

> 材料二中哪些关键词句能说明问题？请你把这些词句指出来。

> 引导学生列举生活中的相关事例来说明。

七、三维评价

◎ 经典训练

(一) 在每题给出的四个选项中，只有一项是最符合题意的

1. 近年来，无论是中美关系的改善，还是中日关系的发展，都不是一帆风顺的。正如某些评论家所言："关系的发展会是行一步，停一停，不会像高速公路上的汽车般全速前进。"这表明 （　　）

A. 事物是变化发展的　　　　　　　　B. 事物变化发展有量变和质变两种状态

C. 事物发展的趋势是前进的，道路是曲折的　　D. 事物是相互联系的

参考答案：C

2. 从蒸汽机车、内燃机车、电力机车到磁悬浮列车，动力越来越大，动力越来越强，速度越来

快。这表明 （ ）

A. 新事物是对旧事物的彻底否定　　　　B. 新事物是旧事物矛盾演化的结果

C. 事物的任何变化都是根本性质的变化　　D. 事物的发展是一个由低级到高级的过程

参考答案:D

(二) 在每题给出的四个选项中,至少有一项是符合题意的

3. 近些年来,一个世界范围的大规模经济结构调整的活动正在各国兴起,我国要实现国民经济快速健康发展,必须对经济结构进行战略性调整。调整和优化经济结构之所以能实现上述目的,从哲学上说是由于 （ ）

A. 构成事物的成分在排列次序上的变化也会引起质变

B. 事物的发展是从量的积累开始的

C. 正确发挥主观能动性

D. 事物是普遍联系的,要用联系的观点看问题

参考答案:AD

4. 2005 年 10 月 12 日,我国自主研制的神州六号载人飞船,在酒泉卫星发射中心发射升空后,准确进入预定轨道。神州六号载人航天飞行成功,是我国载人航天工程"三步走"战略实现第二步任务的重要开局,我国载人航天工程又进入了一个新阶段。上述材料体现的哲学道理有 （ ）

A. 质变是量变的必然结果　　　　　　　B. 量变是质变的前提和必要准备

C. 任何理想都可以转变为现实　　　　　D. 只要重视量的积累,才会有质变的发生

参考答案:AB

5. 事物总是经过"量变——质变——新的量变——新的质变"这样两种状态的循环往复,由低级到高级,由简单到复杂,永不停息地向前发展的。对这段话的正确理解有 （ ）

A. 质量互变是事物变化发展的规律　　　B. 事物的发展是量变和质变的不断重复

C. 真正的质变是无需经过量变的瞬间巨变　D. 事物的变化发展是永无止境

参考答案:AD

(三) 简答题

6. 材料:2005 年 12 月 28—29 日在京举行的中央农村工作会议强调,建设社会主义新农村,是一个全面的目标,决不单纯是搞新农村建设,必须按照"生产发展、生活宽裕、乡风文明、村容整洁、管理民主"的要求全面推进农村的经济、政治、文化、社会和党的建设;建设社会主义新农村是一项长期的任务,必须因地制宜,从实际出发,尊重农民意愿,注重实效,着力解决农民生产、生活中最迫切的实际问题,使新农村建设带给农民实惠、受到农民拥护,扎实稳步地向前推进。

上述材料体现唯物辩证法的什么道理?

参考答案:(1)要用联系、发展和全面的观点看问题。建设社会主义新农村,决不单纯是搞新农村建设,必须按照"生产发展、生活宽裕、乡风文明、村容整洁、管理民主"的要求全面推进农村的经济、政治、文化、社会和党的建设,从整体上全面把握新农村的建设,新农村的"新"不仅仅体现在表面上,更主要体现在全面发展的内容上。(2)事物发展的前途是光明的,道路是曲折的,我们要对前途充满信心,同时准备迎接挑战和考验。建设社会主义新农村是一个崭新的课题,是一项长期的任务,建设过程中必然有许多困难和挫折需要我们去克服,去解决,要有不怕困难的勇气,对前途充满信心。(3)矛盾具有特殊性,要坚持具体问题具体分析。建设社会主义新农村建设必须因地制宜,从实际出发,尊重农民意愿,不搞一刀切。

7. 2005 年 10 月 12 日,我国自主研制的神州六号载人飞船发射升空。神六升蓝天,壮我中国

威！从"神一"到"神六"，每一次发射都进一步优化，每一次飞行都有所完善改进，每一次空间实验都有新的收获。越是伟大的工程，前进路上的艰难险阻就越多。"神六"多人多天飞行成功，无疑为下一步的航天员出舱活动、航天器交会对接以及建立空间站打下坚实的基础。

你认为从"神一"到"神六"的过程，是怎样体现唯物辩证法的发展观？

参考答案：(1)"神一"到"神六"的过程，每一次优化、完善、改进和新的收获，体现了事物是变化发展的，任何事物的发展总是前进和上升的，是新事物的产生和旧事物的灭亡。(2)"神一"到"神六"的过程，遇到艰难险阻，体现了事物发展是前进性和曲折性的统一。(3)"神六"为下一步的航天员出舱活动、航天器交会对接以及建立空间站打下了坚实的基础，体现了事物的发展是量变和质变的统一，量变是质变的必要前提和准备。

◎ 闪光记录

评教评学，以学为主体，包括知识及其构建、内容方法、信息的搜集与甄选、学法指导、自主学习能力、思维火花、密切相关的社会实践活动能力与效果等方面的综合评价。采用表格或其他形式记录学生学习本框的情况：如探究的内容、探究问题的状态(活动或问题)、方式方法、效果、回答问题及练习情况等。

学完本课我的收获	知识				
	能力				
	情感、态度、价值观				
我对同学的评价	小组成员分工及任务完成情况	同学姓名	对他(她)的综合评价		
		学习态度	课堂表现	社会实践反馈	自主完成作业的情况
对我自己的综合评价	自评				
	老师				
	同学				
	家人				

说明：
1. 课堂表现要求写明具体行为，如课堂状态、课堂参与、课堂创新思维等。
2. 自我评价、教师评价、他人评价将和期中期末考试成绩作为综合评定指标。
3. 小组成员在没有分工合作的情况下，将对他的学习态度进行评价。
4. 小组评和自评以具体行为表现为主，老师评以 A、B、C、D 等次评定。
5. "小组成员分工及任务完成情况"指的是自己对其他同学的评价。
6. 以小组为单位，每节课反馈一次。

（屈亚红 张金放 贾文政 撰写）

第九课　唯物辩证法的实质和核心

第一框　矛盾是事物发展的源泉和动力

一、教学目标

● 知识目标

(1)矛盾的含义。(2)矛盾的两种基本属性:同一性和斗争性。(3)同一性和斗争性的含义及其关系和意义。(4)矛盾普遍性和特殊性的含义。(5)矛盾普遍性的含义及其意义(方法论)。(6)矛盾特殊性的含义、三种情形和意义(方法论)。(7)矛盾普遍性与矛盾特殊性的关系及其重大现实意义(方法论)。

● 能力目标

(1)结合具体事例使学生初步形成用矛盾的同一性和斗争性相统一的观点认识和把握事物的能力,理解矛盾是一切现存事物自己运动的原因,矛盾双方的既对立又统一,推动着事物不断运动变化和发展。(2)初步具有用矛盾普遍性和特殊性的辩证关系的原理分析生活中的一些现象和具体事例,提高学生正确认识和分析具体问题的能力。(3)能搜集生活中的有关材料说明本框的知识。

● 情感、态度和价值观目标

(1)坚持唯物主义辩证法的矛盾观,反对形而上学对矛盾的抹杀和否定。不回避矛盾,敢于直面矛盾的存在,勇于承认矛盾和揭露矛盾。通过分析矛盾双方既对立又统一的关系,让学生理解矛盾的同一性是以差别和对立为前提,没有斗争性就没有同一性,就不会有事物的存在和发展。(2)坚定"走自己的路,建设中国特色社会主义"信念。矛盾普遍性和特殊性关系原理是马克思主义普遍原理和中国具体实际相结合的哲学基础,也是我们建设中国特色社会主义的理论依据。

重点与难点

重点:矛盾同一性和斗争性的关系和矛盾的普遍性和特殊性的关系及其方法论的意义。

难点:矛盾的同一性、矛盾的两种基本属性的关系;矛盾的特殊性、矛盾的普遍性和特殊性的关系。

学情分析:矛盾的概念是辩证法的核心概念,是学生理解的难点。在教学中师生要列举社会和生活实例,分析矛盾是事物发展的源泉和动力,理解世界是矛盾的世界,没有矛盾就没有世界。矛盾的观点是唯物辩证法的根本观点。如:以孔子的"君子和而不同,小人同而不和"为例,分析矛盾的同一性和斗争性的关系;列举中国特色社会主义建设中的具体事例,说明矛盾普遍性和特殊性的辩证关系,从而论证马克思主义普遍原理同中国社会主义建设实际相结合的过程,体现了矛盾普遍性和特殊性、共性和个性的具体的历史的统一。

二、案例导入

我国春秋时期著名思想家老子说过:"天下皆知美之为美,斯恶矣;皆知善为善,斯不善矣。""有无相生,难易相成"。"长短相形,高下相倾,声音相和,前后相随。""祸兮福之所倚,福兮祸之所伏"。在古代希腊也有一位著名的哲学家赫拉克利特,他认为"宇宙中各个部分都可以

引导学生思考,启发学生,导入新课。

分为相互对立的两半:地分为高山和平原,水分为淡水和咸水……气候分为冬和夏、春和秋。"同学们,世间的万事万物都包含这样的道理吗?你能用其他内容把这个句子排列下去吗?

学生活动:快乐矛盾接龙:生死、冷暖、上下、荣辱、美丑、好坏、是非、动静、黑白、进步与落后……

教师提示:不论是老子的思想,还是赫拉克利特的思想,以及同学们所列举的事例,都包含了矛盾的思想。世界上的事物不仅是普遍联系的,而且是永恒发展的,那么,联系的内容是什么?发展的源泉和动力又是什么?这就是我们这课所要探讨的问题"矛盾是事物发展的源泉和动力。"

三、问题探究

材料:从17世纪末期,科学家开始研究光的本质究竟是什么。有两种说法:一种以狄更斯为代表,认为光的本质是一种机械波,由发光体引起,和声波一样靠媒质传播;一种以牛顿为代表,认为光的本质是由发光体发出的弹性微粒所组成。这两种观点各持一端,互不相让。"光不是波,就是微粒"。意思是说,不是这个就是那个。二者没有任何联系。直到20世纪初,爱因斯坦创立了光量子学说,把两种各执一端的学说统一起来,认为:"光既是波,又是微粒。是连续的,又是不连续的"。意思是说,一个物体内部总有两个方面,它们相互对立,又相互统一。

结合课本,联系上述材料回答下列问题:

1. 上述材料包含什么哲理?

2. 什么是矛盾?矛盾有什么属性?有没有只有一个属性的矛盾?为什么?

3. 矛盾有什么特点?自古至今有没有真正的"世外桃源"?为什么?

4. 矛盾普遍性和特殊性有什么关系?

学会分析和抓住材料中的关键词句,培养学生从材料中提炼有效信息的能力。

阅读教材相关内容,引导学生思考讨论这些问题。

注意理解以下概念、观点及其关系:(1)同一、统一、统一性、一致性之间的区别与联系。(2)对立、差别、区别、不同、斗争性与对立性等之间的区别与联系。(3)生活中的矛盾与哲学上的矛盾的区别与联系。运用以上概念时不能混用,注意其区别。

四、思维点拨

探究一:

材料:"天下皆知美之为美,斯恶矣;皆知善为善,斯不善矣。""祸兮福之所倚,福兮祸之所伏"。

(1)美与丑、善与恶、福与祸是怎样的关系?

(2)美与丑、善与恶、福与祸为什么可以相互依存?为什么可以相互转化?

注意:哲学上讲的"斗争性"与现实中的"斗争性"是一般和个别的、共性和个性的关系。

（3）美与丑、善与恶、福与祸的斗争性与同一性是怎样的关系？

启发学生列举生活中的有关事例、名言警句、生活俗语或典型材料。

结论 1：矛盾的斗争性，是指矛盾双方相互排斥、相互对立的属性。它体现着对立双方相互分离的倾向和趋势。

结论 2：矛盾的同一性，是矛盾双方相互吸引、相互联结的属性和趋势。它有两方面的含义：一是矛盾双方相互依赖，一方的存在以另一方的存在为前提，双方共处于一个统一体中；二是矛盾双方相互贯通，即相互渗透，相互包含，在一定条件下可以相互转化。

例如：王籍的诗——"蝉噪林愈静，鸟鸣山更幽"反映了"噪"与"静"、"鸣"与"幽"相互包含，相互转化。

结论 3：矛盾的同一性与斗争性，作为矛盾两个基本属性的关系，二者既有区别又有联系。

区别：矛盾的斗争性是绝对的，同一性是相对的。

联系：（1）同一以差别和对立为前提，没有斗争性，就没有矛盾双方的相互依存和相互贯通，事物就不能存在和发展；（2）斗争性寓于同一性之中，并为同一性所制约，没有同一性，就没有矛盾统一体的存在，事物同样不能存在和发展。（3）矛盾双方既对立又统一，由此推动事物的运动、变化和发展。

能举例说明矛盾同一性和斗争性的联系吗？

例如：落后与进步是一对矛盾，落后是相对于进步讲的，进步是相对于落后讲的，没有落后与进步的区别，落后与进步这个矛盾也就不存在，所以落后与进步相互依存是以它们的区别为前提的。落后与进步相互斗争，是在落后与进步构成的矛盾统一体内部进行的，如果没有统一体就没有这个矛盾，所以斗争性寓于同一性之中，并为同一性所制约。落后与进步相互转化，条件是虚心或骄傲等，所以矛盾双方既对立又统一，由此推动事物的运动、变化和发展。

漫画：

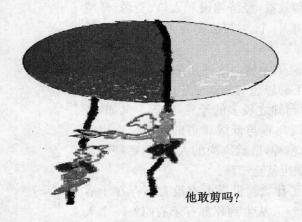

他敢剪吗？

培养学生理论联系实际的能力。

启发学生列举生活中的有关事例说明。

通过观察和分析漫画使学生理解矛盾的涵义。

问题：他敢剪吗？为什么？

结论：不敢剪。矛盾双方既对立又统一。虽然双方存在斗争性，但双方处于一个统一体中，一方的存在以另一方的存在为条件。如果一方剪断了，导致对方的灭亡，那该方也会灭亡。强调：正确理解矛盾：

1. **"对立"和"统一"是矛盾双方存在的两种关系，而不是构成矛盾的双方，并且二者不可分。**

2. **矛盾的转化需要一定的条件**

这个条件既可以表现为事物发展的内部条件，也可以表现为事物发展的外部条件。没有一定的条件，矛盾双方的转化就不能实现。例如上面的例子里"噪"与"静"、"鸣"与"幽"的转化条件是作者当时的独处深林的无奈和孤寂。

否认矛盾双方可以转化的观点，是形而上学的；认为矛盾双方可以无条件、任意地转化，是唯心主义观点。

3. **走出三个误区**

误区一：矛盾越多越好。

误区二：矛盾的存在是无条件的。

误区三："找"不出矛盾就是没有矛盾。

探究二：

材料一：自然界的各种运动形式都包含着矛盾。物体在同一瞬间既在这个地方又不在这个地方，就是机械运动的矛盾；在物理运动中，有正电和负电、吸热和辐射热等矛盾；在化学运动中，有化合与分解、阳离子和阴离子等矛盾；在生命运动中，存在着同化与异化、遗传与变异等矛盾。

材料二：社会运动中更充满着复杂的矛盾。生产力和生产关系的矛盾、经济基础和上层建筑的矛盾，是人类社会的基本矛盾。在阶级社会中，剥削阶级与被剥削阶级之间、剥削阶级内部乃至被剥削阶级的不同阶层之间，都充满着矛盾。在社会主义社会的各个领域中，也都存在着矛盾。例如，经济活动中的速度和效益，经济建设和人口、资源、环境等种种矛盾；政治生活中的民主与集中、民主与法制等矛盾；社会生活中的真与假、善与恶、美与丑、荣与辱等矛盾。

材料三：人的思维领域中也充满了矛盾。这些矛盾是客观世界的矛盾在人们头脑中的反映。例如，正确思想与错误思想的矛盾，不同学术观点的矛盾，知与不知、知之甚少与知之较多的矛盾，等等。又如，音乐、美术、文学艺术作品存在着格调高雅与低级庸俗的矛盾。思想健康、格调高雅的艺术，可以振奋人的精神，造就高尚的人格；而那些格调低下的作品，则会使人消极、悲观、颓废甚至堕落。

提出问题：三则材料共同说明了什么？世界上有没有不存在矛盾的事物？（例如：数字 0 有没有矛盾？人从生到死都有矛盾吗？一个人

帮助学生仔细领悟"一定的条件"、"相互转化"的含义。

联系自然界、人类社会和人的认识矛盾的普遍性的含义，或是由某一事例启发学生列举事例说明。

死后还有矛盾吗？社会主义和谐社会有矛盾吗？)

学生讨论：——

得出结论：矛盾的普遍性，是指矛盾存在于一切事物中，不包含矛盾的事物是不存在的，即事事有矛盾；矛盾贯穿于每一事物发展过程的始终，每一事物从产生到灭亡都存在着自始至终的矛盾运动，即时时有矛盾。

例如：同化和异化的矛盾贯穿于个人生命始终。
强调：正确理解矛盾的普遍性：
1. 掌握一个前提：承认矛盾普遍性是坚持唯物辩证法的前提。
2. 理解两个概念：时时有矛盾，事事有矛盾。

"时时有矛盾"常常存在一些模糊认识：有些矛盾一开始比较缓和，后来才激化起来，往往就会认为一开始不存在矛盾；旧的矛盾解决了，又往往以为矛盾也就不存在了。实际上，"时时有矛盾"是说，事物发展过程中不存在无矛盾状态，矛盾贯穿于每一事物发展过程的始终。矛盾有一个逐步展开的过程，当矛盾处于潜在或萌芽状态，矛盾已经存在，而不是无矛盾状态。一般来说，矛盾往往由初期阶段的双方差异，发展为双方的对立，以至激化，最后达到矛盾的解决。因此，开始的差异就是矛盾，它只是矛盾之间绝不存在哪怕是一刹那的无矛盾状态。旧矛盾一解决，新的矛盾就会产生，开始新的矛盾运动。

"事事有矛盾"是说每一事物都包含着矛盾，而不是说每一事物同所有事物之间都存在矛盾。一是两个毫不相干的事物未处于统一体中，就不构成现实的矛盾。只有在一定条件下，它们共处于一个统一体中时，才能构成矛盾关系。二是人们尚未认识，还不能对其具体矛盾作出科学解释的事物，并不等于矛盾就不存在了。三是人们不容易察觉的矛盾，不等于矛盾就不存在了。一般来说，处于动态中的、较为激化的矛盾，人们往往容易察觉，而处于相对静止时的矛盾或处于缓和状态中的矛盾，需要通过思维才能认识和把握。

3. 走出三个误区
误区一：矛盾的普遍性指任何两个事物之间都存在着矛盾。
误区二：矛盾是普遍存在的，因此是永远不能解决的。
误区三：既看事物的优点又看事物的缺点就是坚持两分法、两点论。

探究三：上述材料说明了无论是自然界、人类社会还是人类思维都存在矛盾，那么它们存在的矛盾是否相同呢？给我们什么启示？
结论：矛盾的特殊性，是指矛盾着的事物及其每个侧面各有其特点。

先由学生讨论回答，组织学生自由发言。

例如：我国现在所处的阶段是矛盾和问题比较突出的一个阶段。不是说这个阶段以前不存在矛盾，而是这些矛盾没有激化。为了解决矛盾，缓和矛盾，所以党和国家提出建设和谐社会的发展战略。所以说事事有矛盾、时时有矛盾。

引导学生列举有关事例说明。

引导学生归纳，培养学生综合归纳能力。

提出问题，启发学生思考探究。

点拨：正确理解矛盾的特殊性：

1. 了解一个规定：矛盾的特殊性规定了一事物区别于他事物的特殊本质，是世界上一切事物千差万别的内在原因和根据，是事物发展的特殊原因。

2. 理解两个意义：正确认识矛盾的特殊性是把握事物的本质及其发展规律的基础，是正确解决矛盾的前提。

3. 掌握三个情形：一是不同事物有不同矛盾；二是同一事物在发展的不同过程和不同阶段上有不同的矛盾；三是同一事物中的不同矛盾、同一矛盾的两个不同方面也各有其特殊性。

探究四：自然界、人类社会、人类思维的矛盾，在什么范围内是普遍性的矛盾，在什么范围内是特殊性的矛盾，为什么？你还能列举哪些在生活中矛盾普遍性和特殊性之间相互转化的事例？

得出结论：矛盾普遍性和特殊性的关系，也就是矛盾的共性和个性、一般和个别的关系。

矛盾的普遍性和特殊性相互联结。一方面，普遍性寓于特殊性中，并通过特殊性表现出来，没有特殊性就没有普遍性；另一方面，特殊性离不开普遍性。世界上的事物无论怎么特殊，它总是和同类事物中的其他事物有共同之处，不包含普遍性的事物是没有的。

学生讨论：——

材料一：一个平时认为自己很聪明的人，生病后去看医生。医生要他多吃水果，他便让他的儿子去买。他儿子给他买来了苹果，他摇头不吃；买来了葡萄，他也摇头不吃；买来了香蕉，他还是不吃。买来了菠萝、梨等他仍然不吃，并生气地对他的儿子说："医生让我吃水果，你怎能给我买这些呢？"他的儿子无奈地说："市场上就有这些水果，你到底要吃什么？"

材料二：两千多年前，我国有个叫公孙龙的思想家牵着一匹马出关，把关的人对他说，法令规定不许带马出关。公孙龙说："我牵的是白马，不是马！白马和马是两回事。"请思考：公孙龙的论断有无合理性？从哲学角度看它错在什么地方？

材料一中的病人和材料二中的公孙龙犯了什么错误？

学生讨论：——

教师总结：二者都是割裂了矛盾普遍性与特殊性的关系。该病人不懂得矛盾的普遍性寓于矛盾的特殊性之中，并通过特殊性表现出来，没有特殊性就没有普遍性。水果是通过菠萝、梨等表现出来。公孙龙不懂得矛盾的特殊性离不开普遍性，不管事物怎样特殊总要服从同类事物的一般规律。白马也是马。

强调：正确理解矛盾普遍性与特殊性的关系：

师生提问，具体思考矛盾的特殊性的含义。

调动学生的积极性，发挥学生主体作用。

师生共同归纳总结。

1. 走出一个误区：不能把普遍性与特殊性的关系误解为多数与少数、整体与部分的关系。任何事物的矛盾都是普遍性和特殊性的统一。各种特殊性、个性是千差万别、丰富多彩、具体生动的，而普遍性、共性则抛开了事物各自的个性和特点，只是概括、抽象出它们共同的本质。因此，共性不可能包含各种事物的个性和特点，恰恰相反，它只能存在于特殊性、个性之中，没有特殊性就没有普遍性。普遍性（共性）寓于特殊性（个性）之中。

2. 弄清两个含义

普遍性（共性）、特殊性（个性）。

这里讲的特殊性（个性），是指不同事物的矛盾具有各自的特点、特性，或叫"特殊本质"。既然是"特点"、"个性"，就是各不相同的。而普遍性（共性）是指同类事物中许许多多不同的特殊事物所共同具有的性质和特点，是各个方面存在着"既对立又统一的关系"。要着重从"对立"、"统一"各自的含义两个方面去讲不同事物所具有的共性。无论是普遍性还是特殊性，指的都是事物的性质或本质。因此，普遍性与特殊性的关系，就是事物的共同性质、本质与特殊性质、本质的关系。

3. 掌握三个意义

矛盾普遍性和特殊性辩证关系原理，是关于事物矛盾的精髓，是马克思主义普遍原理和中国具体实际相结合的哲学基础，是我们建设中国特色社会主义的理论依据。

总结：今天我们学习了唯物辩证法的实质和核心——矛盾的观点，懂得了矛盾的概念，矛盾的普遍性和特殊性及其关系原理。下节课我们学习其方法论意义。

4. 区分日常生活中所说的"斗争"与哲学上所说的"斗争性"

二者既有联系又有区别。日常生活中所说的"斗争"仅仅是指矛盾斗争性的一种具体形式。哲学上所说的"斗争性"，包括一切差异和对立，机械运动中的吸引和排斥、物理运动中的阴电和阳电、化学运动中的分解和化合、社会生活中的阶级压迫和阶级斗争、人民内部不同利益和意见的分歧，思想领域中正确观点和错误观点的对立等，都是矛盾斗争性的不同形式。无论是哪种形式的斗争，都是关于矛盾斗争性的差别问题，而不是矛盾斗争性的有无问题。凡是矛盾，必有斗争，否则，就不成其为对立面，就不成其为矛盾了。

5. 区分逻辑矛盾与辩证矛盾

在日常生活中，我们通常是在两种不同意义上使用矛盾概念的。一个是指人们在叙述问题、回答问题时出现首尾不一、相互打架的现象；一个是指客观事物本身存在的既相互对立又相互统一的关系及其运动过程。前者说的是逻辑矛盾，即人们的思维不和逻辑、违反逻辑规则造成的，它是思维违反形式逻辑的自相矛盾。后者说的是辩证矛盾，它是客观事物本身所固有本性及其在人们思想上的反映，是辩证法研

阅读教材，结合课堂的内容，组织学生建构知识内在联系，与生活的联系。

知识回顾、归纳总结，得出结论，提出新问题，建立知识的新联系。

知识的深化和生活的链接。

究的对象。承认辩证矛盾与允许逻辑矛盾不是一回事。任何科学的认识都要求排除逻辑矛盾,而任何科学认识又都是在研究对象本身所固有的辩证矛盾,所谓认识事物就是认识事物本身的辩证矛盾。承认辩证矛盾是辩证法的前提和出发点,允许逻辑矛盾则是诡辩论的特征,二者风马牛不相及。从外延上讲,哲学矛盾无处不在,逻辑矛盾可以避免。

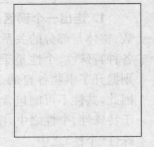

五、知识构建

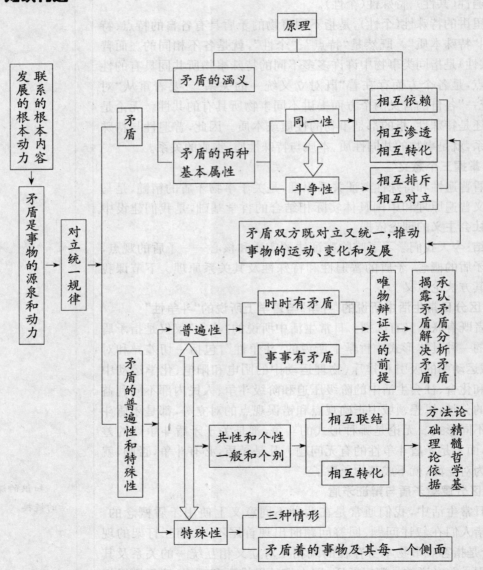

1. 请学生指出上述内容中哪些是原理?哪些是原理的方法论?它们之间是怎样联系的?
2. 上述知识点之间有哪些内在联系?与你的生活有哪些联系?请你用自己的语言表述出来。
3. 本框内容与前面几课的内容有哪些联系?请把这些联系归纳出来。

六、资源开发

通过经典事例引导学生搜集、甄选和开发与本框内容密切相关的学生身边的生活资源(包括本地重要历史和现实中的资料,如社区生活、校园生活、家庭生活以及重大活动等),培养学生搜集信息、处理信息的能力以及从上述资源中提取有效信息的能力。

材料一:2006年1月15日在上海市第十二届人大四次会议上,人大代表呼吁尽快立法控制当今愈演愈烈的垃圾信息泛滥。无可否认,信息社会的信息的重要性,拥有信息往往就拥有财富,信息化已改变了人们的生活。但不容忽视的是在信息快速发展和人们正在受惠于信息化的同时,某些心术不正的人,利用各种信息技术和互联网、手机等进行不法活动,从中牟取利益。令人痛心的事,某些垃圾信息已造成不少家庭破裂,甚至是一些青少年走上犯罪的道路。

材料二:国务院国有资产监督管理委员会副主任邵宁在2005年5月12日举行的全国国有企业关闭破产工作会议上指出:今后4年要积极推进国有企业依法破产,探索多渠道、多方式推进国有困难企业退出和债务重组。对长期亏损、资不抵债、扭亏无望的国有大中型工业企业可按国家规定实施政策性破产。对国有非工业困难企业、中小企业中的困难企业主要采取依法破产解决退出问题。对一些产品有市场、经营管理能力较强、信誉较好,但债务负担较重的困难企业,可鼓励企业与国有金融机构按市场化方式,通过协商实行债务重组。

上述材料体现什么道理?给我们什么启示?

材料三:社会目前存在一些不和谐因素:城乡差距、地区差距仍在扩大,分配不公矛盾凸显。改革开放中农村发展了,城市也发展了,但是城市发展得更快。从城乡收入来看,上个世纪80年代农村实行家庭联产承包制,城乡收入差距缩小到1:1.8,90年代就扩大到1:2.5,而到了2003年,城乡差距已经扩大到1:3.2,超过了3倍。有学者认为,现代社会中收入差距拉大的问题,是前进中存在的问题,但是如果不能够予以正确解决,也会危及稳定。比如收入差距拉大的问题,关键在于分配不公。目前我国存在一些非法致富现象,一些人靠钻政策和体制的漏洞而获得大利,一些部门和单位靠垄断而获取超额利润,这对群众的情绪是一种严重的挫伤。

材料四:在新形势下,人民内部利益矛盾错综复杂。现阶段的人民内部矛盾主要指各阶层、各方面的利益矛盾。这类矛盾在社会经济转型期纵横交织,盘根错节,复杂异常。比如,城镇化符合中国人民的根本利益,但目前推进城镇化就涉及拆迁和失地,触及一部分群众的利益,这就是长远利益与短期利益、全体利益与个人利益的矛盾。再如高收入群体中绝大部分人是劳动致富,但也存在一部分非法致富或者钻体制漏洞致富的人,他们与尚未致富的人之间必然存在矛盾。可以说,目前我国各社会阶层之间,社会阶层内部,地区之间,地区内部,长远利益和短期利益,群体利益和个人利益之间等都存在着这样那样的利益矛盾。

提示:(1)根据矛盾的涵义、矛盾的普遍性及矛盾双方在一定条件下相互转化回答第一个问题。

(2)矛盾双方的转化是需要条件的,通过创造条件,促使矛盾向好的方向转化,做到趋利避害。

提示:学生可以从任何哲学都是一定社会和时代的经济和政治在精神上的反映;真正的哲学正确地反映了时代的任务和要求,牢牢地把握住了时代的脉搏,真正地总结和概括了时代的实践经验和认识成果,所以真正的哲学都是自己时代的精神上的精华,结合我国目前社会现实展开分析。

......

　　针对这些情况,党的十六届四中全会提出了"构建社会主义和谐社会"的新理念,并指出构建社会主义和谐社会,是我们党从开创中国特色社会主义事业新局面的全局出发提出的一项重大任务。它关系到最广大人民的根本利益,关系到巩固党执政的社会基础、实现党执政的历史任务,关系到全面建设小康社会的全局,关系到党的事业的兴旺发达和国家的长治久安。这一战略举措,具有重大的现实意义和深远的历史意义。

　　请运用所学知识分析"构建社会主义和谐社会"思想的提出与我国当前社会现实的关系及其对我国社会发展的影响。

七、三维评价

◎ 经典训练

(一) 在每题给出的四个选项中,只有一项是最符合题意的

1. 台风给人民的生命财产带来很大危害,也给人类送来大量的淡水资源,是维持地热平衡的重要因素之一。从哲学上看,这表明　　　　　　　　　　　　　　　　(　　)

　　A. 任何事物都有两重性　　　　　　　　　B. 事物之间是普遍联系的

　　C. 事物处于不断发展的进程中　　　　　　D. 应该透过事物的现象认识事物的本质

参考答案: A

2. "人之为学有难易乎? 学之,则难者亦易矣;不学,则易者亦难矣。"这段话说明　(　　)

　　A. 难与易因人而异　　　　　　　　　　　B. 学与不学因时而异

　　C. 学与不学的矛盾是主要矛盾　　　　　　D. 难与易的转化是需要一定条件的

参考答案: D

3. 两千多年前,中国先秦思想家孔子就提出了'君子和而不同'的思想。和谐又不千篇一律,不同而又不相互冲突。和谐以共生共长,不同以相辅相成。和而不同,是社会事物和社会关系发展的一条重要规律,也是人们处世行事应该遵循的准则,是人类各种文明协调发展的真谛。在这里,和而不同说明　　　　　　　　　　　　　　　　　　　　　　　　　　　　(　　)

　　A. 矛盾在一定条件下会向相反的方向转化

　　B. 内因是事物本质发展的决定因素

　　C. 矛盾的统一性在事物本质的发展中起决定作用

　　D. 矛盾是普遍存在的,但我们应该采取正确的态度面对矛盾

参考答案: D

4. 人才资源是第一资源。我国实施人才强国战略的关键是全面提高人的素质,把人口优势转化为人才优势。实施这一战略的哲学依据是　　　　　　　　　　　　　　　　(　　)

①主要矛盾在事物发展过程中起决定作用　②矛盾特殊性寓于普遍性之中　③矛盾双方在一定条件下可以相互转化　④主观能动性的发挥受客观因素的制约

　　A. ①②　　　　　　　B. ①②③　　　　　　C. ①③　　　　　　D. ①②④

参考答案: C

5. 为了发展生产、改善生活,人们常常引进一些外来物种,但有些外来物种会破坏当地的生态平衡,造成严重的生态灾难。这表明　　　　　　　　　　　　　　　　　　　（　　）

①任何事物都是一分为二的　②事物的性质是不确定的　③利用和改造自然必须以认识和保护自然为前提　④改造自然必须以牺牲自我为代价

　A. ①②　　　　　　　　B. ①③　　　　　　　　C. ①④　　　　　　　　D. ②③

参考答案: B

6. 哲学上讲的"一分为二"与"合二而一"体现了事物矛盾双方　　　　　　　　（　　）

　A. 在一定条件下互依存　　　　　　　　B. 在一定条件下相互转化

　C. 既对立又统一的关系　　　　　　　　D. 既相互区别又相互排斥

参考答案: C

7. 下列选项中,反映矛盾同一性道理的俗语是　　　　　　　　　　　　　　（　　）

　A. 不见高山,不显平川　　　　　　　　B. 灯不拨不亮,理不辩不明

　C. 不是鱼死,就是网破　　　　　　　　D. 前事不忘,后事之师

参考答案: A

8. 在下图是比利时画家马格制特的作品,画面上明明画了一只逼真的烟斗,而画上的法文写的却是"这不是一只烟斗"。你认为,烟斗的形象与文字含义之间的关系属于　　　　（　　）

　A. 自相矛盾的关系

　B. 辩证法的矛盾关系

　C. 诡辩的关系

　D. 辩证否定的关系

Ceci n'est nas une nine.

参考答案: A

(二) 在每题给出的四个选项中,至少有一项是符合题意的

9. 西方有句名言是"有一百个读者,就有一百个哈姆雷特"这句话体现的哲理是　　（　　）

　A. 不同事物的矛盾各有其特点

　B. 对同一客观事物,不同的人会产生不同的认识

　C. 对同一客观事物,不同的人会产生相同的认识

　D. 读书如果忘记自己的创造力就是一个"搬运工"

参考答案: AB

10. "为人民服务,又不是为你服务。"这个观点从哲学上看　　　　　　　　　（　　）

　A. 违背了普遍联系的观点

　B. 符合具体问题具体分析的原则

　C. 违背了次要矛盾对主要矛盾也有一定影响的道理

　D. 肯定了矛盾普遍性和特殊性的区别,但否认了它们的联系

参考答案: AD

(三) 论述题(要求紧扣题意,综合运用所学知识,结合材料展开分析)

11. 国际上近年来提出了"循环经济"的新概念。德国于1996年颁布了《循环经济和废物管理法》,其立法的出发点就是"没有绝对的垃圾,只有废弃的资源"。日本近年来相继制定了《家用电器循环法》《循环型社会基本法》等一系列法律法规。循环经济与传统经济的不同之处在于,传统经济是由"资源——产品——污染物排放"所构成的物质单向流动的经济。循环经济倡导的是一种建立在物质不断循环利用基础上的经济发展模式。它要求把经济活动按照自然生态系统的模式组织成

一个"资源——产品——再生资源"的物质反复循环流动的过程,使得整个经济系统以及生产和消费的过程基本上不产生或只产生很少的废物,从而在根本上解决长期以来环境保护与经济发展之间的冲突。在循环经济日益崛起的今天,再生资源的回收利用已经成为一个十分重要的产业。目前把废物垃圾作为资源来开发的途径有三:一是重新作为原料使用,如塑料、纸张、金属等。二是转换形态作原料使用,如废橡胶可以用来铺设高级路面和高级跑道等。三是作能源作用,如用有机垃圾生产酒精和沼气等。废物不废正在成为现实,而做到这些的前提是废物分类倾倒,同时还需要注入资金和技术。

阅读上述材料,运用所学的相关知识回答:

(1)废物不废给我们的哲学启示是什么?

(2)循环经济显示了人类的一种什么价值取向?

(3)要实现废物不废、生态安全,你有哪些好的建议?

参考答案:(1)废物不废告诉我们:①任何事物都是对立统一的。废与不废是矛盾的双方,在一定条件下可以相互转化。世界上没有绝对的废物,只有未被利用起来的资源。②事物是普遍联系的,事物之间的联系是因一定条件而发生变化的。自然界本身就是一个物质循环、生生不息的大系统。人的经济活动要不造成危害,就得模拟这种循环机制,使废物重新投入生产利用。(2)循环经济的出现显示了人类在追求经济繁荣、社会公正、生态安全的可持续发展价值取向道路上迈出了一大步。(3)①靠科技,没有科技的支撑难以实现废物的循环利用。②与科技相联系的是资金的投入,一旦再生资源产业化形成良性发展,就会产生巨大的经济效益和社会效益。③要靠法制,德国、日本相继制定一系列法律法规就说明了这点。④要靠广大群众环境保护知识和生态道德水准的提高,并辅以必要的物质和精神鼓励,以确保废物分类倾倒。

◎ 闪光记录

评教评学,以学生为主体,包括知识及其构建、内容方法、信息的搜集与甄选、学法指导、自主学习能力、思维火花、密切相关的社会实践活动能力与效果等方面的综合评价。采用表格或其他形式记录学生学习本框的情况;如探究的内容、探究问题的状态(活动或问题)、方式方法、效果、回答问题及练习情况等。

学完本课我的收获	知识		
	能力		
	情感、态度、价值观		
我对同学的评价	小组成员分工及任务完成情况	同学姓名	对他(她)的综合评价

（续表）

对我自己的综合评价		学习态度	课堂表现	社会实践反馈	自主完成作业的情况
	自评				
	老师				
	同学				
	家人				

说明：

1. 课堂表现要求写明具体行为，如课堂状态、课堂参与、课堂创新思维等。
2. 自我评价、教师评价、他人评价将和期中期末考试成绩作为综合评定指标。
3. 小组成员在没有分工合作的情况下，将对他的学习态度进行评价。
4. 小组评和自评以具体行为表现为主，老师评以 A、B、C、D 等次评定。
5. "小组成员分工及任务完成情况"指的是自己对其他同学的评价。
6. 以小组为单位，每节课反馈一次。

（李蔓莉　张金放　撰写）

第二框 用对立统一的观点看问题

一、教学目标

● 知识目标

(1)主要矛盾和次要矛盾的含义及其辩证关系。(2)矛盾主要方面和次要方面的辩证关系和具体问题具体分析的基本涵义。(3)事物的性质主要是由主要矛盾的主要方面决定的。(4)主要矛盾和次要矛盾、矛盾的主要方面和次要方面的辩证关系原理的重要意义。(5)坚持两点论和重点论的统一。(6)具体问题具体分析的方法的含义及其意义。

● 能力目标

(1)能结合具体事例的分析,使学生初步形成在复杂事物的发展过程中分析和解决各种矛盾的能力,初步学会从错综复杂的事物中抓住主要矛盾和矛盾的主要方面,坚持两点论和重点论相统一,对具体问题进行具体分析的能力。(2)能运用矛盾分析法和具体问题具体分析的方法分析社会生活中的一些现象和事例,提高分析问题、解决问题和准确把握事物的能力。(3)能搜集有关事例说明本框所学的内容。

● 情感、态度和价值观目标

坚持一分为二的矛盾分析法和两点论、重点论相统一的认识事物的方法,坚持具体问题具体分析的方法。

重点与难点

重点:主要矛盾和次要矛盾、矛盾的主要方面和次要方面的辩证关系原理。

难点:正确地理解上述辩证关系原理及其现实意义。

学情分析:首先,本框内容主要是介绍分析事物最基本的方法,是马克思主义认识事物的根本方法和活的灵魂,也是人们科学准确地认识事物的基本方法,是唯物辩证法的最重要的内容。在生活中人们自觉或不自觉地运用了这些方法,因此,在教学过程中,要密切联系实际,引导学生搜集正反两方面的具体事例,说明这些方法的科学性和正确性,并初步掌握这些基本的认识事物的方法。其次,本框的哲学原理与方法交融在一起,要启发学生分清哪些是原理,哪些是原理的方法论,有助于培养学生的逻辑思维能力,理解知识的来龙去脉。

再次,主要矛盾和次要矛盾、矛盾的主要方面和次要方面是学生最容易混淆的问题,在教学中要注意抓住"地位和作用"、"众多矛盾"、"每一个矛盾"等关键词句去理解。

二、案例导入

给大家讲一个"三令五申"的故事:春秋时期,著名军事家孙武把自己撰写的兵法13篇呈献给吴王。吴王赞不绝口,却不知孙武是否能将这些理论运用于实战,便问他:"你的十三篇兵法,我都看过了。可以小试一下指挥队伍吗?"孙武回答说:"可以"。吴王又问道:"可以用妇女来试吗?"孙武答:"可以。"于是,吴王派出宫中美女共180人,交由孙武操演。

故事导入,激发学生学习兴趣。

回顾矛盾的含义、矛盾的基本属性、矛盾的特殊性及其意义。

孙武把180名宫女分成两队，以吴王宠爱的妃子两人担任两队队长。孙武命人将执法用的斧钺竖立起来，反复重申军法，然后击鼓发令向左，然而宫女们听见鼓声，觉得好玩极了，个个捧腹大笑。孙武说："是我规定不明确，你们军令军法不熟悉，错在将帅。"于是再次三令五申，击鼓发令。宫女们仍大笑不止。孙武说："规定不明确，军令军法不熟悉，是将帅之错；既然已反复地说明了，仍不执行命令，那就是下级士官的错了。"接着下令将两位队长斩首。吴王见孙武要杀掉自己的爱妃，慌忙派人来传命说："我已经知道将军善于用兵了。我没有这两个爱妃，连饭也吃不下，请将军不要杀她们。"孙武断然回绝道："臣既然已受命为将，将在军中，君命有所不受。"下令开刀问斩。接着任命两队排头的宫女为队长，重新击鼓发令，这下宫女们左右前后做起，都合乎规定和要求。孙武派人向吴王报告说："队伍已训练整齐，请吴王下来看看！这样的队伍，无论君王怎样使用它，即便是赴汤蹈火，也是可以的。"

师：同学们，在上面的故事里，要把嘻嘻哈哈的宫女训练成军纪严明的士兵，谈何容易！但孙武做到了。为什么孙武能做到？关键在哪里？

提示：孙武做了两件事，一是三令五申，二是斩了吴王两名爱妃。起关键作用的是斩了吴王爱妃。这个故事告诉我们分析问题和解决问题要抓住关键，即抓住主要矛盾的道理。下面我们就来学习新课：用对立统一的观点看问题。

可由学生讨论，引起学生思考。

引导学生分析材料，思考材料中所反映的问题，师生共同归纳问题，组织探究活动。

组织学生讨论材料中所反映的问题。

三、问题探究

资料：新农村建设的核心是农民问题。"新农民"在建设新农村中具有根本意义，要建设和谐的新农村，关键是要解决农民和国家的关系，农民和干部的关系。要尊重农民的意愿，培养农民对公共事务的参与责任，使他们对新农村建设有一种主人翁意识和归属感。否则，新农村建设"见物不见人"，就不可能取得成功。要加大人力资本的开发，培养有文化、懂技术、会经营的新型农民，为新农村建设提供智力支持和

胡锦涛同志非常重视"三农"问题。

引导学生阅读教材相关内容，思考讨论这些问题。

问题可由老师提出，也可由学生提出，或由学生共同归纳提出。

人才保障,这是新农村建设最本质、最核心的内容,也是最为迫切的要求。

　　问题:你能结合课本内容,联系上述材料提出哪些问题呢?

　　1. 全面实现小康奋斗目标的关键是什么? 从辩证法方面讲,"从这一基本国情出发"体现什么道理?

　　2. 什么是主要矛盾和次要矛盾? 二者是什么关系? 什么是矛盾主要方面和次要方面? 二者关系如何? 学习这些原理对我们的学习和生活有何帮助? 请列举事例说明。

　　3. 什么是具体问题具体分析? 为什么要具体问题具体分析? 它对你正确地认识问题和分析问题有何帮助?

注意理解以下的基本问题之间的关系:(1)本框介绍的两种基本的认识事物的方法有何内在联系和区别?(2)一点论和均衡论的实质是什么? 它有何危害性? (3)"两种矛盾"、"两个方面"有何联系和区别?(4)由多个学生分别回答,教师汇总。

四、思维点拨

探究一:主要矛盾和次要矛盾

学生回答主要矛盾和次要矛盾的含义。

师:看教材试分析主要矛盾和次要矛盾的区别。

生甲:作用不一样大。

生乙:地位不同。

师:很好! 主要矛盾和次要矛盾就是根据其在事物发展中所起的作用和所处的地位不同而予以区分的,因此它们的区别一是起决定作用还是不起决定作用,二是处于支配地位还是从属地位。

师:在上面的材料中,中国要实现全面小康,要解决的问题很多,但不解决"三农"问题行吗? 为什么?

生:略。

师生总结:"三农"问题是关键,实现全面小康,农村是难点、重点,农村在全面小康中占支配地位,对小康的全面实现起决定作用,农村是主要矛盾,农村问题解决了,整个国家的问题就容易解决了。

师:主要矛盾和次要矛盾有联系吗? 在课本上找一找。

生:相互依赖、相互影响,二者在一定条件下相互转化。

师:说到这里,我再给大家讲一个故事:**赌饼破家**。

　　从前有一对夫妇,家里有 3 个饼。夫妇俩一起分着吃,你一个,我一个,最后还剩下一个。他俩相约说:"从现在起,如果谁先开口说话,就不能吃这个饼了。"从此,为得到那个饼,俩人谁也不愿先开口说话。

　　有天晚上,一个盗贼溜进屋里,偷了他们家的财物。直到盗贼把东西全部偷光,夫妇俩因为先前有约,眼睁睁看着财物丢光。谁也不愿开口讲话。盗贼看到没人说话,便当着丈夫的面侮辱他的妻子,可丈夫瞪着两眼还是不肯讲话。妻子急了,高声叫喊有贼,并恼怒地对丈夫说:"你怎么这样傻啊! 为了一个饼,眼看着闹贼也不叫喊。"丈夫高兴地跳

注意:1. 主次矛盾存在于复杂事物中,不是简单事物中,简单事物只有一个矛盾;2. 把握主次矛盾地位和作用不同。

引导学生看书,解决问题。

再以故事承上启下。

强调:"转化条件":1. 主要矛盾解决了,原次要矛盾上长为主要矛盾;2. 出现了新情况(故事中的情况)。

了起来,拍着手笑道:"啊,蠢货!你最先开口讲的话,这个饼属于我了。"

这个故事说明什么道理?

生:这个丈夫分不清主次矛盾。

师:很好!在这个故事里,什么是主要矛盾、什么是次要矛盾呢?

生:抓贼是主要矛盾,而赌饼是次要矛盾。

师:正确。不过,赌饼开始就是次要矛盾吗?当两人打赌争饼时,谁遵守赌约,闭口无言是双方的主要矛盾,应着力解决。可是,当盗贼进屋盗窃财物时,如何联手赶走盗贼,保护家中财产,则成为主要矛盾,赌饼约定就成为次要矛盾。所以主次矛盾在一定条件下是可以转化的。

师:下面请一个同学把主要矛盾和次要矛盾的辩证关系原理归纳一下。

略。

探究二:矛盾的地位和作用

故事:美国南北战争初期,林肯总统先是选拔没有缺点的人任北军统帅。这些修养甚好、几乎没有任何缺点的统帅,却没有才华,一个个被南军的将领打败,连华盛顿都差点丢掉。林肯受到了极大的震动,他分析了对方的将领,从杰克逊起,几乎个个都有明显的缺点,同时又都有个人的特长。他得出了如下的结论:"李将军能善用其手下的长处,打败了自己任命的看来没有任何缺点,同时也不具有什么特长的北军将领。"为此,林肯毅然任命了酒鬼格兰特为北军将领,当时舆论大哗,人们说"昏君"用"庸才",北军完了。好多人晋见林肯,说格兰特好酒贪杯,难当大任。林肯不为所动坚持任用格兰特。

事实证明,正是由于对格兰特的任命,成了美国南北战争中北军取胜的转折点。

请同学们思考,林肯开始为什么不任用格兰特?

生:因为他好酒贪杯,有很大的缺点。

师:那为什么后来又任用他呢?

生:他有才能。

师:很对!也即他既有优点,又有缺点。优点和缺点既是对立的,又统一于格兰特一身。所以,我们把优点和缺点可以看成是矛盾的两个方面。那么,在格兰特身上,其优点是主要的呢还是缺点是主要的?

生:优点是主要的!

师:很好。我们把这种在一个矛盾中处于支配地位、起着主导作用的一方叫什么?

生:矛盾的主要方面。

要求学生自己归纳出知识点。

故事导出下一个教学内容。激发学生学习兴趣。

引导学生围绕问题,分析材料,抓住关键词句思考,并能用自己的语言准确地表达出来。

师：下面大家一起朗读矛盾主要方面和次要方面的含义。

师：那么矛盾主要方面和次要方面的区别是什么？

生：地位不同、作用不同。

师：正确！具体体现在哪里？请从教材上找。

学生讨论：略。

师：归纳一下：矛盾主要方面和次要方面的区别体现在"事物的性质主要是由矛盾的主要方面决定的"。所以，格兰特虽有缺点，但瑕不掩瑜，他仍是值得委以重任的将领。当然，除了区别（对立）之外，矛盾主要方面和次要方面也是统一的。谁能把矛盾主要方面和次要方面的辩证关系作一个完整的归纳？

略。

师：我们前面一共学习了两个原理（世界观），即主要矛盾和次要矛盾、矛盾的主要方面和次要方面的辩证关系原理。有世界观必有方法论。那么上述两个原理的方法论是什么呢？

生：坚持两点论和重点论相统一的认识方法。

师：非常正确！所谓两点论，就是在认识复杂事物的发展过程时，既要看到主要矛盾，又要看到次要矛盾；在认识某一矛盾时，既要看到矛盾的主要方面，又要看到矛盾的次要方面。所谓重点论，就是在认识复杂事物的发展过程时，要着重把握主要矛盾，要抓住重点；在认识某一矛盾时要着重把握矛盾的主要方面，要抓住主流。

师：请同学们继续思考，主次矛盾和矛盾主次方面的区别是什么呢？

学生讨论：略。

师：其区别有很多，但大家主要掌握三点：一是主次矛盾，讲的是事物内部多个矛盾中的问题，是一和多的关系，而矛盾主次方面讲的是一个矛盾中的问题，是矛盾的两个方面的关系。二是作用不同，主要矛盾决定事物发展的进程，而矛盾的主要方面决定事物的性质。三是方法论不同，主次矛盾关系原理要求做工作要抓重点、抓关键、抓中心，而矛盾主次方面关系原理要求看问题要把握本质和主流。

这是个很容易混淆的问题。请大家分析：下面故事里面体现的是主次矛盾关系还是矛盾主次方面关系？

战国时期，赵国有个人为鼠害所困扰，就到中山国去要了一只猫。这只猫很会捕捉老鼠，但也很会捕捉鸡。过了一个多月，他家的老鼠没有了，鸡也没有了。可他儿子对此很发愁，建议把猫送走。听了儿子的话，他说："我们的患害在于老鼠而不在于没有鸡，有了老鼠便偷吃我们的粮食，咬坏我们的衣服，毁坏我们的家具，那我们就要挨饿受冻，这不比没有鸡更有害吗？没有鸡，只不过不吃鸡蛋罢了，离挨饿受冻还差得远哪，为什么要把猫送走呢？"

学生讨论：略。

引导学生学会辩证思考。

引导学生自己分析出矛盾主要方面和次要方面的含义。

培养综合归纳能力。

总结出相应的世界观和方法论。

突破难点。

先做理论上的归纳。再运用理论分析具体问题。

师:这里面既有主次矛盾关系又有矛盾主次方面关系。赵国人面临的问题有两个,一是解决鼠患,一是解决猫害。哪件事对于他们更重要,或者说,哪个才是主要矛盾?无疑赵父的判断是正确的。另一方面,在对猫的评价上,既要看到猫的优点——会抓老鼠,又要看到猫的缺点——偷吃鸡,更要看到猫的优点是矛盾的主要方面,所以这只猫是值得肯定的,赵父将其留下的决定也是正确的。总之,通过这个问题,同学们应该好好掌握这两个原理,做到正确的区分。

通过典型案例剖析,培养学生分析问题的能力。

探究三:具体问题具体分析

故事:一个卖油郎每天出去卖油为生。到年底时没钱过年,他的妻子突然拿出一大坛油来叫他去卖。原来她每天都从他卖的油里舀出一小勺来。于是卖油郎卖了这些油就有钱过年了。这无非是个积少成多、勤俭节约的故事。可是后来其他人知道了这件事,都夸卖油郎的妻子聪明,会持家。一个卖黄历的妻子知道了之后,心里很不服气:"这有什么?我也会。"于是她也每天从她丈夫卖的黄历中拿一本出来。到年底也是没钱过年,卖黄历的妻子得意洋洋地拿出一大堆过期的黄历来!引得丈夫一顿臭骂和邻居的嘲笑。

故事导入下一个知识点。

师:为什么都是积少成多、勤俭节约,卖油郎的妻子受到大家的赞扬,而卖黄历的妻子受到大家的嘲笑?

学生讨论:略。

教师总结:卖黄历的妻子错在没有具体地分析事情的特殊性,而是用同一个办法去解决不同的问题,当然会事与愿违,受到大家的嘲笑了。这个道理就是今天我们要学习的一个很重要的方法论——具体问题具体分析。下面请同学们一起朗读它的含义。

师:请同学们思考,具体问题具体分析这一方法论所依据的世界观原理是什么?它有什么重要性?为什么?

引导学生看书,归纳知识点。

生:略。

师生总结:世界上一切事物之所以千差万别,就在于事物内部矛盾所具有的特殊性。矛盾的特殊性,规定了一事物区别于他事物的特殊本质。如果离开了对矛盾特殊性的具体分析,就无法区分事物,也就谈不上正确认识事物。所以,具体问题具体分析是我们正确认识事物的基础。事物的矛盾各不相同,决定了解决矛盾的方法也不可能千篇一律。只有对具体问题进行具体分析,把握矛盾的特殊性,才能找到解决矛盾的正确方法。所以,**具体问题具体分析是正确解决矛盾的关键**。

让学生明确:具体问题具体分析的分析方法的依据及其重要性。

师:能否各举一例说明?

引导学生归纳。

生:比如,下雨是好事还是坏事,要看在什么条件下。如果当谷物播种完时下雨,这当然是好事;但如果已经积涝成灾了还下雨,这当然不好。所以,离开具体条件不作具体分析,我们无法知道下雨好不好。再比如对法轮功骨干分子,要坚决打击,但对一般练习者要以说服教育为主。

　　师:很好。今天我们学习的内容很多,主要有:主要矛盾和次要矛盾、矛盾的主要方面和次要方面的辩证关系原理。还学习了两个重要的方法论:一是坚持两点论和重点论相统一的认识方法,二是具体问题具体分析。如果再加上矛盾普遍性原理的方法论——坚持一分为二的观点,那么把以上三个方法论归纳起来,就是矛盾分析法!而矛盾分析法是我们认识世界和改造世界的根本方法。希望同学们能认真掌握,灵活运用,有助于提高你分析问题,正确地把握问题的能力。

可以先试着让学生总结,培养学生归纳能力。

五、知识构建

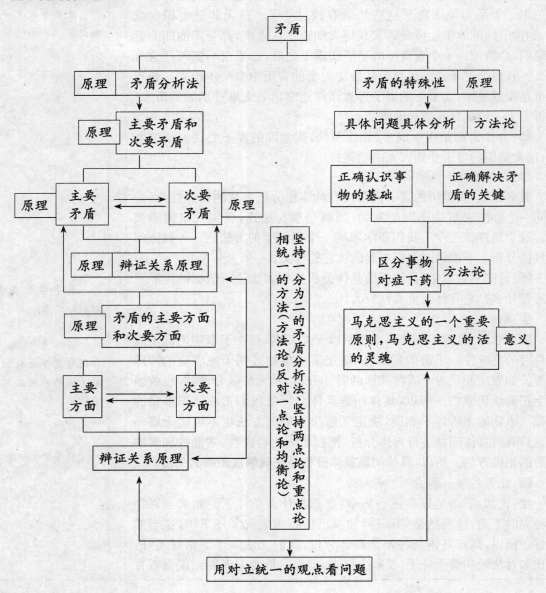

1. 请你把上述原理及其所对应的方法论归纳出来,并列举生活中的具体事例说明。

2. 上述知识点之间有哪些内在联系?与你的生活有哪些联系?请你用自己的语言表述出来。

3. 本框内容与前面几课的内容有哪些联系?请把这些联系归纳出来。

六、资源开发

通过经典事例引导学生搜集、甄选和开发与本框内容密切相关的学生身边的生活资源(包括本地重要历史和现实中的资料,如社区生活、校园生活、家庭生活以及重大活动等),培养学生搜集信息、处理信息的能力以及从上述资源中提取有效信息的能力。

课前已要求同学们收集有关能体现本课所学方法论的时事材料,由两组同学先介绍材料,另外两组同学分析材料中所体现的世界观和方法论。

第一组学生:我们收集的材料如下:《中共中央关于制定国民经济和社会发展第十一个五年规划的建议》中指出:"十一五"时期面临的国内外环境。和平、发展、合作成为当今时代的潮流,世界政治力量对比有利于保持国际环境的总体稳定,经济全球化趋势深入发展,科技进步日新月异,生产要素流动和产业转移加快,我国与世界经济的相互联系和影响日益加深,国内国际两个市场、两种资源相互补充,外部环境总体上对我国发展有利。同时,国际环境复杂多变,影响和平与发展的不稳定不确定因素增多,发达国家在经济科技上占优势的压力将长期存在,世界经济发展不平衡状况加剧,围绕资源、市场、技术、人才的竞争更加激烈,贸易保护主义有新的表现,对我国经济社会发展和安全提出了新的挑战。

请第二组同学分析上述材料。

第三组同学:我们收集的材料如下:《中共中央关于制定国民经济和社会发展第十一个五年规划的建议》中指出:从我国经济社会发展的战略需求出发,把能源、资源、环境、农业、信息等关键领域的重大技术开发放在优先位置,按照有所为有所不为的要求,启动一批重大专项,力争取得重要突破。加强基础研究和前沿技术研究,在信息、生命、空间、海洋、纳米及新材料等战略领域超前部署,集中优势力量,加大投入力度,增强科技和经济持续发展的后劲。

请第四组同学分析上述材料。

提示:这段材料提到"外部环境总体上对我国发展有利。同时,国际环境复杂多变,对我国经济社会发展和安全提出了新的挑战。"这里体现的是矛盾主要方面和次要方面的关系原理,方法论是看问题既要全面,又要分清主流和支流。

提示:这段材料提到的"把能源、资源、环境、农业、信息等关键领域的重大技术开发放在优先位置……集中优势力量"等体现的是主次矛盾关系原理,方法论是要抓重点,集中力量解决主要矛盾。材料中"有所为有所不为"则是体现矛盾特殊性原理,方法论是具体问题具体分析。

七、三维评价

◎ **经典训练**

(一) 在每题给出的四个选项中,只有一项是最符合题意的

1. 近年来,我国电信业蓬勃发展,目前全国固定电话和移动电话用户均已超过2.6亿户。手机短信方便了人们交流沟通,也被少数人用来进行诈骗或骚扰。对此,正确的认识是 (　　)

①对待任何事物都应持一分为二的态度　②手机短信弊大于利　③评价手机短信的利弊要看其主流　④取消手机短信,发展替代性服务

A. ①②　　　　　　　B. ①③　　　　　　　C. ②④　　　　　　　D. ③④

参考答案: B

2. 经济全球化在促进各国经济和文化交流的同时,也使得原来区域性的传染病成为全球性灾难的风险大大提高。这说明　　　　　　　　　　　　　　　　　　　　　　　　　　　　　　（　　）

A. 矛盾具有普遍性,事物都是一分为二的

B. 矛盾具有对抗性,防止传染病就要遏制全球化

C. 矛盾具有客观性,要区分内因和外因

D. 矛盾双方相互转化,要注意分析转化的条件

参考答案: A

3. 党的十六届三中全会强调,要"进一步推动国有资本更多地投向关系国家安全和国民经济命脉的重要行业和关键领域,增强国有经济的控制力。"之所以要增强国有经济的控制力,从哲学上讲是因为　　　　　　　　　　　　　　　　　　　　　　　　　　　　　　　　　　（　　）

A. 任何事物都是整体和部分的统一

B. 事物的性质主要是由取得支配地位的矛盾的主要方面所规定的

C. 内因是事物变化发展的根本原因

D. 主要矛盾对事物的发展起决定作用

参考答案: B

4. 某地苹果喜获丰收后,直至来年初仍然有一大半卖不出去。果农起初认为果树种植太多,超出了市场需求,但后来发现其他地区的优质苹果却以高价畅销。这一事实使他们认识到:市场上不是不需要苹果,而是不需要品种和质量差的苹果。这一认识过程表明　　　　　　（　　）

A. 直接经验是肤浅的,间接经验是深刻的

B. 认识了事物的现象,就把握了事物的本质

C. 具体地分析矛盾的特点,是正确认识事物的基础

D. 成功的实践检验正确的认识,失败的实践检验错误的认识

参考答案: C

(二) 在每题给出的四个选项中,至少有一项是符合题意的

5. 2006 年 2 月 14 日,国务院近日发表《国务院关于落实科学发展观,加强环境保护的决定》强调,以饮水安全和重点流域治理为重点,加强水污染防治;确保国民饮水安全。以强化防治污染为重点,加强城市环境保护等七个方面的措施。上述措施体现的哲学道理有　　　　　　（　　）

A. 要坚持内因和外因相结合

B. 要坚持一分为二的矛盾分析方法,对矛盾作全面的分析

C. 主要矛盾和次要矛盾、矛盾的主要方面和次要方面相互关系的原理

D. 坚持两点论和重点论的统一

参考答案: BCD

(三) 简答题

6. 材料一: 当前我国城市发展中已出现"特色危机",这不仅反映在城市建设上缺少特色,缺少风格,缺少创造性,而且还在产业结构、产品结构上也趋同化。

材料二: 分析当前新农村建设的成功典型,就其发展路径来看,主要有六种模式。一是工业带

动型。特点是村办工业兴旺,依靠工业发展带动农业及改造村庄。二是农业产业化型。特点是立足本村农业,发展特色优势的农副业,并建立起配套的加工销售渠道,使农工商获得一体化发展。三是第三产业主导型。特点是依靠村庄的自然人文环境,大力发展第三产业,促进农业的革新和发展。四是生态农业推动型。特点是根据当地气候、地理等条件,建立起适合的生态农业,同时改善生态环境。五是依托本土资源型。特点是依托当地矿产资源发展农村经济。六是体制创新型。特点是通过创新农村经营机制,促进当地经济发展和社区建设。

(1) 材料一中的现象违背了辩证法的什么道理?

(2) 材料二中当前新农村建设的成功典型的哲学依据是什么?

参考答案:(1)材料一中的现象违背了矛盾的特殊性原理,没有做到具体问题具体分析,所以导致在城市建设上缺少特色,缺少风格,缺少创造性,而且还在产业结构、产品结构上也趋同化。(2)第一,矛盾着的事物及其每一个侧面各有特点。它要求我们想问题做事情必须具体问题具体分析。当前新农村建设的成功典型,就其发展路径来看,主要有六种模式,这六种模式各具特色说明了这一点;第二,物质和意识的辩证关系原理要求我们一切从实际出发,实事求是。各地建设新农村都是根据本地的农业、工业、文化、气候、资源等实际出发的,走自己的特色道路。第三,事物是普遍联系的,它要求我们必须坚持联系的观点看问题。各地在新农村的建设中,根据本地实际提出合理的思路、合理的体制,促进当地经济发展、社区建设和改善了生态环境等。

7. 如何建设社会主义新农村? 一定要以邓小平理论和"三个代表"重要思想为指导,全面贯彻科学发展观,切实把抓好"三农"工作提到重要议事日程。首先,要坚持以发展农村生产力为中心任务,协调推进农村经济建设,促进农村生产力的解放和发展,促进粮食增产和农民增收,着力解决广大农民生产生活中最迫切的实际问题,经过坚持不懈的努力,使农业生产力水平有较大提高,使广大农民的生活有明显改善,让农民得到实实在在的物质利益和各方面的实惠;其次,要认真贯彻党在农村的一系列方针政策,全面进行以乡镇机构、农村义务教育和县乡财政管理体制改革为主要内容的农村综合改革,全面推进农村的政治建设、文化建设、和谐社会建设和党的建设,特别是加强农村基层党支部和基层政权建设,切实保障农民的民主权利,要充分发挥各方面的积极性,引导社会各方面的力量共同参与,使社会主义新农村建设成为全党全国的共同行动。

这段材料如何体现辩证法的思想方法?

参考答案:材料体现了两点论和重点论相统一的思想方法。主要矛盾的支配地位和决定作用要求我们要善于抓住重点,集中主要力量解决主要矛盾。主次矛盾是相互影响的,并且在一定条件下可以相互转化,要求我们要学会统筹兼顾,恰当地处理次要矛盾。建设社会主义新农村,首先要坚持以发展农村生产力为中心任务,协调推进农村经济建设;同时要认真贯彻党在农村的一系列方针政策,全面进行以乡镇机构、农村义务教育和县乡财政管理体制改革为主要内容的农村综合改革,全面推进农村的政治建设、文化建设、和谐社会建设和党的建设等,做到两点论和重点论相统一。

◎ **闪光记录**

评教评学,以学为主体,包括知识及其构建、内容方法、信息的搜集与甄选、学法指导、自主学习能力、思维火花、密切相关的社会实践活动能力与效果等方面的综合评价。采用表格或其他形式记录学生学习本框的情况;如探究的内容、探究问题的状态(活动或问题)、方式方法、效果、回答问题及练习情况等。

学完本课我的收获	知识		
	能力		
	情感、态度、价值观		

我对同学的评价	小组成员分工及任务完成情况	同学姓名	对他（她）的综合评价

对我自己的综合评价		学习态度	课堂表现	社会实践反馈	自主完成作业的情况
	自评				
	老师				
	同学				
	家人				

说明：

1. 课堂表现要求写明具体行为，如课堂状态、课堂参与、课堂创新思维等。
2. 自我评价、教师评价、他人评价将和期中期末考试成绩作为综合评定指标。
3. 小组成员在没有分工合作的情况下，将对他的学习态度进行评价。
4. 小组评和自评以具体行为表现为主，老师评以 A、B、C、D 等次评定。
5. "小组成员分工及任务完成情况"指的是自己对其他同学的评价。
6. 以小组为单位，每节课反馈一次。

（王容成　张金放　撰写）

第十课　创新意识与社会进步

第一框　树立创新意识是唯物辩证法的要求

一、教学目标

● **知识目标**

(1)辩证否定观的基本含义。(2)辩证的否定是联系和发展的环节。(3)辩证否定观的实质。(4)辩证否定观的要求。(5)任何事物存在的合理性和不合理性。(6)辩证法的本质。(7)辩证法的实质是革命的、批判的和创新的。(8)辩证法的革命批判精神与创新意识的紧密联系。

● **能力目标**

(1)能运用辩证否定的观点分析自然界和社会生活中的具体问题,初步形成用辩证否定观分析和认识事物的能力。(2)能搜集有关材料说明辩证否定观的含义、要求和意义。(3)能结合或搜集有关事例说明辩证法的革命批判精神及其与创新意识的密切联系,初步地培养革命的批判的和创新的思维能力。

● **情感、态度和价值观目标**

(1)培养怀疑和革命批判精神,形成自己初步的革命批判思维精神。(2)敢于在实践中创新,牢固树立创新意识,能以革命的批判的和创新的精神对待一切事物。

重点与难点

重点:辩证否定观。

难点:辩证法的革命批判精神和创新意识的密切联系。

学情分析:辩证的否定观是辩证法的重点和难点,也是教学的重点和难点,抽象性和理论性较强。在教学时,要密切联系生活中的具体事例进行分析,引导学生搜集自然界和社会生活中的有关材料,尤其是我国改革开放和现代化建设过程中的重大改革和创新的事例及其成果,如我国三次国家科技重奖的事例,有助于学生理解辩证的否定观的本质和实质。在学习本框过程中注意理解和区分辩证的否定观和辩证法,不能把两者混为一谈。

二、案例导入

“海尔,真诚到永远。”当初,这句经典的广告词使海尔在中国家喻户晓;而如今,海尔则以辉煌的业绩,成长为驰名世界的国际化品牌。“海尔”是我国企业界一颗耀眼的明星,它更是中国人的骄傲。

自主创新,追求卓越,打造世界最具影响力的品牌——这是海尔集团经营管理的核心战略内容。然而,今天我们所熟悉和认同的海尔企业品牌实际

播放2006年5月2日央视《新闻联播》:海尔创新发现之一:从设计产品到设计市场;或2005年2月12日央视《焦点访谈》:海尔远航——品牌·中国,让学生更深刻地感悟海尔集团自我完善的发展历程。

要求学生课前查

上是海尔人经过十几年痛苦的自我否定之否定,伴随着海尔人从"名牌产品战略"逐步走向"名牌企业战略"而形成的。

海尔在二十余年的自主创新与发展的道路上,积跬步,成大器,发展为一个世界级的公司,成为中国企业自主创新的典范,每一次成功都是由于长期积累而使其内涵再度蜕变与升华的一个结果。

> 找有关海尔集团发展的资料,也可在中企联合网将《海尔营销战略的演变》等文章下载后印发给学生。

三、问题探究

教师: 在市场竞争日趋激烈的知识经济时代,海尔的蜕变与升华无疑会给人们很多的启示。请同学们结合所学知识,谈谈海尔的成长历程所体现的哲学道理。

学生甲: 世界是永恒发展的,发展具有普遍性。

学生乙: 量变是质变的前提和必要准备,质变是量变的必然结果,任何事物的变化发展都是量变与质变的统一。

学生丙: 事物的发展总要经历一个由小到大、由不完善到比较完善的过程。

……

教师: 大家的观点集中说明,海尔集团始终坚持用发展的观点看问题。事实也足以证明,海尔成长的历史就是一部锐意变革、自主创新而逐步强大的历史。

今天,我们就共同来探讨树立创新意识的必要性和相关要求。

> 教师引导学生结合案例,巩固已学知识。然后承上启下,直接导入新课。

四、思维点拨

探究一:

材料一: 1985 年,海尔从德国引进了世界一流的冰箱生产线。一年后,有用户反映海尔冰箱存在质量问题。海尔公司在给用户换货后,对全厂冰箱进行了检查,发现库存的 76 台冰箱虽然不影响冰箱的制冷功能,但外观有划痕。当时厂里职工对这 76 台冰箱的去留产生了许多不同的看法,有人主张低价卖给职

工,有人主张修好后重新投放市场。但张瑞敏果断命令责任者当众砸毁了这些不合格冰箱,并提出"有缺陷的产品就是废品"的观点,在社会上引起极大的震动。自此,海尔集团注重产品质量的形象被牢固地树

> 引导学生观察分析图片和材料,学会从材料中提炼有效信息的能力。

立起来,得到全国消费者的认同。

材料二:20 世纪 90 年代,随着消费者需求的日趋变化和成熟,过去单纯依靠提高产品质量的方法已越来越不适应市场的需求,海尔人开始逐步认识到"只有在经营观念上领先,才能在市场竞争中领先",海尔人对产品和产品质量问题认识发生了质的变化。1997 年,海尔人明确提出了"卖信誉,不卖产品"的口号,海尔人终于实现了营销客体从"有形的具体产品"向"无形的企业整体形象"的根本转变。

(1) 海尔营销客体的转变是否意味着对其以往产品质量意识的全盘否定?

(2) 上述材料所列举的事件体现了一种什么否定观?这种否定是否可以理解为外力作用的结果?

学生讨论:(略)。

教师点评:

(1) 认识具有无限性,真理总是在发展中不断地超越自身。因此,海尔人依据市场需求的变化转变经营观念,这不仅仅是对其以往产品和产品质量意识的全部抛弃,而且是对原有认识的一种补充、完善和提升。

(2) 内因是事物变化发展的根本原因,海尔的"一砸一转"是辩证否定观的体现,即自己否定自己,自己发展自己,而非外力作用的结果。

板书或幻灯展示:

> **(一)辩证的否定观与创新意识**
> 辩证否定观的基本含义:
> **(1) 辩证否定是事物自身的否定。**
> **(2) 辩证否定是事物联系的环节。**
> **(3) 辩证否定是事物发展的环节。**

探究二:

材料三:在海尔创业 20 年的 2004 年年底,海尔发布了新的标志。海尔集团企业文化中心主任苏芳雯介绍,新的标志延续了海尔 20 年发展形成的品牌文化,同时,新的设计更加强调了时代感;它意味着海尔又站在了一个新起点上,这就是战胜自我,打破平衡,争取更大的发展。

如何理解海尔"战胜自我,打破平衡"的新起点所反映的实质?

学生甲:事物是对立统一的,海尔

侧栏批注：

注意引导学生抓住材料中的关键词语,建构其与问题之间的联系。

教师展示材料,提出探究目标,由学生讨论后予以点评。

教师可结合教材第 75 页列宁的名言进一步点拨。

安排探究二的目的在于让学生更加深刻地把握辩证否定观的内涵与实质。

的"战胜自我,打破平衡"就是指新旧经营观念之间力量的此消彼长而导致其经营战略性质的变化。

学生乙:新事物产生于旧事物,旧事物中合理的、积极的因素是新事物存在和发展的基础。因此,"战胜自我,打破平衡"不是对旧的经营战略的简单否定,而是一个既批判又认同的过程。简言之,即既克服又保留,既继承又发展。

……

教师点评:

同学们的表述已经很清楚地解释了一个观点:肯定不是照搬,扬弃不等于抛弃。这就是辩证否定观的实质。我们必须反对形而上学的简单思维方法。

板书或幻灯展示:

(二)辩证否定观的实质
(1)辩证否定的实质就是"扬弃"。
(2)形而上学的否定观:要么肯定一切,要么否定一切。

探究三:

材料四:海尔,这个创建时还亏空147万元的街道小厂,如今已经成为自主品牌价值高达702亿元的跨国大企业。2005年海尔的全球营业收入为1 039亿元,相当于2005年全国的0.6%,山东省GDP的6%。在世界品牌实验室编制的《世界品牌500强》排行榜上,海尔由2004年第95位,升至2005年的第89位。事实再一次证明,海尔已经从名牌产品战略过渡到了名牌企业战略。

结合材料二和材料四,简述海尔从"名牌产品战略"到"名牌企业战略"的演变给人们的启示。

学生甲:市场不是静止的,企业的经营策略就应该与时俱进,因时而变。

学生乙:海尔名牌战略的演变实际上是一个在实践中认识和发现真理的过程。一个集体要想有所建树,必须立足实践,开拓创新。

……

教师点评:

海尔名牌战略的演变告诉我们,在认识世界和改造世界的活动中只有不断实现认识和实践的创新与发展,才能使我们的事业取得成功。

教师点评时还可引导学生结合我国社会主义改革的性质和俄国历史上的"无产阶级文化派"的主张予以分析,帮助其辨别辩证否定观与形而上学否定观的实质。

通过探究三,使学生明确创新的必要性。

教材第76页我国某烧伤治疗小组治疗烧伤的案例有助于学生深入理解树立创新意识与尊重书本、尊重权威的关系,可让学生收集相关事例作进一步论证。

迷信书本,迷信权威,迷信经验,社会永远不会发展。用别林斯基的话说,"没有否定,人类历史就会变成停滞不动的臭水坑。"

板书或幻灯展示:

> **(三)辩证否定观的要求**
>
> **(1)** 树立创新意识,不唯上,不唯书,只唯实。
>
> **(2)** "不唯上,不唯书"并非彻底否定权威、否定书本。

探究四:

材料五:"要做全球品牌,就应该在全球有颠覆性的创新。"

————海尔总裁杨绵绵

"评价和赞誉是用户和社会各界对海尔过去的肯定,我们有一句话,叫做从不回头欣赏自己的脚印。过去再有效的方法,甚至是成功的方法,今天如果不符合企业的发展都必须抛弃。"

————海尔集团首席执行官张瑞敏

海尔决策者的言论有着深刻的内涵。试问:"从不回头欣赏自己的脚印"的哲学依据是什么? 怎样才能做到"有颠覆性的创新"?

学生甲:世界是永恒发展的,发展具有普遍性。

学生乙:发展是事物前进的、上升的变化。

学生丙:要做到"有颠覆性的创新",就必须突破成规成见,破除落后的思想观念。

……

教师点评:

世界处在永不停息地运动、变化和发展的过程中,任何事物相对它置身的时代和条件来说有其存在的理由,但对它内部发展起来的新的更高的条件来说就变成过时的和没有存在的理由了。可见,任何事物都不是绝对的、永恒的,而是迟早要被否定的。因此,辩证的否定不是一次能够完成的,人们的思想必须具有前瞻性。也只有具有批判的革命的和创新的精神,才能做到"颠覆性的创新"。

板书或幻灯展示:

> **(四)辩证法的革命批判精神与创新意识**
>
> 辩证法是革命的批判的创新的
>
> **(1)** 原因:没有永恒的绝对的世界。
>
> **(2)** 辩证法在对现存事物的肯定的理解中也包含有对现存事物的否定的理解。
>
> **(3)** 辩证法的本质:批判的革命的创新的。

探究五:

材料六:"不怀疑就不能见真理,所以希望大家都要持怀疑态度,不要为已成的学术压倒。" ————李四光

学生通过教材关于社会历史暂时性的论述即能较好地把握辩证法的本质。

此处设置探究四是为了加深学生的理解,为学习下面的知识作铺垫。

可让学生集体朗读第77页第1—2自然段。

教师可以引导学生结合矛盾主次方面的关系领悟"辩证法在对现存事物的肯定的理解中也包含有对现存事物的否定的理解。"

还可以让学生列举典型事例说明培养怀疑和批判精神的现实意义。

"怀疑,是发现的设想,是探索的动力,是创新的前提。"

——巴甫洛夫

材料七:不用洗衣粉的"天然洗"(natural wash)双动力洗衣机是海尔集团开发的一款具有自主知识产权的创新产品,这款环保双动力洗衣机最近在马来西亚市场引起轰动,来自泰国、新加坡、马来西亚、印尼的经销商买断了海尔首批4万台在当地的独家经销权。该款洗衣机在全球其他市场也开始热销。

创新的含义是什么? 作为青年学生,我们应该怎样培养怀疑和批判精神?

学生甲:创新应该是在别人不觉得可疑或不敢怀疑的地方产生怀疑。

学生乙:我们平时既不要迷信书本,也不要迷信权威,要勤思多问,大胆质疑。

学生丙:海尔从当初自砸不合格产品,到今天产品种类、质量步步领先,充分说明要追求成功就必须改造旧思想,寻找新思路。

……

教师点评:

没有突破,就没有创新,而要创新就要有批判和发展。海尔当初那一砸,砸醒了职工的质量意识,砸出了新观念,更为海尔砸出了一个光明美好的、可持续发展的未来。作为高中生,我们在学习和生活中要善于发现问题,敢于提出问题,勇于解决问题,充分展现年轻人朝气蓬勃、锐意进取的精神风貌。

幻灯展示(或板书)

> **(五)辩证法的革命批判精神与创新意识的关系**
> **(1)** 二者紧密联系:要创新就要有批判和发展。
> **(2)** 辩证法的革命批判精神的要求:
> ● 关注变化的实际,突破成规陈说,破除落后观念。
> ● 研究新情况,提出新问题,寻找新思路,确立新观念,开拓新境界。

五、知识构建

世界是一个永不停息的运动、变化和发展的世界。辩证法要求我们以批判精神和创新意识对待周围的世界;把握唯物辩证法的革命批判精神和辩证的否定观的基本内涵,有助于我们解放思想、与时俱进,自觉树立创新意识。

本框内容围绕辩证的否定观,阐述了树立创新意识的必要性和要求。至于创新的现实意义,将是我们下一框题所要学习的内容。

教师点评时要讲清"不破不立"中"破"与"立"的辩证统一关系。

引导学生阅读教材本框内容,归纳本框知识结构,并与前面学过的辩证法关于联系的观点、发展的观点进行比较,探究它们之间的内在联系。

可以作为板书设计和课堂小结,使学生从整体上把握知识脉络和知识主干。

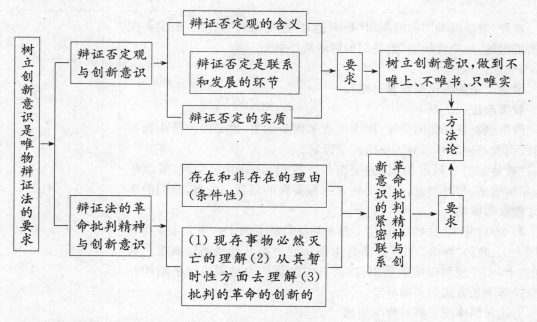

1. 请学生指出上述内容中哪些是原理？哪些是原理的方法论？它们之间是怎样联系的？
2. 上述知识点之间有哪些内在联系？与你的生活有哪些联系？请你用自己的语言表述出来。
3. 本框内容与前面几课的内容有哪些联系？请把这些联系归纳出来。

六、资源开发

通过经典事例引导学生搜集、甄选和开发与本框内容密切相关的学生身边的生活资源（包括本地重要历史和现实中的资料，如社区生活、校园生活、家庭生活以及重大活动等），培养学生搜集信息、处理信息的能力以及从上述资源中提取有效信息的能力。

1. 如今，以"三天一层楼"让深圳闻名天下的"深圳速度"，在深圳已经成为过去式。为了"速度"深圳曾经付出了高昂的代价：一是土地、空间难以为继；二是能源、水资源难以为继；三是城市已经不堪人口重负，难以为继；四是环境承载力难以为继，环境问题突出；五是犯罪率飙升，人与人、人与自我的关系恶化，精神障碍率高。为此，深圳明确提出下决心实现从"速度深圳"到"效益深圳""和谐深圳"的历史性转变，要

建设充满活力的深圳、公平正义的深圳、诚信友爱的深圳、安定有序的深圳、民主法治的深圳、人与自然和谐的深圳。

教师展示文字或相关视频材料，提出探究目标，帮助学生巩固所学知识。

建设"效益深圳""和谐深圳"是不是对"速度深圳"的彻底否定？深圳所提出的"历史性转变"给我们的启示是什么？

学生讨论并派代表发言：(略)。

教师点拨：

改革创新是深圳的灵魂，深圳因改革创新而生，也必因改革创新而成长，而改革创新并非对历史的完全否定。

"效益深圳""和谐深圳"的提出告诉我们，只有立足实践，解放思想，实事求是，与时俱进，不断实现理论和实践的创新与发展，我们的事业才能取得成功。

2. 2005 年 10 月和 2006 年 3 月先后举行的党的十六届五中全会和全国人大、政协"两会"都将提高自主创新能力提升到战略新高度。我国的"十一五"规划也明确指出，提高自主创新能力是调整经济结构和转变经济增长方式的关键环节。

上述材料体现了哪些哲学道理？

教师点拨：

(1) 办事情要着重把握主要矛盾。提高自主创新能力是调整经济结构和转变经济增长方式的关键环节。

(2) 事物是变化发展的。创新就是发展，只有提高自主创新能力，才能使国民经济充满活力。

(3) 内外因的辩证关系。正确处理好引进技术与自主创新的关系，通过自主创新提高我国的国际竞争力。

(4) 辩证否定是事物自我否定，是事物发展和联系的环节，其实质是"扬弃"。辩证否定观也要求我们必须树立创新意识。

3. 禽流感的蔓延一度使瑞士罗氏公司生产的抗流感特效药"达菲"身价百倍。科学家证实，"达菲"的主要原料，竟是中国人再熟悉不过的八角茴香。

为什么我们熟视无睹的东西，漂洋过海之后就成了"宝贝"？据统计，在国际市场上，中药销售额每年约 160 亿美元，我国仅占 5％左右；各种天然植物药销售额每年约 300 亿美元，我国仅占 2％；我国中药在国外申请专利不足 1 000 项，而外国药品在我国申请专利达 1 万多项。目前，中药出口仍以原材料和半成品为主，日韩等国用廉价的原料加工成"汉方药"或"韩药"，再高价返销中国。中国每年用上亿美元进口这类"洋中药"。一些中医药业人士感叹：我们卖了"一筐草"，人家变成"一堆宝"！

试问：我们的"草"为何变成人家的"宝"？

4. **材料一：**据有关资料表明：我国从上世纪 80 年代开始与跨国公司合资生产轿车，可是 20 年过去了，核心技术人家一点都不转让，核心技术永远买不来。由于长期不注重消化吸收，使得我国部分产业陷入

提高自主创新能力对国家、社会和个人都有十分重大的现实意义，设置这一问题有助于引导学生关注生活、关心国家。

引导学生分析三则材料之间的关系，我国政府为此颁布了哪些政策措施？你能列举一些具体事例吗？

了"引进——落后——再引进——再落后"。

　　材料二：一双在我国生产的耐克鞋,我们只挣一个多美元。可是,一经拥有品牌的耐克公司出售,就值上百美元。用我们的廉价劳动力,用我们的资源,污染了我们的空气和水,却让国外的企业挣了大钱。

　　材料三：2006 年 3 月 5 日,温家宝总理在十届全国人大四次会议上所作的政府工作报告指出,我国新一轮产业结构调整的两项重要任务是：一要着力提升产业层次和技术水平。要在一些重要产业尽快掌握核心技术和提高系统集成能力,形成一批具有自主知识产权的技术、产品和标准。二要推进部分产能过剩行业调整。进行这项调整,要综合运用经济、法律和必要的行政手段,充分发挥市场机制的作用。

　　(1) 材料一和材料二分别说明什么问题?

　　(2) 从哲学角度分析,上述材料说明哪些问题? 你有哪些好的办法?

师生共评：

　　根本原因在于没有与时俱进,缺乏自主创新能力。

　　在技术密集型的制药领域,研发能力就是核心竞争力。在我国的医药生产中,西药虽占绝对优势,但主要是引进和仿制。而在我们最有竞争潜力的中药领域,不少企业仍在吃祖宗饭,鲜有能打入国际市场的中药产品。

七、三维评价

◎ **经典训练**

(一) 在每题给出的四个选项中,只有一项是最符合题意的

1. 中央领导多次强调要十分重视创新,要树立全民族的创新意识,建立国家的创新体系。要重视创新精神的哲学依据是　　　　　　　　　　　　　　　　　　　　　　　　(　　)

　　A. 事物是变化发展的　　　　　　　　　B. 世界的本质是物质,物质决定意识

　　C. 联系是普遍的、客观的　　　　　　　D. 一切从实际出发,实事求是

参考答案：A

2. 下列关于辩证否定的说法中,不正确的有　　　　　　　　　　　　　　　　(　　)

　　A. 辩证否定是事物的自我否定

　　B. 辩证否定不改变事物的质,只是量上的扩张

　　C. 辩证否定是事物联系的环节

　　D. 辩证否定是事物发展的环节

参考答案：B

3. 辩证的否定中否定方面是指　　　　　　　　　　　　　　　　　　　　　　(　　)

　　A. 保持事物自己存在的方面　　　　　　B. 促使事物走向消亡的方面

　　C. 事物内部好的方面　　　　　　　　　D. 事物内部坏的方面

参考答案：B

4. "try"是美国人最爱说的一个单词。成都有个年轻人在研制一种安装折翼的可飞行汽车,在国内无人理睬,被称为是异想天开。可美国的一个机构却邀请他去"try",并为他提供"try"的条件。其实,在中国也有敢于"try"的人,开放特区是"try","一国两制"也是"try"。"try"的哲学含义是 ( )

A. 敢于把种种设想付诸实践

B. 勇于做别人不敢做的事

C. 善于把具有创新意向的科学构想付诸实践

D. 与实践相比,理论、设想等主观的东西是可有可无的

参考答案:C

5. "司马光破缸"的故事是说司马光小时候看到一小孩掉进水缸后,他没有按常规让人脱离水,而是打破水缸,尽快让水脱离人。这一故事给我们的哲学启示是 ( )

A. 想问题、办事情要学会抓主要矛盾

B. 发挥主观能动性必须以尊重客观规律为前提和基础

C. 只要打破常规,有创新精神,就能成功地改造世界

D. 办事情要立足实践,解放思想

参考答案:D

6. 创新推动着人类思维方式的变革。而思维方式的变化,归根到底取决于 ( )

A. 人的实践方式   B. 人的认识对象和范围

C. 经济发展水平   D. 政治文明程度

参考答案:A

7. 创新是一个非常复杂的思维过程,是产生现实中不存在的新事物的人类活动,它最能体现出一个人或一个国家的主观能动性作用。从哲学角度分析上述创新就是 ( )

A. 摆脱一切束缚

B. 理论与实践相统一

C. 把敢想敢干的精神和科学求实的态度结合起来

D. 摆脱一切已有观念,树立全新的观念

参考答案:C

(二)在每题给出的四个选项中,至少有一项是符合题意的

8. 下列成语中,能够体现辩证的否定观的有 ( )

A. 青出于蓝而胜于蓝   B. 唇亡齿寒   C. 邯郸学步   D. 吐故纳新

参考答案:AD

9. 要创新就要 ( )

A. 从变化发展着的实际出发,注重研究新情况

B. 敢于突破成规陈说,敢于破除落后的思想观念

C. 不要受客观实际的限制

D. 敢于推翻前人总结的理论,敢想敢干

参考答案:AB

10. 创新要敢于突破与实际不相符合的成规陈说,这里的"实际"指的是 ( )

A. 客观存在的事物的某一非常重要的方面或特点

B. 过去、现在和将来客观存在的全部事实

C. 变化发展着的一切客观事物

D. 客观存在的一个或几个特别重要的事物

参考答案：C

11. 离开既定的条件创新，是盲目而没有根基的；离开创新讲条件，则会捆住自己的手脚，迈不开发展的步子。这就要求我们　　　　　　　　　　　　　　（　　）

A. 把正视客观条件和发挥主观能动性结合起来

B. 既要承认物质的决定作用，又要承认意识的能动作用

C. 把解放思想和实事求是统一起来

D. 既要把握联系的客观性，又要坚持发展的永恒性

参考答案：ABCD

（三）简答题

12. 胡锦涛曾经指出，"三个代表"重要思想强调实践没有止境，创新也没有止境。党的全部理论和工作要体现时代性，把握规律性，富于创造性。

为什么说实践没有止境，创新也没有止境？

参考答案：（1）世界上任何事物都处在永不停息的变化发展之中，都有其产生、变化和发展的历史。（2）具有社会性的实践是历史地发展着的，人类社会实践永远不会停留在一个水平上，而是由低级到高级，由简单到复杂无止境地发展着。因此，实践是没有止境的。（3）实践的发展不断提出新的认识课题，推进了认识的不断发展，认识要更好地推动实践进步，就要不断面对实际，敢于提出新问题，解决新问题，因而创新也没有止境。

（四）辨析题（仅作判断不说明理由者不得分）

13. 提倡创新精神，就要解放思想，敢于否定书本，否定权威。

参考答案：（1）树立创新意识，确实要从变化发展的实际出发，注重研究新情况，解放思想，实事求是，与时俱进，不断实现理论和实践的创新与发展，做到不唯上，不唯书，只唯实。（2）"不唯上，不唯书"并非否认书本和权威的作用。书本是传播知识的载体，是人类进步的阶梯；而权威往往比普通人更能准确地揭示事物的本质和规律。因此，要创新需要尊重书本知识，尊重权威。

（五）论述题（要求紧扣题意，综合运用所学知识，结合材料展开分析）

14. 试述辩证否定观的内容，并用以说明应怎样正确对待我国的文化遗产和外国文化。

参考答案：（1）辩证否定观的内容是：第一，辩证的否定是事物自身的否定，是自己否定自己，自己发展自己；是既肯定又否定，既克服又保留，是"扬弃"。（2）坚持辩证否定观，对待我国文化遗产，应采取批判地继承的态度，剔除其糟粕，吸取其精华。既要反对全盘否定传统文化的历史虚无主义，又要反对全盘肯定传统文化的守旧主义。（3）坚持辩证否定观，对待外国文化，应采取有分析、有选择、有批判地借鉴和吸收的态度，博采各国文化之长，抵制其中腐朽的东西。要反对盲目排外和全盘西化两种错误倾向。

（六）生活探究题

15. **材料一：**据有关资料表明：我国从上世纪 80 年代开始与跨国公司合资生产轿车，可是 20 年过去了，核心技术人家一点都不转让，核心技术永远买不来。由于长期不注重消化吸收，使得我国部分产业陷入了"引进——落后——再引进——再落后"。

材料二：一双在我国生产的耐克鞋，我们只挣一个多美元。可是，一经拥有品牌的耐克公司出售，就值上百美元。用我们的廉价劳动力，用我们的资源，污染了我们的空气和水，却让国外的企业挣了大钱。

材料三：2006年3月5日，温家宝总理在十届全国人大四次会议上所作的政府工作报告指出，我国新一轮产业结构调整的两项重要任务是：一要着力提升产业层次和技术水平。要在一些重要产业尽快掌握核心技术和提高系统集成能力，形成一批具有自主知识产权的技术、产品和标准。二要推进部分产能过剩行业调整。进行这项调整，要综合运用经济、法律和必要的行政手段，充分发挥市场机制的作用。

结合上述材料探究下列问题：

（1）上述材料分别说明什么问题？

（2）你是怎样理解这些问题的？

（3）针对上述问题，你有哪些好的建议？

（4）你认为要"形成一批具有自主知识产权的技术、产品和标准"，具有什么哲学意义？

◎ 闪光记录

评教评学，以学生为主体，包括知识及其构建、内容方法、信息的搜集与甄选、学法指导、自主学习能力、思维火花、密切相关的社会实践活动能力与效果等方面的综合评价。采用表格或其他形式记录学生学习本框的情况；如探究的内容、探究问题的状态（活动与问题）、方式方法、效果、回答问题及练习情况等。

学完本课我的收获	知识				
	能力				
	情感、态度、价值观				
我对同学的评价	小组成员分工及任务完成情况	同学姓名	对他（她）的综合评价		
对我自己的综合评价		学习态度	课堂表现	社会实践反馈	自主完成作业的情况
	自评				
	老师				
	同学				
	家人				

说明：

1. 课堂表现要求写明具体行为，如课堂状态、课堂参与、课堂创新思维等。
2. 自我评价、教师评价、他人评价将和期中期末考试成绩作为综合评定指标。
3. 小组成员在没有分工合作的情况下，将对他的学习态度进行评价。
4. 小组评和自评以具体行为表现为主，老师评以A、B、C、D等次评定。
5. "小组成员分工及任务完成情况"指的是自己对其他同学的评价。
6. 以小组为单位，每节课反馈一次。

（郑学明　撰写）

第二框　创新是民族进步的灵魂

一、教学目标

● **知识目标**

(1)科学技术创新的意义。(2)创新推动生产关系和社会制度的变革。(3)创新推动着人类文化的发展。(4)理论创新的作用。(5)创新的内容。(6)创新与社会进步和发展的关系。

● **能力目标**

(1)能搜集或结合具体事例,理解和认识创新的作用及其意义。(2)能运用本框的知识分析社会生活中创新推动了社会进步和发展的具体事例。

● **情感、态度和价值观目标**

(1)帮助学生树立创新的精神,积极创新,勇于创新。(2)认识创新是民族进步的灵魂,是一个国家兴旺发达的不竭动力。

重点与难点

重点:创新与社会进步和发展的密切关系。

难点:创新推动生产关系和社会制度的变革

学情分析:本框内容涉及当前国家生活和社会生活的重大热点问题,不仅要联系人类社会历史上有关创新推动社会进步的事例,联系当前国际国内有关创新的巨大作用的事例,尤其要结合我国 2006 年 2 月 9 日,中共中央、国务院作出关于实施科技规划纲要增强自主创新能力的决定并颁布了《国家中长期科学和技术发展规划纲要》,决定确立的目标是,经过 15 年努力,到 2020 年使我国进入创新型国家行列,以及我国近年来创新的事例。

二、案例导入

视频材料(片断):

王选:用一生诠释"创新"的人。

(中央二套——经济频道 经济半小时 2006-02-16)

王选研制的汉字激光照排系统,引发了我国印刷业"告别铅与火,迈入光与电"的一场技术革命;他主持开发的华光和方正电子出版系统,占据国内 99% 的报业市场和 90% 的书刊(黑白)出版业市场,以及海外 80% 的华文报业市场,并打入日本、韩国,取得了巨大的经济和社会效益。

网友们这样评价这位科学家:"在中华文明的历史上,我们永远不能忘记这些人:仓颉创造了汉字,让文明可以沉淀下来;李斯统一了汉字,让文明可以流动起来;毕昇发明了活字印刷,让文明传播到世界的每一个角落;王选让汉字告别纸与笔、铅与火,让中华汉字文化进入了一个新时代。"

王选常常说这样一句话:"能为人类做出贡献,人生才有价值。"

设问:

1. 王选的创新对社会发展起了什么样的作用?

情景导入:

通过创设情景的方式导入新课知识学习,增强感染力,激发学生的兴趣。

学生在视频材料和文字材料基础上回答三个问题。

教师对学生的回答进行简要的点评后引入本节的主题。

2. 仓颉创造汉字,李斯统一汉字,毕昇发明活字印刷,王选"告别铅与火,迈入光与电",这些事实说明了什么?

3. 王选说"能为人类做出贡献,人生才有价值",他的事迹给了我们什么启示?

上述材料告诉我们:追求创新是中华民族的传统美德,王选是我们民族创新精神的优秀代表之一,他的创新推动了生产力的发展和文化的发展,成为社会发展的强大动力。他的事迹同时告诉我们,对于一个社会来说,创新是民族进步的灵魂,是社会主义事业不断取得成功的关键;对于一个人来说,创新意味着人的新思路、新见解、新境界,创新实现了个人的不断进步。

辩证的否定观要求我们,必须树立创新意识,不唯上、不唯书,只唯实,必须立足实践,解放思想,实事求是,与时俱进,不断实现理论和实践的创新和发展。在科技日新月异的今天,创新意识和创新精神对一个国家,一个民族更显得尤为重要,为什么呢?学完本框大家就会明白了。

三、问题探究

探究一:你是如何理解创新的内涵的?

探究二:谈谈不同领域内或不同形式的创新对人类社会有哪些影响?(就某一形式的创新举例说明。如创新和社会生产力的发展的关系、创新和生产关系与社会制度变革的关系、创新与人类思维和文化发展的关系。)

探究三:各小组设计一篇题为:"创新是民族进步的灵魂"调查报告。

该环节需要学生提前做好相关的资料收集整理工作。结合教材相关内容,分小组活动讨论左边的三个探究问题。

探究一:只要求学生掌握有哪些形式的创新,突出把握科技创新、理论创新、制度创新、实践创新及文化创新等。

探究二:每个学习小组选择一个方面加以说明即可。可以引用古今中外有影响力的人或事进行论述。

探究三:要求谈每个小组的构思与设想,论点要明确,论据要真实,条理清晰。

四、思维点拨

(一)创新推动社会生产力的发展

材料:无裂缝大坝的奇迹是怎样创造的?

(2006年5月20日,三峡大坝全线到顶,达到了185米的设计高程,标志三峡大坝基本建成。)

三峡大坝是三峡水利枢纽工程中最基础和最核心的

结合时政热点,加强对课本知识的理解,突出重点。同时还可以培养学生辩证思维的能力、理论联系实际的能力。通过材料,让学生认识创新在推动社会生产力发展方面所起的重要作用。

部分。三峡总公司副总经理曹广晶说，大坝混凝土快速施工技术，是三峡工程集成创新的一个典型范例，是大坝混凝土浇筑的一场工艺革命。三峡工程在国内率先将花岗岩破碎后用作混凝土人工骨料，首次利用性能优良的Ⅰ级粉煤灰作为混凝土掺和料，投入数百万元研究混凝土配合比，包括进一步改进高性能的外加剂，使混凝土综合性能达到最优水平。经多家权威研究机构和总公司试验中心平行试验，优选出的大体积混凝土配合比，单位用水量仅 90 公斤/立方米左右，达到世界先进水平。混凝土浇筑方案和配套工艺是大坝混凝土施工的关键。三峡总公司引进了国外最先进的大坝浇筑专用设备——塔带机，并根据三峡工程的特点加以创新，形成了以 6 台塔带机为主，辅以少量门塔机、缆机的综合混凝土浇筑方案。这一方案的特点是：集混凝土水平运输和垂直运输为一体，混凝土从各拌和楼生产出来后，通过皮带机将混凝土输送到塔带机上，再由塔带机直接将混凝土有序地摊铺到大坝仓面上。这种工厂化的生产方式，具有连续作业、均匀高效、相互之间干扰小的优点，可以说是大坝浇筑的一场工艺革命。

设问：无裂缝大坝的奇迹是怎样创造的？说明了创新在推动生产力发展方面起了怎样的作用？

学生回答：（略）。

教师点拨：创新更新了生产工具和生产技术，提高了劳动者素质，开辟出更广阔的劳动对象，推动了社会生产力的发展。

（二）创新推动生产关系和社会制度的变革

材料：三代领导人的理论创新与中国的变迁

毛泽东同志把马列主义的原理同中国革命的实际结合起来，提出了以农村包围城市武装夺取政权的革命真理，指出了中国夺取革命胜利的道路。这是中国从古未有的人民革命的大胜利，也是社会主义和民族解放的具有世界意义的大胜利。如果没有毛泽东同志的理论创新，要想推翻三座大山，建立新中国，胜利走向社会主义道路，是完全不可能的。

邓小平首先提出我国社会主义还处在初级阶段，然后在这一理论基础上摸索出建设有中国特色社会主义道路的理论。1992 年邓小平南巡发表重要谈话，对社会主义本质的问题有了突破性的新认识，从而结束了人们长期对"姓资"、"姓社"问题的困惑，使人们的思想获得新的解放，为我国由高度集中的计划经济体制向社会主义市场经济体制转变指明了方向。

江泽民提出了依法治国与以德治国相结合的治国方略，提出"以德治国"，强调把依法治国和以德治国相结合，是对马克思主义国家学说的理论创新和理论贡献。他提出的"三个代表"思想从根本上回答了在新的历史条件下建设一个什么样的党和怎样建设党的问题。

设问：毛泽东、邓小平、江泽民等三代领导人的理论创新对中国社会

教师点拨时要结合材料的内容进行说明。

这一知识点的学习，关键在于选好典型材料。本段材料紧扣生产关系、社会制度这两个关键词，设计了三代领导人的理论创新所起的作用，启发学生回顾以往所学习的知识，有助于理解本框内容，突破难点。

的变迁起了怎样的作用？这些事实说明了创新的什么作用？

学生分析：（略）。

教师点拨：简单来讲，毛泽东进行理论创新建立新中国人民翻身得解放；邓小平理论创新使中国繁荣富强人民富裕奔小康；江泽民理论创新引领中国人民走向新时代。

材料说明：在实践基础上的理论创新推动生产关系和社会制度的变革。此外，理论创新还能推动科技创新、文化创新以及其他各方面的创新。

（三）创新推动人类思维和文化的发展

材料：我国科学家破解庞加莱猜想

庞加莱猜想被列为七大数学世纪难题之一。2006年6月3日，哈佛大学教授、著名数学家、菲尔兹奖得主丘成桐在中国科学院晨兴数学研究中心宣布：在美、俄等国科学家的工作基础上，中山大学朱熹平教授和旅美数学家、清华大学兼职教授曹怀东已经彻底证明庞加莱猜想。"这就像盖大楼，前人打好了基础，但最后一步——也就是'封顶'工作是由中国人来完成的。这是一项大成就，比哥德巴赫猜想重要得多。"庞加莱猜想是20世纪以来几何学、拓扑学中最重要的问题。几乎所有做几何学和拓扑学的数学家都想解决这个问题。"丘成桐说："这一问题为什么那么重要呢？因为三维空间是人类生存的空间，地球、宇宙都是三维空间，我们必须深入了解自己生存的空间。三维空间的许多变化，我们看不到，但是可以从理论上来猜测和证明，所以对三维空间的拓扑和几何结构的了解，是一门伟大的科学。庞加莱猜想是这门科学中的一个重要问题。"破解和"封顶"的意义是十分深远的。哥德巴赫猜想是数论中的难题，但是并未被列入"七大世纪数学难题"。这一破解，关键在于它能带动其他研究的发展。

设问：

（1）朱熹平教授破解庞加莱猜想的意义何在？说明了创新的什么作用？

（2）是什么推动了人类思维方式的变革？

学生回答：（略）。

教师点拨：意义（略）。材料说明创新推动了人类思维方式的改革。

推动人类思维方式变革的是实践基础上的创新。思维方式的变化，归根到底由人的实践方式决定的。实践基础上的创新使得人类认识的对象和范围日趋广阔，使得人类思维的性质和水平不断更新和提高。

先进文化的发展也是通过创新实现的。

（四）社会主义先进文化与创新

材料：胡锦涛总书记在全国科技大会上的讲话中，专门有一段论述"发展创新文化，努力培育全社会的创新精神"。他强调："一个国家的文化，同科技创新有着相互促进、相互激荡的密切关系。创新文化孕育创

结合当前社会热点，加强对课本知识的理解，突出重点。同时还可以培养学生辩证思维的能力、理论联系实际的能力。运用最新科技成果，激发学生兴趣，增加民族自豪感，让学生明白，中国人也能在最尖端的领域取得创新成果。

引导学生阅读教材相关内容。

新事业,创新事业激励创新文化。"他要求:"要坚持解放思想、实事求是、与时俱进,通过理论创新不断推进制度创新、文化创新,为科技创新提供科学的理论指导、有力地制度保障和良好的文化氛围。"

　　设问:如何创新社会主义先进文化?

　　学生回答:(略)。

　　教师点拨:当代中国的先进文化,必须在中国人民建设社会主义的实践中,在科学理论的指导下,继续中国传统文化,吸取外国文化的有益成果,在内容和形式上不断创新,从而形成面向现代化、面向世界、面向未来,民族的科学的大众的社会主义文化。

　　师生小结:综上所述,任何社会的进步和发展,归根到底都与创新密切相关。创新是对真理的发展,创新是对实践的推进,创新是一个民族进步的灵魂,创新是时代的引擎。

　　学习了创新的三大作用之后,解决"如何创新的问题。"这里选择的是如何创新先进文化。在教学中亦可选择其他方面的创新。

五、知识构建

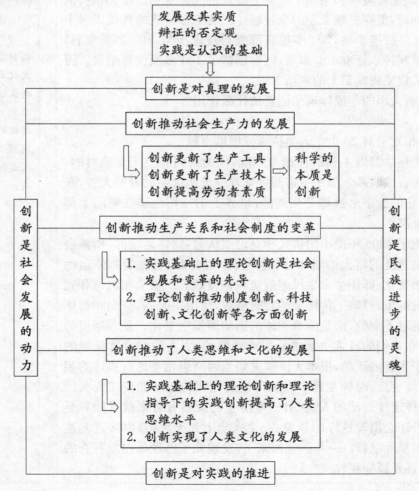

1. 上述知识点之间有哪些内在联系？与你的生活有哪些联系？请你用自己的语言表述出来。
2. 本框内容与前面几课的内容有哪些联系？请把这些联系归纳出来。

六、资源开发

通过经典事例引导学生搜集、甄选和开发与本框内容密切相关的学生身边的生活资源（包括本地重要历史和现实中的资料，如社区生活、校园生活、家庭生活以及重大活动等），培养学生搜集信息、处理信息的能力以及从上述资源中提取有效信息的能力。

材料一：创百余项世界纪录盘点最大的创新工程——三峡大坝

2006 年 5 月 20 日，三峡大坝全线到顶，达到了 185 米的设计高程，标志三峡大坝基本建成。

三峡水利枢纽工程，号称"全球一号水电工程"，工程规模之大，技术之复杂，堪称世界之最。包括水库移民工程在内，三峡工程预期总投资为 1 800 亿元，建设工期为 17 年，可谓是我国最浩大的工程之一。如此庞大而复杂的工程，靠"苦做硬扛"，搞"人海战术"，显然是行不通的。三峡工程的技术路线，走的是集成创新的道路。三峡总公司总经理李永安对记者说，三峡工程吸收和采用了世界上最先进的技术和设备，引进、消化、吸收、再创新，贯穿三峡工程的全过程。三峡工程形成的科技成果丰硕：14 项国家科技进步奖，200 多项省部级科技进步奖，700 多项专利，建立工程质量和技术标准 100 多项，同时创造了 100 多项世界纪录。因此，可以说，三峡工程是最大的创新工程。

设问：三峡大坝的建成体现了创新的什么作用？

材料二：相对论对 20 世纪人类科学发展的贡献

过去的物理学都以牛顿的理论为基础，认为时间和空间是绝对的，两者没有任何直接联系。似乎宇宙间存在着一个永远走动着的大钟，在任何情况下，它的速率永远都是相同的，世界上的一切运动在时间上都以它为度量标准。

爱因斯坦于 1905 年提出的狭义相对论则认为：物体运动时，质量会随着物体运动速度的增大而增加，同时，空间和时间也会随着物体运动速度的变化而变化，即还会发生尺缩效应和钟慢效应。狭义相对论和光速不变原理的提出，打破了传统的绝对时空观，指出了时间、空间和物体的质量不是绝对不变的，而是随着物体的运动而发生变化。爱因斯坦的狭义相对论，在我们的日常生活中是很难理解的，因为我们日常接触的都是远远小于光速的运动，根本无法察觉到爱因斯坦相对论所描述的相对论效应：长度变短、时钟变慢。但如果接近光速的运动能变成现实的话，一个以这样速度运动的人，在另一个静止的观察者看来就可能只是一条线。另外还会出现这样的景象：一个人坐上光子火箭，以接近光速的高速度去做星际航行。一年后他回来了，发现儿子已经是白发苍苍的老人，而自己还是那样年轻。

点拨：

材料一主要体现了创新推动社会生产力的发展。也体现了创新推动人们思维方式的变革，创新是对实践的推进，创新是一个民族进步的灵魂等作用。

点拨：

材料主要体现了创新推动人类思维和文化的发展，使得人类认识的对象和范围日趋广阔，使得人类思维的性质和水平不断提高，从而推动了人类社会生产力的发展。

相对论的提出从根本上改变了物理学的面貌。它否定了经典力学的绝对时空论，推倒了牛顿力学的质量守恒、能量守恒、质量能量互不相关、时空永恒不变的基本命题，从本质上修正了由狭隘经验建立起来的时空观，深刻地揭示了时间和空间的本质属性，即揭示了时空的可变性、时空变化的联系性，树立了新的时空观、运动观、物质观。这一理论被后人誉为 20 世纪人类思想史上最伟大的成就之一。1999 年 2 月 24 日，由美国新闻博物馆主持评定的 20 世纪世界 100 项重大新闻事件揭晓，其中 38 项与科技有关，占总大事记录的三分之一强，其中爱因斯坦发表狭义相对论名列前茅，如果说 20 世纪被称为成为科学的世纪，物理学世纪，则由相对论引发的物理学革命绝对是一场真正的科学革命。

设问：材料体现了创新的什么作用？

材料三：文化创新

创新是一种求异与探索的思维活动和实践活动。整个的创新过程始终都充满着智慧、胆略、勇气和信念，盈荡着创造的激情、科学的理性、探求的毅力和进取的精神。任何创新都首先是对实施者的才智、勇气和探求、进取精神的检验与考验。无限风光在险峰，千砺百韧竞峥嵘。正是在这种艰辛的探求和锐意的进取中，才铸就了创新过程的崇高和创新成果的亮丽。在人类历史上，任何优秀文化的形成和发展，都是在经历了这样一个过程之后才进入这样一种境界的。从公元前 3500 年兴起的苏美尔文化到公元 750 年至 1200 年的伊斯兰文化；从公元 250 年至 900 年的玛雅文化，到公元 1300 年至 1550 年的欧洲文艺复兴；从公元 618 年至 906 年的中国盛唐文化，到公元 1919 年燃起的中国五四新文化运动之炬火，应概莫能外。特别是像人们所耳熟能详的欧洲印象派绘画、俄罗斯批判现实主义小说、好莱坞情节化叙事电影、中国上世纪二三十年代的革命现实主义文学等，之所以能够在特定的历史条件下熠然出现，并留下诸多永远名垂青史的文化精品，就无一不是由锐意创新所铸成的精神文化的丰硕成果。历史的事实是最具启发性和说服力的，这些以往的优秀文化成果所具有的创新精神和创新品格所诉诸于世的，只有一个真理，那就是：只有创新，才是一切文化的进取之路；只有创新，才是铸治文化精品的有效之举。在文化的创造上，舍此别无妙诀，违此定蹈歧途，悖此必遭蹉跎。

设问：文化创新是一个怎样的过程？为什么必须进行文化创新？

材料四：2006 年 2 月 9 日，中共中央、国务院日前作出关于实施科技规划纲要，增强自主创新能力的决定。中央决定，全面实施《规划纲要》，经过 15 年努力，到 2020 年使我国进入创新型国家行列。首次将科学普及和创新文化建设作为重要内容写入中长期科技发展规划。2 月 9 日，国务院发布《国家中长期科学和技术发展规划纲要》，《纲要》指出，今后 15 年，

材料三点拨：

（1）文化创新是在实践基础上锐意进取和艰苦奋斗的过程。优秀文化是人类创新精神和品质的产物。

（2）任何优秀文化的形成都是在创新基础上形成和发展的。离开了创新，文化就失去了生命力，就会消亡。只有创新，才是一切文化的进取之路；只有创新，才是铸治文化精品的有效之举。

引导学生阅读分析材料，学会从材料中提炼有效信息的能力。

科技工作的指导方针是：自主创新，重点跨越，支撑发展，引领未来。

请你谈谈中共中央、国务院作出关于实施科技规划纲要增强自主创新能力的决定的重大哲学意义。

材料五："十一五"规划指出：必须提高自主创新能力。实现长期持续发展要依靠科技进步和劳动力素质的提高。要深入实施科教兴国战略和人才强国战略，把增强自主创新能力作为科学技术发展的战略基点和调整产业结构、转变增长方式的中心环节，大力提高原始创新能力、集成创新能力和引进消化吸收再创新能力。

你是怎样理解自主创新能力，它对我国经济和社会发展有何重大意义？

> 引导学生善于从生活中搜集和甄选有效的信息，提高处理信息的能力。

七、三维评价

◎经典训练

（一）在每题给出的四个选项中，只有一项是最符合题意的

1. "一万个后来者，不如一个开拓者。"这句话的积极意义在于　　　（　　）

A. 要求人们不要去做重复性工作　　　B. 要求人们突破事物的联系

C. 鼓励人们要有创新精神　　　D. 鼓励人们敢于改变事物运动的规律

参考答案：C

（二）在每题给出的四个选项中，至少有一项是符合题意的

2. "没有夕阳产业，只有夕阳技术。"大到国家，小到企业，发展的关键在于创新。是否进行创新，是当今世界范围内经济科技竞争的决定因素。这说明　　　（　　）

A. 科技创新在当今国际竞争中的作用越来越突出

B. 传统产业已经没有了任何生命力

C. 树立创新意识才能推动社会进步

D. 树立创新意识是唯物辩证法的要求

参考答案：AC

3. 诺贝尔经济学奖得主舒尔茨提出：在解释农业产量的增长差别时，土地的差别是最不重要的，物质资本的质量差别是相当重要的，农民的能力差别是最重要的。这一理论对我国建设社会主义新农村有极大的指导作用。这说明　　　（　　）

A. 理论创新能推动生产力的发展

B. 理论创新有助于推动实践创新

C. 提高农民的能力是建设社会主义新农村的重要任务

D. 农民必须认真学习舒尔茨的理论

参考答案：ABC

（三）辨析题（仅作判断不说明理由者不得分）

4. 辨析：理论创新是社会发展和变革的先导，对社会发展和变革具有决定作用。

参考答案：（1）认识对实践具有反作用，正确的认识、科学理论对实践具有巨大的指导作用。理论创新是实践发展的需要，在实践基础上的理论创新有利于解决实践中出现的新情况、新问题，必将推动社会发展和变革,是社会发展和变革的先导。(2)实践是认识的基础,对认识具有决定作用。社会的发展和变革是客观的,理论创新必须符合社会发展的规律,顺应实践发展的要求。才能促进社会的发展和变革。(3)认为理论创新对社会性的发展和变革起决定作用的观点,夸大了认识的作用,犯了唯心主义的错误。

5. 据有关资料显示:改革开放以来,我们和地球上几乎每一个大一点的汽车制造企业都合作了,多年下来,中国可有一个拿得出手的轿车品牌? ——国家巨资建立的汽车生产线,生产的汽车,居然叫做本田、丰田、日产、依维柯、通用、福特、宝马、标致、桑塔纳、欧宝、大宇……中国有条件办一个世界汽车品牌博物馆,这个博物馆里面惟独没有中国自己展品的身影! 请结合上述材料运用哲学常识的知识辨析:

吸收和引进国外先进的科学技术,不利于增强我国自主创新能力。

参考答案:这个观点是片面的。因为:(1)事物发展的内因和外因的辩证关系的原理告诉我们,事物的发展是内因和外因共同起作用的结果。因此要发展我国经济必须坚持吸收和引进与我国自主创新相结合。(2)内因是事物变化发展的根据,事物的内部矛盾是事物发展的源泉,决定着事物的性质和发展的方向。增强我国自主创新能力和国家核心竞争力,改变关键技术依赖于人、受制于人的局面。(3)外因是事物变化发展的条件。吸收、引进和消化国外先进的科学技术和优秀的科技成果,有利于增强我国自主创新的能力,有利于促进我国生产力的发展和综合国力的提高,有利于加快我国创新型国家建设的步伐。但如果一味地靠吸收和引进国外先进技术,就永远难以摆脱技术落后、受制于人的局面。

因此,增强我国自主创新能力并不排斥吸收和引进国外先进的科学技术,而是在吸收和引进的同时,增强自己的自主创新能力。

6. 最近十年,国际上生产柴油发动机的喷油系统的主流技术从机械式转向电控式。面对这种技术变化,原来我国该行业最大的企业 A 担心自己无力自主开发能够达到欧洲标准的技术,无法进入欧洲市场,于是决定与外国企业合资以引进技术。合资的结果是:外国企业控股 67%;把企业 A 的几百名技术人员全部纳入合资企业;还规定企业 A 其他分公司的同类产品永远不能进入欧洲市场。由于决策失误,目前企业 A 已经濒临破产。

我国另外一家企业 B 则决定自主开发电动喷油系统。该企业在不断学习外国先进技术的基础上,经过无数次实验,克服了重重困难,终于成功开发出了达到欧洲标准的电控喷油系统。现在,其产品打进了欧洲市场,企业蒸蒸日上,成为国内该行业的领头羊。

请分析上述材料,用哲学观点回答下列问题:

(1) 两个企业为什么会有不同的命运?

(2) 落后企业如何才能实现成功追赶? 对我们有何启示?

参考答案:(1)两个企业出现不同命运的原因在于是否重视技术创新。创新有助于推动企业生产力的发展。企业 B 自主创新,成为国内该行业的领头羊,而企业 A 放弃了自主开发创新的道路,受制于人,最终濒临破产。(2)落后企业要追赶先进企业,必须坚持创新。给我们的启示是:创新推动社会生产力的发展,创新是民族进步的灵魂。我们必须坚持创新。

7. 社会调查:以"创新是民族进步的灵魂"对你所在的社区组织一次社会调查活动,并撰写一篇调查报告。

◎闪光记录

评教评学,以学为主体,包括知识及其构建、内容方法、信息的搜集与甄选、学法指导、自主学习能力、思维火花、密切相关的社会实践活动能力与效果等方面的综合评价。采用表格或其他形式记录学生学习本框的情况；如探究的内容、探究问题的状态（活动与问题）、方式方法、效果、回答问题及练习情况等。

学完本课我的收获	知识				
	能力				
	情感、态度、价值观				
我对同学的评价	小组成员分工及任务完成情况	同学姓名	对他（她）的综合评价		
		学习态度	课堂表现	社会实践反馈	自主完成作业的情况
对我自己的综合评价	自评				
	老师				
	同学				
	家人				

说明：
1. 课堂表现要求写明具体行为，如课堂状态、课堂参与、课堂创新思维等。
2. 自我评价、教师评价、他人评价将和期中期末考试成绩作为综合评定指标。
3. 小组成员在没有分工合作的情况下，将对他的学习态度进行评价。
4. 小组评和自评以具体行为表现为主，老师评以 A、B、C、D 等次评定。
5. "小组成员分工及任务完成情况"指的是自己对其他同学的评价。
6. 以小组为单位，每节课反馈一次。

（汪盛祥　撰写）

第三单元综合探究

坚持唯物辩证法　反对形而上学

一、教学目标

● 知识目标

(1)唯物辩证法主张用联系、发展、全面的观点看问题。(2)形而上学用孤立、静止、片面的观点看问题。(3)唯物辩证法与形而上学的根本对立的表现：联系观点与孤立观点的对立；发展观点与静止观点的对立；全面观点与片面观点的对立。(4)唯物辩证法与形而上学的根本对立的焦点和根本分歧在于是否承认矛盾，是否承认事物内部的矛盾是事物发展的源泉和动力。(5)唯物辩证法的联系、发展、全面的观点和对立统一规律的现实意义。

● 能力目标

(1)能结合具体事例理解并运用唯物辩证法的立场、观点和方法。(2)能运用唯物辩证法的基本立场、观点和方法分析说明自然界和人类社会发展过程中的一些现象，正确认识我国构架和谐社会的意义，分析社会生活和日常生活中的一些现象和事例。(3)能结合生活中的具体事例全面地理解和说明唯物辩证法和形而上学是根本对立的两种不同的思想方法。

● 情感、态度和观目标

(1)能正确认识唯物辩证法是科学的世界观和方法论，认识形而上学的思想方法在实际生活中的危害性，自觉坚持唯物辩证法，反对形而上学。(2)能运用唯物辩证法的观点深刻理解科学发展观的内涵，努力为构建社会主义和谐社会的意义。(3)学会用唯物辩证法的基本观点正确认识和处理日常生活和学习中的具体问题。

重点与难点

重点：唯物辩证法与形而上学的焦点和根本分歧。

难点：说明科学发展观的哲学依据，了解社会主义和谐社会的哲学基础。

学情分析：本单元是《生活与哲学》模块教学的难点。师生在探究唯物辩证法与形而上学的对立时，要紧扣两者根本对立的三个方面的内容作为教学的一条主线，引导学生围绕这条主线，搜集社会生活和学生的日常生活中的有关事例及其表现，对本单元的主要知识进行全面地回顾和归纳，领悟知识的内在联系，体验知识运用的价值。

二、案例导入

通过本单元的学习，我们知道唯物辩证法与形而上学是根本对立的。但在实际生活中，学生容易犯片面性、绝对化的错误，具体表现在：取得成绩时，往往把个人的努力扩大化，忽视外界作用的因素；遇到一点挫折和困难，容易偏执一端，灰心丧气，喜欢拿自己的长处比别人的短处。那么，我们应如何在实际生活中少犯或不犯这种错误呢？请大家结合以下一则材料，谈谈你的看法。

材料：对世界上许多国家的中学生来说，上网已不是什么新鲜事。网

> 引导学生回顾本单元知识，进行初步的归纳和总结。
>
> 出示材料，通过学生对网络的切身体会，来认识网络的两面性，初步掌握唯物辩证法的深刻原理。

络不仅给他们带来了知识便利,而且改变了他们的生活方式。网上聊天的体验让人心跳,甚至让人发疯。家长们对孩子上网一般都持赞许的态度。然而,网上有友情,网上有欺骗,甚至有陷阱。上网可以帮助学生把作业做得更好,也可偷懒。最让人头痛的要算色情网站了,很多青少年成为网上色情的俘虏。因此,"网吧"已被不少家长称为"电子海洛因"的交易所,并主张取缔"网吧"。

三、问题探究

探究一:请同学们列举网络给人们带来的消极影响。

学生甲:网络相对自由的环境,会纵容学生的不良行为,因而会出现网上的相互攻击、谩骂;同时,不受约束的"网恋"、"网婚",大量的色情刺激等都容易使青少年对情绪的认识产生错位,严重的还会造成情绪障碍。因此,网络对学生的不利影响应当引起重视。

学生乙:经常上网容易导致学生网络成瘾、情感冷漠症以及网上暴力等问题。网络成瘾者上网后精神极度亢奋并乐此不疲,长时间使用网络,上网后行为不能自制,并时常出现焦虑、忧郁、人际关系淡漠、情绪波动、烦躁不安等现象。有的不上网时手指会不停地运动,严重时全身打颤、痉挛、摔毁器物。有的因陷得太深而不能自拔,甚至采取自残、自杀等手段。

教师:同学说得很有道理,那么,网络是否只有消极影响,没有积极影响呢?

学生:不是。

教师:那么,网络的积极影响有哪些呢?也请大家一起来分析。

学生甲:网络为学生不良情绪的宣泄提供了相对宽松的环境,学生可以通过网上聊天有效地帮助寻找烦恼和疑惑的解决方法。

学生乙:网络为同学们提供了大量的学习信息,通过网络,学生们可以获得更多的学习信息。同时,网络也是同学们自学的有力帮手。网络为同学们了解世界,开拓视野,培养科学世界观提供了可能。

教师总结:任何事物都是一分为二的,我们应该培养科学的思维方法,学会全面看问题,既要看清事物的积极的一面,也不能忽视其消极的一面。坚持全面看问题的方法,就是坚持唯物辩证法的思想方法的具体表现。

探究二:根据下述材料,联系所学的辩证法知识,谈谈在反腐倡廉问题上,我们应如何坚持唯物辩证法,反对形而上学?

材料:2005 年 9 月 22 日是《国务院办公厅关于坚决整顿关闭不具备安全生产条件和非法煤矿的紧急通知》规定的"国家机关工作人员和国企负责人撤出在煤矿的投资"的最后期限,这一天将注定成为中国煤矿

分组讨论网络的两面性,并派代表发言。

通过正反两方面的分析,让学生了解事物的两面性,从而深刻理解唯物辩证法的原理。

教师通过典型事物分析唯物辩证法的原理。

通过对热点时事的探究活动,进一步探讨唯物辩证法的有关原理。

安全生产史上最具悬念的一天。所有关心的人都要问,有多少国家机关工作人员、国企负责人曾经投资入股煤矿,并按期撤资? 又有多少这样的人逾期不撤资? 规定出台后,少数地方官员表示宁丢官,不撤资。目前,全国已有 4 000 多官员撤资 4 亿多元。

小组讨论:(略)。

师生共同探讨:(略)。

教师总结:(1)从联系的观点来看,腐败现象的产生与历史的、现实的种种消极因素和剥削阶级的影响相联系,它与中国共产党的性质、宗旨以及社会主义制度的要求是根本不相容的,二者没有本质的必然的联系。用孤立的观点或唯心主义的观点看问题都是错误的。

（2）从发展的观点看,党和政府在反腐败问题的态度是鲜明的,措施是有力的,特别是 2005 年 1 月中共中央印发《建立健全教育、制度、监督并重的惩治和预防腐败体系实施纲要》,是从源头上防治腐败的根本举措。因此,我们要坚信在党和政府的正确领导下,在人民群众的支持下,腐败现象会得到根治。

（3）要用全面的观点看问题。一方面既要看到党的伟大、光荣和正确的一面,又要看到加强党的建设,深入开展反腐败斗争的必要性;另一方面应看到腐败现象毕竟只是发生在少数党员干部身上,是支流,绝大多数党员和干部是廉洁的,是全心全意为人民服务的,这是主流。

（4）总之,我们既要实事求是地承认和全面认识部分党员干部中的腐败现象,又要坚信党和政府通过改革和一些措施等一定能够克服腐败现象。

引导学生阅读单元探究内容,思考归纳本单元的基本知识。

教师对探究活动的归纳总结,引导学生掌握唯物辩证法的有关原理。

四、思维点拨

（一）唯物辩证法与形而上学的分歧

荀况:"力不若牛,走不若马,而牛马为用,何也?"曰:"人能群,彼不能群也。"

郭象认为:人们从生到死都是彼此孤立、互不相干的。

韩非:"世异则事异,事变则备变。"

董仲舒:"道之大原出于天,天不变,道亦不变。"

杜林:"矛盾,不能归属于现实。在事物中没有任何矛盾。"

黑格尔:"事物变化发展的根本原因在于事物内部的矛盾性,哪里有矛盾,哪里就有变化和发展。"

问题:请同学们比较以上观点和看法有何不同? 你是怎样理解其不同的?

引导学生学会分析材料,学会从材料中提炼有效信息。

教师展示材料,让学生分析唯物辩证法与形而上学两种思想方法的根本分歧。

学生:荀况的观点体现了唯物辩证法中联系的观点,与郭象的孤立的观点相反。韩非子的观点属于唯物辩证法中发展的观点,他与董仲舒静止的观点也正好相反。杜林否定矛盾的观点与黑格尔矛盾的观点也正好相反。

教师总结:说得很好。这些说法,是辩证法与形而上学的不同看法。它们有着根本的区别:荀况认为人和人是密切联系的观点,韩非认为社会是变化发展的观点,黑格尔认为事物变化发展的根本原因在于事物内部的矛盾的观点,都是正确的,符合辩证法的观点。郭象认为人与人是彼此孤立的、毫不相干的观点,董仲舒认为天不变、道亦不变(指封建制度的一切原则永恒不变)的观点,杜林认为事物中没有矛盾的观点,都是错误的观点,是形而上学的观点。

教师:请根据荀况、韩非、董仲舒、黑格尔等人的观点,归纳辩证法和形而上学的根本分歧是什么?

学生:是否承认矛盾,是否承认事物的内部矛盾是事物发展的源泉,这一点是唯物辩证法和形而上学的根本分歧。

教师:为什么?

学生:首先,它揭示了普遍联系的根本内容,既相互对立,又相互统一的矛盾双方之间的联系。其次,它提示了发展的源泉,即事物内部矛盾双方的对立统一。

教师:说得很好!总之,唯物辩证法与形而上学的种种分歧,究其根本原因,关键就在于是否承认矛盾,是否承认事物的内部矛盾是事物发展的源泉。下面请同学们根据以下材料归纳唯物辩证法与形而上学的分歧。

材料:"尽信书,则不如无书";"我们嘲笑别人的缺陷,却不知道这些缺陷也在我们内心嘲笑着我们自己";"在接受别人服务时,如果想到自己也是服务者,也是为别人服务的,那么你就会尊重为你服务的人,因为尊重别人也就是尊重自己";"是亦彼也,彼亦是也";"和谐就是美和善";"在纯粹的光明中,就像在纯粹的黑暗中一样,什么也看不见";"对症下药,量体裁衣";"古之天下,亦今之天下,今之天下,亦古之天下"。以上的哪些观点符合辩证法的思想?

请同学们填出表中内容,加深理解两种不同世界观的本质区别。

	分歧一	分歧二	分歧三	根本分歧
唯物辩证法				
形而上学				

(二)坚持唯物辩证法,反对形而上学

教师:那么,在现实中我们应如何坚持唯物辩证法,反对形而上学?请同学们观看视频《瞎子摸象》:

讨论:按唯物辩证法的三大观点分组,分别比较唯物辩证法与形而上学的不同表现,分层次探究如何坚持唯物辩证法,如何反对形而上学。

播放视频,学生看完后讨论发言。

教师归纳,提升学生的思想方法。

教师：为什么五个瞎子都没能把大象的样子准确描绘？

学生：因为他们都犯了片面性的错误，不能全面把握大象的特征。

教师：那么，我们在现实生活中怎样才能不犯这种错误？

（怎样坚持唯物辩证法，反对形而上学？）

学生回答：（略）。

教师归纳：首先，学会用联系的、发展的、全面的观点看问题，切忌用孤立的、静止的、片面的观点看问题；

其次，要特别注意防止和克服思想方法上的片面性和绝对化；

再次，要把唯物辩证法同实践、同调查研究密切结合，加以灵活应用。

请学生简述盲人摸象的故事，分析其错误的原因。

五、知识构建

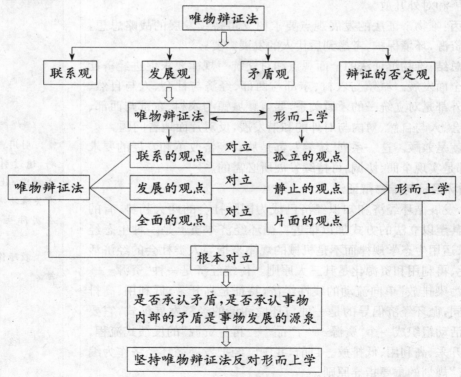

1. 上述知识点之间有哪些内在联系？与你的生活有哪些联系？请你用自己的语言表述出来。
2. 本框内容与前面几课的内容有哪些联系？请把这些联系归纳出来。

六、资源开发

通过经典事例引导学生搜集、甄选和开发与本框内容密切相关的学生身边的生活资源（包括本地重要历史和现实中的资料,如社区生活、校园生活、家庭生活以及重大活动等）,培养学生搜集信息、处理信息的能力以及从上述资源中提取有效信息的能力。

1. 准确理解科学发展观的内涵与哲学依据

中共中央总书记、国家主席胡锦涛说,坚持以人为本,全面、协调、可持续的发展观,是中国共产党以邓小平理论和"三个代表"重要思想为指导,从新世纪新阶段党和国家事业发展全局出发提出的重大战略思想。

胡锦涛指出,科学发展观总结了 20 多年来中国改革开放和现代化建设的成功经验,揭示了经济社会发展的客观规律,反映了中国共产党对发展问题的新认识。

教师:胡锦涛关于科学发展观理论如何反映唯物辩证法的深刻内涵?

学生甲:唯物辩证法的联系、发展、全面的观点和对立统一规律,要求我们必须坚持以人为本,牢固树立全面、协调、可持续的科学发展观。

学生乙:唯物辩证法的联系观点要求实现"五个统筹",即要统筹城乡发展,统筹区域发展,统筹经济社会发展,统筹人与自然和谐发展,统筹国内发展和对外开放。

学生丙:唯物辩证法的发展观点要求树立可持续发展的战略思想,注意节约资源,环境保护,考虑到后代人的发展需要。

教师总结:唯物辩证法的全面观点和对立统一规律要求促进经济社会和人的全面发展。城镇与农村、东部与西部、经济与社会、人与自然、对内与对外都是对立统一的矛盾关系,要兼顾城镇与农村、东部与西部、经济与社会、人与自然、对内与对外的和谐发展,反对片面地看问题。

统筹就是兼顾。这一系列"统筹",都是从对经济改革和发展的要求来说的,都是实现全面、协调、可持续发展所必需的。

2. 循环经济与唯物辩证法

当前,发展循环经济和知识经济已成为国际社会的两大趋势,有的发达国家甚至以立法的方式加以推进。循环经济本质上是一种生态经济,它要求运用生态学规律而不是机械的规律来指导人类社会的经济活动,减量化、再利用和资源化是其三大原则。传统经济是一种"资源——产品——污染排放"单向流动的线性经济,特征是高开采、低利用、高排放与之不同,循环经济倡导的是一种与环境和谐的经济发展模式,它要求把经济活动组织成一个"资源——产品——再生资源"的反馈式流程,特征是低开采、高利用、低排放。目前,我国已经把发展循环经济作为编制"十一五"规划的重要指导原则。

教师:什么是循环经济?

学生:所谓循环经济,本质上是一种生态经济,它要求用生态学规律而不是机械论规律来指导人类社会的经济活动。

教师向学生介绍和展示胡锦涛总书记关于科学发展的有关内容。

学生讨论发言,各抒己见。

引用典型时事材料,通过引导和启发式教学,让学生掌握有关唯物辩证法及其在实际生活中的运用。

教师作必要的总结。

教师:循环经济与传统经济比较,有什么特点?

学生:与传统经济相比,循环经济的不同之处在于:传统经济是一种由"资源——产品——污染排放"单向流动的线性经济,其基本特征是高开采、低利用、高排放。

教师:循环经济这一经济模式反映了什么哲学道理?

学生:循环经济倡导的是一种与环境和谐的经济发展模式,它要求把经济活动组成一个"资源——产品——再生资源"的反馈式流程,其特征是低开采、高利用、低排放。这一发展模式体现了唯物辩证法联系的观点。

教师总结:唯物辩证法认为,联系是事物之间以及事物内部各要素之间相互影响、相互制约之间的关系,联系不仅具有普遍性还具有客观性,它要求我们坚持用联系的观点看问题。循环经济所倡导的经济发展模式,正确处理了经济发展与资源、生态环境和社会发展的关系,是符合可持续发展理念的经济增长方式,这一发展模式对于构建节约型社会、促进人与自然的和谐发展有着重大的促进作用。

七、三维评价

◎经典训练

(一)在每题给出的四个选项中,只有一项是最符合题意的

1. 近两年来,我国加强和改善宏观调控之所以能够取得明显成效,与中央坚持分类指导的原则是分不开的。针对固定资产投资增长过快、规模过大,一些行业和地区盲目投资和低水平扩张等问题,中央没有简单采取"一刀切"、"急刹车"的办法,而是准确把握宏观调控的时机、节奏和力度。上述材料表明 ( )

  A. 事物都是一分为二的

  B. 具体问题具体分析是正确认识事物的基础

  C. 具体问题具体分析是正确解决矛盾的关键

  D. 人们能够认识和创造规律

参考答案:C

2. 2005 年 8 月 1 日《人民日报》发表评论员文章指出,中央在研究部署第二批先进性教育活动时提出"注重求真务实,搞好分类指导"。"搞好分类指导"的哲学依据是 ( )

  A. 意识对物质有反作用   B. 联系与发展不可分

  C. 事物的矛盾具有各自的特点   D. 矛盾的主要方面决定着事物的性质

参考答案:C

3. 2005 年 9 月 9 日《人民日报》载文指出,马克思主义中国化表现在时间和空间两个方面。在时间上,马克思主义中国化要求坚持与时俱进,即实现马克思主义时代化;在空间上要求从中国国情出发,实现马克思主义的本土化。马克思主义本土化,就是把马克思主义同中国具体实际相结合,因地制宜地解决实际问题。之所以要实现马克思主义时代化,是因为 ( )

  A. 对物质有能动的反作用

  B. 客观要随着主观的变化而变化

C. 事物是变化发展的,人的认识也是变化发展的

D. 物质是运动的主体

参考答案:C

4. 上题材料中,实现马克思主义本土化体现了　　　　　　　　　　　　　　　　( )

A. 运动和静止的辩证统一 　　　　　　B. 主次矛盾的辩证关系

C. 事物联系的普遍性 　　　　　　　　D. 矛盾普遍性和特殊性的辩证统一

参考答案:D

5. 2005年8月16日《人民日报》报道,针对新时期贫困的现状和特点,全国扶贫开发工作会议确定了新阶段扶贫工作的基本思路,即以贫困人口为基本对象,以贫困村为主战场,以改善基本生产生活条件和增加收入为重点,不断加大扶贫开发的工作力度和资金投入,全面推进贫困地区各项社会事业的发展,确保如期实现《2001—2010年中国农村扶贫开发纲要》确定的脱贫目标。要贯彻这一思路,必须集中力量,抓住关键,重点突出三项工作。针对新时期贫困的现状和特点,全国扶贫开发工作会议确定了新阶段扶贫工作的基本思路,体现了　　　　　　　　　　　　　　( )

①物质决定意识的道理　②意识的能动作用　③矛盾的普遍性　④矛盾的特殊性

A. ①②　　　　B. ②③　　　　C. ②④　　　　D. ①④

参考答案:D

6. 贯彻上题中的扶贫思路,必须集中力量抓住关键,是因为　　　　　　　　　( )

A. 主要矛盾决定事物的发展进程　　　B. 矛盾的主要方面决定事物的性质

C. 矛盾的普遍性包含着特殊性　　　　D. 矛盾双方不可分离

参考答案:A

7. 国家主席胡锦涛2005年9月13—15日出席联合国成立60周年首脑会议圆桌会议时强调,联合国改革涉及安全、发展、法治、机构改革等各个领域,需要统筹规划。发展中国家占联合国会员国2/3。发展中国家的意见应该得到充分体现,发展中国家的利益应该得到切实维护,这是联合国改革取得成功的关键。增加发展中国家的代表性和发言权,加大联合国在发展问题上的投入,推动如期实现千年发展目标,应该成为联合国改革的重中之重。联合国改革应抓住改革成功的关键,并确定联合国改革的重中之重,这就　　　　　　　　　　　　　　　　　　　　　( )

A. 把握了联合国改革的本质　　　　　B. 抓住了联合国改革的主要矛盾

C. 把握了联合国改革的矛盾的主要方面　D. 确立了联合国改革的地位

参考答案:B

8. 2005年7月13日《人民日报》载文指出,当前,影响社会和谐的因素很多,干群关系紧张是一个重要方面。只有抓好干部这个关键,才能形成干群一心、步调一致的良好局面。这表明,做工作　　　　　　　　　　　　　　　　　　　　　　　　　　　　　　( )

A. 要善于抓主要矛盾　　　　　　　　B. 应注意事物之间的客观联系

C. 应用发展的观点看问题　　　　　　D. 要承认矛盾的普遍性与客观性

参考答案:A

9. 由中国宗教界和平委员会、中国佛教协会发起组织的海峡两岸暨港澳佛教界纪念中国人民抗日战争暨世界反法西斯战争胜利60周年祈祷世界和平法会2005年8月15日在北京灵光寺隆重举行。中国佛教协会常务副会长圣辉法师在祈祷法会上讲道,和平与发展是当今世界的主流,但世界并不安宁。这一认识体现了　　　　　　　　　　　　　　　　　　　　( )

①一分为二的观点　②变化发展的观点　③抓主要矛盾的道理　④矛盾主次方面关系的道理

A. ①④　　　　B. ②④　　　　C. ③④　　　　D. ②③

参考答案: A

10. 改革开放以来,我国粮食产量从 6 000 亿斤连续登上 7 000 亿斤、8 000 亿斤、9 000 亿斤、10 000 亿斤四个台阶。棉花产量从 4 000 万担连续登上 5 000 万担、6 000 万担、7 000 万担、8 000 万担四个台阶,其他农产品也都大幅度增长。目前,我国粮食、棉花、油料、蔬菜、水果、肉类、禽蛋、水产品产量,均居世界首位。1978—2003 年,世界主要农产品增长量 20% 以上来自我国。我国农产品的供应已经实现由长期短缺到总量基本平衡、丰年有余的历史性转变。上述对我国改革开放以来农业成就的肯定　　　　　　　　　　　　　　　　　　　　　　　　　　　( )

A. 坚持了一分为二的观点　　　　B. 抓住了事物的主要矛盾

C. 把握住了矛盾的主要方面　　　D. 体现了共性与个性的统一

参考答案: C

11. 2005 年 8 月 16 日《人民日报》载文指出,在过去 20 多年,我国的发展举世瞩目,取得了辉煌成绩,但发展中的矛盾也日益显现出来,其中最为突出的是城乡之间、地区之间、经济发展与社会全面发展之间、经济发展与资源环境之间的矛盾,我们要通过改革解决我国发展所面临的这些突出矛盾,使我国的发展逐步迈入以人为本、全面协调可持续发展的轨道。这一认识　　　　　( )

A. 抓住了事物的主要矛盾　　　　B. 看到了矛盾双方在一定条件下会相互转化

C. 表明认识在不断扩展、深化　　D. 坚持了两点论与重点论的统一

参考答案: D

(二) 在下列每题给出的四个选项中,至少有一项是符合题意的

12. "福祸相依,有无相生,难易相成,长短相形,高下相倾,音声相和,前后相随"。它反映的哲学观点有　　　　　　　　　　　　　　　　　　　　　　　　　　　　　　　　　( )

A. 事物都是相辅相成的　　　　　B. 矛盾双方的对立是无条件的

C. 矛盾双方是相互依存的　　　　D. 事物是变化发展的

参考答案: AC

13. 美洲虎是一种濒临灭绝的动物,秘鲁人为了保护国家动物园的一只美洲虎,从大自然里单独圈出 1 500 亩山地修了虎园,还有成群结队的牛、羊、兔供老虎食用。奇怪的是,没有人见这只老虎捕捉过猎物(它只吃管理员送来的肉食),也没见它威风凛凛地从山上冲下来,它常躺在装有空调的虎房里,吃了睡,睡了吃。后来,虎园管理人员捉了三只豹子投进虎园,这只美洲虎不再睡懒觉,也很少回虎房,而是雄赳赳地满园巡逻。上述材料告诉我们　　　　　　　　　　　( )

A. 事物之间存在着相互影响、相互制约的关系

B. 矛盾双方既相互对立,又相互依存,这是事物存在、发展的重要前提

C. 矛盾双方的转化有时候是有条件的,有时候是无条件的

D. 没有天敌的生物,其发展速度一定是惊人的

参考答案: AB

14. 大船能抗风浪,要漂洋过海,就宜坐大船;然而,"小船好调头",在小河里航行,却宜乘小船。市场的需求是多方面的,市场的资源配置也应是多元化的,在竞争中,"大"固然有力量雄厚的优势,"小"也有机动灵活的好处。而有些人在市场经济中一味恋"小",而另一些人则盲目求"大",他们的共同错误在于　　　　　　　　　　　　　　　　　　　　　　　　　　( )

A. 没有做到主观和客观具体的历史的统一

B. 忽视了物质对意识具有决定作用

C. 认为矛盾的普遍性是正确认识事物的前提
D. 违背了具体问题具体分析的原则

参考答案：ABD

15. 2005 年 8 月 1 日《人民日报》发表评论员文章指出,搞好党的先进性教育活动,必须坚持具体情况具体分析;在工作的着力点上各有侧重;针对不同对象提出不同要求;在方式上灵活多样。上述要求体现了 （ ）

A. 主观与客观的统一是具体的历史的统一
B. 矛盾是普遍存在的,必须一分为二地看问题
C. 矛盾着的事物及其每一个侧面各有其特点
D. 事物的联系是无条件的

参考答案：AC

16. 2005 年《半月谈》载文指出,中医药和西医药治病思路迥然有异。西药大多是抑制剂,在人体内充当"杀手"角色,如杀病毒,杀肿瘤细胞等;中药是生物功能的调节剂。西药多是单靶点,哪里有病哪里治;中药却是多靶点,靠复方或单味药中的多种成分治病。这说明 （ ）

A. 事物的联系具有客观性和多样性
B. 不同事物的矛盾各有其特点
C. 同一事物的矛盾在不同的发展阶段各有其特点
D. 中医药比西医药优越

参考答案：AB

17. 邓小平同志指出,马克思列宁主义的普遍真理同本国的具体实际相结合,这句话本身就是普遍真理。它包含两个方面,一方面叫普遍真理,另一方面叫结合本国实际,丢开其中任何一方都不行。他强调,在全面理解和把握普遍真理的情况下,应当着力分析和研究具体情况,分析本国实际,才是正确实现普遍真理同本国实际相结合的关键。上述材料表明 （ ）

A. 从实际出发是做好各项工作的前提 B. 具体问题具体分析是正确解决矛盾的关键
C. 矛盾双方在一定条件下会相互转化 D. 矛盾的普遍性与特殊性是统一的

参考答案：ABD

18. 2005 年 8 月 12 日《人民日报》载文指出,建设节约型社会,是伴随着整个工业化、城市化。现代化的长期任务,内容广泛复杂,需要抓住重点环节和行业,完善政策和法规,发动广大群众参与。只有把节能、节水、节材、节地、资源综合利用和发展循环经济工作提高到中华民族的生存与可持续发展的战略高度上来认识,才能增强公民的忧患意识和节约意识。上述材料表明 （ ）

A. 做工作应善于抓主要矛盾 B. 看问题应有全局意识
C. 意识对事物发展起促进作用 D. 应注意把握事物之间的因果联系

参考答案：ABD

19. 2005 年第 14 期《半月谈》发表文章指出,构建节约型社会,走节约型社会发展道路,突破资源"瓶颈"制约,应是中国未来发展的必然选择。突破资源"瓶颈"制约体现的哲理是 （ ）

A. 矛盾就是对立统一 B. 集中主要力量解决主要矛盾
C. 主要矛盾对事物发展起决定作用 D. 看问题要分清主流和支流

参考答案：BC

20. 2005 年 4 月,全国人大常委会组成的执法检查组检查发现,安全生产法的实施效果总体上是好的,国务院及其有关部门采取了一系列有力措施,初见成效,但是安全生产形势仍然十分严峻。

其中,煤矿安全问题相当突出:特大事故频繁发生;瓦斯爆炸事故居高不下;小煤矿成为事故多发的重灾区;安全生产基础薄弱;执法不力。上述材料表明 ( )

A. 事物之间的联系构成了事物的变化发展　　B. 事物都是一分为二的

C. 矛盾双方的地位与作用是不同的　　D. 主次矛盾在一定条件下会相互转化

参考答案:BC

(三)简答题

21. 2005 年 7 月 15 日《人民日报》载文指出,当前,我国改革发展正处于关键时期。一方面,经过二十多年的改革开放,我国经济社会发展取得了举世瞩目的伟大成就,综合国力不断增强,人民生活水平不断提高,中国特色社会主义事业充满生机和活力;另一方面,随着实践的不断推进,各种深层次矛盾和问题日益凸显,社会利益关系更为复杂,深化改革、促进发展、保持稳定的任务更加繁重。

试用唯物辩证法的观点对上述材料作简要分析。

参考答案:唯物辩证法告诉我们,矛盾的存在是普遍的、客观的,事物都是一分为二的,我们看问题、办事情必须坚持两分法、两点论。看待当前我国经济社会发展的形势,必须坚持两分法、两点论,既要看到我国经济社会发展取得了举世瞩目的伟大成就,又要看到各种深层次矛盾和问题日益凸显,深化改革、促进发展、保持稳定的任务更加繁重。只有客观辩证地看待当前形势,才能不断克服解决前进道路上的困难问题,推动中国特色社会主义事业不断前进。

(四)辨析题(仅作判断不说明理由者不得分)

22. 背景材料:2005 年 7 月 15 日《人民日报》载文指出,对于前进中遇到的矛盾和问题,只要我们处理得当,善于化弊为利,就可以把它们转化为促进发展的大好机遇。

辨题:矛盾和问题都在无时无刻地转化为机遇。

参考答案:(1)唯物辩证法告诉我们,矛盾双方依据一定的条件会相互转化。矛盾双方的转化是现实的、有条件的,而不是虚幻的、任意的。(2)前进中遇到的矛盾和问题会转化为促进发展的大好机遇,但前提条件是恰当处理这些矛盾和问题,善于化弊为利。否则,矛盾问题是不会转化为机遇的。(3)题中观点忽视了矛盾双方转化的条件,是不科学的。

(五)论述题(要求紧扣题意,综合运用所学知识,结合材料展开分析)

23. 中共十六届五中全会强调制定"十一五"规划,要以邓小平理论和"三个代表"重要思想为指导,全面贯彻落实科学发展观。坚持发展才是硬道理,坚持抓好发展这个党执政兴国的第一要务,坚持以经济建设为中心,坚持用发展和改革的办法解决前进中的问题,要坚定不移地以科学发展观统领经济社会发展全局,坚持以人为本,转变发展观念、创新发展模式、提高发展质量,把经济社会发展切实转入全面协调可持续发展的轨道。

(1)上述材料体现了哪些哲理?

(2)这些哲理在上述材料中是如何反映出来的?

参考答案:(1)上述材料体现了:意识对物质有反作用;主要矛盾决定事物的发展;事物是普遍联系和变化发展的。(2)第一,意识对物质有反作用,正确的意识对事物的发展起积极的促进作用。党的十六届五中全会强调,制定"十一五"规划,要以邓小平理论和"三个代表"重要思想为指导,全面贯彻落实科学发展观,反映了这一道理。第二,主要矛盾决定事物的发展,做工作要善于抓主要矛盾。党的十六届五中全会强调,制定"十一五"规划,要坚持发展是硬道理,坚持抓好发展这个党执政兴国的第一要务,坚持以经济建设为中心,反映了这一道理。第三,事物是普遍联系和变化发展的,应用联系和发展的观点看问题。党的十六届五中全会强调,制定"十一五"规划,要坚定不移地以科学发展观统领经济社会发展全局,坚持以人为本,转变发展观念、创新发展模式、提高发展质量,把经济社会发展切实转入全面协调可持续发展的轨道,反映了这一道理。

◎闪光记录

评教评学,以学为主体,包括知识及其构建、内容方法、信息的搜集与甄选、学法指导、自主学习能力、思维火花、密切相关的社会实践活动能力与效果等方面的综合评价。采用表格或其他形式记录学生学习本框的情况;如探究的内容、探究问题的状态(活动与问题)、方式方法、效果、回答问题及练习情况等。

学完本课我的收获	知识				
	能力				
	情感、态度、价值观				
我对同学的评价	小组成员分工及任务完成情况	同学姓名	对他(她)的综合评价		
对我自己的综合评价		学习态度	课堂表现	社会实践反馈	自主完成作业的情况
	自评				
	老师				
	同学				
	家人				

说明:

1. 课堂表现要求写明具体行为,如课堂状态、课堂参与、课堂创新思维等。
2. 自我评价、教师评价、他人评价将和期中期末考试成绩作为综合评定指标。
3. 小组成员在没有分工合作的情况下,将对他的学习态度进行评价。
4. 小组评和自评以具体行为表现为主,老师评以 A、B、C、D 等次评定。
5. "小组成员分工及任务完成情况"指的是自己对其他同学的评价。
6. 以小组为单位,每节课反馈一次。

(黄云雄 撰写)

第十一课　寻觅社会的真谛

第一框　社会发展的规律

一、教学目标

● **知识目标**

(1)自然界和人类社会的联系和区别。(2)社会存在和社会意识及其相互关系。(3)社会意识的相对独立性。(4)马克思主义的实践观点。(5)人类社会存在和发展的基础及其意义。(6)生产力的重要作用和意义及其与生产关系之间的关系,生产关系一定要适合生产力状况的规律。(7)经济基础和上层建筑的含义及其相互关系,上层建筑一定要适合经济基础状况的规律。(8)人类社会的基本矛盾和普遍规律及其意义。(9)社会历史发展的总趋势及其实现。(10)阶级斗争是推动阶级社会发展的直接动力。(11)社会主义社会的基本矛盾及其解决方式。

● **能力目标**

(1)能结合历史和我国改革的成就的具体事例,理解马克思主义的辩证唯物史观的基本观点和方法,初步形成正确认识社会发展的动力及其规律和社会发展趋势的能力。(2)能搜集生活中的有关事例说明社会基本矛盾的运动及社会发展规律。(3)能运用马克思主义的辩证唯物史观的基本观点和方法,分析人类社会的发展变化的规律性,分析我国改革以来所取得的成就。

● **情感、态度和价值观目标**

(1) 通过本框学习,培养学生辩证唯物主义的历史观。

(2) 培养学生正确认识社会基本矛盾,尊重社会发展规律,认识社会主义改革的必要性和正确性。

重点与难点

重点:社会存在和社会意识及其关系,经济基础与上层建筑及其关系。

难点:经济基础和上层建筑的相互作用及其矛盾运动。

学情分析:(略)。

二、案例导入

请学生看材料:《农村人对城里人说》
教师提示:马克思主义哲学作为科学的世界观和方法论,不仅要认识自然界的奥妙,还要探索社会生活的本质,探究社会历史的规律,寻觅人生的意义和价值。那么,社会历史发展有什么规律? 社会存在与社会意识有什么关系? 这是我们今天要学习的内容,首先请同学们看一段材料并思考问题。
材料一:
俺们刚吃上肉,你们又吃菜了;
俺们刚娶上媳妇,你们又闹独身了;

引导学生阅读材料并思考问题:为什么农村人与城里人有如此大的思想差异?

俺们刚能歇会儿不用擦汗,你们又去健身房流汗了;

俺们刚能吃饱穿暖,你们又开始减肥露脐了……

学生讨论:——

教师点拨:

吃什么,娶媳妇,离婚……似乎是由人们的动机、目的决定的。但是只要我们再想想,为什么农村人刚吃上肉,娶上媳妇,刚歇会儿,城市人却又吃菜,离婚,健身,减肥,其实是由于他们生活在不同社会生活条件下,生活的社会环境、社会地位不同,才会产生这种差异。所以人们产生这些动机的物质原因——社会存在。那么,什么是社会存在,什么是社会意识,这是我们本节课将要学习的内容——社会发展的规律。

三、问题探究

1. 在马克思主义哲学产生之前,人们可以认识自然界的规律,从而唯物主义地解释自然界,为什么不能认识社会的规律,从而唯物主义地解释人类社会?

2. 宗教所描绘的世界和现实世界之间是什么关系?

3. 人的许多不切实际的想法、念头与实际生活有什么关系?

4. 什么是社会存在? 什么是社会意识?

5. 社会存在与社会意识之间有什么关系?

6. 物质生产在社会存在和发展中起着什么作用?

7. 生产力与生产关系有什么关系?

8. 经济基础与上层建筑有什么关系?

9. 社会历史发展的客观规律是什么?

10. 社会历史发展的总趋势是什么?

11. 社会基本矛盾的解决主要依靠什么方式?

> 结合相关材料,阅读教材内容,探究这些问题。

> 引导学生阅读教材本框内容,思考这些问题。

四、思维点拨

(一) 社会存在与社会意识

教师提示:请同学们阅读教材 P86 的材料并思考问题。

1. 以往社会历史理论陷入唯心主义的原因

学生讨论:——

教师点拨:

(1) 这是因为,自然界的万事万物没有意识,它们的变化发展完全是自发的。社会历史是人们活动的结果,而人的活动是有自觉意识和目的的。由此便形成一种假象,似乎社会历史是由人们的动机、目的等决定的。以往的社会历史理论被这种假象所迷惑,它们至多只是考察了人

> 引导同学们阅读教材 P86 的材料并思考问题:

> (1) 在马克思主义哲学产生之前,人们可以认识自然界的规律,从而唯物主义地解释自然界,为什

们历史活动的思想动机,没有进一步追溯到产生这些思想动机的物质原因——社会存在,从而陷入唯心主义。

（2）马克思能够从实际出发,用联系的、发展的、全面的观点看问题,认识人的本质,认识社会发展的运行规律,而不是从主观思想动机出发。实践观是打开社会历史奥秘的钥匙。另外,生产力的巨大发展和无产阶级的出现,是客观条件。

教师提示:既然社会存在是产生思想动机的物质原因,那么,什么是社会存在? 什么是社会意识? 他们之间有什么关系? 先请同学们带着这些问题欣赏和思考漫画《月光族》。

2. 社会存在与社会意识的辩证关系

材料一:请学生看漫画《月光族》。

材料二:古希腊哲学家色诺芬尼说:"假如牛、马和狮有手,并且像人一样用手作画和塑像的话,它们就会各自按照自己的模样,马画出、塑出马形的神像,狮子画出、塑出狮形的神像了。"

材料三:费尔巴哈曾对世界各国的神进行认真地考察,发现各国的神,无论其形象、衣着、使用的语言,还是发号施令的方式,都同那个国家的现实生活极为相像,几乎是该民族现实生活的翻版。于是,他发现了一条隐藏在神圣光环背后的真理:"自然神不是别人的,就是自然本身,人神不是别的,就是人本身。""并非神按照他的形象塑造人……而是人按照他的形象塑造神。"

材料四:在社会主义社会中,仍然存在着封建主义和资本主义的落后的、腐朽的思想。在全面建设小康社会、不断完善社会主义市场经济体制的今天,不尊重知识和人才的现象,好逸恶劳、贪图享受、不珍惜劳动成果、挥霍浪费的现象,还时有发生。

材料五:《中国青年报》载文指出,邪教具有极强的欺骗性、破坏性和顽固性,他们不仅编造歪理邪说,制造思想混乱,而且构筑"秘密王国",制造恐怖事件,危害群众生命财产安全;不仅盘剥信徒钱财,非法牟取暴利,扰乱国家的经济秩序,而且勾结制造敌对统治势力,伺机乱中夺权,严重危害国家安全。

么不能认识社会的规律,从而唯物主义地解释人类社会?

（2）为什么马克思能够发现社会发展的规律?

引导学生理解只有马克思主义运用历史唯物主义揭示了人类社会的发展规律。

引导学生看漫画和材料并思考以下探究题。

教师引导学生自己从教材上找出社会存在与社会意识的含义,尤其是他们的内涵。

引导学生分析材料,特别是材料之间的共同点。

（1）什么是社会存在？什么是社会意识？

（2）材料一、二、三共同反映了什么哲学道理？

（3）材料四、五反映了什么哲学道理？

（4）根据问题2与问题3的答案，请同学们结合自身的事例总结一下社会存在与社会意识的辩证关系。

（5）"思维与存在的关系"和"社会存在与社会意识的关系"有何区别与联系。

学生结合上述材料，阅读教材，并归纳：

问题一：社会存在是指社会生活的物质方面，它最主要的、最根本的内容是物质资料的生产方式。

社会意识是指社会生活的精神方面，是人类社会中各种精神生活现象的总称，它既包括各种不同的风俗习惯和社会心理，也包括政治思想、法律思想、道德、科学、艺术、宗教、哲学等各种不同的社会意识形式。

教师提示：请同学们仔细阅读材料一、二、三，他们共同反映了什么哲学道理？

学生讨论：——

教师点拨：

问题二：材料一、二、三共同反映了社会意识是由社会存在决定的，有什么样的社会存在就会有什么样的社会意识，社会存在的变化发展决定着社会意识的变化发展。那么什么是社会存在？什么是社会意识？请同学们思考第五个问题。

教师提示：社会意识是由社会存在决定的。那么社会意识对社会存在有什么样的作用？请同学们思考问题3。

学生讨论：——

教师点拨：

问题三：社会意识具有相对独立性，先进的社会意识对社会的发展起积极的推动作用，落后的社会意识对社会的发展起阻碍作用。

教师提示：根据上面的讨论、探究，我们基本上了解了社会存在与社会意识的辩证关系，下面请同学们举例说明社会存在与社会意识的辩证关系。

学生举例：——

教师提示：

刚才同学们畅所欲言，也列举了不少身边的例子。从中我们可以发现，良好的观念能修正我们的行为举止，而那种追求错误的"酷"、"个性"

阅读教材相关内容，并分析社会存在与社会意识的关系。

教师在启发的过程中，可以先引导学生复习辩证唯物论物质和意识的相关知识，以便于学生顺利完成知识迁移。

和"与众不同"思想观念则会使这些同学误入歧途。下面请同学们总结一下社会存在与社会意识的辩证关系。

学生总结：——

教师点拨：

问题四：(1) 社会存在决定社会意识（包括正确的社会意识与错误的社会意识）。

① 社会存在的性质决定社会意识的性质。

② 社会存在的变化决定社会意识的变化。

(2) 社会意识具有相对独立性。社会意识的变化发展有时会落后于社会存在，有时会先于社会存在。

(3) 社会意识对社会存在具有反作用。

① 先进的社会意识对社会的发展起积极地推动作用。

② 落后的社会意识对社会的发展起阻碍作用。

教师提示：请同学们思考"思维与存在的关系"和"社会存在与社会意识的关系"有何区别与联系。

学生讨论：——

教师点拨：

问题五：(1) 区别：①思维与存在的关系问题是哲学的基本问题，社会存在与社会意识则不是。

② 对思维与存在何者为第一性问题的不同回答，是划分唯物主义和唯心主义的唯一标准，对社会存在与社会意识关系问题的不同回答，是划分历史唯物主义和历史唯心主义的基本依据。

(2) 联系：社会存在与社会意识的关系问题是思维与存在的关系问题在社会历史领域的具体表现。

3. 社会生活的本质

教师总结：社会生活纷繁复杂，但最终可划分为社会存在和社会意识两大部分。社会意识尽管带有主观色彩，但归根到底都是对社会存在的反映，由社会存在决定其性质和变化发展。随着生产力的巨大发展和无产阶级的产生，二者的紧密结合为马克思主义唯物史观的产生创造了条件，深刻揭示了社会生活在本质上是实践的。马克思主义的实践观点是辩证唯物主义历史观的基本观点，是打开社会历史奥秘的钥匙。

教师提示：我们曾经学过，推动事物运动、变化和发展的原因是矛盾。

在这里，要充分地让学生参与进来，积极搜集身边的例子，这样才能更好地理解社会存在和社会意识的关系，同时，要充分引导他们去认识这些社会意识对社会存在会有什么影响。

在学生发言时，随时观察学生的回答和思考问题的状态，并及时做出点评。

教师的总结应该准确、凝练。

让学生明确一个基本的观点：生产方式是人类社会存在和发展的基础，它决定着社会的性质和面貌，决定着社会形态的变革和更替。

那么是什么矛盾推动了人类社会的发展?

(二) 社会基本矛盾运动

1. 生产关系一定要适应生产力状况的规律
(1) 物质资料的生产方式是人类社会存在和发展的基础。
　　材料:在中国古代哲学中,有许多注重经济因素在社会生活中作用的合理思想。如《管子》提出:"仓廪实而知礼节,衣食足而知荣辱。"孔子主张先使民"富之",然后才能"教之"。但是,他们都没有找到社会发展有客观规律。
　　(1) 想一想,怎样才能揭开社会历史之谜?
　　(2) 想一想,物质生产在社会存在和发展中起着什么作用。

教师提示:首先请同学们阅读教材 P89 的材料,并思考问题。
学生讨论:——
教师点拨:
　　(1) 从物质资料的生产方式,即生产力与生产关系的矛盾运动中寻找。
　　(2) 物质资料生产方式是人类社会存在和发展的基础,决定着社会的性质和面貌,决定着社会形态的变革和更替。

(2) 生产力与生产关系的相互关系及其矛盾运动。

教师提示:请同学们回忆初三所学的内容,生产力与生产关系是怎样的?
　　学生回忆并思考:
　　生产力决定生产关系,生产关系反作用于生产力。

教师归纳总结:
　　在生产方式中,生产力是最革命、最活跃的因素。生产力的状况决定生产关系的性质,生产关系对生产力具有反作用。这就好比脚与鞋的关系:脚的大小决定了所穿鞋的大小;而鞋对脚也具有反作用,合脚的鞋能让我们走路舒适、跑步轻快,不合脚的鞋则会制约脚的生长和活动。所以生产力和生产关系的相互作用及其矛盾运动,表明了生产力和生产关系之间内在的本质的必然的联系,这就是生产关系一定要适合生产力状况的规律。

　　教师提示:生产关系的总和构成社会的经济基础。那么什么是经济基础? 什么是上层建筑? 他们之间存在什么关系?

引导学生回忆初中所学的知识,让学生自己概括出生产力与生产关系的关系。

引导学生自己从教材上找到经济基础与上层建筑的关系。

2. 上层建筑一定要适合经济基础状况的规律

(1) 经济基础与上层建筑的含义。

经济基础指生产关系的总和。

上层建筑指一定社会的政治、法律制度和设施，以及该社会的各种思想观点和社会意识形态。

(2) 经济基础与上层建筑二者的相互作用及其矛盾运动。

教师提示：请同学们思考 P89 的问题。

学生讨论：——

教师点拨：因为当生产关系同生产力不相适应时会阻碍生产力的发展，上层建筑同经济基础不相适应时会阻碍经济基础的发展和变革。

教师总结：

① 经济基础决定上层建筑。

② 上层建筑对经济基础具有反作用。

上层建筑的状况不同，对经济基础反作用的性质是不同的。当上层建筑适合经济基础状况时，它促进经济基础的巩固和完善；当它不适合经济基础状况时，会阻碍经济基础的发展和变革。当上层建筑为先进的经济基础服务时，它会促进生产力的发展，推动社会进步；当它为落后的经济基础服务时，则束缚生产力的发展，阻碍社会前进。

③ **结论**：经济基础和上层建筑的相互作用及其矛盾运动，体现了两者之间的内在的本质的必然的联系，这就是上层建筑一定要适合经济基础状况的规律。

教师提示：请同学们理解 P90 的知识结构图。并总结社会基本矛盾运动。

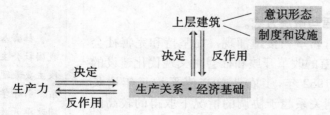

学生讨论：——

教师点拨：生产力和生产关系的矛盾，经济基础和上层建筑的矛盾，是贯穿人类社会始终的基本矛盾。生产关系一定要适合生产力发展的规律，上层建筑一定要适合经济基础发展的规律，是在任何社会中都起作用的普遍规律，这就是社会发展规律。

提示：正是生产力和生产关系的矛盾，经济基础和上层建筑的矛盾，不断斗争和解决，使得整个社会历史发展的总趋势是前进的、上升的，发展的过程是曲折的。这就是社会历史发展的趋势。

引导学生思考教材 **P89** 的问题：为什么发展生产力就需要改变生产关系中同生产力不相适应的环节和方面、上层建筑中同经济基础不相适应的环节和方面？

引导学生要理解这幅知识内在联系图。

（三）社会历史发展的总趋势

1. 社会历史发展的总趋势与实现方式

教师提示： 请同学们思考 P91 的问题。

学生讨论： ——

教师点拨：

（1）社会发展的基本趋势是由低级到高级，前进性与曲折性相统一。从社会形态看，人类社会从原始社会依次发展到奴隶社会、封建社会、资本主义社会、社会主义社会。

（2）实现方式：社会发展是在生产力和生产关系、经济基础和上层建筑的矛盾运动中，在社会基本矛盾的不断解决中实现的。

2. 阶级社会基本矛盾的解决

教师提示： 请同学们回忆初三学过的思想政治知识，在阶级社会里，阶级斗争是怎样直接推动阶级社会发展的？社会主义社会的基本矛盾及解决方式与其他阶级社会有何区别？

（学生回忆已学过知识，并进行比较。）

师生共同归纳：

① 阶级社会的基本矛盾是生产力和生产关系、经济基础和上层建筑之间的矛盾。其实现方式：在阶级社会里，社会基本矛盾的解决主要是通过阶级斗争实现的。

② 社会主义社会只能通过社会主义社会的自我发展、自我完善加以解决。

教师提示： 为什么社会主义社会通过改革来解决社会基本矛盾？

3. 社会主义社会的基本矛盾与解决方式。

材料一： 改革起步的几年间，新事物接踵涌现。在坚持和完善社会主义基本制度的前提下，前所未有的改革开放和社会主义现代化建设的道路逐步展开。从 1978 年到 1982 年，工农业总产值平均每年增长 7.3%，这是在国民经济重大比例关系趋于协调的情况下取得的较高的发展速度。人民生活得到明显改善。

材料二： "九五"期间，我国全面实现了社会主义现代化建设的第二步战略目标，在 1995 年提前实现国民生产总值的总量比 1980 年翻两番的基础上，1997 年又提前实现了人均国民生产总值比 1980 年翻两番的目标。从"一五"到"五五"，即从 1953—1980 年的 28 年间（以 1952 年为基年），我国国内生产总值年均增长 6.3%。1980 年，国内生产总值为 1952 年的 5.5 倍。从"六五"到"九五"，即从 1981—2000 年这 20 年间（以 1980 年为基年），国内生产总值年均增长 9.7%（2000 年以 8% 为预

社会存在与社会意识同社会基本矛盾有何内在联系？

引导学生思考教材 P91 的问题：

（1）想一想，社会发展的基本趋势是什么？

（2）社会发展是通过什么方式实现的？

社会基本矛盾在我国社会主义初级阶段主要表现为什么矛盾？引导学生列举我国改革开放以来巨大成就的实例，这些成就说明了什么？

材料中哪些关键词句能说明问题？请你把这些关键词句指出来。

测数)。2000 年,国内生产总值将为 1952 年的 34.8 倍,将为 1980 年的 6.4 倍。据国家内贸局商业信息中心对国内市场 609 种主要商品供求状况的最新调查,供过于求的商品比重为 80％,供求基本平衡的商品比重为 18％,供不应求的商品比重仅为 2％。由严重短缺到开始出现相对过剩,这一方面是一项具有历史意义的转变,另一方面也对产业结构的调整与升级提出了新任务。

问题:
(1)上述两则材料说明了什么哲学道理?
(2)列举我国自党的十一届三中全会以来,坚持改革开放所取得的成就,说明改革是动力。

教师提示:请同学们阅读以下两段材料,并讨论后面的思考题。

学生讨论:——
教师点拨:
(1) 社会主义的基本矛盾的内容:仍然是生产力和生产关系、经济基础和上层建筑之间的矛盾。这一矛盾是非对抗性的矛盾。社会主义社会基本矛盾的性质(即非对抗性的矛盾),决定了它的实现方式不是通过一个阶级推翻另一个阶级的阶级斗争的方式解决,只能通过社会主义的自我发展、自我完善加以解决,即改革。改革的根本目的,就是使生产关系适应生产力的发展,使上层建筑适应经济基础的发展。改革是推进中国特色社会主义各方面工作的强大动力。
学生举例说明:——
教师点评:(略)。
教师小结:
(2) 总趋势:人类通过各种实践活动不断地解决社会基本矛盾,从而推动社会历史由低级向高级发展。

我们可以用以下图形表示这一发展过程:

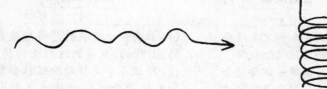

波浪式前进   螺旋式上升

(3) 实现方式:在实践中不断解决基本矛盾实现的,阶级斗争是阶级社会发展的直接动力;改革是社会主义社会发展的直接动力。

培养学生学会从材料中提炼有效信息的能力。

引导学生列举我国自党的十一届三中全会以来,坚持改革开放所取得的成就,说明改革是动力。

教师要适时点评和分析学生所举的例子。

阅读教材有关内容,学会归纳本课的知识及其内在联系。
师生共同总结社会发展的总趋势。
仔细观察和分析图表,说说图表所说明的道理。

知识拓展

目标 内容	知识与能力			过程与方法	情感态度价值观
	识记	理解	运用		
家庭联产承包责任制的实行	家庭联产承包责任制,改革农村经济体制的措施	农村经济体制改革的原因	探究农村经济体制改革对国民经济发展的影响	情景再现、分析插图、问题探究	只要生产关系适应生产力,就能调动农民生产的积极性,就会推动农业的大发展
国有企业改革的推进	改革国有企业的主要措施	国有企业改革的原因以及农村经济体制改革和国有企业改革的异同	探究国有企业改革及经济体制改革对国民经济的影响	情景再现、历史比较、问题探究	经济体制改革是改革生产关系、上层建筑中不适应生产力的部分。改革使我国发生了翻天覆地的变化

五、知识构建

1. 社会存在与社会意识、物质与意识两组概念辨析(请同学们根据所学知识,将下列表格补充完整)

项目 概念	概　念	研究范围	辩证关系
物　　质		整个世界	
意　　识			
社会存在		人类社会	
社会意识			

2. 知识结构图

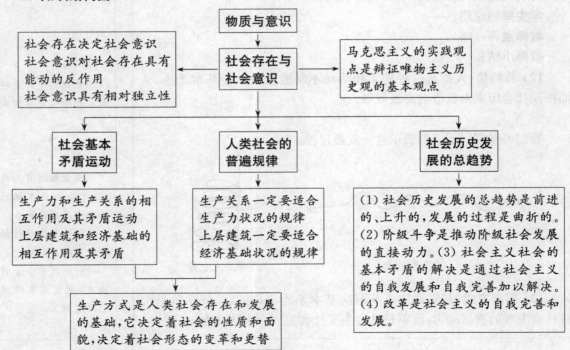

1. 上述知识点之间有哪些内在联系？与你的生活有哪些联系？请你用自己的语言表述出来。
2. 本框内容与前面几课的内容有哪些联系？请把这些联系归纳出来。

六、资源开发

通过经典事例引导学生搜集、甄选和开发与本框内容密切相关的学生身边的生活资源(包括本地重要历史和现实中的资料、重大活动、校园生活、家庭生活等)，培养学生处理信息的能力以及从资源中提取有效信息的能力。本部分内容可以引导学生课后完成。

材料一：

(一)台湾自古即属于中国。解决台湾问题，实现国家统一，是海内外中华儿女的一项庄严而神圣的使命。中华人民共和国成立后，中国政府为之进行了长期不懈地努力。中国政府解决台湾问题的基本方针是"和平统一、一国两制"。

(二)2006年5月12日，陈水扁历时9天的"迷航之旅"结束。一场颜面扫地的"'台独'外交"终于以闹剧收场。在陈水扁"出访"期间，岛内的"台独"势力兴风作浪，又是要在台湾控制的最北端小岛东引岛上部署反舰导弹，扬言要"封锁闽江口"，又是出动IDF战斗机进行对地攻击演练，放风要"吓阻大陆"。"台独"势力上蹿下跳的行为引起嘘声一片。美国副国务卿佐利克明确表示："让我清楚地说，'台独'就是战争。"

(三)腐败无能的陈水扁政权采取了"一'独'遮百丑"的策略。陈水扁推行"法理台独"，恶化两岸关系，在岛内大搞民粹政治，在意识形态和社会文化等各个领域实行"绿色恐怖"，撕裂社会，撕裂族群。而在推动"台独"的过程中，陈水扁采取了"民主包装"、"切香肠战术"、"文字游戏"种种手段，竭力煽动"悲情"和"民粹"。由此看来，陈水扁政权高举"独"旗，既是企图将台湾从中国的版图中分割出去，也是为了掩盖其侵吞台湾民脂民膏的贪渎行径。陈水扁政权推动"台独"与贪得无厌地徇私舞弊，是一个铜板的两个面，暴露了"台独"势力祸国殃台的双重危害性。

问题：从哲学的角度谈谈陈水扁的台独行径一定会遭受失败的命运。

材料二：

(一)"十五"时期是我国非公有制经济发展史上的一个重要阶段。这一时期，我国非公有制经济领域的重大变迁主要表现在三个方面：一是以中共十六大报告"两个毫不动摇"论述为标志的非公经济理论创新；二是以国务院"非公经济36条"为标志的非公经济政策创新；三是理论和政策创新推动了非公经济在规模、速度、领域和地位方面实现了历史性跨越。

(二)非公有制经济既是社会主义市场经济体制建立和完善的受益者，也是推动制度创新的一支重要力量。

问题：从哲学的角度谈谈，我国为什么要重视非公有制经济的发展？

1. 议一议：

引导学生阅读分析材料一，指出材料中哪些词句体现了本框知识。

答案提示：陈水扁的"台独"行径，逆历史潮流而行，违背了社会存在决定社会意识的原理，所以一定会遭受失败的命运。

2. 引导学生阅读材料二，得出结论。

答案提示：非公有制经济是社会主义市场经济的重要组成部分，国家鼓励、支持和引导非公有制经济发展。这体现的唯物史观道理是"生产关系一定要适合生产力状况的规律"。

3. 引导学生正确理解社会存在与社会意识的辩证关系，特别是社会意识对社会存在的反作用。

材料三：2005年11月，广东《关于提高自主创新能力提升产业竞争力的决定》正式出台："力争到2010年基本建立适应社会主义市场经济体制、符合科技和产业发展规律的区域自主创新体系；到2020年全省区域自主创新能力和产业竞争力达到中等发达国家水平，基本建成创新型广东的目标……"

根据最新的《中国区域创新能力报告》显示，广东区域创新能力在北京、上海之后，位居全国第三位；广东是企业技术创新能力最强的地区，企业创新能力、大中型企业研究开发投入、产业国际竞争力三个指标位居全国前茅。2005年科技进步对经济贡献率达到49%。广东专利总量连续十一年保持全国第一，发明专利最近有大幅增长。广东高新技术产品产值连续多年居全国各省区市首位，已经成为广东第一经济增长点。

问题：根据社会存在与社会意识的辩证关系，谈谈你对广东《关于提高自主创新能力提升产业竞争力的决定》出台的意义。

提示：历史唯物主义认为社会存在决定社会意识，社会意识对社会存在具有反作用。先进的社会意识对社会的发展起积极的推动作用。落后的社会意识对社会的发展起阻碍作用。广东《关于提高自主创新能力提升产业竞争力的决定》出台对广东经济的发展具有巨大的促进的推动作用。

七、三维评价

◎ 经典训练

(一) 在每题给出的四个选项中，只有一项是最符合题意的

1. 社会生活的本质是 （　　）

A. 发展的　　　　　B. 联系的　　　　　C. 创新的　　　　　D. 实践的

参考答案：D

2. 社会历史发展的总趋势是 （　　）

A. 前进的、循环的　　B. 前进的、曲折的　　C. 螺旋的、曲折的　　D. 不变的、循环的

参考答案：B

3. 虚假信息、垃圾邮件、强制下载……这些遭遇对经常上网的人来说一定是家常便饭。类似现象反映出的"网德缺失"，已成为时下网络上最为人诟病的痼疾。最近，一项"网络十大不文明行为"评选得到了网友们热烈响应，"网德"再次成为人们关注的词汇。"网络道德"之所以备受关注，从哲学上看是因为 （　　）

　A. 社会存在决定社会意识　　　　　　B. 社会意识具有相对独立性

　C. 社会意识对社会存在具有反作用　　D. 社会意识能促进和推动社会的发展

参考答案：C

4. 以热爱祖国为荣、以危害祖国为耻；以服务人民为荣、以背离人民为耻；以崇尚科学为荣、以愚昧无知为耻；以辛勤劳动为荣、以好逸恶劳为耻；以团结互助为荣、以损人利己为耻；以诚实守信为荣、以见利忘义为耻；以遵纪守法为荣、以违法乱纪为耻；以艰苦奋斗为荣、以骄奢淫逸为耻。从哲学上看，胡锦涛同志根据时代的要求提出的"八荣八耻"说明了 （　　）

①社会存在的变化发展决定了社会意识的变化发展　　②社会意识对社会存在具有反作用

③"八荣八耻"是对社会存在的反映　　④"八荣八耻"将对社会的发展起着推动作用

　A. ①②③　　　　　B. ①③④　　　　　C. ①②④　　　　　D. ②③④

参考答案：B

5. 马克思说:"手推磨产生的是封建主社会,蒸汽机产生的是工业资本家的社会。"这说明

（　　）

A. 生产力决定生产关系 　　　　B. 生产关系反作用于生产力

C. 生产关系是最革命、最活跃的因素 　　D. 生产关系的总和构成经济基础

参考答案:A

6. 2006年3月21日,广东省省长黄华华主持召开省政府常务会议,会议讨论并原则通过了《广东省人民政府2006年制定规章计划》,明确今年制定政府规章计划项目共23项,其中新制定项目9项,预备项目10项,修订项目4项。新制定项目包括广东省旅馆业治安管理规定、航标管理办法、农村集体经济组织管理规定、实施信访条例办法、扶助残疾人优惠办法、林木林地权属争议处理办法、排污费征收使用管理办法、民用机场电磁环境保护规定和广东省国家通用语言文字工作规定。从哲学上看,广东省重视制定规章规定的原因是

（　　）

A. 社会存在决定社会意识,社会意识对社会存在具有反作用

B. 经济基础决定上层建筑

C. 上层建筑对经济基础具有反作用

D. 生产关系必须要适合生产力发展状况

参考答案:C

(二) 辨析题(仅作判断不说明理由者不得分)

7. 辨析:社会存在的决定作用和社会意识的相对独立性是相互矛盾的。

参考答案:这种说法是不正确的。

(1)一定的社会存在决定一定的社会意识,有什么样的社会存在就会有什么样的社会意识,社会存在的变化发展决定社会意识的变化发展,这就是社会存在的决定作用。(2)社会意识随着社会存在的变化发展而变化发展,但它有时会落后于社会存在,有时又会领先于社会存在而变化发展,这就是社会意识的相对独立性。(3)社会意识的相对独立性并不是对社会存在的决定作用的否定。因为社会意识的独立性是相对的,旧的思想观念、理论是对原有社会存在的反映,它落后于现有的社会存在,但它也不可能在原有社会存在消失后长久地存在下去。

社会存在的决定作用是绝对的,社会意识的独立性是相对的,因此它们并不矛盾。

(三) 论述题(要求紧扣题意,综合运用所学知识,结合材料展开分析)

8. **材料一:**2005年3月14日,温家宝在回答中外记者时指出:今年是我国的改革年,确切说是改革攻坚年。

材料二:近年突出要抓好三件事之一就是要着力推进改革开放。坚持改革推动各项工作,把深化改革同落实科学发展观、加强宏观调控结合起来,注重用改革的办法来解决影响发展的体制问题。

结合材料并运用所学有关知识,回答下列问题:

(1) 材料一、材料二共同反映了什么?

(2) 运用社会基本矛盾原理,联系我国实际,说明改革是社会主义制度的自我完善和发展。

(3) 结合材料,谈谈我国改革的根本目的是什么?

参考答案:(1)材料一、材料二共同反映了深化改革是我国现阶段重中之重的工作,改革是社会主义制度的自我完善和发展。(2)①社会主义社会的基本矛盾是生产力和生产关系、经济基础和上层建筑之间的矛盾。这一矛盾是非对抗性的矛盾,不是通过一个阶级推翻另一个阶级的阶级斗争方式解决,只能通过社会主义的自我发展、自我完善加以解决。改革是社会主义的自我完善和发

展。②改革是我国社会主义社会发展的强大动力。通过改革,改变同生产力发展不相适应的生产关系和上层建筑,改变一切不适应生产力发展的管理方式、活动方式和思维方式,从而推动社会的发展。(3)①我国的体制改革,是以维护社会主义根本的经济、政治制度为前提,不是要从根本上改变社会主义性质,而是要改变经济和政治制度的具体形式。②改革的根本目的是:改变同生产力发展不相适应的生产关系和上层建筑,改变一切不适应生产力发展的管理方式、活动方式和思维方式,使生产关系适应生产力的发展,使上层建筑适应经济基础的发展。

◎ 闪光记录

评教评学,以学为主体,包括知识及其构建、内容方法、信息的搜集与甄选、学法指导、自主学习能力、思维火花、密切相关的社会实践活动能力与效果等方面的综合评价。采用表格或其他形式记录学生学习本框的情况:如探究的内容、探究问题的状态(活动或问题)、方式方法、效果、回答问题及练习情况等。

学完本课我的收获	知识		
	能力		
	情感、态度、价值观		

我对同学的评价	小组成员分工及任务完成情况	同学姓名	对他(她)的综合评价

对我自己的综合评价		学习态度	课堂表现	社会实践反馈	自主完成作业的情况
	自评				
	老师				
	同学				
	家人				

说明:
1. 课堂表现要求写明具体行为,如课堂状态、课堂参与、课堂创新思维等。
2. 自我评价、教师评价、他人评价将和期中期末考试成绩作为综合评定指标。
3. 小组成员在没有分工合作的情况下,将对他的学习态度进行评价。
4. 小组评和自评以具体行为表现为主,老师评以 A、B、C、D 等次评定。
5. "小组成员分工及任务完成情况"指的是自己对其他同学的评价。
6. 以小组为单位,每节课反馈一次。

(刘桂芳 黄华林 龙璇 欢欢 李凤萍 撰写)

第二框　社会历史的主体

一、教学目标

● 知识目标

(1)唯物史观的基本观点。(2)人民群众的基本内涵及其重要性。(3)人民群众是社会物质财富的创造者。(4)人民群众是社会精神财富的创造者。(5)人民群众是社会变革的决定力量。(6)党的一切工作的根本出发点。(7)党的群众观点和群众路线的基本内容。(8)坚持群众观点和群众路线的重大意义。

● 能力目标

(1)能结合具体事例分析说明马克思主义唯物史观的基本观点,说明人民群众是历史的创造者和中国共产党的群众观点和群众路线。(2)能运用本框知识,分析我们党现阶段所采取的路线、方针和政策的重要意义及其所取得的成就的根本原因。

● 情感、态度和价值观目标

(1)坚持运用唯物史观看问题,树立尊重群众观点、相信群众、依靠群众的观念。(2)认识我们党的群众观点和群众路线的正确性,树立人民群众是历史的创造者的信念。

重点与难点
重点:人民群众是历史的创造者。
难点:中国共产党的群众观点和群众路线。
学情分析:(略)

二、新课导入

播放《国际歌》。 在学生欣赏音乐的过程中,老师介绍《国际歌》的创作背景。(略) 教师提问:同学们,你听后有哪些感受? …… 在学生讨论自由发言之后,教师进行归结小结: 《国际歌》中有这样一句歌词:"从来就没有什么救世主,也不靠神仙和皇帝,要创造人类的幸福,全靠我们自己。是谁创造了人类世界?是我们劳动群众。" 从中我们可以感受到:社会的更替与演进,人类的解放,乃至人生的幸福不是上帝安排的,也不是哪位统治者所推动和恩赐的,而是广大的劳动群众自己创造的!它揭示了一个极其深刻而又颠扑不破的真理:人民群众是历史的创造者。一百多年前,人们就认识到这条颠扑不破的真理。如何理解这条真理?我们今天一起来探究这个问题。	引导同学们一起唱。 请学生先欣赏音乐《国际歌》,听后组织讨论。 **思考**:这首歌的创作过程及其内容揭示了人类社会发展的真谛是什么?

三、问题探究

请同学们翻开教材第十一课第二框，阅读教材并思考下列问题。

1. 拿破仑和士兵的关系也就是我们平时所说的个人和群众的关系，究竟谁是历史的创造者？是少数的英雄人物，还是广大的人民群众？

2. 人民群众是指哪些人？

3. 人民群众是历史的创造者，它对社会历史的创造作用主要表现在哪些方面呢？

(1) 谁是社会物质生产的主体？人民群众的生产活动对社会的存在和发展起着什么作用？

(2) 为什么说人民群众是社会精神财富的创造者？它表现在哪些方面？

(3) 列举事例说明：人民群众在推进改革中起了什么作用？

4. 中国共产党的群众观点的基本内容是什么？

> 结合相关材料，阅读教材内容，探究这些问题。

四、思维点拨

（一）人民群众是历史的创造者（板书）

教师点拨：唯物史观强调社会历史首先是物质生产发展的历史，是人民群众创造的历史。所以说，人民群众是历史的创造者，这是历史唯物主义的基本观点。

教师提问：请同学们根据材料思考人民群众指的是什么？

材料一："民粹派"是十九世纪俄罗斯革命运动的一个派别，他们的成员反对沙皇，同情人民，但他们又根本看不起人民群众。他们把自己看做是英雄，把人民看作是"群盲"。在他们看来，英雄人物，好比是由阿拉伯数字1和0组成的大数目字（如100000000）中的1，而人民群众则好比是那些0。如果没有前面的1，后面的0再多，也是没有意义的。

点拨：

1. 每个人都在一定程度上参与了历史的创造，但人们在历史发展中所起作用的性质和大小是不同的。

如果离开人民群众的力量和支持，任何英雄人物都会失去他的作用，社会历史是由人民群众创造的。

唯物史观强调社会历史首先是物质生产发展的历史，是人民群众创造的历史。所以说，人民群众是历史的创造者，这是历史唯物主义的基本观点。

2. 人民群众是指一切对社会历史起推动作用的人们，既包括普通个人，也包括杰出人物。（广泛性）

人民群众在不同的国家，不同的历史时期，具有不同的涵义，但不论怎样变化，劳动群众都是人民群众的主体。（历史性）

> 引导学生阅读材料并思考社会历史是由英雄创造还是人民群众创造？

> 讨论英雄与人民群众的关系。

> 通过讨论，要求学生总结出人民群众包括的范围。要能正确区分劳动群众与人民群众。

在我国现阶段,属于人民群众范围的包括:全体社会主义劳动者、社会主义事业的建设者、拥护社会主义的爱国者和拥护祖国统一的爱国者。

教师提问:人民群众是社会历史的创造者,那么他们的创造作用体现在哪几个方面? 请同学们阅读材料并思考探究二。

3. 人民群众对社会历史的创造作用主要表现在以下几个方面(板书)

(1) 人民群众是社会物质财富的创造者。(板书)

材料一:惠州是广东省历史名城,位于广东省东南部,拥有丰富的自然资源、优越的人文地理与投资环境。改革开放以前惠州的自然地理优势未得到充分发挥,经济基础相当薄弱。直到1979年,全市国内生产总值6.76亿元;工农业总产值6.66亿元,其中工业产值仅为2.67亿元。改革开放20多年来,惠州的经济取得快速发展,在80年代的十年中,全市国内生产总值以年递增12.3%的速度持续增长,由一块寂寂无闻的边陲之地变为一方备受关注的投资热土;从一个典型的农业经济区域变为进入工业化发展阶段的新兴城市。

材料二:广东经济社会主要指标统计表

指　标	单位	1978 年	1980 年	1990 年	2000 年	2005 年
经济总量指标						
本省生产总值	亿元	185.85	249.65	1 559.03	10 741.25	21 701.28
第一产业	亿元	55.31	82.97	384.59	986.32	1 374.59
第二产业	亿元	86.62	102.53	615.86	4 999.51	10 747.25
第三产业	亿元	43.92	64.14	558.58	4 755.42	9 579.44
人均本省生产总值	元	369	480	2 537	12 785	23 616

通过讨论,引导学生得出结论:改革开放以来,广东所取得的巨大的成就,就是由广大的人民群众所创造的。所以说,人民群众是社会物质生产的主体,人民群众的生产活动对社会的存在和发展起着重要作用。

教师点拨:

1. 广东省所取得的成就都是人民群众创造的。

2. 社会发展的历史,归根到底,是物质资料生产活动的历史,也就社会生产力发展的历史。劳动群众就是物质资料的生产者,物质财富、物质文明的创造者,就是首要的生产力。广大劳动群众作为物质生产的承担者和社会生产力的体现者,创造了人们衣食住行等必需的生活资料,他们的生产活动是社会存在和发展的基础。从事物质资料生产、推动物质生产发展的人民群众,是推动社会历史发展的决定力量。

教师提问:物质财富是由人民群众创造的,精神财富又是谁创造的呢?

請同學們欣賞歌曲《咱们工人有力量》,并请阅读94页最上面的探究。

师生共同探讨以下问题:阅读图表,引导学生思考:广东省改革开放所取得的成就,是由谁所创造的?

引导学生正确理解人民群众是物质财富的创造者。特别是劳动群众在物质资料生产中所起的决定作用。

(2) 人民群众是社会精神财富的创造者。（板书）

材料一：中华民族有着悠久的传统文化。在我国历史上有一大批文学作品来源于民间创作，比如《离骚》《九歌》直接取材于远古时代人民群众创作的神话和传说；《水浒传》《三国演义》是在民间口头文学基础上加工整理创作而成的。

材料二：播放舞蹈《千手观音》

材料三：展示以下剪纸作品：十二生肖：鸡

通过师生共同探讨，教师进行归纳：

人民群众是社会精神财富的创造者。

教师点拨：

人民群众在实践中所积累的丰富经验，构成了人类精神财富的原料或半成品，科学家、艺术家、思想家们的创造活动，就是对群众分散的零碎的经验进行概括和总结，对比较系统的经验进行整理加工。因此，人民群众是社会精神财富的创造者。

人民群众是社会精神财富的创造者，它主要表现在以下几个方面：

第一，人民群众的生活和实践是一切精神财富形成的源泉。（材料一体现）

第二，人民群众的社会实践为精神财富的创造提供了必要物质条件。

第三，人民群众还直接创造了丰硕的社会精神财富。（材料二、三体现）

教师提问：人民群众不仅创造了社会物质财富和精神财富，而且在社会变革中起着决定作用。首先请同学们欣赏影片《解放战争》。

(3) 人民群众是社会变革的决定力量。（板书）

材料一：播放影片《解放战争》片断。

材料二：邓小平指出："我们改革开放的成功，不是靠本本，而是靠实践，靠实事求是。农村搞家庭联产承包，这个发明权是农民的。"

材料三：在中国革命博物馆，陈列着由安徽省凤阳县小岗村18位农民于1978年冬签订的一张包产合同书。当这18位农民冒着坐牢的危险，眼含热泪在合同书上按下18颗鲜红的手印时，他们或许没有意识到，

引导学生思考问题：材料一、二、三说明了什么哲学道理？

引导学生回忆我国一些著名精神文化作品，来感受人民群众创造的精神财富。

如：诗歌《诗经》

音乐：《西部歌王王洛宾《在哪遥远的地方》》

艺术：《敦煌壁画》

文学：《西游记》、《红楼梦》

英雄史诗：《格萨尔王传》等等

通过播放一些优秀的文化作品（如《千手观音》)让学生感受人民群众的伟大，从而树立群众观点。

引导学生阅读材料并思考以下问题：

1. 在解放战争期间，共产党领导工农武装，凭着小米加步枪，打败了拥有美式装备的国民党军队，推翻了国民党在中国的统治政权，靠的是什么？

2. 邓小平的话说明了什么问题？

这是在书写着一页新的历史。近20年的农村改革实践证明,农村家庭联产承包责任制,是我国农村经营管理体制的最重要的改革,是中国人民的伟大创举,是中国共产党在探索走中国特色社会主义道路中进行经济体制改革的一个突破口,在中国农村经济体制改革史上留下了光辉的一页。

通过师生共同讨论得出以下结论:
1. 靠的是人民群众的支持!
2. 说明了人民群众在推动改革的过程中,起到了主力军的作用。
3. 我国的"家庭联产承包责任制"就是在安徽省凤阳小岗村农民的"包产到户"的试点的基础上制定出来的。农村的税费改革,多种所有制带来的创业与就业,都是集人民群众的智慧和大胆的尝试。

教师归纳总结:

人民群众在任何时期都是社会变革的主力军。

在阶级社会中,生产关系的变革,社会制度的更迭是通过人民群众的革命实现的。同时,人民群众还通过推动生产力的发展而不断创造和改变社会关系,从而不断推动社会历史的进步和发展。

在我国,人民群众作为社会变革的决定力量,他们所起的作用是通过进行改革、巩固和完善社会主义制度来实现的。我国所进行的经济体制改革和政治体制改革,就是亿万群众共同的事业。当前,我国人民群众正以极大的热情投身改革并加快改革步伐,这必将成为推动我国社会主义迅速发展的强大动力。

所以说,人民群众是社会变革的决定力量。

教师提示:既然人民群众不仅是社会物质财富的创造者也是精神财富的创造者,而且是社会变革的决定力量,是历史的创造者,所以,我们要树立群众观点,走群众路线。

(二)群众观点和群众路线。(板书)

1. 中国共产党的群众观点的基本内容

在实践中,如何才能坚持群众观点、群众路线?请同学们阅读漫画:

---

3. 材料三说明了什么问题?

4. 请同学们举例说明人民群众在社会变革中的决定作用。

通过大量的事例让学生正确理解人民群众在社会变革,特别是建设中国特色社会主义实践中人民群众所起的作用,从而提高同学们投身社会主义现代化建设的积极性。

引导学生阅读漫画并思考问题:漫画反映了什么问题?

这里注意引导学生辩证地看待这个问题,让学生明确我党绝大部分干部是清正廉明的,只是极少数干部不能洁身自爱,败坏了党的风气。

漫画点评：反映了我国还有部分基层干部还在大搞形象工程而不体察民情，不反映民意，不顾民众的生活，背离群众的实际需要，为了追逐个人利益而不惜损害群众的利益。这违背了我党的群众观点和群众路线。

中国共产党的群众观点要求我们在实践中坚持群众路线，就必须把人民群众放在首位，切不可为了一己私利，就将广大的人民群众的根本利益抛在脑后，漫画中形象工程，也该趁早谢幕了，只有这样，才能真正做到"以服务人民为荣、以背离人民为耻"，才能真正做到相信人民群众，全心全意为人民服务，一切向人民群众负责，虚心向人民群众学习。

那么中国共产党的群众观点的基本内容是什么呢？

教师归纳：中国共产党的群众观点的基本内容是：相信人民群众自己解放自己，全心全意为人民服务，一切向人民群众负责，虚心向人民群众学习。

中国共产党的群众观点要求我们在实践中要坚持走群众路线，因为群众路线是无产阶级政党的根本领导方法和工作方法。

由此可见，中国共产党的群众路线的基本内容包括有哪些？请同学们根据材料来思考。

2. 中国共产党的群众路线的基本内容

材料一：2006 年 4 月中共中央政治局常委、国务院总理温家宝在重庆考察工作。他深入企业、农村，走访社区，来到田间地头，并与干部群众座谈，就重庆经济社会发展及三峡库区移民工作进行深入调查研究。在称为"奶牛梦工厂"的江北区光大奶牛科技园养殖基地的企业培训室，温总理在留言簿上写道："我有一个梦，让每个中国人，首先是孩子，每天都能喝上一斤奶。"他语重心长地对企业负责人说："希望你们能让我梦想成真。"

引导学生阅读材料并思考问题：温家宝总理亲自深入企业、农村了解情况说明了什么哲学道理？

让学生展示自己收集到我国第四代领导人体察民情，关注民生的事例或图片。特别是建设社会主义新农村的图片，让学生感受新的一代领导人十分关注人民群众的切身利益，时刻把人民群众的冷暖放在心上。真正做到了：一切为了群众，一切师生共同探讨得出结论：我国第四代领导人坚持群众观点，走群众路线。

教师归纳：中国共产党的群众路线的基本内容：一切为了群众，一切依靠群众，从群众中来，到群众中去。

人民群众的地位决定了我们要相信群众，依靠群众，要有事与群众商量，虚心听取群众的意见。

师生归纳小结：群众观点和群众路线，是我们党领导中国人民夺取民主革命胜利的重要保证，也是取得社会主义革命胜利并成功地建设中国特色社会主义的重要保证。

引导学生通读教材，结合本节课探究本课知识的结构。
小组讨论——
在小组讨论的基础上，由学生充分表达，最后教师总结：
英雄人物在社会历史的发展变革中起着重大作用，但创造社会历史的是人民群众，人民群众是社会历史的主体。坚持人民群众是历史的主体，就要求我们树立群众观点，坚持群众路线。

> 依靠群众，从群众中来，到群众中去。
>
> **小组讨论：**
> 分析下列概念之间的关系，并将这些概念之间的内在联系用一段话表达出来：
> 英雄人物、人民群众、社会历史、群众路线、群众观点等。

五、知识构建

```
人民群众是社        人民群众是历史的创造者   ┤人民群众是物质财富的创造者
会历史的主体                              │人民群众是社会精神财富的创造者
                                          └人民群众是社会变革的决定力量
                    群众观点和群众路线   ┤群众观点
                                          │群众路线
                                          └坚持群众观点、群众路线的意义
```

1. 上述知识点之间有哪些内在联系？与你的生活有哪些联系？请你用自己的语言表述出来。
2. 本框内容与前面几课的内容有哪些联系？请把这些联系归纳出来。

六、资源开发

通过经典事例引导学生搜集、甄选和开发与本框内容密切相关的学生身边的生活资源（包括本地重要历史和现实中的资料，如社区生活、校园生活、家庭生活以及重大活动等），培养学生搜集信息、处理信息的能力以及从上述资源中提取有效信息的能力。

1. 拿破仑凭借出色的政治智慧和军事天才，成为西方文人墨客津津乐道的英雄。拿破仑本人认为"我比阿尔卑斯山脉还要高！"德国哲学家黑格尔称颂他："驰骋全世界，主宰全

1. 答案提示：这一事例说明，人民群众是历史的创造者，是社会变革的决定力量。

世界"。而鲁迅先生却说："不要忘记在拿破仑的身后跟着许多兵。"

　　问题：拿破仑的辉煌战绩主要属于谁?

　　2. **材料一**：十六届五中全会举世瞩目，"十一五"规划的建言献策活动更是见证了公众的参与热情，这份热情从最新公布的一份调查便可见一斑。由中华环保联合会首次在全国范围内开展的公开征集公众对编制国家"十一五"环保规划意见和建议大型问卷调查活动结果公布，8万字的《中国公众对编制国家"十一五"环保规划意见、建议书》汇集了4 120 517名公众的智慧与热情。这412万中国公众来自全国31个省、自治区、直辖市以及香港特别行政区，也包括海外的中国留学生。

　　材料二：十六届五中全会会议公报指出，要认真解决人民群众最关心、最直接、最现实的利益问题。把扩大就业摆在经济社会发展更加突出位置，坚持实施积极的就业政策，千方百计增加就业岗位。建立健全与经济发展水平相适应的社会保障体系，完善城镇职工基本养老和基本医疗、失业、工伤、生育保险制度，认真解决进城务工人员社会保障问题。

　　问题：结合所学知识，谈谈你对上述材料的认识。

　　3. 安泰是古希腊神话中的英雄，是大地之子。他身材高大，差不多和海船的桅杆一样高。赫利克勒斯也是希腊一位著名的英雄，是世界的主宰者宙斯的儿子。一天，他们俩在荒无人烟的沙滩上展开了角斗。安泰是个庞然大物，沉重、结实得像石头一样。而赫利克勒斯有极大的力气，他把安泰摔倒在地。可是，安泰一接触大地，便立刻站了起来。英雄第三次把安泰打翻在地，安泰又一次轻快地站起来，好像倒下去反倒给他增添了力量。赫利克勒斯对安泰的力量感到惊奇。他忽然想起安泰是大地之子。大地母亲随时随地支持自己的儿子。所以他只要一触到大地，她就给他新的力量。此时，赫利克勒斯又神速地向安泰攻击，抓住安泰，把他向上举起，与大地脱离接触，安泰立刻失去力量，在赫利克勒斯强劲的手里窒息死了。

　　问题：如果说安泰和他的大地母亲的关系，就是我们所说的个人和群众的关系，究竟谁是历史的创造者? 是少数的英雄人物，还是广大的人民群众?

　　4. 阅读漫画，仔细体会其中的道理。

　　2. **答案提示**：材料一、二说明了党的领导人坚持群众观点，走群众路线。

　　(1)"从群众中来，到群众中去"，这是中国共产党群众路线的要求。中共编制"十一五"规划时，广泛听取中国公众的意见和建议，体现了群众路线的要求。

　　(2)"全心全意为人民服务，一切向人民负责"，这是中国共产党群众观点的要求。中共十六届五中全会"要认真解决人民群众最关心、最现实的利益问题"，重视解决百姓的生计问题，体现党在新时期执政过程中，坚持群众观点，重视群众利益。

　　3. **答案提示**：安泰作为一个英雄，个人能力强。安泰只要与大地母亲接触，就会有新的力量，但是，安泰只要离开大地，失去大地母亲的支持，便失去了所有的力量。如果把大地比作人民群众，那么人民群众就是安泰的力量之源。这说明了人民群众是社会历史的创造者。

　　4. **答案提示**："敬请原谅"这幅漫画主要说明在城市建设如火如荼的今天，部分建筑工程公司为了追逐高额的利润，加班加点，视破坏市民平静、舒适的生活环境于不顾，又以各种形式向群众道歉，如此"敬请原谅"实在让百姓无法埋单。

敬请原谅

中国共产党的群众观点要求我们在实践中坚持群众路线,就必须把人民群众放在首位,切不可为了一己私利,就将广大的人民群众抛在脑后,漫画中如此"敬请原谅"的表面文章,也该趁早谢幕了,只有这样,才能真正做到"以服务人民为荣、以背离人民为耻",才能真正做到相信人民群众,全心全意为人民服务,一切向人民群众负责,虚心向人民群众学习。

问题:漫画说明了什么现象?试从哲学的角度来分析。

七、三维评价

◎ 经典训练

(一) 在每题给出的四个选项中,只有一项是最符合题意的

1. 人民群众对三大战役的支援统计如下:

战役名称	人民群众	担架(副)	大小车	牲畜	粮
辽沈战役	160 万	1.38 万	6 750 辆	80 万头	0.7 亿斤
淮海战役	150 万	30.5 万	88 万辆	6 300 头	4.3 亿斤
平津战役	180 万	2 万	40 万辆	100 万头	3 亿斤
合　计	490 万			180 多万头	8 亿斤

以上图表说明　　　　　　　　　　　　　　　　　　　　　(　　)

A. 人民群众是社会物质财富的创造者　　B. 人民群众是精神财富的创造者

C. 人民群众是实现社会变革的决定力量　　D. 人民群众是战争中的主力军

参考答案:C

2. 蒲松龄在创作《聊斋志异》时,设立茶馆,通过群众讲故事来搜集素材。这说明了　(　　)

①人民群众是社会物质财富的创造者　②人民群众的生活和实践是一切精神财富形成和发展的源泉　③人民群众的实践为精神财富的创造提供了必要的物质条件　④人民群众还直接创造了丰硕的社会精神财富

A. ①②　　　　　B. ①②③　　　　　C. ②③　　　　　D. ②③④

参考答案:D

3. 提高中国共产党的执政能力,必须全面加强和改进党的思想、组织、作风和制度建设。推进党的作风建设的核心是　　　　　　　　　　　　　　　　　　　(　　)

A. 牢固树立马克思主义的世界观、人生观和价值观

B. 保持党同人民群众的血肉联系

C. 坚持和健全民主集中制

D. 坚持科学的发展观和正确的政绩观

参考答案:B

4. 2005 年 1 月开始,在全党开展以实践"三个代表"重要思想为主要内容的保持共产党员先进性教育活动。中共中央要求,开展先进性教育,要把是否解决了群众反映强烈、通过努力能够解决的突出问题和群众是否满意作为衡量先进性教育活动成效的重要标准。从哲学上看,这是因为

（　　）

A. 能否满足人民群众的所有要求是衡量我们工作成效的惟一标准

B. 人民群众是历史的创造者

C. 人民群众是社会矛盾运动的主体

D. 实践是检验认识正确与否的惟一标准

参考答案:B

2006 年 4 月 8 日《人民网》载文:我们要不断密切党同人民群众的血肉联系,始终坚持党的群众路线和群众观点,一切为了群众,一切依靠群众,从群众中来,到群众中去,最大限度地为民造福、为民谋利,永远不脱离群众。回答5—7 题。

5. 材料中提出"我们要不断密切党同人民群众的血肉联系……永远不脱离群众",这是因为人民群众是

（　　）

A. 社会物质财富的创造者　　　　　B. 实践的主体,是历史的创造者

C. 我国的领导力量　　　　　　　　D. 社会变革的决定力量

参考答案:B

6. 我们党的群众观点的基本内容包括

（　　）

①相信人民群众自己解放自己　②全心全意为人民服务　③一切向人民群众负责　④虚心向人民群众学习

A. ①②③　　　　　B. ②③④　　　　　C. ①②④　　　　　D. ①②③④

参考答案:D

7. 坚持党的群众路线和群众观点

（　　）

①是我们党领导中国人民夺取民主革命胜利的重要保证　②是我们党各项工作的重心　③是我们党成功建设中国特色社会主义的重要保证　④是马克思主义的一个重要原则,是马克思主义的活的灵魂

A. ①③　　　　　B. ①②　　　　　C. ①②③　　　　　D. ①②③④

参考答案:A

(二) 在下列每题给出的四个选项中,至少有一项是符合题意的

8. 下面对人民群众的认识,正确的有

（　　）

A. 是物质生产的承担者　　　　　B. 是社会生产力的体现者

C. 是人民群众中的主体部分　　　D. 是指体力劳动者

参考答案:ABC

9. 江苏省泰州市信访局局长张云泉同志在信访岗位上工作了 22 年,始终践行"绝不能让群众失望"的诺言,真心诚意为民解难,为党分忧,在平凡的岗位上作出了不平凡的业绩。张云泉同志的

先进事迹表明　　　　　　　　　　　　　　　　　　　　　　　　　　　（　　）

A. 群众观点是中国共产党的基本观点　　　　B. 人民群众的利益高于一切

C. 深入群众实践是我党的根本工作方法　　　D. 人民群众是历史的创造者

参考答案：ABC

10. 某地对干部作风建设有一个形象的比喻，说是当干部要有"三盆水"：一盆水洗头，更新观念，与时俱进；一盆水洗手，干净干事，勤政廉洁；一盆水洗脚，深入群众，调查研究。强调当干部要"洗脚"，是因为　　　　　　　　　　　　　　　　　　　　　　　　（　　）

A. 人民群众是历史的创造者

B. 坚持走群众路线是中国共产党的根本领导方法

C. 人民群众中蕴藏着无穷的智慧

D. 改造客观世界和改造主观世界是统一的

参考答案：ABC

（三）辨析题（仅作判断不说明理由者不得分）

11. 物质财富是由劳动群众创造的，而精神财富则是由知识分子创造的。

参考答案：(1)人民群众是历史的创造者，人民群众既是物质财富的创造者，也是精神财富的创造者，是实现社会变革的决定力量。(2)人民群众包括劳动群众和知识分子，劳动群众和知识分子都是社会物质财富和精神财富的创造者。(3)上述观点把脑力劳动者和体力劳动者对立起来，既否定了劳动群众是精神财富的创造者，也否定了知识分子是物质财富的创造者，显然是错误的。

（四）论述题（要求紧扣题意，综合运用所学知识，结合材料展开分析）

12. 材料一：世界银行2004年6月发布的报告显示，中国贫困人口已从1981年的4.9亿减少到目前的8 800万，中国脱贫模式取得的巨大成功已经引起世界各国的高度关注。

材料二：通过反贫困战略的实施，使极端贫困人口和刚脱贫易返贫人口分别减少到2 900万和6 000万。我国经历了从最初的单纯性"输血"式扶贫到开发性"造血"式扶贫的过程，即政府向贫困人口提供满足最低生活需要的物质援助到把国家政策扶贫、投资扶持等与贫困地区干群自力更生结合起来的过程。通过国家加强农业基础设施建设的投入，引导农民开发当地资源，逐步形成贫困地区和贫困农户自我积累和自我发展的能力，依靠自身力量脱贫致富。大量事实表明，在反贫困过程中人民群众发挥了极大的积极性和创造性，为我国在21世纪走向全面小康提供了宝贵的经验。

结合上述材料，从人民群众的历史作用分析开发式扶贫的重要意义。

参考答案：(1)开发式扶贫就是中央和各地政府通过政策（免征农业税等等）、投资农业基础设施建设、科技兴农、市场引导等多种扶持方式，与贫困地区干群自力更生艰苦奋斗结合起来，增强贫困地区自我积累和自我发展的能力。(2)唯物史观认为，人民群众创造历史，表现在人民群众是社会物质财富和社会精神财富的创造者，是社会变革的决定力量。调动人民群众的积极性和创造性，发挥他们的聪明才智是非常重要的。在扶贫工作中只有贫困地区干群发挥主动性和创造性，才能走出贫困。开发式扶贫体现了群众观点的贯彻。

◎ 闪光记录

评教评学，以学生为主体，包括知识及其构建、内容方法、信息的搜集与甄选、学法指导、自主学习能力、思维火花、密切相关的社会实践活动能力与效果等方面的综合评价。采用表格或其他形式记录学生学习本框的情况：如探究的内容、探究问题的状态（活动或问题）、方式方法、效果、回答问题及练习情况等。

学完本课我的收获	知识				
	能力				
	情感、态度、价值观				
我对同学的评价	小组成员分工及任务完成情况	同学姓名	对他（她）的综合评价		
对我自己的综合评价		学习态度	课堂表现	社会实践反馈	自主完成作业的情况
	自评				
	老师				
	同学				
	家人				

说明：

1. 课堂表现要求写明具体行为，如课堂状态、课堂参与、课堂创新思维等。
2. 自我评价、教师评价、他人评价将和期中期末考试成绩作为综合评定指标。
3. 小组成员在没有分工合作的情况下，将对他的学习态度进行评价。
4. 小组评和自评以具体行为表现为主，老师评以 A、B、C、D 等次评定。
5. "小组成员分工及任务完成情况"指的是自己对其他同学的评价。
6. 以小组为单位，每节课反馈一次。

（李凤萍　戴湖松　刘利玲　刘桂芳　撰写）

第十二课 实现人生的价值

第一框 价值与价值观

一、教学目标

● 知识目标

(1)哲学意义上的价值的含义。(2)人的价值的含义。(3)评价一个人的价值大小的标准。(4)价值观的含义、作用和意义。

● 能力目标

(1)能结合具体事例,正确认识、分析和评价人的价值的能力,正确认识和评价人的价值的标准。(2)能运用本框的知识分析社会生活中、人与人的交往中的一些现象和日常生活中一些事例,具有认识不同价值观的不同作用的能力。

● 情感、态度和价值观目标

(1)树立正确的人生价值观念。(2)认识价值观对人生的导向作用及其意义。

重点与难点

重点:价值观的导向作用。

难点:对个人价值的评价。

学情分析:(略)。

二、案例导入

展示教学情景:播放录像。	导入:请同学们仔细阅读分析这则材料。

如果眼泪是一种财富,徐本禹就是一个富有的人,在过去的一年里,他让我们泪流满面。从繁华的城市,他走进大山深处,用一个刚刚毕业的大学生稚嫩的肩膀,扛住了倾颓的教室,扛住了贫穷和孤独,扛起了本来不属于他的责任。也许一个人的力量还不能让孩子眼睛铺满阳光,爱,被期待着。徐本禹点亮了火把,刺痛了我们的眼睛。

——2004 感动中国颁奖词

2005 年 2 月 17 日,以一帖《两所乡村小学和一个支教者》令无数人为之动情的支教志愿者徐本禹在央视"感动中国·2004年年度人物评选"颁奖晚会中接受颁奖。

1999年,来自山东农村贫困家庭的徐本禹考上了华中农业大学。大一开始就被别人的帮助温暖着的徐本禹,坚持用自己的力量、方式帮助和自己一样贫困的孩子,以回报别人的关心。

教师提示:生活中,我们时常面对着价值选择,也会产生各种烦恼与困惑。那么,为什么会有不同的价值选择?人为什么要活着,人应该怎样活着?

人活着应该追求什么目标?怎样实现这些目标?这些问题,我们将通过学习第十二课《实现人生的价值》来回答。通过学习,我们要树立正确的人生观和价值观,了解价值观的驱动、制约和导向作用,明确价值判断和价值选择的标准,把握价值实现的正确途径。

2002年,徐本禹到贵州贫困山区小学义务支教一个月。返校时,他向孩子们承诺一年后再回去给他们上课。2003年考上公费研究生后,徐本禹毅然放弃深造机会,回到贵州实践自己"阳光下的诺言"。徐本禹的事迹感动了无数人,在他的感召下,多名社会人士到当地长期义务支教,他所支教学校的孩子也都得到了国内外爱心人士的无私捐助。

当我们被感动得泪流满面时,在生活中却有另一番景象:

有位老人节衣缩食13年,用节省下来的数万元资助了40多名贫困学生,其中包括10名大学生。令人困惑的是,有的受助学生只是心安理得地收受老人的钱,认为是理所当然的,所以,不仅不露面,甚至连一封感谢或问候的信都不写。

大学助学贷款遭遇"诚信危机"。

同学们,想一想,为什么会出现上述材料中所反映的两种完全不同的价值取向?

提示:其实生活中,我们时常面对着价值选择,也会产生各种烦恼与困惑。那么,为什么会有不同的价值选择?人为什么要活着,人应该怎样活着?人活着应该追求什么目标?怎样实现这些目标?这些问题,我们将通过学习第十二课《实现人生的价值》来回答。通过学习,我们要树立正确的人生观和价值观,了解价值观的驱动、制约和导向作用,明确价值判断和价值选择的标准,把握价值实现的正确途径。

三、问题探究

请同学们结合上述材料思考:
(1)徐本禹的行为为什么会"感动中国"?
(2)徐本禹的行为与其人生的经历有什么关系?
(3)你从徐本禹的身上明白了哪些人生的道理?
(4)为什么有的受助学生只是心安理得地收受老人的钱?为什么大学助学贷款会遭遇"诚信危机"?

引导学生阅读教材,列举有关事例,思考并探究这些问题。

注意以下概念之间的关系:(1)价值与价值观的关系。(2)人的价值与对人的价值大小的评价。(3)价值观的导向作用的两层含义。

四、思维点拨

探究一
粮食、蔬菜、水果、禽蛋满足人们营养的需要;衣服、房子、车船满

提示:物的价值和人的价值不是一回事。

足人们穿、住、行的需要；阳光、空气、水满足人们生存的需要；文学、艺术、道德、法律满足人们精神的需要。

肖玉泉是一名普普通通的共产党员，一个普普通通的交通巡警，生前所做的一切很平凡：他生活拮据，却数年如一日倾囊相助一对残疾母女；身患重病，却咬牙忍痛坚守在 APEC 岗位上；警龄虽短，管事率却始终居于前茅。

物的价值和人的价值是不是一回事？什么样的人生才是有价值的？

结论 1. 物的价值与人的价值的区别

物的价值是指一事物对主体的积极意义，即一事物所具有的能够满足主体需要的属性和功能，即事物对人的积极意义，它表示的是人与各种事物之间的需求和满足需求的关系。

人的价值则在于创造价值，对社会的责任和贡献，通过自己的活动满足自己所属的社会、他人以及自己的需要。人既是价值的创造者，又是价值的享受者。

结论 2. 判断人生价值大小的标准

主要看他的贡献。评价一个人价值大小，主要看他为社会、为人民贡献了什么。人的贡献分物质贡献和精神贡献两种。一个人的物质贡献和精神贡献是统一的，有时也存在着暂时性的矛盾，因而可以有所侧重，但绝不能用物质贡献取代精神贡献，也不能借口为物质文明建设做贡献而破坏精神文明建设，更不能借口精神贡献而破坏物质文明建设。

人生价值在于对社会的贡献，意味着需要做出必要的牺牲。对社会奉献就要以集体主义为核心，个人、局部、部分利益要服从集体、全局的根本利益；为了整体、全局和长远的利益，有时暂时牺牲个人、局部和眼前利益。对社会奉献，不分职务高低、劳动条件优劣，都应在各自岗位上努力工作，完成国家和社会赋予自己的责任和义务，积极主动地为人民做工作，而不挑肥拣瘦，拈轻怕重。

探究二

材料一：匈牙利著名爱国诗人裴多菲有一首广为流传的诗："生命诚可贵，爱情价更高；若为自由故，二者皆可抛。"他把生命、爱情、自由三种都极其珍贵的东西进行了比较，结论是自由具有最高的价值，为了自由，生命和爱情都可以扔掉，这就是价值观，他回答什么最值得的。这就是裴多菲的价值观。

材料二：革命先烈夏明翰在奔赴刑场时大义凛然地喊出"砍头不要紧，只要主义真"的豪言壮语。在共产党人看来，主义，也就是我们的信仰，比自己的生命都珍贵，"主义"具有至高无上的价值。

材料三：孙中山先生主张"天下为公"，这是他的政治理念，也是一种价值观。

物的价值是指一事物对主体的积极意义，即一事物所具有的能够满足主体需要的属性和功能，即事物对人的积极意义，它表示的是人与各种事物之间的需求和满足需求的关系。

人的价值则在于创造价值，对社会的责任和贡献，通过自己的活动满足自己所属的社会、他人以及自己的需要。

肖玉泉的事迹表明：人的价值，并不取决于其地位的尊卑，也不取决于金钱的多少，而是要看他给社会创造了多少价值，为社会、为他人做出了多少贡献。

启发学生列举身边的事例说明。

裴多菲的价值观说明了什么？

他们的价值观为什么有如此大的差别？其根本原因是什么？

材料四：毛主席在《为人民服务》这篇文章中写道："人固有一死，或重于泰山，或轻于鸿毛。为人民利益而死，就是死得其所，是比泰山还要重的；替法西斯而死，替剥削压迫人民的人去死，就比鸿毛还轻。"这里讲的是生死观，实际上也是价值观，就是回答怎样死是值得的，怎样死是不值得的。

再譬如对读书的价值判断。在中国的封建社会，有所谓"万般皆下品，唯有读书高"的说法，就是一种典型的价值观，当然这也是一个有很大片面性的价值观。

结论 3. 不同人对价值观的理解不同

人们在认识各种具体事物的价值的基础上，形成对事物价值的总的看法和根本观点，就是价值观。价值观作为一种社会意识，对人们的行为具有重要的驱动、制约和导向作用。一个人具有什么样的价值观要受到社会生活的制约，与其社会地位、生活环境等因素密切相关。

师生归纳小结：人的价值就在于创造价值，就在于对社会的责任和奉献。既然人的真正价值在于对社会的责任和贡献，因而对一个人的价值的评价主要是看他贡献了什么，而非索取了多少。而人的贡献是多方面的，可分为物质贡献和精神贡献，但最根本的是对社会发展和人类进步事业的贡献。在今天，评价一个人价值的大小，就是看他为社会、人民贡献了什么。

探究三

材料一：北师大哲学系研究生张华，为了拥有一份中国银行山东省某支行的储蓄员工作而放弃了学业，人们为此议论纷纷。张华的导师朱红文说，张华的选择不对。首先，以哲学系四年的知识就任储蓄员，是教育资源的浪费。其次，轻易抛弃研究生这一众多好学青年竞相追求的学习机会，可以说是对别人社会地位的牺牲与否定。既给研究生招生工作带来了麻烦，也有道义上的责任。张华说，促使她"出走"的原因是"一屋五人、睡上下床"的学生生活，而银行能提供宽敞的住房和不薄的薪水。

记者对北师大哲学系正在就读的 36 名研究生作了一次问卷调查，有 50％的同学表示"可以理解"，应尊重她的选择。有 27％的同学为她"遗憾"或"惋惜"，认为从长远看，她的选择是"偏重实利和眼前""是对知识的贬低，对人文精神的亵渎，对拜金潮流的追随和对自己理想的降低。"不愿加以评论的约占 20％。只有 1 人认为张华的选择是正确的。

国务院办公室李丹阳说，张华的选择，表面上看反映的是个人的一种价值取向，而实质上它所折射出的是整个社会科学在当代中国的待遇和境遇问题。

比较四则材料中的价值观的异同及其影响。

师生共同归纳。

引导学生阅读分析材料。

张华的人生选择说明了什么？张华的导师朱红文和 36 名研究生对张华的看法为什么不同？张华的选择对他人人生价值的实现有何意义？

材料二：过去，人们经常宣扬"人定胜天"的思想，认为在生态系统中，人是调控者，是生态系统发展变化的主导力量。把人看作自然的中心、主宰，强调人对自然的支配权。随着社会的发展，这种认识在不断发生变化。今天我们提出人与自然和谐发展，尊重、保护和合理地利用自然，走科学发展之路，保持人与自然的互动双赢，绝不能以牺牲自然和环境作为代价，换取短暂的、表面的繁华。

想一想，上述两种不同的观点对人们认识和改造世界的活动有什么影响？会带来什么不同的结果？

结论 4. 价值观的导向作用

（1）价值观对人们认识和改造世界的活动具有导向作用

人们的认识活动和实践活动都是有目的的活动，这种活动又都是在一定的思想意识指导下进行的。而在指导人们行为活动中，最根本的指导思想是价值观。

人们的认识活动和实践活动都是在一定的思想意识指导下进行的。价值观是社会存在的反映，不同的社会、不同的阶级、不同的人有着不同的价值观。

人们的价值观不同，追求的具体目标、对待客观事物的态度和评价必然不同，行为和效果也不一样。在正确的价值观的导向下，对人们的实践起推动作用；在错误的价值观的导向下，对人们的实践起阻碍作用。

（2）价值观对人生道路的选择具有导向作用

价值观不同，人们努力的方向、行为态度、方式和结果也就不同。价值观对人生道路的选择具有重要指导作用。

价值观的形成不是一朝一夕的事，而它一旦形成又具有相对的独立性和稳定性，我们要坚持正确的价值观直至一生，更要在实践中加以辨别和选择。胡长清等人的反面事例告诉我们不可轻视价值观的导向作用，以免在可能的选择面前把持不住自己。

辉煌的人生价值，只有在劳动和创造的社会实践中，在为社会进步和人民利益的奉献中，在建设有中国特色社会主义的伟大事业中，才能真正实现。人生价值的实现需要艰苦不懈地奋斗。

价值观对人生道路的选择有重要的导向作用。一个人走什么样的人生道路，选择什么样的生活方式，都是在一定的世界观和价值观的指导下进行的。不同的价值观决定了人们选择不同的人生道路。

综合探究

材料一：40 岁，人生最灿烂、最壮美的季节；40 岁，建功立业的黄金时期。然而，2004 年 4 月 14 日，在一场突如其来的车祸中，任长霞

提示：两种不同的价值观，在人类的实践活动中会带来两种不同的结果。前者忽视了对自然资源的保护和自然规律的尊重，过分强调人的主宰和中心作用，必然会破坏生态平衡，影响到经济的可持续发展；后者则注重保护环境，节约和合理利用自然资源，坚持科学发展观，必将促进人与自然和谐相处，实现经济的可持续发展。结合上述材料分析说明。

提示：不同的价值观对人们的认识和实践活动有着不同的导向作用。价值观不同，人们对事物的认识和评价就不同；另一方面，价值观也影响着人们改造世界的活动。

启发学生搜集生活中的有关事例理解。
注意区分人的价值与物的价值。

提示：价值观有正确和错误、先进和落后之分。一个人如果有正确的价值观，有崇高的理想、远大的志向、勤奋进取和造福人类的精神，那么，他的人生道路就是光明的，他的未来就是美好的；一个人如果有错误的价值观，如自私自利、贪图享乐、消极悲观的思想观念，他就容易滑向个人主义的

却倒下了,倒在为之倾洒全部热血的嵩岳大地上,倒在为之奋斗不息的公安事业上。任长霞的去世,震撼了登封市。追悼会那天,14万群众自发前来悼念,白花如雪,白幛如云,这在登封的历史上是首次。

　　材料二:身为国家高级干部,有计划、有预谋的雇凶杀人,而且手段残忍、后果严重、影响恶劣。震惊全国的河南省原副省长吕德彬买凶杀妻案,2005年9月30日下午在郑州市中级人民法院宣判,吕德彬一审被判处死刑。

　　(1)两种不同的结局给我们哪些启发?

　　(2)通过本框的学习,我们懂得价值观对一个人的人生具有如此重要的意义,那么,为了我们今后有好的发展,有美好的人生,我们应该确立怎样的价值观?

泥潭,就容易与平庸和苟且为伍。

引导阅读教材本框内容,学生归纳小结。

学生分组讨论或课后讨论,完成本框综合探究。

五、知识构建

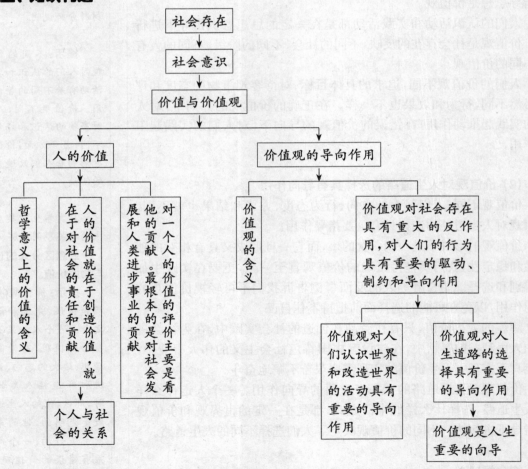

　　1. 上述知识点中有哪些是原理?哪些是原理的方法论?请你把这些原理和方法论分别写出来。

　　2. 上述知识点之间有哪些内在联系?与你的生活有哪些联系?请你用自己的语言表述出来。

3. 本框内容与前面几课的内容有哪些联系？请把这些联系归纳出来。

六、资源开发

通过经典事例引导学生搜集、甄选和开发与本框内容密切相关的学生身边的生活资源（包括本地重要历史和现实中的资料，如社区生活、校园生活、家庭生活以及重大活动等），培养学生搜集信息、处理信息的能力以及从上述资源中提取有效信息的能力。

（一）资源链接

材料一：2006年3月4日，胡锦涛同志在看望出席全国政协十次会议的委员时强调，树立良好的社会风气是广大人民群众的强烈要求，也是经济社会顺利发展的必然要求。在社会主义社会里是非、善恶、美丑的界限绝对不能混淆，坚持什么，倡导什么，反对什么，抵制什么，必须旗帜鲜明。要在全社会大力弘扬爱国主义、集体主义、社会主义思想，倡导社会主义基本道德规范，促进良好的社会风气的形成和发展。要引导广大干部群众特别是青少年树立社会主义荣辱观，坚持以热爱祖国为荣、以危害祖国为耻，以服务人民为荣、以背离人民为耻，以崇尚科学为荣、以愚昧无知为耻，以辛勤劳动为荣、以好逸恶劳为耻，以团结互助为荣、以损人利己为耻，以诚实守信为荣、以见利忘义为耻，以遵纪守法为荣、以违法乱纪为耻，以艰苦奋斗为荣、以骄奢淫逸为耻。

请结合上述材料，联系个人实际，运用所学知识，回答下列问题：

（1）为什么说"坚持什么，倡导什么，反对什么，抵制什么，必须旗帜鲜明"？

（2）在当前，为什么要在全社会大力提倡上述荣辱观？它对个人和社会的发展有何意义？

材料二：连续12年自强自立、带着妹妹上学的大学生洪战辉被中央电视台评为"感动中国—2005年度人物"，教育部于2005年12月16日发出了《关于向洪战辉同志学习的通知》。洪战辉说："一个人只要精神不倒，就没有什么能难倒；只要脊梁不弯，就没有扛不起的大山。"在家庭屡屡变故、生活艰辛的情况下，12年来他克服种种困难，把一个和自己没有血缘关系的弃婴一手养大。他靠自己的艰苦拼搏考上大学，做小生意和打零工赚来的钱供"捡"来的妹妹读书。尽管生活拮据，但他却从来没有申请过特困补助，还拿钱出来资助其他困难同学。他揣着一颗朴实而善良的心，顽强地学习和生活，真诚地关爱社会、呵护家人，自强自立，勇于进取。

结合上述材料师生共同探究：

（1）洪战辉的人生价值是什么？上述材料是怎样体现它的？

（2）你是如何评价洪战辉的人生价值的？请结合具体事例说明。

（3）洪战辉的价值观的作用主要体现在哪些方面？它是怎样体现的？

引导学生搜集身边的生活资源，并说说其中的道理。

为什么要"必须旗帜鲜明"？

"荣"和"耻"的关系包含了哪些哲学道理？

为什么说"特别是青少年树立社会主义荣辱观"？

"一个人只要精神不倒，就没有什么能难倒；只要脊梁不弯，就没有扛不起的大山。"这句话对你有哪些启示？请搜集生活中的2—3例说明。

（二）社会实践活动导引

材料一：将全班分成四个小组，第一组收集 2004 年感动中国人物的事迹，并选择其中一个最让你感动的人的故事，讲给大家听，并说出给你的人生启示；第二组收集你身边感动你的平凡人的事迹，并简要说明他或她是如何实现人生价值的。第三组收集因缺乏正确的价值观而误入歧途的人的事例，并从反面说明树立正确价值观的必要性和重要性。第四组写一篇关于本课的演讲稿。各组可借助图书馆或阅览室、网络查阅大量的资料，并在此基础上对材料进行加工和整理，并向全班汇报，活动结束后，由老师和全班学生共同对小组的活动情况进行评价，注重将过程评价和结果评价有机地结合起来。

> 引导学生搜集生活中的有关人的价值及价值观的作用的材料、名言警句、精典事例。

七、三维评价

◎ 经典训练

（一）在每题给出的四个选项中，只有一项是最符合题意的

1. 温家宝在《政府工作报告》中指出，要积极实施可持续发展战略，按照统筹人与自然和谐发展的要求，做好人口、资源、环境工作。认真实施全国生态环境保护和建设规划，实施以生态建设为主的林业发展战略。加大执法力度，强化生态环境监管，严格控制主要污染物排放，抓紧解决严重威胁人民群众健康安全的环境污染问题。大力发展循环经济和清洁生产。依法保护与合理利用国土资源。加强水资源保护和节约利用。按照统筹人与自然和谐发展的要求，做好人口、资源、环境工作体现的价值观的原理是 （　　）

A. 价值观是社会存在的反映，对人们认识世界和改造世界具有导向作用

B. 社会主义市场经济要求发挥集体主义的调节作用

C. 先进的、革命的、科学的社会意识对社会存在的发展产生巨大的促进作用

D. 正确的价值观要符合客观事物的发展规律和人们的根本利益

参考答案：A

长期以来，按照相关规定，只有国有企业的劳动者才有资格评选全国劳模，而在 2005 年"五一劳动节"前夕，劳模候选人名单有了较大的变化，体坛明星姚明和刘翔赫然在列，进城务工人员和私营企业主也被纳入评选范围，这在全国劳模评选的历史上还是第一次。据此回答 2—4 题。

2. 今年劳模候选人名单出现较大的变化，表明 （　　）

A. 原来的价值选择不正确　　　　　　B. 价值判断与价值选择具有社会历史性

C. 过去的体坛明星和私营企业主不优秀　　D. 价值是指一事物对主体的积极意义

参考答案：B

3. 全国劳模的推荐人选名单自从通过媒体公示以来就引发了不少争议，尤其是姚明、刘翔等体坛明星以及私营企业主的入选，引起广泛质疑。这说明 （　　）

A. 价值判断与价值选择，往往会因人而异

B. 体坛明星及私营企业主根本就不具备人选的资格

C. 体坛明星及私营企业主贡献不够大

D. 广大人民对部分人选的劳模不了解

参考答案：A

4. 姚明、刘翔等体坛明星以及私营企业主之所以能入选，是因为他们 （　　）

A. 都是国家的主人

B. 都实现了自我满足

C. 都曾获得多种荣誉称号

D. 都通过自己的活动满足了社会和他人的需要

参考答案：D

5. 姚明之所以能入选成为全国劳模，有人说是因为在海外商业联赛效力的他，不仅为自己、球队和国家获取了良好的经济效益，而且向世界展示了中国人的天赋、努力、谦逊和进取，同时只要祖国需要就马上回国效力，具有一种难能可贵的品质。这说明评价一个人价值的大小，主要是看他 （　　）

A. 向社会取得了什么　　　　　　B. 创造了多少物质财富

C. 为社会、为人民贡献了什么　　D. 创造了多少精神财富

参考答案：C

(二) 在每题给出的四个选项中，至少有一项是符合题意的

2005 年 5 月 18 日凌晨，东莞市中堂镇年仅 28 岁的私营企业主钟冠雄，在下班回家途中发现有人盗车，为阻止盗车而与歹徒奋勇搏斗，却不幸被歹徒驾车撞倒碾轧，光荣牺牲。5 月 20 日，东莞市团市委、市青联追授钟冠雄"东莞市模范青年"称号，号召全市青少年以钟冠雄为榜样，为打造平安东莞贡献力量。据此回答 6—7 题。

6. 钟冠雄勇斗歹徒的先进事迹表明 （　　）

A. 人的价值在于对社会的责任和贡献

B. 人的价值在于通过自己的活动满足社会、他人以及自己的需要

C. 人的价值在于不断为社会创造更多的物质财富

D. 人生价值的实现就在于勇斗歹徒

参考答案：AB

7. 东莞市团市委、市青联号召全市青少年以钟冠雄为榜样，其目的是 （　　）

A. 激励全市青少年为社会、为他人多做贡献

B. 弘扬正气，帮助青少年树立正确的人生观、价值观

C. 积极倡导社会主义的集体主义价值观

D. 希望全市青少年都去勇斗歹徒

参考答案：ABC

(三) 辨析题(仅作判断不说明理由者不得分)

8. 从单项选择题 1 的材料中，"围海造田、毁林开荒"到现在的"退耕还林、退湖还田"反映了人们什么样的生态价值观？请用唯物辩证法有关道理分析两种不同的生态价值观。

参考答案："围海造田、毁林开荒"只看到耕地的经济价值，忽视了湖与林的生态价值，受到了大自然的惩罚，难以实现经济的可持续发展。"退耕还林、退湖还田"综合考虑了经济价值和生态价值，眼前利益和长远利益的统一，是人与自然和谐统一的生态价值观。前者是孤立、静止、片面地看问题，是形而上学的观点，后者用联系、发展、全面的观点看问题，是唯物辩证法的观点。

9. 2005 年 5 月 17 日，深圳冠丰华公司董事长陈毅锋被控非法牟利、暴力抗法、聚众斗殴等罪，走上深圳罗湖区法院的被告席。据报道，他从 1995 年开始对家乡扶贫并逐步规模化，曾获得国家扶贫基金会颁发的"功在千秋，扶贫济困"的巨幅奖状，也曾获得全国十大扶贫状元、全国助残先进

个人、中国扶贫基金会理事会理事、广东省政协委员、深圳市政协委员等头衔。

辨题:对一个人价值的评价主要看他所获得的荣誉与头衔。

参考答案:(1)人既是价值的创造者,又是价值的享受者。一个人通过自己的活动,付出了心血和劳动,满足了社会和他人的需要,同时也能得到社会对自己价值的承认,从而获得荣誉与头衔。从这一角度来看,荣誉与头衔越多,价值评价越高。(2)但有些人的荣誉与头衔并不一定是通过自己的心血和劳动获得的,对他们价值的评价不能仅看荣誉与头衔,而应主要看他们的贡献。(3)人的贡献是多方面的,可以是对某个人或某个集团的贡献,但最根本的是对社会发展和人类进步事业的贡献,在我国则主要是对以工人阶级为代表的广大人民群众的贡献。(4)因此,评价一个人价值的大小,就是看他为社会、为人民贡献了什么。

10. 2005 年 5 月 31 日晚至 6 月 1 日晨,湖南省部分地区突降特大暴雨,引发特大山洪灾害。截至 6 月 2 日 8 时,暴雨山洪灾害已造成 47 人死亡,50 人失踪,受灾人口达 498 万。严重的灾情已引起了中央和湖南省有关领导的高度重视,立即组成工作组深入指导抗灾救灾。目前灾区群众情绪稳定,他们纷纷表示有信心赢得抗灾斗争的伟大胜利。

辨题:价值观对人们的活动有导向作用,决定着人们办事情能否取得成功。

参考答案:(1)价值观是人们在认识各种具体事物价值的基础上形成的对事物价值的总的看法和根本观点。价值观作为一种社会意识,对社会存在具有重大的反作用,对人们的行为具有重要的驱动、制约和导向作用。(2)不同的价值观对人们认识世界和改造世界的活动具有不同的导向作用,对人生道路的选择也具有不同的导向作用。正确的价值观起积极和促进作用,错误的价值观起阻碍和破坏作用。(3)人们办事情能否成功,取决于能否把尊重客观规律、客观条件与发挥主观能动性结合起来,而不是取决于人们的价值观。

◎ 闪光记录

评教评学,以学生为主体,包括知识及其构建、内容方法、信息的搜集与甄选、学法指导、自主学习能力、思维火花、密切相关的社会实践活动能力与效果等方面的综合评价。采用表格或其他形式记录学生学习本框的情况:如探究的内容、探究问题的状态(活动或问题)、方式方法、效果、回答问题及练习情况等。

学完本课我的收获	知识		
	能力		
	情感、态度、价值观		
我对同学的评价	小组成员分工及任务完成情况	同学姓名	对他(她)的综合评价

		学习态度	课堂表现	社会实践反馈	自主完成作业的情况
对我自己的综合评价	自评				
	老师				
	同学				
	家人				

说明：

1. 课堂表现要求写明具体行为,如课堂状态、课堂参与、课堂创新思维等。

2. 自我评价、教师评价、他人评价将和期中期末考试成绩作为综合评定指标。

3. 小组成员在没有分工合作的情况下,将对他的学习态度进行评价。

4. 小组评和自评以具体行为表现为主,老师评以 A、B、C、D 等次评定。

5. "小组成员分工及任务完成情况"指的是自己对其他同学的评价。

6. 以小组为单位,每节课反馈一次。

（孟凡强　李雅玫　余茂泉　撰写）

第二框　价值判断与价值选择

一、教学目标

● **知识目标**

(1)价值判断的基本含义。(2)做出正确的价值判断和价值选择的要求。(3)价值判断和价值选择的社会历史性特征及其意义。(4)价值判断和价值选择的阶级性。(5)最高的价值标准和最高的价值追求。(6)价值选择的基本要求。

● **能力目标**

(1)通过对价值判断和价值选择的学习,使学生初步具有进行正确的价值判断和价值选择的能力。(2)结合具体生活实例,说明人的社会地位不同、认识事物的角度不同,就会形成不同的价值判断和价值选择。(3)能运用价值判断和价值选择的知识,分析和判断社会生活中的人物事迹和行为。

● **情感、态度和价值观目标**

(1)帮助学生形成正确的价值判断和价值选择。(2)培养学生尊重人民群众,关心人民群众的观念、人民利益高于一切的观念,把维护人民群众利益作为自己最高的价值追求。

重点与难点

重点:自觉站在最广大人民的立场上,实现自我价值和社会价值的统一。

难点:正确地进行价值判断和价值选择必须遵循社会发展的客观规律。

学情分析:本框内容与实际结合得比较紧,也是本单元教学的重点内容,它是构成价值观的重要内容和具体表现。实际生活中的具体事例较多,可引导学生自己搜集有关事例,结合具体事例进行分析。

二、案例导入

"安全措施"　图/毕传国 新华社发

教学情境:漫画"安全措施"。

据报道,在河北沙河五个发生矿难的矿井口,有着大大小小五个庙宇。农历每月初一、十五要拜神,逢八号、二十八号还要办仪式。相比之

引导学生仔细观察分析这则图片和材料,列举类似的具体的事例,共同探究其原因。

为什么会出现"窑庙"?请你分析其原因。

下,一些安全规定则少之又少。矿工们将这些庙宇称作"窑庙",据说,这些窑庙是矿主们用来保佑矿工生命安全的。

发生矿难的矿井口,为什么会出现大大小小的"窑庙"? 它体现了什么价值取向? 这些价值取向对矿工进行煤矿生产安全有何影响?

引导学生在分析中导入新课。

三、问题探究

仔细观察上述漫画并思考:

1. 矿主们为什么要选择这样的安全措施?"安全措施"究竟安不安全?

2. 我国历史上和现实中大大小小矿难事件不计其数,频频发生,为什么窑庙没有保护?

3. 要真正保护矿工生命安全,你有哪些好的建议? 今天我们一起来研究这些问题。

引导学生阅读教材,搜集有关事例,思考探究这些问题。

注意下列概念及其关系:

(1)人们的价值判断和价值选择与价值观的关系,与人们的社会地位、需要、角度、立场和人民群众利益的关系。(2)人的价值的大小与价值判断之间的关系。(3)价值判断与价值选择的关系。

四、思维点拨

探究一

人民英雄纪念碑上刻的一段话:

三年以来,在人民解放战争和人民革命中牺牲的人民英雄们永垂不朽!

三十年以来,在人民解放战争和人民革命中牺牲的人民英雄们永垂不朽!

由此上溯到一千八百四十年,从那时起,为了反对内外敌人,争取民族独立和人民幸福自由,在历次斗争中牺牲的人民英雄们永垂不朽!

(一)自觉遵循社会发展的客观规律(板书)

近百年的中国革命历史上,对近代中国革命进程影响最大的是中国共产党和中国国民党,试思考:

(1) 两党当时面临的基本国情是什么? 它同两党的政治选择之间有何内在联系?

师生讨论:——

结论一:价值判断的基本含义。(板书结论)

人们对事物能否满足主体需要以及满足的程度作出的判断,称为价值判断。它是人们进行价值选择的基础。

在近百年的中国革命历史上,对现代中国革命进程影响最大的两大政党是中国共产党和中国国民党,当时,两党面临中国同样的基本国情却做出了各自不同的历史选择,两党的纲领和政治目标有着本质的不同,产生了不同的社会历史后果。人民也做出了历史的必由的选择。

板书小标题。

生答:略。

思维点拨一:面对当时半殖民地半封建的中国社会,包括国共两党在内的无数政党团体、仁人志士,都曾苦苦探索救国救民的道路,并作出了不同的选择。这就是人们在社会实践过程中的价值判断过程。上升到理论层面,同学们结合教材尝试归纳。

引导学生阅读教科书分析理解。

思维点拨二:在中国革命进程中,国共两党都曾是革命者的角色,然而,不同的革命道路,造就了不同的历史事实。

思维点拨三:中国共产党的成立,适应了近代以来中国社会的进步和革命发展的客观要求,在大浪淘沙的历史洪流

（2）面对当时的国情,国共两党都作出了自己的历史选择,试对比两党的纲领和政治目标有何不同?

生答:略。

结论二:正确的价值判断和价值选择必须符合社会发展的客观规律。(板书结论)

（3）国共两党的政治分别产生了什么样的社会历史后果?

结论三:作出正确的价值判断和价值选择,必须坚持真理,遵循社会发展的客观规律,走历史的必由之路。(板书)

探究二

教材 P99:"建党八十多年来的三大历史任务"。同学们,同样是遵循社会发展的客观规律作出的价值判断和价值选择,为什么我们党在不同的历史阶段为自己确立的目标和完成的历史任务不同?

展望未来,我们党与时俱进,党的十六届五中全会研究审议了《中共中央关于制定国民经济和社会发展第十一个五年规划的建议》,这次五年规划,是以胡锦涛同志为总书记的党中央领导下编制的第十一个五年规划,是党中央提出科学发展观和构建社会主义和谐社会的重大战略思想后编制的第十一个五年规划,并把民生问题作为第十一个五年规划的主线。承载人民愿望,凝聚全党智慧,反映人民的心声。党的十六届五中全会将为关键时期的中国再绘宏伟蓝图。

（引导学生分析上述材料。）

师生讨论:党的历史选择和未来规划,给我们人生力量的同时,更为青少年展示了正确的社会历史观。那么价值判断和价值选择的社会历史性特征对我们今天的青少年有何启发?

(二) 自觉站在最广大人民的立场上(板书)

材料一:忧心忡忡的穷人甚至对最美丽的景色都无动于衷,贩卖矿物的商人只看到矿物的商业价值,而看不到矿物的美和特性;他没有矿物学的感觉。

——马克思

中,砥柱中流,迅速发展壮大,并最终取得了中国革命的胜利。这一历史的选择对今天的青少年进行人生选择有什么启发呢?

引导学生看书分析理解。

价值判断和价值选择的社会历史性特征。(板书)

思维点拨四:同学们随着我国社会的发展,面对不同时期的历史任务,我们党确立了不同的奋斗目标。这正是我党始终代表中国先进生产力和发展要求,始终代表中国先进的前进方向,始终代表中国最广大人民的根本利益的具体表现。

生答:略。

价值判断和价值选择的社会历史性特征的意义。(板书)

（1）有助于正确评价历史现实中的各种价值观念,防止简单化和片面化倾向;

（2）有助于我们的价值观念与时俱进,从而作出正确的价值判断,进行正确的价值选择。

生答:略。

思维点拨五:一个人具有什么样的社会意识,作出什么样的价值判断和价值选择,与他的社会地位、生活环境和所受的社会教育密切相关。不同阶级的意识是对该阶级自身所处的特殊经济地位和利益的反映。

价值判断和价值选择的主体性。(板书)

（1）价值判断和价值选择具有阶级性。(板书)

生答:略。

思维点拨六:价值判断和价值选择往往会因人而异。人们认识事物的角度不同,利益出发点不同,对事物的价值评价也不同。

面对同一问题,人们不同的表现体现出价值判断和价值选择的差异,产生不同价值判断和价值选择的冲突,这就要求我们明确价值判断和价值选择的标

材料二：穷人绝无开交易所折本的烦恼，煤油大王哪会知道北京捡煤渣老婆子身受的酸辛，饥区的灾民，大约总不会去种兰花，像阔人老太爷一样……　——鲁迅

学生探究：面对同样的事物，不同的人作出的价值判断和选择有什么不同？为什么？

材料三：某儿童滑冰不慎落水，考验了在场的每一个人。

甲：冷眼旁观，幸灾乐祸。

乙：拨打"110"报警，呼喊人们来救人。

丙：和求救者讲价钱，给钱才救人。

丁：奋不顾身地跳入寒冷的水中，将儿童救出后悄然离开。

学生探究：上述各人不同选择的得失是什么？为什么会作出不同的选择？如果是你，你会怎么做？

师生小结：我们青年学生要牢固地树立为人民服务的思想，把献身人民的事业、维护人民的利益作为自己最高的价值追求。只有这样，才能保证我们价值判断和价值选择的正确性。

材料四：2005 年 8 月 23 日，十届全国人大常委会第十七次会议初次审议《个人所得税法修正案（草案）》。会议结束后，全国人大法律委员会于 9 月举行了立法听证会，对该草案中的个人所得税起征点问题，广泛征求社会各方面的意见与建议。

全班同学分成若干个小组，课前调查社会各界人士对个人所得税起征点问题的看法，分析为什么不同的人对该问题作出不同的价值判断和选择。

同学们，请依据我们以上探究的问题，列举你生活类似的具体事例说明。

材料五：引导同学们回顾张华和徐本禹的关于人生选择的优秀事迹。

学生探究：从张华和徐本禹关于人生选择的先进事迹中，你认为应该如何正确地对人生价值作出选择？请你列出生活中有关事例说明。

启发学生思考归纳，列举生活中的典型事例说明。

准，分辨什么是对的，什么是错的，应该怎样做、不应该怎样做。

（2）价值判断和价值选择因人而异。（板书）

引导学生讨论归纳，结合教材 P101 第二自然段小结。

（3）把人民群众利益作为最高的价值标准。

引导学生分析思考任长霞价值判断和价值选择，从中认识确立正确的人生价值的重要性。引导学生阅读教材 P101 第二自然段思考理解。

（4）正确地处理个人、集体、社会三者利益的关系。

引导学生阅读教材 P102 第一自然段思考理解。这一段是本框三维目标中，情感、态度和价值观的升华，也是当前社会和生活中的热点问题。要结合当前生活中的先进人物的优秀事迹重点分析理解，千万不能一带而过。

五、知识构建

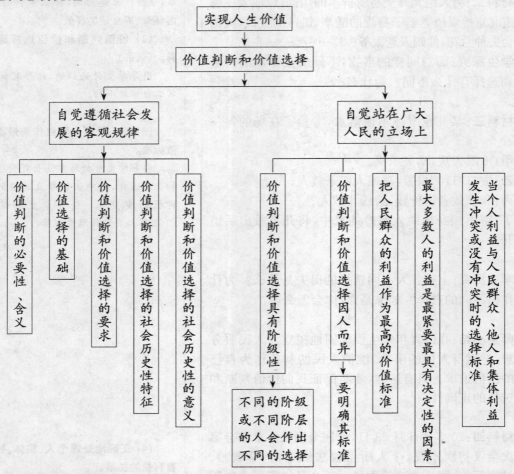

1. 上述知识点中有哪些是原理？哪些是原理的方法论？请你把这些原理和方法论分别写出来。
2. 上述知识点之间有哪些内在联系？与你的生活有哪些联系？请你用自己的语言表述出来。
3. 本框内容与前面几课的内容有哪些联系？请把这些联系归纳出来。

六、资源开发

通过经典事例引导学生搜集、甄选和开发与本框内容密切相关的学生身边的生活资源（包括本地重要历史和现实中的资料,如社区生活、校园生活、家庭生活以及重大活动等）,培养学生搜集信息、处理信息的能力以及从上述资源中提取有效信息的能力。

(一) 热点透视

材料一：2005 年 10 月 12 日是中国人民值得庆祝的日子,北京时间 12 日 9 时整,搭乘两名航天员的中国第二艘载人飞船"神舟六号",在酒泉卫星发射中心中国载人航天发射场由神箭——"长征二号 F"运载火箭发射升空。21 分钟后,神舟六号成功进入预定轨道,将进行 5 天的太空飞行。这将成为我国航空航天史上又一里程碑。充分体现了我国在科技和经济领域的实力,同时为我国和平利用太空奠定坚实的基础。

引导学生搜集生活中的具体事例,学会从这些事例中筛选有效信息。

在我国人民欢欣鼓舞的同时,某国媒体却不忘提醒世界上任何航天计划的军事潜力。事实上中国政府一直倡议构建和平开发太空的国际条约体系,野心勃勃地发展星球大战计划的某国却坚持其军事倾向极强的太空计划。

探究一:(1)西方国家对我国"神舟六号"发射的含沙射影舆论说明了什么?

(2)这些不同舆论背后的国家利益、政治目的各是什么?

(3)面对复杂的国际形势,我国政府正确而负责任的选择,党的政治智慧对我们青少年的人生选择有何启发?

材料二:在中国共产党诞辰 83 周年前夕,胡锦涛等中央领导同志就学习任长霞同志先进事迹作出重要指示,高度评价了任长霞同志牢记党的宗旨、实践"三个代表"重要思想,执法为民、无私奉献的模范行为和崇高品德。广大共产党员特别是各级领导干部一定要按照中央领导同志的指示精神,学习任长霞,做立党为公、执政为民的好公仆,以实际行动为党旗增辉添彩。

探究二:了解任长霞的事迹,讨论我们应该如何学习任长霞自觉站在最广大人民的立场上,把人民群众的利益作为最高的价值标准的精神。

材料三:元代大学者许衡有一天外出,因为天气炎热,感到口渴难忍,而路过恰好有一排梨树,同行的人纷纷去摘梨,唯独许衡不为所动。"何不摘梨解渴呢?"有人问许衡。许衡回答说:"不是自己的梨,岂能乱摘?"那人笑他迂腐,说:"世道这样乱,梨树的主人是谁都不知道,还有这么多的顾忌吗?"许衡正色道:"梨虽无主,我心有主。"

探究三:(1)谈谈你对"梨虽无主,我心有主"的理解。

(2)在口渴难忍的情况下,许衡为什么会作出上述选择?

材料四:桑条无叶土生烟,箫管迎龙水庙前。朱门几处看歌舞,犹恐春阴咽管弦。

(1)在这首诗中,农民的价值选择是什么?地主的价值选择是什么?

(2)为什么同时同地的人会有不同的价值选择?

材料五:党的十六届五中全会审议通过了《中共中央关于制定国民经济和社会发展第十一个五年规划的建议》。"十一五"规划是一个关注民生的规划。

发展的目的是造福百姓。公报提出,把经济社会发展切实转入全面协调可持续发展的轨道,特别强调"推动经济发展、改善人民生活始终是

探究三提示:

(1)"梨虽无主,我心有主"反映了许衡正确认识和对待他人正当利益,作出了正确的价值判断和价值选择。

(2)价值观对人们的行为具有导向作用,许衡在对能否摘梨的问题上有着正确的价值判断,必然会作出"梨虽无主,我心有主",从而不去摘梨的价值选择。

探究四提示:

(1)农民的价值选择是希望尽快下雨以缓解旱情;而地主却害怕下雨耽误了他们听歌看舞的享乐。

(2)造成他们的价值判断和价值选择不同的主要原因是社会地位的不同和各自需要的差异。这里主要强调了价值判断和价值选择的阶级性,在阶级社会中,面对同一事物或行为,不同阶级和阶层的人会作出不同的甚至截然相反的价值判断和价值选择。

可见,人们的社会地位不同,需要不同,价值判断和价值选择也就不同。

(教材引用马克思的名言也形象地说明了这一道理。)

材料五:提示略。

中国的中心任务"，这将使发展的成果更多地惠及百姓。我国由"发展"到"科学发展"，就是要消除发展中的不科学因素，端正发展目的，从单纯经济增长转向更加注重改善民生。

近几年来，我国在处理重大事故、农民工问题、贫困地区九年义务教育问题、城市居民生活问题、下岗职工再就业等问题时都把民生问题放在第一位。"十一五"规划的制定都把民生问题放在首位。

制定"十一五"规划为什么都把民生问题放在首位？它对你人生价值的实现有何启示？

（二）社会实践导引

活动内容：(1)调查当地的某项改革措施，了解不同的人对该措施的不同反应，用哲学的观点探讨其原因。(2)制订解决当地某项公共问题的方案，讨论该方案应遵循的价值原则，以及可采取的策略、方法等。

活动目标：(1)通过社会实践活动，巩固所学知识，学会理论联系实际分析问题、解决问题。(2)在活动过程中培养学生的问题意识、合作精神和实践能力。

活动布置：(1)人员分配：将全班同学分成若干个小组。(2)任务分配：各小组选择以上活动内容之一，小组长分配具体任务。

活动方式：(1)各组采取社会调查、发放调查问卷、利用网络搜集资料、访谈等方式开展活动。教师在活动过程中给予必要的指导。(2)成果展示：各小组将自己的实践成果用各种形式(论文、幻灯片、网页等)向全班同学展示。

七、三维评价

◎ **经典训练**

（一）在每题给出的四个选项中，只有一项是最符合题意的

2005年4月12日，中国运载火箭技术研究院前任院长厉建中，因涉嫌贪污、受贿、挪用公款，被有关部门立案调查。目前此案已移交司法部门，近期将开庭审理。厉建中曾组织领导研制成功长征三号甲、长征三号乙、长征二号丙改进型、长征二号F等4种型号运载火箭。为此，厉建中多次获得国家级有关部委科研奖励。据此回答1～4题。

1. 厉建中因组织领导研制成功4种型号运载火箭而多次获得科研奖励，说明（　　）
①人的价值就在于创造价值　②人的价值就在于通过自己的活动满足社会、他人以及自己的需要　③人的价值就在于获得奖励　④人既是价值的创造者，又是价值的享受者
A. ①②③　　　　B. ①③④　　　　C. ②③④　　　　D. ①②④

参考答案：D

2. 厉建中因涉嫌贪污、受贿、挪用公款，被有关部门立案调查，表明（　　）
A. 价值观是人生的重要向导，决定我们能否拥有美好的生活
B. 价值观对人们的行为具有重要的驱动和导向作用
C. 错误的价值观容易使人滑向违法犯罪的深渊

D. 价值观容易使人成为金钱的奴隶

参考答案:C

3. 昔日的航天功臣,今日身陷囹圄。这说明 （　　）

A. 一个人的价值判断与价值选择会因时间、地点和条件的变化而不同

B. 人们的价值选择是在价值判断的基础上作出的

C. 价值判断与价值选择都是社会存在在人脑中的反映

D. 国家的法律过于严厉,应该对航天功臣法外施恩,网开一面

参考答案:A

4. 厉建中的结局实在令人惋惜和震撼,它给我们的启示是 （　　）

①必须树立正确的价值观　②必须加强思想道德修养　③必须在砥砺自我中走向成功　④必须抛弃任何杂念和利益

A. ①②④　　　　　B. ①②③　　　　　C. ①③④　　　　　D. ②③④

参考答案:B

5. 同是中国运载火箭技术研究院领导,谢光选副院长毕生致力于我国导弹和运载火箭的开拓和发展,为我国航天事业做出了卓越贡献,如今虽已年过八旬,但他仍愿以其夕阳照耀年轻的科技工作者们迈向新的征程。而厉建中却因涉嫌贪污、受贿、挪用公款,被有关部门立案调查。由此可见 （　　）

A. 人们的价值观不是一成不变的　　　　B. 价值观对人们改造世界具有决定作用

C. 价值观有正确和错误之分　　　　　　D. 人生价值的实现需要努力奋斗

参考答案:C

受中共中央和国务院的委托,2005年5月3日上午,中共中央台湾工作办公室、国务院台湾事务办公室主任陈云林在上海宣布向台湾同胞赠送一对大熊猫等三件大礼。消息传出,台湾民众及在野的国亲两党均表示欢迎,台独团体"台联党"坚决反对,台湾"陆委会"则以此举"太过统战"回应,对于接受大礼表现消极,左右为难。据此回答6—8题。

6. 对于三件大礼,台湾各方反应不一,说明 （　　）

A. 立场不同,人们的价值判断与价值选择也会有所不同

B. 三件大礼本身存在严重问题和缺陷

C. 必须统一价值判断与价值选择的标准

D. 大陆必须加大对台湾各方的说明宣传力度

参考答案:A

7. 面对大礼,台湾民众普遍欢迎,部分台独人士坚决反对,令台湾当局左右为难。之所以会感到左右为难,是因为台湾当局 （　　）

A. 软弱无能,没有主见　　　　　　　　B. 没有把人民群众的利益作为最高的价值标准

C. 不喜欢这三件大礼　　　　　　　　　D. 自觉站在了最广大人民的立场上

参考答案:B

8. 当各种利益出现冲突时,我们应该 （　　）

①优先考虑个人利益　②首先考虑并满足最大多数人的利益要求　③善于从不同角度思考利益　④理解和尊重他人的正当选择

A. ①②③　　　　　B. ①②④　　　　　C. ②③④　　　　　D. ①②③④

参考答案:C

不同时代的人,对同一事物往往会有不同的认识和评价。比如说"忠",在封建社会它往往和忠君联系在一起。在当代中国则表现为忠于中国共产党,忠于祖国和人民。据此回答9—10题。

9. 不同时代的人,对同一事物往往会有不同的认识和评价。这说明　　　　　　　（　　）

A. 人们的价值观都不相同

B. 价值判断和价值选择具有社会历史性特征

C. 价值判断和价值选择是不稳定的

D. 树立正确的价值观,对人生与社会都有导向作用

参考答案:B

10. "忠"在当代中国就是要忠于祖国和人民。下列对此理解不正确的有　　　　　（　　）

A. 人民群众是历史的创造者

B. 我们要自觉站在最广大人民的立场上,把人民群众的利益作为最高的价值标准

C. 这是一种正确的价值判断和价值选择

D. 人们站在不同的立场上,就会有不同的价值观

参考答案:D

(二) 在每题给出的四个选项中,至少有一项是符合题意的

2005年5月17日,全国人大常委会副委员长司马义·艾买提在贵州省进行安全生产执法检查时指出,自2002年11月以来,贵州省通过对煤矿安全进行专项整治,在煤炭产量大幅上升的情况下,实现了生产事故起数和死亡人数"双下降"。同时也应该看到,当前安全生产形势仍不容乐观。要进一步落实科学发展观,增强安全生产意识,防止和减少事故发生,切实保障人民生命安全。据此回答11—13题。

11. 上述材料蕴含的哲学道理有　　　　　　　　　　　　　　　　　　　　　（　　）

A. 社会存在决定社会意识　　　　　　　　B. 价值观对社会存在具有驱动和导向作用

C. 坚持一分为二的观点看问题　　　　　　D. 坚持用联系的观点看问题

参考答案:ABCD

12. 要进一步落实科学发展观,增强安全生产意识,防止和减少事故发生,切实保障人民生命安全。这说明　　　　　　　　　　　　　　　　　　　　　　　　　　　（　　）

A. 只要有了科学发展观,就能防止和减少事故发生

B. 以正确的价值观为指导,是人们正确认识和改造世界的重要条件

C. 人们的价值观支配着社会发展的客观规律

D. 必须把人民群众的利益作为最高的价值标准

参考答案:BD

13. 2005年以来,一起起煤矿事故的消息不绝于耳,煤矿灾变频频发生的主要原因在于部分生产经营者　　　　　　　　　　　　　　　　　　　　　　　　　　　　　（　　）

A. 只顾个人利益、局部利益,而忽视整体利益

B. 没有自觉站在人民群众的立场上进行选择

C. 没有树立正确的人生观、价值观

D. 个人思想道德素质太低

参考答案:ABCD

2005年5月16日,《人民日报》载文指出:"办一切事情都要坚持立足当前、着眼长远、量力而行、逐步推进的方针,坚持解放思想,实事求是,按客观规律办事。"据此回答14—15题。

14. 从价值观的角度看,上述要求说明　　　　　　　　　　　　　　(　　)

A. 价值观不同,对客观事物的评价就不同

B. 正确的价值观要符合事物发展的规律性

C. 价值观对社会存在和发展有促进作用

D. 人们的价值观有正确与错误之分

参考答案:B

15. 办事情要坚持量力而行、逐步推进的方针,符合的哲学道理有　　　　(　　)

A. 社会存在与社会意识的关系　　　　B. 量变与质变的关系

C. 物质与意识的关系　　　　　　　　D. 主观能动性与客观规律的关系

参考答案:ABCD

(三) 简答题

16. 背景材料:辽宁人丛飞是一位歌手,从沈阳音乐学院毕业后闯荡深圳。1994 年来,他先后资助了 178 名贫困失学儿童,300 多万家财散尽,还欠了十几万外债。2005 年 4 月,丛飞患胃癌住院,他的事迹感动了深圳、广东乃至全国人民。他先后荣获广东省十大杰出青年志愿者、被团中央评为"中国百名优秀青年志愿者"、2004 年度广东省优秀音乐家、2005.年深圳最具爱心人物和 2005年共青团中央授予他的"中国青年志愿服务金奖"奖章等荣誉。

结合上述材料,回答下列问题:

(1) 谈谈你对人的价值的认识。

(2) 在实际生活中,我们应如何作出正确的价值判断与价值选择?

参考答案:(1)人的价值包括两方面,一是人的价值在于创造价值,在于对社会的责任和贡献。二是社会对自我价值的承认,从而实现对自我的满足。(2)丛飞的事迹感动人民,是因为他作出了正确的价值判断与价值选择。因此,要树立正确的价值观,作出正确的价值判断与价值选择,就必须坚持真理,遵循社会发展的规律,站在最广大人民利益的立场上。

(四) 辨析题(仅作判断不说明理由者不得分)

17. 2005 年 3 月 31 日,江苏省金坛市城南小学老师殷雪梅,在护送学生排队过马路时,突遇一辆小轿车飞驰而来,为了避免学生被车撞到,奋力将走在马路中间的 6 名学生推到路边,自己却被轿车撞飞,因伤势过重,抢救无效不幸殉职。

辨题:舍己救人属于正确的价值判断和价值选择,是实现人生价值的唯一途径。

参考答案:(1)正确的价值判断和价值选择,要求我们自觉站在最广大人民群众的立场上,把人民群众的利益作为最高的价值标准,牢固树立为人民服务的思想,把献身人民的事业、维护人民的利益作为自己最高的价值追求。在学生的生命遇到严重威胁的时候,殷雪梅老师挺身而出,勇于牺牲,把维护学生的利益作为自己最高的价值追求,这符合集体主义的价值取向,属于正确的价值判断和价值选择。(2)舍己救人是一种高尚的精神,充分体现了人生的真正价值,显示了人生的伟大意义,但却不能认为它是实现人生价值的唯一途径。实现人生价值的途径是多种多样的,人的价值在于创造价值,在于对社会的责任和贡献,贡献可以表现为重大的发明创造、舍己救人的英勇壮举,但大量的则表现为在平凡的工作岗位上默默奉献。(3)由此可见,认为舍己救人属于正确的价值判断和价值选择是正确的,但认为它是实现人生价值的唯一途径则是不科学的。

(五) 论述题(要求紧扣题意,综合运用所学知识,结合材料展开分析)

18. 十届人大及其常委会弘扬"以人为本"的立法理念。2003 年 8 月 27 日通过《行政许可法》,取消了多项政府部门的审批权力,使老百姓再不会因办一个企业、搞一项工程而要跑几十个部门,

盖上百个公章了;10月23日通过《道路交通安全法》,否定了曾经在一些地方实行但备受争议的"行人违章,撞了白撞"的规定。

运用哲学知识,分析人大及其常委会为什么弘扬"以人为本"的立法理念?

参考答案:(1)社会存在决定社会意识,社会意识对社会存在具有能动的反作用,正确的社会意识对社会存在具有巨大的促进作用。弘扬"以人为本"这一科学的立法理念有助于维护人民群众的合法权益,充分发挥人们的积极性和创造性,促进我国经济发展。(2)坚持"以人为本",即坚持集体主义价值观。集体主义价值观正确地解决了集体利益和个人利益的关系,使得个人和集体能相互促进,和谐发展。(3)坚持"以人为本",体现了要自觉站在最广大人民的立场上,把人民群众的利益作为最高的价值标准,牢固树立为人民服务的思想。

(六) 生活探究题

19. 2005年7月14日,广东兴宁的罗岗镇福胜煤矿发生透水事故,16名矿工丧命,省政府严令全省煤矿停产整顿,而事实证明,此规定对大兴煤矿并不起作用,该矿仍未停工,直至8月7日发生事故,致123名矿工丧命井下。事实上,早在四年前的2001年7月,大兴煤矿即被时任广东省省长的卢瑞华点名要求关停,但却被"地方政府"保留了下来,并通过验收进行试开采。此后大兴煤矿被多次叫停——广东省政府、梅州市、兴宁市都下令关停,但煤矿一直在开工,直到事故发生。公开信息显示,仅今年上半年,全国煤矿事故死亡人数就达到2 672人,同比上升了3.3%,其中特大事故死亡704人,上升114.6%。类似悲剧频频发生的背后,干部参股煤矿早已成了公开的秘密。8月22日,国务院下达"撤资令",要求公职人员限期主动从煤矿撤资,不料收效不大,陷入尴尬。国家安监总局发狠,声称将严厉处理。2005年8月30日,中纪委、监察部、国务院国资委、国家安全生产监督管理总局联合下达了要求官员从煤矿撤资的"9·22"时限,过去的一个月时间里,一部分地方官员迫于压力相继从煤矿撤资。但有的宣称宁愿丢官也不撤资。

结合上述材料,运用第四单元的有关知识,分组探究,并写出研究报告:

(1) 运用本课的有关知识,探讨我国矿难事件频频发生的主要原因是什么?

(2) 要解决我国煤矿事故,你有哪些好的建议?

(3) 如果要你向我国有关管理部门写一封建议书,你认为这封建议书应包括哪些内容?

参考答案:略

20. 有三个人要被关进监狱三年,监狱长给他们三个一人一个要求。美国人爱抽雪茄,要了三箱雪茄。法国人最浪漫,要一个美丽的女子相伴。而犹太人说,他要一部与外界沟通的电话。三年过后,第一个冲出来的是美国人,嘴里鼻孔里塞满了雪茄,大喊道:"给我火,给我火!"原来他忘要火了。接着出来的是法国人。只见他手里抱着一个小孩子,美丽女子手里牵着一个小孩,肚子里还怀着第三个。最后出来的是犹太人,他紧紧握住监狱长的手说:"这三年来我每天与外界联系,我的生意不但没有停顿,反而增长了200%,为了表示感谢,我送你一辆劳斯莱斯!"

课堂探究:这个故事告诉我们什么哲学道理?

(探究提示:什么样的选择决定什么样的生活,价值判断决定价值选择。)

◎ **闪光记录**

评教评学,以学生为主体,包括知识及其构建、内容方法、信息的搜集与甄选、学法指导、自主学习能力、思维火花、密切相关的社会实践活动能力与效果等方面的综合评价。采用表格或其他形式记录学生学习本框的情况:如探究的内容、探究问题的状态(活动或问题)、方式方法、效果、回答问题及练习情况等。

学完本课我的收获	知识		
	能力		
	情感、态度、价值观		
我对同学的评价	小组成员分工及任务完成情况	同学姓名	对他（她）的综合评价

对我自己的综合评价		学习态度	课堂表现	社会实践反馈	自主完成作业的情况
	自评				
	老师				
	同学				
	家人				

说明：

1. 课堂表现要求写明具体行为，如课堂状态、课堂参与、课堂创新思维等。
2. 自我评价、教师评价、他人评价将和期中期末考试成绩作为综合评定指标。
3. 小组成员在没有分工合作的情况下，将对他的学习态度进行评价。
4. 小组评和自评以具体行为表现为主，老师评以 A、B、C、D 等次评定。
5. "小组成员分工及任务完成情况"指的是自己对其他同学的评价。
6. 以小组为单位，每节课反馈一次。

（闫　一　毛小玲　余茂泉　撰写）

第三框 价值的创造与实现

一、教学目标

● 知识目标

(1)个人价值与社会价值的关系。(2)劳动和奉献与人自身价值和幸福的密切关系。(3)劳动对实现人的价值的意义。(4)真正幸福的意义和拥有幸福人生的根本途径。(5)人生价值的基础。(6)实现人生价值的主观条件。

● 能力目标

(1)能结合实际事例说明劳动和奉献对实现人生价值的重要作用。(2)能运用实现人生价值的主客观条件分析社会生活中或日常生活中的先进人物或成功人物,取得成功的秘诀。(3)能搜集生活中的有关事例说明本框所学的知识。

● 情感、态度和价值观目标

(1)帮助学生认识劳动与奉献的重要意义,树立尊重劳动、热爱劳动的观念和积极奉献的精神。(2)积极参与社会生活,正确地处理个人与社会和他人的关系,发扬艰苦奋斗的精神、提高自身素质在实现人生价值中的重要作用。(3)形成正确的价值观和人生观。

重点与难点

重点:实现人生价值的主客观条件。

难点:实现人生价值的基础。

学情分析:本框内容主要分析人生如何创造价值和实现价值,是全书的情感、态度和价值观的最终实现目标。第一目分析创造价值的途径,第二目分析实现人生价值的客观条件,第三目分析实现人生价值的主观条件,也是教学及其评价的热点问题。在教学中要密切联系并分析和总结先进人物的成功的事例和行为并重,引导学生深化理解人生的幸福、美好的生活、个人价值的实现都离不开劳动、奉献和主客观条件。

二、案例导入

背景材料:2005 年 4 月 12 日,中国运载火箭技术研究院前任院长厉建中,因涉嫌贪污、受贿、挪用公款,被有关部门立案调查。目前此案已经移交司法部门,近期将开庭审理。厉建中曾组织领导研制成功长征三号甲、长征三号乙、长征二号丙改进型、长征二号 F 等 4 种型号运载火箭。为我国航天事业的发展立下了汗马功劳。因此,厉建中多次获得国家级有关部委科研奖励。

问题思考:请同学们结合前两节课所学知识,思考厉建中的上述行为给了我们哪些启示?

学生回答:

这个事例告诫我们,什么样的人生才是有意义的人生?我们俩在这节课中一起来探讨这个问题。

教师启发:

1. 厉建中因组织领导研制成功 4 种型号运载火箭而多次获得科研奖励,说明人的价值就在于创造价值;

2. 厉建中因涉嫌贪污、受贿、挪用公款,被有关部门立案调查,表明价值观对人们的行为具有重要的驱动和导向作用;

3. 昔日的航天功臣,今日身陷囹圄,这说明一个人的价值判断与价值选择会因时间、地点和条件的变化而不同。

4. 厉建中的结局实在令人惋惜和震撼,它给我们的启示是:必须树立正确

价值的创造与实现。（板书框题）
请学生翻开教材第十二课第三框阅读思考。

的价值观，加强思想道德修养，在砥砺自我中走向成功。

三、问题探究

因为深圳的义工很多，所以可以首先请同学们举一些深圳义工的事例，从而引出深圳义工丛飞的例子。

材料：一位深圳歌手与178个孩子的生死绝唱。

关于丛飞的故事。他是深圳著名歌手，每场演出费高达万元，家里却一贫如洗。

他只有一个女儿，却是178名贫困孩子的"代理爸爸"。

他在10年时间里，参加了400多场义演，捐赠钱物近300万元。他如今身患晚期胃癌，却连医药费都负担不起。

"我叫丛飞，是深圳的一名普通文艺工作者，也是一名普通的深圳义工。能对社会有所奉献，能对他人有所帮助，我感到很快乐。"无论走到哪里，也无论站在哪个舞台上，丛飞都会使用这段同样的开场白。但如今，他不得不离开自己心爱的舞台。

丛飞，每一个深圳人都熟悉的名字，他的事迹感动着每一位深圳人。可也有些人认为丛飞不值，不理解他的所作所为。

结合上述材料探究回答下列问题：

(1) 你认为丛飞是不幸的还是幸福的？

(2) 他实现了自身的价值吗？

(3) 他为社会创造了价值吗？

(4) 他是如何实现自己的理想？

可以引导学生针对这个问题展开讨论。在讨论的过程中，可能会碰撞出火花，出现两种观点：

一种观点认为丛飞是幸福的，他不但实现了自身的价值，而且为社会创造了巨大的价值。

另一种观点认为，丛飞太傻了，他是在做自己力所不能及的事情，这样做没有什么意义，他不会幸福的，也不会给身边的人带来幸福。

教师导引：丛飞的幸福是因为他对他人、对社会有所奉献。作为一个普通人，丛飞在自己心爱的舞台上为人们带来美的享受，用自己的劳动为他人、为社会服务，尽自己的所能帮助需要帮助的人，实现了自己的人生价值。同时，在他的资助下，更多的孩子走上成才之路，他们的劳动也为社会创造了价值。在丛飞精神的感召下，有更多的人投入到义工的行列中来，使深圳义工的队伍日益壮大。从这个意义上说，他为社会创造了更多更大的价值。他为此感到快乐和幸福。因为劳动着的人是幸福的，努力奉献的人是幸福的。

引导学生阅读教材相关内容，思考、讨论和探究这些问题。

丛飞的身上体现了哪些优秀的品质？这些优秀的品质对他的人生发展产生了哪些影响？请你列举材料中的词句说明。

结合丛飞的事迹说明个人价值和社会价值的关系，说明劳动、幸福、贡献之间的关系，说明个人主观努力与客观条件之间的关系。

注意以下概念和观点之间的联系：(1)劳动在实现人生价值中的作用。(2)劳动与幸福、贡献、人生发展的关系。(3)实现人生价值与哪些因素有关？青少年应该如何在这些方面去努力？

四、思维点拨

结合案例分析,采取辩论的方法,解决重点、难点问题,可以把材料及辩题提前发给学生,鼓励学生自己阅读分析教材,为分组辩论做好充分准备。

案例:徐本禹:走那么远,只为寻找一盏灯。

徐本禹,23岁,山东聊城人,1999年考入华中农业大学经济贸易学院,2002年7月开始到贵州大方县猫场镇狗吊岩村义务支教,2003年徐本禹考上本校研究生,当年7月,他申请保留研究生学籍,再次回到贵州支教至今。

他说他是孩子王,在贵州最好的朋友就是他的学生。

他说他两年没回家过年了,很惦记生病的母亲。

他说过年了,别的志愿者都走了,自己真的有些凄凉。

他说想带孩子们来北京,让他们知道,北京不仅有平房,还有高楼大厦。

他在2005年2月17日央视"感动中国·2004年年度人物评选"颁奖晚会中接受领奖的时候哭了,举起奖杯和鲜花,他努力抿着嘴,眼泪流得那么认真,那么憨厚。

……

辩题:强调在个人与社会的统一中实现人生价值不会抹杀个性。(正方)

强调在个人与社会的统一中实现人生价值会抹杀个性。(反方)

在学生辩论之后,老师要根据辩论的情况给学生作出评价。在评价之后,要对该问题作一个明确的说明。

教师引导:同学们的辩论很精彩,双方在材料的准备和语言的表述上各有千秋。但是,我们要明确一个问题,就是强调在个人与社会的统一中实现人生价值是不会抹杀人的个性发展的。这从正方同学举的例子不难看出。徐本禹的事例告诉我们:

首先,人们要实现人生价值,离不开社会提供的客观发展条件。

如果徐本禹不是得到了各方面的帮助,如来自同学、学校、社会和家人的大力支持,也不会在那样艰苦的环境下坚持到现在,正是来自各方面的鼓励与支持,来自当地老百姓的热爱与希望,才使他坚持下来,实现了自己的人生价值。只靠个人的孤军奋战,很难想象他能够坚持到今天。所以,人的价值只能在社会中实现,离开了社会这个大环境,任何人的"个人奋斗"都显得那么渺小。同时,我们强调在与社会的统一中实现个人的价值,并不否认追求人的个性发展。

运用我们以前学习的整体与部分的辩证关系原理,我们不难知

点拨:

1. 实现人生价值,需要充分发挥主观能动性,需要顽强拼搏、自强不息的精神。发挥主观能动性,重视精神的力量,是我们做任何事情成功的重要条件。

在徐本禹的身上,在许多伟大人物的身上,都有这种可贵的品质。人的先天条件是无法改变的,后天的努力却人人都能做得到,关键是看我们愿不愿意做,怎样去做。只有不断战胜人生旅途上的挫折和失败才能越走越远,实现人生价值。

"灯"的真正含义是什么?它对徐本禹的人生有何作用?

2. 实现人生价值,需要努力发展自己的才能,全面提高个人素质。徐本禹正是用他丰富的学识引导一批又一批的山里孩子走向文明,走向科技。如果他没有知识,也不可能做成这件事。我们今天的学习也是在为将来实现人生价值做准备,只有认真刻苦地学习文化知识,掌握专业技能,才能更好地为社会服务,才能更好地为社会创造价值。

在这里,要结合"课堂探究活动",明确个人素质包含的内容,弄清个人素质高低与人生价值实现的关系。"智力比知识更重要,素质比智力更重要,品德比素质更重要"。一般

道,部分如果不能充分发挥作用,整体的作用也会受到影响,关键部分的功能及其变化甚至对整体的功能起决定性作用。正因为如此,我们也很重视个性的发展,只有每个人都充分发挥自己的潜能,才能为社会作出巨大的贡献。

徐本禹说:"走到今天这一步,我无怨无悔。因为这是为山区孩子所做出的牺牲。或许在贵州的两年是孤独而寂寞的,但这只能化作一种动力,让我用自己200％的精力投身于这个贫困山区,这所小学!"

徐本禹在默默奉献中张扬着自己的个性,在为社会作贡献的同时实现着自己人生的价值。

所以,要在个人与社会的统一中实现价值。人生的真正价值就在于对社会、对他人的奉献。

其次,从徐本禹的经历,我们可以看出,要实现自己的人生价值,必须要在砥砺自我的过程中才能走向成功。徐本禹也不是没有过痛苦的挣扎,当所有的志愿者都从他身边走开的时候,当他的老母亲生病的时候,当他的心灵陷入孤独的时候,他也想过放弃。但最终他凭借顽强的毅力和坚定的信念坚持了下来。这体现了我们学过的哪些哲学原理呢?

学生回答:略。

课堂综合探究

材料:享誉海内外著名的科学家王选院士离我们远去了,留下的是自主创新的启示。他研制的华光和方正系统使中国的印刷术从铅与火的时代迈入电和光的新纪元。他推动北京大学成立北大方正公司,为先进技术成果推向市场拓开一条通道,不但在全国出版界80％使用上国产激光照排机,全世界凡有中文出版物的地方,方正都占有绝对优势。自主创新,托起了中国出版印刷业的伟大革命,为国家创造了难以数计的效益。他年逾60岁,重病缠身,却多年坚持每周工作65小时。在明知自己不能有效救治之时,告诉医院"别输了,留给更需要的病人吧"。他在遗嘱上写道:"我对国家的前途充满信心,21世纪中叶的中国,必将成为世界强国,我能够在有生之年为此作一点贡献,已死而无憾了。"

阅读上述材料,结合所学内容探究下列问题:

(1)上述材料分别说明什么问题?

(2)你是怎样理解这些问题的? 请联系你个人实际,列举2—3例说明。

(3)请你结合上述材料说明他们的人生价值是什么? 他们是怎样实现的?

来说,能力卓越的人,更有可能创造出卓越的人生。

一个全面发展的人可以帮助人们应对不同的生活场景,解决多样的人生难题,把握难得的人生机遇,从而为人生价值的实现提供更加广阔的空间。

"个人奋斗"、"个性发展"对人生价值的实现有何不利因素? 请你列举具体事例说明。

3. 实现人生价值,需要有坚定的理想信念,需要有正确价值观的指引。

正确的思想认识能够指导人们科学地进行实践活动。坚定的信念,正确的价值观都是我们实现人生价值的前提条件。理想是人生的奋斗目标,崇高的、科学的理想的人生对社会有重大的指导和促进作用,因此,作为青年学生必须树立起崇高的、科学的理想。共产主义理想是我们的最高理想;建设有中国特色社会主义,全面建设小康社会,努力构建和谐社会,把我们建设成为富强、民主、文明的社会主义现代化国家是现阶段我国各族人民的共同理想。

科学家王选院士的事迹体现了他的什么人生价值? 他的价值观是什么?

启发学生联系个人实际,思考探究这些问题。

组织学生对此进行讨论。

五、知识构建

（一）本框知识与本课知识的内在联系

人类社会的存在和发展,都必须通过自己的劳动向自然界索取必要的物质资料,也就是说物质资料对人类社会的存在和发展具有决定性意义,这就是本课的一个基本概念——价值。本课前两个框明确了价值、价值观、价值判断与价值选择的含义及相互关系,指出了价值观的导向作用。作为社会生活中的人,我们在学习了价值、价值观、价值判断和价值选择之后,我们就必须思考一个问题,那就是人的价值,或者是人生价值,即人的一生应该怎样度过,什么样的人生才是有意义的人生。在了解价值和价值观含义的基础上,我们得出结论,人生的真正价值在于奉献,这才是人生价值的真谛所在。要实现自己的人生价值,就必须通过自己的创造性劳动,为社会多做贡献。这就要求我们在劳动和奉献中创造价值,在个人和社会的统一中实现价值,在砥砺自我中走向成功,实现幸福的人生。

（二）知识结构

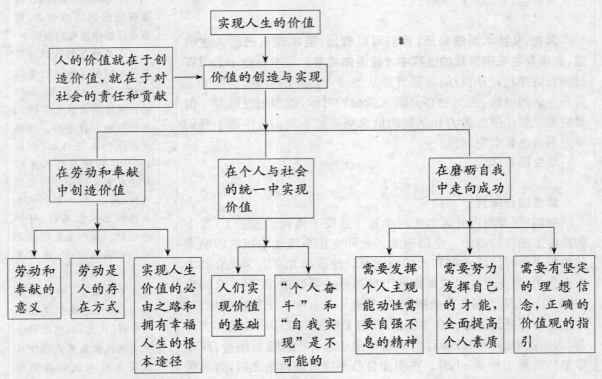

1. 本单元知识点中有哪些是原理？哪些是原理的方法论？请你把这些原理和方法论分别写出来。

2. 上述知识点之间有哪些内在联系？与你的生活有哪些联系？请你用自己的语言表述出来。

3. 本框内容与前面几课的内容有哪些联系？请把这些联系归纳出来。

六、资源开发

通过经典事例引导学生搜集、甄选和开发与本框内容密切相关的学生身边的生活资源（包括本地重要历史和现实中的资料,如社区生活、校园生活、家庭生活以及重大活动等）,培养学生搜集信息、处理信息的能力以及从上述资源中提取有效信息的能力。

（一）社会热点评析

1. 2005 年 4 月 25 日，中华全国总工会在北京人民大会堂举行庆祝大会，隆重庆祝中华全国总工会成立 80 周年，许振超作为劳动模范和先进工作者代表受到表彰并在会上发言。许振超是青岛港一位只有初中文凭的吊车司机，他干一行、爱一行、精一行，三十年如一日；他勇于创新，刻苦钻研，练就一手绝活，包括"无声响操作""一钩准""一钩净""二次停钩"；他率领团队一年内两次刷新世界集装箱装卸纪录，创造了"振超效率"。许振超因此被评为"当代产业工人的楷模"。

问题探究：

（1）上述材料体现了怎样的人生价值？许振超的人生价值是如何实现的？

（2）我们从中可以获得哪些启示？

2. 材料一：据 2005 年 11 月 9 日《珠海特区报》报道，现在有一部分中学生上学，打的代步；双休日，上网聊天；去参观，呼朋唤友；他们把这些视为潇洒。记者调查发现：有部分中学生对"应当享受"持赞同态度的竟占 65％。泡酒吧、饮酒、抽烟、购买贵重礼品送同学、在休闲屋里聊天品茶等成为时尚并风行。

材料二：2005 年为广东省"现代公民教育活动年"。目前，为时 3 年的"爱国、守法、诚信、知礼"现代公民教育活动，与在全省党员中开展的"三有一好"（有理想、有责任、有能力、形象好）教育已在全省全面铺开。两个"八字"教育为主线，以及大学生思想政治教育、未成年人思想道德建设、群众性精神文明创建等系列构建公民道德体系活动的深入开展，使"敢为人先、务实进取、开放兼容、敬业奉献"的新时期广东人精神日益丰富并深入人心，成为推动广东经济社会快速发展的强大动力。

上述材料之间有哪些联系？结合材料一，调查你身边是否有类似的现象？请你分析其原因。对此，你有哪些好的对策？

3. 国际数学大师、中科院外籍院士陈省身是我国跻身国际一流科学家的一面旗帜。人们在评价他的时候，不仅赞誉他的杰出学术成就，而更多的是敬重他崇高的爱国情操。南开大学校长侯自新说，"他之所以取得如此成就，取决于他的学术地位、爱国情操和社会影响力"。北京大学教授、中科院院士张恭庆说，"大家由衷地敬重陈先生，因为他是一个伟大的爱国者。"陈省身先生也是这样表白的。1986 年，他对邓小平同志说："我虽已年逾古稀，但身体还好，愿把最后一点鲜血，献给祖国，帮助祖国搞好数学。"

你认为，外籍院士陈省身的数学成就与其价值观有何联系？

引导学生阅读分析上述材料，并搜集生活中的有关事例。

你认为许振超的成功秘诀是什么？

你是怎样理解"潇洒"、"应当享受"、"时尚"的？

联系你个人实际，说说两个"八字"教育对你的人生成长有何意义？

请你搜集你身边生活中的类似事例说明。

（二）社会实践活动导引

1. 请同学们以小组为单位,去本地的大学或人才市场,针对当代大学生的择业、就业观进行调查,以小组为单位写出调查报告。

2. 2005年5月30日《成都商报》报道:"四川男子见义勇为驾车撞死劫匪,被撞者家属控告"一案引起广泛关注。事件发生于2004年8月14日下午,两男子打劫后坐上摩托车仓皇逃离,路人见义勇为,驾车穷追不舍。立交桥上,劫匪驾驶的摩托车与追逐的轿车猛烈相撞,一名劫匪飞出立交桥身亡,另一名劫匪倒在护栏边,经抢救保住性命,但左腿被截肢,构成二级伤残。驾车追赶劫匪的四川简阳人张德军因见义勇为而被有关部门嘉奖。近一年时间过去了,2005年5月27日下午,死者家属及伤者委托律师递交控告书,要求追究张德军的刑事责任,并给予经济赔偿。

见义勇为的司机撞死劫匪该不该承担法律责任,请结合所学有关哲学知识,给有关法官写一封信,阐明自己的观点。

3. 搜集王选、丛飞和洪战辉等当代先进人物的事迹。

4. 搜集人生名言警句。

人生不是一支短短的蜡烛,而是一支由我们暂时拿着的火炬,我们一定要把它烧得十分光明灿烂,然后交给下一代的人们。

——肖伯纳

人只有献身于社会,才能找出那短暂而有风险的生命的意义。

——爱因斯坦

我觉得人生求乐的方法,最好莫过于尊重劳动。一切乐境,都可由劳动得来,一切苦境,都可由劳动解脱。

——李大钊

如果你能成功地选择劳动,并把自己的全部精神灌注到它里面去,那么幸福本身就会找到你。

——乌申斯基

劳动永远是人类生活的基础,是创造人类文化幸福的基础。

——马卡连柯

劳动是人类存在的基础和手段,是一个人在体格、智慧和道德上臻于完善的源泉。

——乌申斯基

请你搜集有关名言警句,并说说其中包含的哲理。

七、三维评价

◎ 经典训练

（一）在每题给出的四个选项中,只有一项是最符合题意的

1. 我们所处的时代是一个个性张扬的时代,追求人的个性发展本身也是社会进步的表现。但

人们在追求个性发展过程中,应该　　　　　　　　　　　　　　　　　　　　　　（　　）

①把个人与社会统一起来,在统一中实现个人的价值　②以"新潮"和时髦作为标准　③表现为对他人、对社会的独特的贡献方式　④表现为人的怪异和陋习

A. ①②　　　　　　B. ③④　　　　　　C. ①③　　　　　　D. ②④

参考答案:C

2. 当代领导干部的楷模牛玉儒同志在担任呼和浩特市市委书记期间,团结带领市委"一班人",解放思想,抓住机遇,创造性地开展工作,使全市经济快速发展,城乡面貌明显改善,人民生活水平不断提高。为广大干部树立了光辉榜样,赢得了广大干部群众的衷心爱戴。从牛玉儒的事迹中,我们得到的启示是　　　　　　　　　　　　　　　　　　　　　　　　　　　（　　）

A. 社会提供的客观条件是人生价值实现的关键

B. 在创造性劳动中、在奉献社会中实现人生价值

C. 实现人生价值需要全面提高个人素质

D. 作出正确的价值判断必须站在最广大人民的立场上

参考答案:B

3. 中纪委、中组部等部门联合发出《关于开展向牛玉儒同志学习活动的决定》,号召全体党员干部向新时期党员领导干部的楷模牛玉儒同志学习。这主要说明　　　　　　　　（　　）

A. 正确的价值观对人生价值的选择有重要的导向作用

B. 努力奉献的人是幸福的

C. 人通过自己的活动,付出了心血和劳动,为社会作出了贡献,就会得到社会对自己价值的承认

D. 实现人生价值,需要充分发挥主观能动性

参考答案:C

4. 面对人生旅途中遇到的挫折和失败,正确的态度是　　　　　　　　　　　　　（　　）

A. 充分发挥主观能动性,顽强拼搏,战胜困难和挫折

B. 尽量回避和绕开困难和挫折

C. 努力寻求造成挫折和失败的客观原因

D. 怨天尤人,悲观失望

参考答案:A

2005年5月22日上午11时许,中国珠峰测量队和中国女子登山队的首批成员陆续登上珠穆朗玛峰的峰顶。他们克服了严寒、暴风雪和高山缺氧等艰难困苦,发扬了不畏艰险、团结协作、勇攀高峰的精神,并获得第一组测量数据。这是我国自1975年首次测得珠峰高度之后,再次精确测量珠峰高度。据此回答5—8题。

5. 长期以来,围绕珠峰高度的争论一直存在,不同历史时期、不同国家以不同手段测量珠峰,出现了不同的结果。采用CPS测量系统等现代化的工具和手段再次对珠峰进行精确测量,有助于减少人们的争论。这说明　　　　　　　　　　　　　　　　　　　　　　　　　（　　）

A. 主观能动性的发挥要受客观条件的制约

B. 尊重客观规律是我们认识事物的基础

C. 社会存在决定社会意识

D. 人生价值的实现需要一定的主观条件

参考答案:A

6. 自1975年首次测得珠峰高度之后,需要再次对珠峰高度进行精确测量。这说明　（　　）

A. 一切事物都是变化发展的　　　　　B. 社会意识对社会存在具有反作用

C. 矛盾就是对立统一　　　　　D. 价值观对人生道路的选择具有导向作用

参考答案：A

7. 为了获得测量数据，队员们克服了严寒、暴风雪和高山缺氧等艰难困苦，发扬了不畏艰险、团结协作、勇攀高峰的精神。这说明实现人生价值，需要　　　　　（　　）

A. 社会提供一定的客观条件

B. 充分发挥主观能动性，需要顽强拼搏、自强不息的精神

C. 全面提高个人素质

D. 努力发展自己的才能

参考答案：B

8. 能够参与珠峰重测，为国家和民族争得荣誉，参与重测的队员们感到无比骄傲和自豪。他们之所以感到无比骄傲和自豪，是因为　　　　　（　　）

①他们通过参与珠峰重测，为人类再次认识珠峰作出了重要贡献　②他们在珠峰重测的实践中彰显和发挥了自己的智力、体力和意志，实现和证明了自己的价值　③这是人类第一次对珠峰高度进行精确测量　④积极投身于为人民服务的实践，是拥有幸福人生的根本途径

A. ①②③④　　　　B. ①②③　　　　C. ①②④　　　　D. ②③④

参考答案：C

(二) 在每题给出的四个选项中，至少有一项是符合题意的

2005 年 4 月 8 日《北京日报》报道，从 2005 年北京市农村富余劳动力转移培训工作大会上获悉，今年内，该市将对 10 万农民进行培训，教给他们各种就业技能，加快农村富余劳动力的就业速度。据此回答 9—10 题。

9. 北京市对农民进行培训　　　　　（　　）

A. 为实现人生价值提供了良好的客观条件　　B. 有助于农民提高素质实现自己的价值

C. 是广大农民实现人生价值的惟一途径　　D. 有助于广大农民迅速脱贫致富

参考答案：AB

10. 这一做法的哲学依据是　　　　　（　　）

A. 只要充分发挥主观能动性，办事情就能取得成功

B. 人们的主观因素越正确，越有利于正确发挥主观能动性

C. 价值观随社会存在的变化而变化

D. 实现人生价值需要具备必要的主观条件

参考答案：BD

11. 2005 年 5 月 19 日《新疆阿勒泰新闻网》载文指出，社会主义市场经济的全面发展，促进了社会的全面进步。同时也出现了一些拜金主义、享乐主义、腐朽生活方式的偏激倾向。于是，见利忘义、唯利是图、坑蒙拐骗等社会不良现象时有发生，对社会风气造成较大的不良影响。见利忘义、唯利是图、坑蒙拐骗等社会不良现象时有发生。这说明　　　　　（　　）

A. 部分人片面追求个人利益而损害人民利益

B. 社会意识对社会存在具有决定作用

C. 价值观对人们的活动具有导向作用

D. 应高度重视物质对意识的决定作用

参考答案：AC

12. 从哲学上看,要逐步消除上题材料中的消极现象,就必须　　　　　　　　(　)

A. 反对追求个人物质利益　　　　　　　B. 加强集体主义价值观的宣传教育

C. 把思想道德建设作为一切工作的中心　D. 全面提高社会成员的自身素质

参考答案:BD

13. 2005年2月25日《湖南水利网》载文指出,常修为政之德是为政的基础,是加强党性修养的基本途径,是保持共产党员先进性的必然要求。常修为政之德,贵在一个"常"字,重在一个"修"字。这说明　　　　　　　　　　　　　　　　　　　　　　(　)

A. 认识是不断变化发展的　　　　　　　B. 客观条件制约着主观能动性的发挥

C. 改造主观世界离不开社会实践　　　　D. 要树立科学的世界观、人生观、价值观

参考答案:ACD

(三)辨析题(仅作判断不说明理由者不得分)

14. 2005年10月15日,被国际社会称为"可与长城媲美的伟大工程"——青藏铁路,全线贯通,将于2006年7月试运行,包括藏族同胞在内的全体中国人的百年梦想终于实现。建设青藏铁路,是党中央、国务院从推进西部大开发、实现我国各民族共同繁荣发展的大局出发作出的一项重大决策。建设这条世界上海拔最高、线路里程最长的高原铁路,是人类铁路建设史上前所未有的壮举。

辨题:价值观对人们的活动有导向作用,决定着人们办事情能否取得成功。

参考答案:(1)价值观是人们在认识各种具体事物价值的基础上形成的对事物价值的总的看法和根本观点。价值观作为一种社会意识,对社会存在具有重大的反作用,对人们的行为具有重要的驱动、制约和导向作用。但是,无论这种作用多大,都不可能起决定作用。(2)不同的价值观对人们认识世界和改造世界的活动具有不同的导向作用。正确的价值观起积极和促进作用,错误的价值观起阻碍和破坏作用。青藏铁路的顺利贯通,是党中央、国务院正确决策的结果,也是人类千百年来对青藏高原不断认识、探索以及与之亲近、融合的一次升华,是中国人以"挑战极限、勇创一流"的新时期民族精神在"世界屋脊"创造的奇迹。(3)人们办事情能否成功,取决于能否把尊重客观规律、客观条件与发挥主观能动性结合起来,而不是取决于人们的价值观。青藏铁路的顺利贯通,离不开正确价值观的导向作用,但是关键还是在于从决策到建设都始终坚持从实际出发、按规律办事。

15. 只要发扬艰苦奋斗的精神,任何人的理想都可以转化为现实。

参考答案:这种观点是不正确的。(1)理想转化为现实需要发扬艰苦奋斗的精神。它是一种迎难而上、坚韧不拔、克勤克俭、顽强拼搏、不畏艰苦、不怕牺牲、不达目的誓不罢休的精神风貌和道德品质。理想高于现实,是人生的奋斗方向。要使理想转化为现实需要人们付出艰苦的劳动,需要人们去奋斗,没有发扬艰苦奋斗的精神,最好的理想都不能转化为现实。因为内因是事物变化发展的根本原因。(2)理想都可以转化为现实,需要很多方面的条件,除了发扬艰苦奋斗的精神以外,还要看你的理想是否科学,是否符合事物发展规律,还需要一定的客观条件。相反,如果不具备一定的客观条件,艰苦奋斗只能是蛮干而最终导致失败。

因此,在客观条件具备的前提下,只要发扬艰苦奋斗的精神,科学的符合实际的理想都能转化为现实。

(四)论述题(要求紧扣题意,综合运用所学知识,结合材料展开分析)

16. 2005年4月25日,中华全国总工会在北京人民大会堂举行庆祝大会,隆重庆祝中华全国总工会成立80周年,许振超作为劳动模范和先进工作者代表受到表彰并在会上发言。许振超是青

岛港一位只有初中文凭的吊车司机,他干一行、爱一行、精一行,三十年如一日;他勇于创新,刻苦钻研,练就一手绝活,包括"无声响操作"、"一钩准"、"一钩净"、"二次停钩";他率领团队一年内两次刷新世界集装箱装卸纪录,创造了"振超效率"。许振超因此被评为"当代产业工人的楷模"。

(1) 材料体现了怎样的人生价值? 许振超的人生价值是如何实现的?

(2) 我们从中可以获得哪些启示?

参考答案:(1)第一,他在劳动和奉献中创造价值。他干一行、爱一行、精一行,三十年如一日;他一年内两次刷新世界集装箱装卸纪录,创造了"振超效率",为祖国的桥吊事业作出了巨大的贡献。第二,他在个人与社会的统一中实现价值。他与团队一起刷新世界集装箱装卸纪录,一起创造了"振超效率",在与社会的统一中实现了自己的价值。第三,他在砥砺自我中走向成功。他三十年如一日,顽强拼搏、自强不息,充分发挥自己的主观能动性;他虽只有初中文凭,但勇于创新,刻苦钻研,练就一手绝活,掌握了过硬的本领,不断提高了自己的素质。第四,他既是价值的创造者,也是价值的享受者。他三十年如一日,他练就一手绝活,他创造了"振超效率",他也因此被评为"当代产业工人的楷模",受到了中华全国总工会的表彰。(2)我们从中可以获得的启示有:第一,要以主人翁精神,做爱岗敬业的奉献者。第二,要有争创一流、敢为人先的创新精神,做科技创新的引领者。第三,要有与时俱进、刻苦钻研的学习精神,做知识型的现代劳动者。第四,要有精诚合作、相互关爱的团结精神,做团队合力的维护者。第五,要有艰苦奋斗、百折不挠的拼搏精神,做"三个代表"重要思想的践行者。

(五) 生活探究题

17. 据说从前有个国王让手下人编一本《各时代的智慧录》以传世,经过很长时间终于完成了十二卷巨作。国王嫌长,要他们浓缩,他们删减之后缩成一卷,国王还嫌长,他们再缩,缩成一章、一页、一段,最后只剩下了一句。国王高兴地说:"这真是各时代的智慧结晶,人们一旦知道这个真理,很多问题就都可以解决了。"这句经过千锤百炼的话就是:"天下没有免费的午餐。"

国王高兴地说:"这真是各时代的智慧结晶,人们一旦知道这个真理,很多问题就都可以解决了。"国王为什么对这句话给予如此高的评价? 请你说说其中奥秘。你从中得到哪些人生启示?

18. 有人说:一个人"生而贫穷并无过错,死而贫穷才是遗憾。"你是怎样理解这句话所揭示的哲理?

参考答案:略

19. 2005 年的夏天,"超女"以迅雷不及掩耳之势席卷了几乎所有的媒体,受到无数少男少女的热烈追捧,"超女"、"粉丝"、"玉米"等词也几乎成为网上点击率的新高。对此,有人认为,年轻人中不愿下苦功,希望走捷径成功,图虚荣、好享乐的深层原因导致人生观的迷失。也有人认为,它为青少年提供了一个展示自我的舞台,快捷成名的途径。还有人说,"超女"现象追求的是狂欢和娱乐,让人走向不归路;走向毁灭的不是苦难,而恰恰是娱乐,无节制的娱乐会给人带来毁灭性的后果,就像吸毒一样。

请你对上述观点作简要的评析,并说出你的理由。

◎ **闪光记录**

评教评学,以学生为主体,包括知识及其构建、内容方法、信息的搜集与甄选、学法指导、自主学习能力、思维火花、密切相关的社会实践活动能力与效果等方面的综合评价。采用表格或其他形式记录学生学习本框的情况:如探究的内容、探究问题的状态(活动或问题)、方式方法、效果、回答问题及练习情况等。

学完本课我的收获	知识		
	能力		
	情感、态度、价值观		

我对同学的评价	小组成员分工及任务完成情况	同学姓名	对他（她）的综合评价

对我自己的综合评价		学习态度	课堂表现	社会实践反馈	自主完成作业的情况
	自评				
	老师				
	同学				
	家人				

说明：

1. 课堂表现要求写明具体行为，如课堂状态、课堂参与、课堂创新思维等。
2. 自我评价、教师评价、他人评价将和期中期末考试成绩作为综合评定指标。
3. 小组成员在没有分工合作的情况下，将对他的学习态度进行评价。
4. 小组评和自评以具体行为表现为主，老师评以 A、B、C、D 等次评定。
5. "小组成员分工及任务完成情况"指的是自己对其他同学的评价。
6. 以小组为单位，每节课反馈一次。

（韩　梅　裴德军　赵化南　撰写）

第四单元综合探究

坚定理想　铸就辉煌

一、探究目标

1. 通过教学，使学生理解"人生风景千万种，人生道路万千条"，但是只有有价值的人生才是快乐和幸福的人生；理解人的价值实现途径有多种，无论哪种途径，都离不开对他人，对社会的奉献，从而确立为人民服务的价值观。

2. 通过教学，使学生理解个人和社会是统一的：社会发展是个人发展的基础，社会发展也离不开个人的发展；明确理想是个人的奋斗目标，崇高的理想是人生的精神支柱，从而树立正确的理想和信念。

二、案例导入

通过本单元的学习，我们知道：个人和社会是统一的，一个人只有在集体中，才能获得全面发展其才能的手段。同时懂得，人民群众是社会历史的主体，是社会物质财富和精神财富的创造者。我们想问题，做事情必须坚定地站在人民群众的立场上，一切以是否合乎人民群众的根本利益为准绳。

1. 展示一组华西村的图片：

通过图片展示，让同学们对华西村有所了解：华西村是全国农村走共同富裕道路的典型，2004 年，华西村人均工资收入 12.26 万元。同年全国农民人均纯收入 2 936 元、城镇居民人均可支配收入 9 422 元。华西人的收入是全国农民的 41.76 倍、城镇居民的 13.01 倍。

2. 作为闻名全国的"天下第一村"，华西村被誉为社会主义新农村建设的一面旗帜。四十多年来，华西村始终坚持解放思想、实事求是，始终坚持率先发展、科学发展、和谐发展，走出了一条以工业化教育农民，以城镇化发展农村，以产业化提升农业的华西特色发展之路，形成了经济发展、生活富裕、乡风文明、环境优美、管理民主的社会主义现代化新农村建设新局面。

引导学生思考：华西村的成就是如何取得的？

师生共同探讨：

通过图片展示引导学生思考并得出结论：

华西村之所以能够取得今天这样辉煌的成就，与它的领头人——吴仁宝的确分不开。

三、问题探究

将同学们搜集到的有关吴仁宝的事迹与大家分享：

之一，吴仁宝是一位中国农村的风云人物，被誉为中国农民的骄傲。吴仁宝从 20 世纪 60 年代担任华西村的书记，40 多年来，吴仁宝始终保持农民的质朴不变色，始终坚持社会主义、共产主义理想信念不动摇，始终保持共产党员的先进性不落伍，始终把率先发展、科学发展、造福人民作为毕生追求不变心，带领华西人从一穷二白走向文明富裕。吴仁宝是社会主义现代化新农村建设的典范，是每一位共产党员学习的楷模。

之二，镇里每年给吴仁宝的超目标奖均在百万元以上，1996 年是 108.8 万元、1997 年是 158.8 万元、1998 年 168 万元、1999 年 188 万元……但他一直分文未拿，他在央视《新闻会客厅》节目中透露，他目前的存款只有 150 万，而华西村"一般人都有三五百万"。

之三，华西村民都住上了洋气的现代化别墅，只有吴仁宝，还住在上世纪 70 年代建造的老楼房里。

之四："三不"是吴仁宝早年给自己立下的规矩。"不拿全村最高的工资，不住全村最好的住房，不拿全村最高的奖金"。几十年来，他恪守这一规矩，完全做到了"三不"。除此之外，吴仁宝连各级组织按政策奖励给他的 5 000 多万元都分文未取，全留给了集体。

之五，今年已 78 岁的吴仁宝，一生从未离开过生他的这个村子，即使是组织任命他担任江阴县委书记期间（1975 年～1980 年），他仍兼任华西村党支部书记，一年有一半的时间是在华西度过的。在组织上调他任地区农工部负责人的时候，他说道："我来自华西，还是回华西。我是党员，我一生惟一的愿望就是为农民多干点事"。他离不开这片土地，他深爱着这片土地和土地上的人民。就这样，吴仁宝从"县官"的宝座上又回到了华西当农民！他，中国最小最小的一个村官，却是田野里诞生的一名真正共产党人！

之六，在吴仁宝心中，始终不渝的愿望是最大限度地造福人民。多年来，对吴仁宝来说，变化的始终是不断更新的发展观念，而不变的却是艰苦奋斗的人生信条。吴仁宝就是在这样的变与不变之间，寻求着人生的最佳支点。几十年来，华西村在吴仁宝和一支坚强党支部的带领下，从小到大，从大到强，成为中国的"天下第一村"。

……

通过对吴仁宝事迹的分享，教师进行总结：

吴仁宝事迹，验证了这样一个朴素的道理：一个人必须要有坚定理想信念，才能造福人民，才能铸就自己人生的辉煌。

师生共同探讨：吴仁宝的事迹告诉人们：建设社会主义新农村，领头的必须是树立了马克思主义世界观、全心全意为人民服务的共产党人；而共产党员也只有在为社会主义、共产主义事业的奋斗实践中，在全心全意为人民服务的实践中，才能真正保持其先进性。

四、思维点拨

（一）劳动创造价值，奉献照耀人生

材料一：袁隆平，"杂交水稻之父"，至 74 岁获世界大奖 11 次，荣获首届中国最高科学技术奖，个人姓名属无形资产，品牌价值 1 008.9 亿元……他和同事们在全国大面积推广两系法杂交水稻生产应用，到 2000 年全国累计推广面积达 5 000 万亩，年增稻谷可养活 6 000 万人口。中国农民说，吃饭靠"两平"，一靠邓小平（责任制），二靠袁隆平（杂交稻）。

材料二：马克思说："如果一个人只为自己劳动，他也许能够成为著名的学者、伟大的哲人、卓越的诗人，而他永远不能成为完美的、伟大的人物。"

提问学生后，教师归纳：

袁隆平的一生，把人民群众的利益放在首位，以自己一生的精力，投入到解决人民群众最迫切的吃饭问题上，在自己的劳动创造过程中，也实现了其人生价值。其次，袁隆平的事迹还告诉我们：劳动是光荣的、美好的，只有为人民群众的利益而劳动，才能真正地实现人生的价值。第三，我们想问题、做事情必须坚定地站在人民群众的立场上，一切以是否合乎人民群众的根本利益为准绳。

（二）确立科学价值，选择职业理想

材料：鲁迅青少年时，目睹半殖民地半封建的旧中国的现实，毅然去南京报考了水师学堂，后来又转入江南矿务铁路学堂去学矿业，力图通过开矿发展工业来拯救民族危亡。但这种理想道路却根本走不通，于是，他又确立了"学医救国"的志向，进入日本的仙台医学专科学校。后来他意识到在腐败的中国，人们最需要治疗的不是身体上的疾病，而是精神上的麻木，是唤醒饱受吃人制度愚弄和奴役的人民的觉悟，于是，鲁迅先生又断然放弃了学医救国的理想，弃医从文，拿起了锋利的笔进行文艺创作，写了大量揭露旧社会的罪恶、唤起人们觉醒的檄文，成为我国伟大的思想家、文学家和文化革命的旗手。

小组讨论后，学生代表发言：

（1）职业理想的选择和判断要符合社会历史发展的趋势，它对个人的人生价值的实现有着重要的意义。人们对社会理想的追求只有符合社会发展的趋势，顺应历史的潮流，个人的理想也才可能实现。

（2）鲁迅先生对社会理想的追求完全符合当时中国社会发展的客观要求，因而个人的理想也获得了成功，对中国人民的革命事业作出了贡献。从鲁迅身上，我们可以看到，只有当自己的理想选择符合社会历史发展的潮流时，才有可能实现个人的理想，同时对社会作出贡献。

师生共同探讨：联系马克思的这段话，说说袁隆平为什么能成为中国农民吃饭的"依靠"？你认为袁隆平身上的闪光点在哪里？

小组讨论：鲁迅三易其职业的选择给我们什么启示？职业选择和判断对实现个人的人生价值有什么意义？分析你自己喜欢的职业，自己的条件及选择职业的价值追求，看看和鲁迅先生的职业选择有什么异同？

（3）在职业选择方面，每个人都会有自己不同的价值取向，有些人从个人自身的需要出发，也有的人在作出职业选择的时候，受客观条件的限制，所以在职业选择上会有多种不同的选择，他们所产生的社会效果是不同的。但是从鲁迅职业选择上，我们可以看到，只有当自己的职业理想与社会需要、社会的发展相结合时，才是正确的选择，才能在更广阔的天地有所作为。所以，青年学生在作出自己的职业选择时，一定要与国家、民族的命运相结合，这样才能真正实现自己的人生价值。

教师归纳小结：

我们当代青年学生，是承前启后的跨世纪的一代，是社会主义事业的建设者和接班人，应该懂得实现共产主义是社会发展的必然趋势，应该树立共产主义的理想信念，应该把自己的理想，同人类的崇高理想、中华民族的共同理想、我国当前的奋斗目标紧密结合起来，在建设中国特色社会主义过程中，在实现共产主义理想的奋斗中，展现自己的人生价值。

把实现我国各民族人民的现阶段的共同理想，从而也是把实现共产主义的最高理想作为自己的终身追求和奋斗目标，才是唯一符合社会发展趋势的社会理想。

（三）坚定理想信念，创造辉煌人生

小组讨论：理想信念对成就辉煌人生有什么作用？

通过讨论，使学生明确：理想是个人的奋斗目标，崇高的理想是人生的精神支柱。一个人有了崇高的理想，就有了坚定的正确方向，就能把个人的前途和国家的命运、人类的幸福结合起来，从而为自己的生命里程注入恒久的动力和无限的生机。所以，我们青年学生应该自觉地树立正确的理想和信念，成就自己辉煌的人生。

小结：

人生是短暂的，有价值的人生却是永恒的。理解了人的价值实现的途径，就应该确立为人民服务的价值观；理解了个人与社会的关系，就应该树立通过对社会做出贡献才能实现人生价值的正确理想信念。

一个人没有理想，生活就没有重心，就缺乏朝气。为自己建立一个正确的目标，朝着这个目标去努力追求，生活就会充实而有意义。

作为新时代的青年学生，我们要关于抓住人生的"三天"：不忘昨天，奋斗今天，创造明天，铸就无愧于时代的辉煌。

五、知识构建

1. 阅读 2005 年"感动中国十大人物"之一洪战辉的事迹。

教师归纳：洪战辉在贫困中求学，在艰辛中自强的事迹告诉我们，一个人有了崇高信念的时候，就有了坚定的正确方向，就能正确选择自己的人生道路，就能把个人的前途和国家的命运、人类的幸福结合起来。所

观看录像：播放介绍方志敏烈士事迹的录像，让学生了解方志敏烈士的光辉一生。

师生共同探讨：洪战辉的事迹说明什么问题？

以,虽然今天他看起来身材仍然文弱,但是在精神上,他一直是强者。

2. 小组讨论:

在本框题中,我们主要学习了哪些知识?

在小组讨论的基础上,学生发言,最后教师进行小结:

通过本框题的学习,我们懂得了,要实现人生价值,就必须通过自己的辛勤劳动,劳动才能创造价值,奉献才能照耀人生。我们应该确立正确的科学的价值观,选择职业理想,为祖国强大和繁荣作出自己的贡献。我们每一个青年学生,都应该通过树立坚定的理想信念,来创造自己辉煌的人生!

> 试一试:你能将本单元的知识构建知识网络吗?

在此基础上,构建本单元的知识网络:

```
正        ┌社会存在决定社会意识
确  社会发展的规律┤生产关系一定要适合生产力的发展
认        └上层建筑一定要适合经济基础状况
识        ┌社会历史发展的总趋势
社  社会发展的主体┤人民群众是历史的创造者
会        └群众观点和群众路线

实        ┌人的价值
现  价值观的导向作用┤价值观与人生道路的选择
人        └价值观与人们认识和改造世界的活动
生  正确进行价值  ┌自觉遵循社会发展的客观规律
价  判断和价值选择┤始终站在最广大人民的立场上
值        ┌实现人生价值的根本途径是人的创造和奉献活动
    实现人生价值的途径┤实现人生价值必须依赖社会和集体
            └实现人生价值需要正确的价值观和坚定的理想信念
```

坚定理想,铸就辉煌

六、资源开发

通过经典事例引导学生搜集、甄选和开发与本框内容密切相关的学生身边的生活资源(包括本地重要历史和现实中的资料,如社区生活、校园生活、家庭生活以及重大活动等),培养学生搜集信息、处理信息的能力以及从上述资源中提取有效信息的能力。

1. **材料一:**

突出以人为本的发展理念,强调让人民群众共享改革发展的成果,是十六届五中全会一个引人注目的亮点。

全会指出"把扩大就业摆在经济社会发展更加突出位置,坚持实施积极的就业政策,千方百计增加就业岗位。建立健全与经济发展水平相适应的社会保障体系,完善城镇职工基本养老和基本医疗、失业、工伤、生育保险制度,认真解决进城务工人员社会保障问题。认真研究并逐步解决群众看病难看病贵问题。继续深化医疗卫生体制改革,完善公共卫生和医疗服务体系,基本建立新型农村合作医疗制度。"

教师归纳小结:

> 议一议:结合所学知识,谈谈你对十六届五中全会就认真解决群众最关心、最直接、最现实的利益问题作出的具体部署的认识。

这说明,党的十一届三中全会以来,我们党同人民群众的密切联系进入了一个新的历史阶段。党的基本路线以及一系列重大的方针政策,适应我国社会生产力的发展要求,促进了经济和社会的全面进步,符合人民群众的根本利益,人民群众从中得到了实实在在的好处,得到了群众的衷心拥护。走群众路线,说明了我们党在立党为公,执政为民,权为民用,情为民系,利为民所谋方面取得的积极进步意义。

我们每一个人都应该把自觉维护人民群众的利益,为人民群众的利益而奋斗,作为自己言论和行动的最高准则。

2. 材料二:

2005年10月12日,神舟六号载人航天飞船在我国酒泉卫星发射中心成功发射。神舟六号载人航天飞行任务,是我国首次进行多人多天飞行,首次进行真正意义上有人参与的空间实验活动。神舟六号顺利升空、准确入轨,迈出了这次航天飞行极为重要关键的一步。这是在党中央国务院中央军委的领导下,参加工程研制、建设试验的各个单位和全体同志,大力弘扬"两弹一星"的精神,勇敢地肩负起攀登航天科技高峰的神圣使命,发扬艰苦奋斗、开拓创新、团结拼搏的精神,取得了丰硕的科技成果。我国载人航天的丰功伟绩将彪炳于中华民族的光辉史册。

教师归纳:

神舟六号载人航天飞船的成功发射,是我国航空航天工作者共同努力的结果,它充分说明,我们必须树立正确的价值观和坚定的理想信念,依赖社会和集体,通过自己的创造和奉献活动,来实现自己的人生价值。所以说,人生价值的实现,个人与社会是相统一的。

师生共同探讨:神舟六号载人航天飞船的成功发射说明什么问题?

七、三维评价

(一)经典训练

一、在每题给出的四个选项中,只有一项是最符合题意的

1. 2005年5月1日,体坛明星姚明和刘翔当选为上海市劳动模范,除此二人外,还有进城务工人员和私营企业主也被纳入上海市劳动模范候选人之列,这在全国劳模评选的历史上还是第一次,因为长期以来,按照相关规定,只有国有企业的劳动者才有资格评选全国劳模。姚明等人之所以能入选劳模,是因为 ( )

A. 他们都是社会名人

B. 他们在社会都有很大的影响力

C. 他们都具有极高的商业价值

D. 他们都通过自己的活动满足了社会和他人的需要

参考答案:D

2. 2004年4月12日,中国运载火箭技术研究院前任院长厉建中,因涉嫌贪污、受贿、挪用公款,被有关部门立案调查。厉建中曾组织领导研制成功长征三号甲、长征三号乙、长征三号丙改进型、长征二号F等4种型号运载火箭。为此,厉建中多次获得国家级有关部委科研奖励。厉建中

的变化说明　　　　　　　　　　　　　　　　　　　　　　　　　　（　　）

    A. 价值选择会随着时空推移和条件的改变而变化

    B. 价值判断和价值选择随着人们的社会地位不同而不同

    C. 作出正确的价值选择必须遵循社会发展的客观规律

    D. 错误的价值选择必然遭受法律的制裁

参考答案：A

3. 2005 年 5 月 19 日,国家环保总局通报了内蒙古通辽梅花科技有限公司环境违法问题。环保总局同时还批评当地政府甘当违法企业保护伞,免收企业包括排污费等所有行政费用,甚至明文要求对企业进行检查需事先提出申请经同意后方可进入。上述材料说明　　　　　　　（　　）

    A. 当地政府认真考虑了群众的利益

    B. 公司能为当地政府提供可观的财政收入

    C. 国家环保总局首先考虑的是自身的利益

    D. 应当把人民群众的利益作为价值判断和价值选择的标准

参考答案：D

二、在每题给出的四个选项中,至少有一项是符合题意的

1. 据称,在“神六”发射后,日本人仰望“神六”心态很复杂。例如日本的一些网民对中国“神六”的成功发射满含醋意。一些人说:“对这样的国家,我们应该考虑取消对它的政府开发援助。”而日本媒体的“酸葡萄心理”更加明显。它们把相当一部分注意力放在了隐性宣扬“中国威胁论”方面。日本最大的右翼报纸《产经新闻》称,中国掌握高精度的导弹制导技术,使得台湾海峡发生危机时,包括驻日美军基地在内的日本战略目标,都可能成为中国打击的对象。日本人对“神六”的态度说明　　　　　　　　　　　　　　　　　　　　　　　　　　　　　　　　（　　）

    A. 价值判断会因人们所站的立场不同而不同

    B. 价值判断和价值选择具有阶级性

    C. 日本人的价值判断代表的是少数人的利益

    D. 日本人的价值判断没有遵循社会发展的客观规律

参考答案：AB

2. 王顺友是四川省凉山彝族自治州木里藏族自治县“马班邮路”投递员。20 年来他长年工作在艰苦恶劣、险象环生的环境中,没有延误过一个班期,没有丢失过一封邮件,准确率达 100%,把党的声音和群众的需要送到千家万户。2005 年 5 月 1 日,被中华全国总工会授予全国劳模称号。王顺友的先进事迹说明　　　　　　　　　　　　　　　　　　　　　　　　　　　（　　）

    A. 人既是价值的创造者,又是价值的享受者

    B. 要把人民群众的利益作为价值选择的标准

    C. 实现人生价值,需要全面提高个人素质

    D. 人的价值的实现,需要自强不息的精神

参考答案：ABD

3. 我国航天员费俊龙和聂海胜驾驭神舟六号成功远征太空,费俊龙的家乡亲人,受到了众多商家的“关注”。2005 年 10 月 15 日上午,昆山日报记者在费家采访时,目睹当地一家房地产公司找上门来,询问费俊龙身份证号码,表示要送给费俊龙一栋坐落在阳澄湖畔的一套 300 多平方米别墅,为其直接办理房产证。对这一好意,费俊龙家人婉言拒绝。以上材料表明　　　　　　　（　　）

    A. 价值观对人们的行为具有重要的导向作用

B. 价值判断和价值选择具有阶级性

C. 人们的需要不同,价值判断和价值选择也就不同

D. 价值判断与价值选择,往往会因人而异

参考答案:ACD

三、论述题(要求紧扣题意,综合运用所学知识,结合材料展开分析)

材料一:中新社东京 10 月 17 日电日本首相小泉纯一郎不顾日本国内外舆论的强烈反对,于 17 日上午再次参拜了供奉有甲级战犯牌位的靖国神社。这是小泉 2001 年 4 月就任首相以来第 5 次参拜靖国神社。此后,由日本超党派议员组成的"大家都来参拜靖国神社国会议员之会"的 101 名国会议员 18 日上午集体参拜了供奉有甲级战犯牌位的靖国神社。

材料二:10 月 18 日,外交部亚洲司负责人奉命约见日本驻华使馆公使,通报了中方关于推迟日本外相町村信孝原定于本月 23 日至 24 日访华的决定,表示鉴于目前严峻形势,町村外相访华不合时宜,中方不便接待。

请运用有关哲学知识对以上材料加以分析说明。

参考答案:(1) 人们在认识各种具体事物的价值的基础上,会形成对事物价值的总的看法和根本观点,这就是价值观。价值观作为一种社会意识,对社会存在具有重大的反作用,对人们的行为具有重要的驱动、制约和导向作用。价值观影响着人们对事物的认识和评价。价值观不同,人们对事物的认识和评价就不同,选择错误的价值观,会使人在现实环境中遭到失败。

(2) 人们从事各种实践活动,同各种事物打交道,要不断进行判断和选择。人们对事物能否满足主体的需要以及满足的程度作出判断,称为价值判断。价值选择是在价值判断的基础上作出的。人们的社会地位不同,需要不同,价值判断和价值选择也就不同。面对同一事物或行为,不同阶级和阶层的人会作出不同的甚至截然相反的价值判断和价值选择。面对同一问题,人们的不同表现体现出价值判断与价值选择的差异,产生不同价值判断与价值选择的冲突。这就要求我们明确价值判断和价值选择的标准,分辨什么是对的、什么是错的,应该怎么做、不应该怎么做。

(3) 靖国神社从一开始就与军国主义有着密不可分的关系。在日本发动对外侵略战争期间,军国主义势力利用靖国神社煽动军国主义情绪,为侵略战争服务。战后,靖国神社虽改为独立宗教法人,但其作为军国主义精神支柱的影响依然存在,里面供奉着东条英机等 14 名甲级战犯。日本首相小泉纯一郎及日本议员的参拜行为,反映了其在二战等历史问题上的价值观以及其价值判断和价值选择,即为二战侵略历史进行错误辩护,为军国主义招魂。包括中国人民在内的亚洲各国人民始终坚决反对日本领导人参拜靖国神社,认为日本领导人的这一举动严重伤害了受害国人民的情感。中国政府一贯认为,只有正确认识和对待历史,坚持"以史为鉴、面向未来",才有利于中日睦邻友好关系的健康稳定发展,有利于日本取信于亚洲邻国和国际社会,符合日本人民的长远利益。这是中国人民基于历史事实的正确的价值判断和价值选择,符合历史发展的事实。

◎ 闪光记录

评教评学,以学生为主体,包括知识及其构建、内容方法、信息的搜集与甄选、学法指导、自主学习能力、思维火花、密切相关的社会实践活动能力与效果等方面的综合评价。采用表格或其他形式记录学生学习本框的情况:如探究的内容、探究问题的状态(活动或问题)、方式方法、效果、回答问题及练习情况等。

学完本课我的收获	知识		
	能力		
	情感、态度、价值观		

我对同学的评价	小组成员分工及任务完成情况	同学姓名	对他（她）的综合评价

对我自己的综合评价		学习态度	课堂表现	社会实践反馈	自主完成作业的情况
	自评				
	老师				
	同学				
	家人				

说明：

1. 课堂表现要求写明具体行为，如课堂状态、课堂参与、课堂创新思维等。
2. 自我评价、教师评价、他人评价将和期中期末考试成绩作为综合评定指标。
3. 小组成员在没有分工合作的情况下，将对他的学习态度进行评价。
4. 小组评价和自评以具体行为表现为主，老师评以 A、B、C、D 等次评定。
5. "小组成员分工及任务完成情况"指的是自己对其他同学的评价。
6. 以小组为单位，每节课反馈一次。

（李凤萍　撰写）

后　记

国家"十五"教育规划课题子课题《新课程高中思想政治课教学评价研究》课题组由部分省市教研人员、横跨四省六十多所不同类型的中学的一百多位一线骨干教师组成。课题组历时一年半，终于以《课堂教学全程设计与评价》（经济生活、政治生活、文化生活、生活与哲学）的形式与大家见面了。如果说，它对各位同行有一点点启示，对我国新一轮高中思想政治新课程的实施尽了一份微薄之力的话，全体课题组成员将由衷感到莫大的慰藉。

《课堂教学全程设计与评价》丛书的出版是高中思想政治课课堂教学实施的一项巨大的基础工程。全体研究人员没有花费国家及任何单位的一分钱课题经费，自费参与各种培训和有关研究活动，自费购置大量的图书音像资料，自负交通费等，利用休息时间，查阅和收集了上千种报刊资料、音像资料、图书等，爬罗剔抉，含英咀华，在焚膏继晷中，封稿付梓。尽管如此，书中可能还存在着诸多不妥之处，谨请各位专家和同行们批评斧正。

本丛书的每框题教学设计中"教学目标"部分由李松华老师撰写，"闪光记录"部分是课题组老师经过一年多来的教学实践探索、理论探讨和教学过程的反复验证后总结出来的课堂教学评价形式，其他部分均由课题组有关研究人员严格依据课标要求、参照现行教材撰写，并由本书主编作了较大修改，有不妥之处，请提出宝贵意见。

本系列丛书的出版得到了人民教育出版社政治编辑室扈文华主任，上海教育出版社、《素质教育大参考》编辑部，珠海市教育局以及参加本课题研究的有关教育管理部门、学校的领导、专家和同行们的大力支持和帮助，在此表示衷心致谢！部分参与课题研究的老师的教案设计未被选用，在此表示歉意。本丛书中引用了各类报刊、书籍和电视媒体中的图片、漫画和有关资料等，在此表示一并感谢。

为了不断补充、修改和完善本系列丛书，完善"七步教学法"课堂教学模式，为各位同行提供有参考价值的高中思想政治新课程课堂教学教案设计与评价，诚恳希望各位同行及有关专家不吝赐教。

本丛书将随着我国新课程标准、必修模块教材的修改和教育教学改革的最新研究成果而不断补充和完善。

联系电话：0756-6626479

E-mail：lisonghua@zhjy.net

作者

2006 年 2 月 5 日

图书在版编目(CIP)数据

课堂教学全程设计与评价. 思想政治. 4,生活与哲学 / 李松华主编. —上海:上海教育出版社,2006.11
ISBN 7-5444-0950-3

Ⅰ.课... Ⅱ.李... Ⅲ.①政治课—课堂教学—课程设计—高中②政治课—课堂教学—教学评议—高中
Ⅳ.G633.203

中国版本图书馆 CIP 数据核字(2006)第 130840 号

课堂教学全程设计与评价
思想政治 4·生活与哲学
李松华 主编

上海世纪出版股份有限公司
上海 教 育 出 版 社 出版发行
易文网:www.ewen.cc

(上海永福路 123 号 邮编:200031)

(上海永福路 123 号 邮政编码:200031)

各地新华书店经销 上海市北印刷集团有限公司印刷

开本 787×1092 1/16 印张 21.5 插页 2
2006 年 11 月第 1 版 2006 年 11 月第 1 次印刷
印数 1－4,500 本
ISBN 7-5444-0950-3/G·0775 定价:33.00 元
(如发生质量问题,读者可向工厂调换)